İNKİSÂR

İNKİSÂR

M. Fethullah Gülen'in Perspektifinden
NUR ile TOPUZ'un Hazin Hikâyesi

Osman Şimşek

IŞIK
YAYINLARI

İNKİSÂR

Editör
Ömer ÇETİNKAYA

Kapak
Engin ÇİFTÇİ

Sayfa Düzeni
Ahmet KAHRAMANOĞLU

ISBN
978-605-328-106-1

Yayın Numarası
723

Basım Yeri ve Yılı
Çağlayan Matbaası
TS EN ISO 9001:2008
Ser No: 300-01
Sarnıç Yolu Üzeri No: 7 Gaziemir/İZMİR
Tel: (0232) 274 22 15
Ekim 2014

Genel Dağıtım
Gökkuşağı Pazarlama ve Dağıtım
Merkez Mah. Soğuksu Cad. No: 31 Tek-Er İş Merkezi
Mahmutbey/İSTANBUL
Tel: (0212) 410 50 60 Faks: (0212) 445 84 64

Işık Yayınları
Bulgurlu Mahallesi Bağcılar Caddesi No: 1
34696 Üsküdar/İSTANBUL
Tel: (0216) 522 11 44 Faks: (0216) 522 11 78
www. isikyayinlari. com
facebook.com/kitapkaynagi

İçindekiler

İnkisâr...13
   Gönüller Gibi Toplum da Paramparça 14
   İmkânsızlıkların Dürüstleri...15
   Hocaefendi'nin Gurbeti...16
   Münkesir Kalblerle Beraber 18
   Kırık Dökük de Olsa..20

Birinci Bölüm
Nur ve Topuz

Biricik Sevda ve Onun Vesileleri..25
   Rıza ve Rıdvan 26
   Arayan Bulur!...27
Farklı Kurbet Yolları...29
   Gaye ve Vesile 29
   Sonsuzluk Kervanı 30
Gaye Ölçüsünde Vesile: İ'lâ-yı Kelimetullah........................32
   Allah'ı Kullarına Sevdirin ki...32
   İnanıyorsan Duyarsız Kalamazsın 34
   Tebliğ, Temsil ve Hâl Dili 36
İman Hizmeti Açısından "Siyaset"......................................38
   Meşru Siyaset..38
   Politikanın Vartaları...39
   Din, Siyasete Âlet Edilmemeli 41
   Politik Egoizm 42
   Seçilme Arzusu ve Mü'minin Ölçüsü....................................44
Dip Dalga, Toplumun Kaymağı ve Üç Düşman 46
   Tavan, Tabana Göre Şekillenir 47
   Sağlam Fert, Sıhhatli Toplum ve Adil İdareci.......................49
   Hizmet Camiasının Faaliyet Sahası.....................................52

Ulema Geleneği ve Siyasetçilerle Münasebetler 57
Beyin Mimarları 57
Hocaefendi ve Siyasetçiler 59
"Bu arkadaşlara ilişmeyin; ben bunlara kefilim!" 60
"Siz, Gülen'i tanısanız bunları söylemezdiniz!" 61
Nur, Topuz ve Parti Kurmak 65
"İki elimiz var. Eğer yüz elimiz de olsa, ancak nura kâfi gelir." 66
Cebrâil'in Partisi (!) 67
Camia, Siyasete Dalmak ve Demokratik Hakları Kullanmak 69
Bir Kalbde İki Sevda Olmaz 72
Cârullah 72
"Aradaki perdeyi kaldır Allah'ım!" 74
Döneklik Sayarım 75

İkinci Bölüm
Hizmet Camiası ve Ak Parti'den AKP'ye...

Demokrasi Yokuşu'nda Adalet ve Kalkınma Partisi 79
Mana Boyutlu Demokrasi 79
Muhafazakâr Demokratlık 80
Ak Parti'nin İlk Vekilleri 81
Referandum Fırsatı ve Heder Edilen Gayretler 84
Referandum'un İçeriği 84
Siyaset Üstü Düşünceler 86
Sadece Söylenti miydi? 87
Her Yerde "The Cemaat" 88
Fethullahçı Örgütlenme (!) 89
Dokunan Yanıyor! 91
Camia ile Ak Parti Kavgası mı? 93
Suizan, Dedikodu ve Gıybet Silahları 93
Camia Sadece İlk Hedef 95
Camia'nın Duruşu 97
Kozmik Odaya Girildi 98
Uyku Bilmeyen Gözler ve Nasihat 101
Ribât'ın İki Kanadı 101
Hocaefendi'nin İkazları 102
Hırçın Siyaset ve Mızrak Gibi Kullanılan Diller 105

Mü'min Üslubu 105
Ruhun Zaferi 107
Dil Yarası ve Yumuşak Hitap 108
Devlet, Servet, Şehvet ve İffet 112
Çok Buutlu İffet 112
Bir İmtihan Unsuru: Servet 113
Kamu Malı ve Emanete Hıyanet 115
Çeşit Çeşit Gulûl 118
Şeytanın En Büyük Tezgâhı: Şehvet 121
"Allah aşkına azıcık irade!" 125
Enaniyete Karşılık Ortak Akıl ve Beklentisiz Danışman 127
Benlik ve Kibir 127
Birbirimize Muhtacız 129
İstişare, Meşveret ve Şûrâ 131
Hak Karşısında Teslimiyet 133
Düşünce Redaksiyonu 135
Kiminle İstişare 136
Sefalet ve Zulme Böyle Yürüdüler 138

Üçüncü Bölüm
Dershane Kasırgası ve Düşen Maskeler

Kararan Ufuklar ve Hicran Yumağı 143
Kasırga ve Bayram 143
Ümit ve Hicran 145
Hüzünlü Bir Bayram Sabahı 147
Ağlamak Kaderimiz Oldu 147
Izdırap ve Hâlimiz 149
Ümit Vesilelerimiz 152
Bahar Esintileri, Diriliş Nağmeleri 155
Ahiret Bayramları 157
Hocaefendi'nin Açıktan İlk İkazları 160
Mülayemet Size Emanet 160
"Gayretullah'a dokunacak yumruğu, kulak çekerek
savmak da şefkattir!" 162
Gayretullaha Dört Parmak Kaldı 163
Kulaklar Çekildi mi? 165
Kurt ile Kuzu Hikâyesinde İlk Perde 168
Kıyım Bahaneleri 168

Çözüm Süreci...169

MİT Krizi..170

Başbakan'ın Odasındaki Böcek 171

...ve Dershaneler..172

Terzinin Çıplak İğnesi ve Melek Ahlâkı.........................174

Dershaneleri Kapatma Hançeri ve Dua Mevsimi............177

Hâcet Namazı Duası 178

Her Yer Dershane 183

Emaneti Koruma Uğruna Mıncıklanmak....................184

Zâlimler Yüzde Beş Bile Değil!..................................186

Darbeciye Okul Erdoğan'a Öfke mi?..............................187

Ne Zaman Sessizliğe Bürünürüz?...................................189

Sabır... İlla Sabır!..190

Herkesi ve Her Şeyi Çiziyorlar......................................192

Kardeşiz; Hizmetimize Dokunma!..................................194

Ayıp olmasa, "Ayıp oluyor!" diyeceğim..........................197

Dördüncü Bölüm
Hizmet'i Bitirme Kararı ve Dilek Kapısı

Bu Bir Kâbus Olsa Gerek!...203

Muktedirleri Telaşlandıran Tepki ve Medya Lejyonerleri........207

Yıllanmış ve Birikmiş Dertler.....................................207

Aç Kurdun İştahı...209

Bir Provokatörün Hücumu..210

Ya Müfettiha'l-Ebvâb!...212

Hizmet'i Bitirme Kararı 2004 Senesinde Alınmış...........216

Kim Kime Tokat Atıyor?...217

Makul ve Meşru Olanda Israr Edilmeli 218

"Başaklar eğilir, Erdoğan eğilmez.".................................221

Hatadan Dönmek Erdemdir.......................................222

Herkesi Fişlemişler..223

Hükûmet Sözcüsü'nün Okuduğu Hadis...........................225

Meşru Yolla Demokratik Hak Talebi Fitne Değildir........226

Günümüzdeki Hudeybiye'nin Tarafları Kimler?...............228

Başbakana Gönderilen Son Hediyeler..............................232

İthamlar... İthamlar 234
Melîk-i Muktedir'in Huzurunda 239
   Melîk ve Muktedir İsimleri 239
   Hal-i Hazırdaki Niyazım 240
İllâ Nezaket! 243
Dilek Kapısı 245
   Şuûnât-ı İlâhiyye 246

Beşinci Bölüm
Yolsuzluk

Yolsuzluk Operasyonu ve Paralel Devlet 251
   Ayakkabı Kutuları, Çelik Kasalar ve Para Sayma Makinası 252
   Bunlar Gerçek Olmamalı! 254
   Operasyonun Yansımaları ve "Paralel Devlet" Adlı Can Simidi 256
   ...ve Ufuktaki Cadı Avı 259
Her Şeye Rağmen, Hizmete Devam 263
Yolsuzluk ve Muhâvele 265
   Haramîliği Allah Biliyor 265
   Yeminleşelim mi? 267
   Bir Çözüm Yolu Olarak Mülâane 269
   Muhâvele Daveti 270
Mazlumun Âhı, Titretir Arşı 272
   Hocaefendi'ye Şefkat Dersi mi? 273
   Allah'a Havale Ederken Bile Şarta Bağlamalı 274
   Yolsuzluk Sohbetindeki Sözlerin Arka Planı 274
   Mülâane, Mübâhele ve Ahitleşmeden Maksat Nedir? 277
   Peygamber Efendimiz Hiç Beddua Etti mi? 277
   Hamdi Yazır Hazretleri: "Zalim aleyhine bağıra bağıra
   beddua edilebilir!" 279
   Diyanet'in Sitesinde Beddua Tarifi 280
   Hak Dostları Beddua Etmiş mi? 280
   Bediüzzaman Hazretleri'nin Bedduası ve Yanan Bina 282
   Arakan, Filistin, Mısır, Suriye ve Irak İçin Dua Edildi mi? 284
Şimdi de Pazarlık Mektubu! 286
Hocaefendi'nin Sükûtu ve O Mektup 289
Kulaklarımız Bunları da Duydu! 295

İnsaf Sınırını Aşan Hakaretler 295

Hizmet'e Karşı Linç Kalkışması..297

Allah'la Pazarlık Yapacak Değiliz! 299

Hakikat, Asâ-yı Mûsâ'dır! 300

Hocaefendi'nin Ders Halkası 300

"Rabbimiz, bizi de o yiğitlerden eylesin!" 302

"Trol"ler ve Üç Türlü Cevap 304

Hakikat Âşıklarının Soruları..305

Trollerin Ahmaklarının Lafları...306

Lejyoner Trollerin Saldırıları 306

"Nasıl yapabildiniz bunu?" 308

Cevabı Melekler Versin..309

"Ağlayın, su yükselsin!" 311

Kahriye Halkaları mı?...311

Hocaefendi'nin Son Hasbihâlinden Notlar 314

"Ağlamazsan, bari gülmekten utan!" 316

Mafya Kanunu ve Türk Okulları..318

Asıl Kumpası Kim Kurdu?..319

Bir Ülkenin Başbakanı, O Ülkenin Okullarını
Kapattırmak İçin Pazarlık Yapıyor! 320

Ahh Azerbaycan!..322

Kim Kötü Bir Yol Açarsa... 324

Mafya Kanunu 326

Bari Hülyalarımızı Çalmayın! 329

İğde Kokulu Urla ve Yiğitler 329

Eskimoların Ülkesinde Işık Ev..330

Meşaleleriniz Sönmesin! 332

Söz Verdik Allah'a! 333

Paralel Devlet mi? Yapmayın Allah Aşkına!...............................334

Felaket Zamanı, Hâcet Namazı ve Kunut Duası........................337

Kunut Duası 337

Söz Sultanı'nın İfadeleriyle Arz-ı Hâl...340

Altıncı Bölüm

İmtihan... Kimine Vesile-i İzzet, Kimine Sebeb-i Zillet

İmtihan, Kimini Rezil Eder Kimini de Vezir.................................345

Öylesi de var böylesi de!...346

Kâbil'in Torunları ve Muasır Bel'amlar...........................349

Parti Müftüleri ve Ergonomik Tipler...............................351

Yolda Kalanlar da Var!..353

Birkaç Yiğitçe Seda...356

Özel Gündem..360

Hocaefendi'nin Sükûtu..360

Dostların Sessizliği..362

Protokolle İrtibat ve Verilen Talimat................................364

Birkaç Hatıra...366

Başbakan'ı Tehdit ve Bülent Arınç...................................368

Üst Akıl ve İşbirlikçilik...370

Fedakâr Bir Dershane Öğretmeni: Turan Hoca...............372

Darbeciye Okul, Erdoğan'a Öfke mi?...............................375

Kahriye ve Beddua Halkaları...376

Herkul'dan Her Kula..379

Seçim, Pazarlık ve Oylar..384

Ölüm, Yolda Bulunmuş İnci...386

Hallâc'ın Kaderi..388

Erdoğan'ın Pennsylvania Ziyareti ve 2006'daki Mektup....390

Devlet, Servet ve Şehvet...391

Camia'yı Bitirme Planı..392

2006 Senesinde Erdoğan'a Yazılan Mektup.......................394

Üslup, İffet ve Ortak Akıl..396

Dünyanın Tayyip Ağabeyi Olmak Varken..........................398

Acı Gerçekle Yüzleşiyoruz!...401

Röportajlar ve Mâlikâne...404

Fethullah Gülen Hocaefendi'nin Kaldığı Ev ve Oda..........405

Siyasal İslâm, Büyük Turp ve Ak Kaşık...............................411

Hizmet ve Siyasal İslâm...412

Büyük Turp Operasyonu...414

Camia, Sütten Çıkmış Ak Kaşık mı?....................................417

Habeşistan'dan Etiyopya'ya "Birleşen Gönüller"................419

Türkçe Olimpiyatları Sürgünde..422

Kuvvetin Çıldırtıcılığı ve Hırçınlığın Böylesi!......................423

Dostun Varsa, Hiçbir Yol Uzun Sayılmaz............................424

AKP Zulmünden Bir Kesit...427

Fişleme ve Kıyım 428
Yasaklar ve Medyaya Baskı 428
Kozmik Çalışma Grubu ve İşadamlarına İstibdat 429
Risalelere Bandrol Şartı ve Hortlayan İkna Odaları 430
Hizmet Binalarının Gaspı ve Hocaefendi'nin İadesi 430
Dershane Tabelalarına Kadar Uzanan Zorbalık 431
Hizmeti Bitirme Planı 432
"Eyyâm-ı Nahisât" ve Hocaefendi'nin Hissiyatı 434
Bu Zulüm Başka! 434
Teselli Noktaları 436
Bir Mektubun Cevabına Yansıyan Izdırap 438
Köprüler Sağlam Kalsın 440
Ramazan Ayının Bereketi ve Hocaefendi'nin Sürprizi 443
Kurbet Vesilesi Ramazan ve Gerçek Oruç 444
Oruç Tutmazsam Zaten Ölürüm! 446
Kur'ân Ayında Onu Anlama Gayreti 448
İ'tikâf, İftar ve Teravih 450
Ramazan İhsanları 452
Hizmet Arkadaşlarıma 454
Cinayetin Neticesi, Mükâfatın Mukaddimesi 454
Kaderi Taşlamama ve Başkasını Suçlamamanın Yolu 455
Nefsi Sorgulama ve İstiğfar 456
Hep Hatırda Tutulası "Hey Gidi Günler" 459
Bediüzzaman Devri ve Yine Bir Sıddık 461
Son Devrin Yiğitleri 462
Yoklukta Varlık Cilvesi 463
Bazılarımıza Ait Hatalarımız 466
Partili Kardeşime 470
Sen Bu Değilsin! 470
Zalimlere Tezahüratın Akıbeti 471
Yarıp Kalblerimize mi Baktın? 473
Gel, müflislerden olma! 475
Ya Dediğin Gibi Değilse! 476
Bu Hazin Hikâyenin Sonu 478
Mesele Camia'dan İbaret Değil, Asırlık İslâmî Birikim Tehlikede 478
Emniyetçiler İçeri, Hırsızlar Dışarı 480
Son Sözü Kim Söyleyecek? 482

İnkisâr

"İnkisâr" kelimesi kulağa veya göze çarpar çarpmaz, yıkılan hayaller ve kırılan gönüller sökün ediyor insanın aklına. Paramparça olmuş bir vazonun etrafa dağılan kırıkları uçuşuyor dimağa. Birbirinden ayrı düşmüş dostların abus çehreleri ve incinmiş insanların soğuk yüzleri zihne akıyor levha levha.

Gerçekleşen hülyaları, kazanılan kalbleri, birleştirilen parçaları, kavuşan arkadaşları ve gülümseyen simaları hatırlatıp yanaklara bir tebessüm gamzesi kondurmak varken, "inkisâr" deyip yüreklere hüzün salmak da neden?

Nur ve Topuz hikâyesine uygun bir başlık bulmak için çok düşündüm. Özellikle son perdede meydana gelen hadiseleri bir-iki sözcükle ifade edecek münasip bir isim aradım. İster şahıslar planında isterse de toplum çapında cereyan eden olayları "inkisâr" kelimesinden daha güzel özetleyecek bir tabir bulamadım.

İnkisar; kırılmak, çatlamak, yenilgi, bozgun, pişmanlık, ilenme, incinme, gücenme, darılma ve beddua etme manalarına geliyor. Hayal, kalb ve ışık gibi kelimelerle tamlama yapılarak kırgınlık ve kırıklık anlamlarında kullanılıyor. Bu cümleden olarak, Namık Kemal, *"Eden tahrîb-i âlem, inkisâr-ı kalbidir halkın / Gönül yıkma, cihanı eylemek âbâd lazımsa!"* diyor; "Âlemin harap olmasına sebep, halkın kalbinin kırıklığıdır; cihanı mamur etmek istiyorsan, hiç kimsenin gönlünü yıkma!" tembihinde bulunuyor.

Gönüller Gibi Toplum da Paramparça

Öncelikle şunu belirtmeliyim ki hakiki mü'min, yeryüzünde bin çeşit ölüm kol gezse de canlı ve ümitlidir. Onun hayat çizgisinde hiçbir zaman mutlak çözülmek, kırılmak ve yıkılmak söz konusu değildir. O, Hakk'a ve halka karşı vazifelerini eksiksiz eda etmeye çalışır; kendi üzerine düşeni yaptıktan sonra da tevekkül, teslim ve tefviz ruhuyla Allah'a sığınır. Bu itibarla karşı karşıya kaldığı musibet nasıl olursa olsun, inanmış insan ne karamsarlığa sürükleyen bir hayal kırıklığı yaşar ne de paniğe kapılır.

Bununla beraber, bilhassa şu birkaç senelik zaman diliminde, toplum bünyesinde inkisâr kelimesinin bütün anlamlarının bir karşılık bulduğunu söyleyebilirim.

Maalesef, kavurdu fitne ateşi yürekleri, bozguna uğrattı tarafgirlik selim hisleri... Gücendi baba oğula, darıldı kız anaya... Çatladı ittifak ruhu, koptu uhuvvet bağları... Yaralandı birlik şuuru, parçalandı bütünün azaları... Düştü tokalaşan eller, dağıldı dostluk halkaları... Maziye dair pişmanlıklar kapladı sineleri, "aldatıldık" düşüncesi felç etti iradeleri... "Allah'ım, şerlerinden emin eyle!" yakarışları aldı dünkü hayır dualarının yerini!

Makam, para, şöhret, şehvet, riya, rahat tutkusu ve bencillikle başı dönen, heva ve heveslerine esir düşen, kendi ruhî derinliklerine yabancı hâle gelen, gönül ufku açısından iğretilik ve zevksizlik içinde hayat süren kimseler yıktılar milletin hayallerini.

Dini politize ederek hak yolun töresini değiştirenler; düşmanlık, kin, nefret, kıskançlık ve saldırganlıkta bir mahzur görmeyenler ve onlardan cesaret alıp kaba kuvvetle kalblere iman kazıyacakları vehmine düşenler kararttılar İslâm'ın çehresini.

Medya sihirbazını kullanarak güzellikleri çirkin, çirkinlikleri güzel gösterenler, cüceleri alkışlattırıp yücelere lanet yağdırtanlar; gıybet, iftira ve dedikoduya dil olup insanları bühtan bağımlısı yapanlar dağıttılar sevgi halelerini.

Düşünceleri yabancı şablonlara ve kalemleri kara paralara emanet sözde aydınlar dalalete attılar safi zihinleri.

Ailede huzur yudumlayamayan, mabette nurlanamayan, mektepte aydınlanamayan ve çevresinde hüsn-ü misal bulamayan, dolayısıyla kendini değişik çılgınlıklara salarak hezeyanda, sövüp saymada ve yakıp yıkmada teselli arayan nesiller kırdılar istikbal ümitlerini!

İmkânsızlıkların Dürüstleri

Artık bayağı dünyevîliklerin mü'min gönüllere giremeyeceğini ve imanlı bakışları bulandıramayacağını zannederken; ruh kökümüzle olan alâkamızın her geçen gün daha bir pekişeceğini düşünürken; öncekileri yiyip bitiren lüks, israf, debdebe ve ihtişamın günümüz müslümanlarına hükmedemeyeceğini umarken, bütün bu beklentilerin hüsranla neticelenmesi, elemlere çevirdi emelleri.

Bazı kimseler *"Meğer biz imkânsızlıkların dürüstü imişiz!"* diyerek özetlemişlerdi olup biteni. Müslümanlar belki daha evvel yoklukla imtihanı kazanmışlardı ama varlıkla denenmek perişan etmişti ekseriyeti.

"Gönül her zaman arar durur bir yâr-ı sâdık / Bazen de sâdık dedikleri çıkar münafık!" sözünü söyleten o kadar çok kimse vardı ki. Manzaraya bütüncül bir nazarla bakınca bu asra "nifak çağı" dememek mümkün değildi.

Hele onurlu, doğru ve yiğit tanınan, vicdanlarına muhalefet etmeyeceklerine inanılan insanların, haramîlikler karşı-

sında sessiz kalmaları en büyük inkisâr-ı hayal sebebiydi. On-
ların sükûtu, 'bir'i yapanlara 'bin'i de yapma cesareti kazan-
dırmış ve bilerek ya da bilmeyerek, yolsuzluğun bir yol itti-
haz edilmesine zemin hazırlamıştı.

Düşmanın cefadan usanmadığı, dostun vefayı hatırlama-
dığı bu hasret ve hicran günlerinde milletin mana kökleri bal-
talandı; mefkûre insanları bir kere daha gurbeti acı acı yu-
dumladı ve her şeyin alt üst olacağı korkusuyla kıvrandı.

Hocaefendi'nin Gurbeti

Resûl-ü Ekrem (sallallahu aleyhi ve sellem) Efendimiz, bir hadis-i
şeriflerinde altı garipten bahseder ve şöyle buyurur:

"*Mescid, namaz kılmayanlar arasında; Kur'ân-ı Kerim, fâ-
sıkın kalbinde; Mushaf, onu okumayan birinin evinde; sâliha
bir kadın kötü huylu bir adamın nikâhı altında; sâlih bir erkek
arsız bir kadının yanında ve âlim, onun ilminden istifade etme-
yen bir topluluk arasında gariptir.*"

Bu kitapçıkta konu edindiğim karanlık devirde, beni en
çok üzen husus, muhterem Fethullah Gülen Hocaefendi'nin
-zikrettiğim hadis zaviyesinden- gurbeti oldu.

Kıymetli Hocamız, bir makalesinde şöyle demişti: "*Garip,
yurdundan yuvasından uzak kalan, dostundan, ahbabından ay-
rı düşen değildir. O, yaşadığı dünya içinde, bulunduğu toplum
itibarıyla hâlinden, yolundan anlaşılamayan; yüksek idealleri,
ötelere ait düşünceleri, başkaları uğruna şahsî zevklerinden fe-
dakârlığı ve fevkalâde himmet ve azmiyle, kendi toplumunun
kanunlarıyla sık sık zıtlaşıp çakışan; çevresi tarafından yadır-
ganıp irdenen ve her davranışıyla garipsenen insandır.*"

Bu cümleden bir "garip" idi Hocaefendi. Gönül gözleriyle
bakamayanlar, onu kendi büyüklüğüyle görüp bilemediler.
İmam Gazzâlî'nin yaklaşımıyla, "akl-ı meâş" çukurundan kur-
tulup "akl-ı meâd" zirvesine ulaşamayanlar; Mevlâna'nın

deyişiyle, "akl-ı türâbî" zemininden yükselip "akl-ı semavî" şâhikasına varamayanlar, kalbî ve ruhî hayattan hep habersiz yaşadılar; beden ve cismaniyetten sıyrılıp da etrafa basiret ve firasetle bakamadılar. Dolayısıyla dünyaya meftun bu zavallılar, Hakk'a dilbeste ve âhirete kilitli o rehnümayı da kavrayamadılar. O, mânâ âleminin sultanlarından biriydi fakat muasır vatandaşları onu tanıyamadılar. Bazıları gururlarına; kimileri kıskançlıklarına ve bir kısmı da bencilliklerine yenildiler; onun mahviyet, tevazu ve hacâletle mühürlü tabiatını algılayamadılar. Tek makalesini okumadan, bir sohbetini önyargısız dinlemeden ve çoğu zaman neyi niçin söylediğini düşünmeden hükümler verdiler ve aldandılar. Belki âlemin alkışladığı demlerde onlar da alkış tuttular ama onu hiçbir zaman anlayamadılar. Nihayet, adanmış ruhlara reva gördükleri zulümlerin daha şiddetlisine aziz Hocamızı da maruz bıraktılar.

Hâlbuki o, âidiyet mülahazasına bağlı olarak sadece Hizmet erlerine değil, kendisine teveccüh eden herkese kâse kâse iman, mârifet ve muhabbet şerbeti sunabilecek bir Hak dostuydu. Semtine uğrayan her müstaid gönle Mahbûb-u Hakiki (celle celâluhû) ve Habîb-i Ekrem (aleyhissalatü vesselam) sevgisi tattıracak bir âşık-ı sâdıktı. İlmindeki enginlik, tefekküründeki derinlik, hizmetlerindeki beklentisizlik, duygularındaki saffet, düşüncelerindeki tutarlılık, temsilindeki ciddiyet, davranışlarındaki duruluk ve hâlindeki inandırıcılıkla vicdan ve insaf ehli her ferde rehberlik edebilecek bir mürşitti. O, milletimiz adına medar-ı iftihar ve insanlık hesabına vesile-i hidayet bir nimetti.

Keşke aslında bir lütuf olan vatandaşlık ve çağdaşlık, görme engelliliğine sebebiyet vermeseydi! Keşke çekememezlik ve haset, bakış açılarında eğrilikler hâsıl etmeseydi! Heyhat, enaniyet, hazımsızlık, tenâfüs ve rekabet basar ve basiretlerin önüne birer perde gibi gerildi ve bu marazlar, kurbanlarını yakın körlüğüne müptela eyledi.

Zulmettiler Hocaefendi'ye, olduğundan çok farklı görüp gösterdiler ve onu gadre uğrattılar... Zulmettiler mü'minlere, onları hiçbir ilim ve irfan âşığının müstağni kalamayacağı çok önemli bir âb-ı hayat kaynağından mahrum kıldılar... Zulmettiler sair insanlara, hakikati arayanlar ile o iman meşalesi arasını suizan, karalama ve bühtan setleriyle tıkadılar.

Münkesir Kalblerle Beraber

Cenâb-ı Hakk'ın rızasından, İslâm'ın doğru anlatılmasından ve Allah Resûlü'nün tanıtılmasından başka muradı olmayan bir kurb kahramanına ve onun rehberliğinde kendisini iman hizmetine vakfetmiş fedakâr insanlara bunca haksızlık yapılmamalıydı. Varsa içlerinde bir kısım yaramaz kimseler, bulunup sorgulanabilirdi fakat toptancı bir anlayışla bütün adanmış ruhlar düşman yerine konmamalıydı. Zinhar, sırf çizgi birliği bahane edilerek, yurt içindeki birinin muhtemel, belki mevhum cürmünden dolayı dünyanın en ücra köşesindeki bir masum muallim cezalandırılmamalıydı.

Ne acıdır ki özellikle birkaç senedir olması gerekenlerin hasreti bir yana, olmaması icap eden hemen her menfiliği zakkum yudumlar gibi yutkuna yutkuna yaşadık. Bahar mevsiminde hazan tasası, gündüz ortasında gece karanlığı, tam "bulduk" derken hicran humması kaderimiz oldu; inkisârla kıvrandık.

Zannediyorum, merhum Mehmet Akif bu devirde yaşasaydı, Safahat'taki elem güftelerine yenilerini eklerdi; rahmetli Necip Fazıl yazgımızı paylaşsaydı, o büyüleyici dizeleriyle bir Çile daha yazardı.

Bülbüllerin sessizliği ne zamandan beri kargalara sükût sebebi? Muhabbet kuşları ötmüyor diye saksağanın da sustuğu nerede görülmüş? Karga ve saksağan da kendi lisanıyla zikretmeli değil mi? Akif'çe ve Fazıl'ca gönül mısraları düze-meyeceksen de bari "insaf" demeye dilin dönmez mi?

İşte, ey aziz arkadaşım!

Sevimsiz bir edayla da olsa bir "insaf" çığlığı atmaktır elin-deki bu kitapçığı hazırlamaktan muradım. Sedası gür ve yüreği cesur aydınların sayısının bir elin parmağını geçmediği günü-müzde, hiç değilse cılız ve cüretkâr bir sesle zulme itiraz et-mektir maksadım. Hem muhterem Hocaefendi'ye zulmedenle-re "Yazıklar olsun size!" demek hem de münkesir gönüllerle beraber haşredilmek içindir bütün uğraşım. Ümit ederim, bu vesileyle muvaffakiyetle sonuçlanır benim de rıza arayışım.

Bilirsiniz; bir hadîs-i şerîfte anlatıldığı üzere; Hazreti Mûsâ (aleyhisselâm) Mevlâ-yı Müteâl'e "Yâ Rab! Seni nerede arayayım?" diye yakarınca, Allâh Teâlâ şöyle buyurur: "Beni, kalbi kırıkların yanında ara!"

Bir başka hadiste anlatıldığına göre; hak ve hakikat hesabı-na olan inkisâr, ilahî rahmet, inayet ve maiyyete bir çağrı sayılır. Aczinin idrakindeki bir insan, kırık kalbiyle teveccüh edince, Mevlâ aradaki hicapları kaldırır; rahmet-i ilâhî, merhamet ve şefkate muhtaç kulun yüzüne tebessümler yağdırır ve Hazreti Rahman, "Üzülme! Ben kalbi kırıklarla beraberim!" buyurur.

Aslında, besmelenin ilk harfinden başlanmak suretiyle bize inkisâr ile maiyyet münasebeti işaret edilmektedir. "Be" harf-i cerrinden kaynaklanan "kesre" inkisârla aynı kökten gelmektedir. Daha sözün/işin başlangıcındaki bu kesre, âdeta münkesir bir kalble, yanık bir yürekle Cenâb-ı Hakk'a yönel-meyi ders vermektedir. Acz u fakr şuuru uyaran ve Hak'tan dolayı olan bir inkisârın, O'nun yardımı için muteber bir şefa-atçi sayılacağını ima etmektedir.

Şu kadar var ki inkisâr yaşamak bazen vesile-i rahmet ol-sa da başkasına inkisâr yudumlatmak her zaman bir talihsiz-liktir. Hayatı boyunca pek çok defa sükût-u hayale uğrayan merhum Necip Fazıl, henüz Hizmet Hareketi bir filiz hâlindeyken adanmış ruhları tanıyıp çok sevmiş ve "Allah, beni bir de bu arkadaşlarla inkisâra uğratmasın!" diyerek dualar etmiştir. Bu açıdan da Hizmet erleri, her gün incitip darıltan onlarca hadiseyle karşı karşıya kalsalar bile, kendileri hiç kimseyi rencide etmemeye azami gayret göstermeli ve hep şu mülahazalarla dolu olmalıdırlar:

"Allah'ım! İslâm'ın gülen yüzünü bu harekette bulduğuna inanan insanları hüsnüzanlarında yalancı çıkarma; bu hizmete bel bağlayanlara asla inkisâr yaşatma. Ne olur Rabbim, bizi vazifesini müdrik ve davaya layık kullardan eyle; muhataplarımıza, aradıklarını bu dairede de bulamama hicranı tattırarak onları bir kere daha hayal kırıklığına maruz bırakma..."

Kırık Dökük de Olsa

Kıymetli okuyucu!

Ferdî ve içtimaî iç içe inkisârlara şahit olduğum buhranlı yıllarda muhterem Fethullah Gülen Hocaefendi'ye -mekanî-yakınlığım, gönül kabım nispetinde hissettiğim acıları fazlasıyla artırdı. Zira bir tarafta sahabe hayatını esas alan ve her hâli göz önünde bulunan faziletli bir âlim, diğer yanda onu olduğundan çok farklı gösteren ve iftirayı meslek edinen pespaye kimseler vardı. O, her zaman saygılı, ince ve zarif bir üslup insanı fakat hasımları hürmetsiz, nobran ve hoyrat nadanlardı. O, iyiliklerin horlanması, insanî değerlerin hafife alınması ve hakikatlerin hırpalanması karşısında ölüp ölüp diriliyor; buna mukabil diğerleri, hemen herkese karşı her fırsatta kin, nefret ve huşûnet sergiliyorlardı. O, kendisine yönelik saldırılara katlansa da Hizmet gönüllülerine dönük taarruzlara ziyadesiyle üzülüyor; zalimler ise hem onu hem de Hizmet'i bitirme planlarını realize etme çılgınlığıyla uğraşıyorlardı. Hakperest bir mü'minin olup bitenleri kabullenmesi ve hadiseleri sükûtla seyretmesi mümkün değildi. Kabiliyeti olanın beyan gücüyle ve eli kalem tutanın yazı diliyle mutlaka bu haksızlıklara itiraz etmesi gerekirdi.

Bu hissiyat ve mülahazalar neticesinde *"Fethullah Gülen Hocaefendi'nin Perspektifinden Yansıyanlarla Nur ile Topuz'un Hazin Hikâyesi"*ni anlatmaya karar verdim. Muhterem Hocamızın menşurundan aksedenleri ne ölçüde yakalayıp değerlendirdim Allah bilir fakat karihamın müsaade ettiği kadarıyla kendi penceremden yorumlamaya çalıştığım vakıaları Hocaefendi'nin perspektifinden yansıyanlarla da okumaya çabalayarak, elde ettiğim sonuçları aktarmaya gayret gösterdim.

Aziz Hocamızın sohbetlerinden iktibas ettiğim bölümleri hafızamdan ya da tutabildiğim notlardan değil, asıllarına sadık kalarak orijinal kasetlerden nakletmeye önem verdim. Bazı söz, tavır ve davranışların berraklığa kavuşması için ders notlarımın ve şahsi intibalarımın yanı sıra Hocaefendi'nin hususî yazışmalarını, özel mektuplarını ve has dairedeki yorumlarını da kullandım. Bazen bir resim karesinin bir kitap kadar mana ihtiva edeceği inancıyla bazı fotoğrafları da muhtevaya dâhil ettim.

Aslında bu kitapçığa yeni bir telif olarak, özgün bir üslupla başlayıp istidadımın müsaade ettiği kadarıyla çalışmayı ve o şekilde tamamlamayı düşündüm. Bununla beraber, üzücü olaylar devam ederken kaleme aldığım bir kısım makaleciklere ve mesajlara da o zamanki duruşumuzu göstermesi açısından faydalı olacağı düşüncesiyle, tarih belirterek yer verdim.

Eminim, çok daha güzel cümleler seçilebilir, daha hoş misaller verilebilir, bazı konularda detaya girilebilir ve daha derin tahliller yapılabilirdi. Belki de değindiğim bazı meseleler boyumu ve müktesebatımı çok aşkındı. Ne var ki evvel de ifade edildiği gibi bu iddiasız çalışma bir talebenin "insaf" çığlığı ve münkesir kalbler safında bulunma ilanıydı. Bu maksat gerçekleştirilirken bir kısım hakikatler de anlatılabilmişse, güzellikler bütünüyle Allah'ın lütfudur. Meselelerin yorumundaki isabet Hocaefendi'nin prizmasından yakalanan ışık hüzmelerinin eseri; eksikler ve hatalar kendi yetersizliğimin neticesidir.

Bu münasebetle; milletimiz başta olmak üzere bütün ümmet-i Muhammed'in (aleyhissalâtü vesselam) her türlü musibetten kurtulup selamete ulaşmasını, maddî manevî sıkıntılardan sıyrılıp inşiraha kavuşmasını, özellikle de inananlar arasında vifak, ittifak ve uhuvvet ruhunun canlanmasını ve adanmış ruhların malum imtihanlardan arınıp güçlenerek çıkmasını niyaz ediyorum. Hüzünlü gurbetin bir an önce sona ermesini diliyor; aziz Hocamızın sağlık, sıhhat ve afiyet içinde daha uzun seneler yaşayarak bundan sonra da gönüllerimizi doyurmasını Cenâb-ı Allah'tan dileniyorum. Ayrıca, refika-yı hayatım olduğu gibi, neredeyse bütün yazılarımın ve mesajlarımın ilk musahhihliğini de yapan Esra Şimşek hanımefendiye, teşvik ve yardımlarından dolayı teşekkürlerimi ifade borcunu bir kere de bu fırsatla eda etmek istiyorum.

Mevlâ-yı Müteâl'in merhametine, Allah Resûlü'nün şefaatine, Kur'an-ı Kerim'in refakatine ve mü'minlerin dualarına vesile olması recasıyla...

Osman Şimşek
Pennsylvania, 7 Ağustos 2014
baharayolculuk@gmail.com
Twitter/osimsek_herkul

Birinci Bölüm

NUR VE TOPUZ

Biricik Sevda ve Onun Vesileleri

İnanmış bir insan için dünyada Yüce Yaratıcı'nın hoşnutluğunu kazanmaktan ve onun âhirete yansıması olan "Rıdvan" mükâfatına ulaşmaktan daha büyük bir pâye yoktur. Şayet rıza mertebesinin üstünde bir rütbe ve ödül olsaydı, Mevlâ, Cennet'te vermeyi vaad buyurduğu nimetlerini onunla taçlandırırdı. Hâlbuki *"Hepsinden âlâsı ise, Allah'ın kendilerinden razı olmasıdır."* (Tevbe, 9/72) ilahî beyanı da gösteriyor ki Cuma Yamaçları'ndan cemâlullahı müşahede etmenin de ötesinde bir lütuf vardır; o da Hakk'ın hoşnutluğudur.

İman etmiş ve salih amele yapışmış bahtiyar kullar, Allah'ın fazlı ve rahmetiyle kabir azabından kurtulup, berzah hayatını tamamlayıp, Sûr'un dehşetini arkada bırakıp, mahşer, hesap, mizan ve Sırat safhalarını atlatıp ebedî ziyafet sofrası Cennet'e dâhil olacaklar.

Hazreti Bediüzzaman'ın ifadeleriyle, *"Dünyanın bin sene mes'udâne hayatı, bir saatine mukabil gelmeyen cennet hayatı"*na ulaşacak; *"O cennet hayatının dahi bin senesi, bir saat rü'yet-i cemâline mukabil gelmeyen bir Cemîl-i Zülcelâl'in rahmet dairesinde"* O'nun huzuruyla müşerref olup ziyade ihsanlara kavuşacaklar.

Rıza ve Rıdvan

Hadis-i şeriflerde nakledildiği üzere, Allah (celle celâluhû) Cennet'e girdirip gözlerin görmediği, kulakların duymadığı, dünyevî aklın kavrayamayacağı, tarifi imkânsız lütuflara mazhar kıldıktan sonra mü'minlere hitaben sorar:

"Kullarım, Benden razı mısınız?"

(Bu cümleyi yazarken Hazreti Ebu Bekir -radıyallahu anh- geldi aklıma. Ne güzel yaşamış, ne güzide bir kulluk ortaya koymuş. Cenâb-ı Hak, Cibril-i Emin ve Resûl-ü Ekrem Efendimiz vasıtasıyla "Ben Ebu Bekir'den razıyım, sorun bakalım o da benden hoşnut mu?" buyuruyor. O esnada, bir sefer hazırlığı yapıldığı için bütün malını infak etmiş; fakirlerden fakir bir hâle bürünmüş ve geriye kalan tek abasının uçlarını göğsünde dikenle iliklemiş bulunan Sıddık-ı Ekber, bu müthiş cümleyi duyunca gözyaşlarına boğuluyor; "Rabbimden nasıl hoşnut olmam; razıyım Rabbim!" diye ağlıyor. Ne tatlı bir tablo! Ne kadar kerîm bir Rabb! Ne şirin bir kul! Biz "Razıyım Allah'ım Sen'den ve her türlü takdirinden!" deyip yanaklarını en mübarek katrelerle yıkayan Hazreti Ebu Bekir'i hayalimizde bırakıp konuya dönelim.)

Hazreti Rahman u Rahim, Cennetlik kullarına sual eder:

"Kullarım, Benden razı mısınız?"

Cevap verirler: *"Bu kadar nimete mazhar kılınmışken, Sen'den nasıl razı olmayız?"*

Bunun üzerine Cenâb-ı Hak (celle celâluhû) şöyle buyurur:

"Şu hâlde size daha büyük bir lütufta bulunacağım: Sizden ebediyen razı olacak ve size hiç gazaplanmayacağım."

İşte, hakiki mü'minler, bu rıza makamını en büyük hedef bilirler; ona ulaşma istikametinde bütün ömürlerini tüketseler de yine bunu az görürler.

Pekâlâ, rıza-yı ilahîye nasıl ulaşılabilir?

Arayan Bulur!..

Cenâb-ı Hak, sevmesini ve hoşnut olmasını her şeyden önce emirleri dairesinde hareket etmeye ve yasakladığı şeylerden uzak durmaya; bilhassa farzları yerine getirmeye ve günahlardan kaçınmaya bağlamıştır. Namaz, oruç, hac, zekât gibi memur olduğumuz bütün ibadetleri yerine getirme mevzuunda fevkalâde titiz davranmak; haram ve günahlardan kaçınma hususunda da son derece hassas olmak lazımdır.

Ne var ki nice âbid ve zâhid kulların yolun bir dönemecinde tepetaklak yuvarlanıp gittikleri ve hatta kazanma kuşağında kaybettikleri de çok görülmüştür. Yolda kalmamanın, düşüp kaymamanın ve rıza gayesine ulaşmanın en önemli dinamiği Cenâb-ı Allah'a teveccüh ve duadır.

Tasarruflarında Allah'a güvenip dünya hayatı hesabına her türlü mahrumiyeti gönül rahatlığıyla aşmaya çalışmak, en zor imtihanların pençesinde kıvranırken bile derin bir iç inşirahıyla bütün sorumlulukları yerine getirmeye gayret göstermek; duygu, düşünce ve davranışlarla hep Mevlâ'ya müteveccih yaşayıp dileklerini yalnız O'na arz etmek; İslâm'ın ferdî, ailevî ve içtimaî hayata hayat kılınması uğrunda cehd ortaya koymak; akıl, mantık, muhâkeme ve birikimlerini Allah Resûlü'nün emrine vererek "şeb-i arus"a kadar hep istikamet üzere yaşamak "rıza" yolunda şart-ı adi planında birer vesileden ibarettir.

Tabii sosyal bir varlık olan insanın böyle müstakim bir çizgi tutturması ve onu ölene kadar devam ettirmesi tek başına mümkün görünmemektedir. O hâlde, her fert kendi karakterine uygun bir yola sülûk edecek, aynı güzergâhta yürüyen diğer insanlarla bir araya gelecek, düşüp yolda kalmamak için kubbedeki taşlar gibi baş başa verecek ve kader arkadaşları âdeta bir pusula misillü birbirlerine hep rıza ufkunu göstereceklerdir.

"Kudsî hadis" denilerek şöyle mübarek bir söz nakledilir: "*Ey insanoğlu! Nefsini bilen Beni bilir; Beni bilen Beni arar; Beni arayan mutlaka Beni bulur ve Beni bulan bütün arzularına ve ötesine nail olur; nail olur ve Benden başkasını Bana tercih etmez. Ey insanoğlu! Mütevazi ol ki Beni bilesin... Açlığa alış ki Beni göresin... İbadetinde hâlis ol ki Bana eresin.*"

Demek ki ilim, iman ve marifetten azıcık nasibimiz varsa, O'nu arayacak ve O'nu bulmak üzere yola düşeceğiz azizim!

Fakat, hangi yola?

Farklı Kurbet Yolları

A llah rızası yegâne gaye... Her mü'min, ona giden güzergahta kutlu bir yolcu ve o hedefe uzanan yollar, varlıkların solukları sayısınca.

"Meşrep" sözcüğü su içme şekli ve su içilen kaynak manasına geldiği gibi huy, âdet, ahlâk, gidiş, manevi haz ve feyz alınan yer anlamlarını da ifade ediyor.

"Meslek" kelimesi de usul, çığır, sistem, ekol, sanat, geçim için tutulan iş ve maneviyatta izlenen metot manalarını ihtiva eyliyor.

Bu lügavî kullanımların yanı sıra imân, Kur'ân, vatan, millet ve insanlığa hizmet gayesine matuf olarak takip edilen muhtelif sistem ve ekollere, değişik metot ve usullere, farklı mülâhaza ve düşüncelere "meslek" veya "meşrep" deniyor.

Gaye ve Vesile

Hedef bir olsa da meşrep ve meslekler çeşit çeşit. Zira "Allah'a giden yollar, mahlûkâtın solukları adedince." Kur'ân-ı Kerim, bu hakikate işaret sadedinde -mealen- *"Bizim uğrumuzda gayret gösterip mücahede edenlere elbette muvaffakiyet yollarımızı gösterir, onları (hayır) yollarımıza iletiriz."* (Ankebut, 29/69) buyuruyor. Bu İlahî Beyan'ın asıl metninde zikredilen ve "sebîl" sözcüğünün çoğulu olan "sübül" kelimesi "yollar" manasını karşılıyor. Demek ki gaye Hak hoşnutluğu olduktan sonra çok farklı çizgiler takip edilerek de ona ulaşılabiliyor.

Aslında yolların çeşitliliği, fıtratın ve hilkatin gereği. Çünkü insanların mazhar oldukları ilâhî isimler, özel teveccühler, lütfî donanımlar, istîdat, kabiliyet ve karakterler farklı farklı. Ayrıca her insan az ya da çok yetiştiği çevrenin ve aldığı kültürün tesirinde. Şu hâlde, ayrı ayrı meşrep ve mesleklerin zuhur etmesi gayet tabii. Hele bu yol, yöntem ve sistemler Kur'ân ve Sünnet mizanlarıyla test ediliyorsa, bu konudaki farklılık ve çeşitlilik bambaşka bir rahmet tecellisi.

Öyleyse "tekke" seyr u sülûkuyla ruh ufkuna açılan da "medrese"de ilim meclisleriyle olgunlaşma heyecanı yaşayan da dört bir tarafta açtığı kurslarla her yanı Kur'ân bülbülleriyle buluşturan da günümüzün dertlerine çağın ihtiyaç duyduğu kurumlarla deva sunmaya çalışan da... ve/veya bütün bu hizmetler için siyasetin gerekliliğine inanıp o istikamette gayret ortaya koyan da makbuldür. "Usulüddîn" ölçülerine bağlı kaldıkları sürece, bu yollarda seyahat edenlerin hepsi O'na yürüyordur.

Sonsuzluk Kervanı

Bu inançla, hâlis mü'minler metot ve vesile farklılıklarını katiyen "ayrılık" sebebi saymaz; önemsiz bahanelerle ihtilâf çıkarmaz ve "gaye ve hedef birliği"ni "âidiyet mülahazası"na kurban etmezler. Kendi sahalarında Kur'ân hakikatlerine tercüman olup iman nurlarını yaymaya çalışırken başkalarıyla asla uğraşmaz; diğer müslümanları çekiştirip durmazlar. Onlar, ittifak edemiyorlarsa da hiç olmazsa ihtilafa düşmemeye özen gösterir; kıskançlık, suizan, gıybet, haset ve rekabet gibi marazlara karşı dikkatli yaşarlar.

Dahası, ihlas ve tevazuları ölçüsünde, hangi meslek ve meşrebe bağlı bulunursa bulunsun diğer müslümanların Hak katında kendilerinden daha makbul olabileceğine inanır; din, iman, Kur'ân ve insanlık hesabına hizmet veren her ferdi takdir edip yürekten alkışlarlar. *"Ellerime uzanan dudakları tepeyim / Allah diyen gel seni ayağından öpeyim."* (N. Fazıl) düşüncesi onların genel mülahazasıdır. Hatta onlar hangi meşru yolla olursa olsun Hakk'a yürüyen herkesi "Sonsuzluk Kervanı"nın mübarek bir üyesi görür ve merhum Necip Fazıl'ın şu hislerini paylaşırlar:

> *"Sonsuzluk Kervanı, peşinizde ben,*
> *Üç ayakla seken topal köpeğim!*
> *Bastığınız yeri taş taş öpeyim;*
> *Bir kırıntı yeter, kereminizden!*
> *Sonsuzluk Kervanı, peşinizde ben..."*

Bir insanın kendi hizmet metodunu diğerlerinden daha iyi ve üstün görmesi de normaldir. Nitekim Bediüzzaman hazretleri, *"Sen mesleğini ve efkârını hak bildiğin vakit, 'Mesleğim haktır veya daha güzeldir.' demeye hakkın var fakat 'Yalnız hak benim mesleğimdir.' demeye hakkın yoktur."* buyurarak bu konuda çok önemli bir ölçü ortaya koymuştur. Şu kadar var ki bazen "âidiyet mülahazası" yani bir millet, bir cemiyet, bir tarikat ya da bir cemaate mensubiyet düşüncesi, insanı enaniyete ve seçkinlik hissine itebilir. Hâlbuki benlik duygusundan sıyrılmak ehemmiyetli olduğu gibi "cemaat enaniyeti"ne düşmemek de mühimdir.

İstikamet çizgisi, insanın kendi meşrebinin hakkaniyetine yürekten inanması, çağa ve konjonktüre en uygun metot olarak gördüğü mesleğine candan bağlı kalırken diğer hizmet sistemlerini de gerekli/değerli bulması; gayenin birliği ile vasıtaların çeşitliliğini hep göz önünde bulundurması, hangi kulvarda yürürse yürüsün her Hak yolcusunun Allah indinde kendisinden daha makbul olabileceği kanaatini taşıması ve "rıza/Rıdvan" burcuna ancak ihlas, vifak ve ittifak ruhu sayesinde ulaşabileceği inancıyla yaşaması olsa gerektir.

Gaye Ölçüsünde Vesile: İ'lâ-yı Kelimetullah

————— ❧ —————

Muhterem Fethullah Gülen Hocaefendi, sözlü ve yazılı hitabelerinin bütününde -bazen uzunca, kimi zaman imayla- inananlar için asıl gayenin Hak rızası olduğunu hatırlattıktan sonra, o hedefe götüren en kestirme, en emin ve en sağlam yolu da vurgular: İ'lâ-yı kelimetullah.

İ'lâ; yükseltmek, şanını yüceltmek, yukarı kaldırmak, şöhretini artırmak demek.

Kelime; cümlenin yapısını oluşturan unsurların ve manalı en küçük sözlerin genel adı.

Kelimetullah ise Cenâb-ı Hakk'a izafe edilen isim, söz, ayet, hüküm, emir ve mahlûk manalarına gelmekle beraber, O'nun varlığını ve birliğini ikrar etmenin de unvanı.

Allah Teâlâ'nın kelam sıfatının tecellisi olan ayetler, sûreler, sayfalar, kitaplar ve hususiyle Kur'ân-ı Kerîm hem bütün hem de parçaları itibariyle birer kelime olduğu gibi O'nun kudret sıfatının tecellisi olan varlıklar, özellikle canlılar da kâinat kitabını oluşturan rabbânî kelimelerdir.

Allah'ı Kullarına Sevdirin ki...

Bu itibarla, i'lâ-yı kelimetullah; Yüce Rabbimizin adının bütün gönüllere duyurulması, İslâm dininin şanına uygun bir şekilde anlatılıp yayılması, İnsanlığın İftihar Tablosu'nun (sallallahu aleyhi ve sellem) namının güneşin doğup battığı her yere ulaştırılması demektir.

Aslında, Mevlâ-yı Müteâl'in adı da dini de Resûlü de zaten yüce, yüksek ve ulvîdir. Kısaca "Allah'ın kelimesini yüceltme" manasına gelen i'lâ-yı kelimetullah tabiri, insan idraki açısından ele alınıp bir ıstılah olarak kullanılmakta ve ona çok daha engin manalar yüklenmektedir:

Cenâb-ı Hakk'ı, güzellerden güzel isimlerine ve temel kaynaklarda işaret edilen sıfatlarına uygun şekilde tanıyıp tanıtmak...

İnsanların, kendilerini yaratan, ihtiyaçlarını karşılayan, besleyip büyüten ve ebedî bir saadet vaat eden Rabb-i Rahim'i aramaları, bulmaları ve O'nun maiyyetine ermelerine mani olan bütün engelleri kaldırmak...

Paslanmaya yüz tutmuş kalbleri cilalayıp lekelerinden arındırarak Rahman'ın tecellilerine hazır hâle getirmek...

Şahsî, ailevî, içtimaî, iktisadî, siyasî ve idarî problemlere reçeteler sunan, insanlığa dünyevî ve uhrevî saadet kapılarını açan Kur'ân-ı Kerim'in zaman üstü mesajlarına tercüman olmak...

Bütün varlığın bir kitap ve her mahlûkun bir kelime olduğunu, iman ve Kur'ân nazarıyla bakıldığında bu kitabın ve kelimelerin çok rahatlıkla okunabileceğini fizik, kimya, biyoloji, astronomi gibi müspet ilimlerin dilleriyle de âleme anlatmak...

Düşmanlarının husumet ve ön yargıları, dostlarının da vefasızlık ve zaafları sebebiyle mükemmellik ve güzellikleri görülemeyen Müslümanlığın gerçek çehresini ortaya koymak...

Hele bazılarının kafasına estiği gibi savaş ilan ettiği, terörün cihad örtüsüne büründüğü, hiçbir şekilde tecviz edilemeyecek canlı bombaların her yanda ölüm saçtığı, din adı altında en korkunç vahşetlerin sahnelendiği, kılıçla bedeninden koparılan başların kahramanlık eseriymişçesine sergilendiği ve artık İslâm denince zihinlere kanlı görüntülerin hücum ettiği bir dünyada Müslümanlığı kendi cemaliyle sunmak...

Ve Resûl-ü Ekrem Efendimiz'in (sallallahu aleyhi ve sellem) *"Allah'ı, Allah'ın kullarına sevdirin ki Allah da sizi sevsin."* nasihatine kilitli yaşamak.

İşte bütün bu hususları içermektedir i'lâ-yı kelimetullah. Bu derinliğiyle de en kutsal görevdir ve esas itibariyle peygamber mesleğidir. Hak elçileri yalanlanma, alaya alınma, hakarete uğrama, hapishaneye atılma, işkenceye maruz kalma, sürgüne yollanma, sevdiklerinden ayrılma, idam sehpasına çıkarılma, çarmıha vurulma ve canından olma gibi zorlukları, tehlikeleri göze alarak bu en büyük vazifenin hakkını verebilmek için çırpınıp durmuşlardır.

İnanıyorsan Duyarsız Kalamazsın

Doğrusu, hem dünya hem de ahirete bakan yönleriyle imanın vaat ettiği nimetlere ve küfrün netice vereceği felaketlere gerçekten inanmış bir insanın yakın-uzak çevresine karşı lâkayt kalması imkânsızdır. Merhum M. Akif,

"Mü'minlere imdâda yetiş merhametinle,
Mülhidlere lâkin daha çok merhamet eyle."

derken bu önemli hususa da dikkat çekmektedir. İmanın tadını almış ve onun uhrevî semerelerini ümit etmekte olan bir müslümanın aynı bahtiyarlığı başkaları için de istememesi kâbil değildir. Hele, burada küfür ateşinde kavrulup ötede Cehennem alevlerinde yanacak, ebedî saadetten mahrum kalıp sonsuz şekâvete dûçar olacak bir insanın hâline üzülmemesi düşünülemez.

Her hakiki mü'min, imandaki derinliği ve marifetteki enginliği ölçüsünde herkesin imana uyanması hesabına ızdırap yudumlar ve karanlıkta kalmışlara ışık sunmanın yollarını arar. Nitekim marifet burcunun Sultanı (sallallahu aleyhi ve sellem) Efendimiz, insanlığın kurtuluşu için o kadar muzdaripti ki Cenâb-ı Hak şöyle buyurmuştu: *"Neredeyse sen, onlar bu söze (Kur'ân'a) inanmıyorlar diye üzüntünden kendini helâk edeceksin."* (Kehf, 18/6); *"Onlar iman etmiyorlar diye neredeyse üzüntüden kendini yiyip tüketeceksin."* (Şuara, 26/3) ve *"Kur'ân'ı sana, meşakkat çekip, bedbaht olasın diye indirmedik."* (Tâhâ, 20/2)

Muhterem Hocaefendi'nin meali verilen ilahî beyanlarla alâkalı şu yorumu çok mühim ve latiftir: *"Bu ayet-i kerimeleri sadece Peygamber Efendimiz'in heyecanlarını ta'dil eden ve onu ikaz için inen birer ilahî beyan şeklinde anlamak eksik, hatta yanlış olur. Burada ta'dil ve tembih söz konusu olduğu kadar, ciddi bir takdir ve iltifat da vardır. Cenâb-ı Hak, Resûl-ü Ekrem'ine adeta 'Habibim, şu ilâhî mesaja kulak verip ona dilbeste olmuyorlar ve inanıp onun rehberliğinde huzur-u daimiye yürümüyorlar diye öyle üzülüyor, öyle kederleniyorsun ki neredeyse bir mum gibi eriyip tükeneceksin. Senin bu yüce ve incelerden ince ruhun ileride öyle bir kaynak hâline gelecek ki gönlünde azıcık haşyet duygusu barındıran herkes kalb kâsesini doldurmak için o kaynağa koşacak. Öyleyse Sen tebliğ vazifeni yap, takdiri Allah'a bırak; kendine o kadar eziyet etme!' demektedir ki bu hem çok ulvî bir iltifattır hem de bir ızdırap insanında olması gereken ruh enginliğini gösterme adına arkadan gelenlere hedef tayin etme manasına gelir."*

Bu yönüyle de i'lâ-yı kelimetullah, insanlara karşı derin bir şefkat besleyip akıbetlerinden endişe ederek onları iman esaslarına ve İslâm'ın mesajlarına davettir, bir diriliş çağrısıdır.

İster, "emr-i bi'l-ma'ruf nehy-i ani'l-münker" yani iyiliği öğütlemek ve kötülükten alıkoymak; başka bir ifadeyle, her fırsatta, münasip bir lisan ve üslupla, dinin emirlerine uygun beyan, amel ve davranışlara teşvik etmek; İslâm'ın haram, günah ve çirkin saydığı söz, fiil ve tavırlardan sakındırmak...

İster, *"Sen insanları Allah yoluna hikmetle, güzel ve makul öğütlerle davet et, gerektiği zaman da onlarla en güzel tarzda mücadele et."* (Nahl, 16/125) ayetinin işaret ettiği esaslar çerçevesinde Din-i Mübin'e ve Sırat-ı Müstakîm'e kılavuzluk yapmak...

İster, Rehber-i Ekmel Efendimiz'in (aleyhissalâtü vesselam), *"Din nasihattir."* beyanı zaviyesinden, insanları Allah'a, Resûl-ü Ekrem'e ve Din-i Mübîn'e yönlendirmek için her vesileyi hayırhahlık (iyilik isteme, hayrını dileme, güzele sevk etme) istikametinde kullanmak...

İsterse de çağın imkânlarından yararlanmak suretiyle, internet ve televizyon gibi vasıtalarla, sosyal ya da genel medya yoluyla Kur'ân hakikatlerinin ve imân nurlarının neşrine çalışmak i'lâ-yı kelimetullahtır ve bir mü'minlik şiarıdır.

Şu kadar var ki kıymetli Hocamız i'lâ-yı kelimetullahın salt bir propaganda olmadığını ve misyonerlikle alâkasının bulunmadığını her fırsatta vurgulamakta; Hak erlerinin hâl dilini esas aldıklarını, sözü, kapalı kalmış konulara ışık tutmak için kullandıklarını fakat kavlî ya da fiilî icbar veya ikraha katiyen başvurmadıklarını anlatmaktadır.

Tebliğ, Temsil ve Hâl Dili

Malum olduğu üzere "tebliğ" kelimesi, İslâm'ın mesajlarını, anlayıp idrak edebilecekleri en güzel şekilde başkalarına ulaştırmak, dinî hakikatleri söz ve yazı gibi vasıtalarla anlatmak ve habersiz kimselere Kur'ân ve Sünnet'in nurlarını taşımak manalarına gelir. "Temsil" ise insanın tebliğ ettiği esasları kendi hayatına tatbik etmesi, tavır ve davranışlarının sözlerine uygun olması; *"Ey iman edenler! Niçin yapmadığınız şeyleri söylüyorsunuz? Yapmadığınız/yapmayacağınız şeyleri söylemeniz, Allah katında en çok nefret edilen, gazaba sebebiyet veren şeylerdendir."* (Saff, 61/2-3) ayetinde kınanan çirkinlikten uzak kalıp nasihatlerini herkesten önce kendisinin uygulaması demektir.

Peygamber Efendimiz'in (sallallahu aleyhi ve sellem) hayatında temsilin, tebliğden birkaç kadem önde olduğunu belirten Hocaefendi, şu mühim noktaya dikkat çekmektedir: *"Bugün de gönüllere tesir eden ve insanları insafa getiren 'temsil'dir. 'Şu sözleri duyarak hakkı buldum!' diyen pek azdır fakat 'Falan samimi mü'minin şöyle hâlis bir hâlini görüp hidayete erdim.' diyen insanların sayısı çoktur. Haddizatında, hidayete vesile sözler de hep gönül dili ve hal şivesinin semeresi olan ifadelerdir. Zira tebliğ, ancak hakiki temsil ile gerçek kıymetine ulaşır."*

Hadis-i şeriflerde, *"Hak dostları o kimselerdir ki görüldüklerinde Allah hatırlanır."* buyurularak yine hâl dili işaretlenmiştir. Cenâb-ı Hakk'ın bazı seçkin kulları öyle mükemmel birer örnek olmuşlardır ki "Hüccetullahi ale'l-âlemîn" vasfıyla anılagelmiş; görenlere "Bu adam sanki Allah'ın varlığına delil olmak üzere dünyaya gönderilmiş; bunun müslüman olması dinin hakkaniyetine hüccet olarak tek başına kifayet eder." dedirtmişlerdir. Mesela, onlardan birisi, büyük hadis âlimi Abdullah b. Mesleme hazretleridir. Tabakât kitaplarında anlatıldığına göre Ka'nebî mahlasıyla bilinen bu zat, bir meclise vardığı zaman insanlar onun siret, hâl, tavır ve davranışlarında müşahede ettikleri mehabetten dolayı "Lâ ilâhe illallah, Sübhanallah, Allahu Ekber" demekten kendilerini alamazlarmış.

İşte muhterem Hocaefendi, imrendirecek seviyede bir temsil ve hâl dilinin kapalı bıraktığı hususları açmaya yetecek bir tebliğ ile ortaya konulması gereken i'lâ-yı kelimetullahı gaye ölçüsünde bir vesile saymaktadır. Bu şekildeki mücâhedenin Hizmet gönüllüleri için en güzel kurbet (Allah'a yakınlık) yolu ve en büyük paye olduğunu; onu hayatlarının biricik gayesi bilmeleri ve dünyada bulunmalarını da sadece ve sadece ona bağlamaları gerektiğini vurgulamaktadır.

İman Hizmeti Açısından "Siyaset"

A llah'ın hoşnutluğunu kazanmak ve ahiret mutluluğuna ulaşmak için "siyaset" de bir vesile değil midir? Rıza ve Rıdvan bahtiyarlığına siyaset yoluyla da varılamaz mı?

Meşru Siyaset

Şayet "siyaset" hak ve adalet ölçüleri içerisinde devlet işlerini düzene koymak; insanların birbirleriyle ve hükûmetle ilişkilerinin sağlıklı yürümesini sağlamak; bunu yaparken de halka hizmeti Hakk'a ubudiyetin bir şubesi saymaktan ibaret bir idare sanatı olarak yorumlanıp uygulanırsa, tabii ki onun sayesinde de Allah'a vâsıl olmak mümkündür.

Âdil idare ve seviyeli siyaset kanadıyla Cennet'e uçanlar da yok değildir. İnsanlığın huzuru, toplumun ıslahı ve yeryüzünün imarı için gece gündüz çalışmış hatta bu uğurda şahsî hak, haz ve yaşama arzusundan vazgeçip başkalarına âb-ı hayat sunma mefkûresine bağlanmış öyle idareciler gelip geçmişlerdir ki ihtimal, yetişmeleri için zemin hazırladıkları ilim ehlinin ve Hak erlerinin sevaplarının bir misli onların amel defterlerine de kaydolmuştur. "Sebep olan yapan gibidir." hakikati açısından onlar ötede âlimlerin ve velilerin dahi önünde yerlerini alacaklardır.

Fakat "siyaset" kitleleri bir şekilde ikna edip başa geçme, politika oyunlarıyla idareyi elde etme; parti, propaganda ve seçim vasıtalarıyla iktidar mücadelesi verme; kendi hükûmetinin devamı için her çareyi mubah görme olarak telakki edilirse, böyle sakat bir düşüncenin sıhhatli bir yönetimi, toplum hayatında huzuru ve ahiret semerelerini netice vermesi mümkün değildir.

Yalan dolana, gösteriş ve duyurmaya, ayak kaydırma ve adam kayırmalara, bir kısım mahfillerden devşirilen "olur"lara ve ekran, meydan, mikrofon şarlatanlıklarına dayalı bir siyasi arenada kalb selameti ve düşünce istikametinden bahsedilemez. Öyle kirli bir atmosferde, kendini bütünüyle halka hizmete adamış ve Hakk'la münasebetini korumayı da başarmış bir siyasetçi bulabilmek oldukça zordur.

Evet, Kur'ân ve Sünnet'te emanet, velayet, devlet, istişare, ulü'l-emre itaat, savaş kuralları, anlaşma şartları ve mahkeme hükümleri gibi pek çok konu ele alınırken siyaset ve idareye ait mevzularla ilgili işaretlerde de bulunulmuştur. Bazı mü'minler, meşrep ve meslekleri itibarıyla, Kur'ân ve Sünnet'i o işaretler penceresinden okumayı tercih etmiş; böylece Müslümanların problemlerinin çözülebilmesi için mutlaka devlet yapısının ve yönetim biçiminin düzenlenmesi gerektiğine inanmış olabilirler. Eğer bir insan böyle bir inanç neticesinde samimi bir niyet ve halis gayretlerle politika sahasında koşturuyorsa, çizgisini koruduğu sürece onun da Allah yolunda bulunduğu söylenebilir. Dinî hassasiyetlerin ihmale uğramadığı "meşru siyaset" diyebileceğimiz bu kulvarla rızaya erişenler de yok değildir.

Politikanın Vartaları

Ne var ki bu kulvarda insanı nefsanî arzularla oyalayan, dünyevî zevklere bağlayan, ahiret düşüncesinden uzaklaştıran, zulme taraftar kılan, onun kalbini karartan, ihlasını kıran ve dinî hayatına musallat olan pek çok marazla karşı karşıya kalmak kaçınılmazdır. Bu yüzden siyaset oldukça tehlikeli bir yoldur ve ilk adımını attığı günkü samimiyetiyle hedefe ulaşan talihli sayısı azlardan azdır.

Bu gerçeğe dikkat çeken Bediüzzaman hazretleri işin ciddiyetini de ifade sadedinde şöyle der: "*Din düsturlarının bir hâdimi olmak cihetinde güneş gibi imanlar taşıyan bir kısım Sahabiler ve onlara benzeyen mücahidînden, selef-i salihînden başka, siyasetçi, ekserce tam müttakî dindar olamaz. Tam ve hakiki dindar, müttakî olanlar, siyasetçi olmazlar. Yani maksad-ı aslî siyasetini yapanlarda din, ikinci derecede kalır, tebeî hükmüne geçer. Hakiki dindar ise 'Bütün kâinatın en büyük gayesi ubudiyet-i insaniyedir.' diye, siyasete, aşk-ı merak ile değil, ikinci üçüncü mertebede onu dine ve hakikate alet etmeye -eğer mümkünse- çalışabilir. Yoksa baki elmasları, kırılacak adi şişelere alet yapar.*"

Hazreti Üstad, siyasete karışmamasının hatta ondan şeytandan kaçar gibi kaçıp Allah'a sığınmasının sebebini soranlara, aslında siyaset dairesinde vazife az ve küçük olmakla beraber, meraklı insanlarda ilgi uyandırıp onları kendisiyle meşgul ettiğini hatta hakikî ve büyük vazifeleri unutturduğunu veya noksan bıraktırdığını söyler. Bu sebeple sonsuz ebedî saadeti, neticesi şüpheli bir iki senelik dünya hayatına feda etmemek için en mühim, en lüzumlu ve en selâmetli yol olan "imana hizmet"i seçtiğini anlatır.

O, ayrıca politikanın hemen herkeste bir tarafgirlik meyli hâsıl ettiğini, bazen insanı zalimlerin zulümlerini hoş görmeye ve onların günahlarına ortak olmaya ittiğini belirtir. Siyasî cereyanların ayrılıklara ve müslümanların perişanlığına sebebiyet verdiğini; sevginin de buğzun da Allah için ve O'ndan ötürü olması lazım gelirken, insanların sadece kendi siyaset anlayışlarına uygun görüş ya da kişileri sevip diğerlerine buğz ettiklerini ifade eder. Dahası bu şeytanî düstura kendilerini kaptırdıklarından melek gibi bir "hakikat kardeşi"ne düşmanlık yapıp el-hannâs (sinsice vesvese veren şeytan)

gibi bir "siyaset arkadaşı"na muhabbet beslediklerini; böyle-
ce taraftarlık güdüsüyle zulme rıza gösterip cinayete manen
ortak olduklarını vurgular ve şu hükme varır:

*"Evet, bu zamanda siyaset, kalbleri ifsad eder ve asabî ruh-
ları azap içinde bırakır. Selâmet-i kalb ve istirahat-i ruh iste-
yen adam, siyaseti bırakmalı."*

Din, Siyasete Âlet Edilmemeli

Diğer taraftan, dinin politize edilmesi de büyük bir cinayettir.
Kendi siyasi yorumlarına ve idari anlayışlarına kutsiyet
kazandırmak için dinî referansları kötüye kullanmak ya da
İslâm'ın bir kısım dünyevî gayelere alet yapıldığı izlenimi
uyarmak da vebaldir. Yazılarında, sohbetlerinde ve kendisiy-
le yapılan röportajlarda çok defa bu tehlikeyi nazara veren
Fethullah Gülen Hocaefendi'nin bu konudaki kanaati şu söz-
lerle özetlenebilir:

*"Siyasî düşüncelerimizi, parti anlayışımızı dine bina ettiği-
miz zaman, dine bir yönüyle bizim eksikliklerimiz, bizim arıza-
larımız, bizim kusurlarımız da akseder; bize tepki, dolayısıyla,
ona da tepki getirir. Bize nefret duyan insanların nefretinden
din de nasibini alır. Evet, dini politize edenler, ona büyük kötü-
lük yapmış olurlar. Din hakikati öyle temsil edilmeli ki bütün si-
yasî mülahazaların üzerinde olsun."*

"Sünûhât" adlı eserinde Hazreti Üstad, bir mecliste ken-
disine yöneltilen soruları ve onlara verdiği cevapları anlatır-
ken, din ile siyaset ilişkisindeki çok mühim bazı noktaları da
izah eder:

Kendisine, dinsizliğin her yanı sardığı ve artık din namı-
na meydana çıkmak lâzım geldiği söylenince; sözü tasdik
eder fakat katî bir şart öne sürer: Meydana çıkmak için teşvik
edip harekete geçiren kuvvet, İslâm aşkı ve dini namus bilip
onu koruma gayreti olmalıdır. Eğer ortaya atılma konusunda

harekete geçirici veya tercih ettirici güç, siyasetçilik ya da tarafgirlik ise o tehlikedir. Birincisi samimidir, hata da etse, belki affedilir; ikincisinin ise niyeti hâlis değildir, isabet de etse, hesaba çekilir.

Bediüzzaman hazretleri bu ehemmiyetli şartı dile getirince aradaki farkın nasıl anlaşılabileceği sorulur: O, çok dakik bir ölçü daha serdeder: *"Kim fâsık (günahkâr) siyasetdaşını, mütedeyyin (dininde sağlam ve sâdık) muhalifine, su-i zan bahaneleriyle tercih ederse, (demek ki onun) muharriki (teşvik edip harekete geçiren kuvvet) siyasetçiliktir."* Devamında ise herkesin mukaddes malı olan dini, inhisar (tekelcilik) zihniyetiyle sahiplenip onu kendi çizgisindeki insanlara özelmiş ve sadece onlar kıymetini bilip yüceltirlermiş gibi göstermekle, diğer insanların büyük çoğunluğunda dine karşı aleyhtarlık meyli uyandırarak onu nazardan düşüren kimselerin, tarafgirlik yapmış olduklarını belirtir. Dine böyle sahip çıkıp karşıdakine "dinsizsin" demenin hizmet olmadığını, bilakis böyle yanlış bir tavrın başkalarını dine karşı tecavüze sevk edeceğini söyler.

Nur Müellifi, bir başka yerde, muhalefet ederken doğrudan insanları hedef almamaya ve onların şahsiyetlerini yıpratmamaya özen gösterilmesi; yalnızca kötü sıfat, nahoş fiil, zararlı fikir veya çirkin sözlerin eleştirilip ıslah edilmesi gerektiğini işaretler.

Politik Egoizm

Meselenin diğer bir yanı da günümüzde siyasetin "ilmim, tecrübem, gayretim, başarım" fahirlenmelerine, "dedim, yaptım, çattım, kurdum" övünmelerine ve "Benim hakkım, beni seçmelisiniz, ben olmalıyım" egoistliğine dayalı götürülmesidir. Maalesef bugün makam ve mansıpların belirlenmesinde ehliyet ve liyakat değil ayak oyunları ve iltimas etkili olmaktadır. Böyle bir anlayış, karakteri oturmamış kimseleri bütün bütün bencil, menfaatperest, dalkavuk ve şahsiyetsiz hâle düşürmektedir.

Hâlbuki her makam ve vazife bir emanettir; onun başına ehlini geçirmek de ilgililerin boynunun borcudur. Resûl-i Ekrem Efendimiz (sallallahu aleyhi ve sellem) *"Emanet zayi olduğu zaman kıyameti bekleyin!"* buyurmuştur. *"Ey Allah'ın Resûlü! Emanetin zayi olması ne demektir?"* diye sorulunca, Hazreti Sâdık u Masdûk Efendimiz; *"İş, ehli olmayan kimselere verilince emanet zayi edilmiş olur; işte o zaman kıyameti bekle, kıyametin kopması pek yakındır."* cevabını vermiştir.

İşin ehline teslim edilmesi, devlet başkanından ilçe kaymakamına, ondan mahalle bekçisine varıncaya kadar hayatın her biriminde geçerli ve tazeliğini hiçbir devirde kaybetmeyen bir emirdir. İslâm, kendisine sahip olamayan, ruhuyla bedeni, dünyasıyla ahireti, işiyle ibadeti arasında denge kuramayan; sadece yeme, içme, eğlenme, para kazanma ve şahsi yatırım yapma çerçevesinde ömür süren kimselerin başa geçmelerine, idarî işlerin ağırlığını yüklenmelerine cevaz vermez. Çünkü bu zaaflarla yaşayanlar, iş başına getirildiği takdirde, önce o memleketin, o ilin, o ilçenin ya da o ünitenin kıyameti kopar.

Bir makam, mansıp ve riyâset, onu isteyip delicesine peşinden koşan kimselere verilmemelidir; çünkü bir yere yükselme, bir mevki ihraz etme ve bir makam sahibi olma gibi tutku ve hırslar, insanları çok defa bazı hakikatleri görmekten alıkoyar hatta onları şahsi beklentilerine feda etmeye zorlar. Yükselme sevdalısı kimseler, sürekli daha üst bir rütbeyi ya da makamı düşünür, etki alanlarının genişlemesi rüyaları görür ve o anki imkânlarını/kredilerini hep yarınları hesabına harcarlar; o sermayeyi sadece emanette emin olma ve hakkı tutup kaldırma adına kullanamazlar. Kullanmak isteseler bile bir yerde durmak zorunda kalırlar; zira bir taraftan vazifenin hakkını vermeye çalışsalar da diğer yandan sürekli ferdî ikballeri için yatırım yapma hususunda kendilerini mecbur hissederler.

Seçilme Arzusu ve Mü'minin Ölçüsü

Cevdet Paşa'nın, "Kısas-ı Enbiyâ"da anlattığı üzere, idareciliğe talip olmamak ve belli bir vazifeye tayin istememek gerektiği yönünde pek çok nebevî uyarı duyup dinleyen Hazreti Ebû Bekir (radıyallahu anh) gönderdiği bir mektupta Hazreti Ali'ye (kerremallahu vechehu) şu ölçüyü hatırlatmıştır: "*Vazife onundur ki o 'Benim değildir.' der. Onun değildir ki o, vazifeye ehil olduğunu iddia eder.*"

Zaten kendi istek ve arzusuyla bir idareciliğin altına girip de yükün ağırlığından ezilmeyen ve yüzünün akıyla emaneti halefine verebilen insan sayısı çok azdır. Çünkü kendini ehil görmede bir iddia ve bereketsizlik; tevazu ile boyun büküp beklerken bir göreve tavzif edilmede ise tevekkül ve ilahi inayet vardır. Bu sırra dikkat çekme sadedinde, Allah Resûlü (sallallahu aleyhi ve sellem) Efendimiz, Abdurrahman b. Semure'nin (radıyallahu anh) şahsında bütün inananlara şöyle buyurmuştur: "*Ey Abdurrahman! Baş olmayı (bir vazifeye getirilmeyi) isteme; eğer isteğin üzerine o görev sana verilirse, onunla baş başa bırakılırsın. Şayet sen istemeden sana verilirse, o işte ilâhî yardım görürsün.*"

Bu itibarla, makam ve mansıbın istenmemesi, verilirse de kerhen kabul edilmesi bir esastır. Ancak bu meselenin de bir istisnası vardır: Şayet bir vazifeyi aynı ölçüde yapabilecek başka bir müstakim mü'min mevcut değilse, o konuda istekli davranmakta mahzur olmayabilir. Hazreti Yusuf'un "*Beni ülkenin hazinelerinin başına tayin et çünkü ben (onları) çok iyi korurum ve bu işi bilirim.*" (Yusuf, 12/55) diyerek Kıptîler içinde vazifeye talip olması bu hikmete dayanmaktadır. Bazı müfessirlerin "Onun şeriatında vazife talebi caizdi." demeleri mahfuz; Hazreti Yusuf (aleyhisselâm), hiçbir Müslümanın bulunmadığı ve

Allah'ın tanınıp bilinmediği bir beldede -mesajlarını daha etkili duyurabilme niyetiyle- hazinedarlık talep etmiştir.

Fakat belli bir vazife için ehl-i imandan birkaç namzet bulunuyorsa, orada halis mü'mine düşen, bir adım geriye çekilmek ve liyakatli insanı işaret etmektir. Hele Kur'ân talebeleri için Hazreti Bediüzzaman'ın yaklaşımıyla, sorumluluk gerektiren ve tehlikeler barındıran *metbûiyet (önde bulunup takip edilme) yerine tâbiiyyeti (arkada durup peşi sıra gitmeyi) tercih etmek, imamet ve öncülük işinde başkalarını rahatsız edecek şekilde önde görünmemek* çok önemli bir ilkedir.

Heyhat! Bugün siyaset sahası bir yana, en masum dairelerde bile egoizm at oynatmakta, nabızlar enaniyetle atıp durmakta ve "ben" merkezli dünyacıklar kurulmaktadır. Politik arenayı, kapıldığı fâikiyet (üstünlük) mülâhazasından dolayı sadece kendini ve yardakçılarını beğenen, diğer meslek ve meşrep erbabını rakip sayıp küçük gören ve bu ön kabulü zaviyesinden herkesten biat/itaat isteyen kimseler doldurmaktadır. Öyle ki sırf kendisine oy vermediği için partilisi olmayan mü'minleri küfürle itham eden siyasetçiler görülmüştür. Güya, dindar kimliğiyle o bütün müslümanların temsilcisidir ve iman ikrar eden herkes onu seçmek zorundadır.

Hâsılı, baştan beri arz edilen esasları ve birkaç kare ile resmi çizilen siyaset mesleğini beraberce değerlendirdikten sonra muhterem Hocaefendi'nin şu sözlerine hak vermemek mümkün değildir:

"Bu ülkenin parti ve hizipçilikten daha çok, imanla, ümitle donanmış; aşkla, heyecanla dopdolu; maddî-mânevî, dünyevî-uhrevî garazlardan sıyrılabilmiş ilim, ahlâk ve fazilet havarisi babayiğitlere ihtiyacı var. Onlarla buluşup, onlara teslim olacağımız âna kadar, nisbî de olsa, bu iç içe gurbet ve esaretlerimiz devam edeceğe benzer."

Dip Dalga, Toplumun Kaymağı ve Üç Düşman

———— ✥ ————

Siyaset, içtimai hayatın istenilen şekilde düzene konulmasını sağlayamaz mı? İdareye hükmetmek, ülkenin ikbal ve istikbaline yön verebilmek için önemli bir güç sayılmaz mı? Politikaya mesafeli duran bir hareket, toplumsal yapıyla ilgili projelerini ya da beklentilerini gerçekleştirebilir mi?

Bunlara benzer sorular ve bakış açıları devletin rotasının belirlenmesi ve halkın gidişatının şekillenmesi hususunda politikanın en önemli faktör olduğunu düşündürebilir. Hatta bazı kimseler ülkeyi refaha, huzura ve gelişmişliğe taşımanın tek çaresi olarak politikayı görebilirler. Mevcut sistemin, muhalif kabul ettiği hiçbir kesimin büyümesine izin vermeyeceğine, biraz boy atan her cemaat, cemiyet ya da hareketi mutlaka engelleyeceğine ve birkaç adım ilerlemiş olanın önünü kesip onu yeniden başa dönmeye mecbur edeceğine; dolayısıyla da iktidarı ele geçirip meseleyi kökten çözmenin zaruretine inanmış olabilirler.

Oysa mesele hükûmet kurmak ve idareye hâkim olmaktan ibaret değildir. Galip siyasi partinin veya iktidardaki devlet ricâlinin ellerinde sihirli bir değnek yoktur ki bir hamlede siviliyle resmîsiyle bütün kurumlar düzelsin, nezih bir toplum meydana gelsin ve fertler özledikleri kamusal hayata erişsin.

Tavan, Tabana Göre Şekillenir

Unutulmamalıdır ki dinamik güç statik güç tarafından belirlenir; hep canlı ve hareketli görünen siyasal hayat, durgun görünüm arz eden halka göre şekillenir; diğer bir ifadeyle tavan, tabana uygun olarak biçimlenir. Siyasetçiler, konumlarını korumak ya da yeniden seçilebilmek için kendilerini toplumun genel temayüllerine ayak uydurmaya mecbur hissederler.

Bundan dolayı, dine hizmet düşüncesiyle siyasete atılmış kimselerin dahi kısa süre içinde statükoya boyun eğdikleri ve bir mefkûre sâikiyle devleti değiştirme sevdasına düşmüşken kendilerinin devletleştikleri çok görülmüştür.

Önce bireyden başlanmadığı, tek tek şahıslar eğitilmediği ve faziletli fertlerden müteşekkil bir toplum yetiştirilmediği takdirde, siyaset sadece hasis ihtirasların mücadele meydanına dönüşür. Okuldaki öğrenciden öğretim görevlisine, camideki cemaatten imama hatta kışladaki askerden komutana kadar herkes, kendi sorumluluğunu bir yana bırakarak politikayla meşgul olur. Küçük farklılıklar büyük ayrılıklara sebebiyet verir; bölünüp parçalanma ülke bütünlüğünü dahi tehdit edecek bir raddeye uzanır. "Vatan sağ olsun!" mülahazasının yerini "Çıkar bol olsun" düşüncesi alır. Devlet imkânları, şahsî ya da hizbî menfaatler için yegâne kaynak gibi algılanır; kamu malının rahat kullanımı başları döndürür, bakışları bulandırır. Öyle ki bir yiğit edasıyla yola çıkan kimseler bile bu hummaya tutulunca asalaklaşır, iç kaymaları yaşar ve çalıp çırpmaya başlarlar. Milletin yaralarını sarmaları beklenirken onlar halkın damarlarındaki kana da pençe atarlar.

Ayrıca yukarıdan inmeci, üstten zorlayıcı ve baskıcı idareler insanlarda ikiyüzlülük hâsıl eder; nifaka yol açar ve toplumda münafıkların sayısını artırır. Kimi zaman muktedirlerin şerlerinden emin olma, bazen de ganimetten (!) pay alma düşüncesi tanrıtanımaz kimseleri bile dindar kisvesine büründürür. Hâlbuki cebir ve şiddetle yaptırılan işler İslâm'ın ruhuna aykırıdır. Dinimize göre baskı ve ikrah neticesinde meydana gelen iman, iman sayılmadığı gibi, özünde Hakk'ın rızası bulunmayan hiçbir amel de sâlih amel değildir; bunların birincisi nifak, ikincisi de riyadır. Nifak, bir çeşit küfür; riya ise bir nevi şirktir. Tevhid dini olan İslâm, *"Din için dine sokmaya matuf ikrah yoktur."* (Bakara, 2/256) şeklindeki Kur'ân hükümlerinin yanı sıra Resûl-i Ekrem Efendimiz'in konuyla ilgili beyanlarıyla, Müslümanlığın gönül işi olduğunu ve zorlamanın asla tasvip edilemeyeceğini ortaya koymuştur.

Bütüncül bir nazarla bakıldığında, meseleyi dipten ele almak ve işe fertten başlamak gerektiği görülecektir. Başka rejimler ve inanç sistemleri adına politik tahakküm bir yol olsa da Müslümanlar için tek vesile sevgiyle yönelmek, kalblere girmek, akılları ikna etmek, şahısları eğitmek ve toplumu "erdemli birey" moleküllerinden oluşmuş bir bütün hâline getirmektir. Ruh ve mana köklerinden akıp gelen özler içirilerek nesillerin ıslahıyla işe başlanmalı, genç dimağlara kendi değerlerimizin nakışları işlenmeli ve körpe gönüllere ulvî hakikatler şerbeti içirilmelidir ki onlardan meydana gelen toplum faziletli olsun; idareciler de onların arasından çıktığı için aynı ahlâkî donanımla mücehhez bulunsun ve o yapının tabanı tavanına sağlam bir kaynak oluştursun.

Zannediyorum şu hadise, anlatılmak istenen konuya ışık tutucu mahiyette:

İlk meclisin milletvekilleri arasında Tahir Efendi adında biri de varmış. Bu zat, kalb ehli bir âlim, hâl dilli bir ârif imiş. Başkaları meydanlarda nutuk atarken, o konuşmayı pek sevmez, hep sükûtîliği tercih edermiş. Meclis tatil edilip vekiller halkı bilgilendirmek üzere bölgelerine gönderildiğinde, taraftarları ondan da bir meydan konuşması istemişler; "Efendi, bütün vekiller konuşuyor, herkes kendi vekiliyle iftihar ediyor; sen de bir hitapta bulunsan da bizim de göğsümüz kabarsa!" demişler. Tahir Efendi, ısrarlı davetler üzerine kürsüye çıkmış; her zamanki gibi az ama öz konuşmuş. Şunu söylemiş:

"Muhterem cemaat! Biliyorsunuz ki size "müntehib" (seçen/seçmen) denir; bana "müntehab" (seçilen/vekil). Beni gönderdiğiniz yer "müntehabün ileyh" (kendisi için seçim yapılmış yer/millet meclisi)dir. Sizin yaptığınız işin adı da "intihab" (seçim)dir. "İntihab" kelimesi "nuhbe" kökünden gelir. Nuhbe ise kaymak demektir. Unutmayın ki bir şeyin özü ne ise kaymağı da o cinsten olur; tabanda ne varsa, tavana da o vurur. Yoğurdun üstünde yoğurt kaymağı, sütün üstünde süt kaymağı, şapın üstünde de şap kaymağı bulunur."

Muhterem Fethullah Gülen Hocaefendi, sohbetlerinde bu hadiseyi anlatır ve der ki: "Bunu ilk dinlediğim andan beri ne zaman hatırlasam hep şöyle düşünürüm: Resûl-i Ekrem (sallallahu aleyhi ve sellem) Efendimiz'in *'Siz nasılsanız, öyle idare edilirsiniz.'* hadis-i şerifini böylesine veciz bir şekilde açıklayan hiç olmamıştır."

Sağlam Fert, Sıhhatli Toplum ve Adil İdareci

Merhum Mehmet Akif,

"Bilmez misin ki kat'î bir düsturdur bu Hak'ça,
Bir kavmi bozmaz Allah, onlar bozulmadıkça"

der. Evet, *"Yüce Yaratıcı, bir topluma bahşettiği nimetlerini, o toplum, kalbî ve ruhî durumunu değiştirmedikçe geri alacak ve değiştirecek değildir."* (Enfal, 8/53) Şayet insanlar nimetlere mazhar oldukları ilk zamandaki samimiyet, ihlas, tevazu, sadakat, iffet, istiğna ve hasbîlik gibi güzel hasletlerini korurlarsa, Cenâb-ı Allah, lütuflarını devam ettirir ve onları her türlü perişanlıktan korur. Fakat, kalbi itminana ermemiş, ahlâk-ı hasene ile bezenmemiş kişilerin oluşturduğu bir toplumda, Allah Teâlâ'nın lütfettiği nimetler ve eldeki imkânlar rantabl değerlendirilemeyeceği gibi, ziyade ihsanlara liyakat kazanma ve yeni ufuklara doğru açılma da asla söz konusu olmaz. Aksine, fertlerdeki bozukluk önce kendi nefislerinde sonra da toplumun bütün kesimlerinde zincirleme yıkılışlara yol açar ki bu da, o toplumun zaman içinde çürümesini netice verir. Bu çürümenin sonuçlarından biri de yöneticilerin dünya sevgisi, rahat düşkünlüğü, keyif arzusu, mal tutkusu ve makam hırsına kapılmaları; tebaaya karşı öfke ve nefret duygusuyla dolmaları; nihayet halkın en şerlileri olup zulümle oturup kalkmalarıdır.

Ebu Nuaym Hazretleri'nin "Hilyetu'l-Evliya" adlı kitabında ve İmam Taberânî Hazretleri'nin "Mu'cemu'l-Evsat" isimli eserinde geçen, Hazreti Ebu'd-Derdâ (radıyallahu anh) tarafından rivayet edilen bir hadîs-i kudsîde (manası doğrudan Allah'a, söz kalıbı ise Resûlü'ne ait mübarek beyanda) İnsanlığın İftihar Tablosu (sallallahu aleyhi ve sellem) Efendimiz şöyle buyurmaktadır:

"Aziz ve Celil Allah ferman buyurdu: Ben Allah'ım, Ben'den başka ilah yoktur. Kâinatın yegâne sahibi ve hükümdarların efendisi Benim. Hükümdarların, idarecilerin kalbleri Benim elimdedir. Eğer kullarım Bana itaat ederler, dinin gereğini yerine getirirlerse, idarecilerinin kalblerini onlara karşı merhamet ve şefkat duygularıyla doldururum. Fakat eğer kullar Bana isyan eder, dinden yüz çevirirlerse, hükümdarlarının kalblerini onlar hakkında öfke, hiddet, hınç ve kine sevk ederim de onlara azabın en acılarını tattırırlar. Öyleyse idarecilerinize beddualar ederek kendinizi oyalamayın; zikir, dua ve yakarışlarla mamur ettiğiniz gönüllerinizle Bana yönelin ki Ben de zalim idarecilerinizin haklarından geleyim."

Demek ki şirret yöneticilere ve onların kötülüklerine zemin hazırlayan, halkın kendisidir. Toplumun özü güzel olduğu takdirde, ondan çıkan kaymak mesabesindeki idareciler de iyi ve adil kimseler olacaklardır. İnsanlar Allah'a itaatkâr bulunurlarsa, Cenâb-ı Hak da baştakilerin gönüllerine onlara karşı merhamet, muhabbet ve şefkat dolduracaktır. Bir taraftan ahlâk güzelliğine sahip diğer yandan Allah'a teveccühte derin insanların sahabe-misal topluluğunda ancak Ebu Bekirler, Ömerler, Osmanlar, Aliler riyaseti ele alacaklardır.

Tarihten misallerle konuyu şerh etmek mümkündür. Fakat meselenin yeteri kadar vâzıh olduğu kanaatiyle, bu konuda yazıp çizen hemen herkesin naklettiği bir anekdotu hatırlatmakla yetineceğim:

"Zâlim" lakabıyla meşhur Emevî valisi Haccac'ın zulmünün olabildiğine şiddetlendiği günlerin birinde halkı temsilen cesur bir heyet huzura çıkar. Bilmem ki yüzüne karşı "Bu kadar zulüm fazla!" diyebilmişler midir? Fakat nasıl bir üslup tutturabilmişlerse, imkân dâhilinde zulmün çirkinliğini ve insanlara karşı şefkatli olmanın lüzumunu anlatır; sözlerine son verirlerken de Hazreti Ömer'in (radıyallahu anh) adaletinden bahsedip onun gibi davranmak gerektiğini ima ederler. Haccac şöyle cevap verir: *"Siz Hazreti Ömer zamanındaki insanlar gibi olsaydınız, hiç şüphesiz ben de onun adaletini uygulardım. Ebu Zerr'lerden müteşekkil bir halk olmuyorsunuz ama benden Ömer gibi yöneticilik yapmamı istiyorsunuz. Unutmayın ki Allah kötülüğe batmış kimselere iyi yönetici göndermez, iyilik düşünen insanlara da kötü idareci vermez."*

Bazıları onun bu sözünü demagoji olarak yorumlasalar da Haccac'ın önemli bir hakikati vurguladığı da görmezlikten gelinemez. Devlet ricâli ve sair yöneticiler tabii ki sorgulanabilir; bununla beraber, mü'mince tavır, her problemin akabinde insanın önce kendi muhasebesini yapmasıdır. Kur'ân-ı Kerim'in *"Ey iman edenler! Siz kendinizi düzeltmeye bakın! Siz doğru yolda olduktan sonra sapanlar size zarar veremez."* (Mâi-de, 5/105) emri bu açıdan da dikkate alınmalıdır.

Sözün özü, karaya oturmuş millet gemisini yüzdürmek ve sahil-i selamete ulaştırmak için çalışmaya fertten başlanmalı; önce şahıslar ele alınıp olgunlaştırılmalı ve yapı taşı, sağlam bireyler olan bir toplum oluşturulmalıdır. Böyle bir huzur toplumu yetiştirmenin ve ülke olarak yeryüzünde bir denge unsuru hâline gelmenin yolu katiyen siyaset değildir. Politika ile belki bir kısım problemler çözülebilir fakat o, sürekli farklılaşan dünyanın ve değişen şartların getireceği yeni sorunlara kâfi gelemeyecektir. Milletin yıllanmış dertlerini ve yakın-uzak istikbalde karşılaşacağı zorlukları aşmanın yegâne çaresi siyasete mesafeli sosyal faaliyetlerdir. Toplum parçalarını bir araya getirmek ve onun mânevî güç kaynaklarını harekete geçirmek ancak değişik unvanlar altındaki Kur'ân hizmetleriyle, beşeri kalb ve ruh ufkuna taşıma gayretleriyle, bilhassa eğitim, yardım ve diyalog seferberlikleriyle mümkün olacaktır. Duyarlı siyasetçiye düşen vazife bu çalışmaları sahiplenmek, tekeline almak ve devletleştirmek değil, onlara müsait zemin hazırlamak ve güzergâh emniyeti sağlamaktır. Belki bu niyetini koruduğu takdirde o da siyaset arenasının kirlerinden sıyrılacak, "belvâ-i âmme" (bir şekilde hemen herkese bulaşan, umumî, kaçınılması güç sıkıntılar, sokakta elbiseye sıçrayan su/çamur) kabilinden olan politika lekelerinden mesul tutulmayacaktır.

Hizmet Camiasının Faaliyet Sahası

Bu mülahazalardan dolayıdır ki Hizmet Camiası her zaman siyasete dengeli yaklaşmaya çalışmış; mevsimi geldiğinde vatandaşlık vazifelerini eda etmenin haricinde politikaya dâhil olmamak için özen göstermiş ve faaliyetlerini özellikle cahillik, fakirlik ve ayrılık hastalıklarına karşı mücadele zemininde yoğunlaştırmıştır.

Said Nursî Hazretleri'nin, *"Bizim düşmanımız cehalet, zaruret ve ihtilâftır. Bu üç düşmana karşı sanat, marifet ve ittifak silâhıyla cihad edeceğiz. Ve bizi bir cihette teyakkuza ve terakkiye sevk eden hakikî kardeşlerimizle ve komşularımızla dost olup el ele vereceğiz. Zira husumette fenalık var, husumete vaktimiz yoktur."* sözü Hizmet erleri için bir nevi yol haritası olmuştur.

Muhterem Hocaefendi, gençlik yıllarından itibaren Türkiye'yi köy köy, kasaba kasaba dolaşmış, her yerde evvela cehalet düşmanını alt etmek için mutlaka gerekli olan eğitim seferberliğine çağrıda bulunmuştur. Bir yandan yaygın eğitim denebilecek keyfiyette camilerle beraber, kahvehane, düğün salonu, sinema gibi bütün mekânları kullanmış; "Onlar gelmiyorlarsa biz ayaklarına gidelim." deyip her meclise uğramış ve bütün vatan sathını bir mektep sayarak ders anlatmış, konferans vermiş, vaaz etmiş, sohbet yapmıştır. Diğer taraftan da örgün eğitim hesabına öğrenci evleri, okuma salonları, yurtlar, okullar, yüksek eğitime hazırlık dershaneleri ve üniversiteler açılması için teşviklerde bulunmuş; yurt içinde maya tutunca müessese dairesinin dünyanın en ücra köşelerine dahi ulaşması için çırpınıp durmuştur.

Saniyen; milletimizi ihtiyaç içinde kıvrandırıp başkalarına el açmak zorunda bırakan "fakirlik" marazına karşı ortak akıl ve müşterek gayret dinamosunu harekete geçirmiş; insanlarda beraber çalışma ve ortak iş yapma duygusunu tetiklemiş; "küçük bir dükkânda evin ekmeğini çıkarma" fikrine mahkûm esnafı "gelecek nesiller için daha çok kazanma" ufkuna yönlendirmiştir. Onlara ilk defa üçerli-beşerli ortaklıklar kurma fikrini ve kasabalarının, illerinin, hatta ülkelerinin dışına açılma cesaretini aşılayarak millî kalkınmaya götürebilecek dinamikleri göstermiştir. Kurulan esnaf odaları, işçi-memur sendikaları, işadamları dernekleri, dayanışma birlikleri ve konfederasyonların çatıları altında bir araya gelen fedakâr ruhlar, birbirine destek olup beraberce büyüme ve zenginleşme yoluna girmiş; kıta sınırlarını da aşıp bütün dünyayla iş, ticaret ve dostluk köprüleri kurmuşlardır. Ayrıca, düne kadar ahiret yatırımı ve "infak" meselesinden habersiz kimseler de dâhil, bu kervana katılanlar artık "kazancının zekâtını veren" değil "zekât vermek için çalışıp kazanan" ve "Ben de falan yerde bir yurt, okul ya da üniversite yaptırmak istiyorum!" deyip kolları sıvayan birer himmet eri olmuşlardır. Onlar sayesinde hem dünyanın dört bir yanında eğitim kurumları açılmış hem de ülkemiz başta olmak üzere yeryüzünün her tarafındaki muhtaçların yardımına koşmak gayesiyle "Kimse Yok Mu" gibi dernekler kurulmuştur. Mülteci kampları, yetimhaneler ve hastaneler tesis edilmiş; özellikle Afrika'da su kuyusu açma, yetim okutma, (orada çok yaygın olan, çocukların bile maruz kaldığı) katarakt hastalarını ameliyat etme ve nerede meydana gelirse gelsin her türlü tabii afet sonrasında felaketzedelerin yaralarını sarma kampanyaları yapılmıştır.

Salisen; muhterem Hocamız vaaz kürsüsüne ilk kez çıktığı on dört yaşından itibaren her fırsatta öfke, nefret, hazımsızlık ve ayrılığın çok defa fazilet hislerini baskı altına aldığını, toplum bireyleri arasında evrensel insanî değerleri yok ettiğini ve fertleri insan bozması birer canavar hâline getirdiğini; bu gidişe "dur" denmezse her yanda ihtilâf ve iftirak hırıltılarının duyulmaya başlayacağını hatta zayıf karakterlerin teröre sürükleneceğini, korkunç hercümercin her tarafı saracağını ve anarşi dalgalarının pek çok kimsenin canıyla beraber toplumun iman ve ümidini de alıp götüreceğini anlattı. Her zaman hoşgörü, diyalog ve herkesin konumuna saygı erdemlerine vurgu yaptı. "Hoş gör... En azından nahoş görme... Nahoş görüyorsan bari dillendirme!." disipliniyle başlayıp herkese gönülde bir yer açma ve kalbde herkes için bir sandalye bulundurma ufkunu gösterdi. Ülke içinde sağcı-solcu, Alevî-Sünnî, lâik-antilâ türünden kamplaşmaların bitirilmesi gerektiği gibi dünya çapında bir diyalog gayretine de şiddetli ihtiyaç olduğunu nazara verdi. Tarihî birikimlerimizi, kültürel değerlerimizi, bedii zevklerimizi ve ahlâkî mülahazalarımızı dünya insanlarıyla mutlaka paylaşmamız; millî ve dinî güzelliklerimizi âleme göstermek üzere sergiler açmamız lazım geldiğini tembihledi. Bu sergiler büyüğü küçüğüyle eğitim yuvaları, kültür merkezleri ve hatta mefkûre muhaciri müteşebbislerin iş yerleriydi. Kitap, dergi, gazete, radyo, televizyon ve internet yayınlarının yanı sıra buralarda ortaya konacak olan gönül dili ve hâl şivesi hemen her yörede sulh adacıklarının oluşmasını netice verecekti.

Adanmış ruhlar, muhterem Hocaefendi'nin tekliflerindeki makuliyete inandı. "Hizmet", "Hareket", "Cemaat" ya da "Camia" hangi isimle anılırsa anılsın, her tür, her anlayış, her renk ve her desenden insan bu mantıkiyette bir araya geldi. Sonra cehalet, fakirlik ve ayrılık hastalıklarıyla bitkin düşmüş bir toplumda, kin, nefret ve düşmanlıkla kirlenmiş bir zeminde muhabbet fideleri dikme, sevgi çiçekleri yetiştirme ve onlarla her yanı Cennet bahçelerine çevirme faaliyetine girişti. Engin bir şefkat hissi ve derin bir sorumluluk duygusuyla önce kendi milletimize, sonra da bütün bir insanlığa el uzatmak için yollara düştü.

Heyhat, yapılan güzel işlerle doğru orantılı olarak bazı çevrelerin haset, kin ve nefretleri de büyüyüp azgınlaştı. Bazen husumet kimi zaman da rekabet gayzı orada burada yangınlar çıkardı. Dün Haziran fırtınaları, bant furyaları, karalama kampanyaları, bitirme planları... Bugün "paralel devlet" yalanları, "dış güçler" iftiraları, kıskançlık cephesinin türlü

türlü tuğyanları ve hasetleri imanlarının önüne geçmiş kimselerin çeşit çeşit komploları... Saldırılar birbirini kovaladı.

Allah'a sonsuz şükürler olsun ki Hizmet erleri bu badireleri birer birer atlattı, pek çok sarp yokuş aştı ve epey mesafe aldı. "Siyaset topuzuna mesafeli durma, Kur'ân nuruna sımsıkı sarılma, toplumun imdadına koşmak için fertten başlama ve mutlaka dip dalga oluşturma" ihtiyacına olan inançla kendi vazifelerini yapıp Mevlâ-yı Müteâl'e dayandı, neticeyi O'na ısmarladı.

Ulema Geleneği ve Siyasetçilerle Münasebetler

❧

Yavuz Sultan Selim, hazineyle ilgili bir kısım ihmal ve suiistimallerden dolayı bazı kimselerin cezalandırmalarına karar verir. Hüküm infaz edileceği sırada, Şeyhülİslâm Zenbilli Ali Efendi koşa koşa gelir; destur bile almadan padişahın huzuruna girer ve verilen kararın yanlış olduğunu söyleyip icradan vazgeçilmesi gerektiğini belirtir. Sultan celallenir; sesini yükseltip "Efendi Hazretleri, lütfen devlet işlerine karışmayınız, kendi vazifenizi yapınız!" der. Zenbilli Ali Efendi şu muhtevada bir cevap verir: *"Sultanım! Maksadım siyasetinize müdahale etmek değil, sadece kendi mesuliyetimin gereğini yerine getirmektir. İdareciler de dâhil herkese dinin emirlerini bildirmek, insanları sâlih amellere yönlendirmek ve ahireti hatırlatıp hatadan sıyanet etmek de âlimlerin vazifeleri cümlesindendir."*

Beyin Mimarları

Bu anekdot aslında İslâm tarihi boyunca hakiki âlimlerin genel duruşunu yansıtmaktadır. Müslüman toplumlarda ulema hep yol gösterici olmuş; hakperest, cesur, tarafsız tavır ve davranışlarıyla herkesin güvenini kazanarak hem halka hem de idarecilere rehberlik yapmışlardır. Âlimler, sadece kitap satırlarını temiz sadırlara aktaran, seleflerinin birikimleriyle kendi muasırlarını buluşturan ve mevcut eserleri fişleyip yeniden işleyerek haleflerine miras bırakan fikir işçileri değillerdir. Aynı zamanda onlar, içinde bulunduğu çağı iyi okuyan, sebep sonuç münasebetleri açısından hadiseleri güzel değerlendiren, halkın teveccühünü onları manen besleme, duygu ve düşüncelerini hayra yönlendirme ve muhtemel yanlışları engelleme istikametinde kullanan beyin mimarlarıdır.

İslâm toplumunda ulema, devlete ve idarecilere karşı mesafeli ve dengeli bir duruş sergilemişler; siyasete doğrudan müdahil olmamışlar ama millet meselelerine karşı kulak tıkayıp bir köşeye çekilerek yalnızca şahsî kemâlâtla meşguliyeti de mesuliyet sebebi saymışlardır. Şartların ve imkânların müsaadesi ölçüsünde, hem halk içinde hem de riyasete karşı selim aklın, ortak vicdanın ve mutlak hakikatin temsilciliğini yapmışlardır. Hakkaniyetli idareciler de asla çıkar kavgası yapmayan, dünyevî garazlara alet olmayan, şahsî hiçbir beklentisi bulunmayan ve yazılı-sözlü beyanlarıyla yalnızca hakkın sesi soluğu olmaya çalışan gerçek âlimleri hakiki birer mürşit kabul edip saygıyla karşılamış; her meseleyi onlarla istişare etmeye açık yaşamışlardır. Bu cümleden olarak, Osman Gazi'nin Şeyh Edebali'ye, İkinci Murad'ın Hacı Bayram Veli'ye, Fatih Sultan Mehmed'in Molla Hüsrev ve Akşemseddin'e, Yavuz Sultan Selim'in Zenbilli Ali Cemâlî'ye ve Kanuni'nin Ebussuud Efendi'ye olan hürmet ve itimadı bu rehberliklerinden dolayıdır.

Ulemanın halk üzerindeki tesirine binaen, zalim idareciler dahi her zaman onları yanlarına almaya, onlar sayesinde kamu vicdanını baskı altında tutmaya ve icraatlarını meşrulaştırmaya çalışmışlardır. Kendilerine boyun eğmeyen âlimlere karşı iktidarın bütün imkânlarını kullanmış ve onları insanlar nezdinde değersizleştirmek için her yola başvurmuşlardır. Ne var ki İslâm'ın haysiyetini ve ilmin izzetini korumak için ölümü dahi göze alan mürşitler, ne pahasına olursa olsun, doğruları söylemekten geri durmamışlardır. Ahmed bin Hanbel, Mâlik bin Enes, Muhammed bin İdris ve İmam-ı Azam Numan bin Sabit hazretlerinden Şemsu'l-Eimme (imamlar güneşi) İmam Serahsî, Müceddid-i Elf-i Sani (ikinci bin yılın müceddidi) İmam-ı Rabbanî, gönüller sultanı İmam Şâzilî ve Bediüzzaman Said Nursî hazretlerine kadar binlerce sadâkat kahramanı sadece haksızlıkları onaylamadıkları için tutuklanmış, tartaklanmış, zindana atılmış, işkencelere maruz bırakılmış, sürgüne yollanmış ve hatta şehit edilmiştir.

Hocaefendi ve Siyasetçiler

Fethullah Gülen Hocaefendi, bu ulema geleneğinin günümüzdeki temsilcilerinden bir mürşit, kendisini insanlığın ıslahına vakfetmiş bir münevverdir. O, bütün himmetini iman hizmetine yoğunlaştırmış, iradî olarak politikanın uzağında kalmıştır. Bununla beraber, doğru yolu gösterme, gönülleri Hakk'a uyarma ve ruhların O'nunla münasebetlerini daha bir derinleştirme uğrunda mücâhede ederken, bir mesuliyet duygusuyla memleket meselelerini ve milletin problemlerini de dikkatle izlemiş; gerektiğinde mektup yazarak, bazen elçi göndererek, kimi zaman da bizzat görüşerek yetkilileri uyarmış, genel kanaatlerini paylaşmış ve muhtemel çözüm yolları salıklamıştır.

Muhterem Hocaefendi, siyasetçilerle görüşürken günlük politikaya girmemeye ve hep kalıcı mevzuları, umumî disiplinleri dile getirmeye çalışmıştır. Mesela bir defasında muhatabına şunları söylemiştir: *"Bir hükûmetin milletine 'Benim milletim' demesinden ziyade, bir milletin başındaki hükûmete 'Benim hükûmetim' demesi önemlidir ve kanaatimce her zaman aranan da işte budur. Aksine millet, başındaki hükûmeti bünyesine musallat olmuş tırtıl silsilesi olarak görüyorsa, o bünye ile o baş, çoktan birbirinden kopmuş demektir."*

Hocaefendi'nin, bazı yönleri itibarıyla beğendiği ve çok saygı duyduğu siyasîler olmuştur fakat o, hiçbir partinin siyasî destekçiliğini yapmamış; hizmet çizgisinde politik pazarlıklara ve seçim anlaşmalarına katiyen yer vermemiştir. Onun bir kısım idarecilere karşı hürmetini ve onlarla görüşmelerini dünyevî çıkarlar ve siyasî maksatlarla açıklama eğilimindeki insanlar, Hocaefendi'yi katiyen tanıyamamış ve hiç anlayamamış olan kimselerdir.

Kıymetli Hocamızın en çok takdir ettiği ve vazife yaptığı dönemde görüştüğü siyasîlerin başında merhum Turgut Özal ve Bülent Ecevit gelmektedir. Hocaefendi, zaman zaman bu iki devlet büyüğünün hayatlarını, hususiyle de son dönemlerinde yaptıklarını hayırla yâd etmekte; takdir ve hürmetini onların bazı güzel vasıflarına ve o müspet faaliyetlerine bağlamaktadır.

"Bu arkadaşlara ilişmeyin; ben bunlara kefilim!"

Merhum Turgut Özal, ufku engin, karakteri sağlam, büyük bir düşünce ve devlet adamıydı; hayatı boyunca yüksek gayeler arkasında koşarak yaşamıştı. Bir darbe üzerine idareye geçmiş; ülkenin huzuru ve refahı için çok çabalamış; uzlaşmaya açık tavrıyla kamplaşmaları yumuşatmış; memleketin maddeten gelişmesi için çalışırken, hak ve özgürlüklerin genişlemesi için de gayret göstermişti. Hususiyle, Müslümanların başında Demokles'in kılıcı gibi asılı duran ve senelerce çoklarına kan kusturan 163. maddeyi ciddi zahmet ve meşakkatler çekerek kaldırmıştı.

Hocaefendi, Houston'da ameliyat olduğu zaman Turgut Özal'ı ziyaret etmişti. Merhum cumhurbaşkanı yatağından doğrulmaya çalışarak misafirine sarılıp hıçkıra hıçkıra ağlamıştı. Bir ara "Ben Hizmet'in önemini ve insanlık için ne ifade ettiğini bu çevremdekilere anlatamıyorum!" deyip gözyaşlarıyla dert yanmıştı.

Özal, vefatından bir hafta on gün evvel de haber göndermiş; "Orta Asya'da Hizmet'e karşı değişik olumsuz tavırlar var; ben oralara gidip teminat olayım!" teklifini iletmiş; hastalığına rağmen seyahat zahmetine katlanmış; pek çok ülkeye uğrayıp gittiği her yerde devlet başkanlarına "Bu arkadaşlara ilişmeyin; ben bunlara kefilim!" demişti.

Muhterem Hocaefendi, Özal'ın vefat ettiği gece, misafir kaldığı binanın penceresinde bir ses duymuş. Kuş gagalamaları gibi olan o sese önce aldırmamış fakat ses de bir türlü kesilmemiş. Bir kere daha bir kere daha aynı sesi duyunca, "Ne ola ki?" diye perdeyi açıp bakmış; o sırada, görülmedik bir kuşun semanın derinliğine doğru açılıp gittiğini müşahede etmiş. Zihninde o garip varlık, kalkıp gideceği yere yürürken dostlarından biriyle karşılaşmış; onun "Turgut Özal vefat etti!" sözünü işitmiş.

Hocamız, bu hadiseyi (bazen "telbis" yaparak "bir adam" görmüş diye) anlatır ve şöyle der: "Allahu a'lem, ruhunun ufkuna yürüdüğünde öyle bilinmez bir kuşun semanın enginliklerine doğru açılıp gitmesi o Hazret'in de zehirlendiğine ve şehadetine bir işaretti. Doğrusunu Allah bilir, karanlığa taş atar gibi söz söylemek insana yakışmaz fakat inanıyorum ki, 163. maddeyi kaldırması gibi hizmetleriyle beraber ortaya koyduğu civanmertlikler vesilesiyle Cenâb-ı Hak, merhuma şehitlik sevabını da lütuf buyurdu ve onu Firdevs'iyle sevindirdi."

"Siz, Gülen'i tanısanız bunları söylemezdiniz!"

Sayın Bülent Ecevit de tevazu ve dürüstlüğün sembollerinden olmuştu. Dinî ve millî değerlerle barışık bir sol kültür oluşturmaya çalışmıştı. Demokratik Sol Parti'nin lideri olarak başbakanlık yaptığı dönemde kendisine yöneltilen bütün tenkitlere rağmen, özellikle yurt dışındaki Türk okullarına, kültür elçilerimiz olan fedakâr öğretmenlere ve diyalog faaliyetlerine sahip çıkmıştı. Davos'ta düzenlenen Dünya Ekonomik Forumu'nda yine Hizmet okullarının önemini anlatmış; bu kurumların Türk kültürünün tanıtılması açısından da çok kıymetli olduğunu vurgulamıştı.

Bülent Ecevit, hiç kimsenin sesinin çıkmadığı zaman ve zeminlerde dahi Hocaefendi'yi ve hizmetlerini müdafaa etmiş; takdirlerini açıkça dile getirmişti. Post-modern darbe olarak adlandırılan "28 Şubat" sonrasının o gergin ve zor günlerinde bile inandıklarını seslendirmekten geri durmamıştı. Mesela, 27 Mart 1998 tarihinde Milli Güvenlik Kurulu (MGK) toplantısı yapılmış, gündemin ağırlıklı konusu olarak "Hizmet Hareketi" üzerinde durulmuştu. Ertesi gün Hürriyet Gazetesi, *"Gülen'i Savundu"* manşetini atmış ve şu haberi yayınlamıştı:

"Milli Güvenlik Kurulu'nun önceki akşamki toplantısında, Başbakan Yardımcısı Bülent Ecevit ile komutanlar arasında, cemaat lideri Fethullah Gülen'in irticaya destek olup olmadığı konusunda anlaşmazlık yaşandı. Ecevit, Gülen'i müdafaa ederken, aleyhindeki görüşlere karşı çıktı. MGK'da, Fethullah Gülen'in orduya sızma girişiminden ve çeşitli faaliyetlerinden rahatsızlık duyduklarını söyleyen komutanlara Başbakan Yardımcısı Ecevit, 'Siz, Gülen'i tanısanız bunları söylemezdiniz!' dedi. İlginç olan nokta, bu kez bizzat Genelkurmay Başkanı Orgeneral Hüseyin Kıvrıkoğlu'nun söz alarak, bu okullarda irtica propagandası yapıldığını belirtmesi oldu. Başbakan Ecevit ise bu teşhise katılmadığını belirterek, Gülen'in okullarını farklı değerlendirdiğinin kayda geçilmesini istedi."

Özal ve Ecevit'in bu duruşlarında katiyen bir beklenti söz konusu değildi. Hocaefendi de onlarla münasebetlerini hiçbir zaman politik sahaya taşırmamıştı. Dahası muhterem

Hocamız, o iki devlet büyüğüne sadece övgüler düzmemişti; yanlış gördüğü bazı icraatlardan dolayı zaman zaman tenkitlerini de ifade etmiş ve ülkemiz için hayırlı olan hususları işaretlemişti. Bir insanı takdir etmek ve ona saygı duymakla onun siyasî destekçisi olmak farklı farklı şeylerdi. Şayet Hizmet dairesindeki insanlardan bazıları onlara oy vermişlerse, bunun sebebi herhangi bir teşvik ve tavsiye değil, o büyüklerin bazı mahfillerdeki yiğit tavırları ve milletimizin o civanmertliklere karşı vefasıydı.

Hâsılı; Fethullah Gülen Hocaefendi ve Hizmet Camiası, bütün partilerin müntesiplerini ve temsilcilerini aynı geminin yolcuları olarak görmüş; ülkenin selamet sahiline ulaşması için her biriyle görüşüp tanışmak, zaman zaman bir araya gelip kaynaşmak ve fikir alış verişinde bulunmak gerektiğine inanmıştır. Fakat hiçbir zaman siyasi pazarlıklara tenezzül etmemiş, herhangi bir parti ile organik bir ilişki içerisine girmemiş ve münasebetlerinde politik bir maksat gütmemiştir. Hocaefendi, her İslâm âliminin boynunun borcu olan "iyiliğe teşvik etmek ve kötülükten sakındırmak" vazifesini eda etmeye çalışmıştır. Hizmet Camiası da bir sivil toplum hareketi olarak kendi alanında sorumluluğunu yerine getirmeye kilitlenmiş; bu arada vatan ve millet için faydalı görülen teşebbüs ve faaliyetleri alkışlamış; siyasi meselelerle sadece seçim mevsimi gelince ya da ülkenin kaderiyle ilgili büyük bir problem gündemi işgal edince muvakkaten ilgilenmiştir. Bu geçici ilgi de hep beraber üzerinde yol aldığımız gemiyi deldirmeme zaruretine binaendir.

Numân ibni Beşîr (radıyallahu anh) tarafından rivayet edilen bir hadis-i şerifte, Söz Sultanı Efendimiz (sallallahu aleyhi ve sellem) şöyle buyurmaktadır:

"Allah Teâlâ'nın emir ve yasaklarla çizdiği sınırları koruyanlar ile bu sınırları çiğneyip aşanlar, bindikleri geminin üst

ve alt katları için kura çeken, böylece bir kısmı üstte, bir kısmı da altta kalan bir topluluk gibidirler. Alt kattakiler, su almak istedikleri zaman üst kattakilerin yanlarından geçerler. Onları rahatsız ettikleri için aralarında şöyle bir karar alırlar: 'Artık biz, kendimize ait olan alt katta bir delik açsak da su ihtiyacımızı oradan karşılasak, üst kattakileri rahatsız etmesek.' Şayet, üst kattakiler, onları bu kararlarını uygulamada serbest bırakırlarsa, hep beraber batıp helak olacakları açıktır. Fakat ellerine yapışıp onlara mani olurlarsa, kendileri kurtulacakları gibi onları da kurtaracakları şüphesizdir."

Nur, Topuz ve Parti Kurmak

B ediüzzaman Hazretleri siyasetten uzak duruşunun sebeplerini açıklarken, Kur'ân nuruyla müşahede ettiği bir hakikate dikkat çeker:

İnsanlığın bir yolculukta olduğunu; yolun bir bataklığa girdiğini, o kirli ve pis kokulu çamur içinde insanlık kafilesinin düşe kalka gittiğini; selametle ilerleyen ve bazı vasıtalarla kurtulanlar varsa da büyük bir çoğunluğun bataklık içinde karanlıkta kaldığını; onların yüzde yirmisinin, sarhoşluk sebebiyle, o pis çamuru misk ü amber zannederek yüzüne gözüne bulaştırdığını, düşe kalka gidip sonunda boğulduğunu; yüzde sekseninin ise bataklığın kerih kokusunu ve iğrençliğini hissettiğini fakat şaşkınlık içinde debelendiği için selâmetli yolu göremediğini söyler.

Sonra ya bir topuzla o sarhoşları ayıltmak ya da bir nur göstermekle şaşkınlara selâmet yolunu işaret etmek gerektiğini fakat yirmiye karşı seksen adam elinde topuz tuttuğu hâlde, ne yapacağını bilemez durumdaki zavallı seksene karşı hakkıyla nur gösterilmediğini; gösterilse de bir elde hem sopa hem nur olduğunu gören mütehayyir kimselerin "Acaba nurla beni celb edip topuzla dövmek mi istiyor?" diye telaş ettiğini; hem de bazen bir kısım arızalarla topuz kırıldığı vakit, nurun da söndüğünü anlatır.

Hazreti Üstad'ın tarif ettiği o bataklık, dalalet sapıklığı içinde vurdumduymaz bir şekilde cismanî arzu ve nefsanî zevklerine bağlı hareket eden, zevk u sefaya takılıp giden insanların sosyal hayatıdır. O sarhoşlar, sapıklıktan lezzet alan, hakkı kabule yanaşmayan inatçılardır. O şaşkın olanlar, dalâletten nefret eden, ondan çıkmak isteyen ama yol bulamadığından bir türlü kurtulamayan insanlardır. O topuzlar, siyaset cereyanlarıdır. O nurlar ise Kur'ân hakikatleridir.

"İki elimiz var. Eğer yüz elimiz de olsa, ancak nura kâfi gelir."

Üstad Hazretleri bu gerçeği müşahede edince, *"Allah'ım, şeytandan ve siyasetten Sana sığınırım!"* diyerek siyaset topuzunu attığını, iki eliyle nura sarıldığını ayrıca herhangi bir siyasî akımı destekleyen ya da ona muhalif olan her kesim içinde nurun âşıklarının bulunduğunu ve politik düşüncesi nasıl olursa olsun herkese Kur'ân nurlarının gösterilebileceğini vurgular.

Siyaset yolu ile yüzde yirmi ile uğraşmaktansa, iman hakikatleriyle yüzde seksenin imdadına koşmak gerektiğini; bir insanın bir anda hem iman hizmeti hem de siyaset ile meşgul olamayacağını; buna muvaffak olsa bile siyaset ile nur beraber bulunduğunda, kafası karışık ve şaşkın olan yüzde seksenin ürkeceğini, araya tarafgirliğin gireceğini ve siyasete alet edildiği düşünülen iman hizmetinin yara alacağını belirtir. Ayrıca siyaset yoluyla o yüzde yirmiye galip gelinse bile, bu defa küfrün nifaka dönüşeceği, kâfirlerin münafık derekesine ineceği; topuz ile kalblerin ıslah edilemeyeceği tespitini yapar ve hükmünü verir: *"İki elimiz var. Eğer yüz elimiz de olsa, ancak nura kâfi gelir. Topuzu tutacak elimiz yok."*

Bediüzzaman Hazretleri, siyasetle ilgili düşünceleri bu kadar berrak ve hayatını iman hizmetine adadığı çok açık olduğu hâlde, dini siyasete alet etmek, gizli cemiyet kurmak, resmi dairelerde kadrolaşmak ve devleti ele geçirmek gibi suçlamalardan ömür boyu yakasını kurtaramamıştır.

Fethullah Gülen Hocaefendi'nin ve Hizmet Camiası'nın politikayla ilgili düşünceleri ve hareket çizgisi Hazreti Üstad'ınkinden farklı değildir. Maalesef iddia, itham ve iftiralara hedef olma noktasında da bir kader birliği söz konusudur.

Gönüllülerinin maddi manevi himmetleriyle kendi ayakları üzerinde duran, hiçbir otoriteden malî yardım ve emir almayan, bu istiğnası ve bağımsızlığıyla -kimin eliyle ortaya konursa konsun- doğruları takdir edip desteklediği gibi yanlışları da rahatlıkla eleştirebilen Hizmet Hareketi çeşit çeşit saldırılara maruz kalmaktadır. Onu kendi istediği yöne sevk edemeyen bir kısım güçler, Hizmet fertlerinin sosyal hayat ve siyasetle ilgili tenkit, istek ve izahlarını siyasete dalmak olarak yorumlamakta ve "Siyaset yapmak istiyorsanız, siz de bir parti kurun!" demagojisine sığınmaktadırlar. Hemen her seçim döneminde Hizmet'in bir partiyle anlaştığı iftirasını bir kere daha ısıtıp dolaşıma sokmaktadırlar. Hatta Camia genişleyip güçlendikçe "Parti kuruluyor!" şayiasını manşetlere taşımakta ve sanki asıl gaye, nihai hedef oymuş gibi yayın yapmaktadırlar. (Hayret, bugünkü gazetelerde de Hizmet'in Genç Parti'yi satın aldığı ve adını değiştirip onunla seçimlere gireceği yalanı haber diye servis edildi.)

Oysa Hizmet, şimdiye kadar hiçbir parti ile ittifak yapmamıştır, bundan sonra da yapmayacaktır. Hele bir parti kurma düşüncesi Camia'dan fersah fersah uzaktır ve hep uzak kalacaktır.

Cebrâil'in Partisi (!)

Bu türlü iftiraların yine ayyuka çıktığı bir dönemde, ta 23 Kasım 1995 tarihinde, Fethullah Gülen Hocaefendi, Savaş Ay'a verdiği röportajda *"Hiç siyasi olmadım, hiç olmayı düşünmedim, hiç olma niyetinde de değilim."* dedikten sonra Cebrail'i (aleyhisselâm) aşk derecesinde sevdiğini ve adını anınca burnunun kemiklerinin sızladığını da ifade ederek şunu söylemişti: *"O bir parti kursa, ben ona diyeceğim ki: Sen bir parti kurdun ama müsaadenle ben seni de desteklemeyeceğim."*

Hocaefendi'nin "farzımuhal" (gerçekleşmesi mümkün değil, olmayacak bir şey fakat varsayalım ki olsun) kaydına bağlı bu beyanı, aslında -sözden anlayan, akıl mantık sahibi kimseler için- meseleyi kesip atma demekti. Bir tarafta, partilerinin desteklenmesini dinin gereği, ona oy vermemeyi de dine aykırı görerek, kendilerinin bütün Müslümanlarca kayıtsız şartsız desteklenmesi ıcap ettiğini söyleyenlerin; diğer yanda, Hizmet Hareketi'nin siyasete atılıp parti kuracağını veya bir partiyle anlaşacağını iddia edenlerin bulunduğu bir konjonktürde, Hoacefendi, her iki kesime de kesin bir cevap olarak o ifadeyi kullanmıştı. Ah idrak! Ah insaf! Ah önyargılardan ve tarafgirlikten azade selim akıl!

İlimden az behresi bulunan ve beyandan birazcık anlayan insanlara o tek cümlecik neler neler ifade ediyordu. Politik maksatların İslâm'a hizmeti kirletebileceği, dinimize göre siyasî meselelerin itikadî değil, içtihadî konulardan olduğu, Son Peygamber'le vahiy kapısının kapandığına ve artık Cebrail (aleyhisselâm) gelip emir getirmeyeceğine göre "Şu parti desteklenmeli!" diyen kim olursa olsun ona mutlak itaatin gerekmediği, partileşme iddiasını vahiy meleğinin ismini anarak reddeden birinin politikaya uzaklık konusunda ne denli kararlı durduğu ve -faraza- Hazreti Cebrail bir parti kursa, onu bile partizanca desteklemeyecek bir insanın diğer partilere karşı tavrının nasıl olacağı gibi hususları birkaç kelimeyle ortaya koyuyordu.

Evet, "idrak, insaf ve selim akıl" sahiplerine sadece o açıklama yeterli gelmeliydi. Kaldı ki muhterem Hocaefendi ondan önce de sonra da her fırsatta bu düşüncelerini dile getirdi fakat benzer iddia ve iftiralar hiç hız kesmedi. Camia hakkında gizli bir ajanda şüphesi hâsıl etmek ve toplum nezdinde onu itibarsızlaştırmak gayesi güden bazı kesimler tarafından sürekli tekrarlandı. Hatta kendi hiziplerinin desteklenmeyeceği vehmine kapılanlar, sırf algı yönetimi ve halk nazarında değersizleştirme amacıyla, Hocaefendi'nin o röportajdaki beyanını "Cebrail'e karşı saygısızlık" şeklinde tekrar tekrar gündeme soktu.

Camia, Siyasete Dalmak ve Demokratik Hakları Kullanmak

Değişik münasebetlerle ifade edildiği gibi elbette meşru siyaset de bir hizmet alanıdır; bazı kimselerin devlet idaresinde söz sahibi olmaları, milletvekilliği, bakanlık, başbakanlık ve cumhurbaşkanlığı yapmaları içtimaî bir ihtiyaçtır. Demokrasilerde bu vazifelerin tayini büyük ölçüde politikaya dayanmaktadır ve partiler olmadan siyaset yapmak imkânsızdır. Bu açıdan, kendi hizmet anlayışları yörüngesinde siyaset sahnesinde rol alan, parti kuran, idarecilik yapan veya bir hizbe taraftar olan insanlar kınanamaz; haklarında hüsnüzan edilir ve meşrep farklılığına saygı gösterilir.

Ne var ki şayet bir insan şu zamanda en büyük tehlikenin iman cihetinden geldiğine ve bütün himmetin kalblerin ıslahına teksif edilmesi gerektiğine inanıyorsa; bu inançla kendisini iman/Kur'ân hizmetine adadığını söylüyorsa; latîfe-i rabbâniye, irade, zihin, his kabiliyetlerini hiç dağıtmadan bu uğurda kullanmak istiyorsa ve vicdan mekanizmasının siyasi garazlara bulaşmadan her zaman duru kalmasını diliyorsa, böyle bir tercihte bulunduktan sonra artık aktif siyasete giremez ve dünyevî makamlar peşine düşemez. Politikayla kim uğraşırsa uğraşsın veya hangi makamı kim temsil ederse etsin, onu ilgilendirmez; o sadece kendi mesuliyetlerine yoğunlaşır. Tabii ki diğer insanları da hafife almaz ve seçtikleri hizmet metodundan dolayı onları kınamaz; herkesin, niyetindeki saffet ve amellerindeki ihlas ölçüsünde ötede mukabele göreceğine inanır ve hükmü Cenâb-ı Ahkemü'l-Hâkimîn'e bırakır.

Hizmet gönüllüleri baştan itibaren siyaset sahasını değil, sosyal problemleri insanda çözme yolunu tercih etmişlerdir. Onlar, bütün enerjilerini eğitim, yardımlaşma ve diyalog gibi vesilelerle insanlığın imdadına koşmak için değerlendirmişlerdir. Şayet onların siyasî bir gayeleri, parti kurmak gibi bir düşünceleri bulunsaydı, kırk-elli senelik süre içerisinde bunun çok değişik tezahürlerinin olması gerekirdi. Hâlbuki muhterem Hocaefendi'ye daha yirmi beş yaşındayken milletvekilliği teklif edilmiş; ondan sonra da değişik zamanlarda hem kendisine hem de diğer Hizmet fertlerine çeşitli siyasi payeler önerilmişti. Eğer hedeflenseydi, dünden bugüne iktidara gelen partilerde Camia'ya gönül vermiş pek çok vekil bulunabilirdi. Hatta mevcut politik akımların hüsrana uğradığı 2001 yılında, başkaları gibi Hizmet Hareketi de fırsatı değerlendirip bir siyasi parti kurabilirdi fakat Hocaefendi ve Camia, kendi mesleğini terk edip siyasete yönelmeyi döneklik saydı; hele bir parti kurma fikrini atmosferine asla yanaştırmadı.

Yanaştıramazdı da çünkü adanmış ruhların hedefinde ülkedeki ve dünyadaki bütün sineler vardır; onların gayesi, Kur'ân nurlarını tüm vicdanlara ulaştırmaktır. Nitekim Camia'nın ortaya koyduğu faaliyetlerdeki makuliyet ve başarı her renk, her desen, her şive ve her siyasi düşünceden insanın bir araya gelmesine vesile olmuş; böylece çok geniş dairede heterojen bir gönüllüler halkası oluşmuştur. Bu geniş halkadaki insanların politik mevzularda çok farklı düşüncelere sahip bulunmaları ve farklı partilere sempati duymaları pek tabiîdir. Bu itibarla, Hizmet'in bir parti kurması ya da herhangi bir partiyle anlaşıp sırf ona taraftar olması, kendi ruhuna, çeşitliliğine ve herkese ulaşma mefkûresine aykırıdır.

Hizmet, bütün partilere "eşit yakınlıkta" durur; çünkü hiçbir siyasi anlayışın müntesiplerini muhatap kitlesinin haricinde görmez. Evrensel insani değerler etrafındaki projelere/faaliyetlere odaklanır; programlarını politikaya endeksli olarak belirlemez. Bununla beraber, mesafeli durmayı, milletin kaderi adına önemli meselelerde dahi çekimser kalmak şeklinde de anlamaz. Fâili kim olursa olsun, güzel ve faydalı işleri destekler; aslında desteklenen şahıs ya da parti değil, icraattır. Arkasında kim bulunursa bulunsun, çirkin ve yararsız fiilleri tenkit eder; doğrusu, eleştirdiği bir fert ya da kesim değil, tatbikattır. Camia, bugüne kadar olduğu gibi bundan sonra da dinî/millî değerlerimize saygılı olan, kalbî/ruhî hayatımızı hesaba katan ve aynı zamanda ebed arzularımız adına da bir mesajı bulunan insanlar hangi partide yer alırlarsa alsınlar, onlardan yana oy kullanacaktır.

Şu kadar var ki Camia'ya dilbeste olmuş insanlar da bu ülkenin vatandaşıdır. Genel manada Hizmet faaliyetlerinin sosyal ve siyasal hayata bakan yönleri olduğu gibi özel planda gönüllülerinin de işçi, memur, öğretmen, esnaf, tacir ya da sade vatandaş olarak siyasetten bir kısım taleplerinin bulunması gayet normaldir. Milletin her bireyi gibi Hizmet fertlerinin de yöneticilerden beklentilerini meşru zeminlerde dile getirmeleri; hukukun üstünlüğü, teşebbüs hürriyeti, sair özgürlükler ve ülkenin huzuruyla ilgili bir kısım problemleri -demokratik imkânları kullanarak- seslendirmeleri ve toplum yapısındaki arızaların tamir edilmesini, eksikliklerin giderilmesini istemeleri en tabii haklarıdır. Bu hakları kullanmaya katiyen "siyasete dalmak" denilemeyeceği gibi, bunun için mutlaka bir parti kurmak ya da bir hizbe üye olmak da gerekmez.

Bir Kalbde İki Sevda Olmaz

Kendisi ve Hizmet gönüllüleri hakkında siyasete girme, parti kurma ve idareye talip olma gibi isnat ve şayiaların tiz perdeden seslendirildiği günlerin birinde Fethullah Gülen Hocaefendi sohbetine hemen herkes tarafından bilinen bir menkıbeyi hatırlatarak başlamıştı:

Belh sultanı Edhem'in oğluydu İbrahim. En güzel köşkler, donanımlı askerler, özel hizmetçiler, nakışlı kıyafetler, mükellef sofralar emrine amadeydi. Hele günümüzün insanlarıyla kıyaslanınca, dine karşı saygısı da yok değildi. Hatta seyr ü sülûka niyetli ve Hakk'a vuslata talip bir gönül eri olduğu da söylenebilirdi. Kendisine sorulsa, "Allah maiyyetine müştâkım!" derdi.

Bazı zamanlar yüreğinden bir çığlık kopup yükselirdi Arş-ı A'lâ'ya: "Rabbim, bu kulunu Sana kurbetten mahrum bırakma; aciz bendeni Firdevs'inle şereflendir ve Habib-i Ekrem'ine komşu eyle!"

Cârullah

Bir gece, onca debdebeye rağmen kalbini kuşatan gurbet hisleriyle kıvranırken, bir kıpırtı duymuştu. Kulak kabartınca ayak sesini fark etmiş, çatıda birinin yürüdüğünü anlamış ve heyecanla "Kim var orada, kimsin sen?" diye bağırmıştı. Tavandaki adam, "Merak etmeyin efendim; size zarar verecek

değilim, devesini kaybetmiş bir garibim; devemi arıyorum!"
cevabını verince, o "Be şaşkın adam, çatıda deve aranır mı
hiç?" sorusuyla mukabele etmişti. İşte o anda bütün hayatının
değişmesine vesile olacak müthiş bir cümle işitmişti: "Ey gaflet örtüsüne bürünmüş şehzade! Sen Allah'a yakınlığı ve
Resûlü'ne komşuluğu görkemli konaklar, süslü giysiler, lezzetli yiyecekler içinde rahat yatakta arıyorsun ya! Damda
deve aramak bundan daha mı tuhaf?"

Bu sözler İbrahim Edhem Hazretleri'ne yetmişti. Adeta
yüreğinin dağlandığını hissetmiş, derin bir uykudan uyanır
gibi doğrulmuş; tevbe kurnasında yunmak üzere seccadesine
koşmuştu. Ertesi gün malı-mülkü, makamı-mansıbı, rahat hayatı elinin tersiyle itmiş, dünyevî saltanatı bütünüyle terk etmiş ve kendisini ilim, irfan, zühd yoluna vermişti. Senelerce
garip bir fakir edasıyla dergâh dergâh, tekke tekke, medrese
medrese dolaşmış; her çiçekten ayrı bir öz ala ala kendi marifet peteğini örmeye muvaffak olmuştu. Nihayet Mekke'ye
varıp Mescid-i Haram'a otağını kurmuş; Belh sultanlığını değil -Beytullah'ın yakınında uzun süre ikamet ettiği için "Allah'ın komşusu" manasına- "cârullah" olmayı seçmişti.

Artık sürekli "dost, dost" diye soluk alıp veren İbrahim
Edhem Hazretleri'nin yanan yüreğini Kâbe eşiğine akıttığı
gözyaşları ve oradan Beyt-i Mamur'a ısmarladığı dualarından
başkası teskin edemezdi. Çok defa şöyle yanıp yakılırdı:

*"Allahım, Senin sevgin uğruna bütün mâsivadan uzaklaştım. Cemâlini görmek için çoluk-çocuğu yetim bıraktım. Aşkınla beni parça parça etsen de şu kalbim Senden başkasına yönelmeyecektir. Eşiğine gelmiş bu dilenciyi hoş gör; hoş gör ki o Senin davetinden ümitlenip Sana koşmuştur. Ey her şeyi bilen,
her şeyden haberi bulunan Müheymin! Bu benden, nice günahlara batıp çıkmıştır ama Senden başkasına da secde etmemiştir. İşte, âsi kulun kapına geldi, günahlarını itiraf edip Sana*

içini döküyor. Onu bağışlarsan, bu Senin şanındandır, affedecek yalnızca Sensin; affetmez de kapından kovarsan, Senden başka kim var ki ona merhamet etsin?"

"Aradaki perdeyi kaldır Allah'ım!"

Sadece zâhid değildi, aynı zamanda ârif-i billah bir Hak sevdalısıydı İbrahim Edhem Hazretleri. O, yalnızca ahiret endişesi ve Cennet düşüncesiyle dünyadan vazgeçen ve ukbâ saadeti için buradaki muvakkat rahatını terk eden bir zühd insanı olmaktan öte gönlünü Mahbûb-u Hakiki'ye hasredip O'ndan gayrı her şeye kapanmış bir âşıktı. *"Zâhidin gönlünde Cennet'tir temenna ettiği / Ârif-i dilhastenin gönlündeki dildarıdır."* dediği gibi Şeyh Galip'in, o da Sevgili'ye hasta bir gönlün sahibiydi ve O'ndan başkasını düşünemez hâldeydi.

Allah'a karşı derin alâka ve iştiyakla dopdolu tavaf ettiği bir gün, yıllarca evvel Belh'te bıraktığı oğlunu Ka'be-i Muazzama'nın yanı başında görüvermişti. Nasıl olmuşsa, oğlu da onu görmüş; göz göze gelip bir süre bakışmışlardı. İkisi de kalbinin göğüs kafesine sığmayacak hâle geldiğini hissetmiş, birbirlerine muhabbetle yönelmişlerdi. Nihayet konuşup tanışmışlar, baba oğul olduklarını anlamışlar ve senelerin verdiği hasretle kucaklaşmışlardı. İhtimal onca sene ayrılıktan sonra böyle bir karşılaşma Hazret'in his dünyasında büyük bir tufan meydana getirmişti ve latifelerine nüfuz eden evlat sevgisinden dolayı adeta içi akmıştı. İşte şefkatle sarmaş dolaş oldukları o esnada hâtiften (işitilen fakat kendisi görülmeyenden) bir ses gelmişti: *"İbrahim, bir kalbde iki sevgi olmaz!"* Hemen akabinde İbrahim Edhem'den de bir çığlık kopuvermişti: "Muhabbetine mani olanı al, Allah'ım!" Az sonra oğlu ayaklarının ucuna yığılıp kalmıştı.

Evet, İbrahim Edhem bir söz vermişti Rabbine; *"Beni parça parça etsen de şu kalbim Sen'den başkasına kaymayacak!"*

demişti. O vefa abidesi, mukarrebîndendi. Mukarrebînin en mümeyyiz vasfı, her an Allah'ın huzurunda olduklarını idrak etmeleri ve bu yakınlığa göre bir duruş sergilemeleriydi. Başkaları için normal ve sıradan olan bir alâka dahi onlar için ciddi bir fitne sayılabilirdi. Nitekim evlat şefkatinin ilahi muhabbet şualarını kırabileceği ihtimaline binaen, Hazret, gaipten gelen bir sesle ikaz edilmiş; o da huzurun edebine muhalif gördüğü hâlden bir an önce sıyrılma helecanıyla *"İmdadıma yetiş Allah'ım! Eğer oğlumun muhabbeti, Senin sevginde kırılma hâsıl edecekse, ya benim yahut da onun canını al! Araya giren perdeyi kaldır Allah'ım!"* niyazında bulunmuştu.

Döneklik Sayarım

İşte, bir kısım farklılıklarla pek çok kitapta nakledilen bu menkıbeyi anımsatmıştı muhterem Hocaefendi. Sonra da asıl vurgulamak istediği meseleye geçmiş ve sözlerine şöyle devam etmişti:

"Bu menkıbeyi hatırlatışımın ve şu sözlerimin manası, tabii ki 'Herkes Allah'a ulaşmak için oğlunu, kızını, eşini-dostunu, evini-barkını terk etmeli.' demek değil. Fakat bir ufuktan bahsediyorum; makam, mansıp, rütbe, pâye, mal, mülk gibi dünyalıklar bir yana, Allah'tan alıkoyan her ne olursa olsun, ona karşı kalbin kaymamasının lüzumunu, mâsivâya gönül bağlamamanın gereğini anlatmaya çalışıyorum.

Heyhat ki genel düşüncem bu istikamette olmasına rağmen, bazıları hâlâ siyaset sahnesinde rol alma, devleti ele geçirme ve idareye hâkim olma sevdası gibi isnatlarda bulunuyorlar. Oysa ben 'kullardan bir kul' olarak Allah'ın rızasını kazanmaktan başka her türlü düşüncenin ve hele fâikiyet (üstünlük) mülahazasına bağlı olarak idarî, siyasî bir pâye devşirmenin karşısında olduğumu defalarca ifade ettim. Daha 25 yaşımdayken o fırsatın ayağıma kadar geldiğini ama onu elimin tersiyle ittiğimi kaç kere söyledim. Değil parlamenterlik, çok küçük bir idarecilik bile istemediğimi belirttim.

Aslında, kanımın delice aktığı o gençlik dönemimde dahi bu ölçüde bir istiğna sergilemiş olmam, genel karakterimi ortaya koyma açısından yeterli görülmeliydi. O tavır ve tutumum neye talip olduğumu, ne istediğimi ve neyin arkasında koştuğumu merak eden ehl-i vicdana kâfî gelmeliydi. Neylersiniz ki yüzlerce defa bu duygumu ikrar etmeme rağmen, bir kesim hâlâ duymazlıktan geliyor ya da duymak, anlamak istemiyor. Belki de o kesimin literatüründe rıza-yı ilahî ve ebedî saadet gibi kavramlar bulunmadığından dolayı, söylediklerimi anlayamıyorlar fakat onlar anlamasalar da ben bir kere daha şu mülahazamı seslendirerek mevzuyu noktalayacağım:

Teşvikçisi olduğum hizmetlerde dünyevî hiçbir hedefim yoktur. Türkiye'yi bütün zenginliğiyle ve imkânlarıyla getirip bana teslim etseler de onu, küçük tahta kulübemdeki hayatıma tercih etmeyi ve makama-mansıba, mala-mülke temayülde bulunmayı döneklik sayarım. Göz ucuyla da olsa, dönüp ona bakmayı Rabbime karşı vefasızlık ve davama da ihanet kabul ederim. Evet, -Hazreti Bediüzzaman'ın ifadesiyle- iki elim var, şayet yüz elim de olsaydı, onları i'lâ-yı kelimetullahtan başka bir gaye için kullanmayı asla düşünmezdim. Muhalfarz, öyle bir düşünce bir bulut hâlinde zihnime aksa, hemen seccademin başına geçer, tevbe eder ve Hazreti İbrahim Edhem gibi 'Allah'ım, ya canımı al ya da Senin muhabbetine perde olan mülahazaları gönlümden söküp at!' diye dua ederdim."

İkinci Bölüm

HİZMET CAMİASI VE AK PARTİ'DEN AKP'YE...

Demokrasi Yokuşu'nda Adalet ve Kalkınma Partisi

———— ❧❧❧ ————

H izmet erleri kararlıydı; sadece nuru gösterecek ama asla ellerine topuz almayacaklardı. Tabiî, mü'mince yaşamak, Hakk'ın rızasını kazandıracak ameller ortaya koymak, insanlığa faydalı olma gayesiyle tercih edilen yolun gereklerini yapmak ve susamış gönüllere iman hakikatleri sunmak için uygun bir atmosferin mevcudiyeti de çok önemliydi.

Mana Boyutlu Demokrasi

Fethullah Gülen Hocaefendi senelerce önce dünyayı okuma ve hadiseleri değerlendirme neticesinde "Artık demokrasiden geri dönüş mümkün değil." tespitini seslendirmiş; bununla beraber demokrasinin bir olgunlaşma sürecinden geçtiğini belirtmişti. Farklı farklı tanımları yapıldığından "liberal", "çoğulcu", "Hristiyan", "katılımcı" gibi pek çok sıfatla anılan demokrasinin herkes tarafından benimsenmiş bir şeklinin henüz bulunmadığını ifade etmişti. Bir gelişme vetiresi yaşadığı günümüzde demokrasiye İslâm'ın katabileceği zenginliklerin de düşünülmesi gerektiğini vurgulamıştı.

Hocaefendi'ye göre ebedî bir Zât'ın teveccühünden ve ebediyetten başka hiçbir şeyle tatmini mümkün olmayan insanoğlunun manevî ihtiyaçlarına da cevap verebilecek bir demokrasinin geliştirilmesi lazımdı. "Mana boyutlu demokrasi" de denebilecek olan bu sistem insan hak ve hürriyetlerine saygıyı ihtiva eden, din ve vicdan hürriyetini gözeten, insanların inandıkları gibi yaşamalarına da ortam hazırlayan bir demokrasi olmalıydı.

Fakat mevcut anlayış ve uygulamalar bu enginliğe ulaşamadığı için demokrasinin hâlâ bir tekâmül dönemi yaşadığı kabul edilmeli; tamamen insanî bir sistem hâline gelerek, insanın maddî–manevî, ruhî-cismanî bütün ihtiyaçlarına cevap verebilecek ufka varması için daha bir süre yokuşa doğru tırmanması gerektiği unutulmamalıydı.

Muhafazakâr Demokratlık

Adalet ve Kalkınma Partisi, ülkemizde demokrasi yokuşunun olabildiğine sarp göründüğü bir zaman diliminde kurulmuştu. *"Muhafazakâr demokratlık"* iddiasıyla ortaya atılmış; "Milli görüş gömleğini çıkardık." sözüyle "farklı bir siyasi telakki" düşüncesi oluşturmuş ve herkesi kucaklayıp bütün milletin temsilcisi olacağı izlenimi uyandırmıştı.

Daha özgür ve gelişmiş bir Türkiye vaat etmişti Ak Parti. Ülkeyi askeri vesayetten kurtaracak, insan hak ve hürriyetlerini öne çıkaran bir Anayasa yapacak ve Avrupa Birliği'ne girişi sağlayacaktı. Türkiye'yi, devletlerarası muvazenede hak ettiği yere ulaşan, dünyada sulhun temini için denge unsuru olan ve her meselede gözünün içine bakılan bir ülkeye dönüştürecekti.

Verdiği sözler ve sergilediği azimle yeni bir ümit olmuştu Adalet ve Kalkınma Partisi.

İşin doğrusu, Ak Parti'nin siyaset meydanına atıldığı günlerde, politikayla hiç meşgul olmadığım hâlde, çok heyecanlandığımı söyleyebilirim. Tabii ki yalnızca yapılan vaatler değildi heyecanımın kaynağı. Gazete ve televizyonlarda bazı haberlere rastlamıştım; değişik sahalarda uzman üç yüz küsur ilim insanının partiye danışmanlık yapacağı; politikacıların sorgulanmaya ve farklı fikirlere her zaman açık bulunacağı; kamu vicdanı ve akl-ı selim tarafından kabul görmeyen hiçbir icraata geçit verilmeyeceği anlatılıyordu. Heyecanlanmıştım zira öyle inanıyordum ki Hazreti Bediüzzaman'ın *"Asya kıtasının ve istikbalinin keşşafı ve miftahı şûradır."* sözü, ülkemizin en büyük problemine de işaret ediyordu. İstişareye önem verilmesi, düşünen kafaların bir araya getirilmesi ve kuşatıcı nazarlarla dışarıdan değerlendirmelerin yaptırılması sonra da seslendireni kim olursa olsun hak ve hakikate uygun görüşlerin tatbik sahasına konulması ikbalimizin anahtarıydı. Nasıl heyecanlanmam, bir şahıs ya da kliğin heva ve heveslerine esir olmamış tek bir fırka henüz görülmemişti ki vatanımızda.

Nereden bilebilirdim ki ilk yıllarda siyasi hareketin sağduyusu, vicdanı, emniyet supabı ve meşveret heyeti olan âkıl insanların daha birkaç sene geçmeden devletleşip parti politikalarının amansız savunucuları hâline geleceklerini? Nasıl tahmin edebilirdim ki işinin ehli akademisyenlerin iktidara yön veren değil onun icraatlarını aklayan birer kalemşöre dönüşeceğini? Hiç düşünemezdim, dinin emirlerini ve ahireti hatırlatıp sürekli istikamet çağrısı yapması beklenen âlimlerin (!) "fetva emini" gibi çalışacaklarını, siyasetçilere "cevaz" mercii olacaklarını ve meşrulaştırma misyonu göreceklerin. Tahmin edemezdim ve heyecanlıydım.

Ak Parti'nin İlk Vekilleri

Ak Parti'nin, oy pusulalarında yer aldığı ilk genel seçim sonuçlarını televizyondan seyrettiğimiz ânı bugün gibi hatırlıyorum. Salonumuzdaki herkesin yüzünde sevinç emaresi ve ümit ışığı hâsıl olmuştu. Bir misafirimizin *"Herhâlde ilk mecliste bile namaz kılan bu kadar vekil bir arada bulunmamıştı!"*

sözü muhterem Hocaefendi de dâhil hepimize tebessüm ettirmişti. Yüreklerimiz şükür duygusuyla dolmuş, dillerimiz hamd ü sena cümlelerini tekrar etmeye durmuştu.

Tabii ki namaz kılmayanlar da milletin vekilleriydi; onlar arasında da karakterli, dürüst ve güvenilir insan çoktu fakat itikadımızca namaz kılan vekil başka olurdu. Cenab-ı Hak, *"Muhakkak ki namaz, insanı, ahlâk dışı davranışlardan, meşrû olmayan işlerden uzak tutar."* (Ankebût, 29/45) buyurur. Elhak öyledir, şuurluca eda edilen namaz *hayâsızlıktan ve kötülükten korur.* Namaz kılan, kibirli olmaz. Namaz kılan, hırsızlık yapmaz. Namaz kılan, devlet malını aşırmaz. Namaz kılan, "hortumcuların önünü keseceğim" diyerek hortumları kendi haznesine bağlamaz. Namaz kılan, fuhşa dalmaz. Namaz kılan, bir sürü ahlâksızlık yapıp yakayı şantajcılara kaptırmaz. Namaz kılan, şahsi çıkarlar için mefkûreyi ve ülkeyi satmaz...

Böyle düşünmüş ve sevinip ümide kapılmıştık.

Bilemezdik ki "Ben cem ediyorum!" sözlerinin fetvaya dönüşeceğini, seçim, miting, toplantı gibi zaruretler (!) yüzünden namazın kazaya bırakılacağını, "Akşam/gece beş vakit namazı birden kılıyorum!" tutarsızlıklarının yaygınlaşacağını, meclis mescidindeki safların her geçen gün azalacağını, zamanla Cumaların bile üçte bire düşürüleceğini, "Üç hafta üst üste Cuma namazına katılmayan..." hadisinin tokatını yememek için hesaplar yapılacağını... Evet, bir özden kopuş olacağını, başkalaşma vuku bulacağını ve iktidar havasının dindarları da dönüştüreceğini tahmin edememiştik. Hüsnüzanda bulunmuş ve seçim neticesinden ziyadesiyle memnun olmuştuk.

O ilk senelerde, Ak Parti millete verdiği bazı sözlerin arkasında durdu. Avrupa Birliği'ne üyelik çalışmalarını hızlandırdı; sonuç ne olursa olsun, demokratik reformların ülkeye kalıcı faydalar sağlayacağı inancıyla çalıştı. Uzlaştırıcı çizgisiyle toplumun her kesiminden beğeni ve taraftar topladı.

Hak ve hürriyetleri genişleten gayretleriyle ümitleri artırdı; adeta ülkenin üzerinden kara bulutların çekilmesine kapı araladı. Öyle ki Türkiye, sürekli büyüyen, her geçen gün müspet çizelgelerde yükselen, dünyada yıldızı parlayan, uluslararası camiada takdirle alkışlanan, diğer devletlere parmak ısırtıp örnek teşkil eden ve hatta bir prototip olarak gösterilen bir ülke oldu.

Hizmet Camiası, bu dönemde de inandığı esaslar ve demokratik ilkelerle aynı paralelde olan icraatları destekledi; yanlış olarak gördüğü bazı konuları eleştirdi. Ak Parti ile de bir ittifak asla söz konusu değildi fakat kabul etmek gerekir ki dindarlık çizgisinde birleşen Camia ve Ak Parti tabanı birbirlerine uzak insanlar da sayılmazdı. Hele demokrasi, insan hakları ve özgürlüklere dair ortak hedefler, aradaki mesafeyi daha da azalttı. Hatta bu yakınlık Hizmet'in tarafsızlığını bir nebze yaraladı. Özellikle yurt dışında Camia ile Parti özdeşleştirilmeye başladı. Hükûmetin yanlışlıkları Hizmet'in hata hanesine de yazıldı. Her şeye rağmen, "Az daha gayret, yokuş bitmek üzere, demokrasi düze çıkacak!" çağrısına inanan Hizmet gönüllüleri 2010 Referandumu'nda da iktidara ölesiye destek verdi.

Referandum Fırsatı ve Heder Edilen Gayretler

━━━━◦◉◦━━━━

A k Parti'nin iktidara gelişinin üzerinden seneler geçmiş olmasına rağmen, maalesef, Avrupa Birliğine namzet bulunan ve Orta Doğu'da yeni açılımlar gerçekleştiren ülkemizin ihtiyaç duyduğu şekilde bir Anayasa değişikliği yapılamamıştı.

Bununla beraber, vesayet rejiminden kurtulmanın kolay olmadığını ve demokrasinin arızasız işlemesinin zaman istediğini düşünen insanlar hâlâ iktidara hüsnüzanla bakıyor ve ümitlerini muhafaza ediyorlardı. 12 Eylül 2010 tarihinde, kamuoyunun da ısrarlı talepleri neticesinde, köklü değişiklikler getirecek olan bir reform paketi referanduma sunulmuştu.

Referandum'un İçeriği

Seyahat hürriyetinin kapsamının genişletilmesi; tüccar, esnaf, sanayici birliklerinin haklarının ve sendikaların özgürlüklerinin artırılması; haksızlığa uğradığını düşünen herkese AİHM yerine Anayasa Mahkemesi'ne bireysel başvuru hakkının tanınması; kadın ve çocuk istismarının önlenmesine yönelik daha etkin adımların atılması; devlet-vatandaş arasında yaşanan sorunların mahkemeye gitmeden çözülmesi için kamu denetçiliği (ombudsmanlık) sisteminin getirilmesi; 12 Eylül darbesini gerçekleştirenlerin "yargılanamaz"lığı kaldırılarak darbecilerin hesap vermesi için yasal düzenlemelerin önünün açılması; yıllardır inançlarından veya eşinin kılık kıyafeti gibi hususlardan dolayı irtica gerekçesiyle ordudan atılan binlerce subay ve astsubaya hak arama hürriyeti ve savunma hakkının tanınması; Yüksek Askeri Şura kararlarının yargı denetimine açılması; özel hayatın ve kişisel verilerin korunmasına matuf tedbirler alınması; askeri mahkemelerin yetkilerinin sınırlandırılması ve sivillerin kesinlikle askeri mahkemede yargılanmaması; Yüce Mahkeme, Hâkimler ve Savcılar Yüksek Kurulu (HSYK) ve Yüksek Yargı yapılarının daha demokratik hâle getirilmesi gibi maddeler içeren Anayasa değişikliği için halkoylaması yapılacaktı.

Fethullah Gülen Hocaefendi, oylamadan evvel bir ay içinde iki sohbetini bu konuya ayırmış; işin ehemmiyetini anlatmış ve günlerce medyada yer alan etkileyici ifadelerle herkesi oy kullanmaya teşvik etmişti:

"Değil sadece kadını erkeğiyle, çoluğu çocuğuyla ve dünyanın dört bir yanına dağılmışıyla hayatta olan insanları, imkân olsa mezardakileri bile kaldırarak o Referandum'da 'evet' oyu kullandırmak lazım. Mezardakiler bile kalksın. Ben zannediyorum kalkarlar da. Ben zannediyorum ruhları koşar da. Çünkü demokrasi adına çok önemli bir adımdır."

Hocaefendi, bazı siyasiler kendi hesaplarına değerlendirmeyi düşünseler bile referandumun millet adına çok hayırlara gebe bulunduğunu ve ona ülkeye kazandıracakları zaviyesinden yaklaşmak lazım geldiğini belirtmiş; ayrıca bunun ilerisi için de bir yol olacağını ve daha başka hususlarda da halkoylamasına gidişin önünün açılacağını ilave etmişti.

"Herkes referandum konusunda üzerine düşen vazifeyi yapmalıdır. Hatta burada (Amerika'da) oy kullanamayacaklarından dolayı, Türkiye'ye gitmesi mümkün olanlar gitmeli ve oylarını kullanmalılar. Oraya gidince de 'Amerika'dan kalktım,

bin lira verip buraya geldim; dönerken de o kadar para verece-
ğim. Bu kadar zahmeti sadece kendi oyum için çekmemeli-
yim...' demeli; en azından on tane, yirmi tane insanı daha zim-
metlemeli, onları da sandığın başına götürmeli ve onlara da bir
güzel 'evet' dedirtmeli."

Siyaset Üstü Düşünceler

Hocaefendi, herkesi oy kullanmaya ve reform paketinin
kabulü için çalışmaya davet ederken referandumun partiler
üstü olduğunu, ona katiyen partizanlık nazarıyla bakılmama-
sı gerektiğini; bu konudaki kendi sözlerinin ve sevenlerinin
gayretlerinin katiyen politik mülahazalarla ve particilikle
açıklanamayacağını da ısrarla dile getirmişti:

"Referandumda 'evet' denmesini desteklememiz, o işi ya-
pan insanları takdir değil, o işin kendisini takdir meselesidir;
kim yaparsa yapsın, yapılan güzel bir işi takdirdir. Bunu rah-
metlik Bülent Ecevit yapmış olabilir, bunu Süleyman Demirel
Bey yapmış olabilir, bunu İsmet Sezgin Bey yapmış olabilir, bu-
nu Tayyip Erdoğan yapmış olabilir, bunu Turgut Özal yapmış
olabilir, bunu Devlet Bey yapmış olabilir, bunu Deniz Bey de
yapmış olabilir. Güzelliği milletimiz adına kim yapmış ve mille-
timize ileriye doğru bir adımı kim attırmışsa, biz o ayağın altı-
na başımızı kaldırım taşı gibi koymaya âmâdeyiz."

Yurt dışında, dünyanın farklı coğrafyalarında yaşayan
binlerce insan, muhterem Hocamızın bu sözlerini önemli bir
tavsiye ve emir telakki ederek zahmet ve masrafa katlanıp
Türkiye'ye gitmiş ve oy kullanmıştı. Hatta farklı sebeplerle gi-
demeyenler, durumu müsait olan insanların uçak biletlerini
üstlenmiş ve mümkün olduğu kadar çok insanı sandık başına
göndermek suretiyle kendi üzerlerine düşen görevi yapmaya
çalışmışlardı. Türkiye'deki Hizmet gönüllülerine gelince, on-
lar -partililer de şahitlik ederler ki- gece gündüz çalışmış,

hemen her kapıyı çalmış ve referandumdan "evet" çıkması için adeta çırpınmışlardı.

Sadece Söylenti miydi?

Sonunda sandıktan "evet" çıktı. Anayasa değişiklikleri birer birer hayata yansımaya başladı. Çok hayırlı neticeler görüldü, gönüller bir çeşit inşirah yaşadı.

Heyhat ki daha birkaç ay geçmeden Hizmet Camiası ile alâkalı eylem planları tamamlanmış; bitirme projesi uygulamaya konulmuş ve hain düşünceler su yüzüne vurur olmuştu. Vesayetlerinin sona ermesinden endişe eden karanlık çevrelerin Ak Parti ve Camia'yı birbirine kırdırma peşinde oldukları dillendiriliyor; önce Cemaat'i daha sonra da iktidar partisini parça parça etmek için harekete geçtikleri konuşuluyordu. Medyaya servis edilen, Hizmet'i karalamaya yönelik haberler çok çirkindi; daha kötüsü ise Camia'nın ipinin Ak Parti eliyle çekileceği söylentileriydi. Gizli kapılar arkasında bir şeyler kotarıldığı ve duvarların verasında savaş tamtamlarının prova yaptığı kulaktan kulağa yayılmıştı.

Acı gerçeği kabullenmek istemiyordu temiz sineler; çatlak, kavga, çatışma şayialarını "fitne" deyip geçiştirmeye çalışıyordu birlik sevdalısı gönüller. Hâlâ başımızda dindar insanların olduğunu düşünen ve mü'minden zarar gelmeyeceğine inanan Hizmet erleri, şaşkınlıkla karşılıyorlardı olup bitenleri. Senelerdir Müslümanlara kan kusturan mahfillerin yeni bir oyun peşinde olabileceklerine ihtimal veriyor fakat mü'min firasetinin onun üstesinden geleceğini ümit ediyorlardı.

Siyasiler mi? Anayasa değişikliğiyle hedeflenen demokratikleşme hamlelerinin gerçekleştirilmesi için güçlü bir iktidar gerektiğini söylüyor; referandumdaki gayretlerin boşa gitmemesi için sıradaki genel seçimlerde de mutlaka desteklenmeleri gerektiğini ifade edip yine oy istiyorlardı.

Her Yerde "The Cemaat"

1 2 Eylül Referandumu umumi manada bir rahatlamaya vesile olmuştu fakat Hizmet Camiası'nın toplumsal hayattaki yeri, politikaya tesirleri ve devlet işlerindeki etkinliği referandumdan sonra gündemi daha da meşgul etmeye başlamıştı.

Zaten Ergenekon örgütü kapsamında yapılan soruşturmalar, hazırlanan iddianameler ve açılan davalardan rahatsızlık duyan kesimler iktidarla beraber Camia'ya diş bilemekteydi. Hükûmeti devirme planları ve darbe girişimlerini inceleyen *Sarıkız, Ayışığı, Yakamoz, Eldiven* ve *Balyoz* davalarının başladığı günden itibaren Hizmet'e yönelik saldırılar her geçen gün artmaktaydı. Referandumda "evet" çıkmasını büyük bir yenilgi olarak gören vesayetçiler, bir öfke ve telaşla hücumlarına hız vermiş; özellikle dindarlara karşı mesafeli duran ve önyargılı olan kesimleri tahrik etmeye koyulmuşlardı. *"Cemaat her yeri kuşattı. Emniyeti ve yargıyı bütünüyle ele geçiriyor. Hatta tüm sahaları tutup kapatıyor, diğer İslâmî cemaatlere bile alan bırakmıyor. Bu işin sonu nereye varacak böyle?"* Bu şüphe şayiası, belli medya organları tarafından sürekli işleniyor; yalan ve iftiralarla büyütülüp yaygınlaştırılıyor ve Hizmet'i tasvip eden insanlara bile "acaba" dedirtecek bir mahiyete büründürülüyordu.

Halbuki, Hizmet hareketi hakkında daha önce de benzer suçlamalar yapılmış; sansasyonel iddialar ortaya atılmış hatta davalar açılmıştı. Mesela Ankara 2 No'lu Devlet Güvenlik Mahkemesi'nde başlayan "Fethullah Gülen Davası" tam sekiz sene sürmüş; her biri onlarca yalan ve iftiranın gündeme gelmesine sebep olan onca duruşmanın ardından mahkeme oybirliğiyle beraat kararı vermişti. Üst yargı da beraat kararını oybirliğiyle onamıştı. Buna rağmen, aynı iddialar ısıtılıp ısıtılıp medya yoluyla servis ediliyordu.

Fethullahçı Örgütlenme (!)

Diyalogun, herkese saygı ve sevginin temsilcisi olmuş, dünyanın (o zaman itibariyle) yüz yirmi ülkesinde eşsiz fedakârlıklar ortaya koymuş insanlar, -onca güzel hizmetleri görmezden gelinerek- karanlık işler çeviren ve her taşın altından çıkan kimselermiş gibi gösteriliyordu. İnternet, gazete ve televizyonlarda haber bültenleri "Fethullahçı örgütlenme" dosyalarıyla dolduruluyordu.

Fethullah Gülen Hocaefendi, yalan ve iftiralardan rahatsızlık duyduğu kadar, belki ondan da fazla "Fethullahçı" yakıştırmalarından rahatsız oluyordu. Milletimizin bu harekete sahip çıkması illa bir şekilde tarif edilecekse, ona "Muhammedî ruhun toplumun sinesinde yeniden canlanması" denebileceğini söylüyordu. Yapılan hizmetleri, Sahabeden sonraki dönemler itibariyle, Ahmed Yesevî, Hazreti Mevlana, Yunus Emre gibi büyüklerle temsil edilen sevgi ve şefkat ruhunun bu asra uygun bir makamla yeniden seslendirilmesi ve evrensel insanî ruhun çağa göre tercümanlığı olarak tarif ediyordu. "Falancı filancı" sözlerine karşı şöyle diyordu:

"Öteden beri herkes bilir ki heyecanlarımın dorukta olduğu dönemde bile ben '-cı'ya, '-cu'ya karşı savaş ilan ettim. Elimden gelse o '-cı', '-cu'yu alfabeden çıkararak gömer, üzerine kayalar yerleştirir ve bir daha dirilmemeleri için elimden gelen her şeyi yaparım. Hatta biraz büyük de söylemiş olabilirim;

fakat bu '-cı' ve '-cu' benim başımın tacı, başımı kaldırım taşı misillü ayağının altına koymaya âmâde bulunduğum Abdülkadir Geylanî ya da Muhammed Bahauddin Nakşibendî hazretleri gibi büyüklerin icadı bile olsa ben yine onu kabul edemem. Belli bir dönemde konjonktür gereği bazıları o ifadeleri kullanmış olabilir fakat bunu onların kendi zamanlarının lazımı olarak gördüklerine inanıyorum. Dolayısıyla 'Fethullahçı' gibi yakıştırmalar yapılmasını ve o türlü mülahazalara sapılmasını doğru bulmuyor, kınıyorum."

Muhterem Hocaefendi, bu harekete gönül veren insanların, şucu bucu oldukları için değil, gördükleri Kur'ânî mantığa ve yapılan işlerin makuliyetine inandıklarından dolayı her türlü fedakârlığa katlanarak vatana, millete ve insanlığa hizmet ettiklerini vurguluyordu. Bu hareketin sırrının, -cami cemaatinin namaz için bir araya gelmesindeki tabiilik gibi- işin mantıkîliğinde ve makuliyetinde aranması gerektiğini belirtiyordu.

Gerçekten, o gün 120 küsur ülkeden Türkçe Olimpiyatları'na iştirak ediliyordu fakat en azından bir ya da birkaç kültür lokali ve lisan kursuyla hizmet edilen yerler de sayılacak olursa, belki 160 ülkede adanmış ruhlar ülkemizi temsil ediyorlardı. Merhum Bülent Ecevit, *"Devlet-i Aliyye çok güçlü olduğu dönemde bile bu ölçüde açılmaya muvaffak olamadı!"* demişti. Dahası dünyanın dört bir yanında açılan o müesseseler ve yapılan onca hizmetler, Anadolu insanının çok sınırlı imkânlarıyla gerçekleştiriliyordu. Şayet bu insanlar, işin makuliyetine inanmasalar ve bu makuliyet etrafında toplanmasalar, büyük devletlerin bile üstesinden gelemeyecekleri bu işlerin altına girerler miydi? Bu açıdan, makuliyette benimsenmiş bir iş, falana filana nispet edilemezdi. Hatta Hocaefendi'ye göre bu hizmetlerin belli şahıslara mal edilmesi şirk sayılırdı ve günahtı. Hizmet'e gönül vermiş insanların bir kısım devlet dairelerinde de bulunmaları ise milletin bir parçası olmalarının tabii neticesiydi ve katiyen örgütlenme ile izah edilemezdi:

"Ben sadece belli insanlara ve gizli kapaklı değil, herkese ve herkesin duyacağı şekilde, 'Elinizdeki imkânları sonuna kadar kullanın ve dünyanın dört bir yanına açılın, okullar açın; dört okulun olduğu yerde dört tane daha açın, hendesî genişleyin. Ruhunuzun ilhamlarını muhtaç gönüllere boşaltın.' diyorum. Bu çağrıyı makul bulan kimseler, ellerindeki imkânlarla insanlığa faydalı olmaya çalışıyorlar. Sözlerime değer verenler, emniyet teşkilatı içinde de mülkiyede de olabilir. Ben bilemem ki onları. Ben burada (Pensilvanya'da) yaşıyorum ve söylediğim şeyleri de herkesin duyup bileceği şekilde söylüyorum. Gazeteye ilan mı vermeliyim; 'Bana sempati duyanlar, zinhar sempati duymasınlar; yoksa iki elim Allah'ın huzurunda onların yakasında olsun' mu demeliyim? Bu açıdan, meselenin -cı, -cu ile hiç alâkası yok. Bazı kimseler size sempati duyabilirler; bu emniyette de olabilir, mülkiyede de olabilir, adliyede de olabilir, dünyanın başka yerlerinde de olabilir. İnsanlar işin makuliyetine gönül veriyorlarsa, meseleyi başka yerde aramamak, -cı'ya -cu'ya bağlamamak lazım."

Dokunan Yanıyor!

Hocaefendi, "devlete sızıyorlar" şeklindeki çirkin lafların ve kasıtlı söylentilerin perde arkasını da şu sözleriyle deşifre ediyordu:

"Ben öz be öz Anadolu çocuğuyum. Bir insanın, kendi millet fertlerini yine kendi memleketindeki bazı müesseselere girmeleri için teşvik etmesine sızma denmez. Teşvik edilen insanlar da o müesseseler de bu ülkeye ait. Kastedilen manadaki sızmayı belli bir dönemde bu milletten olmayanlar yaptılar. Evet, bir milletin ferdi, kendi milleti için var olan müesseselere

sızmaz; hakkıdır, girer oraya; mülkiyeye de girer adliyeye de istihbarata da girer hariciyeye de. Unutulmamalıdır ki kadrolaşma, sızma, çoğalma türünden iddiaları ortaya atanlar ve bunlarla vazifeperver insanları sindirmeye çalışanlar, hemen her devirde bu iftiralarının arkasına saklanarak ve hedef şaşırtarak kendi felsefeleri adına belli yerlere sızmış, kadrolaşmış ve çoğalmış kimselerdir."

Şüphesiz, bühtanlar hedef şaşırtma gayesine matuftu. İmtiyazlı konumlarını kaybetmek istemeyen statükocu zümreler, Türkiye'nin gerçek demokrasiye kavuşması ve tam bir hukuk devleti olması sürecine büyük destek veren Camia'yı karalamaya çalışıyorlardı. Vesayet sistemini korumak isteyen bu çevreler, her çirkin hadisenin fâili olarak Cemaat'i gösteriyor; vatana ve millete hizmet etmekten başka muradı olmayan insanları bir kısım iftira ve şantajlarla sindirmeye gayret ediyorlardı. "Dokunan yanıyor!" diyerek gerçeklerin üzerine yine Cemaat perdesi örtmeye ve bu suretle kendi cürümlerini gizlemeye çabalıyorlardı. Olaylar öyle trajikomik bir hâl almıştı ki evde vazoyu kıran çocuğun Camia'yı işaretleyip "Anneciğim, ben değil o yaptı!" demesi karikatürlere mevzu olmuştu.

Aslında, *"Her taşın altında 'The Cemaat' mi var?"* adlı kitabının tanıtımında konuşan Nazlı Ilıcak Hanımefendi'nin şu sözü meseleyi özetliyordu: *"Cemaate dokunan yanmıyor, yanan cemaati mazeret olarak gösteriyor. Ben bundan kesinkes eminim, hiç tereddüdüm yok."*

Camia ile Ak Parti Kavgası mı?

Neredeyse on sene -sadece ortak değerler üzerinde bir birleşme söz konusu olsa bile- tam bir ittifak hâlindelermiş gibi algılanan Camia ve Ak Parti arasında bir çatlak mı oluşmuştu? Her zaman sulhun yanında yer alan ve müspet hareketi esas edinen Hizmet, bir parti ile kavgaya mı tutuşmuştu? Sahiden mesele Cemaat ile Ak Parti kavgası mıydı?

Aslında Cemaat ile Parti'yi birbirine düşürme projesi çok erken dönemde yazılıp çizilmeye başlamıştı. "Derin"ler kendi emelleri için tehlikeli görüp hasım belledikleri bu iki gücü birbirine kırdırmak istiyorlardı. İhtimal bunu gerçekleştirmek için de dedikoduculuk ve koğuculuk gibi bayağı silahlarla işe girişmişler; her iki kesimden insanların en masum sözlerini bile mübalağalar katıp karşı tarafa iletmişler; bir şüphe ve güvensizlik havası hâsıl etmek için gayret göstermişlerdi.

Suizan, Dedikodu ve Gıybet Silahları

Belki partililer arasında Camia'yı rakip kabul eden ve Hocaefendi'ye sıcak bakmayan bir grubun bulunması da o bölüp parçalama niyetlilerine rahat kullanılabilir bir kapı aralamıştı. Otuz kırk sene önce, Hocaefendi'nin Kestanepazarı Kur'ân Kursu'ndan ayrılmasına sebep olan, sonra İzmir'deki mütevazı hizmetlerini adeta baltalayan ve hatta Diyanet İşleri Başkanlığı tarafından vazifeli olarak gittiği Avrupa'da sohbetlerini/konferanslarını sabote eden bu damar, söylentilere çabucak inanmıştı.

Müslümanlar, *"Kişinin her işittiğini söylemesi (başkalarına iletmesi), ona günah olarak yeter."* hadis-i şerifini duymamışlar mıydı? Bazen bir cümle içinde söylenip yazılan her şey doğru olsa da bir kelimeyi takdim veya tehir etmenin (öne alma veya geriye bırakmanın) ya da aradan çıkartmanın büyük gailelere sebebiyet verebileceğini ve fitne unsuru olabileceğini bilmiyorlar mıydı? Bilhassa önyargıların ve çarpıtmaların yaygınlaştığı zamanımızda her sözün mana ve muhtevasını iyi anlamaya çalışmak ve aynı zamanda onu kimin naklettiğini de göz önünde bulundurmak gerekmez miydi? Çok rahatlıkla su-i zanna, gıybete ve hatta iftiraya girmeleri, işittikleri her sözü gerçek kabul edip hemen hükümler vermeleri ve vehimlere dayalı çirkin yargılarını değişik yollarla yayarak hem kendilerinin hem de başkalarının ufuklarını karartmaları inanmış insanlara yakışır mıydı?

Hayır, hemen her mü'min bu hayati ölçülerden haberdardı. *"Ey iman edenler, herhangi bir fâsık size bir haber getirecek olursa, onu iyice tahkik edin, doğruluğunu araştırın. Yoksa gerçeği bilmeyerek, birtakım kimselere karşı fenalık edip sonra yaptığınıza pişman olursunuz."* (Hucurât, 49/6) ayeti her zaman okunuyordu. Bu Hak kelamının, "tebyîn" (bir meselenin açık seçik olarak ortaya çıkartılması ve inceden inceye değerlendirilip iyi anlaşılması) tavsiyesinde bulunduğu aşikârdı. *"Bilmediğin şeyin peşine düşme (takılma)! Çünkü kulak, göz, kalb gibi azaların hepsi de işlediklerinden mesuldür."* (İsra, 17/36) ilahi beyanının her şeyden önce şüphe, tecessüs ve su-i zandan kaçınmayı ve kesin bilgiye dayanmayan yargılarla insanları suçlamamayı emrettiğini çokları bilirdi. İslâm'da, yeterli araştırma yapılmadan sadece söylentilere göre hiç kimse aleyhinde olunamayacağı; yalnızca tahmin ve varsayıma dayanan bilgi kırıntılarının mutlak doğru olarak kabul edilemeyeceği ve su-i zanna dayalı hükümler verilemeyeceği hemen herkesin malumuydu.

Öyleyse mü'minler, içine çekildikleri tuzağa düşmemeli değiller miydi?

Camia Sadece İlk Hedef

Hadise sadece yanlış anlama ve rekabet kaynaklı olsaydı, herhâlde inananlar o badireyi aşarlardı. Fakat mesele daha çetrefilliydi ve hedef de sadece bu iki kesim arasında çatışma çıkarmaktan ibaret değildi.

Renk, desen ve şivesi nasıl olursa olsun dindarların devlet kademelerinde önemli yerlere gelmeleri "derin" çevreleri rahatsız ediyordu. Onlara göre nasıl her on senede bir yapılan darbelerle istenmeyen insanlar tasfiye edilmiş ve devletin bünyesi bir kere daha yenilenmişse, yine benzer bir restorasyona ihtiyaç vardı. Sıra diğerlerine de gelecekti ama önce olabildiğine güçlenen, çok kaliteli elemanlar yetiştiren, halka tesir edebilen, global vizyona sahip olan ve en önemlisi de kendi gönüllüleri tarafından finanse edildiğinden kimseyle göbek bağı bulunmadığı için "bağımsız" davranan Hizmet Camiası'nın defteri dürülmeliydi.

Fısıltı gazetesi öyle işletildi, gıybet ve bühtan o derece sinsi kullanıldı, medya Cemaat hakkında öyle çirkin, asparagas haberler yaptı ki sonunda siyasilerin belli bir kesimi Camia'nın artık Parti'nin omuzunda bir yük olduğuna ve en kısa zamanda mutlaka ondan kurtulmak gerektiğine inandırıldı. Seçimlerde alınan yüksek oyların da tesiriyle bir kısım partililer "özgüven" coşkusuna kapıldı; zanlarınca onların kimseye ihtiyacı yoktu; herkes onları desteklemeye mecburdu. Hele başarıların ortağı gibi görünen Camia'ya haddi bildirilmeliydi.

Son birkaç sene boyunca hepsi olmasa da Ak Parti

içerisinde etkin bir grup, Cemaat'in rakipsiz olmadığı, yaptıklarını herkesin yapabileceği ve daha fazla büyümesine imkân verilmemesi gerektiği inancıyla hareket etti.

Hizmet, yurtiçi ve yurtdışında hangi faaliyetleri yapıyorsa, onlar da -devlet desteğiyle- aynısını yapmaya giriştiler. Her yerde alternatifler oluşturma peşine düştüler. Bazı ülkelerde okulun karşısına okul, üniversitenin hemen yanı başına üniversite kurdular. Kültür festivallerine değişik şölenlerle rekabet ettiler. Hatta çakma Türkçe olimpiyatları düzenlediler. Niyetler kötü olmasaydı, yeryüzü genişti, herkese hizmet alanı vardı ve ortaya konan her gayret ülkemize hizmet sayılırdı. Heyhat...

Kopyalama işinde başarılı olamayınca bu defa tahribe koyuldular. Önce kendi politikalarını destekleyen gruplara arka çıktılar, devlet imkânlarını ayaklarının altına serdiler ve onları yanlarına alıp Camia'yı yalnızlaştırma sevdasına kapıldılar. Sonra Cemaat'i bölmek için gayr-i memnun birkaç Hizmet kaçkınına sarıldılar; onları parlatmak ve insanları onların ardına takmak için her yola başvurdular.

Sadece Hizmet gönüllülerini değil, Camia'ya ve Hocaefendi'ye sempati duyan hemen herkesi fişleyip vazifeden uzaklaştırmaya başladılar. Bütün devlet dairelerinde büyük kıyımlar yaptılar. Üniversite kadrosuna katılan bir asistana bile tahammül edemez hâle düştüler.

Buraya (Pennslyvania'ya) kadar gelip evimize misafir olmuş, yemeğimizi yiyip çayımızı içmiş, Hocaefendi'yle fotoğraf çektirmek için can atmış ve giderken gözyaşı döküp "Meğer sizi tanıyamamışım, burada sahabe hayatı yaşanıyormuş ama ben bilememişim!" türünden övgü cümleleri söylemiş bazı dostlar bile, daha Türkiye'ye döndükten birkaç hafta sonra üniversite üniversite gezip "Katiyen, bunlardan hiçbir doktora talebesi, araştırma görevlisi, asistan almayacaksınız!" talimatı verdiler.

Mevcut eğitim sisteminde zaruri olduğunu, senelerdir büyük başarılar ortaya koyduğunu ve öğretmenlerinin fedakârca çalıştığını çok iyi bildikleri hâlde, sırf Cemaat'in insan kaynağı olarak gördükleri için dershaneleri tamamen kapatma işgüzarlığına giriştiler.

Hizmet müesseselerine himmet eden, faaliyetlerine sponsor olan esnaf, tüccar, sanayici ve iş adamlarının kapılarına taciz müfettişleri gönderdiler; onları desteklerinden vazgeçirmek için her yolu denediler.

Bununla da kalmadı, tehditlerini yurtdışındaki hizmet müesseselerine, bilhassa Türk okullarına varıp dayandırdılar.

Nihayet, 7 Şubat MİT krizinden (Türkmenlere yardım götürdüğü söylenen) tırların durdurulması hadisesine kadar pek çok olayın rengini değiştirip farklı mizansenlerle bir "paralel yapı" iftirasına sarıldılar. Milletimizin en duyarlı olduğu konulardan biri olan "dış güçlerle işbirliği" bühtanını dolaşıma soktular. Hayatında karınca bile incitmemiş insanları terör örgütü kategorisine hapsedip Cemaat'in kökünü kazımak için var güçleriyle saldırıya geçtiler.

Camia'nın Duruşu

Akl-ı selim sahipleri bunun bir Hükûmet-Cemaat kapışması olmadığını, bu taarruzun sadece derinlere yaradığını ve demokratik kazanımların heba olacağı bir yola girildiğini bağıra bağıra dile getirdiler ama bir kere ok yaydan çıkmıştı. Dahası yolsuzluklarla başı büyük belaya girmiş olan bir kısım siyasetçiler bu gerçeği görecek, görse de müdahale edebilecek durumda değildi.

Muhterem Hocaefendi, tehlikeyi çok önceden sezmiş; iyilik ve ihsanlarla haset ve rekabet duygusunun dizginlenebileceğini düşünmüştü. Elden geldiğince problemin büyümemesi ve su yüzüne çıkıp çözülmez bir mahiyete bürünmemesi için uğraştı. Şayet ehl-i iman yakışıksız duygularını frenleyebilirlerse, ehl-i küfrün tuzaklarından beraberce kurtulabilirlerdi. Bu düşünceyle, hadiseyi bastırmaya, yapılan kötülükleri dillendirmemeye ve siyasilere ilk günkü gibi candan davranmaya gayret etti.

Camia çatışma taraftarı olmadı, kavgadan uzak durmaya çabaladı; her geçen gün dozunu artıran saldırı, tehdit ve kötülükler karşısında meşru yollarla kendini savunmaktan başka bir şey yapmadı. Sadece kendi maruz kaldığı haksızlıklardan değil, son senelerde gittikçe çoğalan temel hak ve hürriyetler konusundaki sıkıntılar, politika dilinin kırıcılığı ve toplumun kutuplaştırılması gibi hususlardan dolayı da rahatsızlığını dile getirdi. Daha birkaç sene öncesine kadar peşi peşine demokrasi paketleri hazırlayıp kanunlaştıran bir siyasî partinin bugün "istihbarat devleti" dedirtecek şekilde kanunlar çıkarmasına itiraz etti. Türkiye'nin, içine kapanan, dünyadan kopan, yalnızlaşan ve demokratik zenginliğini kaybeden bir ülke görünümü arz etmesine karşı çıktı.

Ülkemizin istikbalini ilgilendiren konularda ümitlerini ve kaygılarını kamuoyuyla paylaşması herkes gibi Camia'nın da hakkıydı. Demokrasilerde fertlerin ve o fertlerden oluşan sivil toplum kuruluşlarının tenkitlerini ve tekliflerini dile getirmeleri asla kavganın bir tarafı olmak şeklinde yorumlanamazdı.

Kozmik Odaya Girildi

İyi ama inanan insanlardan müteşekkil bir parti nasıl oldu da bu zulümlere rıza gösterdi? Allah'a ve ahirete imanı bulunanlar hangi sebeple onca haksızlığa alet oldu? Bari bir itiraz parmağı kaldırabilecek imanlı politikacılar, niçin diğer mü'minlere gadredilmesine tamamen göz yumdu; bunca cefa karşısında niye ölüm sessizliğine daldı?

Bu sorular pek çok insanın vicdanında cevap bekliyor olsa da genellemeci bir üslupla "işte şu sebeple" demek yanlıştır. Meseleyi bütüncül şekilde değerlendirememiş insanlar bulunabilir. Belki bazı kimseler neler olup bittiğini bile anlayamamışlardır. Bu itibarla da bir kalemde herkesi suçlamak, bütün siyasileri bir kaba koymak ve partililerin hepsini zulme ortaklıkla itham etmek katiyen mü'mince bir davranış olmaz.

Fakat şunu çok rahatlıkla söyleyebiliriz: Hemen her devirde Hak dostları ve dava erleri kâfirler, münafıklar, hasetçiler ve rekabete girişen mü'minler tarafından eziyete maruz bırakılmışlardır. Günümüzde de farklı sâiklerle küfür cephesi nifak güruhuyla el ele vermiş, hâsid ruhlar mü'minleri rakip görenlerle birleşmiş ve hepsi aynı noktaya nişan alarak hücuma geçmişlerdir. Hep beraber Hizmeti hedef aldıklarından, kimisi geçip geride bırakmak için dirsek atmakta, kimisi biraz da can yakma kastıyla tokat vurmakta, kimisi güvenli yer arayışıyla zıp orada zıp burada ok fırlatmakta ve kimisi de "Bu defa canını alacağız" deyip gayzla kurşun yağdırmaktadır. Hâl böyle olunca, cepheler sürekli paslaşmakta ve birbirini kızıştırmaktadır.

Bu olup bitenler karşısında insanın nutku tutuluyor. Hadiseleri akıl, mantık ve vicdanla açıklamak mümkün olmuyor. İnsan görüp duyduklarına, okuyup dinlediklerine asla inanmak istemiyor. Bakın Ali Bulaç Bey, bir röportajında partinin yolsuzluklara boğulduğunu, bunun hasımları tarafından tespit edildiğini ve siyasilerin anlaşmaya mecbur bırakıldığını belirttikten sonra ne diyor:

"İttihatçı ekip, 2011'de Dışişleri'ne ve AK Parti'nin kozmik odasına girince, Erdoğan'a şu doktrini kabul ettirdiler: İktidar = CHP + asker. Biz de CHP yerine AK Parti'yi koyuyoruz. O hâlde, derin devletle uzlaşacağız."

Maalesef, dünden bugüne Müslüman toplumların kaderi umumiyetle böyle oldu. Rehber nedretine maruz kalan millet, ateş böceklerine koşmalar dizdi ve yalancı mumlar arkasında koşup durdu. Hâlbuki halaskâr görüp alkışladıkları ya sahte kahramanlar ya da kahramanlık elbisesi kendisine bol gelen nobranlardı. Birinciler, kitleleri istedikleri yana sevk etme vasıtası olarak başkaları tarafından hazırlandı, şişirildi, büyütüldü, şartları oluşturuldu ve önder diye sunuldu. İkinciler ise, konjonktürü değerlendirip başa geçti ama benliğini aşamadı, nefsani istekler karşısında dik duramadı, makam-mansıpça büyümesini manevi derinleşmeyle takviye edemedi, sonunda zaaflarına yenildi ve düşmanların kahreden pençesinde bir piyona dönüştü.

Aman Allah'ım, bu öldürücü döngünün istisnası ne kadar da az!

Doğrusu, günümüzün politikacılarının, özellikle de dindar kimlikle meydana çıkan siyasetçilerin aynı tuzağa düşmeleri için yürekten çağrılar yapılmıştı. Yoldaki mayınlara birer birer işaret edilmiş, uçuruma uzanan patikalara ışık tutulmuştu. Güzergâh emniyeti için lazım gelenler anlatılmış, her köşeye işaret levhaları konulmuştu.

Keşke anlayabilselerdi!

Uyku Bilmeyen Gözler ve Nasihat

Dünden bugüne, sınır boylarında nöbet tutan neferlere ve hudutları koruyup kollayan birliklere "uyûn-u sâhire" denegelmiştir. Uyûn-u sâhire; lügat manası itibarıyla uyku bilmeyen ve her zaman uyanık kalan göz demektir.

Resûl-ü Ekrem Efendimiz'in (sallallahu aleyhi ve sellem) *"İki göz vardır ki ötede onlara ateş dokunmaz: Biri, Allah karşısında haşyetle yaş döken göz, diğeri de hudut boylarında ve düşman karşısında nöbet bekleyen insanın gözü."* buyurarak bir yönüyle ülkenin maddî ve manevî bekçilerine tek cümlede dikkat çekmiştir.

Ribât'ın İki Kanadı

Dinî ve millî hislerle dopdolu olarak, vatana, millete ve dine zarar gelmemesi için nöbet tutan, tehlike noktalarını kollayarak mukaddesatı koruyan "murâbıt", Hak katında makbul bir kuldur; bazen onun bir saatlik nöbeti bir sene ibadet yapmış gibi sevap kazandırır.

Mü'minlerin başına gelmesi muhtemel bela ve musibetler karşısında tetikte olmanın, inandığı davanın gereğini eda etmenin, kısacası "adanmışlık" vasfını ortaya koymanın dini literatürdeki adı "ribat"tır. Başka bir hadis-i şerifte, kendini tamamen namaza veren ve adeta gönlünü camiye rabt eden insanın amelini de "ribât" olarak isimlendiren Allah Resûlü (aleyhissalatü vesselam), bu beyanında da ağlayan gözü nöbet tutan gözle aynı çizgide değerlendirmiştir. Allah haşyetiyle gözyaşı döken Hak erini, cephede vazife gören askere denk tutmuş ve "ribât"ın her iki yönünü birden nazara vermiştir.

İmam-ı Gazzali'den Hazreti Bediüzzaman'a kadar bütün Hak dostları, aşk u iştiyakla gözyaşı dökmenin yanında, mefkûre kaynaklı ızdırapla da kıvrım kıvrım yaşamış; insanlığın dertlerine derman bulabilmek için "çare, çare" diye adeta inlemiş ve değişik çözüm yolları göstermeye çalışmışlardır. Hazreti Mûsâ ve Hazreti İsâ (alâ nebiyyinâ ve aleyhimessalâtü vesselâm) gibi bütün peygamberlerde bu hâli görmek mümkün olduğu gibi, İnsanlığın İftihar Tablosu'nun (aleyhi ekmelüttahiyyâti vetteslimât) daha kendisine vahiy gelmeden Hira'daki "tehannüs"ü de bu açıdan değerlendirilebilir. Hazreti Rûh-u Seyyidi'l-Enâm'ın (sallallahu aleyhi ve sellem) Hira Sultanlığı'ndaki ibadet ve tefekküre bağlı yalnızlığı "kutsal halvet" şeklinde yorumlanmış ve hadislerde "tehannüs" unvanıyla anılmıştır. Efendimiz'in, o halvet zamanlarında toplumun problemleriyle de muzdarip olduğu nazardan dûr edilmemelidir.

Bugün de insanlık uyûn-u sâhireye muhtaçtır. Bir açıdan sınırların kalktığı, insanların iç içe yaşadığı ve kurdun gövdenin içine girdiği günümüzde, dinimize, diyanetimize ve mana köklerimize karşı hazırlanan projeleri, planlanan komploları ve çeşitli cereyanların saldırılarını defedebilmek için sürekli bir teyakkuz ve ızdırap içinde olma, kendi değerlerimizin hangi tehlikelerle karşı karşıya kalabileceğini çok önceden okuma, onların önünü alabilmek için de sadece bir set değil, alternatif setler ve hatta ta iç kaleye kadar ardı ardına surlar oluşturma çağımızda uyûn-u sahîre olmanın gereğidir.

Hocaefendi'nin İkazları

Fethullah Gülen Hocaefendi, bütün hayatını cephede nöbet tutan asker temkiniyle değerlendirmiş bir ârif-i billahtır.

Onun gecelerinde sürekli ızdırap ve gözyaşı vardır. Seleflerinin mukaddes hafakanı onun hissiyatına da her zaman hâkimdir. Kendi ifadesiyle, ızdırap, gece yarısında vuran gonk gibi tın tın öter, hoplatır yüreğini. Hoplatır da insanlığın dertleriyle geçip gider saatler, uyku bilmez gözleri.

Muhterem Hocamız, ubudiyetteki hassasiyetinin ve kulluk vazifelerini eksiksiz yerine getirme gayretinin yanı sıra, gece gündüz, derin bir sorumluluk duygusuyla insanlığın, özellikle de ülkemizin problemlerine alternatif çözümler üretmeye çalışır. Hadiseleri bütüncül bir nazarla değerlendirir; muhtemel tehlikeleri hesap eder ve alınması lüzumlu tedbirleri belirler. Daha sonra da tespit ve tekliflerini ilgili kimselere iletmeyi vazife bilir; bunu yapmadığı takdirde ötede sorgulanacağını ve Hak katında mahcup olacağını düşünür.

Hocaefendi, Ak Parti'nin içine çekildiği tuzağa karşı da her mü'minde bulunması lazım gelen bu mesuliyet şuuruyla yaklaşmıştır. Tehlike emarelerini gördüğü günden itibaren adeta bir çığlık olup inlemiş; hain planları boşa çıkartmak ve komployu yara almadan atlatmak için dikkat edilmesi gereken konuları her fırsatta dile getirmiştir.

Resûl-i Ekrem Efendimiz'in (sallallahu aleyhi ve sellem) beyan ettiği üzere, *"Din bütünüyle nasihattir."* Nasihat, herkes için iyilik düşüncesi içinde bulunmak ve uygun bir üslupla hayırhahlık yapmak demektir. Nasihat, ferdî ve içtimaî plânda, her konumdaki insan için her zaman gerekli olan çok önemli bir ihtiyaçtır. Kur'ân-ı Kerim, *"Onlara hatırlat; çünkü zikir ve hatırlatma mü'minler için mutlaka yararlıdır."* (Zâriyât, 51/55) beyanıyla, nasihatin önemini de vurgulamaktadır. Dahası, ayetin asıl metnindeki "zekkir" kelimesinin yapısına ve hususiyetine dikkat edilirse, Cenâb-ı Hakk'ın, nasihatin sürekli olması gerektiğine ve hatırlatmaktan vazgeçmemenin lüzumuna işaret ettiği görülecektir. Demek ki mü'minler birbirlerine daima hayırhah olmalıdırlar; bazı inatçı ruhlar hakikatleri kabullenmese bile, nasihat inananlara mutlaka fayda verecektir. Şu kadar var ki nasihatin usulü ve tarzı, muhatap olan şahıstan şahsa, toplumdan topluma değişebilir.

Fethullah Gülen Hoacefendi, bu esaslar zaviyesinden, bazen umuma açık sohbetlerinde, kimi zaman hususi konuşmalarında, yer yer kaleme aldığı makalelerinde ve zaman zaman da özel yazdığı mektuplarında uyarılarda bulundu. Bazen doğrudan hitap etti, kimi zaman dolaylı yollara başvurdu fakat ne yapıp edip muhtemel handikaplara dikkat çekti.

Muhterem Hocamız, toplumun bünyesine musallat olan her virüsü anında işaret ettiği gibi, fertleri yere serebilecek marazları da birer birer ele alıp anlattı. Bununla beraber, politika sahasında koşturan insanlar için özellikle şu üç konunun hayati olduğunu belirtti: Üslup, iffet (bilhassa devlet, servet ve şehvetle ilgili nefsânî arzulara takılmama) ve ortak akıl. Son senelerde bu mevzuları defaatle gündeme taşıdı ve "Allah, aşkına şu hususlara çok dikkat edin!" diye adeta yalvardı.

Hırçın Siyaset ve Mızrak Gibi Kullanılan Diller

Ülkemizde siyaset dili dünden bugüne oldukça kırıcı, yaralayıcı ve ayrıştırıcıdır. Özellikle seçim mevsimlerinde, kürsüye çıkan ya da kendisine mikrofon uzatılan hemen herkes oldukça öfkeli ve rakiplerini yerin dibine batırırcasına konuşurlar. Maalesef taraflar kendi müspet projelerini anlatmak yerine muhaliflerinin zaaflarını dillerine dolar; adeta kavga ediyormuşçasına ağızlarına geleni söylerler. Yediden yetmişe herkesin önünde cereyan eden bu atışmalardaki genellemelerden dolayı bilhassa siyaset sahnesinde yara almayan şahıs ve kurum da kalmaz.

Hatta fıtraten halim selim görünen politikacılar bile söz kendilerine geçince tanınmaz bir hâle girerler. Belki bazen dinleyici kitle, hatibe yön verir; onu kürsüsünden alıp kendi seviyesine indirir; dolayısıyla da konuşan insan genel üslubuna yakışmayan beyanlarda bulunabilir. Ne var ki insanın kıymeti üslubundan bellidir ve hiçbir sebep, üslup bozukluğuna mazeret değildir.

Mü'min Üslubu

Fethullah Gülen Hocaefendi, en azından dindar siyasetçilerin mü'mine yakışır bir üslup tutturmaları gerektiğini her zaman dile getirmiş; onların kabalık ve hırçınlıklarının dine mal edildiğini ve muhalif kimselerin onlar yüzünden dine karşı tavır belirlediklerini, en azından küskünlüklerini devam ettirdiklerini anlatmıştı. Kaldı ki güzel üslup sadece desinler ve görsünler için olamazdı; o ahlâk-ı hasene ile mücehhez bulunmanın gereğiydi.

Yıllar boyunca defaatle üslup konusu üzerinde duran muhterem Hocamız, Ak Parti ikinci genel seçimden de galip çıkınca bunu gönülleri tamir etme açısından da yeni bir fırsat olarak görmüş ve daha oy pusulaları kurumadan yeniden aynı mevzuya vurguda bulunmuştu. Türkiye'nin, -Allah'ın inayetiyle- atlatılamaz gibi görünen çok ciddi badireleri atlattığını; ülkeyi fevkalâde hallere sürükleyecek ve demokraside çatlamalar hâsıl edecek muhtemel tuzakları aştığını ve halkın büyük bir sükûnet içinde yine iradesini ortaya koyduğunu memnuniyetle ifade etmişti. Ne var ki, 2007 Cumhurbaşkanlığı seçimi sürecinde ve genel seçim öncesinde ortaya çıkan huşunetin bir anda bertaraf edilemeyeceğini hatta başarısızlığın bir kısım insanlarda daha büyük hırçınlıklara ve cinnet sayılabilecek hezeyanlara sebebiyet verebileceğini belirtmişti.

Hocaefendi'ye göre seçimde muzaffer olan insanları artık daha büyük vazifeler bekliyordu; onlara, daha kuşatıcı, daha anlayışlı ve daha yumuşak olmak, mülayim halleriyle taşkınlıkların önünü almak düşüyordu.

Herkesin malumudur: Mekke'nin fethi gerçekleştirildikten sonra halk Rahmet Güneşi'nin etrafında toplanır ve O'nun gözünün içine bakarak kendileri hakkında vereceği kararı beklemeye başlarlar. Allah Resûlü (sallallahu aleyhi ve sellem), heyecan ve endişeyle bekleşen Mekkelilere, "Şimdi size ne yapmamı umuyorsunuz?" diye sorar. Esasen O'nun nasıl merhametli, affedici ve civanmert bir insan olduğunu iyi bilen bazı Mekkeliler, "Sen kerimsin, kerim oğlu kerimsin" şeklinde karşılık verirler. O'nun gayesi ne mal, ne mülk, ne hükümdarlık, ne de toprak istirdadıdır; O'nun hedefi, adaletin ikâmesi, beşerin kurtuluşu ve onların kalblerinin fethidir. Şefkat Peygamberi, o âna kadar düşmanlık yapan o insanlara karşı kararını şöyle açıklar: "*Size bir zaman Hazreti Yusuf'un, kardeşlerine dediği gibi derim: 'Daha önce yaptıklarınızdan dolayı bugün size kınama yoktur. Allah, sizi de affeder. O, yegâne merhamet sahibidir.' Gidiniz, hepiniz serbest ve hürsünüz.*" Aslında bu yaklaşım, "İçinizde herhangi bir burkuntu duymayın. Kimseyi cezalandırma niyetinde değilim. Herkes karakterinin gereğini sergiler. Siz, bir dönemde kendi karakterinizi sergileyip üslubunuzu ortaya koydunuz. Benim üslubum da işte budur!" demektir.

İşte bu affedicilik ve mülayemetin bizim kültürümüzün özünde var olduğunu söyleyen muhterem Hocamız, günümüzün seçim galiplerinin de miting meydanlarındaki bağırıp çağırmaları unutmaları, bundan böyle bütün toplumu kucaklamaları ve güzel vatanımız için herkesle el ele çalışmaya koyulmaları gerektiğini tembihliyordu.

Ruhun Zaferi

"*Başarılar insanı şımartmamalı. Allah Resûlü'nün, Mekke'yi fethedip şehre girerken büründüğü mahviyet hepimize hüsn-ü misal olmalı. Peygamber Efendimiz, tabiatının bir derinliği olan tevazudan dolayı, biniti üzerinde o denli iki büklüm idi ki neredeyse başı, bindiği hayvanın eğer kaşına değecekti.*" diyen Hocaefendi, tarihten misaller vererek günümüzün idarecilerini alçakgönüllülüğe davet ediyordu.

Endülüs'ü fethettiği gün hazine dairesine girip altınları, mücevherleri görünce kendi kendine "*Tarık, dün bir köleydin. Bugün muzaffer bir komutansın. Yarın ne olacağını da ancak Allah bilir. Şımarma...*" diyen ve sonra gurura, çalıma girmemek için yatağını kraliyet dairesine değil ahıra serdiren Tarık ibni Ziyad'ın tevazuunu nazara veriyordu.

Kırk altı senelik saltanatında hep zirveleri tutan, dünya devletlerine "eyaletim", "vilâyetim" nazarıyla bakan; bununla beraber, ihtişamın doruğunda olduğu bir dönemde zaferle neticelenen bir seferden dönerken, *"Nefsime biraz gurur geldi."* deyip yatağının izbede serilmesini isteyen Kanuni Sultan Süleyman'ın ruh zaferini işaretliyordu.

Bir yandan bâtıl cereyanların yayılmasını önlerken, diğer taraftan da Mercidabık ve Ridaniye zaferleri gibi yüzümüzü ak eden başarılarıyla ülkeyi hilâfetin merkezi hâline getiren; seferden sonra Üsküdar'a kadar gelince, İstanbul halkının şehrayinler tertip ederek coşkuyla kendisini karşılayacaklarını duyan ve bunun üzerine, *"Lalam! Böyle bir merasim uygun düşmez! Allah alayişten razı olmaz. En iyisi biz geceyi burada geçirelim, halk uyurken sessizce Topkapı'ya girelim."* diyen ve öyle de yapan Yavuz Sultan Selim'in yüksek karakterine dikkat çekiyordu.

Muhterem Hocamız büyüklerin bu hallerini "ruhun zaferi" olarak tavsif ediyor; debdebe ve ihtişam içinde kazanılan muzafferiyetlerin yanı sıra, inananların kendi iç dünyalarında da nefislerine karşı bir zafer kazanmaları gerektiğini söylüyordu. Özden uzaklaşmamak, değişip başkalaşmamak ve kötü akıbete uğramamak için bunun şart olduğunu ifade ediyordu. Elde ettiği başarıların hepsini Allah'tan bilen, şükür hisleriyle O'na daha bir derinden yönelen, nefsin arzuları rağmına kalbî-ruhî yanlarını öne çıkaran ve insanlara muamelelerinde merhametli ve mülayim olan yiğitlerin gerçek muzafferler sayılacağını belirtiyordu.

Dil Yarası ve Yumuşak Hitap

Hocaefendi'ye göre günümüzde yapılan en büyük yanlışlardan bir diğeri de herhangi bir heyetin bütün olarak karalanmasıydı. Şöyle böyle bir tercih yapmış ve bir yere gönül vermiş insanların hepsinin birden hedefe konulması; "Uğursuzlar, beceriksizler, ülkeyi satanlar..." denilerek tümden karalanması kin, nefret ve husumet hislerini artırmaktan başka bir işe yaramazdı. Kaldı ki böyle bir genelleme pek çok masum insanın günahına girmek demekti ve bu büyük cürmü işleyen birinin o insanların umumuyla hesaplaşmadan Cennet'e girmesi mümkün değildi. Bu itibarla, bir tenkitte bulunurken, ister falan partinin taraftarlarının isterse de filan kurum elemanların tamamı hedef alınmamalı; mesele ta'mim edilerek o dairedeki insanların bütünü kötülenmemeliydi. Her topluluk ve her müessesede olduğu gibi, mesela falan partide veya askeriyede olumsuz işler yapan bazı kimseler bulunabilirdi fakat az sayıdaki şerliler yüzünden o kitleleri ve müesseseleri tümüyle karalamak zulüm olurdu.

Neylersiniz ki bahsedilen yanlışlar dün olduğu gibi bugün de yapılıyor. Siyasete yeni bir tarz katması beklenenler diğerlerinden farksız, belki daha şedit. Hâlâ diller mızrak gibi kullanılıyor; öyle ki her yanda söz düelloları duyuluyor, sanki herkes herkesle kavgalı.

Oysa dil yarası kılıç yarasından daha acıdır. Nitekim bir atasözünde *"Kılıç yarası geçer ama dil yarası geçmez!"* denilmiştir. Kalbleri parça parça edenler, iktidarı tutsalar ne çıkar! Mü'minlerin işi gönüllerledir; gönüllere girmenin sırlı anahtarı ise tatlı söz ve mülayim tavırdır.

Cenâb-ı Hak, Hazreti Mûsâ ve Hazreti Harun'a (aleyhimesselâm) hitaben, *"Ona tatlı, yumuşak bir tarzda hitap edin. Olur ki aklını başına alıp düşünür, öğüt dinler yahut hiç değilse biraz çekinir."* (Tâhâ, 20/44) buyurarak her şeyden önce peygamberâne bir üslubu nazara vermiş; muhatap, Firavun gibi kalb ve kafası imana kapalı bir insan bile olsa, yine de hak ve hakikati "kavl-i leyyin" ile anlatmak gerektiğine işaret etmiştir.

Gâfir de denilen Mü'min Sûresi'nde, Hazreti Mûsâ'nın

tebliğine inanıp imanını uzun süre gizlemiş olan üst düzey devlet yetkilisi (bazı rivayetlerde ordu komutanı) anlatılmaktadır. Bu zat, "Sizler Mûsâ'nın dürüst olduğunu bildiğiniz hâlde onu yalancılıkla itham ediyorsunuz. Bu iki zıt vasıf bir arada bulunamaz. İnsanlara bile yalan söylemeyen biri, hiç Allah adına yalan uydurur mu? 'O, beni size elçi olarak gönderip şöyle şöyle dedi.' iddiasıyla en müthiş, en tehlikeli yalanı söyler mi?" diyerek Hazreti Mûsâ'yı savunmuştur. Demek ki Hazreti Mûsâ o güzel üslubuyla Firavun'un en yakınındaki insanlara bile tesir etmiştir. Her devirde bir kısım kimseler inatçılık yapsalar bile tatlı dil, temiz sineler üzerinde etkisini her zaman göstermiştir.

Öyledir; gönüller arası iç içe uzayıp giden pek çok gizli yollar vardır. Bu yolların farkında olmak ve gönül dilinden anlamaya çalışmak lazımdır. İnsanî melekeleri gelişmiş uyumlu mizaçlar ve evrensel değerlere saygılı gönüller, kendi inanç ve telakkilerini sürtüşmeden, kavga etmeden ve birbirini kötülemeden seslendirirler. Onlar farklı renk, şekil, kültür, düşünce ve kanaatleri birer zenginlik unsuru olarak görürler. Böyle engin vicdanlı insanlar, mülayim halleri ve tatlı dilleriyle kılıçlarla yapılamayan fetihleri gerçekleştirir ve gönüllere girip bir dünya dost edinirler.

İşte muhterem Fethullah Gülen Hocaefendi, siyaset meydanının böyle bir gönül diline muhtaç olduğunu ve üslup güzelliğinin lüzumunu sürekli dile getirdi. Hatta bir defasında şunları söyledi:

"Keşke siyaset âlemine de gönül dili hâkim olsa. Keşke CHP'liler deseler ki 'Türkiye'de şu kriz, şu kriz, şu kriz var ama biz vifak ve ittifakı sağlayamadığımızdan ve iktidarla uyum yolları aramadığımızdan dolayı, ihtimal Allah bizim yüzümüzden bu krizleri yaşatıyor.' Keşke MHP'liler deseler ki 'İnsan her yanıyla kötü olmaz ya, herkesin bazı iyi yanları da vardır. Biz

en azından bazı meselelerde bir kısım fasl-ı müşterekler bularak, bunlara 'eyvallah' desek ne olurdu. Bazı olumsuz şeyler bizim yüzümüzden de olmuş olabilir; bir dönemde bazı yanlışlıklar yapmış olabiliriz; belki şimdi de bir kısım yanlışlıklar yapıyoruzdur.' Keşke Ak Partililer de idarede bulunduklarından dolayı, Hazreti Ömer efendimiz gibi düşünse; 'Yağmur yağmıyorsa, bizim yüzümüzden yağmıyor; laleler bizim yüzümüzden bitmiyor, dağınık hâlimizin böyle sürüp gitmesi ve perişanlığımızın devam etmesi bizim yüzümüzden oluyor.' deseler. Evet, keşke siyaset âleminde de herkes, sürekli atf-ı cürümlerde bulunacağına, nispeti makul olmayan şeyleri bile insanlara nispet edeceğine ve hep karşısındakine cevap yetiştirme gayretiyle oturup kalkacağına, biraz da kendi muhasebesini yapsa ve bir kere de gönül dilini kullanmaya çalışsa!.."

Bir kere daha heyhat!

Hırçınlık siyaset tarzı olarak seçildi. Diller her geçen gün sivriltildi. Belki bu sayede saflar biraz sıklaştırıldı ve bir miktar oy kazanıldı ama millet fertleri birbirine düşman hâle getirildi. Toplum tamamen kutuplaştırıldı ve nefret yaygınlaştırıldı.

Gönül dili... Başka bir bahara kaldı.

Devlet, Servet, Şehvet ve İffet

❝ *Ah, katil şöhret, imansız şehvet, namert tamahkârlık! Nice ruhlar, semtinize bir kere uğramakla sararıp soldu. Nice gönüller, sizin ikliminizde hazan vurmuş gibi yaprak yaprak dökülüp gitti. Ve nice servi kâmetler, sizin şûh kahkahanızla mabetten ayrılıp, meyhaneye düştü. Evet, atmosferinize uğrayan yiğitler kılıbıklaştı, sünepeleşti; civanlar da civarınızda pîr olup gitti!"*

Böyle söylemişti seneler önce Fethullah Gülen Hocaefendi. Söylemişti zira şöhret, güç, kuvvet, iktidar, hâkimiyet, malmülk, rahat ve rehavet birer körlük sebebiydi. Bunlar yerinde nimet olmanın yanı sıra, çoğu zaman da yılan, çıyan ve akrep tabiatlı bir düşmana dönüşebilir; insanı sinsice zehirleyip eli ayağı tutmaz, gözleri hakikatleri görmez ve doğrulara hiç kulak vermez hâle düşürebilirdi.

Bu şeytanî ağlara karşı tek iksir vardı; o da iffet.

Çok Buutlu İffet

İffet; izzet ve haysiyetle yaşama, çalıp çırpmama, haramlardan sakınma, namusunu koruma, çirkin söz ve fiillerden uzak kalma, hayâ ve edep dairesinde bulunma, doğruluktan ayrılmama ve ahlâkî değerlere bağlılık üzere yaşama gibi çok şümullü manalar ihtiva etmektedir.

İffet; Üstad Said Nursî Hazretlerinin, *"Helal dairesi geniştir, keyfe kâfi gelir. Harama girmeye hiç lüzum yoktur."* şeklinde dile getirdiği üzere, dinin müsaade ettiği alanda yaşayıp gayrimeşru sahaya nazar etmeme, el uzatmama, adım atmama demektir.

İffet; insanın kendi el emeği ve alın teriyle kazandığına razı olması, başkasının malına göz dikmemesi, hasede düşmemesi, daha çok kazanma ve daha rahat yaşama hırsıyla haramlara dalmaması, hırsızlık ve rüşvete yanaşmaması, bilhassa devlet malından "hortumlama" yapmamasıdır.

İffet; müstağni davranmanın, başkalarına el açmamanın, dilencilik yapmamanın, kimseye yüzsuyu dökmemenin de bir unvanıdır.

İffet; umumî manasıyla, iradenin hakkını vererek cismanî ve behimî arzuları kontrol altına almanın, zinadan ve sefihlikten uzak durmanın adıdır.

İffet; vezirin hanımından gelen bir günah çağrısı karşısında *"Ya Rabbî! Zindan, bu kadınların beni davet ettikleri o işten daha iyidir."* (Yusuf, 12/33) diyerek, kulluğuna toz kondurmaktansa senelerce hapiste yatmayı göze alan Hazreti Yusuf'un (aleyhisselâm) yiğitlik tavrıdır.

Muhterem Hocamız, şehvet, servet, devlet ve şöhret kurbanlarının çokluğunu sezdiğinden olsa gerek, son senelerde hep çocuğu uçuruma yuvarlanmak üzere olan bir annenin telaşı ve heyecanıyla iffet konusunu anlattı. Sohbet mevzuu ne olursa olsun, bir münasebet bulup bahsedilen marazlara dikkat çekti ve "İffet ya hu!" deyip inledi.

İnternete yüklediğimiz Bamteli sohbetleri için hazırladığım özetlere ve özel mahiyette tuttuğum notlara baktığımda sadece bu konuda o kadar çok tahşidat yapılmış olduğunu görüyorum ki anlatılanların çok rahatlıkla bir iki kitap edeceğini sanıyorum.

Bir İmtihan Unsuru: Servet

Hocaefendi, bir taraftan kendini büyük görmeye sebebiyet

vermesi bir taraftan da insandaki hırs duygusunu beslemesi ve "Kazan, kazan ille de kazan..." düşüncesini büyütmesi açısından servet ve imkânın bazen öldürücü bir virüse dönüşebileceğini son birkaç yılda tekrar tekrar dile getirdi.

Meşru yollarla kazanıp helal dairede harcamanın ehemmiyetini; kazancın içindeki binde bir haramın geri kalan dokuz yüz doksan dokuzu da kirletmiş olacağını; zekâtı verilmemiş bir malın da bütünüyle kirli sayıldığını anlattı.

"Dünya bir cîfedir (leştir, pisliktir); onun talipleri ise köpeklerdir!" ve *"Dünya sevgisi bütün hataların başıdır!"* hadis-i şeriflerini sürekli hatırlatan muhterem Hocamız, bazı tefsircilerin Kârûn'u ilk kapitalist saydıklarını, onun malla imtihanı kaybeden bir prototip olduğunu, kendi devrinde bazı kimselerin onun hazinelerine imrendiği gibi bugün de bir kısım insanların neye imrenmek gerektiğini bilemediklerini ve dolayısıyla dünyanın geçici güzelliklerine aldanıp âhiret sermayelerini burada tükettiklerini vurguladı.

Bilindiği üzere Cenâb-ı Hak, Hazreti Mûsâ'nın (aleyhisselâm) kavminden olan Kârun'a, hazinelerinin anahtarlarını bile güçlü kuvvetli bir topluluğun zorla taşıyabildiği büyüklükte bir servet vermiş fakat o, bu serveti kendi becerisiyle kazandığını iddia etmişti. Hakk'ın kendisine yaptığı iyilik ve ihsanlara yakışır bir şükür tavrıyla yaşayacağı yerde, kendini bencilliğin gayyalarına salıvermiş ve sahip olduğu servet u sâmânla şımarmış, böbürlenmiş, ferîh fahûr yaşamaya ve ifsada başlamıştı. Allah Teâlâ da yaptıklarının karşılığı olarak onu bütün varlığıyla beraber yerin dibine geçirmişti. Böylece Kârun, ulü'l-azm bir peygambere yakınlığın hakkını veremeyip kazanma kuşağında kaybeden ibret vesilesi, tâli'siz bir servetzede olarak tarih defterinin yaprakları arasında yerini almıştı.

İktidar, servet ve rahata düşkünlük virüslerinin birbirlerini de destekleyip durduğuna dikkat çeken Hocaefendi,

"Bazen servetten büyüklük doğar, bazen büyüklük servet hesabına kullanılır ve bazen de o büyüklük, o servet insanda rehavet hissi hâsıl eder. Bu marazlara düşmüş kimseler, bir de kalkıp 'Bunca zaman koştuk, hizmet ettik; 'humus' (ganimetin beşte biri) kullanmak da bizim hakkımız!' demek gibi şeytanî mırıltılarla gayrimeşru davranışlarına meşruiyet bahanesi aramaya çalışırlar." diyerek kahredici bir tehlikeyi nazara verdi.

Hizmetleri karşısında Allah rızasından başka beklentilere giren ve cismanî zevkler peşinde ömür süren kimselerin *"Bütün zevklerinizi dünya hayatınızda kullanıp tükettiniz, onlarla safa sürdünüz. Allah'ın verdiği o güzel ve hoş nimetleri israf edip bitirdiniz. Hakkınızı dünyada kullanıp ahirete bir şey bırakmadınız."* (Ahkâf, 46/20) âyetinin tokadına maruz kalacaklarını belirtti.

Kamu Malı ve Emanete Hıyanet

Bir gün Hocaefendi sohbet konusu yapıp ihtiva ettiği mesajları anlatınca ilk defa duymuş gibi hayret ve dehşetle dinlemiştim Âl-i İmrân Sûresi'nin 161. ayet-i kerimesini. Cenâb-ı Hak,*"Emanete hıyanet etmek, bir peygamberin yapacağı bir iş değildir. Her kim hıyanet edip de ganimetten veya kamuya ait hasılattan bir şey aşırır, bunu da gizlerse, kıyamet gününe o vebalini aldığı şeyler, boynuna asılı olarak gelir. Sonra her kişiye kazandığı şeylerin mükâfat veya cezası eksiksiz ödenir. Ve onlar asla haksızlığa uğratılmazlar."* buyurmaktadır bu ilahî beyanda.

Sadece ayetin mealini okumak "gulûl" belasının nasıl büyük bir felaket olduğunu anlamaya kâfi gelmeyebilir fakat bu Hak kelamının sebeb-i nüzulüne, hadislerdeki onunla ilgili misallere ve müfessirlerin yorumlarına bakıldığında insanın kanını donduracak bir tablo çıkmaktadır ortaya.

Ne demektir gulûl; nasıl bir afettir?

Gulûl; hakkı olmayan bir şeyi almak, ona el uzatmak, ondan yararlanmak; kamu malından gizli bir şey aşırmak, emanete hıyanette bulunmak ve ganimetten mal kaçırmak gibi manalara gelmektedir. Devletin imkânlarını kötüye kullanmak da bu türden bir günahtır.

Bazen bir koyun, bir tavuk, bir yumurta bazen millet hazinesine ait bir çuval para bazen liyakatsizliğe rağmen tutulan bir makam, mansıp ve paye bazen de bir tahakküm vesilesi ve balyoz indirme gereci olarak gasp edilen güç, kuvvet ve sermaye... Hak edilmeksizin sahiplenilen ve gayrimeşru yollarla ele geçirilen her imkân gulûldür ve vebaldir.

Sahih-i Buhari ve Müslim'de rivayet edildiğine göre Ebu Hureyre (radıyallahu anh) şunu anlatır: "Resûlullah (sallallahu aleyhi ve sellem) bir gün aramızda ayağa kalktı, 'gulûl'ü zikretti, vebalinin büyüklüğünü anlattı ve şöyle dedi: *"Kıyamet gününde birinizi boynunda böğüren bir deve ile görmeyeyim. Bana gelir ve 'Ya Resûlallah! İmdadıma yetiş!' der. Ben, 'Sana yardım edemem. Ben sana tebliğ etmiştim.' derim. Kıyamet gününde birinizi, boynunda kişneyen bir at ile görmeyeyim. Bana gelir ve 'Ya Resûlallah! İmdadıma yetiş!' der. Ben, 'Sana yardım edemem. Ben zamanında tebliğ etmiştim.' derim. Kıyamet gününde birinizi, boynunda meleyen bir koyunla görmeyeyim. Bana gelir ve 'Ya Resûlallah! İmdadıma yetiş!' der. Ben, 'Sana yardım edemem. Sana tebliğ etmiştim.' derim. Kıyamet gününde birinizi, boynunda bağıran bir nefisle görmeyeyim. Bana gelir ve 'Ya Resûlallah! İmdadıma yetiş!' der. Ben 'Sana yardım edemem. Sana tebliğ etmiştim.' derim. Kıyamet gününde birinizi boynunda hareket edip ses çıkaran kâğıtlarla görmeyeyim. Bana gelir ve 'Ya Resûlallah! İmdadıma yetiş!' der. Ben, 'Sana yardım edemem. Sana tebliğ etmiştim.' derim. Kıyamet gününde birinizi boynunda bir zırh ile görmeyeyim. Bana gelir ve 'Ya*

Resûlallah! İmdadıma yetiş!' der. Ben, 'Sana yardım edemem. Sana tebliğ etmiştim.' derim." Aman ya Rabbi! Resûlullah'ın da yardım edemediğine kim el uzatır! İnsan, boynuna asılmış o dünyalıklardan nasıl kurtulur?

Cevâmiü'l-kelim olan (az sözle çok derin manalar ifade edebilen) Efendimiz'in bir cümle ile anlatılabilecek bir hususu, aynı kelimeleri tekrarlayarak ayrı ayrı misallerle beyan buyurması, o şeni' işin vebalini vurgulamak ve ümmetini ondan katiyen sakındırmak içindir.

Neredeyse bütün hadis kitaplarında rivayet edilen şu hadise de işin ciddiyetini göstermektedir: Adiyy ibni Amire el-Kindî anlatıyor: Allah Resûlü'nün şöyle söylediğini işittim: *"Sizden birini bir iş için tayin ettiğimizde, o bizden bir iğneyi veya iğneden daha değersiz bir şeyi gizleyecek olsa, bu bir gulûldür (hıyanettir). Kıyamet günü onunla gelecek ve onunla rezil olacaktır."* Bu sözü işiten Ensâr'dan siyah bir adam, memuriyetin helâk edici mesuliyetinden korkarak ayağa kalkıp "Ya Resûlallah, bana verdiğin memuriyeti geri al!" dedi. İnsanlığın İftihar Tablosu, *"Bu da ne demek?"* diye sordu. Adam, "Senin şöyle şöyle söylediğini işittim!" deyince Hazreti Sâdık u Masdûk (aleyhissalâtu vesselâm) meselenin ehemmiyetini tekid eden şu cevabı verdi: *"Ben aynı şeyleri şimdi bir kere daha tekrar ediyorum: Sizden birini bir vazifeye tayin edersek, az çok ne elde ettiyse, getirsin. Ondan kendisine tarafımızdan verileni alsın, men edilenden kaçınsın."*

İnsanı dehşete düşüren başka bir misali yine Ebu Hüreyre (radıyallahu anh) anlatmaktadır:

Resûlullah (sallallahu aleyhi ve sellem) ile birlikte Hayber mücahedesine çıktık; Allah bize fethi müyesser kıldı. Ganimet olarak sadece eşya, yiyecek ve giyecek aldık. Sonra Vâdi'l-Kurâ'ya çekildik. Bir adam, gölgeliğe girmek için ayağa kalktığı esnada kendisine bir ok isabet etti, eceli de bundan oldu. Bunun üzerine biz, "Ona şehadet mübarek olsun!" dedik. Resûlullah (aleyhissalâtu vesselâm) *"Hayır! Muhammed'in nefsi kudret elinde olan Allah'a yemin ederim ki henüz taksim edilmemiş olan Hayber ganimetlerinden almış bulunduğu şu hırka ateş olmuş, onun üzerinde alev alev yanmaktadır!"* buyurdu. Bu söz üzerine herkesi bir korku sarmıştı. Derken bir adam bir veya iki adet pabuç tasması getirdi; "Ya Resûlallah! Bunu Hayber'de almıştım." dedi. Resûl-i Ekrem (sallallahu aleyhi ve sellem) şöyle buyurdu: *"Ateşten bir pabuç tasması (yahut ateşten iki pabuç tasması)."*

Her zaman insanların âhiretini ve ebedî hayatını düşünen Şefkat Peygamberi, kamu malından aşırmanın, rüşvetin ve hırsızlığın ötede ateş olup mücrimlerin başına dolanacağını bildiğinden, hırsızlık yapmış bir kadını affetmesi için şefaatçi olmak üzere kendisine müracaat eden bir sahabiye sitemde bulunmuş sonra da minbere çıkıp şunu söylemiştir:

"Sizden evvelki ümmetler, hükümleri sadece zayıflara tatbik etmekten dolayı helâk oldular. Onlar soylu ve asil bir insan hırsızlık yaptığında hükmü tatbik etmezlerdi. Allah'a yemin ederim, kızım Fatıma dahi hırsızlık yapmış olsaydı, hiç düşünmeden onun elini de keserdim!"

Hayrettir ki Kur'ân öyle dediği, Efendimiz bunları emrettiği ve din bu konuda değişmez ölçüler vaz eylediği hâlde, bir kısım kimseler "Çalıyor ama çalışıyor!" diyebiliyorlar; "Hep başkaları aşırdı, biraz da bizimkiler yesinler!" anlayışına sahip olabiliyorlar ve "Madem sadece kendileri almıyor, bizimle de paylaşıyorlar, göz yumalım ki kurulu düzenimiz bozulmasın!" inhirafına girebiliyorlar.

Çeşit Çeşit Gulûl

Meselenin ahirete bakan yanları olduğu gibi milletin güvenine ihanet etmeme veçhesi de vardır. Özellikle belli noktaları tutan dindarlar çok hassas yaşamalıdırlar. Zira halk onlara itimat etmiş; "Bunlar kamu malı yemez içmezler, çalıp çırpmazlar; bunların hayatında spekülasyonun zerresi bulunmaz." demiş ve destek vermiştir. Öyleyse onların, toplumun bu hüsnüzannına layık olmaları ve gulûl sayılabilecek en ufak bir şeyden bile uzak durmaları gerekir. Aksi hâlde insanlara inkisâr yaşatılmış ve din duygusu yaralanmış olur.

Bundan dolayıdır ki Hazreti Üstad, çok dikkatli yaşadığı gibi bir de millete hesap verme sadedinde, "*Şu üstümdeki sakoyu, yedi sene evvel eski olarak almıştım. Beş senedir elbise, çamaşır, pabuç, çorap için dört buçuk lira ile idare ettim... Bu tavuğun yazın çıkardığı bir küçük yavrusu vardı. Ramazan-ı Şerifin başında yumurtaya başladı, tâ kırk gün devam etti. Hem ne vakit annesi kesti, hemen o başladı, beni yumurtasız bırakmadı.*" demiştir. İaşesinin kaynağını hatta yediği yumurtaların nereden geldiğini dahi açıklamıştır. Her vesileyle iktisat düsturuna dikkat çekmiş; hâliyle bize kılı kırk yararcasına yaşama mecburiyetinde olduğumuzu, ağzımıza koyduğumuz her lokmanın helalliğini kontrol etmemiz gerektiğini ve hem ahiretimiz hem de dinimizin hatırı için iffetimizi korumamız lazım geldiğini ihtar etmiştir.

Hadislerde anlatıldığına göre aşere-i mübeşşereden Ebû Ubeyde ibni Cerrah (radıyallahu anh) Bahreyn'den çok miktarda mal getirmişti. Ashab-ı Kirâm'dan bazıları, ondan pay almak için beklerken, Resûl-i Ekrem Efendimiz (sallallahu aleyhi ve sellem), -meâlen- "*Allah'a yemin ederim ki ben sizin fakr u zarurete düşmenizden endişe duymuyorum. Sizden evvelkilerin sahip olduğu gibi geniş imkânlara sahip olmanızdan ve onların birbirini çekemeyip/rekâbet edip helâk oldukları gibi sizin de birbirinize haset edip helâk olmanızdan korkuyorum.*" buyurmuştu.

Ümmetin bugünkü hâli Rehber-i Ekmel Efendimiz'in endişesinin ne kadar yerinde olduğunu ortaya koymaktadır.

Dünya hayatının göz göre göre âhirete tercih edildiği günümüzde, "gulûl" gün geçtikçe büyüyen bir canavara dönüşmektedir. Maalesef onun yırtıcı pençelerine düşmeyen insan sayısı çok azdır. O pençelerden birini savuşturanın bir diğerine yakalanma ihtimali oldukça kavidir.

Taraftar toplamak, ekip yapmak, kendine göre bir hale oluşturmak ve kendini onların içinde bir ay gibi konumlandırmak için eli altındaki imkânları sadece belli fertlere kullandırmak, onları her vesileyle hediyelere boğmak ve önlerine kazanç fırsatları koymak da haksızlıktır, zulümdür, gulûldür.

İnsanın, şahs-ı manevînin kredisini kendi hesabına kullanması ve heyetin itibarıyla şahsî menfaat devşirmesi ayrı bir gulûl çeşididir.

Bir de başarıları sahiplenme gulûlü vardır. Umum bir cemaatin, bütün bir heyetin ve topyekûn bir milletin gayretine terettüp eden bir neticeyi sadece bir ya da birkaç şahsa mal etmek de onların hakkını yemek demektir.

Hocaefendi, bu hayati mevzuları en ince ayrıntılarına kadar defalarca açıkladı. Hizmet erlerine tembihlerde bulunduğu gibi siyaset sahasında koşturan insanları da uyardı. Meşru ve hak olan bir hedefe ulaşmanın vasıtalarının da yine hak ve meşru olması gerektiğini; İslâm'a hizmet etmenin ve Müslümanları gerçek hedeflerine yönlendirmenin katiyen şeytânî yollarla gerçekleştirilemeyeceğini belirtti. Bâtıl yollarla itibar kazananların, Hakk'ın iltifatını kaybedeceklerini ve çok kısa sürede halkın teveccühünü de yitireceklerini, böylece dünya ve ahirette hüsrana düşeceklerini vurguladı.

Keşke bu nasihat ve uyarılar her gönülde yankı bulsaydı! Keşke inanmış insanlar her türlü yolsuzluktan uzak kalsalardı! Keşke rüşvete, ihtikâra, ihtilasa açık makamları tutanlar ve imkân musluklarının başında oturanlar en azından Hazreti Bediüzzaman'ın şu sözüne kulak verselerdi:

"Ehl-i dünya, hususan ehl-i dalâlet, parasını ucuz vermez, pek pahalı satar. Bir senelik hayat-ı dünyeviyeye bir derece yardım edecek bir mala mukabil, hadsiz bir hayat-ı ebediyeyi tahrip etmeye bazen vesile olur. O pis hırsla, gazab-ı İlâhîyi kendine celb eder ve ehl-i dalâletin rızasını celbe çalışır. (...) Bahusus size verilen o gayrimeşru para, sizden, ona mukabil bin kat fazla fiyat isteyecek. Hem her saati size ebedî bir hazineyi açabilir olan hizmet-i Kur'âniyeye set çekebilir veya fütur verir. Bu öyle bir zarar ve boşluktur ki her ay binler maaş verilse, yerini dolduramaz."

Şeytanın En Büyük Tezgâhı: Şehvet

Şehvet, günümüzde daha çok cinsel istek şeklinde anlaşılsa da umumi manada nefsin bir şeye meyletmesi, heveslenmesi ve arzu duyması demektir.

Bediüzzaman Hazretleri -diğer bazı İslâm ahlâkçıları gibi- insanda üç temel hissin bulunduğunu, sair duyguların onlara irca edilebileceğini işaretlemiştir. Belli ölçüde de olsa hakikatleri anlayıp, fayda ya da zarar getirecek şeyleri birbirinden ayırma melekesine "kuvve-i akliye"; kızgınlık, öfke, kin, hiddet ve atılganlık gibi hislerin kaynağı sayılan güce "kuvve-i gadabiye"; talep, arzu, iştiha ve cismânî hazların menşei kabul edilen duyguya da "kuvve-i şeheviye" demiştir.

Kuvve-i şeheviyenin, hayâ hissinden tamamen sıyrılarak her türlü cürmü işleyecek kadar arsız olma şeklindeki ifrat hâli "fısk u fücûr"; helal nimet ve lezzetlere karşı dahi hissiz ve hareketsiz kalma durumu da "humûd" olarak isimlendirilmiştir. Kuvve-i şeheviye açısından istikamet ve itidal üzere bulunarak, meşru dairedeki zevk ve lezzetlere karşı istekli davranmanın yanı sıra, gayrimeşru heves ve iştihalara iradî olarak kapalı kalma tavrı ise "iffet" tabiriyle ifade edilmiştir.

Bu açıdan, zemmedilen şehvet, insanı günaha iten her türlü cismani arzu ve nefsânî isteğin adıdır. Zina etme, kumar oynama, içki içme şehvetin bir yanı olduğu gibi, aşırı yeme içme, gereksiz gezip dolaşma ve çokça yatıp uyuma da şehvetin ayrı bir yanıdır. Kur'ân-ı Kerim'de *"Kadınlar (kadınlar için de erkekler), oğullar, yığın yığın biriktirilmiş altın ve gümüş, güzel cins atlar, davarlar ve ekinler gibi nefsin hoşuna giden şeyler insanlara (süslenmiş) cazip gelmektedir. Bunlar dünya hayatının geçici bir metaından ibarettir. Asıl varılacak güzel yer ise Allah'ın katındadır."* (Âl-i İmran, 3/14) buyurulmaktadır. Haddizatında, bu âyette "şehevât" olarak zikredilen sınıflar meşru nimetlerdir. Gönle hoş gelen bu nimetler, dünya hayatını idame ettirmenin ve ahiret saadetini kazanmanın vesileleri olarak verilmiştir fakat sadece cismanî arzulara vasıta kılınması, kötüye kullanılması ve hırsla peşlerinde koşulması bunları birer nikmete dönüştürmektedir. Bunlardan herhangi birisine, cismaniyeti itibarıyla takılan bir insan, nefs-i emmâresine avlanıp sonu Cehennem'e varan bir yola düşmektedir.

Şehvete karşı en güvenli kale duvarı namazdır. Özellikle namaz zayi edilince artık şehevâtın önündeki surlar yıkılmış olur; her türlü nefsanî istek ve iştiha, insanı, şeytanın yoluna sürükleyen bir dürtüye dönüşür.

Hazreti Mevlânâ şöyle bir hadise nakleder: Şeytan, Cenâb-ı Hakk'a *"İzzetine kasem ederim ki insanların hepsini şirazeden çıkaracağım."* dedikten sonra beşere karşı tuzak olarak kullanabileceği, onları baştan çıkarmak için vasıta yapabileceği bazı araçlar ister. Servet, makam, şöhret gibi imtihan unsurları verilir ama o, bunların hiçbirisinden hoşnut olmaz. Sonunda "Sana erkek için kadını, kadın için erkeği kullanma imkânı (şehvet duygusu) vereyim!" denilince, şeytan çok sevinir ve zil takıp oynamaya başlar.

Temel kaynaklarda geçmese de bu hikâye çok önemli bir

hakikate işaret etmektedir. Cinsel şehvet, şeytanın en büyük kozu ve en tehlikeli tuzağıdır.

Allah Resûlü (sallallahu aleyhi ve sellem), *"Cehennem şehvetlerle kuşatılıp örtülmüştür. Cennet ise zorluklar ve nefsin istemediği şeylerle çepeçevre sarılmıştır."* diyerek genel manada hevâ ve hevese işaret buyururken; *"Ümmetime bundan daha büyük bir imtihan, bir fitne vesilesi bırakmadım."* sözüyle de kadının erkekle erkeğin de kadınla imtihanının zorluğunu vurgulamıştır.

Bu zorluğun üstesinden gelmek, Hak katında öyle kıymetlidir ki Habîb-i Edîb Efendimiz, *"Allah, gençliğini Hakk'a itaat yoluna bağlayan ve gayrimeşru şehvet peşinde olmayan genci pek beğenir."* buyurmuş ve bahtiyar bir gence bütün dünyevîlikleri unutturacak şu müjdeyi vermiştir:

"Allah, kendini ibadete hasreden genci meleklerine gösterir; Kendisine has münezzehiyet ve mukaddesiyetiyle, onunla iftihar eder ve ona şöyle der: Ey şehvetini Benim için bırakan genç! Ey gençliğini Bana adayan yiğit! Sen Benim nezdimde meleklerimin bazısı gibisin."

İşte muhterem Hocaefendi, yazılarında ve sohbetlerinde, burada sadece bir damlasına değindiğimiz iffet deryasına seyahatler tertip etti; onun güzelliğini gösterip insanları afîf olmaya özendirdi. Şehvetlerin peşinde bir hayat sürmenin ise nasıl büyük bir felaket olduğunu ve sefihleri bekleyen kötü akıbeti anlatıp ahlâksızlığa karşı tiksinti uyarmaya çalıştı.

Zevk u sefaya düşkün yaşamanın günümüzde çok yaygınlaştığına ve âdeta teşvik görmekte olduğuna değinen Hocamız, akıl, mantık, muhakeme ve dinî kurallar yerine cismanî arzu ve nefsanî zevklerine bağlı hareket eden densizlerin, sürekli hayvanî zevkler peşinde ömür tükettiklerini fakat bununla da yetinmeyip çevrelerindeki pek çok iradesizi de aynı levsiyât içine çekip çürüttüklerini belirtti.

Beyan Sultanı Efendimiz'in (sallallahu aleyhi ve sellem) , kıyametin alâmetleri arasında sayılan "duhân"ın tesirini anlatırken, onun, münkirleri öldüreceğine ve mü'minleri de zükkâm (soğuk algınlığı, nezle) yapacağına dikkat çektiğini nakleden muhterem Hocamız, maalesef bugün koskoca bir İslâm dünyasında hem nifak virüsünden dolayı manen ölmüş hem de nifak nezlesine tutulmuş çok insan bulunduğunu söyledi.

"Bu çağ bir nifak çağıdır; İslâm dünyasında insanları İslâmî değerlerden uzaklaştıran hastalık nifak olmuştur." diyen Hocaefendi, nifakın temelinde ise yalan ve aldatmanın bulunduğunu vurguladı. Kendini gizlemek, olduğundan farklı görünmek, inandığının aksini söylemek ve hileli yola başvurmak demek olan "takıyye"ye İslâm'da yer bulunmadığını, Efendimiz'in (sallallahu aleyhi ve sellem) *"Aldatan bizden değildir."* buyurduğunu fakat yakın görünen ama uzaklardan uzak olan bir komşu devletin onu ilke edindiğini ve maalesef ülkemizdeki bir kısım kimselerin de bundan etkilendiklerini belirtti.

Günümüzde nifak ve takıyye şebekesinin bütün çirkinliğini sergilediğini ve özellikle mut'a (nikâh süsü verilmiş, ücret karşılığı geçici beraberlik) tuzağını kullanarak pek çok insanı ağına düşürdüğünü esefle dile getirdi. Özellikle iki komşu ülkenin bu şer sistemini, bu kapalı zina ve fuhuş yöntemini, birilerini avlamak ve bağlamak için kullandıklarını beyan etti. Ciddi birinden de dinlediği üzere İslâm dünyasında -bazıları da âlim olan- çok kimseleri bu yolla vurduklarını, fotoğraflarını çektiklerini sonra da onlara "Bizim aleyhimizde olursanız, bunlar medyaya verilir!" dediklerini; şimdilerde aynı şenaatin bütün ürperticiliğiyle devam ettiğini, çok kimselerin ya hesaplarına yatırılan paralarla ya da mut'a gibi tuzaklarla ciddi angajmana düşürüldüklerini hatta ülkemizden gençlerin toplanıp götürüldüğünü, mut'ayla adeta uyuşturucu bağımlısı gibi hasta hâle getirildiğini aktardı.

"Allah aşkına azıcık irade!"

Vâ esefâ! Bazı kimseler bu ikazları hiç kâle almadılar. Dünyadaki itibarlarını düşünmedikleri gibi âhiretlerini de karartacakları bir yola saptılar. Oysa daha ilk yıllarda bir kısım pislikler sokağa taşmış, iğrenç koku etrafa yayılmış ve çirkinlikler herkesin diline dolanmıştı. Hocaefendi, testi bütün bütün kırılmadan bir feryat koparmış, Bamteli'nden "Kendinizi düşünmüyorsanız, bari milletinize kıymayın!" der gibi şefkat çığlığı atmıştı.

Daha o günlerde, kan kokusu almış aç kurtlar ya da denizdeki yırtıcı mahlûklar gibi, ağını kurmuş avını kollayan bir kısım yaratıkların, gizli kameraların ve dinleme cihazlarının başında her an hazır bekledikleri; siyasî oluşumları, devlet kurumlarını ya da millet için hayatî önemi bulunan müesseseleri temsil eden büyüklerin hata yapmalarını, tökezlemelerini, sürçüp düşmelerini ve bataklığa sürüklenmelerini intizar ettikleri -halk arasında bile- konuşuluyordu. Genel kanaate göre bu karanlık odaklar, milletin önünde görünen devlet adamlarının, belli makamları tutan insanların ve bir şahs-ı manevînin temsilcisi konumunda bulunanların mesâvîlerini kare kare tespit etmek, malzeme toplamak ve hazırladıkları dosyalarla onların karşılarına çıkıp, milletin aydınlık geleceğini karartabilecek değişik değişik cinayetlerin altına imza attırmak için fırsat gözetiyorlardı.

Muhterem Hocaefendi, çizgi kaybının zuhur ettiği ve tuzağa düşme ihtimalinin belirginleştiği o erken dönemde yalvarırcasına şöyle diyordu:

"Allah aşkına azıcık irade! Allah aşkına, hiç olmazsa azıcık mensup olduğunuz şahs-ı manevinin haysiyeti, onuru ve şerefi! Sen bir kere belli bir siyasi oluşuma, bir devlet kurumuna, hayatî bir müesseseye ya da bir şahs-ı manevîye mâl olmuşsan, adın onunla anılıyorsa ve sen onun bir parçası kabul

ediliyorsan, artık mensup bulunduğun o kocaman bünyenin haysiyetini, onurunu ve şerefini tek başına taşıyor sayılırsın. Sayılır ve vahdet-i mesele açısından, "Günah benim, kime ne?" diyemezsin. Zira maşerî vicdanda o günah sadece sana değil, aynı zamanda mümessili olduğun müesseseye fatura edilir. O günah, şahs-ı manevinin bütün azalarını mahcup eder ve herkesin boynunu büker.

Dolayısıyla, umumun hukukunu nazar-ı itibara alarak çok titiz ve pek hassas olmalısın. Gayrimeşru şeylere ve günahlara karşı oruçlu gibi davranmalı; iffetini her şeyden aziz tutmalı ve sadece kendin için değil aynı zamanda bir parçası olduğun milletin için mensubu bulunduğun müessese için yaşamalısın. Cahiliye şairi Züheyr ibni Ebî Sülmâ, 'Herhangi bir kimsenin gizli bir huyu varsa, varsın o, huyunun gizli kalacağını zannededursun, o er-geç ortaya çıkar ve bilinir.' der. Sen de hiçbir işinin gizli kalmayacağı ve her davranışının kaydedilip bir gün mutlaka karşına çıkarılacağı mülahazasıyla hareket etmeli ve adım atmalısın. Hiçbir meseleyi çok planlı yaptığın ve iz bırakmadığın düşüncesine havale etmemeli; aldığın her nefesin bile kendine göre bir izi olduğunu düşünerek, seni dünyada maşerî vicdan nazarında, ahirette de Allah nezdinde rezil rüsva edebilecek her şeyden uzak durmalısın."

Enaniyete Karşılık Ortak Akıl ve Beklentisiz Danışman

―――――※❀※―――――

❝ *Bana, aklı şu işe şöyle eren, bu işi böyle beceren kimseleri değil, terakki ettikçe -bir debbağın deriyi yere vurduğu gibi- nefsini yerden yere vuran insanları getirin zira cihanın esrarı ve gönül kapıları ancak onlarla açılır."* der Fethullah Gülen Hocaefendi. Çünkü ona göre geleceğin mimarları, nefsiyle hesaplaşacak kadar yürekli ve Allah'la münasebeti de o nispette sağlam gönül insanlarıdır. Aksine benliğine mağlup olmuş zavallıların başarıları geçici, göz alıcı hâlleri aldatıcı ve akıbetleri de pek acıdır.

Benlik ve Kibir

Allah Teâlâ, insanı "ben" deyip varlığını ortaya koyabilecek bir fıtratta yaratmış ve onun mahiyetini, bir taraftan irade, his, şuur, gönül; diğer yandan da şehvet, kin, nefret, inat gibi duygularla donatmıştır. Enaniyeti (benlik hissini), hakikatleri belirlemede önemli bir ölçü birimi (vâhid-i kıyâsî) olarak halk etmiş; diğer latifeleri de ulvî gayelere ve uhrevî hedeflere ulaştıran birer vasıta şeklinde lütuf buyurmuştur. Bu cihazâtı, nefis ve dünya hesabına sarf eden kimselere çakılıp yerde kalma ve akıbet sürüm sürüm olma vaîdinde bulunmuş; o nüvelerin yüzlerini baki gerçeklere ve uhrevîliğe yönlendirebilen insanlara ise, burada nefsin kölesi olma ve şeytanın oyununa gelme zilletinden kurtulup yüksek uçuş, ötede de Cennet, cemal ve Rıdvan vaat etmiştir.

İnsanın kendi mahiyetini bilmesi, konumunu belirlemesi ve Hak karşısında ona göre bir duruşa geçmesi çok önemlidir. Aksi hâlde güç, kuvvet, iktidar, servet ve makam gibi nimetler, farklılık, ululuk ve üstünlük mülahazasına sebebiyet veren öldürücü birer virüse dönüşebilir.

Hâlbuki bir kutsî hadîste, Cenâb-ı Hak, *"Kibriya, Benim ridâm, azamet ise Benim izârımdır. Kim Benimle bu mevzuda yarışa kalkışır ve bunları paylaşmaya yeltenirse, onu Cehennem'e atarım."* buyurmaktadır. Demek ki kendini büyük görüp kibirlenen bir insan, bu ilâhî sıfatlarda Allah'a şerik olmaya kalkışmış sayıldığından Cenâb-ı Hak, böyle bir insanı derdest edip Cehennem'e atacağı ikaz ve uyarısında bulunmaktadır.

Kendini üstün görme ve başkalarını hafife alma duygusu çok eskilere, ta kadim medeniyetlere dayanmaktadır. Hint inançlarından kaynaklandığı ve Hindistan'da doğduğu söylenen "kast sistemi" telakkisi, aslında Enbiyâ-i izâmın mesajıyla iyi bir terbiyeden geçmemiş bütün insanların tabiatında vardır. Vahyin ışığına sırt dönen tüm toplumlarda havas ve avam, zenginler tabakası ve ayaktakımı sınıfı ya da soylular ve köleler şeklindeki ayırımlar mutlaka olmuştur/olmaktadır. İlahi mesajın gölgesinde nefsini dizginleyememiş kimseler bazen soya-sopa, bazen mala-mülke, bazen de şana-şöhrete bağlı olarak kendilerine bir nevi kutsiyet, bir fevkalâdelik ve bir farklılık atfetmişlerdir. Kendilerinin dışındakileri de hep ikinci ya da üçüncü sınıf vatandaş olarak görmüşlerdir. Tabiat-ı beşerde bir virüs olarak saklı bulunan farklılık ve üstünlük mülahazası, hemen her fırsatta ortaya çıkmıştır; maalesef günümüzde de her toplumun içinde bir kısım sorgulanamaz zümreler mevcuttur.

Dünden bugüne yücelik ve seçkinlik iddiasıyla ortaya atılan kimseler, ekseriyetle hem kendilerini mahvetmişler hem de çok insanın kanına girmişlerdir. Sezarlar, Napolyonlar, Hitlerler mefkûrelerini enaniyet, kibir ve heveslerine kurban etmişlerdir.

Büyüklenmeleri için bütün imkân, ortam ve argümanları bulunduğu hâlde bile hakiki mü'minin şiarı fevkalade mahviyet, tevazu ve hacalettir. Zaten -Üstad'ın ifadesiyle- büyüklerde büyüklüğün alameti tevazu; küçüklerde küçüklüğün emaresi ise tekebbürdür.

Bir insan, dine ve imana hizmet yolunda bulunuyor olsa bile, gurur, ucub ve riyaya düşmemek için çok temkinli hareket etmelidir; hizmetlerinden dolayı asla şımarmamalı, gurura kapılmamalı ve kendisini emniyette saymamalıdır; Allah yolundaki mücahedesini tabii bir vazife, bir kulluk borcu ve kendisine lütfedilen nimetlerin şükrü olarak görmeli; şahsı itibarıyla fısk u fücura açık bulunduğunu hep hatırda tutmalı ve nefsi ile baş başa kaldığında her haltı karıştırabileceğine inanmalıdır. Dolayısıyla her zaman Allah'a sığınmalı, diğer mü'minlerle el ele verip düşmekten korunmalı ve eksiklerine, kusurlarına, hatalarına, günahlarına rağmen hâlâ imana hizmet dairesinde bulunuyor olmasını büyük bir ilahi lütuf ve arınma fırsatı bilmelidir.

Hazreti Bediüzzaman bu konuda ne güzel bir ölçü ortaya koymaktadır: *"Sen, ey riyakâr nefsim! 'Dine hizmet ettim.' diye gururlanma. 'Muhakkak ki Allah, bu dini fâcir adamla da te'yid ve takviye eder.' hadisi sırrınca, müzekkâ olmadığın için belki sen kendini o racul-i fâcir bilmelisin. Hizmetini ve ubudiyetini, geçen nimetlerin şükrü, vazife-i fıtrat, farîze-i hilkat ve netice-i sanat bil, ucub ve riyadan kurtul."*

Birbirimize Muhtacız

Benlik duygusunu dizginlemiş ve kibir kanserini yenmiş olmanın en önemli tezahürü, insanın kendi acz, fakr ve ihtiyaçlarının farkına varması; bunları karşılayacak bir güç ve kuvvete dayanma lüzumunu duyması; iman, tevhid, teslim ve tevekkül ile Zât-ı Ulûhiyet'e sığınması; ayrıca, her türlü bencilce tavırdan sıyrılarak isminin özündeki ünsiyeti keşfedip mahiyetindeki içtimaî ruha uygun yaşamasıdır.

"Zen merde, civan pîre, keman da tîrine muhtaç / Eczâ-i cihan cümleten birbirine muhtaç." der Basirî. Kadın erkeğe, genç ihtiyara, yay oka ihtiyaç duyduğu gibi, her insan başkalarının aklına, bilgisine, mantığına ve tecrübesine muhtaç olacak şekilde yaratılmıştır.

Kendisini çevresinden müstağnî gören, "Ben bilirim, kendime yeterim; kimseye ihtiyacım yok!" diyen bir insan, hilkatteki sırrı anlayamamış demektir. *"Akla mağrur olma Eflâtun-ı vakt olsan dahi / Bir edib-i kâmil gördükde tıfl-ı mekteb ol!."* (Nef'î) fehvâsınca, insan, döneminin Eflatun'u da olsa daha bilge birini görünce hemen talebe gibi onun önünde diz çöküp ilminden istifade etmeye bakmalıdır. Aslında yapılan pek çok hatanın temelinde insanın her şeyi bildiğini zannetmesi, kendi kendisine yeteceği mülahazası ve başkalarının fikirlerine müracaat etmeme inhirafı bulunmaktadır. M. Naci'nin *"Çekinme âkıl isen itiraf-ı noksandan / Emin olan delidir aklının kemalinden!"* dediği gibi aklının her meseleye yeteceğini zanneden kimse bir nevi mecnundur.

Dahası, "Ben kendime yeterim! Ben bilirim!" sözleri, şeytana ve Karun gibi kölelerine has mırıltılardır. Cenâb-ı Hak, Hazreti Âdem'i yaratacağı zaman, melekler, istifsar (işin aslını sorup öğrenme, meselenin açıklanmasını isteme) niyetiyle *"Yeryüzünde kan dökecek ve fesat çıkaracak bir mahlûk mu yaratacaksın?"* (Bakara, 2/30) diye bir sual tevcih etmişlerdir. İşin aslını ve Hakk'ın hikmetini öğrenince de *"Sübhansın ya Rab! Senin bize bildirdiğinden başka ne bilebiliriz ki? Her şeyi hakkıyla bilen, her şeyi hikmetle yapan Sensin"* (Bakara, 2/32) demiş ve yine tespihlerini seslendirmişlerdir. Şeytan ise meleklerin başvurduğu istifsara (işin aslını sorup öğrenmeye) ve istişareye hiç yanaşmamıştır. Zira o kendi zannına kilitlenmiş, içtihadına güvenmiş, kibrine yenilmiş ve secdeden yüz çevirip ebedi hüsran yoluna girmiştir.

İnsana, özellikle de mütevazı mü'mine yakışan, başkalarının düşüncelerine saygılı olmak, kim seslendirirse seslendirsin hakkı kabule hazır bulunmak ve doğruya ulaşmak için mutlaka diğer görüşlere de başvurmaktır. Böyle bir tavır haddini bilmenin ifadesi ve başarının da anahtarıdır. Bugüne kadar bu hususu ihmal eden hiçbir fert ve hiçbir toplum iflah olmamıştır. Zaten Allah Resûlü (sallallahu aleyhi ve sellem) de *"İstişârede bulunan asla kaybetmez."* sözüyle ümmetin kurtuluşunu fikir alışverişine bağlamıştır.

İstişare, Meşveret ve Şûrâ

İstişare; danışmak, öğüt almak, fikir sormak, en münasip düşünceyi ortaya çıkartmak için karşılıklı konuşmak demektir. Çoğu zaman iki veya daha fazla kişinin birbiriyle fikir alışverişinde bulunmasının diğer bir unvanı olan "meşveret" ve görüşme meclisi, konuşma yeri, bir alanla ilgili olarak oluşturulan danışma kurulu manalarına gelen "şûrâ" da istişare yerine kullanılmaktadır. Bu kelimelerin kökü olan Arapça "şevr" sözcüğünün bir anlamı da "bal çıkarmak"tır. Evet, istişare pek çok selim akıldan en ballı düşünceyi üretmenin adıdır.

Kur'ân-ı Kerîm, *"Onların işleri kendi aralarında meşveret iledir."* (Şûra, 42/38) sözüyle Ashab-ı Kirâmı överek mü'minleri istişareye teşvik ettiği gibi, Âl-i İmrân Sûresi'nin 159. ayet-i kerimesiyle de meşveretin vazgeçilmezliğine vurguda bulunmuştur: *"İnsanlara yumuşak davranman da Allah'ın merhametinin eseridir. Eğer katı yürekli, kaba biri olsaydın (ki Sen hiç öyle olmazsın) insanlar Senin etrafından dağılıverirlerdi.*

Öyleyse onların kusurlarını affet, onlar için mağfiret dile ve işleri onlarla müşavere et. Bir kere de azmettin mi, yalnız Allah'a tevekkül et. Allah muhakkak ki Kendisine dayanıp güvenenleri sever."

Uhud muharebesini müteakiben indirildiği nakledilen bu âyet, istişarenin ne derece önemli olduğunu anlatmaya tek başına kâfidir. Zira müşrikler savaş naraları atarak gelirlerken, Resûl-i Ekrem (sallallahu aleyhi ve sellem), ashabını toplayıp strateji konusunda fikirlerini almıştı. Şahsî düşüncesine göre şehir dışına çıkmak yerine Medine'de kalarak savunma harbi yapılmalıydı. Dışarı çıkıp meydan muharebesine tutuşma taraftarları çoğunlukta olunca, Nebiler Serveri (sallallahu aleyhi ve sellem) şûrâya riâyet ederek Uhud'a çıkmıştı. Savaş neticesinde Efendimiz'in teklifindeki isabet anlaşılmış; toplantıda alınan karar onlarca insanın şehadetine sebep olmuştu. Buna rağmen mücahedenin hemen akabinde gelen mezkûr âyetle Cenâb-ı Allah yine istişareyi emretmişti. Seyyid Kutup bunu şöyle değerlendirmektedir: *"Allah Resûlü, Uhud'a çıkarken orada 70 kişinin şehit verileceğini değil, Medine'de taş üstünde taş kalmayacağını bilseydi, istişare ahlâkını tespit etmek ve meşveretin hakkını vermek için yine oraya gidecekti."*

Meallerini verdiğimiz ve doğrudan istişareyi anlatan iki âyetten başka, şûrâya işarette bulunan daha pek çok ilahi beyan da vardır. Ayrıca *"Meşverette bulunan pişman olmaz. İstişâre eden zarar görmez, hüsrana uğramaz!"* buyuran Resûl-i Ekrem Efendimiz'in (sallallahu aleyhi ve sellem) değişik sözleri ve örnek hayatı meşveretin ehemmiyetini ortaya koymaktadır.

Akıl, basiret ve firaset yönüyle insanların en mükemmeli olan ve vahiyle desteklendiğinden aslında başkasına danışmaya ihtiyacı bulunmayan Allah Resûlü (aleyhi ekmelü't-tehâyâ) hemen her müşkili istişareye sunmuştur. Ashâbıyla meşveret ederek onların düşüncelerini almış, planladığı her işi maşerî vicdana mâl etmiştir. Böylece yapılacak işlere, herkesin ruhen ve fikren iştirakini sağlayarak projelerini en sağlam statikler üzerinde gerçekleştirmiştir.

İnsanlığın İftihar Tablosu (aleyhi ekmelüttehâyâ), Bedir'e çıkılacağı zaman ashabıyla istişare edip muhacirler adına Hazreti Mikdât (radıyallahu anh), ensarı temsilen de Sa'd b. Muâz (radıyallahu anh) hazretlerini dinlediği gibi; İslâm ordusunun nerede konaklayacağı ve düşmanı nerede karşılayacağı hususlarını Hubâb b. Münzir ve arkadaşlarıyla görüşerek onların düşünceleri istikametinde karara bağlamıştır. Ahzâb vakasında, Selmân-ı Fârisî'nin düşüncelerine temayül göstermesinden Hudeybiye musâlahasında Ümmü Seleme Vâlidemizin kanaatini sormasına kadar her konuda meşverete başvurmuştur. Hatta İfk Hadisesi'nde olduğu üzere ailevî meselelerini bile Ashâb-ı Kirâm ile müşavere etmiştir.

Sabah akşam göklerle münasebet içinde bulunduğu ve başkasının aklına katiyen muhtaç olmadığı hâlde Resûl-i Ekrem Efendimiz'in (sallallahu aleyhi ve sellem) ortak aklı çok değerli görmesi ve meşveret sayesinde hizmetleri umuma mâl etmesi, Sahabenin istişareyi bir ahlâk olarak benimsemesini netice vermiştir.

Hak Karşısında Teslimiyet

Şûrâyı hayati ihtiyaç olarak görenlerden biri de Hazreti Ömer'dir. O, "el-vakkâf inde'l-hak" sözüyle anılmaktadır. Bu tabir, "her zaman doğrunun yanında yer alan, hak ve adaletten asla ayrılmayan, kendisinin rağmına olsa da mutlaka hakka boyun eğen, Kitabullah'ın hükmüne gönülden rıza gösteren ve hakkın söz konusu olduğu yerde anında frenlemesini bilen insan" demektir. Hazreti Ömer, yumruğunu kaldırıp tam hasmının gözüne indireceği bir anda, hakkın hatırı için öfkesini yutarak kollarını hafifçe iki yana salıverecek kadar duygularına hâkim bir insandır. O, hiçbir işi yalnız kendi düşüncesine göre yapmamış, Mescid-i Nebevî'nin genişletilmesi gibi hemen her meselesini mü'minlerle istişare etmiş; Kur'ân'a, Sünnet'e ve icmaya uygun bir kararla karşılaşınca hemen kendi düşüncesinden vazgeçebilmiştir. Bir ikaz üzerine, alınıp kırılmak bir yana, minnet hisleriyle "*Ali olmasaydı, Ömer helâk olurdu.*" diyecek kadar hak ve hakikat aşığıdır.

Hazreti Ömer'in oldukça meşhur şu hadisedeki tavrı hakperestliğini göstermesi açısından çok güzeldir: Kendisi nikâh akdinde tespit edilen mehir miktarı hakkında bir üst sınır belirlenmesi ve evliliğin kolaylaştırılması gerektiği kanaatindedir. Bir hutbe esnasında bu düşüncesini dile getirince, arka saflardan bir kadın kalkmış, şöyle seslenmiştir; "Ya Ömer! Bu konuda Efendimiz'den duyduğun bir söz, senin bilip de bizim haberdar olmadığımız bir ifade mi var? Çünkü Cenâb-ı Allah, Kur'ân'da, '*yükler dolusu (...kantar kantar) mal vermiş olsanız da...*' (Nisâ, 4/20) buyuruyor. Demek ki kantar kantar mehir verilebilir." Hazreti Ömer, kadının itirazını yerinde bulmuş; "Yaşlı bir kadın kadar dahi dinini bilmiyorsun!" diyerek kendini kınamış; hak karşısında hemen boyun eğmiş ve sözünü geri almıştır.

Fethullah Gülen Hocaefendi, istişareye gereken önemin verilmediğini gördüğünden, özetlemeye çalıştığımız bütün bu hususları son birkaç sene zarfında onlarca kere anlattı, açıkladı ve bir defasında sözlerini şöyle noktaladı: "*Her meselede istişare etmek ve her fikre değer vermek, Allah Resûlü'nün ahlâkıdır. Hazreti Ebu Bekir, Hazreti Ömer, Hazreti Osman ve Hazreti Ali (radıyallahu anhüm ecmaîn) efendilerimizin ahlâkı da odur. Gerçek ahlâk bu ise biz başka türlü davrandığımız zaman bize 'Siz başınızı almış nereye gidiyorsunuz böyle?' demezler mi?!.*"

Düşünce Redaksiyonu

Muhterem Hocamız, dâhilerin bile çok yanlışlıklar yapabileceklerini ama kendisi vasat akıllı da olsa başkalarının akıllarından istifade eden insanların yanlış yapmayacaklarını ya da çok az hataya düşeceklerini ifade etti. İnsanın kendi ilmine güvenmemesi, mutlaka ortak akla müracaat etmesi ve fikirlerini her zaman başkalarına test ettirmesi gerektiğini belirterek, "düşünce redaksiyonu" dediği bu ameliyeyi İmam-ı Azam Ebu Hanife Hazretleri'nin hayatından misal vererek şerh etti:

İmam-ı Azam hazretleri tek bir meseleyi çözmek için belki birkaç gün talebeleriyle münazara ve müzakerede bulunuyordu. Çoğu zaman böyle bir münazara ve müzakereden sonra talebeleri, Ebu Hanife Hazretleri'nin söylediği görüşe kanaat edip "Bu mesele sizin buyurduğunuz gibidir." diyorlardı fakat Hazret sabaha kadar nassları yeniden gözden geçiriyor, onları bir kere daha mütalaaya alıyor, bir kere daha kendisiyle yüzleşiyor, nihayet sabah kalkıyor, talebelerinin yanına geliyor ve "Akşam şu mevzuda siz bana muvafakat ettiniz fakat ben şu ayet ya da hadisleri nazara almadığımdan yanılmışım. Bu mesele sizin dediğiniz gibiymiş." diyordu ve ciddi bir hakperestlik mülahazasıyla kendi re'yinden vazgeçip talebelerinin görüşünü tercih ediyordu.

Demek ki idareci konumunda olan ya da kendisine saygı duyulan kimseler, elleri ve idareleri altındaki insanların her yönden inkişaflarını da hedeflemeli, onların kendilerini rahat ifade etmelerine fırsat vermeli, kendi fikirleriyle müzakereye katkıda bulunmalarını sağlamalı; böylece bir düşünceyi bin düşünceye ulaştırmalıdırlar. Diğerleri de katiyen bir isyan, bir başkaldırma ve bir inat tavrı içine girmeden, uygun bir üslupla "Kur'ân'ın şu ayetine, Sünnet'in şu emrine, falan mütefekkirin şu mütalaasına ve mantığın şu kuralına göre o mesele şöyle de olabilir." şeklinde fikir beyanında bulunmalıdırlar.

Hocaefendi'nin ısrarla üzerinde durduğu bir husus da şuydu: Bazıları yapılacak işleri belirlemede ve icra etmede donanımlarının yeterli olduğunu zannederler ki bu bir vehimdir. Dolayısıyla da istişarelerde kendilerini ifade etmeye ve fikirlerini başkalarına illa benimsetmeye çalışırlar. Oysa insanın, sırf vifak ve ittifak arayışından dolayı kendisine ters gelen meseleleri dahi iradesiyle aşması, zakkum yemiş gibi olacağı ve hazmetmekte zorlanacağı hususlara bile -yine iradesiyle- bir belaya katlanır gibi katlanması ve "İlle de ittifak!" demesi bambaşka bir sabır çeşididir. Böyle bir sabır insana, nimetlere karşı hamd ü sena etme ya da ibadetler, musibetler ve günahlar karşısında sabırlı olma mükâfatı misillü büyük sevaplar kazandırır.

Kiminle İstişare

Günümüzde bir yandan kendisine yetmediğine inanan ve istişareye açık olan idarecilere; diğer taraftan da meseleleri siyasi hesaplara ve çıkar mülahazasına feda etmeden doğruları söyleyecek kanaat önderlerine ihtiyaç var.

İnsanlığın İftihar Tablosu, *"Benim gökte iki, yerde de iki vezirim var. Gökteki vezirlerim Cebrail ve Mikâil; yerdeki vezirlerim de Ebû Bekir ve Ömer'dir."* diyerek, bu iki yârânının kıymetini ifade etmekle beraber hiç kimsenin kendi kendine yetmeyeceğine bir imada daha bulunmuştur. Ayrıca *"Allah bir sultana/idareciye merhamet buyurmuşsa, ona iki vezir (danışman) lütfeder; birisi onu kötülüklerden alıkoyar, diğeri de hep iyiliklere sevk eder."* beyanıyla aynı hususun önemini farklı bir üslupla ortaya koymuştur.

Evet, bir insan, ister devlet reisi, ister meclis başkanı, ister hükûmet lideri, ister ordu komutanı, isterse de adliye ya da mülkiyenin herhangi bir biriminin başındaki idareci olsun – hangi seviyede bulunursa bulunsun– şayet Allah ona merhamet buyurmuşsa, kendisini muhtemel yanlışlar karşısında uyaracak ve doğrulara yönlendirecek hiç olmazsa iki tane müsteşarla, hasbî iki danışmanla teyit eder. Bir idareciye, Allah'ın en büyük ihsanı, yanlış yola meylettiği zaman tıpkı bir kıblenümâ gibi kendisine doğruyu gösterecek iki yâr-ı vefâdar lütuf buyurmasıdır. Herhangi bir şahsî çıkar gözetmeyen, kendi adına gizli hesaplar peşine düşmeyen, beklentilerinin tutsağı olmayan ve durduğu yerde sadece milletin menfaatleri hesabına duran danışmanlardan mahrum bir idareci bedbahttır ve onun hizlândan kurtulması katiyen mümkün değildir.

Bu itibarla, istişare önemli olduğu kadar meşveret edilecek insanların keyfiyeti de çok mühimdir. Ortak akla arz edilen konular, büyük ölçüde ilim, ihtisas ve tecrübe istediğinden, şûrânın da bu hususlarla temayüz etmiş şahıslardan oluşturulması gerekir. Ne var ki şartlara ve devirlere göre şûrâ heyeti ve meşveretin icra şekli değişebilir. Değişmeyen vasıf, müşavirlerin ilim ve adalet ehli, görüş ve tecrübe sahibi, hikmet ve firaset erbabı olmalarıdır.

Fethullah Gülen Hocaefendi, müşaverenin kiminle/kimlerle yapılması gerektiğini anlatırken her zaman menfaat kaygısından azade, beklentisiz ve dürüst olma şartını seslendirmiştir. Bir sohbetinde bu hususu şu ifadelerle dile getirmiştir: *"Size yağ çekenlerle istişare etmeyeceksiniz. Bir yönüyle bir kısım çıkar bağlarıyla size bağlanmış insanlarla istişare etmeyeceksiniz. Onlar 'Âlem seninle gurur duyuyor!' derler. Sizden bir kısım beklentileri bulunan insanlarla istişare ederseniz, 'Eşin yok, menendin yok, kâkül-ü gülberlerine acem mülkü fedadır!' diyenlerle istişare ederseniz, yanıltırlar sizi. Çünkü onlar dar ufukludurlar. Sadece bugünü görürler; belki bir de çocuklarının hayatlarının sonuna kadarki zaman dilimini görürler. Böylesine dar düşünceli kimselerle engin ufuk isteyen meseleler çözülemez. Başka bir derdi olmayan, oturup kalkıp mefkûrenizi ikame etme istikametinde sancı çeken ve bir çıkar bir menfaat beklemeyen insanlarla istişare edeceksiniz. Size de dokunsa başkalarına da dokunsa düşüncelerini objektif olarak, makul ve uygun bir üslupla ortaya koyacak insanlarla istişare edeceksiniz."*

Sefalet ve Zulme Böyle Yürüdüler

Aslında Türkiye'de görüşü alınacak, kanaati sorulacak ve sözü dinlenecek bir hayli insan var. Milletinin ve insanlığın dertleriyle muzdarip o düşünce mimarları, siyasi cepheden gelmekte olan felaketi de yıllar öncesinden haber verdiler; Hocaefendi'nin baştan beri sıraladığımız nasihatleri gibi tembihler yazıp seslendirdi ve birer hayırhah olarak vazifelerini ifa ettiler.

Ah enaniyet... Ah nefs-i emmâre... Ah makam sevdası... Ah alkışlanma tutkusu ve ah bohemce yaşama arzusu...

Bu marazlar, sefalet, ruhî çöküş ve sefahate sebebiyet verdi. Hayatlarını nefsanîliğe bağlı sürdüren kimseler, yapılan ikazları duymazdan geldi hatta hayırhahlardan rahatsızlık duyup seslerini kesmek istedi.

Bazı kimseler hevâ ve heveslerine öylesine kilitlendiler ki kendinden başkasını görmez, hülyaları dışında hiçbir şey bilmez, nefsinden ve onu yüceltenden gayrısını sevmez hâle düştüler. Seçkinlik ve üstünlük hissine kapılıp her şeyin en iyisini kendilerinin bildiğine ve işlerinde hep isabet ettiklerine öyle inandılar ki farklı düşünceleri hemen müdahale ve itiraz gibi algılamaya; dolayısıyla sürekli gergin ve kavgaya hazır yaşamaya başladılar. Arkadaşlarının ellerindeki oyuncakları bile sahiplenen haşarı çocuklar gibi, başkalarının projelerini, başarılarını ve faziletlerini dahi kendilerinin göstermek için devamlı hır-gür çıkardılar.

Takdir beklentisi perişan etti böylelerini; popülizm illeti, riya ve sum'a gayyasına sürükledi. Alkışlamayana gönül koyma ve en yakınlarını bile vefasızlıkla suçlama hastalığı, çevrelerinde birkaç selim akıl ve temiz vicdan sahibi varsa, onları da dağıttı. Hasetle dolu sineleri, kinden çatlayacak durumdaki göğüs kafesleri, gıybet ve iftiraya müptela dilleri etrafta doğrulara tercüman insan bırakmadı. Boşalan yerleri ise fırsat kollayan müdâhinler hemen kapatıverdi. Böylece büyük küçük her dairede bir negatif mabeyn-i hümayun oluştu.

Malum olduğu üzere, mabeyn-i hümayun, Osmanlı'da padişahın özel kalem müdürlüğü vazifesini gören müesseseydi. Sultanın korunmasını, protokolünü ve saray ile halk ilişkilerini yürüten bu kurum zamanla devletin en güçlü birimi olmuş, memur sayısı bakımından da çoğalmıştı. Özellikle son dönemlerinde bazı kimseler, bir yolunu bulup bir memuriyet kapmak ve iâşesini "Dersaadet"e yüklemek için Mabeyn'i kullanırlardı. Bu tufeylîler için adeta iş icat edilir, müsteşarlık ve müdürlük payesiyle maaş bağlanırdı. Bundan dolayı da konumunu ve menfaatlerini devam ettirme derdindeki insanlar arasında dalkavukluk, yardakçılık ve münafıklık en mergup meta oluvermişti. Mabeyn, saray çevresine öyle setler kurmuştu ki artık onların istediklerinden başkası sultanla görüşemez; halkın sesi asla padişaha ulaşamazdı. Dahası sözlerin kırpılarak ya da çarpıtılarak taşınması ve Sultan'ın yanıltılması söz konusuydu.

Günümüzde de işte böyle mabeynler sardı hemen her yanı. Bu menfaat çeteleri, muktedir gördükleri kimselerin etrafında kenetlendi; sürekli yüzlerine gülüp takdirler yağdırdılar; en pespaye sözleri deliler gibi alkışladılar. Candan birer dost olduklarına inandırdılar; sadece kendileri gibilerle omuz omuza verip dışarıya karşı bir sur yaptılar ve kuşattıkları insanlara başkalarının ulaşmasını imkânsız kıldılar. Sonunda, kendisini iktidarlı zanneden niceleri, böyle bir çıkar grubuyla kendi kendilerini tecrit etmiş oldular. Onların iyi dediğine iyi dedi, kötü gösterdiğini de kötü bildiler.

Ne yazık ki zaaflarının esiri insanlar, yanlarında böyle bir "oligarşik yapı" oluşmasına fırsat tanıdılar. Onları semirtip palazlandırdılar ve onlar tarafından beslenmeye alıştılar. Zamanla yakalarını bütün bütün bu yiyicilere kaptırdılar.

Olanlar, işte ondan sonra olmaya başladı. Mabcyn engelinden dolayı insaflı sesler vicdanlara ulaşamadı. En masum beyanlar sağından solundan kırpılıp farklı bir kalıba dökülerek taşındı. Yüreklere şüphe ve endişe salındı; dostluk bağları, kuşku ve güvensizlik hisleriyle koparıldı. Dahası, toplumsal paranoyalara yol açıldı.

Nihayet, kurulu düzenlerinin bozulmaması için her şeyi feda edebilecek olan oligarşik yapı ve onun tutsakları, kendilerinden saymadıkları herkesin icabına bakmaya karar verdiler. Paletler arasında ezilen vatan evladı ve öğütülen mukaddesat olsa da çarklarının dönmesi için haksızlıklara giriştiler. Zulüm bir kere daha bütün çirkinliğiyle baş gösterdi.

Üçüncü Bölüm

DERSHANE KASIRGASI VE DÜŞEN MASKELER

Kararan Ufuklar ve Hicran Yumağı

<hr />

Küfür ve nifak cephesinin saldırılarına inzimam eden haset ehlinin tazyikleri, ilk senelerde gizli ve sinsi bir şekilde sürüyordu. Bazı hazımsızlar, kendi meşreplerinin gereğini yapmak için gayret göstereceklerine, başkalarının başarılarını hafife alma, karalama ve değersizleştirme yolsuzluğuna düşmüşler; bir müddet bu çirkin hislerini ve kötü hallerini saklı götürmüşlerdi. Ne var ki zamanla içlerindeki çekememezlik büyümüş, bütün benliklerini kuşatmış ve onları nefret saçan birer saldırgana dönüştürmüştü. Artık iç rahatsızlıklarını gizlemeleri mümkün değildi; hele bir kısım çevrelerin dürtmeleri ve kışkırtmaları da olunca, gayrı onlar için açıktan eylem vaktiydi.

Kasırga ve Bayram

Fethullah Gülen Hocaefendi ve çevresindeki insanlar, korkunç bir kasırganın gelmekte olduğunu hissediyor; fitne ateşinin her yanı sarmaması için sezgi ve bilgilerini sinelerine gömüyor; ocaklar gibi yanıyor ama gam izhar etmiyor; gözyaşlarını içlerine akıtıyorlardı.

2012 senesinin Ramazan Bayramı hüzün bulutlarının atmosferimizi tamamıyla kuşattığı günlere denk gelmişti.

Hocaefendi'nin hutbe dinlerken yanaklarından süzülen damlalar fotoğraf karelerine yansımış, hıçkırıkları haberlere konu olmuştu. Ağlamıştı onunla beraber bütün mescid. Onun hıçkırıklarına, meseleyi az çok bilenlerin iç çekişleri eşlik etmişti. "Hocamızı niçin üzdünüz, bari bayramda güldürseydiniz!" demişti dostlar. Bilselerdi yaklaşmakta olan fırtınayı, ihtimal bizden fazla yanıp dövünecekti onlar.

Cenâb-ı Hakk'ın mağfiretine mazhar olup cürm ü hatalardan bütün bütün kurtulmayı, rahmetin hususî tecellîleriyle baştan ayağa yunup yıkanmayı, ilâhî ihsanlardan bol bol nasip almayı ve mazi ile müstakbelin bütün mutluluklarını vicdanlarımızda derinden duymayı umduğumuz bayram sabahında, belki her şeye rağmen güzel sözler söylemek, tatlı ifadeler serdetmek ve gönüllere inşirah vesilesi nağmeler dinletmek gerekirdi.

Heyhat! O günlerde, bir taraftan Müslümanların yaşadığı coğrafya baştan sona cenaze evi ve matemhane gibiydi; diğer taraftan da dostlar düşmanlarla el ele vermiş Hizmet erlerine taarruz derdindeydi.

Her yerde din düşmanları pusuya yatmış, dindarlara saldırı fırsatları kolluyorlardı; o yetmezmiş gibi benlik, makam, servet, şöhret ve tenperverlik tarafından köleleştirilmiş bir kısım kimseler de kin, kıskançlık, öfke ve garaz homurtularıyla oturup kalkıyorlardı.

Hava öyle bulanıktı ki bir an, bayram olduğunu hatırlıyor, Rabb-i Rahimimiz hakkında hüsnüzannımız ve ahiret hesabına recalarımız sayesinde en ulvî hislerle coşuyorduk fakat hemen ardından, mevcut manzarayı fark ediyor, onun gönüllerimize pompaladığı keder ve tasayla âdeta iki büklüm oluyorduk. Bazen dünyanın dört bir yanında kızarmaya yüz tutan güllerin ve güller üzerinde şakıyan bülbüllerin hayali ufkumuzu sarıyordu; işte o zaman rahat bir nefes alıyorduk.

Ümit ve Hicran

Hâlihazırdaki tablo çok ürpertici olsa da asla ümitsiz değildik. İman, Allah'a teveccüh ve esbâba riayet sayesinde aşılamayacak hiçbir problemin olmadığına biz de inanmıştık. Resûl-i Ekrem Efendimiz'in (sallallahu aleyhi ve sellem) hayatı yol haritamızı belirliyor ve yüreklerimize güç veriyordu.

Malum olduğu üzere, Hazreti Sâdık u Masdûk Efendimiz, 24.000 kişilik tam donanımlı düşman ordusuna karşı sadece 3.000 Müslümanla müdafaa harbine hazırlandığı esnada, dünyevî ölçüler açısından insanı dehşete düşürmesi beklenen o anki şartlar altında, asla parçalanmaz gibi görülen büyük devletlerin fethini haber vermişti. Önlerine çıkan kaya parçasını kıramadıklarını söyleyen sahabîlerden manivelayı alıp koca taşa indirmiş; onu, etrafa saçılan kıvılcımlar arasında paramparça ederken *"Bizans, İran ve Yemen'in anahtarlarının kendisine verildiğini"* müjdelemişti. Ashâb-ı Kirâm efendilerimiz de bu bişârete gönülden inanmış, münafıkların şaşkın bakışları karşısında istikballerine tebessümler yağdırmışlardı.

Evet, biz de inanıyorduk; kalblerindeki iman istidadını köreltmiş kimseler hoşlanmasa/istemese de Allah nurunu tamama erdirecek. İnanıyorduk, müjdelendiği üzere âlem-i İslâm'da nur üstüne nurlar inkişaf edecek; yeryüzü bir kere daha hak, adalet, muhabbet ve huzur atmosferine erişecek. İnanıyorduk, Üstad'ın ifadesiyle, Hindistan'dan Mısır'a, Türkistan'dan dünyanın en ücra beldelerine kadar farklı coğrafyalarda asırlardır zalimlerin zulmü altında adeta eğitim görmekte olan İslâm'ın müstaid, zeki, bahadır evladı şehadetnamelerini (diplomalarını) alacak, her biri bir kıta başında İslâmiyet'in bayrağını dalgalandıracak. Bazen yalancı şafaklara aldansak, bahar görünümlü hazanlarla sarsılsak da onları fecr-i sâdıkın en doğru habercisi sayıyor; her kışın bir baharı, her gecenin bir nehârı olduğu inancıyla Rabbimizin rahmet ve inâyetine itimat ediyorduk. Kaldı ki bize kurallarına göre ve hikmet dairesinde vazifelerimizi yapıp ötesini Allah'a havale etmek ve şe'n-i Rububiyetin gereğine karışmamak düşüyordu.

Bu iman ve ümidimizle beraber, o gün nazarlarımızı ne yana çevirsek kan ve gözyaşı görüyorduk. Dahası onca yıkılış karşısında mü'minlerin hâlâ küçük hesaplar arkasında koştuklarına, birbirleriyle uğraştıklarına, hasetle, gıybetle, iftirayla oturup kalktıklarına şahit oluyorduk. Dolayısıyla bayram neşesini içimizde duyamıyor, âhirete dair beklentilerimiz mahfuz, bayram inşirahıyla dolamıyorduk.

Hayır, hayır; realiteleri görmezden gelemezdik. Mezarlara perde gerip arkasında zevk edemezdik. Musallanın başında gülüp eğlenemez ve cenaze evini düğün alayına çeviremezdik.

O hâlde nasibimize gözyaşları kalıyordu.

Ağlamıştık 2012 yılının Ramazan Bayramı'nda. Ağustos'un sıcağından değil ızdırap ateşinden yanmış yüreklerimizle inlemiştik.

Rahmet damlalarının yanaklardan süzülmesi için uzun söze hacet yoktu. Fakat hazırlayıp okuduğumuz şu hutbe, hıçkırıklara sadece bahane olmuştu.

Hüzünlü Bir Bayram Sabahı

M uhterem büyüklerim, kıymetli arkadaşlarım,
Bayram, bütün bir ramazanın özünü, bereketini, neşesini bünyesinde sıkıştırmış olarak ötelerin sihirli vâridâtıyla gelir ve bize bitiş içinde başlangıcın müjdesini verir. Böyle bir müjdenin duyulup hissedilmesi, fertten ferde, toplumdan topluma değişse de gönüllerin ramazan rengine tam boyanması ve şuurların ötelere, ötelerin de ötesine uyanması ölçüsünde bayram da daha bir nazlı gelir ve daha bir farklı idrak edilir. O, semaların en nurlu katmanlarından süzülmüş, meleklerin incelerden ince elleriyle örülmüş, sımsıcak, alabildiğine yumuşak bir tül gibi sarar benliğimizi ve kopup geldiği âlemlerin şefkatini ruhumuza işlercesine, bir anne gibi kucaklar hepimizi...

Ağlamak Kaderimiz Oldu

Bayram, dünya ve ötelere ait güzelliklerin birbirine karıştığı, bütün bir Ramazan boyu değişik ibadetlerle melekleşen insanlara teveccüh ve iltifat olarak, meleklerin bayramlaşan o temiz ruhlar arasında uçuşup durduğu ve her şeyin lâhutî bir güzelliğe büründüğü öyle büyülü bir gündür ki onu tam duyup yaşayabilenler kendilerini uyanmak istemedikleri bir rüya âleminde sanırlar. Nitekim bir hadis-i şerifte haber verildiği üzere bayram sabahı melekler yeryüzüne inerler; sokak başlarını tutup insanlar ve cinler haricinde bütün mahlûkâtın duyabilecekleri bir seda ile *"Ey ümmet-i Muhammed, şu anda ihsanlarını bol bol yağdıran ve en büyük günahları dahi yarlığayan Rabbinize koşun!"* derler. Mü'minler namazgâhta toplanınca Allah azze ve celle *"Vazifesini güzelce yapıp ikmal eden işçinin hakkı nedir?"* diye sorar. Melekler, *"Ücretini tam olarak almaktır."* derler. Bunun üzerine Rahmeti Sonsuz, meleklere *"Sizi şahit tutuyorum ki Ben kullarımı Ramazandaki oruçlarının ve namazlarının sevabı olarak, kendi rızamı ve mağfiretimi verdim."* der ve şöyle buyurur:

"Ey kullarım, ne dilerseniz benden isteyin bugün; izzet ve celâlime yemin olsun ki âhiretiniz hesabına biriktirmek üzere ne isterseniz mutlaka vereceğim; dünyevî taleplerinizde de hikmetle muamele edeceğim. Siz hoşnut olacağım ameller yaptınız, Ben de sizden razı oldum. Şimdi evlerinize günah ve kusurları bağışlanmış kullar olarak dönün!"

Bu açıdan bayram, mükâfat, ferah ve huzur vaktidir; saadet, neşe ve sürur günüdür; engin bir inşirah, aşkın bir ümit, tarifsiz bir sevinç ve en ulvî hislerle ruhlarımızı coşturmaktadır fakat bir taraftan da o, bir hüzün, hicran ve özlem mevsimidir; gönüllerimize âdeta keder ve tasa pompalamaktadır. Zira İslâm dünyası olarak biz üç asırdır hiç bayram yapamadık; hep o gerçek bayramların hayaliyle yaşadık.

Bayramlarımızın bayram olduğu günlerde, yollar kıvrım kıvrım bize uğruyor; kârbânlar ülkemiz için "şedd-i rihâl" ediyordu. Krallar, tenezzühlerini bizim yamaçlarımızda ve sahillerimizde düzenliyor, servetler yol yol ülkemize akıyordu. İremler, "Tâk-ı Kisralar" kemerimizde bir toka, yüzüğümüze bir kaş olmuştu. Adaletin temsilcisi, kimsesizlerin sahibi ve denge unsuruyduk; zulümler karşısında *"Yeter artık!"* diyerek sesimizi yükseltip gaddarları hizaya getirebiliyor, zalime haddini bildiriyor ve vesayetimiz altındakilere insanca yaşama imkânları sunuyorduk. Hayat düzenimiz, içtimaî ahengimiz, maddî refahımız, huzurumuz, itminanımız ve ümitlerimizle "güneş devletleri"ni, "ütopyaları", "el-Medinetü'l-Fâzılaları" bir menşurdan geçirir gibi özleştirmiş, hayalde varlık cilvesi göstermeye muvaffak olmuştuk. Sonra "kâbus-u hûn" bir korkunç dev, su membaımıza oturdu, bağ ve bostanımızı kuruttu. Bir umumî yıkılış ve dökülüş başladı. Burçlar çöktü, surlar yıkıldı, göller kurudu, yollar perişan oldu. Atlastan cepkenli yiğit akıncının bir tepeye gömülüp üstünün taşlarla örtülmesinden bu yana biz bayrama hasret kaldık. Ağlamak kaderimiz oldu.

Azıcık vicdanı bulunan, mezarlara perde gerip arkasında zevk edemez ki! Cenaze evinde düğün alayı olmaz ki! Musallanın başında gülüp oynamak, değil Müslümana, herhangi bir insana yakışmaz ki!

Şefkat Peygamberi, bir bayram günü, ağlayan tek bir yetimin yüzünü güldüreceği âna dek bayram yapamamıştı. Oysa bugün, koskoca bir ümmet, adeta öksüz ve yetim.

Izdırap ve Hâlimiz

İslâm'ın yüzünün akı Selçuklu atabeylerinden Nureddin Zengi, Kudüs-i Şerif'in Müslümanlar tarafından istirdadından tam 25 sene önce Mescid-i Aksâ'nın ölçülerine uygun bir minber yaptırmış ve hep onu yerine yerleştireceği günün hayaliyle yaşamıştı. Orada Ezan-ı Muhammedî yeniden yükseleceği âna kadar bayram etmemeye yeminli gibiydi. O minberi kendisinden emanet alan Şarkın şanlı sultanı Selahaddin Eyyubî emaneti yerine tevdi edeceği güne değin hiç gülmemiş; bir ev edinmesini söyleyenlere *Allah'ın evinin boynunda zincir varken Selahaddin'e ev mi olur!"* cevabını vermişti. Hâlbuki bugün yalnızca bir mescid değil binlerce mabet, ruh-i revân-ı Muhammedi'ye hasret ve sadece bir belde değil, bütünüyle İslâm coğrafyası sanki zindan-ı esaret...

Sultan Birinci Abdülhamid Han, Hotin ve Özi'deki Müslümanların katliama maruz kaldıkları ve Özi kalesinin düştüğü haberini alınca, "Ahh Özi!" diye inlemiş; kederinden o anda beyin kanaması geçirmiş; bir kalenin düşman eline geçişinin ve 25 bin müslümanın şehit edilişinin ızdırabına dayanamayıp rıhlet-i dâr-ı beka eylemişti. Allah aşkına, günümüzde Müslümanların düşmeyen kalesi kaldı mı? Mü'minlerin zulme uğramadıkları bir yer var mı?

Öyleyse hangi bayram, sevince gark edebilir inananları? Nasıl bir vicdan doyasıya yaşar sevinç, neşe ve inşirahı?

Yanı başımızda Suriye, ötede Myanmar. Bütün yeryüzünde zulüm, kan ve gözyaşı var. Müslümanların yaşadıkları coğrafyalarda cehalet, iftirak, fakr u zaruret diz boyu... Ümmet-i Muhammed perişan, derbeder; İslâm'ın bembeyaz çehresine zift atılmış, zulmet kopkoyu.

Her yanda yürekler tıpkı kamış kalemler gibi cızır cızır ve cızırdayan bu kalemler, kan rengindeki mürekkepleriyle tarihin en kirli sayfalarından birine ne utandıran notlar düşüyor: Ezenler kan kokusu almış köpekbalıkları gibi av peşinde; her gördüğüne saldırıyor ve herkese diş gösteriyor. Mazlumlar-mağdurlar ise sürekli şaşkınlık içinde ve beyhude eforların yorgunu... Dört bir yandan gelip ruhlara çarpan acı haberlerle yığınlar sürekli tedirginlik içinde..

Nebî ifadesiyle, gerçek mü'minler sevgide, merhamette, şefkatte, gönülden davranmada bir vücudun uzuvları ölçüsünde kavî bir irtibat içindedirler ve her zaman birbirlerinin acılarını ruhlarında duyar, müteellim olur, sevinçlerini de paylaşır ve onlarla aynı mutluluğu beraber yaşarlar. Mü'min olmak bunları gerektirirken ve çeşit çeşit mağduriyetlerin, mazlumiyetlerin ağındaki insanlar nazarlarını dikmiş melûl, mahzun ve mükedder yüzümüze bakarken nasıl ferah duyup bayram yapabiliriz ki? Hele şehit cenazeleriyle her gün yürekler dağlanırken ve *"Beni testereyle ortadan biçsinler, iki-ye bölsünler fakat ülkemin bir karış toprağına dokunmasın-lar!"* düşüncesiyle canı gırtlağında yaşayanları ağlatan man-zara ortadayken biz nasıl sevinçle dolalım ki?

Gözümüzün önünde cereyan eden bunca trajediyi gör-mezlikten gelemeyiz. Bunca fâcia ve bunca mezâlimi görme-mek için sağır, kör ve kalbsiz olmak iktiza eder. Görüp duyu-yorsak "Adam sen de!" diyemeyiz. Diyorsak, aman Allah'ım, bu ne büyük gaflet, ne derin uykudur ki İsrâfîl'in sûru gibi tarrakalar dahi uyarmıyor?

Biz, milletçe devletlerarası muvazenede o muhteşem ye-rimizi kaybettiğimiz günden beri dünyayı başıboşlar idare ediyor; insanlığın kaderi bulaşıklara emanet. Her yerde pusu-ya yatmış din düşmanları, dine-imana taarruz bahaneleri icat ediyor ve saldırı fırsatları kolluyor. Bir kısım densizler ise in-sanların diyanet hislerini kullanarak dünya peşinde koşuyor.

Çoğumuz gafil, bedbin, dünsüz-yarınsız sefil birer hâlze-de gibi aktüalite ile iç içeyiz. Yığınların rüya ve hülyaları eko-nomi ve refah; taptıkları da dolar, dinar ve euro. Ruhlar mef-lûç, kalbler kötürüm, basîret âmâ, düşünceler kirli, davranış-lar da tam buna göre... Doğru-dürüst hiçbir şey olamamışız, her şey olmuşluğun hesaplarıyla oturup kalkıyoruz. Ortada mülk yok, saltanat yok, Süleymanlık rüyaları görüyoruz. Bo-yumuzun kat kat üstünde bir gurur âbidesi gibiyiz.

Makam sevgisi, şöhret hissi, rahat etme düşüncesi, ten-perverlik duygusu boyunlarımızda âdeta çelikten bir kement; her biri birer gayya olan bu duygulardan bir türlü kurtulamı-yoruz. İnsanlar birbirine yabancı, vifak ve ittifak nikâhı Al-lah'ın buğz ettiği talâka emanet, nefsanî duygularımız yeni if-tirak cepheleri oluşturma peşinde ve hepimiz şahsî düşünce-lere ipotek gibiyiz. Öyle ki onca dert ve ızdırapla kıvrandığı-mız hâlde, sanki en büyük mesele oymuş gibi, aylarca öncesinden devletin zirvesini kimin tutacağı dedikodularıyla vakit tüketiyor hatta en küçük bir memuriyeti kapma yolunda sen ben kavgalarına girişiyoruz.

Hizmet dairesinde küçük büyük bir yer tutan arkadaş! Hususî planda sana bana gelince; Allah Teâla senden benden bütün mazeretleri de aldı. Artık, duymadık diyemeyiz, sözlerin en güzellerini, nasihatlerin en tesirlilerini dinledik. Görmediğimizi iddia edemeyiz, yaşantısıyla "mücessem İslâm" olmuş büyüklerimizin hayatlarını müşahede ettik; derdi de ızdırabı da mukaddes hafakanı da onların temsillerinde gördük. Belki kendimiz tadamadık ama havf u recayı, yakaza ve temkini, likâ iştiyakını ve vuslata karşı sabrı iliklerine kadar hisseden başyücelere şahit olduk. Şayet istidatlı gönüller, bizim salonunda yaşadığımız dairelerin sadece kapısına ulaşsalardı, iştiyakla coşar ve bu yola ruhlarını adarlardı. Heyhat, biz vefalı davranamadık, bir türlü samimî olamadık, yürüdüğümüz yolda sürekli zikzaklar çizdik, durduğumuz yerin hakkını veremedik ve mazhariyetlerimize göre sağlam bir duruşa geçemedik. O hâlde bayram neşvesini nasıl tadalım, kalbimizde o inşirahı nasıl duyalım ki?

Ümit Vesilelerimiz

Muhterem Müslümanlar!

Hassas gönüllere sakîl gelmesinden korktuğum bu cümlelerden sonra, her şeye rağmen bayramı bayram olarak duyabilmemiz için biri ferdî biri de içtimaî iki ümit vesilemizin ve inşirah menbaımızın bulunduğunu hatırlatmak istiyorum:

Kâmil mü'minler olduğumuzu iddia edemeyiz fakat Hak ve hakikat namına hiçbir şey duyup tatmadığımızı söylememiz de nankörlük olur. Belki olmamız gerektiği gibi olamadık ama olduğumuza da çok şükür. Ya O'nu hiç tanımasaydık, ya O'nun nurundan büsbütün mahrum kalsaydık!

Hazreti Ömer, Yemâme Savaşında kardeşi Zeyd'in şehit olması üzerine çok üzülmüş, gece gündüz gözyaşı döküyordu; *"Ahh Zeydim! Sabâ yeli estikçe senin kokunu alıyorum."* diyerek hüzünle ağlıyordu. Bir gün şâir Mütemmim ibni Nüveyre onu ziyarete gelmişti. Onun kardeşi Mâlik de aynı savaşta yer almış ama mürtedlerin safındayken ölmüştü. Hazreti Ömer'in hüznünü gören Mütemmim, *"Ey Ömer, Yemâme'de senin kardeşin şehit olup Cennet'e giderken benim kardeşim mürtet olarak Cehennem'e yuvarlandı. Eğer benim kardeşim de senin kardeşinin gittiği yere gitseydi, ben ona hiç üzülmez ve hiç hiçbir zaman ağlamazdım!"* demişti.

Evet, bizler o kırık azimlerimiz ve o çatlamış ümitlerimizle, yolların hakkını verememiş olsak da safımız belli ve hep yollardayız. Allah'tan gayrısına Rab demedik; sadece hislerimizle de olsa, İnsanlığın İftihar Tablosu'ndan başkasını gerçek sevgili bilmedik. İmanla, ihtisapla karşıladığımız Ramazanın o ışıktan, renkten, sesten şivesiyle bir kez daha vuslat yaşadık; ezanları, sahurları, iftarları ve teravihleriyle Kutlu aydan nasibimizi aldık, Müslüman olmanın lezzetini iliklerimize kadar tattık... Ne kadar bahtiyarız!

Hele bir de vuslat çağına girdiğimiz hülyalarına kapılarak "eşref saat" beklentisiyle nefes alıp verdiğimiz, Medîne'nin peçesinin aralandığını, Ravza'nın perdesinin açıldığını, Şefkat Peygamberi'nin bayram meclislerine baktığını ve hatta ziyaretiyle asrın gariplerini sevindirip *"Artık siz ne yetim ne de sahipsizsiniz, sizin sahibiniz benim!"* dediğini hayal ettiğimiz şu dakikalarda, sûr sesi almış gibi dirildiğimizi hissediyor ve kendimizi O'nun anne kucağından daha sıcak bağrına atmak için sabırsızlanıyoruz.

Nasıl olmasın ki? Bir gün Peygamber Efendimiz (sallallahu aleyhi ve sellem), bayramlık elbiseler giymiş çocukların neşe ve sevinç içinde oynadıklarını görmüştü. Onların yanından geçerken, yırtık elbiseli bir çocuğun kenarda oturup diğerlerini hüzünle seyrettiğine şahit olmuştu. Rahmet Peygamberi hemen onun yanına varmış; hâlini hatrını sorup gönlünü almak istemişti. Çocuk, babasının cihad meydanında şehit olduğunu söylerken ve kimsesizliğinden dert yanarken iyice gözyaşlarına boğulmuş ağlıyordu. Ferîd-i Kevn ü Zaman (aleyhissalâtu vesselam), çocuğun ellerinden şefkatle tutmuş, saçlarını sevgiyle okşamış; *"Yavrum! Allah Resûlü baban, Âişe annen, Fatıma ablan, Hasan ile Hüseyin de kardeşlerin olsun, ister misin?"* demişti. Sonra da onu alıp hane-i saadetlerine götürmüş, yedirmiş içirmiş ve güzelce giydirmişti. Dahası "İsmim Büceyr" diyen bu yetime *"Artık senin adın Beşir olsun."* buyurmuş ve adeta ona yeni bir doğum yaşatmıştı. Beşir, oynayan çocukların yanına döndüğünde artık gülüyor ve bayram ediyordu.

İşte Şefkat Peygamberinin sımsıcak iklimine kendimizi salacağımız böyle bir bayramın hayalini kuruyor, mübarek sima ve sîretine hasret gittiğimiz hicranlı günlerden sonra bizim kimsesizliğimizi de bitireceği ümidiyle bir yetim edasıyla boynumuzu büküp ona sesleniyoruz: Ya Resûlallah! Yıllar var ki Sana kırık-dökük beyanlarımızla davetiyeler çıkarıyor, arzı hâl edip yalvarıyor ve gönüllerimize taht kurup bizlere "Bendelerim!" diyeceğin ânı bekliyoruz. Hatta zaman zaman, on dört asır öteden lütfedip gönderdiğin "Kardeşlerim" iltifatına itimat ederek, kapımızın önünde duyduğumuz her ayak sesine "Bu O'dur!" diyor; mevlid okuyanların *"Geldi bir akkuş kanadıyla revân"* der demez ayağa kalkıp el bağlayarak senin doğumunu ayakta karşıladıkları gibi, hemen kıyam edip el pençe divan duruyoruz. Güllerin minik minik tomurcuğa durduğu, lalelerin gizli gizli tebessüm kesip yolunu gözlemeye koyulduğu, teşrifini bekleyenlerin *"Talea'l-bedru aleynâ – Üzerimize Ay doğdu..."* diyecekleri eşref-i saatin yaklaştığı şu dakikalarda, hasret ve hicranla yanan ruhlarımızı daha fazla bekletme, gel! Gel de biz de bayram edelim!

Bahar Esintileri, Diriliş Nağmeleri

Aziz Mü'minler,

Cenâb-ı Hak, *"Hiç şüphesiz o zikri, Kur'ân'ı Biz indirdik, onu koruyacak olan da Biziz!"* buyurmuştur. Bu ayetle kibriya ve azametini vurgulamasının yanı sıra, bazı icraatına sebepleri vesile kıldığını da ima eden Rabbimiz, Kur'ân'ı indirirken Hazreti Cebrâil'i vazifelendirdiği gibi, onu korurken de vahiy kâtiplerini, onların yazdığı nüshaları ve daha sonra da onun her harfine vâkıf hafızları vesile olarak kullanmıştır/kullanmaktadır. Şu da bir gerçektir ki Kur'ân'ın muhafazası, sadece Mushaf'ın ve lafızlarının korunmasından ibaret değildir; onun manası, muhtevası ve mesajları da hıfz-ı ilahî altındadır. Bu itibarla da kıyâmetin kopacağı vakte kadar bu ümmetin içinde hidâyet üzere bulunan ve hakka sımsıkı sarılmış olan bir kesim her zaman var olacak; Allah'ın inayetiyle, sebepler planında O'nun dinini muhafazaya memur bulunacaktır.

Nitekim son devirde beklenmedik bir şey oldu. Üç asırlık bir geceden, tayfunlu bir kıştan sonra inananların kefeni gömlek yaptıklarına, bir kere daha ölüm çukurundan kurtulduklarına ve bir kez daha tipiden-borandan yakayı sıyırıp bahara yürüdüklerine dair emareler zuhur etti. Asırlardır seması yağmur yağdırmayan, yeri ot bitirmeyen, er oğlu er vermeyen bir dünyada adanmış ruhlar boy gösterdi. Mevla-yı Müteal'in, rahmet yağmurlarıyla ve dertlilerin gözyaşlarıyla suladığı tohumlar canlanmaya, rüşeymler başını topraktan çıkarmaya ve dünyanın her yanında renk renk çiçekler gamzeler çakmaya başladı. Artık bugün bir kısım tipi-boranla beraber bahar esintileri, ölüm ve inkıraz gürültülerinin yanında diriliş neşideleri, bedbinlik ve karamsarlık hırıltılarının ötesinde ümit nağmeleri duyuluyor.

Onca zaman sonra rahmet yağmuru ve şefkat esintileriyle meydana gelen yeşillikleri Allah kurutur zannediyor musunuz? Mevla, pırıl pırıl gençlerin, onları yetiştirmek için kendinden geçmiş hizmet erlerinin köküne kibrit suyu dökülmesine izin verir zannediyor musunuz? Rahmeti Sonsuz, tütmeye başlamış ümit ocaklarımızın söndürülmesine müsaade eder ve ümitle şahlanmış gönüllerimize inkisâr yaşatır zannediyor musunuz? Böyle bir zan, Allah'ı hakkıyla tanımamış olmanın neticesidir. Hayır, şu anda yeryüzü, tekmîl yağmur duâsına hazırlanmış gibi, urbalar alt-üst olmuş, eller aşağıya doğru çevrilmiş, gözler ümitle açılıp kapanıyor ve yanık sîneler, güftesiz besteler mırıldanıyor... yeryüzünü şefkatle seyreden rûhânîlerin gözleri damla damla... Bilfarz, bulutların suyu tükense bile, sebepler ötesi âlemlerden gelecek rahmet meltemleri, yeryüzünü Cennetlere çevirecek ve her şey gibi bizim de hasret ateşlerimizi söndürecek keyfiyette.

İctimaî coğrafya, sürpriz doğuşlar arefesinde ve gelecek, yeni bir doğuma hamiledir. Müjdesi verildiği üzere, şu istikbal inkılabâtı içinde en yüksek sadâ Hakk'ın sadâsı, Kur'ân'ın sesi ve sahib-i Kur'ân'ın nidası olacaktır. Yeryüzünde iman, huzur ve itminân son bir kere daha dalgalanacak ve hemen herkes, fıtrat ve düşünce dünyasının müsaade ettiği ölçüde bu yeni esintiden mutlaka istifade edecektir.

Evet, bükülen beller, nevmîd olan gönüller ve yaşaran gözlere Resûl-i Ekrem müjde veriyor ve buyuruyor ki:

لاَ تَزَالُ طَائِفَةٌ مِنْ أُمَّتِي ظَاهِرِينَ عَلَى الْحَقِّ لاَ يَضُرُّهُمْ مَنْ خَذَلَهُمْ
حَتَّى يَأْتِيَ أَمْرُ اللهِ وَهُمْ كَذَلِكَ

"Ümmetimden bir bölük her zaman hak üzerine kâim ve sabit olacak; başkalarının kendilerini yüzüstü bırakmaları onlara

asla zarar vermeyecek ve onları hiç sarsmayacak; onlar, Allah'ın emri gelinceye, kıyamet kopuncaya kadar bildikleri yolda istikamet üzere devam edecekler ve hâllerini bozmayacaklar."

Öyleyse bize düşen; âidiyet mülahazasına girmeden muhtelif meşrepler içinde mevcudiyetlerine inandığımız bu insanlardan biri olmaya çalışmaktır. Zira bu mücahede yiğitleri, Kur'ân hâdimleri, tebliğ gönüllüleri ve temsil erleri arasında bulunduğumuz sürece hem kendimiz sağlam bir kulpa tutunmuş olacağız hem de dünyanın dört bir yanına saçacağımız tohumlar, Allah'ın inayetiyle, bir gün mutlaka hayata yürüyeceklerdir. Hattâ çürüyüp gittiğini zannettiklerimiz bile, mevsimi gelince yediveren, yetmişveren başaklar gibi salınıp kendi talihlerinin bestelerini mırıldanacaklardır.

Ahiret Bayramları

Muhterem Mü'minler,

Bayramlar, topluca sevinme günleri olduğu kadar da hep beraber düşünme, içtimaî murakabe günleridir. Bayramın bir şiârı "musâhabe" (bir araya gelip tatlı tatlı sohbet etme) olsa da onun bayramı hatırlatan bir "muhâsebe" yanı da vardır. Bundan dolayıdır ki Allah Resûlü bayram hutbelerinde Ashab'ının nazarlarını asıl bayrama çevirmiş; mehafetullahı anlatıp Allah'a itaate teşvik etmiş; ölümü, ahireti, cenneti, cehennemi hatırlatmıştır.

Evet, ömrü Ramazan olanın ahireti bayram olur. Hayatını hem kendini hem de başkalarını imar yolunda değerlendirenler, son anlarında çağrıların en güzeliyle Cennet'e davet edilirler. Ölüm bayramdır onlar için:

$$يَا أَيَّتُهَا النَّفْسُ الْمُطْمَئِنَّةُ ارْجِعِي إِلَى رَبِّكِ رَاضِيَةً مَرْضِيَّةً فَادْخُلِي فِي عِبَادِي وَادْخُلِي جَنَّتِي$$

"Ey gönlü itminana ve huzura ermiş ruh! Sen O'ndan, O da senden razı olarak dön Rabbine! Haydi, sen de katıl has kullarıma ve gir cennetime!" (Fecr, 89/27-30)

Kabrin, berzahın, mahşerin felaketlerinden hıfz-ı ilahî ile kurtulan, yüzlerine nur, gönüllerine sürur akıtılan mü'minler, bir de kitaplarını sağdan alma sevinciyle coşar, neşe çığlıkları atar ve şükranla iki büklüm olurlar. O an daha farklı bir bayramdır:

فَأَمَّا مَنْ أُوتِيَ كِتَابَهُ بِيَمِينِهِ فَيَقُولُ هَاؤُمُ اقْرَؤُوا كِتَابِيَهْ إِنِّي ظَنَنْتُ أَنِّي مُلَاقٍ حِسَابِيَهْ فَهُوَ فِي عِيشَةٍ رَاضِيَةٍ فِي جَنَّةٍ عَالِيَةٍ قُطُوفُهَا دَانِيَةٌ كُلُوا وَاشْرَبُوا هَنِيئًا بِمَا أَسْلَفْتُمْ فِي الْأَيَّامِ الْخَالِيَةِ

"Kitabı sağdan verilen şöyle der: 'İşte alın, okuyun bu kitabımı, bakın amel defterime! (Zaten) ben böyle bir hesapla karşılaşacağıma inanıyordum.' Ve artık o, hoşnut olacağı bir yaşayış içinde, (meyvelerin) salkımları (burnunun dibine) kadar yaklaşmış cennettedir. Böylelerine şu şekilde nida edilir: (Kullarım, Ben çok defa sizi renginiz kaçmış, benziniz sararmış-solmuş, gözleriniz içine çökmüş ve avurtlarınız çukurlaşmış olarak görüyordum. Buna Benim için katlanıyordunuz.) O geçmiş günlerde takdim ettiklerinize bedel haydi bugün afiyetle yiyin, için!" (Hâkka, 69/19-24)

Hele amel ve davranışların ötesinde, kalblerdeki hâlis niyetlere terettüp eden ilâhî hediyeler vardır ki onlar bütün bütün tasavvurlar üstüdür: Bunlara nâil olmak bambaşka bir bayramdır:

لِلَّذِينَ أَحْسَنُوا الْحُسْنَى وَزِيَادَةٌ وَلَا يَرْهَقُ وُجُوهَهُمْ قَتَرٌ وَلَا ذِلَّةٌ أُولَئِكَ أَصْحَابُ الْجَنَّةِ هُمْ فِيهَا خَالِدُونَ

"İyi ve güzel davranışlarda bulunan ihsan ehline en güzel

mükâfat Cennet... Ve daha da fazlası olarak, Allah'ın cemalini rü'yet... Onların yüzlerine ne bir leke bulaşır, ne de bir zillet! Onlar ashab-ı Cennet, hep orada muhalled." (Yunus, 10/26)

Nihayet, keyfiyetsiz, idraksiz, ihatasız ve misalsiz olarak Cenâb-ı Hakk'ın cemalini müşahede etme devletine erenler, Cennet'te olduklarını ve Cennet nimetlerini de unutacaklar; gayri sadece O'nu görecek, O'nu bilecek, O'nu duyacak, O'nun varlığının ziyasına bağlanacak ve pâr pâr parlamaya başlayacaklar. İşte, bu tarife gelmez bahtiyarlık da tasavvurları aşkın bir bayramdır.

وُجُوهٌ يَوْمَئِذٍ نَاضِرَةٌ إِلَى رَبِّهَا نَاظِرَةٌ

"O gün nice yüzler ışıl ışıl ışıldar ve Rabbi'ne bakar." (Kıyâme, 75/22-23)

Bütün bu mazhariyetlerin ötesinde ya da beraberinde bir de "Rıdvan" iltifatı müjdelenmektedir ki belki de en büyük bayram onunla olacak. İşte içinde bulunduğumuz şu an, bütün o muhteşem bayramların küçük bir misali. Buradaki bayramları şükre ve zikrullaha vesile kılanlar, vicdanında imanın zevkine uyananlar, İslâmî heyecanını hayatının sonuna kadar koruyanlar ve o büyük saadete erene dek sadece imar ve ıslah için yaşayanlar, hâsılı bir ömür kulluk orucuna devam edip Hazreti Azrail'in "gel" demesini iftar vakti sayanlar peşi peşine o harika bayramlara da kavuşacaklar.

Hocaefendi'nin Açıktan İlk İkazları

———— ❧ ————

Muhterem Fethullah Gülen Hocaefendi, birkaç senedir devam etmekte olan dost cefasına karşı hep sükût etmişti. Komplocuya "yeter artık" demek tâ dilinin ucuna kadar gelse ve tabiatının cidarlarını zorlasa da fitneyi büyütmemek, bir de habersiz insanları huzursuz etmemek ve hasedin nifak ve küfürle ittifakına sebebiyet vermemek için derdini kamu önünde dile getirmemişti. Gadre uğrayan insanlara "sabır" demiş, gıybetlere katiyen geçit vermemiş ve meseleyi Allah'ın görüp bilmesine havale etmişti.

Ne de olsa onlar da insandı; hem alnı secdeli görünüyorlardı. Belki bir gün insafa gelir; münasebetsiz tavırlardan, çirkin sözlerden ve kötü emellerden vazgeçerlerdi.

Maalesef vicdanların uyanacağı o eşref saat hiç gelmedi; bu hüsnüzanna muvafık bir mukabele ortaya konmadı. Aksine hazımsızlık öfkeye, kabalık küstahlığa, yalan iftiraya ve kavlî tacizler fiilî tazyiklere dönüşmeye başladı.

Mülayemet Size Emanet

Hocaefendi, 2 Haziran 2012 tarihinde neşrettiğimiz sohbetinde olup bitenlere ve vukuu muhtemel hadiselere dair ipuçları vermiş ve mülayemet tavsiye etmişti.

Cenâb-ı Hak başarılar ihsan ettikçe, 140 ülkede açılan okulların sayısı arttıkça, daha çok beldede barış köprüleri kuruldukça ve Hizmet dairesi genişledikçe, bir taraftan bütün dünyada bir sevgi korosu meydana geleceğini ve adanmış ruhların nağmelerini terennüm eden dünya çapında bir ses yükseleceğini fakat diğer yandan, husumet duyan, haset besleyen ve hazmedemeyen kimselerin de çoğalacağını söylemişti.

Düşmanlık hisleriyle hareket edip balyozlarla milleti ezmek isteyen kimselerin, Hizmet erleri güçlenirse, daha önceleri kendilerinin yaptığı aynı zulme bir gün onların da tevessül edebilecekleri vehmine kapılarak, şimdiden bir kısım bitirme projeleri oluşturduklarını ve bu türden hasımların zulmüne bir yönüyle "eyvallah" denebileceğini belirtmişti.

Ne var ki dost görünen ve aynı kıbleye yönelen insanlar içinden de bu yükselişi çekemeyenlerin çıkacağını; zamanla profesyonelleşen şeytanın, o hazımsızları fitleyip Hizmet'in üzerine salacağını, tekme attıracağını, tokat vurduracağını ve en şeni' kötülükleri yaptıracağını ifade etmişti.

Mü'minin mü'mine zulmedeceği ve acı hadiselerin yaşanacağı gelecek günlerde, Kur'ân talebelerinin zulme zulümle mukabele etmemeleri ve ağır şartlar altında bile Peygamberane tavırlarını değiştirmemeleri tavsiyesinde bulunmuştu.

Yunus'un gönülsüzlük yolunu ve Mevlana'nın kucaklayıcılığını nazara vermiş; öfke, nefret, şiddet ve hiddet karşısında dahi hilm ve sükûnetten ayrılmamayı öğütlemişti. *"Başınıza adeta gökten meteorlar yağsa da mülayemetinizle onları paramparça etmeli ve âleme maytap şölenleri yaşatmalısınız."* demişti. Aksine, kötülüklere kötülükle karşılık verilirse, fesadın her yana yayılacağını ve fitne fasit daireleri (kısır döngüleri) oluşacağını anlatmıştı.

Şerirlerin şerleri, Hizmet erlerini kem duygu, söz ve fiillere değil, onları bastırma adına alternatif sistemler oluşturmaya sevk etmeliydi. Dünyanın selameti ve ülkemizin huzuru için yumuşak tavır ve hoş üsluba her zamankinden daha çok ihtiyaç vardı.

Muhterem Hocamız bu mülahazalarla, sohbetinin sonunda şöyle seslenmişti: *"Siz kendinize yakışanı yapar, müsamaha ile davranır, kusurlara göz yumar ve çözüm yolları ararsanız, unutmayın, Allah da Gafûr ve Rahîm'dir. Şu hâlde, gelecek size emanet. Mülayemet size emanet. Müsamaha size emanet. Kusurları görmeme, affedici olma ve Allah ahlâkıyla ahlâklanma da size emanet."*

"Gayretullah'a dokunacak yumruğu, kulak çekerek savmak da şefkattir!"

31 Mayıs 2013 tarihine kadar, bir tarafın alenîleşen rekâbet ve ön kesme tavrı, diğer tarafın da daha büyük fitneye dönüşmemesi için mağduriyetleri sineye çekme gayreti devam etmişti. İşte, o gün Hocaefendi, zulmün gayretullaha dokunma raddesine varmak üzere olduğunu söyleyerek bir çağrı yaptı. *"Zulme zulümle karşılık vermemek önemli bir kaide olduğu gibi, mesleğimizin bir esası da şefkattir. Bununla beraber, haksız yere yumruk vuran mü'minin hiç olmazsa kulağını çekmek de şefkatin ayrı bir derinliğidir. Zira zalim olan mü'mine tırnak ucuyla olsun dokunulmazsa, onun başına mutlaka gayretullah'ın tokadı iner; bunu da şefkatliler hiç istemezler."* dedi ve haset cephesi oluşturan siyasilerin, üslubunca ama açıktan ikaz edilmelerini istedi.

Âşık Ruhsati'nin,

"Bir vakte erdi ki bizim günümüz,
Yiğit belli değil mert belli değil;
Herkes yarasına derman arıyor,
Deva belli değil dert belli değil."

mısralarıyla sözlerine başlayan Hocamız, her şeyin böylesine belirsizleştiği bir dönemde belli disiplinlere bağlı yaşamanın gerçekten çok zor olduğunu belirtti. Bir vakit, Hak ve hakikat yolunda gidenlere sadece ehl-i dalalet, ehl-i küfür ve ehl-i ilhadın saldırdığını fakat zamanla saldırganlık virüsünün her yanı sardığını ve inananlara da bulaştığını; artık bir kısım mü'minlerin de diğer mü'minlere hücum ettiklerini açıkladı.

Böyle bir dönemde bile dengeli yürümek, insanî tavrı koruyabilmek; bir manada derviş ruhu taşıyarak, el kaldıranlara el kaldırmamak, ağzını kirli şeylerle kirletenlere karşı ağzını temiz tutmak, diş gösterene diş göstermemek ve hep şefkatle muamele edebilmek gibi erdemlerin kâmil mü'min şiarı olduğunu vurguladı. Hazreti Üstad'ın, "mukabele-i bilmisil" için "kaide-i zalimâne" tabirini kullandığına; hadis-i şerifte, *"Zarar verme yoktur; zarara zararla mukabele de yoktur."* buyurulduğuna; Doktor İkbal'in *"Dua dua yalvardım; tel'ine bedduaya âmin demedim!"* sözüne değinerek günümüzde derin bir şefkat, denge ve ahenge çok ihtiyaç bulunduğunu hatırlattı.

"Bu anlatılanlar mahfuz olmakla beraber, 'cevaz' çerçevesinde bir hususu arz etme lüzumunu duyuyorum: Size kötülük yapan insanları, bütün bütün serazat ve 'her şeyi yapabilirsiniz' şeklinde de bırakmamalı. En küçük bir mukabelede dahi bulunmadan, o problemleriyle ve hâlleriyle baş başa bırakırsanız, mukabelede bulunan bulunur onlara. Gayretullahın tokatı iner başlarına. İşte, önce anlatılanlar nasıl bir şefkatse, buna maruz kalmamaları için gerekeni yapmak da yine şefkatin ayrı bir yanıdır." dedi ve "gayretullaha dokunma"nın ne demek olduğunu anlatan misaller aktardı.

Gayretullaha Dört Parmak Kaldı

Bir zat, çeşmenin başında kovasını doldururken, sonradan gelip atını/katırını sulamak isteyen bir başkası ona haksız yere bir tokat aşk etmiş. Mazlum insan, belki gözyaşları içinde kovasını yarım doldurmuş ve hüzünle Pîrinin yanına gelmiş. Onun hâlini görüp hadiseyi öğrenen Hazret, heyecanla "Aman! Derhâl oraya git ve o zata basit bir mukabelede bulun!" demiş. O ermiş zat, aslında bu tavsiyesiyle şefkatin izâfi ya da negatif diyebileceğimiz bir yanına/çeşidine dikkat çekmiş: Birisi size bir yumruk vurduğunda imkânı varsa, parmağınızın ucuyla hafif dokunun ona. Tâ mesele "gayretullah"a dayanıp da bulacağını Allah'tan bulmasın. Mazlum, bu düşünceye binaen hemen koştura koştura çeşmenin başına varmış fakat bir de ne görsün; tokat vuran adam, kendi bineğinden öyle bir tekme yemiş ki kıvranıp duruyor.

Diğer bir hadise: Bir deve kervanı yola koyulmuş giderken fakir bir derviş önlerine çıkar ve kervancıbaşına kendisini de aralarına almaları ricasında bulunur. Kervancıbaşı adamcağızın isteğini kabul eder ve beraberce yola revan olurlar. Bir zaman sonra haramîler kervana saldırır ve gariplerin bütün eşyalarını alırlar. Bir aralık, eşkıyânın reisi, dervişe de malı olup olmadığını sorar. Hak dostu, "Benim hiç param yok, ama kervancıbaşının bürümcek bir gömleği vardı, onu almayı unutmuşsunuz." der. Haramîler hemen koşar, kervancıbaşının heybesini yeniden arar ve pek değerli gömleğine de el koyarlar. Uzun süre hiçbir şey söylemese de dervişe karşı kervancıbaşının gönlü çok kırılır. Öyle ya onca iyiliğine mukabil maruz kaldığı tavır kolay kolay kabul edilebilecek cinsten değildir. Bütün sermayelerini kaybeden mazlumlar, çaresiz bir hâlde bekleşirlerken devletin askerleri çıkagelir ve haramîlerin hepsi derdest edilir. Nihayet, gasbedilen mallar sahiplerine geri verilir. İşte o zaman kervancıbaşı dervişe yaklaşır ve der ki, "Baba aşkolsun! Ben sana o kadar iyilik yaptım, sen de tuttun, benim biricik gömleğimi de şakîlere haber verdin." Hak dostunun cevabı düşündürücüdür: "Oğul, niyetim sana kötülük yapmak değildi; bu haramzadeler halka o kadar gadretmişlerdi ki, baktım zulümlerinin gayretullaha dokunmasına dört parmak kalmış. Senin gömleğinin işte o dört parmak yerine geçmesiydi muradım."

Hocaefendi, bu örnekleri serdedip şöyle demişti: *"İşte ehl-i imanın anlatılan menkıbedeki akıbete maruz kalmaması için haksız yere yumruk vuran mü'minin hiç olmazsa kulağını çekmek de şefkatin ayrı bir derinliğidir. Zira zulmeden mü'mine tırnak ucuyla olsun dokunulmazsa, onun başına mutlaka gayretullah"ın tokadı iner; bunu da şefkatliler hiç istemezler."*

Kulaklar Çekildi mi?

Muhterem Hocamız, sohbetini şu sözlerle bitirmişti:

"Öyle mesâvîler irtikâp ediliyor ki bilemezsiniz. Ehl-i iman bile olsa... Ehl-i imana karşı Firavunların, Nemrutların yaptıkları şeyler yapılıyor ve bunları da bazıları din hesabına yapıyor. İşte bunlara zarar gelmemesi için azıcık bir şey diyeceksiniz... "Sen de mi?" deyip belki kulaklarını çekeceksiniz. Azıcık gözlerine karşı parmak sallayacaksınız. Belki "Yazık size!" diyeceksiniz. Bu kadarcık mukabelede bulunacaksınız, Kâf Dağı cesametinde bir belanın gelip başlarına çökmemesi için..."

Özetini aktardığım o sohbet neşredilince, Camia'ya gönül verenler birkaç gün hayrette kalmışlardı. Sözler çok açıktı ama acaba ne yapmaları gerekiyordu? Kulak çekmek nasıl olacaktı? Birer fert olarak kendilerine düşen bir vazife var mıydı?

O günlerde bir hocamız, aldığı yüzlerce e-mailde benzer sorulara muhatap olunca, bir makale hazırlamıştı. Hocaefendi'nin sohbetinden şu mesajı çıkardığını yazmıştı: Herkes kendi bölgesinde parti teşkilatını ziyaret etsin; belki bir kutu da lokum götürsün. Sonra da desin ki, "Şiarımız tatlı konuşmaktır ama artık mum tahtaya dayandı; yapılan zulümler yetişir gayrı. Bizim için zulme karşılık vermenin en aşırı ucu işte şudur: İşaret parmaklarımızı kaldırıyor, iki yana sallıyor ve

'Hak aşkına zulmetmeyin, zulme destek vermeyin; idarecilerinizi uyarın!' diyoruz. Bunu da yine şefkatimizin gereği olarak yapıyoruz zira hesap Allah'a kalırsa, gayretullah tokadı ağır olabilir."

Bu muhtevadaki yazısını gazeteye göndermeden önce telefonla fikrimi soran o büyüğüme hemen cevap vermemiştim. Çünkü o günlerde Gezi Parkı Hadisesi farklı bir boyuta taşınmıştı. Protestolar önce çevre duyarlılığıyla başlamış, yeni Taksim planına göre ağaçların kesilmesi üzerine şiddetlenmiş, aşırı örgütlerin kışkırtmalarıyla çizgiden ayrılmış, politikacıların haşin üslupları yüzünden tamamıyla kontrolden çıkmış ve idarecilerin yanlış müdahaleleri de bunlara eklenince tam bir kaosa dönüşmüştü. Bir açıdan, belli bir noktadan itibaren Gezi bahane olmuştu ve haklı sözler/eylemler bile karanlık çevrelerin ekmeğine yağ sürecek bir hâl almıştı. Bu şartlar altında atacakları yanlış bir adım Hizmet gönüllülerinin şer odaklarıyla aynı çizgide değerlendirilmelerine sebebiyet verebilirdi. Ayrıca, dört bir yandan hükûmetin ve partinin üzerine saldırıların başladığı bir hengâmede Camia'nın attığı gül de olsa yara yapardı.

Bu düşüncelerle meşgulken aklıma Said Nursî hazretlerinin *"Ben tokadımı Antranik'le beraber Enver'e, Venizelos'la beraber Said Halim'e vurmam. Nazarımda, vuran da sefildir."* sözü gelivermişti. Telefona cevaben bu istikamette kanaat beyan etmeye karar vermiştim. Biraz sonra masamda bulunan Sünûhât'ı öylesine alıp, rastgele bir sayfa açıp, aynı cümleyle karşılaşınca bunu da hayra yormuş ve kararımda mutmain olmuştum.

Hayrettir ki telefonda o cümleyi telaffuz eder etmez, makaleyi yazıp fikir soran büyüğüm de aynı şeyleri düşünmekte olduğunu söylemişti. Hazreti Üstad'ın, idarecileri büyük bir cesaretle tenkit etmekle beraber, husumet hücumlarına maruz kaldıklarında onların yanında yer aldığını konuşmuş ve "Sular durulana kadar bize sükût düşüyor!" demiştik.

Hayır, kulaklar çekilemedi. Çünkü ondan sonra sular hiç durulmadı.

Şayet, "havuz medyası" sohbet yayınlanır yayınlanmaz onu çarpıtmasaydı; bir cingözlük yaparak muhataplar Gezicilermiş ya da orada şiddete başvuran polislermiş gibi yansıtmasaydı, belki en azından hâlâ mevcudiyetlerine inandığımız temiz vicdanlı politikacılar o sözlerdeki sitemi anlar ve bir nefis muhasebesine dururlardı.

Ne yazık ki -çok azı müstesna- pişkinliğe vurdular, üzerlerine hiç almadılar; anlamaya çalışmadılar; her şey süt limanmış gibi davrandılar. Üstelik Camia'yı hedef tahtası yapmayı ve ona amansız iftiralarla saldırmayı hızlandırdılar.

Kurt ile Kuzu Hikâyesinde İlk Perde

———— ❧❦❧ ————

Herkesin bildiği bir hikâyedir. Kurt, kuzuyu yemeyi kafasına koymuş fakat âleme karşı kuralına uygun davranması lazım geldiğinden ona bir suç isnad etmesi gerekiyormuş ki cezalandırma babından avını mideye indirebilsin.

Dere kenarında kendisi üstte kuzu altta olduğu hâlde haykırmış; *"Niye suyumu bulandırıyorsun?"* Kuzu mantıklı bir cevapla iddianın imkânsızlığını anlatıp ilk salvoyu atlatmış. Ne var ki kurtta bahane çok. Birkaç denemede başarısız olunca, bu defa "Tamam ama geçen sene bulandırmıştın işte!" demiş. Kuzu çaresiz "Bu nasıl olur, o zaman ben henüz doğmamıştım bile!" cevabını vermiş. Lakin ne yaparsa yapsın, acı sondan kurtulamamış.

Kıyım Bahaneleri

Hizmet Hareketi ile ilgili ilk günden itibaren giderek artan ve zaman geçtikçe tuhaflaşan iddia, itham ve isnatlara bakılınca, adanmış ruhların da kurtlar sofrasına servis edilmek istendiği hemen göze çarpıyordu. Makul bahaneler varmış gibi göstermek için sürdürülen karalama, yanlış bilgilendirme ve şüpheler oluşturma kampanyaları hiç hız kesmiyordu.

Son dönemdeki bahaneler, Hizmet Hareketi'nin, hükûmet üzerinde vesayet kurmaya ve iktidara ortak olmaya çalıştığı yönündeydi. Sanki Hizmet'e gönül vermiş insanlar bu vatanın evladı değilmiş gibi "devlete sızma" peşinde oldukları söyleniyordu. Hangi görüşten ve yaşam tarzından olursa olsun, her vatandaşın cari kanunlara muvafık biçimde kendi devletinin kurumlarında görev alması en tabii hakkıydı. Fakat ne gariptir ki eğer bir insan Hizmet Camiası'yla irtibatlı ise onun liyakat ilkeleri çerçevesinde bürokraside vazife yapması "vesayet kurma", "paralel iktidar oluşturma" ve "devleti ele geçirme" yatırımı şeklinde dillendiriliyordu.

Aslında, "sızma", "vesayet oluşturma" ve "iktidara ortak olma" iftiralarıyla, belli toplum kesimlerini devlet dairelerinden uzaklaştırma; bazı insanları fişleyip adeta kıyıma tabi tutma hedefi gözetiliyordu.

Kurt adamlar, kimi hangi argümanla kandırabilirlerse, onu kâr sayıyorlardı. Dolayısıyla da isnat ve iftiraların önü açıktı, sayısı ve sınırı yoktu. İklim değişikliklerine ve toplumsal hadiselerin seyrine göre mutlaka bir kötüleme bahanesi buluyorlardı.

Çözüm Süreci

Mesela, gündemde "çözüm süreci" varsa, iddia hazırdı: Hizmet, Kürt sorununun çözüm sürecine karşı!

Hâlbuki "çözüm süreci"nin başlatıldığı ilan edilir edilmez, Fethullah Gülen Hocaefendi, *"Sulh hayırdır, hayır sulhtadır."* diyerek açık ve kuvvetli bir şekilde destek vermişti. Hatta "Teröristlerle ve çocuk katilleriyle anlaşma olmaz?" diyen dindarlara karşı hükûmetin elini güçlendirmek için Hudeybiye teşbihiyle imdada yetişmişti.

Muhterem Hocamız, çözüm sürecinden çok önce de Kürt sorununun halledilmesi için gerekli olan hususları defalarca dile getirmiş; yazılı sözlü beyanlarında meseleyi detaylıca ele almış ve tekliflerini, tavsiyelerini açıklamıştı. Ayrıca Başbakan'a, ilgili bakanlara, Diyanet İşleri Başkanı'na bu konudaki önerilerini içeren mektuplar yazıp yollamıştı. Çözüm süreci başladıktan sonraki açıklamaları ise çok vazıhtı ve hükûmetin takip ettiği çizginin de ilerisindeydi. Bazı sohbetlerini bu mevzuya ayırmış ve en son Erbil'de yayımlanan Rudaw gazetesine verdiği röportajda da meselenin ve görüşlerinin özünü ortaya koymuştu. Sözgelimi o röportajda anadilde eğitim konusunun bir insan hakkı olduğunu ve siyasi pazarlık mevzuu yapılamayacağını kesin bir dille ifade etmişti.

Zaten Hizmet gönüllülerinin açmış olduğu okullar, Irak Kürdistanı'nda 20 yıldır Kürtçe eğitim yapmaktaydı. Türkiye'nin ilk yasal özel Kürtçe televizyonu da yine Hizmet'e gönül vermiş müteşebbisler tarafından açılmıştı. Gazeteciler ve Yazarlar Vakfı, Kürt sorunu ile ilgili pek çok toplantı yapmış; bunların bazılarını da Diyarbakır ve Erbil şehirlerinde gerçekleştirmişti.

Bunca gerçeğe rağmen sürecin sağlıklı yürütülmesine yönelik bir-iki samimi tavsiye ve ikaz, çözüm karşıtlığı olarak gösterilmeli ve KCK davalarının faturası Hizmet Hareketi'ne kesilmeliydi ki uydurulan bahanelere bir yenisi eklenmiş olsun.

MİT Krizi

Çözüm süreciyle ilgili iddia korkutucu olmadı ve halk nezdinde kabul görmedi mi? Önemli değil, sıradaki bahane hazır: Hizmet 7 Şubat'ta Başbakan'ı tutuklayacaktı!

Hiçbir akl-ı selim ve vicdan sahibinin asla kabul edemeyeceği bu büyük bühtanı bile dile doladılar. Tabii ki bu iftirayı atanlar, Başbakan'ı tutuklamakla Hizmet Hareketi'nin ne elde edeceğini hiç açıklayamadılar. Hele sadece 9 ay öncesindeki seçimlerde yeni anayasa umuduyla cansiperane çalışan insanların neden bir anda komplocu olduklarının makul, mantıklı ve ikna edici bir cevabını veremediler.

Hizmet'e yakın medya ve sivil toplum örgütleri, ülkedeki her türlü demokratikleşme çabasını ve derin yapıların ortaya çıkarılıp tasfiye edilmesini desteklemişti. Ergenekon soruşturması ve davalarını yine daha özgür ve demokrat bir ülke olabilme açısından önemli bulmuştu. KCK bağlantılı MİT soruşturmasını da bu vetireyle irtibatlı görerek önemsemişti fakat sırf bu ehemmiyet veriş ve yapılan takibatı ümitle tasvip/takip ediş sebebiyle operasyonların Hizmet'e mal edilmesi katiyen yanlış ve Başbakan'a karşı bir komplo iddiası bütünüyle kara çalmaydı.

Zaten hukuktan azıcık haberdar olan herkes de biliyordu ki herhangi bir savcı bir yana, Yargıtay başsavcısının bile başbakana ve bakanlara dava açma yetkisi yoktu. Evet, "Başbakan tutuklanacaktı." iddiası saçma bir iftiraydı ama kimin umurunda; muktedirlere bahane lazımdı.

Başbakan'ın Odasındaki Böcek

MİT Krizi de mi ellerinde kaldı? Ne gam, gelsin sonraki bühtan: Başbakan'ın odasına böceği Hizmet'e yakın çevreler koydu!

Başbakan'ın ofisine konan "böcek" vakası müfteriler için yeni bir umuttu. İddia edilen hadisenin üzerinden tam üç sene geçmişti ama nasıl olduysa bir anda bütün nazarlar yeniden ona çevrilmişti. Her gün öyle hayalî senaryolar yazılıyordu ki herhâlde kameraya alınsa, onlarca sinema filmi ortaya çıkardı.

Camia adına konuşanlar, şayet sahiden illegal dinleme gibi bir suç işlenmişse, sorumluların bir an evvel bulunup ortaya çıkarılması gerektiğini; konunun bütün yönlerinin aydınlatılması ve tertipçilerine hak ettikleri cezanın verilmesi lazım geldiğini ve bunun hükûmet ile yargının sorumluluğunda olduğunu ifade ettiler. Üzerinden uzun bir süre geçmesine rağmen bu hadisenin açıklığa kavuşturulamamış olmasını yadırgadıklarını ve Hizmet'i töhmet altında bırakmaya matuf algı oluşturma çabalarını kınadıklarını belirttiler.

Sonunda yazılıp çizilenlerin mizansenden ibaret olduğu anlaşıldı. Ortaya hiçbir geçerli vesika konulamadı. Dahası Dönemin TÜBİTAK Başkan Yardımcısı Hasan Palaz, bulunan böcekle ilgili raporda tahrifat yapması için baskı gördüğünü ve sahte delil üretmeye boyun eğmediği için görevinden alındığını açıkladı. Haysiyetli bir bürokratın cesaret ve dürüstlüğüyle, çirkin komplo altüst oldu ama o böcekle de nice mideler bulandırıldı.

...ve Dershaneler

Bu iddia ve isnatlar sadece bir başlangıçtı. Kurt adamlar avlarını pençeleri arasına almadan vazgeçmeyecekler, sürekli bahane üretmeyi sürdüreceklerdi. Bugün "Turancı" diyeceklerdi, yarın "Vatikancı"; önce laik sistemi yıkarak şeriat düzenini kurmak isteyen radikal bir grup gibi göstereceklerdi, hemen ertesinde Amerika için çalışan işbirlikçiler; yer yer Mossad ajanı yapacaklardı, zaman zaman GİB (Suudi Arabistan İstihbaratı) elemanı. Birinin gerçek olması diğerini imkânsız kılan böyle onlarca bühtanı peşi peşine sıralayacaklardı.

Bürokrat fişlemeleri ve kıyımları son süratle devam ediyordu. Hizmet'i terör örgütü ve çete kapsamına sokma garazı da o günlerde yeniden depreşmişti.

Birilerine göre Hizmet'in büyümesi mutlaka önlenmeli ve Cemaat'e haddi bildirilmeliydi. Öğrenci akışının engellenmesi bu konuda etkin bir adım olabilirdi. O hâlde yeni hedef, okuma salonlarının, sınavlara hazırlama kurslarının ve üniversiteye hazırlık dershanelerinin kapılarına kilit vurulmasıydı.

Dört bir koldan saldırı emri verilmişti adeta. Ortalık toz dumandı. Sanki sesi en çok çıkan haklıymış gibi, herkes tiz perdeden konuşuyor; insanlar birbirlerine laf yetiştirmeye çabalıyorlardı. Gündemin birinci maddesi yirmi dört saatte belki üç-beş defa değişiyor; sürekli yeni bir olay gelip meclislerin başköşesine kuruluyordu. Hâliyle, bu hadiseler zinciri hızla akarken, Hizmet gönüllüleri Hocaefendi'nin yorumlarını, takip edilmesi gereken yol haritasını ve bir kısım vakaların perde arkasını merak ediyorlardı.

Muhterem Hocamızın uzun bir süre sohbet de etmediği bu dönemde hem husumet oklarının bir kısmını göğüslemek hem de Pennsylvania atmosferini kırık dökük de olsa aksettirmek için ne yapabileceğimi düşünürken, o zamana kadar sadece uzaktan seyrettiğim sosyal medya göz kırpıverdi.

Bazen bir cümlecikle, kimi zaman bir paragrafla, ara sıra da bir makalecikle günlük notlarımı aktarmaya başladım. Kısa mesajları Twitter üzerinden, kısmen uzun iletilerimi Herkul sitesinde yayınladım.

Vakıaların seyrini, olanlar karşısındaki duruşumuzu ve genel çizgimizi yansıtacağı kanaatiyle, o dönemde neşrettiğim yazı ve mesajların bir kısmını yer yer bu kitapçığa da almanın isabetli olacağını zannediyorum. Böylece hem tarihe küçük bir not düşmüş hem de sonraki zamanlar için de geçerli çok önemli bazı hakikatleri kayıt altına almış olmayı umuyorum.

Terzinin Çıplak İğnesi ve Melek Ahlâkı

26 Ağustos 2013

K ıymetli arkadaşlar,
Neredeyse iki aydır "ikindi yağmurları" ile gelen rahmetten mahrumuz; dün yine günüydü ama maalesef Bamteli sohbeti olmadı. Muhterem Hocamız uzun bir aradan sonra namazı müteakip hemen odasına geçmeyip biraz oturdu fakat sadece on beş dakika kadar misafirlerle hasbihal etmekle yetindi ve bu arada (kesin bir karar gibi dile getirmese de) bir müddet sohbet etmeme niyetinde olduğu imasında bulundu:

"İnsanları suçlamanın, mücrim görüp göstermenin revaç bulduğu, tecessüsün ahvâl-i âdiyeden sayıldığı ve şarkî Anadolu ifadesiyle, herkesin birbirinin 'kımıl'ı kesildiği bir dönemde konuşmayıp sükût hikmetine sığınmak sanki hayırlı olacak. En masum beyanların/hareketlerin bile birileri tarafından sağa sola çekildiği, yorumların meselenin aslıymış gibi sunulduğu bir devirde, mübarek bir camianın hizmetlerine zarar vermemek için belki bir ay, belki birkaç ay, belki bir sene sükût etmek daha isabetli olacak gibi geliyor."

Kardeşin kardeşe karşı dahi "ihlâs zabıtası" kesildiği ve

çoklarının birbirinin savcılığına kalkıştığı günümüzde maalesef Hocamıza "Rahmet kesilmesin!" diyemedik, hiç mukabele edemedik. Şimdilik beklemenin isabetli olacağını düşündük. Muhterem Hocamız sözleri arasında Abdülkadir Geylanî Hazretleri'nin *"Allahım! Beni oku hedefi vursa da kendisi mahrum kalmış bir yay; herkese elbise dikse de kendisi çıplak bir iğne ve etrafını aydınlattığı hâlde kendisi yanıp tükenen bir mum gibi eyleme!"* duasına atıfta bulundu. Tebliğ yanında temsilin kıymetini vurgulama ve anlattıklarını önce kendi ruhuna mal etme zaviyesinden çok kıymetli olan bu yakarışın başka türlü de yorumlanabileceğini belirtti. Aslında sahabe mesleğinin bugün o mahrum yay, o çıplak iğne ve o aydınlatma pahasına eriyip tükenen mum olmaya rızayı gerektirdiğini ifade etti.

Hayatını makam, mevki, yat, kat, villa, malikâne ve lüks yaşam peşinde harcayanların Kur'ân talebelerini de kendileri gibi zannedebileceklerine değinen Hocamız, her şeyi dünyada saçıp savuran "mütrefîn" güruhunun *"Bütün iyi işlerinizin semerelerini dünya hayatınızda tükettiniz"* (Ahkâf, 46/20) ayetinin tokadına müstahak olacaklarını ve ahiret meyvelerini burada yiyip bitirme, ötelere müflis olarak gitme gibi kötü bir akıbete uğrayacaklarını vurguladı. Meali zikredilen ayet, kâfirlerle alâkalı nâzil olsa da Hazreti Ebû Zerr ve Ömer bin Abdülaziz gibi büyüklerin, aynı akıbete uğramaktan çok korktuklarını ve hep temkinli yaşadıklarını hatırlattı.

Bu açıdan günümüzde bir yönüyle *"herkese elbise dikse de kendisi çıplak bir iğne ve etrafını aydınlattığı hâlde kendisi yanıp tükenen bir mum"* gibi olan insanlara ihtiyaç bulunduğunu dile getirdi.

Ayrıca malumunuz olduğu üzere hasenâtı yazan melek, bir insan sevap işleyince onu hemen deftere geçirir fakat o şahıs günaha girerse, iyilikleri kaydeden melek kötülükleri listeleyen meleğe *"Yazma, biraz bekle; belki tevbe eder."* der.

Bugünkü derste geçen bu hadis, muhterem Hocamıza göre bize sadece bir gerçeği bildirmiyor; aynı zamanda şu mesajı veriyor: *"Melek ahlâkıyla davranın; kötülükleri hemen cezalandırmayın, insanlara pişman olma ve özür dileme fırsatı tanıyın."* diyor.

Rabbimiz bizleri ötede müflisler arasında haşrolmaktan muhafaza buyursun!

Dershaneleri Kapatma Hançeri ve Dua Mevsimi

14 Kasım 2013

Sabah salona girdiğimizde ilk duyduğumuz cümle "Hâcet namazı kıldınız mı?" sorusu oldu. Nasıl olmasın ki! 27 Mayıs ve 28 Şubat'ta dahi işitilmemiş çirkin planlar suret-i haktan gösterilerek yapılıyor.

Dershanelerin ve ücretsiz okuma salonlarının kapatılmasına ilişkin Milli Eğitim Bakanlığı tarafından hazırlanan bir kanun tasarısının gece Meclis'ten geçirileceğine yönelik haber yüreğimize hançer gibi saplandı.

Daha önceki darbe dönemlerinde de benzer plan ve entrikalar görülmüştü fakat onlar, dindarlara karşı husumetini açıkça ortaya koyan insanların eliyle olmuştu.

Bu defa her fırsatta "kardeş" olduğunu söyleyen, aynı safta yer tutan ve hizmet erlerinin yüzüne gülen bazı kimseler tarafından bir kısım planların yapıldığı ve uygulamaya konulacağı yazılıp çiziliyor.

Biz, mü'minlerin bu kadar kötülük yapabileceklerine ve garazlara bina ettikleri icraatla milletin geleceğine kastedebileceklerine inanmak istemiyoruz. İnanmak istemiyor ve hâlâ "Bu işte bir yanlışlık var!" diyoruz.

Bununla beraber suret-i hak perdesiyle işlenen bu haksızlık ve zulüm karşısında üzüntümüzü bastırmakta zorlanıyoruz.

Ne var ki her zamanki gibi muhterem Fethullah Gülen Hocaefendi imdadımıza yetişti; istikamet yolunu gösterdi. *"Ciddi sıkıntılar var... Söylenen sözler... Vefasızlıklar... Nankörlükler... Bütün bunlar sıkıyor insanı. Belki de bu mevsim dua mevsimidir; Allah Teâlâ, kendisine teveccüh edilmesini istiyordur!"* diyen muhterem Hocamız kendileri de çok üzülmekle beraber haber duyulur duyulmaz "Allah'ın dediği olur!" diyerek "hâcet namazı" çağrısı yaptı. Biz de *"Allah'ın bitirdiğini (filizlendirdiğini) kimse bitiremez ama hâcet namazı kılmalı ki mü'minler, münkirlerin dahi sakınacağı bir zulme girişmesin."* düşüncesiyle duaya sarıldık.

Duaya sarıldık zira inanıyoruz ki hazımsızlık ateşini söndürecek ve basiret lütfedecek sadece Allah'tır; zâlime de mazluma da bir ferec vesilesi hâcet namazıdır. Meselenin makuliyet üzere bina edildiğini görseydik, aklî ve mantıkî argümanlar sıralamanın faydalı olabileceğini düşünürdük fakat mevzu şeyâtîn-i ins ü cinnin tesvîli olunca, dua dua yakarmak ve "Allah kalbleri ıslah eylesin!" demekten başka çare kalmıyor.

Bu mülahazalarla hâcet namazına devam etme ve dostlarımızı da buna yönlendirme kararı aldık. Niyetimiz ne köprüleri yıkma ne de kahriye okuma; işte Hocamızın yazdığı ve bizim kırık dökük tercüme ettiğimiz dua:

Hâcet Namazı Duası

Büyük Allah'tır, her türlü hamd ü senâ O Yüceler Yücesi'nin hakkıdır ve sabah-akşam tesbîh ile anılmaya layık yalnız O'dur.

Âlemlerin Rabbi Yüce Allah'a sonsuz hamd ve şükür,

Kâinatın Medar-ı Fahri Efendimize, âilesine ve ashabına nihayetsiz salât ü selam olsun.

Hüznümü ve kederimi başkasına değil, yalnızca Sana şikâyet ediyorum Rabbim! Yegâne ilah Sensin, Senden başka hakiki ma'bud yoktur. Sübhânsın, bütün noksanlardan münezzehsin, yücesin. Doğrusu kendime zulmettim, yazık ettim. Affını bekliyorum Allah'ım! Ya Rab! Bana ciddî bir zarar dokundu, Sen merhametlilerin en merhametlisi, yegâne rahmet sahibisin.

Bir kere daha ikrar ediyorum ki Halîm ü Kerîm Allah'tan başka ilah yoktur. Arş-ı Azîm'in Rabbi Allah'ı tesbih ederim. Hamd âlemlerin Rabbi Allah'a mahsustur. Rabbim! Senden, rahmetinin gereklerini, merhametini celbedecek vesileleri, gerçekleşmesi muhakkak olan mağfiretini, günahtan korunmayı, her türlü iyiliği kazanmayı, her türlü günahtan da selâmette olmayı istiyorum. Bende bağışlamadığın hiçbir günah, gidermediğin hiçbir keder, Senin rızana muvafık olup da karşılamadığın hiçbir ihtiyaç bırakma ya Erhamerrâhimîn!

Allah'ım! Sen kullarının ihtilaf ettikleri şeylerde hüküm verirsin. *"Yüce ve Azim Allah'tan başka ilah yoktur. Halîm ve Kerîm Allah yegâne ilahtır."* hakikatini tasdik ederek Sana yöneliyorum. Yedi semanın ve Arş-ı Azîm'in Rabbi Allahım! Seni tesbih ve eksik sıfatlardan tenzih ederim. *"Hamd âlemlerin Rabbi Allah'a mahsustur."* imanıyla Sana hamd ü senada bulunuyorum. Ey kederleri gideren, tasaları kaldıran, dua ettiklerinde çaresizlerin duasına icabet eden Allah'ım! Ey dünya ve ahiretin Rahman ve Rahîm'i! Şu ihtiyacımın giderilmesi ve tamamlanması hususunda -başkalarının merhametinden müstağni kılacak bir şekilde- bana merhamet et. Allah'ım! Senden diliyor ve dileniyorum, Rahmet Peygamberi Hazreti Muhammed'i vesile ederek Sana teveccüh ediyorum. Ya Muhammed (aleyhissalatü vesselâm), ey efendim, şu hacetimin yerine getirilmesi için seni vesile yaparak Rabbime yöneliyorum. Allah'ım! Resûl-i Ekrem Efendimiz'i (sallallahu aleyhi ve sellem) hakkımda şefaatçi eyle.

Allah'ım! Zatında yüce olan dinini bugün de dünyanın her bir köşesinde bir kere daha yücelt; hakkı-hakikati bütün gönüllere duyur. Bizim ve bütün kullarının sinelerini imana, İslâm'a, ihsan duygusuna, Kur'ân'a ve Hakk'a hizmete aç ve bizi ihlâsın özüne ermiş, hep takva hatta onun da ötesinde vera' duygusuyla hareket eden, zühdü bir hayat tarzı olarak benimsemiş, yüce nezdinde kurbete mazhar olmuş, Seni sevmiş, icraat-ı sübhaniyenin hepsinden razı olmuş ve Senin de sevdiğin, hoşnut bulunduğun kullarından eyle!

Allah'ım! Her türlü hâlimizi ve bütün mü'minlerin hâllerini, özellikle Türkiye Müslümanlarının, kadınıyla erkeğiyle kardeşlerimizin, arkadaşlarımızın ve dostlarımızın hâllerini ıslah eyle. Allah'ım! Akıllarımızı ve onların akıllarını, fikirlerimizi ve onların fikirlerini, niyetlerimizi ve onların niyetlerini, duygularımızı/latifelerimizi ve onların hislerini/latifelerini, fiillerimizi ve onların yapıp ettiklerini ıslah buyur.

Senden kendi yüreklerimizle beraber inanan kardeşlerimizin ve topyekün insanların kalblerini, imana, İslâm'a, Kur'ân'a, ihsan duygusuna ve Peygamberimiz vasıtasıyla bize gönderdiğin bütün hakikatlere tastamam açmanı diliyoruz. Rabbimiz! Nezd-i ulûhiyetinden göndereceğin nurlarla gönüllerimizi aydınlat. Sadırlarımıza, sînelerimize inşirah sal. Sen Settâru'l-uyûbsun; hata, kusur, günah ve isyan olarak bizden ne sâdır olmuşsa Sen onları da setreyle.

Rabbimiz! Aczimizi, fakrımızı şefaatçi yapıp yüce dergâhına iltica ediyoruz; ne olur, merhamet et ve işlerimizi kolay hâle getir. Dostlarına karşı olan muameleni bizden de esirgeme ve bizim yüzlerimizi de ağart. Kalblerimizi topyekün islerden, paslardan, küçük-büyük bütün virüs ve mikroplardan arındır. Kabirlerimizi Cennet bahçeleri gibi pür-nur eyle. Bilerek ya da bilmeyerek içine düştüğümüz hatalarımızı, günahlarımızı mağfiret buyur ve tekrar onlara bulaşmak sûretiyle içimizin kirlenmesine müsaade etme. Senden hayr u hasenât istikametindeki bütün dilek ve maksatlarımızı gerçekleştirmeni niyaz ediyoruz.

Ey sürpriz lütufların sahibi, Ulu Sultanımız! Bizi endişe edip korktuğumuz hususlardan emin eyle!

Rabbimiz! Katından bir rahmet ver, şu dert ve davamızda bize doğruluk ve muvaffakiyet ihsan eyle; biz aciz kullarına nezdinden bir ferec ve mahrec (çıkış yolu ve ferahlık) nasip et.

Ey her şeyin biricik mâliki, yegâne sahibi ve tek efendisi Mâlikü'l-Mülk Rabbimiz! Ne olur, biz Ümmet-i Muhammed'e dirlik ver! Fikrimizin, ruhumuzun, havl ve kuvvetimizin dağınıklığını Sana şikâyet ediyor ve bizi bu durumdan kurtaracak yegâne tasarruf sahibinin Sen olduğuna inanıyoruz. Bizi bu durumdan kurtar Allah'ım! Özellikle de gerek cihanın dört bir yanında, gerekse hayatın her ünitesinde, insanlarla Senin arandaki engelleri kaldırmaya kendini adayan, sa'ylerine terettüb edecek semere itibarıyla, Rıza ve rıdvânından başka hiçbir şey hedeflemeyen kardeşlerimin, bacılarımın, erkeğiyle kadınıyla dostlarımın ve gönüldaşlarımın dağınıklığını gidermeni, yaralarını sarmanı, enis ve celîsleri olmanı, onları her türlü kem göz ve kötü niyetlilerin şerlerinden muhafaza buyurmanı diliyor ve dileniyoruz.

Ey her şeye gücü yeten Kâdir Rabbimiz! Bizi kesret dağdağasında boğulmaktan kurtaracak ve vahdet tecellileriyle dirliğimizi sağlayacak yegâne güç sahibi Sensin. Dilediğin gibi kalbleri evirip çevirme kudretine sahipsin. Ne olur, kalblerimizi te'lif buyur! Biliyoruz ki yeryüzünde ne var ne yok, hepsini bu uğurda sarfetsek de iki gönlü te'lif etmeye muvaffak olamayız. İnsanı yaratan Sen, onda her türlü tasarrufa kâdir olan da Sensin. Gönül aynamızı duru eyle ve gönüllerimizi te'lif buyur tâ birbirimize karşı tevahhuş hissetmeyelim. Birbirimizin enîs u celîsi olalım. Birbirimizin ayıbını araştırmayalım. İyilik ve ikramda bulunan Kerîm Rabbimiz! Bizleri katından bir güçle te'yid buyur.

Ey kullarının dualarına icabet eden Mucîb Allah'ım! Bizleri, sevdiğin ve razı olduğun işlere muttali kıl, onları bize sevdir, onları hayata taşımaya ve başkalarına duyurmaya bizleri muvaffak eyle.

Niyazımızın sonunda, dualarımızın kabul edilmesine en büyük vesile bilerek, Gönüllerin Sultanı aleyhissalâtu vesselâm Efendimiz'e, ailesine ve ashabına bir kere daha salat ü selam ediyor, dergâh-ı ulûhiyetinden medet diliyoruz ya Rab!

Her Yer Dershane

---

15 Kasım 2013

Dershanelerin ve ücretsiz okuma salonlarının kapatılmasıyla ilgili olarak Milli Eğitim Bakanlığı tarafından hazırlanan tuhaf kanun tasarısının kaşla göz arasında yasalaştırılacağına yönelik haberler gündemin ilk sırasına yerleşmiş durumda.

Kalbler kırık, hissiyatını yatıştırmakta zorlanan insanların sayısı az değil. Hele dost cefasına uğradığını düşünenlerin ve meseleye Şibli'nin gülü zaviyesinden bakanların ruh haletini ifadeye "inkisâr" kelimesi kâfi gelmiyor.

Hükûmet yetkilileri, söz konusu plan istemedikleri bir zamanda ortaya çıkınca telaşa kapıldılar. Şimdi üst üste çelişkili açıklamalar yapıyorlar.

Bu arada, karalama propagandası aynı hızla devam ediyor. Olsun, Hazreti Üstad'ın dediği gibi *"Bir tane sıdk, bir harman yalanları yakar. Bir tane hakikat, bir harman hayalâta müreccahtır."*

Bir kolej öğretmeni gönderdiği mesajda *"Dershaneler kapatılırsa, maaşımı bir dershane öğretmeniyle paylaşmaya hazırım."* diyor. Dershane emektarlarının öyle bir endişesi yok ama binlerce insan da maaşını paylaşma vaad eden fedakâr gibi düşünüyor.

Hizmet erinin derdi ne rant ne de inat; rıza-yı ilahiyi kazanmak asıl maksat. Rant diyen ötede çok utanacak.

Seleflerimiz için önce "mağara" evvelki gün "katran ağacı" dün de "tahta kulübe" dershane oldu. Bize de her yer dershane!

"Haksız yumruk vuran mü'minin kulağını çekmek de şefkatin ayrı bir derinliği" olmasa en güzeli Allah'a havale.

Emaneti Koruma Uğruna Mıncıklanmak

16 Kasım 2013

Fethullah Gülen Hocaefendi dün akşam fırtınalı dönemlerde bile istikamet ve itidalden ayrılmamak gerektiğini söyleyip bir kere daha sabır ve namazla istiânede bulunmayı tavsiye etti.

Oradan ya da buradan taraf gibi görünen bir kısım tahrik edicilerin, kasden damarlara basmak, meseleyi kızıştırmak ve bir kavga ortamı oluşturmak için sinsice çalıştıklarını anlattı. Bir kısım kimselerin en masum sözleri dahi siyak ve sibakından kopararak çarpıtmaya, bazı resim ya da video montajlarıyla hissiyatı kabartmaya, tarafları tahrik etmeye ve adeta kardeşi kardeşe vuruşturmaya uğraştıklarını belirtti.

İnsanlığın İftihar Tablosu'nun (sallallahu aleyhi ve sellem) başını yaran, dişini kıran ve yüzünden kanlar akıtan insanlar hakkında *"Allah'ım! Bu etrafımdakileri hidayet eyle; beni bilmiyorlar, bilselerdi yapmazlardı bunu!"* dediğini hatırlattı. Allah Resûlü'nün yolunda olduğunu iddia edenlere düşen vazifeyi vurguladı:

"Mıncıklayacaklar, çuvaldız saplayacaklar, önünüzü kesecekler, gittiğiniz yere gitmenizi istemeyecekler; bunlar, bazen küfür kaynaklı olacak, bazen haset kaynaklı olacak, bazen hazımsızlık kaynaklı olacak fakat biz, değil çuvaldızlara karşı, mızraklara mukabil bile iğne kullanmama kararlılığı içinde

olmalıyız. *İncinsek de incitmemeliyiz, kırılsak da kırmamalıyız. Yollarımız daraltılsa da biz başkalarına karşı yol daraltmasına kalkmamalıyız."*

Muhterem Hocamız, eğitim müesseselerini kapatmanın sadece günümüz insanlarına karşı bir tavır olmadığını; aynı zamanda onlarca yıl dünya zevki tatmadan davaya hizmet edenlerin emanetine de kasıt sayılacağını dile getirerek şöyle dedi:

"Başımı yere koyduğumda, secdelerimde, hep hacet duasını okudum bu üzerimize gelen şiddetli fırtınalar karşısında. Bizim emeğimiz bunda onda birdir, belki de hiç yoktur. Şimdiye kadar bu mefkûreye emek veren, bir asırdan beri adeta baldıran zehri yudumlayarak bu meseleyi götüren, zindanlarda ömür tüketen, dünyada zevk sefa yüzü görmeyen, memleket memleket sürgüne gönderilen, hapishanelerde tecride maruz bırakılan, defaatle zehirlenen, hakkında "Bu da vatan evladıdır!" denmeyen nice kahramanların emeği vardır ve bu emekle meydana gelen netice şimdi sizin omuzunuzda bir emanettir. 'Allah'ım, bu bir emanettir, bize ait de değildir, bize muvakkaten yüklediler bunu. Senin emn u emanın bu işin eskortudur; o olmazsa biz bunu götüremeyiz; onu Sana teslim ediyoruz Allah'ım!' Hep bu mülahazalarla yakardım Rabbime."

Hocaefendi, Hizmet'in zarar görmemesi konusundaki duyarlılığını ise şu sözlerle ifade etti: *"Yeminle söylüyorum size; bu meselenin onda birine zarar vermektense, bir günde on defa ölmeye razıyım; on defa Azrail gelsin, öldürsün beni; bir daha dirileyim, bir daha öldürsün. Yemin edebilirim bu mevzuda çünkü dünya ile zerre kadar alâkam olmadı. Bazı miyoplar, mâlikanelerde yaşıyor diyebilirler. Ne yapalım şaşı baktığından dolayı yanlış görebilir. İbrahim Hakkı Hazretleri 'Ağvere olma yakın ki sana eğri bakar.' diyor. Ağver Allah'a da eğri bakar, peygambere de eğri bakar, dine de eğri bakar; sadece kendisine doğru bakar, o da kendini doğru görür mü görmez mi?"*

Zâlimler Yüzde Beş Bile Değil!

17 Kasım 2013

Son seçimlerde çok arkadaşım gibi ta Amerika'dan kalkıp sandığa gittim hatta hayatımda ilk kez miting gibi konuşmalar yaptım. Zira milletin sesine kulak verileceğine ve daha demokratik bir ülke vaadinin gerçekleşeceğine inandım fakat şimdi kalbim o kadar kırık ki sandık buraya önüme getirilse ne yaparım bilmiyorum.

Ruh haletimiz böyle inkisâr gölgeli olsa da insaf mü'minin önemli vasfıdır. Üstadımız kendisine/dindarlara zulmeden bir parti hakkında *"Zalimler yüzde beştir, yüzde doksan beş masum."* der.

Bugünkü siyasi cereyan içinde kötülüğe kilitlenmişlerin ancak yüzde bir gibi bir azınlık olacağına inanıyorum. Ülkeye hizmet düşünen ve Hizmet'e de sevgi duyan sair yüzde doksan dokuza Üstad'ın nazarıyla bakılmalıdır. Dolayısıyla da kötülük düşünenler kınanırken, usûl üsluba feda edilmemeli ve masumlar kırılmamalıdır.

Malum siyasi çevredeki dost ve arkadaşlarımdan biliyorum ki onlar da yapılan haksızlıklar sebebiyle bizim kadar rahatsızlar. Zalimleri kınarken, zinhar o türlü insanları darıltmayalım. Zulme karşı sesimizi yükseltelim ama asla tahriklere gelmeyelim, hakaret etmeyelim ve usûlü yaralamayalım.

Vefanın unutulduğu bir dünyada gelin biz vefalı olalım; mazideki bir tebessümü bile yok saymayalım ve mü'mince davranalım.

Darbeciye Okul Erdoğan'a Öfke mi?

19 Kasım 2013

Geçtiğimiz gün maalesef bir gazete "Darbeciye Okul Erdoğan'a Öfke" manşetiyle çok büyük bir haksızlık yaptı.

Önce Hocaefendi'nin daha evvel de onlarca kez anlattığı ve bir elbise gibi ortaya koyduğu Firavun misalini çarpıttı; sohbetin aslına bakmadan, o elbiseyi bazı devlet büyüklerine yakıştırdı.

Sonra muhterem Hocamızın zamanında darbecilere bile okulları devretmeyi önerdiğini ama Erdoğan'ın dershaneleri kapatma talebine aynı mülayemetle bakmadığını çirkin bir tarzla yazıp suizan ve gıybetlere sebep oldu.

Haberi okuyunca hemen yazacaktım lakin önce Hocamızdan teyit almayı bekledim; şimdi şunu paylaşmak isterim.

Hocaefendi, 28 Şubat döneminde Çevik Bir'e yaptığının çok ötesinde örnek bir davranışı hâl-i hazırdaki devlet büyüklerimize de sergiledi.

Geçtiğimiz haftalarda Sayın Cumhurbaşkanımıza ve Zat-ı alileri vasıtasıyla diğer büyüklerimize mesaj gönderdi. Şöyle dedi:

"Bu müesseseler milletin eseri; yeter ki millete hizmet etsin ama kapanmasın, heder olmasın. Allah'ın lütfettiği bu kurumları kim yönetirse yönetsin ama millete hizmet etmeye devam

etsin. Allah biliyor ki, 'Biz idare edelim.' hırsımız yok; muradı-
mız hizmetlerin garazlara kurban edilmemesi..."

Bunun şahitleri var; inşaallah derste ya da sohbette Ho-
camızın diliyle de teyidini kaydedeceğiz.

Gelin görün ki hem de dinî hassasiyeti olduğunu düşün-
düğümüz refiklerimiz suizanlarını seslendiriyorlar.

Fakat kim ne yaparsa yapsın, Hocamızın onca mesajın-
dan sonra biz katiyen mukabele-yi bilmisilde bulunmayalım.

Haklı taleplerimizi nazikçe, mü'mine yakışır şekilde dile
getirelim ama tahriklere kapılıp üslubumuzu bozmayalım.

Ne Zaman Sessizliğe Bürünürüz?

20 Kasım 2013

Kimi insanlar için mesele "hakikati öğrenmek" değil, maksat problemin özünü gürültüye boğmak. Onun için de hem verilen cevapları dinlemiyor, anında hiç alâkasız mevzulara geçiyor ve farklı konuları yüksek sesle dillendirip gündemi değiştirmekle uğraşıyorlar hem de Hizmet erlerinin kapatma kararına itiraz etmemesini ve susmasını istiyorlar.

Bir yetkili diğerleri tarafından kısa sürede yalanlanacağını bile bile *"Yüreğinizi soğutun. Başkası söyleyince dikkate almayın ama ben söylüyorum... İnşallah güzel bir sonuç olacak."* açıklaması yaptı.

Şayet mesele şahsi olsaydı; Allah rızası için yine "sükût murakabesi" der ve sessizliğe bürünürdük. Zira Hocamızın, kendisine kırk sene hakaret edene bile "Şahsî hakkımı helal ettim." dediğini biliyoruz.

Fakat mesele millet, hizmet ve emanettir. Onun için lütfen kimse bize "Susun artık!" demesin. Meselenin bir oldubittiye getirilmeyeceğine inandığımız zaman zaten sükût hikmetine gönüllü döneriz.

Lâkin mahcup iki üç ses haricinde bülent-avaz bir seda yoksa ortada ve hâlâ hatada ısrar emareleri çoksa, tahriklere

kapılıp üslubumuzu bozmadan hakikatleri nazikçe seslendir-
meyi ve insaf beklemeyi sürdüreceğiz.

Sabır... İlla Sabır!

Bir suçüstü... Sonra mazlumun çığlığı... Akabinde "Niye bağı-
rıyorsunuz?" tuhaflığı... İmtihan...

*"Böylece sizi birbirinizle imtihan ediyoruz; bakalım buna
sabredecek misiniz?"* (Furkan, 25/20) buyuruyor Allah Teâlâ. Yine
*"Bazen hoşunuza gitmeyen bir şey hakkınızda hayırlı, hoşunuza
giden bir şey de hakkınızda kötü olabilir."* (Bakara, 2/16) diyor.

Sabır dostlar, itidal. Allah görüyor ve biliyorken ne gam!
Nihayet her ev bize dershane ve her fert öğretmen olur.

Muhterem Hocamız *"Bir gün beni öldürseler, cesedimi bir
kenara bırakıp hizmete yürümezseniz hakkımı helal etmem!"*
demiş ve "müspet hareket"ten ayrılmama ahdi vermişti.

Kalbimiz paramparça da olsa biz vazifemize bakacağız.
Sabren...

Biz "karşı taraf" görmedik görmeyeceğiz; sessiz dostları-
mızın vicdanlarının kanadığını da biliyoruz. Yerimizdeyiz.

Yemin ederim davaya imanım arttı. Haber verilmişti bu
imtihanlar. Adanmış ruhlar, mefkûreye sâdık kalsın yeter. Zi-
ra *"Bir kapı bend ederse, bin kapı eyler küşâd / Hazreti Allah,
efendi, müfettihu'l-ebvâbdır."* (Şemsî)

İnanıyoruz ya Rabb! Seleflerimiz yola çıktıklarında hiz-
met alanları ayaklarını bastıkları yer kadardı. Ya sonra. Tek-
rarı hayal değil.

Belki kalbim çoklarınkinden daha kırık. Çünkü kırılma-
ması gereken kalblerin kırıldığına da şahit oluyorum fakat
mefkûre insanı için başka yol yoktur. Hırçınlık kimseye bir
şey kazandırmaz. Nefret ekip muhabbet biçemezsiniz.

Bir siyasi hareketi bütünüyle tecrim etmemeye ve kırıl-
sak da münsif dostlarımızı kırmamaya özen göstermeliyiz.

İnkisâr yaşasak da hislerimizi nezaket içinde ifadeyle beraber Hacet namazı ve salât-ı tefriciyeyi sürdürmeliyiz.

Her sıkıntı bir kolaylığa gebedir ama haml müddetine sabretmek gerekir. İmam Sühreverdî'ye isnad edilen söz ne güzeldir: *"Karar kararabildiğin kadar! Karar ki karanlığın açılması, en çok koyulaştığı zaman başlar."*

Herkesi ve Her Şeyi Çiziyorlar

21 Kasım 2013

Maalesef bazıları problemin özünü örtüyor; cürm-ü meşhudla mağdur olmuşların iniltisini bile çok görüyorlar. "Karşı taraf" oldukya bir kere; artık bir kısım insanlar, Hizmet'e yakın kim varsa üstünü çiziyor; haklarında çirkin konuşuyorlar.

Şair Eşref'in tarif ettiği şekilde davranıyorlar:

"Olur olmaz çizerler her kitaptan birtakım yerler,
Edîbim sanma kim yalnız senin dîvânı çizmişler;
Geçende encümen de yok iken hayret bütün heyet,
Arapça bir kitap zannı ile Kur'ân'ı çizmişler!"

Ne ki aslına bakmadan kim kimi ve neyi çizerse çizsin; adanmışların katiyen şahıslarla alıp veremediği olamaz. Kur'ân talebesi asla şahısları hedef almaz; daima sıfatları ya da fiilleri konu edinir. Mü'min, fertlere düşman olmaz; güzel vasıf ve amelleri alkışlar, çirkin sıfat ve fiilleri zemmeder.

Muhterem Hocamız dün akşam ve az önce iki ayrı mekânda iki Kur'ân tefeülü yaptı. Hayret ikisinde de şu mealdeki ayet çıktı: *"(Mü'minler) hem sözün hoş olanına eriştirilmişler hem de çok hamdedilen Allah'ın yoluna iletilmişlerdir."* (Hac, 22/24) Evet, biz onu dilemeli, hep o talep peşinde olmalıyız;

güzel üsluptan ve istikametten ayrılmamalıyız. Şefkatin bir gereği de dostların büyük vebale girmemeleri için elden gelen her şeyi yapmaktır. Öyleyse sürekli Allah'a el açmaya sonra da derdimizi nezaketle herkese anlatmaya devam etmeliyiz.

İş bir oldu-bittiye getirilmek istense bile "hukuk devleti" olduğuna inandığımız bir ülkemiz var. Evvela yanlıştan dönülmesi için ciddi gayret edilir; bu gerçekleşmezse bütün kanunî yollara başvurulur. Tabii ki atılan her adımda ve söylenen her sözde bu işin bir âhiretinin olduğu da akıldan çıkarılmamalıdır.

Duyguları yumuşakça ifade, aktif sabır ve hakta sebat her zaman ferec ve mahrec vesilesidir.

***

Onca problem ve kedere rağmen, muhterem Hocamız bugün de tefsir ve fıkıh derslerine devam etti; gündeme hiç girmeden Kur'ân ayetlerini anlattı ve hâliyle *"Hiç durmadan yürüyeceksiniz."* dedi.

Kardeşiz; Hizmetimize Dokunma!

---

22 Kasım 2013

Siyasete gönül vermiş bir kardeşimi gördüm rüyamda; uzaktan bakıyordu, mahcup ve boynu bükük bekliyordu.

"Gel buraya!" dedim, yürüdüm tebessümle, koştu güleryüzle; birden sarıldı, ağlamaya başladı.

Beraberce ağladık hıçkırıklarla; bunun manası açık: Kardeştik, kardeş kalacağız.

Uyandığımda bir hüzün vardı yüreğimde; gönlümü yokladım, kardeşçe kucaklaşmaya can atıyordum.

Ne ki bu uhuvvet özlemi, hataları üslubunca dile getirmeye mani değil, bilakis hayırhahlığı gerektiriyor.

O sırada telefonuma baktım; bir "vekil" arkadaşımın aramış olduğunu gördüm.

Geri aradım; ağlamaklı bir ses, hüznünü ve çaresizliğini anlatıyor, "Ne yapayım?" diyordu.

"Milletin temsilcisi sizsiniz, elbet halkın nabzını ölçersiniz; toplumun sesine kulak veriniz!" dedim; hürmetlerimi arz ettim.

Arkadaşım da olsa o milletin vekiliydi; kabalık olmayacağına karar verebilsem şöyle diyecektim:

"Bu haksızlığı savunanlar hatta sessiz kalanlar ileride çok hicap duyacaklar. Yanlışa karşı duranlar ise hem hakperestlik yapmış hem de itibarlarını korumuş olacaklar!"

Ak düşünceli bildiğimiz dostlarımız "kara propaganda" yaptığımızı iddia ederek ayrı bir vebale giriyorlar.

Defalarca belirtildiği hâlde, "tiran" şayiası ve "firavun" teşbihi ile bu büyük yanlışı örtmeye uğraşıyorlar.

Şunu ifade etmeliyim ki dile dolanan bazı sohbetleri bilgi dâhilinde ve istişareyle biz yayınladık. Fakat sözlerin muhatabı olarak önce kendimizi gördük; hiçbir şahsı hedeflemedik ve kimseyi itham etmedik.

Ömer bin Abdülaziz hazretleri, kâfirlerle alâkalı ayetleri bile mü'minlerin kendi üzerlerine almaları lazım geldiğini söyler. Çünkü mesela bir defa yalan söyleyen, münafık olmaz ama kezib (yalan) her zaman bir nifak sıfatıdır. Ayet ve hadisler, bu sıfatları kâfir ve münafık üzerinden anlatırken mü'mine "Bunlardan sakının!" der.

Muhterem Hocamızın teşbihleri de "*İstişare etmezseniz, ben yaptım derseniz, dediğim dedikte ısrar gösterirseniz, bu size yaraşmaz; bunlar ancak Firavun'a yakışan sıfatlardır.*" mesajı veriyordu.

Dahası Hocamız bazı Avrupa münkirlerinin, kimi Asya münafıklarının ve dağ şerirlerinin de bu hizmetin karşısında olduğunu söylüyor sonra da "*Firavunlar, Karunlar, Sâmirîler karşınızdaysa, doğru yoldasınız demektir.*" buyuruyordu.

Hadi Firavun'u birilerine yakıştırıyorsunuz, Karun kim, Sâmirî nerede Allah aşkına!

Allah şahit ki muhterem Hocamız defalarca şöyle dedi:

"*Hayatımda hiçbir zaman hiçbir mü'mine "tiran" ya da "Firavun" demedim fakat şunu dedim: Bazen korkunç servet, insanı Karun gibi tiranlaştırabilir. Bazen güç, kast sistemine göre kavmini hafife alan ve onları kapı kulları gören Firavun misillü despotlaştırabilir. Şayet böyle demişsem, birisi de 'Yahu bu numara/drop falana göre söylenmiş gibi.' der ve çeker onu kendine göre uydurursa, o kimse marka hırsızlığı yapıyor demektir. Cenâb-ı Hak onları da ıslah eylesin, bizi de ıslah eylesin!"*

Madem bugün rüya ve yakaza ile başladık, yine bir müşahede ile noktalayalım:

Sabah yanına girdiğimizde muhterem Hocamızın gözleri yine nemliydi. Zira telefondaki kıymetli insan bazı "mübeşşirât"tan bahsediyordu. Âhirzaman müşahedelerine "mübeşşirât" diyen Sâdık u Masdûk'un şöyle buyurduğunu anlatıyordu: "Siz hizmetinizi/hareketinizi katlamaya bakın!"

Hâsılı ne kara propaganda ne hakaret ne meydan okuma ve ne de gücü abartma! Basit bir şey söylüyoruz: "Hizmetimize dokunma!"

Nöronlara otağını kurup rical-i devleti yanlış bilgilendiren ve operasyona soyunan kimselere karşı nazikçe bunu söylemeye devam edeceğiz.

Ayıp olmasa, "Ayıp oluyor!" diyeceğim

23 Kasım 2013

Evvela, milyonların hukukunu barındıran mevzularda "sözcü" gibi görünmekten Allah'a sığınıyor; maksadı aşan bir ifadeyle arkadaşlarımı mahcup etme ihtimaliyle titriyorum.

Hazreti Ömer Efendimiz'e isnad edilen *"Çok konuşanın hata ve sürçmeleri (sakatâtı) çok olur."* sözü hep zihnimde.

Dahası hak ve hakikatlere gücümün yettiğince tercüman olayım derken "cedel" insanı kesilmekten de endişe duyuyorum.

Zira cedel çok şeni' bir iştir; ona sarılanlar, ilzam edilseler de hep o devrilmiş düşüncelerini ikame etmeye çalışır; karşı tarafın (!) beyanlarına, mütalaalarına asla hakk-ı hayat tanımaz ve hep bir fanatik gibi davranırlar. Problemin çözümüne katkıda bulunmaktan daha ziyade, bütün himmetlerini diğer insanların konuşmalarından süzüp elde ettikleri mülâhazalarla ortaya farklı kombinezonlar koyup kendilerini ifade etmeye, güya maharet göstermeye ve böylece birilerinden alkış toplamaya sarf ederler.

Mârûf-i Kerhî Hazretleri der ki: *"Cenâb-ı Hak bir kul hakkında hayır murad ettiğinde onun için amel kapısını açar ve cedel kapısını kapatır; şer murad ettiğinde ise amel kapısını kapatır ve cedel kapısını açar."*

Dilbazlık yapmak suretiyle ve kelime oyunlarıyla bâtılı hak gösterme gayreti ve hakikatleri ters yüz etme cehdi olan cedelden de Allah'a sığınıyorum.

Hem bu endişelerle hem de her şeyi Cenâb-ı Hakk'ın görüp bildiği inancıyla çirkin sözlerin hâsıl ettiği hissiyatımı kalbime gömmek ve özellikle şahsî ithamlarda "sükût" hikmetine sarılmak istiyorum.

Ne var ki zaman sükût vakti değil; bugün sessiz duranların yarın çok utanacaklarına inanıyorum.

Ayrıca bir mü'minin mazarratı def ve menfaatleri celb etme hususlarında konuşması bir vecibe olduğundan bugün de bir iki hususu arz etmek diliyorum.

Kardeş internet sayfalarının çok daha güzel hizmetlerde bulunduğuna inanmakla beraber, muhterem Hocamıza mekânî yakınlığın hakkını verebilmek için biz de gayret gösteriyoruz. Bu niyetle 13 senedir Herkul sitesi vasıtasıyla hakikatlere tercüman olmaya çalışıyoruz.

Şimdiye kadar hep müstear isimlerle ya da Herkul adıyla yazıp çizdik fakat "Eğitime Darbe Planı" haberlerinden sonra, Akit Gazetesi "Darbeciye Okul Erdoğan'a Öfke" manşetiyle büyük bir haksızlık yapınca, hadisenin şahidi olarak ilk defa kendi hesabımdan bir açıklama yapma ihtiyacı hâsıl oldu.

Tavzihin akabinde yaptıkları haberden dolayı özür dilemeleri gereken arkadaşlarımız hiçbir şey yokmuş gibi konuyu saptırıp "firavun" teşbihine sarıldılar. O meselenin de aslı ortaya çıkınca bu defa iki gündür şahsımı ve Herkul sitesini hedef alan yazılar yazıyorlar. Herkul adını dillerine dolayıp akla zarar komplolar ima ediyor ve bir mü'mine yakışmayacak suizanlara sebebiyet veriyorlar.

İnternet sayfamızın ismini soran hemen herkese e-maillerle cevaplar verdik; zaman zaman açıklama metinleri de yayınladık. Zahmet edip internette arasalar ya da bir e-mail gönderseler cevaplarını alabilirlerdi. Defalarca yayınladığımız açıklama metnini genişletip neşretmeyi de düşündüm fakat belli ki maksat hakikati öğrenmek ve üzüm yemek değil, meselelerin yörüngesini değiştirmek ve bağcıyı dövmek.

Allah aşkına "eğitime darbe planı" ve "dershaneleri kapatma taslağı" ile Herkul isminin ne alâkası var da onu gündem yapıyorlar?

Büyüklerimin *"Hizmetin ruhuna karşı saldırılarda makul tavzihlerde bulunulabilir ama herkese laf yetiştirmeye bakmamalı. Arkadaşlar böyle karalamalara cevap vermekle meşgul olmasınlar; herkes karakterinin gereğini yerine getirir. Bir de öteye, verici değil alıcı olarak gitmek lazım; burada haklarımızı helal ederiz ama ötede darda kalınca ne yaparız belli değil!"* sözüne uyarak itham ve imalara mukabele etmeyeceğim.

Sadece şu hususu bir kere daha tavzih etmek isterim: Muhterem Hocaefendi'nin rical-i devlete mesaj göndermesi ne bir-iki aracıyla sınırlı kaldı ne de dershaneleri kapatma taslağı suçüstü edilince gerçekleşti. Meselenin bir problem hâline gelmemesi için ciddi gayret gösterildi, çok çile çekildi ve her yola başvuruldu. O teklifin son hadiseler ve baskılar üzerine yapılmış gibi gösterilmesi de bir çarpıtmadan ibarettir. Zaten -zannediyorum- bu vakitten sonra hiç kimsenin hiçbir müesseseyi teklif etme gibi bir fikri ve niyeti de kalmamıştır çünkü bu konuda da maksadın üzüm yemek olmadığı artık âşikardır.

Hâsılı, mü'min asla kin, nefret ve öfkeyle hareket etmemeli; tartışmaların en hararetli noktalarında bile olabildiğine saygılı davranmalı; kat'iyen kimseyi hafife almamalı ve hep İslâmî bir müsamaha sergilemeli. Üç beş günlük bir dünya için baş yarmamalı, göz çıkarmamalı, kem söz söylememeli ve gönül kırmamalı.

Hayır, hep böyle hareket ettiğim/ettiğimiz iddiasında değilim. Allah'tan böyle davranabilmeyi diliyorum.

Ve bu ölçülere bağlı kalmak suretiyle daha bir süre, sükût altınına nazaran gümüş değerinde de olsa, "söz" cevherine sarılmak gerektiğini düşünüyorum.

Dördüncü Bölüm

HİZMET'İ BİTİRME KARARI VE DİLEK KAPISI

Bu Bir Kâbus Olsa Gerek!..

24 Kasım 2013

L ise yıllarımda kimi zaman ayakkabı boyacılığı yapar kimi zaman da bir parkta çay satar, dar gelirli sınıfından sayılan aileme destek olmaya çalışırdım.

Bir gün elimdeki çay tepsisini bir yere mi çarptım fazla mı salladım bilemiyorum, bir bardağı düşürüp kırmıştım. Çay ocağının ustası öyle sert bakmıştı ki yüzüme, adeta yerin dibine sokmuştu beni onun nazarları. Sonra azar işitecek olmuştum ki mahcup bir sesle "Ben en fazla bir bardak kırdım, sen ise kalbimi yaraladın; bari onu parçalama be ustam!" dedim.

Senelerdir Türkiye'den uzaktayım; "usta" sözünün şimdilerde nasıl algılandığını, zemm mi yoksa medih mi kabul edildiğini iyi bilmiyorum. Şayet kaba düşmeyeceğine inansaydım bugünlerde de aynı sözü tekrar ederdim: "Kalblerimizi kırdın, bari paramparça etme be usta!"

Nasıl demezsin ki! Sevdiğin, kendisi için dua dua yalvardığın, televizyonda gördüğünde ağabeyini görmüş gibi inşirah duyduğun bir insan, sizin hakkınızda "para tatlı, kara propaganda, rantçı, komplocu, karşı taraf, nankör, paralel idare, kokutucu ve muhalefetin yemi..." gibi bir sürü hakaret sıralıyor. Bir kere olsa, dil sürçmesi deyip sineye gömeceksin ama damara basmak istenircesine tekrar edilen kelimeler/cümleler duyuyorsun.

Bu ithamların hepsine verilecek cevaplar vardır ve sözlerin muhatapları uygun zaman ve zeminlerde bazı hususları ifade ederler. Müsaadenizle iki mevzuya dair işarette bulunacağım.

Bazıları ısrarla, dış güçler tarafından sahneye sürülen "Erdoğan'sız bir AKP" senaryosundan bahsediyor; dahası, bir çirkin komplo teorisiyle, kendisini ülkeye, millete ve insanlığa adamış ruhları da oyunun bir parçası olarak anlatıyorlar. Şayet böyle bir komployu seslendirenler Allah'a ve ahirete inanmayan kimselerse, onlar hakkında doğrudan "müfteri"nin kendine yakışanı yaptığını söyleyeceğim; fakat mü'minler de aynı hezeyanları seslendiriyorlarsa, "Allah aşkına gayr-ı vaki bir hadiseyi hakikatmiş gibi sunup günaha girmeyin!" diyeceğim.

Hatta yetiştiğim ocak üslubunca caiz olsaydı; "Şayet biz öyle bir kirli oyunun içindeysek, Allah bizi helak etsin fakat birileri o iftiralarla asıl meseleyi gizliyorlarsa, Allah onları kahreylesin." der ve sizin de "âmin"lerle iştirakinizi isterdim.

Bu Hizmet'e gönül vermiş insanlar hiçbir zaman doğrudan bir siyasi hareketin yanında yer almamışlardır; ülkeye ve millete faydalı gördükleri kimseleri desteklemekten ve onlara oy vermekten de geri durmamışlardır. Sayın Başbakana karşı bir tavrımızın olması söz konusu değildir; bizim duruşumuz, yanlış gördüğümüz bazı hususları hatırlatmak ve toplumun sesine kulak verilmesini istemekten ibarettir.

Şu katiyen bilinmelidir ki Kitap ve Sünnet'e uygun olmayan hiçbir hareketin ve meselenin içinde bulunmamız mümkün değildir. Aynı zamanda, Kitap ve Sünnet'in hak dediği mevzularda da taviz vermemiz beklenmemelidir.

Diğer taraftan "Ne istediler de yapmadık?" deniliyor.

Riyâset, bir ihsan ve ikram makamı değil bir hizmet vasıtasıdır. Halkın haklı ve makul taleplerini karşılamak idarecilerin boynunun borcudur. Hukuka aykırı olmamak veya özel bir muamele gerektirmemek şartıyla hiçbir ayırım gözetilmeden mümkünse her vatandaşın isteğini yerine getirmek idarecilerin sorumluluğudur. Hizmet erlerinin hiçbir zaman hiç kimseden kanunlara aykırı veya imtiyaz ifade eden bir talepleri olmamıştır/olmayacaktır.

Keşke yaşadıklarımız bir kâbus olsa ve keşke tez vakitte bu ölüm uykusundan uyanabilsek!

Heyhat, geceler boyunca kendisi için hâcet namazları kıldığımız, uğruna olmadık hakaretlere uğradığımız ve sadece bir oy katkıda bulunmak için bile saatlerce uçak seyahatine katlandığımız bir insan ve bir siyasi hareket bugün bizi "karşı taraf" kabul ediyor; dahası çirkin bir komplonun parçası görüyor. (Allah şahit ki bunları başa kakmak için değil, nabzımızın atışını beyan kasdıyla söylüyorum.)

Hayır, vallahi de billahi de tallahi de biz yerimizde duruyoruz; süratli bir arabaya binmiş hızla uzaklaşan biri varsa, o da ihtimal yanlış bilgilendirilen Sayın Başbakan ve kılcallara nüfuz etmiş virüsler tarafından kalbi bozulan suizanlı insanlardır.

Başka günahlarımız vardır fakat bu mevzudaki en büyük kusurumuz ancak Hazreti Üstad'ın, *"Gayrimeşru bir muhabbetin neticesi, merhametsiz azap çekmektir."* kaidesiyle açıklanabilir. Biz Başbakanımızı Osman Gazilerin, Sultan Fatihlerin, Yavuz Selimlerin çizgisinde mütalaa ettik; ilk defa bir siyasi hareket hakkında "ille de onlar" dedik. Şimdi bu insanlardan şefkat tokadı bile değil, öyle nikmet şamarları (içinde hiç merhamet bulunmayan hiddet ve kahır silleleri) yiyoruz ki bir yönüyle dünyaya geldiğimize de geleceğimize de bin pişman hâldeyiz.

Her şeye rağmen, biz okul, dershane, okuma salonu gibi müesseseleri doğru, faydalı ve gerekli görüyoruz; onların tek bir şubesinin tek bir taşına dokundurmama noktasında kararlıyız. Bu niyetimizin tahakkuku için elimizden gelen her meşru vesileyi değerlendirecek; illa bunlardan biri ya da birkaçı kapatılacak olursa, bu dünyada bütün hukuki yollara başvuracak ve ahirette mahkeme-i kübrada davacı olacağız.

Şayet murat gerçekten eğitim reformu ise o ancak toplumun talepleri doğrultusunda ve istişare neticesinde yapılır. Yok, birilerine diz çöktürmek ve boyun eğdirmek isteniyorsa, bilinmelidir ki:

Biz hakkaniyet ve makuliyete biat ettik, nefsaniyet ve enaniyete boyun eğmeyeceğiz. Mü'min üslubundan ayrılmamak kaydıyla doğru bildiğimizi desteklemeye devam edeceğiz.

Muktedirleri Telaşlandıran Tepki ve Medya Lejyonerleri

25 Kasım 2013

Yerinde arz edildiği üzere, problemin kökü eskiydi ve Hizmet'e saldırının farklı sebepleri vardı. Aslında hükûmetin dershaneleri kapatma hamlesi bardağı taşıran son damla olmuş; böylece o güne kadar kamuoyuna yansımayan ama uzun süredir devam etmekte olan Câmia'ya karşı mühendislik işgüzarlığı açığa çıkmıştı.

Yıllanmış ve Birikmiş Dertler

Senelerdir dost darbeleri yiyen ama mukabele etmek bir yana, gam bile izhar eylemeyen Hizmet gönüllüleri dershane konusuyla işin ciddiyetini anlamış; hep beraber ve tiz perdeden haksızlığa itiraz etmişlerdi. İktidar çevresi ve partililer, ilk defa Camia'dan hiç beklemedikleri bir tepki görmüş; tamamen kanunlar çerçevesinde ama oldukça etkili müdafaa karşısında şaşkınlık yaşamışlardı. Bu şaşkınlığın belki de en önemli sebebi, o zamana kadar Camia'nın olup biten her şeyi sineye atması ve başta partililer olmak üzere halkın çoğunluğunun Hizmet'e karşı yapılan haksızlıkların farkında olmayışıydı.

Hâlbuki kaç yıldır cemaatlerin ayrıştırılması, bir kısmının iktidarın saflarına çekilmesi ve tabii Camia'nın da parçalanması için uğraşılmıştı. Bölme stratejisi başarısız olunca, bu defa itibarsızlaştırma ve Hizmet'i kamu nezdinde haddi bildirilmesi gereken bir yapı gibi gösterme hamlesine geçilmişti. MİT krizinden Böcek hadisesine kadar bir dizi mizansen bu gayeye matuf kullanılmıştı. Hatta Ergenekon, Balyoz ve Şike davaları her safhasında bir şekilde Cemaat'in karalanması için bahane kılınmıştı. Öcü gibi gösterme tuzağı tutunca Camia'yla az çok irtibatı tesbit edilenlerin tasfiyesine *(Bu tür hâller için "tasfiye" kelimesini kullanmayı hiç sevmiyor ve tasvip etmiyorum; tasfiye, temizleme ve arıtma demektir; oysa görevinden edilen insanların pek çoğu zaten temiz insanlardı; aksine, yapılanlar devletin ve kurumların kirlenmesine sebebiyet verdi. Dolayısıyla da icra edilenlere en güzel isim "kıyım" olsa gerek!)* başlanmıştı. Hatta Hizmet'e yakın bir sendika, iktidar tarafından siyasallaşmaya/partileşmeye zemin gibi görüldüğünden hemen kapattırılmıştı. Dahası Türkiye'nin tanıtılmasına ve dünya ticaret köprüleri kurulmasına büyük katkıları olan TUSKON (Türkiye İşadamları ve Sanayiciler Konfederasyonu) kara listeye yazılmıştı. Bunlarla da kalmamıştı; gerekirse Camia'nın terör örgütü kapsamına alınıp yurt dışındaki müesseselerinin ilgili devletlere ihbar edileceği tehditleri duyulur olmuştu.

Fethullah Gülen Hocaefendi ve Hizmet gönüllülerinin bir kısmı, yıllardır devam etmekte olan bu zulmü çok iyi biliyorlardı. Ne var ki ülkemizin sulh ve sükûnete ihtiyaç duyduğunu düşünüyor; demokrasi yokuşunu aşabilmek için her şeye rağmen birlik olmak gerektiğine inanıyor; yakın durmak sayesinde ehl-i hasedin çirkin duygularının dizginlenebileceğini umuyor; ihsanda bulunmaya devam etmek suretiyle politikacıların şerlerinden emin kalmaya çalışıyorlardı.

Referandumda ve son seçimde Camia'nın partililer gibi, belki de daha fazla çalışmış olmasının arkasında -daha özgür bir Türkiye talebinin yanı sıra- buna benzer gerekçeler vardı fakat hiçbir tedbir haset, kin ve tenkil (kökten kazıyıp ortadan kaldırma) düşüncesinin azmanlaşmasına engel olamamıştı.

Aç Kurdun İştahı

İşte dershaneler meselesi böylesine uzayıp birikmiş problemler zincirinin son halkasıydı. Bu hamle, adeta Hizmet gönüllülerinin sulh ümitlerini tüketmiş; bitirilmek istendiklerine dair kanaatlerini pekiştirmiş; muktedirlerin zulümden vazgeçmeyecekleri yönündeki tahminlerini kuvvetlendirmişti. Artık Hazreti Üstad'ın *"Aç canavara karşı tahabbüb, merhametini değil, iştihasını açar. Hem de diş ve tırnağının kirasını da ister."* sözüyle ne demek istediğini daha açık görmüşlerdi. Nihayet kadın erkek, yaşlı genç bütün fertleriyle her platformda hukuksuzlukları anlatmaya ve demokratik haklarını seslendirmeye karar vermişlerdi.

Muktedirler her zamanki gibi bir hazım ve içe atma beklerken, birden ve çok güçlü yükselen ses karşısında çok rahatsız olmuş, ziyadesiyle bocalamış ve telaşa kapılmışlardı. Sırf Erdoğan ve has ekibi "kapanacak" dediği için alınan dershane kararı o kadar temelsizdi ki her gün birkaç kez değiştirdikleri taslaklarını müdafaadan aciz kalmışlardı. Sorulara tutarlı cevaplar veremiyor, kapatmanın hikmetini anlatamıyor ve hele onlarca problemi bulunan bir eğitim sisteminde genel ıslah yapılmadan büyük bir boşluğu dolduran dershanelere kilit vurmanın mantığını izah edemiyorlardı. Meselenin bir garaza dayandığı gün gibi aşikârdı.

Acilen manipülasyona başvurmak ve konuyu minder dışına taşımak zorundaydılar. Önce, tamamen meşru bir hak savunması olan yazıları, konuşmaları, toplantıları bir kalkışma ve meydan okuma olarak sundular. Hemen akabinde "örgüt" ve paralel devlet" bühtanını devreye soktular. Medyadaki lejyonerlerinin de desteğiyle amansız bir saldırıya koyuldular.

Artık muktedirlerin aleyhine sayılabilecek her cümle hücum sebebiydi. Kendilerini desteklemeyenlere karşı atış serbestti. Terör yandaşları tarafından ellerine sapan ve taş verilip göstericilerin en önüne sürülen, birer siper olarak kullanılan ve tacizci hâline getirilen çocuklar gibi, partililer de genel medyadaki paralı kalemlerinin/mikrofonlarının yanı sıra, önce yedi bin kişiden oluşan daha sonra birkaç bin kişilik takviyeyle genişletilen bir grubu sosyal medya cephesine sürmüşlerdi. Bunlar, vicdanın sesi sayılabilecek her açıklamayı anında gürültüye boğmaya çalışıyor; kendilerine uymayan her sözü çarpıtıp alay ve tahkir mevzuu yapıyor; sürekli hakaret yağdırarak moralleri bozmaya ve bitip tükenmez tehditlerle akl-ı selim sahiplerini yıldırmaya çabalıyorlardı.

Bir Provokatörün Hücumu

Günlük notlarımı sosyal medya üzerinden paylaşmaya başladığım andan itibaren ben de açık ve birincil hedefler arasına dâhil olmuştum.

Şahsen tanımadığım ama medyada "provokatör" olarak nam saldığını duyduğum biri, bir televizyon programında itham ve iftiralarda bulunmuş. Bir sürü hezeyandan başka, yazdığım son mesajlarla "halkı galeyana getirmeye ve sokağa dökmeye" çalıştığımı iddia etmiş. Mesajlarımın hangi cümlesinden böyle bir sonuca vardı bilemiyorum; "tahrik" ve "çarpıtma" böyle bir şey demek ki!

Biz "*Sokakta mesele halledilmez. Bir gün, bir sokağın başında beni öldürseler bile cesedimi hemen bir kenara atıp hizmete yürümezseniz ve hep 'müspet hareket' yolunda bulunmazsanız, size hakkımı helal etmem!"* diyen bir insanın ahdiyle/sulh çizgisiyle büyüdük. Sokak, kavga, polemik, cedel ve hele tahrik yoktur bizim mesleğimizde.

Kim ne derse desin, doğruları nakletmekten dûr olmayacağım. Kılcalları tutup rical-i devleti yanlış bilgilendiren, yönlendiren, kışkırtan ve Hizmet'e karşı operasyona zemin hazırlayan kimselerin tehditlerine aldırmayacağım.

Ya Rabbenâ! Kalblerimizi ıslah eyle; bizi doğrulara yönlendir; sıdk u sadâkatte sabit kıl!

Ya Müfettiha'l-Ebvâb!

26 Kasım 2013

Cenâb-ı Hak dilerse, en büyük problemleri bir anda çözüme kavuşturur; O'nun meşieti taalluk etmeyince ise en küçük meseleler korkunç hadiselere gebe olur. Bu itibarla sebepleri yerine getirmekle beraber Allah Teâlâ'ya çok ciddi teveccühte bulunmalıyız.

Keşke yerken içerken, otururken kalkarken, sürekli şu cümleyi tekrarlasak ya da onun ihtiva ettiği mülahazalarla dolsak:

يَا مُفَتِّحَ الْاَبْوَبِ اِفْتَحْ لَنَا خَيْرَ الْبَابِ

"Ey en açılmaz kapıları açtıran, en sarp yokuşları aştıran Rabbimiz! Bize de hayırlı kapılar aç, problemlerimizin halli için ferec ve mahreç nasip eyle."

Kalblerin salahı için çok dua etmek lazım. Hepimiz beşeriz, yanılırız, sürçeriz hatta doğruyu ortaya koyarken bile üslup hatası yapmış olabiliriz. Başkaları da yanlışlıklar yapmışlardır/yapabilirler. Hepsini nazar-ı itibara alarak, "Allah'ım! Bizim gönüllerimizi ve bütün inananların kalblerini ıslah eyle; yanlış iş yaptırma hiçbirimize." diye dua etmeliyiz. Bilhassa hâcet namazlarında ısrarla Allah'tan bunu istemeliyiz.

Hadiseler çok sağa sola çekiliyor. Bazı kimseler her tavırdan farklı anlamlar çıkarabiliyorlar. Mesela sen elini kaldırıp gelen bir sineği defetmeye çalışıyorsun; "Bu bize kışşş dedi." manasına çekiyorlar. Bu türlü polemiklere katılmamak, çok temkinli olmak; kalb, akıl, fikir ve ruh salahı için Cenâb-ı Hakk'a hep duada bulunmak lazım.

En can alıcı hasmınız bile olsa, ölmeniz için dua etse, siz onun iman dairesi içinde bulunup öbür tarafa göçerken mü'min olarak yürümesini dilemeli; "Allahım, Firdevs'te bizi beraber eyle!" diye dua etmelisiniz. En fazla, "Kâbil-i ıslah değilse, murad-ı ilâhî onları ıslah etme istikametinde bulunmuyorsa, Allah'ım, onu Sen bilirsin, Sana havale ediyoruz!" diyebilirsiniz. Ne var ki esas yörüngeye oturtmamız gereken husus, hayır adına yapılan dualardır ki Sahib-i Şeriat şöyle buyuruyor: *"Dua, bedduadan daha çabuk kabule karîn olur."*

Hâsılı, doğruları doğru olarak anlatmayıp meydanı ehl-i nifaka bırakmak da vebaldir. Ne var ki esbaba riayet niyetiyle doğrulara tercüman olunurken ıslah düşüncesinden de asla uzaklaşmamak lazımdır. Öyleyse sürekli Allah'a el açmaya ve sonra da derdimizi nezaketle herkese anlatmaya devam etmek gerekmektedir.

Bugünkü notlarımı, yukarıda metnini ve mealini zikrettiğim dua ile ilgili bir hac hatırasıyla noktalayayım:

Bir gün, Mescid-i Haram'a gidecektik. Yaya gitseydik belki 40 dakikada varabilirdik. Trafik tıkalı olduğundan gönlümüz yürümekten yanaydı fakat hiçbir hayırlı işte bizden ayrılmak istemeyen ama bacaklarındaki rahatsızlıktan dolayı yürümekte zorlanan bir ablamız "Ne olur, beni bırakmayın fakat ben yürüyerek gidemem!" deyince trafiğe takılmayı da göze alarak bir minibüse bindik.

Akşam namazına 50 dakika kadar kalmıştı ve niyetimiz Mescid-i Haram'daki cemaate yetişmekti. Ancak trafik her zamankinden daha çok sıkışıktı ve arabamız 500 metrelik yolu yarım saatte kat edememişti. O esnada arkadaşlarla Mekke'de duaların geri çevrilmediği konusunu konuşuyorduk. Bir aralık "Allah'ım, bizi namaza yetiştir, diye dua edelim ama bu nasıl olacak? Ancak bir vinç ya da uçak olmalı ki o kadar şerit arasında bizim şeritten bizim arabamızı kaldırıp alsın ve Mescid'in yanına bıraksın." dedim. Arkadaşlar da benzer şeyler söylediler.

Lakin madem Allah'ın kudretine inanıyoruz; hep beraber (yukarıdaki duadan mülhem) *"Ya müfettiha'l-Ebvâb iftah lena tarîkanâ - Ey olmadık kapıları açan Rabbimiz, bize de yolumuzu aç!"* demeye başladık. O esnada, ayaklarından rahatsız olan ablamız da arkada dert yanıyor, özür diliyor "Benim yüzümden cemaati kaçıracaklar, Allah'ım, yardım et!" diyordu. Biz bu dualar eşliğinde santim santim ilerlerken, önümüzde polis barikatı ve kontrolü olduğunu gördük. Şoförümüzü birden derin bir telaş sardı. Aniden bize döndü ve "Polisler sorarlarsa, 'Aileyiz' diyeceğim, siz de sesinizi çıkarmayın..." dedi.

Meğer şoför kaçak çalışıyormuş ve yakalanırsa hapse atılacak, arabasına da el konulacakmış. Arabamız barikata yaklaştıkça şoförün elleri titremeye başladı. Rengi iyice kaçmıştı. Polislerden biri bize "Geçin" diye işaret etti fakat işaret edip gösterdiği yön yaya tüneliydi ve tünelde tek bir aracın gitmesine bile izin verilmiyordu. Şoför bir an tereddüt geçirince polis tekrar tünele doğru işaret etti. Cenâb-ı Hak, polislere bizim arabayı ambulans gibi farklı bir mahiyette mi göstermişti; neden yüzlerce araba dururken bizimkini tünele yönlendirmişti, anlamak mümkün değildi. Üçüncüde düdük eşliğinde bir kere daha "Geçin" işaretini alınca şoför tünele doğru sürmeye başladı. Her taraf yürüyerek giden insanlarla doluydu. Sadece bir araba vardı tünelde, o da bizimki. Tünelin trafiğe açılmış olabileceğini düşünerek hep beraber arkaya baksak da başka bir

araç göremiyorduk. Bizim araba tünelde tek başına hızla iler-
lerken şoför çığlık çığlığaydı, "Bizimkinden başka araba yok,
bakın bakın bizimkinden başka araba yok!"

Gerçekten de öyleydi, Kâbe'ye varana kadar ne önümüz-
de, ne arkamızda, ne de yanımızda başka araba yoktu. Şoför
hem hapse atılmaktan kurtulmanın hem de harika bir şekilde
Mescid'e ulaşmanın şevkiyle para istemeyi bile unutacak hâl-
deydi. Bu apaçık bir ikramdı... "Beni bırakmayın!" diyen abla-
mızın yüzüsuyu hürmetine geldiğine inandığımız bir ikram...
Elhamdülillah... Arabadan indiğimizde ezan yeni okunuyor-
du, hemen mescide girmiş, cemaatin birinci rekâtına yetiş-
miştik... Duaların kabul olduğu o yerde hiç olmayacak bir şe-
kilde bizim basit duamıza da kabul mührü vurulmuştu.

Orada yolumuzun açılmasına vesile olan duayı, burada
da belaların defi ve Hak erlerine sürpriz necât kapılarının
açılması dileğiyle tekrar ediyoruz:

يَا مُفَتِّحَ الْاَبْوَبِ اِفْتَحْ لَنَا خَيْرَ الْبَابِ

Hizmet'i Bitirme Kararı 2004
Senesinde Alınmış

29 Kasım 2013

Çok çeşitli kesimlerden "sükûnet" çağrıları alıyoruz; bu dileği seslendirenlerin çoğunun samimiyetine de inanıyoruz. Mü'minlerin uhuvveti için çırpınan ve manzarayı hüzünle seyreden dostların ittihad, sulh ve huzur dileklerine candan katılıyoruz. Şu kadar var ki bize üst perdeden "sükût" çağrısı yapanların bu hâle sebebiyet verenlere de hiç olmazsa kısık sesle "insaf" demeleri gerekmez mi?

Lütfen, Taraf gazetesinin dün sürmanşetten yayınladığı habere bakar mısınız?

Milli Güvenlik Kurulu'nun (MGK), 25 Ağustos 2004 tarihli toplantısında özellikle Hizmet Camiası başta olmak üzere, dini cemaat, vakıf ve derneklerin faaliyetlerinin engellenmesi için bir eylem planı kararlaştırıldığı ortaya çıktı.

Bu eylem planının altında kimlerin imzası var biliyor musunuz?

Dönemin Cumhurbaşkanı Ahmet Necdet Sezer, genelkurmay başkanı ve kuvvet komutanlarından başka, senelerdir *"Hep dik durduk!"* edebiyatı yapan Başbakan Recep Tayyip Erdoğan ve bazı bakanları imzalamışlar 15 maddelik kararı.

Allah aşkına, dost bildiklerinizin sizin idam fermanınızı imzaladıklarını öğrenseniz ne düşünürsünüz? Bu yürek yangını öyle kolay söner mi?

Mü'min hüsnüzanna memurdur ve hususiyle inananlar hakkında her zaman güzel düşünmeye mecburdur. Bundan dolayı biz 2004'te MGK'da alınmış "Hizmeti bitirme kararı"nı imzalayanlar hakkında bile hüsnüzanda bulunmaya çalışıyoruz. "Mutlaka hayır murad etmiş ve o günün şartlarında mecburen böyle bir müdârâta girmişlerdir." demek istiyoruz.

Ne var ki birkaç bakan eskiten "dershaneleri kapatma planı"nın hâlâ uygulanmak istenmesi ve halkın sesine kulak verilmemesi "Demek ki muktedir olmak beklenmiş!" düşüncesini hasıl ediyor zihinlerde.

Kim Kime Tokat Atıyor?

Fethullah Gülen Hocaefendi'nin, mezkûr MGK Kararı ile alâkalı ne diyeceği merak ediliyordu. Muhterem Hocamız, son iki hasbihâlinde bu konuya da değindi. Önce Hizmet Hareketi hakkındaki dedikodulardan rahatsızlığını dile getirdi ve şunu söyledi:

"Bir kısım kimseler, 'Birileriyle müşterek bazı projeler realize ediliyor; Sam amcanın çocuklarıyla, Ham amcanın çocuklarıyla, Tam amcanın çocuklarıyla...' diyorlar. (...) Şayet meseleye basitçe yaklaşmak icap etseydi ve ben de 10-15 yaşımdaki hâlime göre konuşsaydım, şöyle derdim: "Eğer birinin, benim gibilerin, bu türlü iştirakler içinde zerre kadar hissesi varsa, Allah bin defa kahretsin. Yoksa... Öyle diyenler..." Gerisini söylemek istemiyorum çünkü nasıl olsa Allah'a havale edilmiş o işte, şimdiye kadar haksız ilişenler, cezalarını bulmuşlardır; ben 'Allah'ım, sav onların başından o belayı!' diye dua ediyorum."

Hocaefendi, olup biten hadiselerden, yazılıp çizilen sözlerden dolayı çok üzgündü. İnkisârını (Erdoğan'ın *"Cemaat, hükûmete tokat atmak istiyor."* sözüne de imada bulunarak) şu şekilde ifade etti:

"Hazreti Üstad, 'Gayrimeşru bir muhabbetin neticesi, merhametsiz azap çekmektir.' diyor. Birinin o ölçüde sevgiye, takdire, tayine, desteklenmeye hakkı yoksa şayet, siz o mevzuda aşırı gittiğinizden dolayı, Allah, 'Onların hakkı o kadar değildi!' diye sizi tokatlayabilir. Şimdiye kadar hiç kimseye yapmadığımız şeyleri yaptık; gayrimeşru bir muhabbetmiş demek ki merhametsiz azap çekiyoruz. Ben yediğim tokatları bundan biliyorum. Allah tarafından tokat yiyorum, Allah affetsin. (...) Zira kâmet-i kıymetinin üstünde, o ölçüde liyakati olmayan insanlara değer atfetme mevzuu, hakikati alt üst etme demektir. Kader, 'Öyle değil bu mesele; alın siz ağzınızın payını!' dedi ve bize tokat üstüne tokat indirdi. Şamarı bir başkası değil, biz yiyoruz."

Muhterem Hocamız, *"Yoksa siz, daha önce geçmiş ümmetlerin başlarına gelen hâllere maruz kalmadan Cennet'e gireceğinizi mi sandınız? Onlar öyle ezici mihnetlere, öyle zorluklara düçâr oldular, öyle şiddetle sarsıldılar ki Peygamber ile yanındaki mü'minler bile 'Allah'ın vaat ettiği yardım ne zaman yetişecek?' diyecek durumda kaldılar."* (Bakara, 2/214) ayetini hatırlattı. Bir sarrafın, altını ateşe koyup saf hâle getirene kadar erittiği gibi, Cenab-ı Hakk'ın insanı imtihan ateşlerine maruz bıraktığını, bela potalarında erittiğini, kalıptan kalıba sokup şekillendirdiğini ve onun özünü bulup kendisi olmasını sağladığını anlattı. Şu anda karşı karşıya bulunduğumuz imtihanlarla da temizlerle kirlilerin, sâdıklarla yan çizenlerin, ahiret sevdalılarıyla dünya düşkünlerinin birbirinden ayrılacağını belirtti.

Makul ve Meşru Olanda Israr Edilmeli

Hocaefendi daha sonra sözü MGK kararına getirdi. Başbakan'ın -belki de bir sürç-ü lisanla- dershanelerin kapatılması için birkaç bakan değiştirdiğini ve hepsine "Bu işi tamamlayın!" dediğini ikrar etmesi ve o gün alınan kararların bir sonucu olarak bugün bir bitirme operasyonunun yapılması gibi hususlardan dolayı meseleye hüsnüzanla yaklaşmanın zor olduğunu ifade etti. O kararların uygulandığına dair emareler ve toplumda o yönde bir algı bulunduğunu; bu itibarla da "O mesele konjonktüreldi. O günün şartlarını bilmiyoruz ki hadiseyi arka planıyla değerlendirelim!" demenin güçleştiğini dile getirdi. Üzüntüsünü şöyle seslendirdi:

"Yoksa o meseleye nasıl bakardım biliyor musunuz? Hudeybiye Sulhu gibi bakardım. Derdim ki: 'O, problem çıkarmamak, meseleyi bütün bütün negatif hâle getirmemek, fonksiyonu yitirmemek ve bertaraf edilmemek için muvakkaten bir tavizden ibaretti. Zaten daha sonra meselenin üzerine gidilmemek suretiyle, mesele pozitif olarak değerlendirildi.' Bu nazarla bakar, işi hüsnüzanla yumuşatır ve maşerî vicdana da meseleyi öyle duyurmaya çalışırdım fakat şimdi denen, edilen şeylerle şahsen benim kolum, kanadım kırıldığı gibi dilime de bir kilit vuruldu. Görünen o ki o gün öyle dendi, arkadan da ısrarla işin üstünde duruldu; 'Atılan o imzaların hakkını yerine getirin!.' Şayet bir sürç-ü lisan veya bir zuhul değilse, birilerinin dürtüleriyle söylenmiş sözler değilse... Bu, şunu-bunu değil, benim kolumu-kanadımı kırdı. Burada hüsnüzan sistemimi kullanmama mani oluyor."

Muhterem Hocamız, yürünen yolun müzakere, ortak akıl, Kur'ân'ın temel disiplinleri ve Sünnet-i Sahiha ile sık sık test dilmesi lazım geldiğini; şayet eksiği veya yanlışı varsa onu gidermek gerektiğini ve doğru olduğuna inanılan meseleden de asla taviz vermemek icap ettiğini vurguladı. Sözlerini şöyle açtı:

"Bazı dostlarımız sükût çağrısı yapıyorlar. O dostlarımıza 'Siz de şu meselede sussanız ya!' deseniz hemen 'Peygamber Efendimiz 'Haksızlık karşısında susan dilsiz şeytandır.' buyuruyor, derler. Şayet Kitap, Sünnet, İcma-yı Ümmet, Kıyas-ı

Fukaha ve zamanın tefsirini arkanıza alarak bu yolda yürüyorsanız, o hak demektir. Eğer falanın filanın önünüzü kesmesi, şöyle-böyle sizin üzerinize gelmesi karşısında yürüdüğünüz bu hak yoldan dönerseniz, hakka karşı saygısızlık yapmış olursunuz; dolayısıyla Allah'a, Kitap'a, Sünnet'e karşı da saygısızlık yapmış olursunuz. Yaptığınız şeylerde Allah'ın sevmediği, Peygamber'in kabul etmediği/etmeyeceği ve milli değerlerinize ters ne vardır? Üniversite hazırlık kurslarınızda uyuşturucu, sigara, alkol mü kullanılıyordur? Bohemlik mi yapılıyordur? Bunlar yapılıyorsa, ben de öyle derim, 'Kapılarına kilit vurun, çekilin; iyilik yerine kötülük yapıyorsunuz siz!' Eğer bunlar yok da kendi toplum değerlerinize bir yürüyüş varsa şayet bu haktır; bundan dönmek, nâhak bir şey olur. O zaman böyle bir mevzuyu müdafaa etmeyip susmak dilsiz şeytanlıktır."

Doğru istikâmetinde sâbit-kadem olmak, dimdik durmak, taviz vermemek, tabasbusta bulunmamak ve yaltaklık yapmamak gerektiğini önemle ifade eden Hocafendi sohbetini şu cümlelerle hitama erdirdi:

"Doğru ve makul olanda ısrar etmek gerekir. Doğruda ısrar etmemek, bâtıla meyletmek demektir. 'Yıkalım bu okulları.' Bâtıl bu. 'Açılımı durduralım.' Bâtıl bu. Allah hesabını sorar. Sana ait bir şey değil ki emanet bu. Buna karşı alâkasız kalamazsınız; o, hakka karşı alâkasız kalma demektir; müdafaa edeceksiniz bunu, üslubunuzdan taviz vermeden mutlaka müdafaa edeceksiniz."

"Başaklar eğilir, Erdoğan eğilmez."

1 Aralık 2013

Öyle tozlu dumanlı bir atmosfere girdik ki maalesef üzerine leke bulaşmayan ve yüzüne zift çalınmayan kimse kalmıyor. Hemen herkes âvâzı çıktığı kadar bağırıyor; heyhat, başkasının sözlerine kulak veren insaflıları bulmak her gün biraz daha zorlaşıyor.

Tarafgirlik ve taassup, akıl ve vicdanları esir almış adeta. Öyle ki çokları, kendisi gibi düşünmeyenleri daha baştan yokluğa mahkûm ediyor; sözünü bitirmesine bile fırsat vermeden ona cevap yetiştiriyor. Dahası fanatizm çılgınlığıyla, farklı düşünen herkesi aynı kefeye koymak ve onu da hemen çizmek/karalamak sanki moda.

Bir hakikati dile getirmeye çalışıyorsunuz; hemen "Fakat şu niçin böyle dedi?" ya da "Şurada niye şöyle oldu?" itirazları hazır. Bu bir bağnazlık ya da kasdî minderden kaçma değilse ya nedir?

Allah Teâlâ, *"Hiç kimseye bir başkasının günahı yüklenmez!"* buyurmuyor mu? Söylenilene muhalif bir fikri olanın onu edep dairesinde dile getirmesi en tabii hakkıdır. Ne var ki bir insanın beyanını kendisinin de hiç katılmadığı başka çirkin fiiller ve laflarla gürültüye boğmak mü'mine yakışır mı?

Siz belki savaşı keser diye bir çağrı yapıyorsunuz, ifadeleriniz hemen cımbızlanıp yukarıya "meydan okuma" gibi aksettiriliyor. Ağulu aşı bile yağ ile bal edebilecek sözler, savaş naraları gibi naklediliyor.

Allah aşkına, birbirimize kulak vermezsek nasıl anlaşacağız? Her sözün arkasında garaz ararsak nerede buluşacağız?

Hakikatler nasıl da ters yüz ediliyor; inat sebat, sebat da inat gibi gösteriliyor. Hele en âkıl insanların, inadı faziletmiş gibi anlatmaları yok mu?

Hatadan Dönmek Erdemdir

Dün sevdiğim ve duacısı olduğum bir devlet büyüğümüzün sözlerini -acaba yanlış mı anladım diye tekrar tekrar- hüzünle okudum; "*Başaklar eğilir, Tayyip Erdoğan eğilmez.*" ifadesiyle biten cümleler karşısında hayretler içinde kaldım. O güzel insan, hiç farkına varmadan Başbakana "inatçı" diyenleri tasdik etmiş ve onların korosuna katılmış olmuyor mu?

Muhterem ağabeylerim, sevgili kardeşlerim;

Allah, inadı iman hakikatlerine, İslâm esaslarına ve uhrevi hizmetlere sarf edilmek üzere yaratmıştır. İnadın hikmet-i vücudu hakta sebattır. Bir insanın yanlışından dönmesi fazilettir, sevaptır. Neyin yanlış ve neyin doğru olduğunu belirleyecek kıstas ise Kur'ân, Sünnet ve selim akıldır.

Bir kadıncağız, Seyyidina Hazreti Ömer'e mehir miktarıyla ilgili kararının yanlış olduğunu söyleyince, Emîrül-mü'minîn kendi kendine "Ey Ömer! Yaşlı bir kadın kadar bile dinini bilmiyorsun." diyerek sözünü geri almış ve hak karşısında hemen boyun eğmiştir. Doğru karşısında geri adım atmak teslimiyet ve mağlubiyet değil, hakperestlik ve fazilettir. Bu erdemin nasıl bir İslâm ahlâkı olduğuna Resûl-i Ekrem Efendimiz'den dersini almış bütün Hak dostlarının yaşantıları şahittir.

Bu konuda tarafgir bir ruh haletiyle ifadede bulunmadığımı Rabbim biliyor. Muhterem Hocaefendi'nin Kur'ân, Sünnet ve selef-i sâlihînden getirilen deliller karşısındaki duruşuna güvenle ve şimdiye kadarki gördüğüm onlarca misalin verdiği itimatla şunu rahatlıkla söyleyebilirim:

Hocaefendi, hak ve hakikat karşısında başaklar gibi eğilir ve yüz yere sürer. Yeter ki doğruyu belirleyen garaz ve hevâ değil, hak ve Hüda olsun.

Herkesi Fişlemişler

Diğer taraftan, hüsnüzanna memur ve hususiyle inananlar hakkında her zaman güzel düşünmeye mecbur bulunduğumuzu; bundan dolayı 2004-MGK-Hizmet'i bitirme kararını imzalayanlar hakkında da hüsnüzan taşımaya çalıştığımızı; "Mutlaka hayır murad etmiş ve o günün şartlarında mecburen böyle bir müdârâta girmişlerdir!" demek istediğimizi daha önce belirtmiştim.

Fakat ortaya dökülen ve her biri ayrı ayrı yürek burkan belgeler, o imzalanan metnin sadece bir karardan ibaret kalmadığını gösteriyor. Dün kıymetli bir gazeteci duygularını, "Yazıklar olsun! İki çocuğumun da 2008'de okuduğu o güzelim koleji bile fişlemişler." sözüyle ifade ediyordu.

Şimdiye kadar ortaya çıkan evraka göre 2010'da dahi devam eden fişlemeleri görüp işitince hüsnüzan kolumuz kanadımız nasıl kırılmasın ki? Hele, devletin en üst mertebelerinde yer almış insanların "Başaklar eğilir..." demesi ve adeta inadı faziletmiş gibi anlatması karşısında "Demek ki muktedir olmak beklenmiş!" düşüncesi zihinlerden nasıl silinebilir ki!

Hangi meşrep ve meslekten olursa olsun, samimi ve ihlaslı insanların sahibi Allah'tır. Cenâb-ı Hak, yolunda bulunanları zayi etmeyecektir.

Emin olun, ben sadece bunca suizan, gıybet, komplo ve iftirayla, Hak dostlarının dahi farklı bir mahiyette anlatılmasına ve buna kanan bazı masum insanların çok önemli bir ışık kaynağından mahrum olmalarına üzülüyorum.

Kur'ân, "*Ağzından çıkan hiçbir söz yoktur ki onun yanında hazır bulunan gözcüler (o ifadeleri) kaydetmiş olmasınlar.*" (Kâf, 50/18) buyurur. İnsan, sözlerinin kaydedildiği gibi, her hâl, tavır ve hareketinin de kayda geçirildiğinin farkında olarak yaşamalıdır ki yarın hem burada hem de ötede "keşke, keşke" temennileriyle inlemek zorunda kalmasın.

Hükûmet Sözcüsü'nün
Okuduğu Hadis

2 Aralık 2013

Hükûmet Sözcüsü Bülent Arınç, dershanelerin dönüştürülmesi için 2015-2016 Eğitim öğretim yılına kadar süre verdiklerini ve bu zaman zarfında taraflarla istişareler yapılacağını belirtti.

Arınç konuşmasından bir de hadis hatırlattı: "*Ebu Hureyre'den rivayet edildiğine göre Resûlullah şöyle bir hikmet buyurmuş: 'Yakında büyük fitneler olacak. O fitnelerde yerinde oturanlar ayaktakilerden, ayaktakiler yürüyenlerden, yürüyenler koşanlardan daha hayırlı olacaktır. Kim o fitne içinde bulunmuş olursa, ondan uzak dursun.' O zaman bir iltica yeri bir sığınacak mekân bulursa, ona sığınsın. Hükûmet sözcüsü sıfatıyla yapmamış olayım; bu Bülent Arınç olarak benim duyduğum ızdırabın karşısında söylemek istediğim bir konudur. Şimdi fitne zamanıdır. Bu fitneyi çıkaranlar, büyütmek isteyenler, bu ateşin içerisinde büyük zararlı sonuçlar çıkartmaya çalışanlar için inançları olduğundan emin olduğumdan, böyle bir hadisi okumak istedim.*" dedi.

Başbakan Yardımcısı, bu sözün muhatabının önce kendi

nefsi olduğunu ifade ettikten sonra fitnenin aleti olmama çağrısı yaptı.

Meşru Yolla Demokratik Hak Talebi Fitne Değildir

Bakanlar Kurulu sonrası yapılan bu açıklamayı kısmen hüzün kısmen de ümitle ama iyi niyet ifadesi olması recasıyla dinledim.

Dershane sahipleri, idarecileri ve öğretmenleri mutlaka kendi kanaatlerini açıklayacaklardır; müsaadenizle ben bazı şahsî fikirlerimi paylaşacağım:

Şayet yapılan açıklama (daha evvel bir iki kere olduğu gibi) yarın kavlî ya da fiilî tekzib edilmezse, "dönüştürme" sürecinin genişletilmesi gibi bazı hususları olumlu buldum.

Fitne ateşinin sönmesine yönelik dileklere de gözyaşlarıyla ve yürek çırpıntısıyla "âmin" dedim, gönülden iştirak ettim.

Şu kadar var ki insanların değişik dayatmalara karşı durmaları ve demokratik haklarını usulünce kullanmaları fitne değildir.

Fitne, mü'minleri yürüdükleri yoldan saptırma cehdi, nifak ehline meydanı teslim etme ameliyesi, meleği şeytan gösterme gayreti ve gönülleri dağınıklığa sürükleme işidir.

Ortaya konan fitneye karşı sessiz durmak, işte asıl o, ateşe odun taşımak manasına gelir.

Evet, hizmet sevdalıları provokatörlere fırsat vermemeli ve milletin huzuru için üzerlerine düşeni yapmalıdırlar.

Bununla beraber, hükûmet ve çevresi de insanları birbirine düşürecek söz ve uygulamalardan uzak durmalıdırlar.

İsteyen ve faydalı gören kimselerin, sözü edilen "dönüştürme"ye "evet" demeleri en tabii haklarıdır.

Ne var ki Hizmet gönüllülerinin, yumuşak üsluplarını muhafaza ile beraber kararlılıklarını devam ettireceklerine inanıyorum.

Hükûmetin ifadesiyle "dönüştürme" uzun bir vetire; bu süreç zarfında bir kısım yanlışlardan dönülmesi için gayret gösterilir; şayet bu gerçekleşmezse, mutlaka sırasıyla bütün kanunî yollara başvurulur.

Ayrıca, Hacet namazı ve salât-ı tefriciye gibi dualara da hız kesmeden devam edilir.

Unutmamak lazım ki aktif sabır ve kadere rıza çerçevesinde fitneler imbiğinden geçmek, çok defa farklı mevhibe sağanaklarına vesile olur.

Biz, Allah'ın inayetinden hiç ümit kesmedik, kesmeyeceğiz de zira aktif sabrımızın üzerinde temellendiği ruh ve en büyük sermayemiz, Allah'a itimat ve ümittir.

Günümüzdeki Hudeybiye'nin Taraﬂarı Kimler?

8 Aralık 2013

Muhterem Fethullah Gülen Hocaefendi'ye günlük haberler ya da köşe yazıları okunacağı zaman belki elli defa şu sözü duymuşumdur: *"Hüsnüzan ettiğim kimselerin çirkin sözleri varsa, lütfen onları bütünüyle okumayın; kalbimde bir iz kalmasını istemiyorum; dostları hep güzellikleriyle hatırlamayı diliyorum."*

Böyle söyleyen ve suizanna, hele gıybete asla geçit vermemeye gayret gösteren Hocaefendi, şayet adanmış ruhların genelini alâkadar eden bir mesele ya da tashih/tavzih gerektirecek bir husus yoksa okunmaya başlanan haberi ya da yazıyı yarıda kestirir, dinlemez; *"Suizanna düşmeyelim, zihnimizi kirletmeyelim!"* der ve sözü bağlar.

Meselelerin sunuş keyﬁyeti çok önemlidir. Büyükler tabii ki tek bir kaynaktan beslenmezler, hele hayati bir karar söz konusu ise bir haberi on yerden teyit ettirmeden onun üzerine hüküm bina etmezler. Böyle olması da lazımdır; aksi hâlde, yanlış anlaşılan bir husus korkunç hatalara sebebiyet verebilir.

Özellikle de inananların kendi ıstılahlarını dahi bilmedikleri ve dinî referansların adreslerini dahi anlayamadıkları böyle bir dönemde en müsbet sözlerin hakaret gibi anlaşılması kaçınılmazdır.

Dün değerli bir yazar *"Cemaat ile AK Parti arasına Hudeybiye Barışı girdi."* diyor; kapalı kapılar ardında bu meselenin dile getirildiğini belirtiyor ve hatta Başbakanın bir danışmanının *"Hudeybiye Anlaşması'na atıf yapanlar, o anlaşmanın Müslümanlarla Müşrikler arasında bir anlaşma olduğunu bilmiyor olamazlar sanırım?"* şeklinde bir mesaj attığını söylüyordu.

Makaleyi hayretler içinde okudum; gayr-i ihtiyari "insaf" demişim, öyle kendime geldim. Başbakana danışman olmuş bir insan o meseleyi öyle anlamışsa (doğru anlaşıldığı hâlde öyle aksettirildiğine ihtimal vermek istemiyorum) ve bir de "kapalı kapılar" arkasına öyle taşımış/lar/sa, meselenin vahametini düşünün.

Zaten başından beri *"Yakınları Başbakanımıza hakaret ediyorlar!"* derken de *"Devlet büyüklerimize yanlış bilgi veriyor, onları yanlış yönlendiriyorlar!"* kanaatimi seslendirirken de işte bu türlü misalleri kastediyordum.

Muhterem Hocaefendi'nin hiçbir sohbetini hatta cümlesini sitemize koyduktan sonra silmedik, değiştirme ihtiyacı duymadık. Hepsi, yerli yerinde mevcut. Zannediyorum, aklı başında ve vicdanlı bir insan o sohbetleri dinlediğinde Hocamızın günümüzün Hudeybiye'sinde taraf olarak kimleri nereye koyduğunu hemen kavrayacaktır.

Hocaefendi iki defa Hudeybiye misalini ve idrakini nazara verdi. Birincisinde, "Çözüm Süreci"nde hükûmetin desteklenmesi gerektiğini ifade ediyor; "Bebek katilleriyle anlaşmak mümkün mü?" diyenlere Resûl-i Ekrem (sallallahu aleyhi ve sellem) Efendimiz'in uygulamalarını hatırlatıyor ve Hudeybiye anlaşması ile de meseleyi iyice açıklıyordu. Aslında orada tarafları değil bir idraki nazara veriyordu fakat illa o sözlere itiraz edebilecek bir kesim varsa, o da (Asla Kürtler değil, ben de anne tarafından Kürdüm ve o yanımla da Allah'a hamd ediyorum, takdir O'nun takdiri!) terör örgütüydü. Zira Hocamızın verdiği misalde Efendimiz'in çizgisinde gösterilen taraf, Başbakan ve hükûmet idi. Lütfen Hocamızın o günkü sözlerine bakınız:

"Bize ters gelen bazı şeyler olabilir; 'Keşke şu görüşme olmasa, şu anlaşma olmasa, şu uzlaşma olmasa, biz Türk milleti, şöyle onurumuz var, böyle gururumuz var; boyun eğmesek, bazı şeylere evet demesek' denilebilir. Muhtemel o türlü şeylerle bazı problemler çözülecekse, işte o Hudeybiye Sulhu mülahazasıyla, Hudeybiye Sulhu'ndaki mantık ve muhakemeyle, yapılması gereken şey neyse onu yapmak lazım. Güzergâh emniyetini tehlikeye atmamak lazım. Ülkenin parçalanmasına meydan vermemek lazım. Devletimizin bir devlet-i aliyye olması istikametinde yoluna devam etmesini sağlamak lazım. Devletler muvazenesinde muvazene unsuru olmasını sağlamak lazım. Bu kadar vâridâtı, getirisi olan bir şey karşısında bazen kafamıza uymayan şeylere de katlanabiliriz."

Muhterem Hocamız Hudeybiye misalini ikinci defa geçtiğimiz günlerde MGK-2004 kararıyla ilgili olarak kullandı. O sohbetinde de Hocaefendi bir telakkiye dikkat çekti; yine Resûl-i Ekrem Efendimiz'in bulunduğu tarafa Cumhurbaşkanımızı, Başbakanımızı ve Bakanlarımızı koydu. O sözlerden de illa alınacak birileri çıkacaksa, onlar o çirkin belgenin imzalatılması için baskı yapanlar olmalıydı. Hocamız, *"Devlet büyüklerimizin bir tavizi söz konusu olmuşsa, onu Hudeybiye telakkisine verebiliriz!"* demiş ve daha evvel naklettiğim ifadeleri serdetmişti ki siyeri azıcık bilen insanlar bunun manasını anlarlardı.

Görüyorsunuz dostlar!

Mesele ve sözler bu kadar açık ve berrak fakat kapalı kapılar arkasında Hudeybiye'nin taraflarına kimler oturtuluyor ve sözler oralara nasıl yansıtılıyor!

Öyle olmasaydı, sahiden vicdanın sesi ve insaf çağrısı olan yazılar bir yerlere "savaş ilanı" gibi aksettirilir miydi? Sadece hakka tercüman olmaya yeminli insanların sözleri "meydan okuma" şeklinde aktarılır mıydı? Daha ilk günden *"Kaydırma Allah'ım! Kalblerimizi de ayaklarımızı da kaydırma!"* iniltileri "birilerine çakma" olarak yansıtılır mıydı?

Yapmayın arkadaşlar, içinize nasıl ve nereden gelip dolduğunu bilemediğim ve asla mana veremediğim öfke ve nefretiniz hakikatleri örselemesin. Her sözü aleyhinizdeymiş gibi almayın, algılamayın. Kendi kalbinize acımıyorsunuz, bari o sözleri yukarılara/arkalara taşırken kırpmayın, çarpıtmayın ve şikâyet ettiğiniz fitneye odun taşımayın.

Başbakana Gönderilen Son Hediyeler

9 Aralık 2013

Akşam dışarıda lapa lapa kar vardı. Hava oldukça soğuktu. İçeride ise hâlâ bir ümit devam eden gönülleri yumuşatma ve fitnenin önünü alma gayretinin harareti.

"Otururken kalkarken, abdest alırken başını yere koyarken hep 'istikâmet ve sadâkat' talebiyle soluklanmalı. 'Allahümme el-istikamete ve's-sadâkate' duasını hiç eksik etmemeli. Zira Müslüman geçinmek kolay olsa da sağlam Müslümanlık zordur; şeytan fırsat vermemeye çalışır. O'nun şerrinden hep Allah'a sığınmalı ve istikâmet üzere olmalı."

İşte bu mazmun üzerinde hasbihâlde bulundu Hocaefendi. Sonra çok güzel baskılı bir Mushaf-ı Şerif ve bir de kendi yazdığı Beyan kitabını istedi.

Şaşkın bakışlar arasında bunları imzalamaya başladı. Acaba muhatap kimdi?

Hayret, onca olup bitenden ve huşunetten sonra muhterem Hocamız, Başbakana hediye etmek üzere imzaladı kitapları.

"Kalbler Allah'ın elinde; biz üzerimize düşeni yapalım; muradımızın kavga etmek olmadığını bir de bu yolla ortaya koyalım. Kim bilir, belki de Rabbim bu vesileyle gönülleri yumuşatır ve vicdanları insaf çizgisine uyarır. Allah, her şeye kâdirdir; bazen çok küçük vesileleri büyük işlerde kullanır." türünden ifadelerle anlattı meramını.

Hak dilerse, kar da dolu da yağmura döner / Kış gününde dahi her yana rahmetler iner.

(O gün bu fotoğrafı, "Akşam dışarıda kar vardı. İçeride ise kitap imza-layan Hocamızın her zamanki gibi gönülleri ısıtma gayreti..." alt yazı-sıyla neşretmiştim.)

(Bu fotoğrafı da aynı gün Twitter üzerinden paylaşmıştım ama sadece Hocamızın kitap imzaladığını belirtip muhatabı yazmamıştım. Evet, güzel baskılı bir Kur'ân ve Hocamızın kitabı Beyan, Başbakana hediye edilmek üzere hazırlanıyordu.)

İthamlar... İthamlar...

Fethullah Gülen Hocaefendi, dünkü sohbetinde çok mahzundu. Hususiyle günümüzde nifak ve şikâkın müthiş köpürüp durmasına karşılık, tadil edici ve tansiyonu aşağıya çekici ilaç türünden bir kısım pozitif tavır ve davranışlarda bulunmak gerektiğine değindi. Kopma ve parçalanmayı hızlandırmamak gayesiyle bazılarının sineye çekmeleri ve aradaki mesafeyi daha fazla açmamak için karakterleri itibarıyla oldukları yerde durmaları lazım geldiğini vurguladı.

Muhterem Hocamız daha sonra gündemi meşgul eden mevzulara temas etti; Camia hakkında dillendirilen isnat ve ithamlara cevap sadedinde önemli hususların altını çizdi. Sohbette geçen bazı mühim cümleleri aktarmak istiyorum:

Bir dönemde, Hâricî, Harûrî, Zübeyrî ve benzeri isimler altında bir sürü insan, nüansların kavgasını vererek ortaya çıkmıştı. Onların içlerinde namaz kıla kıla alınları nasır tutmuş kimseler de vardı fakat ihtilaf ve iftirâka öyle kilitlenmişlerdi ki teferruatın mücadelesini verirken aradaki bütün köprüleri yıkarlardı. Sabahlara kadar namaz kılarlar, kim bilir belki de üç dört günde bir Kur'ân-ı Kerim'i hatmederlerdi ama vifak ve ittifaka gelince ilk mektebin altının altının altının altının altında bile yerleri yoktu. Dün öyle insanlar yaşadığı gibi bugün de aynı türden kimseler mevcut ve yarın da görülecektir bunlar. Bunları deşifre etmek ve bâtılı tasvir ederek sâfî zihinlerin idlâline gitmek doğru değil ancak bir realiteye dikkati çekip olabilecek bazı şeyler karşısında mü'minleri teyakkuz ve temkine çağırmakta da fayda var.

20 sene evvel, konjonktürel olarak, dünyanın belli bir yere kayışı/gidişi karşısında bir toplantıda "Demokrasi, geriye dönüşü olmayan bir süreçtir." demiştim. Bugün belli şeylerle sizi karalayan insanlar, o kara ruhlu, kara kalemli, kara mürekkeple başkalarını karalamaya duran aynı insanlar, "Baksana adam demokrasi dedi!" dediler. Aradan beş on sene geçti, "demokrasi" dendi, elli defa dendi. O da aşılarak, "laiklik" bile dendi. Onu hazmedemeyen, sindiremeyen insanlar tarafından tepki bile alındı başka bir dünyada.

Şimdilerde de Kur'ânî bir makuliyet etrafında bir araya gelmiş fedakâr insanlar hakkında "örgüt" sözleri ediliyor. Müslümanların bunu yapacaklarını zannetmiyorum. "İhtimal ki birileri birilerinin adını kullanmak suretiyle bunu yayıyorlar!" diyerek bir kere daha meseleyi hüsnüzannıma bağlıyorum.

"Örgüt" diyenlerin sözlerine müsaadenizle "haince" diyeceğim. Esasen resmî örgütler var. 30-40 senedir Kürt'üyle, Türk'üyle, Laz'ıyla, Çerkez'iyle, Zaza'sıyla bir bütün oluşturan Anadolu insanının başına bela olmuş, dış mihraklı bir kısım fitne ve fesat ocakları. "Örgüt" onlar.

Hazreti Bediüzzaman ta Meşrutiyet yıllarında, bundan yüz küsur sene evvel Medresetü'z-Zehra adıyla Van'da bir üniversite kurulmasını teklif ederken orada Arapça'nın farz, Türkçe'nin vacip ve Kürtçe'nin caiz gibi kabul edilerek hepsinin beraberce okutulması gerektiğini söylemişti. Biz düne kadar bunu telaffuz edemedik. Yine sizin gibi bu kervana gönül vermiş arkadaşlar, televizyonları, radyoları, lisan kursları ve üniversiteleriyle bu meseleye "evet" dediler. Bir cephe buna karşı "Barış sürecine katkıda bulunulmadı." diyor. Hayır, vallahi bulunuldu, billahi bulunuldu, tallahi bulunuldu. Hem de herkesten evvel bulunuldu. Bir kesim "Bulunulmadı." demek suretiyle esasen "Bir süreci baltalıyor." gibi göstermek istediler. Bir kesim de onu istemediklerinden dolayı ve hususiyle "Dershaneler de kapatılsın, biz de kendimize göre orada yurtlar, evler, pansiyonlar açalım; bölünmeyi hızlandıralım!" mülahazasıyla öyle söylediler. "Dershaneler kapatılınca meydana gelecek o boşluğu biz dolduralım!" düşünceleri şimdi tiz perdeden konuşuluyor. Yapılan işler isabetli miymiş, değil miymiş? Bugün insaf etmeyen bir kısım kimseler buna "Evet" demeyecekler ama gelecekteki nesiller ve tarih, yapılan yanlışlıkları lanetle yad edecek, "Bir boşluk meydana getirdiniz, yazıklar olsun size!" diyecektir.

Kendi kardeşlerimden daha yakın saydığım Kürt kardeşlerimin bu mevzudaki boşluklarını doldurma, üniversitelerde/liselerde okumalarını sağlama ve şekavetle problemlerin çözülmeyeceğini anlatma adına bir gayret sergiliyorsam, buna sızma (ya da asimile etme) denmez. Bir insanın kendi ülkesinde vatandaşları için gerekenleri yapması hakkı ve vazifesidir.

Evet, kara ruhlu insanlar olumlu şeyleri karalamaya çalışıyorlar. Şimdilerde de "örgüt" diyorlar. Tabiri caizse, muhtelif ecnastan bir topluluk olan ve işin makuliyetinde bir araya gelen insanlardan oluşan bir camia... "Okul açmak, kültür lokali açmak, okuma salonları açıp fakir insanlara bedava ders vermek hayırlı bir hizmettir!" düşüncesiyle sizi hiç tanımadığı hâlde gelip "Bir tane de ben yapayım." deyip o işe iltihak eden insanların da bulunduğu bir camia... Böyle bir camiayı örgütle telif etmek mümkün değildir. Ayrıca, "örgüt" kelimesi terminoloji açısından çok farklı bir manaya da geliyor. Belli ki bir kasta iktiran ettirerek, arkasında bir kasıtla söylüyorlar bu kelimeyi.

Diğer taraftan bu camiaya örgüt derseniz, -hâşâ ben o terbiyesizlikte bulunamam- şimdiye kadar dinimize, diyanetimize kalbî ve ruhî hayatımız adına çok hizmet etmiş Küfrevî tarikatının temsilcisi Alvar İmamı'nın düşünce dünyası etrafında kümelenmiş insanlara da "örgüt" deme mecburiyetinde kalır, onlara da "örgüt" deme terbiyesizliğini sergilemiş olursunuz. Üftade Hazretleri'ne dayanan, Aziz Mahmud Hüdaî Hazretleri gibi milletimizin kalbî ve ruhî hayatına çok önemli hizmetler vermiş bir rehberin çizgisinde hizmet etmeye çalışan insanlara da -binlerce ruhumuz onlara kurban olsun- "örgüt" deme mecburiyetinde kalırsınız. Belli bir duygu-düşünce etrafında bir araya gelmiş insanlara karalayıcı mahiyette böyle bir nam taktığınız zaman, kendilerine göre bir anlayış, bir dünya görüşü, bir felsefe etrafında Muhammed Raşid Efendi hazretleri gibi büyük bir zata bağlanmış olan pırıl pırıl insanlardan oluşan Menzil Cemaati'ne de "örgüt" deme mecburiyetinde kalırsınız. Türkiye'de yalancı bir şafağın atmadığı bir dönemde yüzlerce Kur'ân kursu açan Süleyman Efendi Hazretleri'ne saygılarından dolayı, onun etrafında kümelenen, Kur'ân kursları açan, yurt dışında da açılımlar yapan insanlara da "örgüt" deme mecburiyetinde kalırsınız. Dahası, Milli Görüş'e de bir "örgüt" deme zorunda kalırsınız.

Bir lokma yemeği yutmadan evvel çiğnemek ne ise konuşmadan evvel düşünmek de odur. Keşke muhataplarım mü'min olmasaydı, daha rahat olurdum ben. Bir mü'min öyle lambur lumbur konuşmamalı. Ağzından çıkan şey, mü'mince olmalı, yere düştüğü zaman da tertemiz vicdanlar tarafından kabul kapıları ona açılmalı; "Yahu ne iyi ettin de bizim eksiğimizi, gediğimizi, yanlışımızı söyledin!" dedirtmeli.

Yapılan şey bir makuliyete, mantıkiyete bağlanıyor ve geleceğimiz adına önem arz ediyorsa, Türkiye'nin itibarı ve ikbal yıldızımızın parlaması adına bir şey ifade ediyorsa, bence o mevzuda da kararlı ve dik durmak lazım. Kimsenin kendi devletiyle ve başındaki iktidarıyla savaşma gibi bir niyeti yoktur; bunu öyle göstermek isteyenler -zannediyorum- ortada söz getirip götüren fitneciler, fesatçılar, mekirciler, keydciler ve hud'acılardır. Cenâb-ı Hak ıslah eylesin.

Bir hikmet beyanıyla noktalayalım; Ebu'l-Feth El-Büstî hazretleri ne güzel söylüyor:

أَقْبِلْ عَلَى النَّفْسِ وَ اسْتَكْمِلْ فَضَائِلَهَا فَأَنْتَ بِالنَّفْسِ لاَ بِالْجِسْمِ إِنْسَانٌ

"Ruhuna (mahiyet-i insaniyene) yönel, onun faziletlerini kemâle erdir! Zira sen cisminle değil kalbinle/ruhunla insansın."

Melîk-i Muktedir'in Huzurunda

11 Aralık 2013

Bugünkü tefsir dersinde Kamer Sûresi'ni tamamladık. Malumunuz, bu mübarek sûre şu ayet-i kerimeler ile hitama eriyor:

إِنَّ الْمُتَّقِينَ فِي جَنَّاتٍ وَنَهَرٍ فِي مَقْعَدِ صِدْقٍ عِنْدَ مَلِيكٍ مُقْتَدِرٍ

"Takvâ sahipleri, cennetlerde ve gündüz aydınlığı içinde ırmak kenarlarında, kudretine nihayet olmayan güçlü ve yüce Allah'ın huzurunda hak meclisindedirler." (Kamer, 54/54-55)

Melîk ve Muktedir İsimleri

Elmalılı Muhammed Hamdi Yazır hazretleri, bu ayetlerin açıklamalarını yaparken, selef-i salihînin Melîk ve Muktedir isimlerini çok tekrar ettiklerini ve duaların kabulü açısından mühim gördüklerini belirtiyor. Sonra da şöyle bir hadise nakledyor:

Saîd ibni Müseyyeb hazretleri diyor ki: "Bir gece mescide girdim, sabah çok yakın zannediyordum; meğerse namaza henüz vakit varmış. İçeride benden başka kimse de yoktu; uyuyakalmışım. Bir ara arkamda bir hareket hissettim, ürperdim; sonra şöyle seslenildiğini işittim: Ey kalbi korkuyla dolan! Korkma; Rabbine yönel ve şöyle de:

اَللّٰهُمَّ إِنَّكَ مَلِيكٌ مُقْتَدِرٌ مَا تَشَاءُ مِنْ أَمْرٍ يَكُونُ

"*Allah'ım! Şüphesiz Sen, her şeyin sahibi bir Melîk ve kud-
retine nihayet olmayan Muktedir'sin; Sen ne murad edersen, o
hemen oluverir.*" Evet, böyle söyle ve akabinde gönlüne ne do-
ğarsa, O'ndan iste." dedi. İşte ondan sonra Allah Teâlâ'dan ne
istedimse, Cenâb-ı Hak kabul buyurdu."

Bu bölümü okur okumaz yüreğimin dua hisleriyle çırpın-
dığını hissettim. Zira muhterem Hocamız, bazen mekân, za-
man ya da hâl zarflarının, yapılan amele kıymetler üstü kıy-
met kazandırdığına dikkat çeker. Kâ'be, Arafat, Müzdelife gibi
mekânlarda ve Hac mevsimi, Arefe günü, Kadir gecesi gibi za-
manlarda yapılan ibadetlere bin kat fazlasıyla sevap yazıldı-
ğını; insanın kurbet hisleriyle dolduğu bir anda gözlerinden
akan yaşlarla hislerini ifade etmesinin de niyaza kat kat de-
ğer kazandırdığını vurgular.

Bu mülahaza ve niyetle açtım gönlümü Rabbime.

Hal-i Hazırdaki Niyazım

Ne mi istedim Melîk-i Muktedir'den?

İhlas ve samimiyetin ölçüsünü sadece Allah bilir. Sözleri-
min ne kadar içten olup olmadığı da yalnızca O'nun malumu-
dur. Bununla beraber, aranızda gönlü temiz, yüreği yanık, ağ-
zı dualı ve Hak katında makbul pek çok insan olduğuna itimat
ederek niyazımı paylaşacağım; ta ki içinizden "âmin" diyenler
hürmetine kabul mührü vurulsun.

Şunları diledim:

اَللّٰهُمَّ إِنَّكَ مَلِيكٌ مُقْتَدِرٌ مَا تَشَاءُ مِنْ أَمْرٍ يَكُونُ

Allahım şüphesiz Sen, her şeyin sahibi Melîk ve kudretine

nihayet olmayan Muktedir'sin; Sen ne murad edersen, o hemen oluverir.

Ey her şeyin biricik mâliki, yegâne sahibi ve tek efendisi Mâlikü'l-Mülk Rabbim!

Ne olur, biz Ümmet-i Muhammed'e huzur lutfet! Fikrimizin, ruhumuzun, güç ve kuvvetimizin dağınıklığını Sana şikâyet ediyor ve bizi bu durumdan kurtaracak yegâne tasarruf sahibinin Sen olduğuna inanıyorum. Bizi bu durumdan kurtar Allah'ım!

Birlik Allah'ım! Dirlik Allah'ım! Gönül saffeti Allah'ım!

Allah'ım! Bize iz'an, insaf ve basiret ver. Nefis ve hevâya uymaktan hepimizi muhafaza buyur. Başta nefsimi, kardeşlerimi, yakın arkadaşlarımı ve bütün inananları bağnazlık, tarafgirlik, inat, haset ve hazımsızlıktan kurtar. Ne olur, kadınıyla erkeğiyle kardeşlerimizin, arkadaşlarımızın, dostlarımızın ve bütün mü'minlerin hâllerini ıslah eyle.

Ey kullarının dualarına icabet eden Mucîb Allah'ım! Bizi nefislerimizin insafsızlığına terk eyleme! Her meselede Senin rızana uygun olanı bize hak olarak göster ve ona tabi olmakla bizi rızıklandır! Bâtılı da bâtıl olarak göster ve bize ondan gereğince kaçınmayı lütfet!

Ya Rabbî! Bizi had bilmez şımarıklardan eyleme; kendi gözümüzde küçüklerden küçük olalım; hizmetlerimizde ise büyüklerden büyük işlere muvaffak kılınalım.

Ey çaresizler çaresi! Sebeplerin sukût ettiği, içtimaî ahvalin boz-bulanık bir hâl aldığı, her yanda zalim haykırışlarının duyulduğu, yığınların çaresizlikle kâh sağa, kâh sola toslayıp durduğu şu karanlık günlerde, zulmet zulmet içinde kıvrananlara nezdinden bir ışık gönder. Suriye, Irak, Mısır, Filistin, Doğu Türkistan, Arakan ve Türkiye başta olmak üzere dünyanın her tarafındaki müslümanlara yardım et. Sonsuz kudretinle bütün zulüm ve haksızlık ateşlerine bir su serp. Şeytanın ocaklarını söndür ve zalimlere hadlerini bildir.

Ya Rabbî! Esma-i Hüsna, hassaten Melîk ve Muktedir isimlerin hatırına, Gönüllerin Sultanı aleyhissalâtu vesselâm Efendimiz, ailesi ve ashabı hürmetine dualarımızı kabul buyur. Âmin...

İllâ Nezaket!

15 Aralık 2013

B amteli çekimi yaptığımız sohbetten çıkıp İnternet'e şöyle bir göz gezdirince "THY bu lekeyi temizle!" etiketiyle yazılanlara muttali oldum; çok üzüldüm.

Maalesef Türk Hava Yolları'nda müdür olarak çalışan birisi Fethullah Gülen Hocaefendi'ye hakaret içeren bir mesaj yazmış; insanlar da sosyal medya üzerinden tepkilerini dile getiriyorlardı.

Daha önce hakaret, istihza, incitici söz ve kötü davranışın zatında çirkin olduğunu, kimden kaynaklanırsa kaynaklansın ve muhatap kim olursa olsun kınanması gerektiğini yazmıştım. Haddi aşan malum mesajı da kınayıcı bir iki cümle yazmaya hazırlanırken Hocaefendi'nin yanına vardım.

Muhterem Hocamızın da üzülmüş olduğunu gördüm; "Acaba ne düşünüyor?" derken şunları söylediğini not ettim:

"*İnsan hata yapabilir, sürç-i lisan olmuştur. Ben şahsî haklarımı helal ediyorum. Dostlarımın da o türlü çirkinlikleri görmezlikten gelmelerini ve dil iffetini muhafaza etmelerini arzuluyorum. Lütfen, biz çirkin söz ve kaba davranışlarla hiç kimseyi rencide etmeyelim. Mü'min üslubundan katiyen ayrılmayalım!*"

Hocamızın cevabı ve nezaketi bir hadis-i şerifi hatırlattı:

Bir gün bir adam, Peygamber Efendimiz'in yanına gelerek "es-Selâmü aleyküm" der gibi yapmış, fakat "es-Sâmü aleyküm" demişti. İbrânî dillerinde, "sâm" ölüm demekti; "es-Sâmu aleyküm" ise, "Ölüm sizin üzerinize olsun, canınız çıksın!" manasına gelmekteydi. O talihsiz adam, Allah Resûlü'ne selam veriyormuş gibi yapıp "es-Sâmü aleyküm" deyince, onun maksadını anlayan Hazreti Aişe validemiz biraz sinirlenip, "Ölüm, gazap ve lanet sizin üzerinize olsun; Allah canınızı alsın!" diyerek ziyadesiyle mukabelede bulunmuştu.

Bunun üzerine Allah Resûlü (sallallahu aleyhi ve sellem), Hazreti Aişe'nin cevabını doğru bulmadığını ima ederek *"Eğer kötü söz tecessüm etseydi, çok çirkin tecessüm ederdi; nezaket ise neyin üzerine konduysa onu süsledi ve onun makamını yüceltti!"* buyurmuştu. Ümmü'l-mü'minîn, "Ya Resûlallah! Onların "es-Sâmu aleyküm" dediğini duymadınız mı?" deyince de Efendimiz, *"Evet duydum, ama onlara verdiğim cevabı sen duymadın mı? Ben de onlara, 'Aleyküm - Size de' diye cevap verdim"* demişti.

Ya Rabbenâ ya Rabbenâ/Tahhir kulûbenâ neccina!

Ey Rabbimiz, kalblerimizi temizle ve bizi kurtuluşa erdir.

Rabbimiz, Senin rahmet ve adaletine, Resûl-ü Ekrem Efendimiz'in kutlu beyanlarına ve ahirette her sözün/fiilin hesabını vereceğimize imanla, kim ne derse desin, dilimizi kirletmeme ve kötülere kötülükle mukabele etmeme azmindeyiz.

Sen görüyor ve biliyorsun Rabbimiz!

Dilek Kapısı

17 Aralık 2013

Resûl-ü Ekrem Efendimiz (sallallahu aleyhi ve sellem) , *"Cennet bahçelerine uğradığınızda istifade etmeye çalışınız!"* buyurmuş; Ashâb-ı Kirâm'ın "Cennet bahçeleri nerelerdir?" sorusu üzerine de *"İlim meclisleridir!"* cevabını vermiştir.

Gerçekten, ilim halkaları ve sohbet-i Cânân meclislerinde -herkes istidadı ölçüsünde- Cennet'in tadını, kokusunu ve huzurunu duyabilir. Bazen dünyevî hadiseler ve nefsanî hisler birer perde olsa da hemen her gün muhterem Hocaefendi'nin rahle-i tedrisinde o lezzet, o râyiha ve o sekîneden bir nebze tattığımızı söylememiz tahdîs-i nimet kabîlinden sayılabilir.

Bugün de tefsir dersine Rahman Sûresi'yle devam ettik. Muhterem Hocamızın açıklamaları ve sunum yapan arkadaşlarımızın anlattıkları, dünya ötesine bir pencere açtı adeta. İlâhî mevhibeler için gönül kapılarının ardına kadar aralandığı o mübarek dakikalar keşke hayatımızın bütününe boyasını çalabilse!

Aslında derste, nakledilmesi gereken çok güzel cümleler, nükteler ve ibretler geçti. Onları ileride yayınlanacak "nağme"lere havale edip iki üç paragraf paylaşmak istiyorum:

Bir gün Resûl-ü Ekrem (aleyhissalâtü vesselam), ashabına

Rahman Sûresi'ni okumuştu. Ashab-ı Kirâm'ın okunan sûreyi sessizce ve hareketsizce dinlediklerini görünce, Allah Resûlü (sıradan insanlara göre normal ama sahabenin gönül enginliğini tam yansıtmayan o) mevcut manzaradan memnun olmadığını ifade etmişti. O ayetlere karşı gösterilmesi gereken aşk u iştiyaka dikkat çekmek için tatlı bir sitemle şöyle buyurmuştu: *"Niçin cinlerin coşkusunu sizde göremiyorum. Ben bu sûreyi cinnîlere de okumuştum da onlar, hayret, heyecan ve coşkuyla ayetleri tasdik etmişler ve 'Rabbinizin nimetlerinden hangisini inkâr edebilirsiniz?' beyanını her duyuşlarında, 'Ey Rabbimiz! Senin nimetlerinden hiçbirini yalanlamayız ve Sana ancak hamd ederiz!' demişlerdi."*

Keşke biz de o cinnîler gibi nimetleri ve onları hatırlatan ayetleri derinlemesine duyabilseydik. Duysaydık da Cenâb-ı Hakk'ın sayılamayacak kadar çok olan nimetleri karşısında her zaman hamd, sena ve şükür hisleriyle dolu bulunsaydık!.

Fırsat kaçmış değil fakat bu, Hocamızın ifadesiyle, ihtiyaç tezkeresi ve kalb saffetiyle Kur'ân-ı Kerim'e sarılmaya bağlı.

Şuûnât-ı İlâhiyye

Derste tefsir ve te'vili yapılan ayetlerden biri de şu ilahî beyandı:

$$يَسْأَلُهُ مَنْ فِي السَّمَاوَاتِ وَالْأَرْضِ كُلَّ يَوْمٍ هُوَ فِي شَأْنٍ$$

"Göklerde ve yerde bulunan herkes, ihtiyaçları için O'na yalvarır; (bütün bunları gerçekleştirmek için) O, her an yeni tecellilerle hep icraattadır." (Rahman, 55/29)

Arz sırası İmam Zemahşeri'nin Keşşâf adlı eserinden mesul olan arkadaşımıza gelince, o bu ayetle alâkalı şöyle bir menkıbe anlatıldığını aktardı:

Bir sultan, vezirine bu ayetin manasını sormuş. Vezir,

nasıl cevap vereceğini bilemeyip ertesi güne kadar mühlet istemiş ve o andan itibaren hep ayetin tefsirini düşündüğünden sıkıntılı bir hâlde evine varmış. Hizmetçisi, vezirin dertli hâlini görünce, "Efendim, sıkıntınız neyse bana da söyleseniz; belki Allah, kölenizin eliyle size bir kolaylık ihsan eder." demiş. Vezir, meseleyi anlatınca, hizmetçi "Ben onu sultana tefsir edebilir ve manasını açıklayabilirim." demiş. Beraberce huzura çıkmışlar. Hizmetçi şunları söylemiş: "Sultanım, manasını sorduğunuz *Allah'ın şe'ni* ifadesinden murad şudur ki O, geceden gündüzü çıkarır, gündüzden de geceyi; ölüyü canlı kılar, diriyi de meyyit; hastaya şifa verir, sıhhatliye hastalık; dertlinin sıkıntısını giderir, gamsızı mübtela eder; zelili aziz eyler, izzetliyi perişan; zengini fakirleştirir, miskini servete boğar. (Bundan dolayı o ayetin başında "göklerde ve yerde bulunan herkesin, ihtiyaçları için O'na yalvardığı anlatılır.)" Sultan bu açıklamayı işitince "Çok güzel söyledin!" demiş ve bir vezirlik cübbesi de ona giydirmiş. Bunun üzerine hizmetçi, şu sözle noktayı koymuş: "Efendim, işte bu da O'nun şe'ninden, Allah'ın icraatından."

Seyyid Kutup hazretlerinin "Fî Zılâli'l-Kur'ân" unvanlı eserine sıra gelince aynı ayetle ilgili olarak şu cümleler aktarıldı:

"Evet, göklerdekiler ve yerdekiler her şeyi O'ndan isterler. O'nun kapısı dilek kapısıdır. O'ndan başkasından hiçbir şey istenmez. Çünkü o 'başkası' kim olursa olsun, ölümlüdür, fânîdir; dilek kapısı olmaya elverişli değildir. Hakikatte herkes talebini O'na yöneltir zira isteklerin bütününü tek O karşılayabilir. Sırf O'nun kapısını çalan, eli boş dönmez. O'ndan başkasına el açan kimse dilek kapısını şaşırmış, umut kulpunu elinden kaçırmış ve cevap alma şansını yitirmiştir. Çünkü ölümlü bir varlığın, başka bir fânîye verecek nesi olabilir?

Kendisi ihtiyaç içinde olan bir zavallı başka bir muhtacın derdine nasıl çare bulabilir?"

Evet, şimdiye kadar O'nun kapısında ihtiyaç izhar edenlerden boş dönen hiç olmamış; hiçbir kaçkın ve pişman da o kapıdan kovulmamıştır.

Doğrusu, her ayet bizim için bir şükür çağrısı ve dilek kapısını şaşırmama ikazıdır.

Beşinci Bölüm

YOLSUZLUK

Yolsuzluk Operasyonu ve Paralel Devlet

---

1 7 Aralık 2013 günü Türkiye'de bir şokla başladı. Büyük Yolsuzluk Operasyonu olarak tarihe geçen baskın, arama ve gözaltına almaların görüntüleri baş döndürücüydü; iddia edilen suçlar herkesi dehşete düşürdü.

Aralarında 4 bakan ile 3 bakan çocuğu da bulunan iş adamları, bir bankanın müdürü, bürokratlar ve farklı seviyedeki memurlar hakkında görevi kötüye kullanmak, ihaleye fesat karıştırmak, kaçakçılık ve rüşvet suçlamalarıyla bir soruşturma yürütüldüğü; ilgili savcılığın talimatıyla şüphelilerin takriben bir sene teknik takibe tabi tutulduğu ortaya çıktı.

Yapılan ilk operasyonda 71 kişi gözaltına alındı; mahkeme 24 şüphelinin tutuklu yargılanmasına karar verirken diğerlerini adli kontrol şartıyla serbest bıraktı; aramalarda ele geçirilen çeşitli eşya ve paralara el konuldu.

Herkes olup bitenlerin ve görüp şahit olduklarının şaşkınlığını yaşarken, 25 Aralık'ta ikinci operasyon haberi geldi. İlgili savcının, 41 kişilik gözaltı listesi hazırladığı; mahkemeden bazı iş adamlarının mal varlığına el koyma kararı çıkarttığı ve Başbakan'ın oğlu Bilal Erdoğan'ı da şüpheli sıfatıyla ifadeye çağırmak üzere evrak hazırladığı bilgisi gündeme bomba gibi düştü.

Sonraki günlerde medyada yer alan bilgilerde Reza Zarrab'ın soruşturmanın kilit ismi olduğu, bu İranlı işadamının bazı bürokratlar ve 4 bakan ile geliştirdiği ilişkiler sayesinde rüşvet çarkı kurduğu, kara para aklama ve altın kaçakçılığı gibi birtakım suçlar işlediği iddia edildi. 3 bakan evladının da birtakım kanunsuz işlere bulaştıkları, rüşvet almaya ve vermeye aracılık ettikleri öne sürüldü.

Ayakkabı Kutuları, Çelik Kasalar ve Para Sayma Makinası

Soruşturma ve operasyonla alâkalı haberler sahiden büyük bir dehşetle izlendi. Bir banka müdürünün evinde ayakkabı kutularına ve kütüphane bölmelerine saklanmış bulunan 4,5 milyon dolar herkesi hayrette bıraktı; o andan itibaren ayakkabı kutusu bir simgeye dönüştü. Bir bakan oğlunun hanesinden çıkan 7 adet şifreli kasa, yüklü miktarda banknot ve yatak odasında fotoğraflanan para sayma makinesi şaşkınlığı birkaç kat artırdı. İranlı işadamı tarafından bir bakana hediye (!) edildiği söylenen 700 bin lira değerindeki kol saati, çikolata kutusunda sunulan dolarlar ve onun özel uçağıyla yapılan geziler/umreler dönemin en çok konuşulan konuları arasında yerini aldı.

İddialara göre; imar kanunlarına aykırı uygulamalar, illegal vatandaşlık işlemleri, yolsuzluğa engel bazı emniyet görevlilerinin özel istek üzere sürülmesi veya kanunsuzluğa göz yumacak memurların tayin edilmesi ve rüşvete aracılık yapılması karşılığında yüksek miktarda paralar alınmış. Mesela bir rüşvetin tesliminde, tanesi ancak 500 bin dolar aldığı için 8 ayakkabı kutusu gerektiren para, fazla yer tutacağından tekerlekli valiz ve sırt çantasıyla taşınmış. Polis, para ve valizin nereden alındığını, nasıl taşındığını takip etmiş; ayrıca havaalanındaki X-Ray cihazında görüntülemiş; hangi evde kime teslim yapıldığını, o esnada ve teslim boyunca telefonda nelerin konuşulduğunu kaydetmiş; kimlerle buluşulduğunu, kullanılan araçları ve nerede bir araya gelindiğini kameraya almış. Ayakkabı kutularındaki dolarlar trafik polislerince bile kayda geçirilmiş. Operasyonun başlayacağını ve polisin baskın yapacağını öğrenen bir bakan, bürokratlara "Kaçabiliyorsan kaç!" demiş.

Operasyondan bir süre sonra, kovuşturma boyunca kaydı tutulan telefon tapeleri ve fezleke metinleri ortaya çıktı. Hemen yayın yasağı getirilmesi, basına baskı uygulanması ve sosyal medyanın kısıtlanmasından dolayı kayıtlar ve tutanaklar neşredilemeyince, muhalefet partisinin genel başkanları buna itiraz ettiler. Ciddi bir tepki göstererek grup toplantı salonlarına ses ve görüntü sistemi hazırlatıp tapeleri dinletti ve zabıtlardan bölümler okudular. Yaptıkları bu işin tamamen kanunî olduğunu çünkü teşhir ettikleri kayıtların polis fezlekelerine girdiğini ve yolsuzluğun belgesi niteliği taşıdığını belirttiler. Muhalif milletvekilleri de ellerindeki elektronik cihazlar vasıtasıyla her platformda aynı yola başvurdular; basın açıklamalarında ve televizyon programlarında soruşturma tutanaklarından bölümler aktardılar. Böylece medya, tapeleri doğrudan ve bütünüyle deşifre edemese bile, başkanların ve vekillerin sunumlarını haberleştirerek yasağı kısmen delmiş oldu.

Mesela bir parti başkanı, bir bakanın 17 Aralık sabahı oğluyla yaptığı telefon görüşmesini gündeme getirmişti. Bakanın, evin arandığını öğrenince oğluna eli altında neler olduğunu sorduğunu, onun "Kendi param, üç beş kuruş kalan param." dediğini, bakanın "Kaç para?" diye ısrarla sorması üzerine, oğlunun "1 trilyon civarı param var o kadar!" cevabını verdiğini; bunun üzerine bakanın "Şimdi anladığım kadarıyla Reza Zarrab'la bir rüşvet ilişkisinden bahsediyorlar. Diyeceksin ki bir danışmanlık işim var. Gayriresmi yapıyorum. Benim alacaklı olduğum dayımın oğlu bunların yanında çalışıyor."

tembihinde bulunduğunu gösteren tapeyi dinletmiş ve metnini okumuştu.

Bunlar Gerçek Olmamalı!

Meclis çatısı altında sergilenerek halkın dikkatine sunulan ve kovuşturma esnasındaki yasal dinlemeler olduğu iddia edilen o ses kayıtlarının muhtevasında şu hususlar da vardı:

Para dolu ayakkabı kutusu ile 7 kasa ve bir para sayma makinesinin sembolleştiği 17 Aralık'ta, Başbakan'ın evinde de sabahtan gece yarısına kadar evdeki paraları "sıfırlama" telaşı yaşandığı; gece yarısı olduğunda evde hâlâ 30 milyon euro kaldığı ve bunun operasyonu bizzat takip eden Başbakan'a bildirildiği;

Başbakan'ın ailesi için iki adet villa karşılığında Urla'daki 1'inci derece sit alanının hem de bizzat Başbakan'ın talimatlarıyla geçici olarak 3'üncü derece sit alanına çevrildiği ve villaların banyosuna "bide" konulup konulmayacağının bile Başbakan'a sorulduğu;

Çatalca'da içerisinde 5 villa bulunan 53 dönümlük çiftliğin bir yakının üzerinde gösterilerek Erdoğan ailesi için satın alındığı; villaların inşaatının tamamlanması, bahçedeki su kuyusuna kapak takılması, jeneratör temin edilmesi ve komşu tarlaların da çiftliğe katılması gibi işlerle bizzat Başbakan'ın ilgilendiği;

Sabah ve ATV'nin içinde bulunduğu Turkuaz Medya'nın satın alınması için bizzat Başbakan'ın talimatı ile bir bakanın takibinde, büyük kamu ihalelerini üstlenen işadamlarından yüklü miktarda "bağış" paralar alındığı; iktidar kontrolünde "havuz medyası" oluşturulduğu ve para veren işadamlarına yeni "ballı kamu ihalesi" vaat edildiği...

Daha neler yoktu ki Meclis'te içeriği okunan ya da dinletilen tapelerde.

Haksız kazanç elde etme, çıkar sağlama, nüfuz ticareti yapma, yargıda fişleme ve kadrolaşma; medya özgürlüğüne, yargı kararlarına, serbest piyasaya ve kamu ihalelerine müdahale gibi kanunsuzlukların yanı sıra, Türkiye'yi uluslararası alanda zora sokacak bir kısım ilişki ve irtibatları çözümleyen bir düzine ses kaydı saçılmıştı ortalığa.

İnanılacak gibi değildi. "Muhafazakâr demokrat" olma iddiasındaki siyasilerin bu derece anti-demokratik, illegal ve çirkin işler yapmaları; dindar kimliklerinden ötürü kendilerine ümit bağlanmış insanların böyle gayr-i meşru fiillere dalmaları gerçek olamazdı.

Çokları gibi derinden sarsılmış ve inanmak istememiştim dinleyip okuduklarıma. Hele "Sıfırladınız mı parayı?" sorusuna karşılık "Sıfırlamadık henüz babacığım." diyen oğlun hazin sesini duyunca hâkim olamamıştım gözyaşlarıma.

Bir insan heva ve hevesine uyup yanlışlıkla bir patikaya girmiş ve yolsuzlaşmış olabilir fakat bir baba evladına nasıl kıyabilir? Kendi günahına yavrusunu nasıl vasıta yapabilir? Hele bir mü'min, ciğerparesinin, ahiretini karartmasına nasıl göz yumabilir?

İddiaların doğruluğu konusunda mülahaza dairemi hep açık tutmaya çalıştım; isnatların asılsız olmasını arzuladım.

Hükûmet yetkilileri ve ilgili şahıslar ses kayıtlarına bazen montaj, dublaj, kurgu dediler, kimi zaman da kısmen kabullenmek zorunda kaldılar. Hatta Başbakan bir gün *"Birçok ihaleler yapılıyor birisi saf dışı edilmiş olabilir, şahsıma müracaatı olabilir, ben de dava et diyorum. Bu neticede devletin yüzlerce milyon dolar kazancı oluyor. İşte bunlar bu görüşmeyi dinleyecek kadar karaktersiz."* diyerek; bir başka gün *"İşte dün bir tane daha yayınladılar. Adalet Bakanı ile benim görüşmem. Bugün malum gazete yayınlamış çünkü kendileriyle ilgili. Dönen dolapları, tabi biz biliyoruz. Benim Adalet Bakanıma 'Bunu yakından takip et.' dememden daha doğal daha tabii ne olur. Bana ilgili kuruluşumun verdiği bilgiler, SPK'nın verdiği bilgiler çok tehlikeli bilgiler."* sözlerini sarf ederek; ayrıca bir grup toplantısında aile fertleriyle konuşmalarının dinlendiğini ikrar ederek ve yine bir soru üzerine de Fas'tan Habertürk'ü aradığını açıkça söyleyerek tapeleri doğruladı. Gerçi "sıfırlama" kaydı için pek çok elemanı değiştirilen TÜBİTAK aylar sonra "hece hece montajlanmış" raporu verdi ama buna hiç kimse inanmadı. Dahası ülke içinden ve yurt dışından ses analistleri, kayıtların katiyen 'montaj olmadığı'nı raporlaştırdı ve özellikle bahsedilen bantların heceleme yöntemiyle kurgulanmasının imkânsızlığını açıkladılar.

Keşke soruşturmanın önü kesilmese ve zihinlerdeki şüphe kıymıkları öylece bırakılmasaydı! Keşke yargı görevini yapabilse ve gerçekler bütün berraklığıyla gün yüzüne çıksaydı!

Operasyonun Yansımaları ve "Paralel Devlet" Adlı Can Simidi

Ne yazık ki öyle olmadı. 17 Aralık Operasyonu'nun ardından ilgili emniyet müdürleri derhâl görevden alındı. Polis teşkilatında ve adliyede bazı birimler çabucak dağıtıldı. Soruşturmayı yürüten savcı, elindeki dosyalara el konulduğunu ve vazifesini yapamadığını açıkladı.

Savcılığın gözaltı ve mahkemenin arama kararlarını yerine getiren adli kolluk elemanları yerlerinden uzaklaştırıldığı gibi ilk fırsatta 166 hâkim ve savcının görev mahalli de değiştirildi.

Hükûmet, Ergenekon ve Balyoz gibi davalardaki başarılarından dolayı takdir ettiği, ödüller verdiği hatta bazılarına özel zırhlı araba tahsis ettiği emniyet müdürlerini ve savcılarını -adalet mekanizması siyasiler ve yandaşları aleyhine işleyince- hemen mücrim ilan etti. Birkaç gün içinde farklı illerde gerçekleştirilen görevden almalar ve yeni atamalar, iddia edildiği üzere daha önceden fişlemelerin yapıldığını doğruladı. Dahası 17 Aralık Operasyonu'yla hiç alâkası olmayan başka şehirlerdeki birimlerin telaşla dağıtılması, oralarda da illegal işler döndüğü ve ortaya çıkmaması için ön alındığı izlenimi uyardı. "Hükûmet yargıyı kendine bağladı." eleştirilerine kulak tıkandı; herkesin gözü önünde büyük bir cüretle şartlar oluşturuldu ve tutuklanan şüpheliler, iki ay sonra serbest bırakıldı. Başbakan Yardımcısı bu tahliyeleri "Vicdanları yaraladı!" şeklinde değerlendirirken, Başbakan "Adalet yerini buldu!" sözüyle yorumladı.

Kovuşturmayı başlatan Cumhuriyet Savcısı'nın görev yeri değiştirildiği için diğer savcılar tarafından yürütülmekte olan soruşturmadan uzun süre haber alınamadı. Ayrıca, 4 bakan hakkındaki fezlekeler, zorlu bir süreçten sonra TBMM'ye ulaştı ama gerekli komisyon bir türlü kurulamadı. İşin doğrusu adaletin tezahür edeceğine dair inanç azaldı, belki de hiç kalmadı.

17 Aralık Operasyonu kamuoyunda deprem etkisi yaptığı gibi ekonomiyi de derinden sarstı. Şüphelilerin evlerinde görüntülenen yüksek miktardaki paralar ve rüşveti inkâr edilemez kılan kayıtlar, hükûmeti ve bakanları adeta bunalttı.

Bunun üzerine, bakanların istifaları peşi peşine geldi. Zafer Çağlayan ve Muammer Güler'den sonra açıklamada bulunan Erdoğan Bayraktar, yaptığı işlerin Başbakan'ın talimatlarıyla gerçekleştiğini ve milleti rahatlatmak için onun da çekilmesi gerektiğini söyleyerek Başbakan'ı istifaya davet etti.

Diğer taraftan o günlerde çözüm süreci çıkmaza girmiş görünüyordu; siyasiler kandırılmış ve özerkliğe birkaç adım kalmış gibi bir hâl vardı.

Türkiye, Avrupa Birliği'nden koparak yüzünü kuzeye dönmüş ve hızla bir Ortadoğu ülkesi olmaya yürüyerek radikal bir noktaya savrulmuş görüntüsü veriyordu.

"Üç gün, bilemedin, beş gün içinde devrilir." denilen Beş-
şar Esed üç senede yüz bini aşkın insanı katletmiş, iki milyon-
dan ziyade masumun yurdundan yuvasından hicretine sebe-
biyet vermişti. Suriye ile ilgili strateji büyük bir hayal kırıklı-
ğına dönüşmüş, Türkiye oradaki şiddetin durmamasının en
büyük sebeplerinden biri olarak gösterilmeye başlamıştı. Mı-
sır politikası ise tam bir fiyaskoyla sonuçlanmış; çok büyük
yanlışlar ve kötü neticeler doğurmuştu. Türkiye her geçen
gün yalnızlaşmış ve içine kapanmaya mecbur kalmıştı.

Böyle bir dönemde gelen 17 Aralık Operasyonu, bir yan-
dan iktidarı çok zor bir durumda bırakmış olsa da diğer yan-
dan o, muktedirlerin epey işine yaramıştı.

Çünkü birkaç aydır devam eden dershaneler meselesinde
de hükûmet hayli yıpranmış; kapatma kararını izah edeme-
menin güçlüğünü yaşamış; yapılanların reform olmayıp Ca-
mia'ya karşı bir garaza bina edildiğini gizleyemez olmuş ve
adeta köşeye sıkışmıştı.

İşte şimdi 17 Aralık, politika cinliğiyle altın tepside sunu-
lan bir fırsat gibi değerlendirilebilir ve iyi bir manevrayla ini-
siyatif yeniden ele geçirilebilirdi. Evet, mağduriyet siyasetini
çok iyi beceren Erdoğan'a yeniden gün doğmuştu. Başbakan
bu okazyonu kaçıracak bir politikacı değildi, anında işe ko-
yuldu. Operasyonu, hükûmeti düşürmek ve ekonomiyi zora
sokmak amacıyla yapılan bir çeşit darbe olarak tanımladı; gö-
zaltıları hemen seçim öncesinde yapılmasını manidar bul-
duğunu vurguladı.

Hâlbuki -yalanlanmayan haberlere göre- operasyondan
sekiz ay önce MİT bir rapor hazırlamış; Reza Zarrab'ın bazı
bakanlarla irtibatını belgelemiş; Başbakana'a "Bu ilişki orta-
ya çıkarsa hükûmet aleyhine kullanılabilir!" uyarısı yapmıştı.
Yine savcıya dayandırılan haberlere yansıdığı üzere, baskın
ve gözaltına almaların 17 Aralık'ta yapılmasında en önemli

sebep, operasyonun bizzat müstafi bakan Muammer Güler tarafından deşifre edilmesiydi. Takip edildiğinden şüphelenen Reza Zarrab'ın isteğine binaen, Güler, İstanbul'a yeni atadığı müdür vasıtasıyla, Zarrab'ı izleyen polisleri takip ettirmişti. Takibi fark eden Mali Şube polisleri, operasyonun deşifre olduğunu anlamış; şüphelilerin kaçmaması ve delillerin karartılmaması için savcılık izniyle harekâtı öne almak zorunda kalmıştı.

Fakat artık detayların önemi yoktu. Kendisi ak kaşık gibi tertemiz olan Erdoğan, suçluyu ilan edivermişti. Operasyonu gerçekleştiren yargı ve emniyet mensuplarını Hizmet Hareketi'yle irtibatlandırmış; "paralel devlet" iddiasını ortaya atmıştı. "Paralel devlet" gerçekten Erdoğan ve hükûmeti için can simidi olup imdada yetişmişti.

...ve Ufuktaki Cadı Avı

Ne yapılmazdı ki bu kavramla? Bütün suçlarını ona yama; onunla ilişkilendirerek istediğini as istediğini kes. Hem yolsuzluğu örtbas et hem dış siyasetteki fiyaskoyu perdele hem de haricî güçlerle el ele vermiş bir heyula hikâyesiyle taraftar saflarını sıklaştır. "Savaş kabinesi" yorumlarına sebep olan yeni bakanlarla girişeceğin kıyıma "İstiklal mücadelesi" adını koy ve böylece muhalif her sesi rahatlıkla vatana ihanetle suçla. "Paralel devlet" yapılanmasını çökertme bahanesiyle emniyetten yargıya, bakanlıklardan müdürlüklere, TİB'den BDDK'ya hatta TRT'den THY'ye kadar her sahada on binlerce insanı görevinden al, sürgüne yolla ve açıkta bırak. Biri "Gözün üstünde kaşın var." mı dedi, hemen paralellikle itham et ve haritayı önüne koyup yer beğendir. Hukuksuzluklarına gereken desteği vermeyen yandaş ve yardakçılarını bile terbiye edebileceğin bir kamçı, paralel devlet; "Yoksa sen de mi?" de, sonra tabasbusu seyret. Ne âlâ memleket!

Maalesef bütün bunlar yapıldığı gibi, yine gündem değiştirme manevrası mıydı yoksa onları da yanına alıp Camia'nın başına inecek balyozu büyütme gayreti miydi; ya da pazarlıklar esnasında verilen sözlerin gereği miydi, bilemeyeceğim, Ergenekon ve Balyoz gibi davalarda mahkûm olmuş askerlere kumpas kurulduğu da iddia edildi.

Oysa bu iddianın sahipleri senelerdir meydanlarda, ekranlarda ve hele duvarlar arkasında darbecileri nasıl hallettiklerini, cuntacıları nasıl hizaya getirdiklerini ve askeri vesayeti nasıl bitirdiklerini ballandıra ballandıra anlatıp, mezkûr davaların savcılarıymış gibi davranarak oy devşirmişlerdi. Demek ki ya onca zamandır halka söylenenler yalandı ve millet kandırılmıştı veya ortaya atılan kumpas iddiasının başka bir hedefi vardı. Öyle ya da böyle, 'yeniden yargılama' yolu açıldı; hapistekiler birer birer salındı. Dahası eski Ergenekoncular, Hizmet Camia'sına karşı birer akıl hocası ve harp stratejisti yapıldı.

Artık infaz timi tamamdı; Camia hakkındaki "bitirilecek" hükmü uygulamaya konacaktı. Sadece bir eksik vardı; o da Cemaat'in halk nazarında şeytanlaştırılması ve Hizmet gönüllüleri linç edilirken diğer insanların sessizce seyredecekleri hatta "oh" oldu diyecekleri bir atmosferin oluşturulması.

Bundan böyle, Erdoğan bütün konuşmalarında "paralel devlet" ezberini tekrarlayacak hatta seçim mitinglerinde muhalefete yüklenme huyunu da minimize edip her fırsatta Camia'ya saldıracaktı. Değil mi ki karşısına korkunç bir düşman yerleştirmesi gerekiyordu; gayri devlet adamlığı vakar, ciddiyet ve kuşatıcılığının önemi kalmamıştı. Her gün isnat, hakaret ve iftira dağarcığından yeni çıkardığı sözcükleri sıralayacak ve hiç yüzü kızarmadan milletin huzurunda çirkin hakaretler yağdıracaktı. Neler neler söyleyecekti: Çete, casus, indekiler, inlerine gireceğiz, alçaklar, ellerini kıracağız, kirli örgüt, komplonun maşaları, rantçı, devlet içinde maşalar, İslâm kisvesine bürünenler, faiz lobisi, İsrail bağlantısı, kan emici sülükler ve alçak proje taşeronları, beş altı ay içindeki yaklaşık dört yüz tahkir ifadesinden sadece birkaçı olacaktı.

Erdoğan işaret fişeğini ateşleyince "havuz medyası" artık durur mu? Yalanı ve iftirayı mubah gören, çalıp çırpmaya fetva uyduran, hırsızlık ve haramîliği aklamaya çalışan yandaş gazeteci ve yazarlar tarihin hiçbir döneminde benzeri görülemeyecek keskin bir dille hücuma geçeceklerdi.

Önce Hizmet içinde bir "cunta"dan bahsedip gönüllüleri ayrı tutarak hakperest görüneceklerdi. Bunda başarılı olamayınca, muhterem Hocaefendi'yi boy hedefi yapacak ve taban tavan ayırımına giderek işin perde arkasından habersiz kimseleri "tavan"dan koparmaya çalışacaklardı. Camia'nın alt-üst ayrıştırmasına itibar etmediğini görünce, artık çaresizce herkesi aynı kaba koyacak; kadını erkeği, abisi ablasıyla bütün adanmış ruhları hedef tahtası yapacaklardı. Onların hiçbirine hiçbir kamu kuruluşunda yaşama hakkı vermeyecek; bulundukları yerden söküp atmak için "cadı avı" başlatacaklardı. Hakaret ve tazyikten hepsini nasiplendirecek; artık fark gözetmeden Hizmet'e gönül bağı bulunan herkesi cezalandıracaklardı. Öyle ki meseleyi ilkokul çocuklarının ifadelerini almaya kadar vardıracak; Hizmet okullarında ve dershanelerinde sorgu odaları oluşturup öğrencileri sıkıştırmak için üzerlerine müfettişler salacaklardı. Müesseselerin kapılarına kilit vurmak için her yolu deneyecek, tabelalara bile tahammül edemeyip yerlerinden sökeceklerdi. Taciz edilmedik hiçbir kurum bırakmayacak, Camia'yla irtibatlı ticari işletmeleri batırmaya uğraşacaklardı.

Düşünebiliyor musunuz, bir devletin idarecileri, millete ait bir bankayı, sırf yöneticileri Hizmet'e yakın olduğu için batırmaya kalkışacaklardı. Banka batırılması diye sinsi bir plan tarihte hiç görülmemişti. Fakat bizim ülkemizde faizsiz bankacılığın öncülerinden olan bir kurumu mahvetmek için devlet eliyle baskı uygulanacak, plan üstüne plan yapılacak ve üst üste darbeler vurulacaktı.

Muktedirlerin, kin, nefret ve öfkeleri bir türlü dinmeyecek, ülke sınırlarını da aşacak, varıp dünyanın en ücra köşelerindeki Türk Okulları'na kadar ulaşacaktı. Erdoğan ve çekirdek kadrosu, sadece ülke sathındaki değil, yurt dışındaki Hizmet müesseselerini de yok etmek için çabalayacaktı.

Ne acıdır ki, bütün bu sayılanlar vuku buldu hatta daha elim hadiseler yaşandı.

Aman ya Rabbi! Özellikle şu bir senede ne hayâsızca saldırılar gördük. Darbecilerin dahi kaçındıkları zulümleri mü'minlik iddiasındaki kimselerin yaptıklarına şahit olduk. Onlar yerine biz utandık; hasedin insanı ne hâle sürüklediğini acı acı izleyip hüzne boğulduk.

Her Şeye Rağmen, Hizmete Devam

23 Aralık 2013

Sevgili Dostlar,

Fethullah Gülen Hocaefendi, Sızıntı, Yeni Ümit ve Yağmur mecmualarına verdiği değerin bir neticesi olarak senelerdir onların mizanpajından baskısına kadar hemen her aşamasıyla yakından ilgileniyor.

Kendisi müsait olduğunda bizzat başyazı, tasavvufî makaleler ve şiirler yazdığı gibi, yayınlanan her çalışmayı çok değerli buluyor, mutlaka okumaya çalışıyor; şayet değişik sebeplerle okuyamamışsa, hazırlanan özetleri dinliyor.

Ayrıca seçilen güzel resimler odasına bırakılıyor, Hocamız onlara değerlendirme nesirleri ve nazımları yazıyor. Bu resimlerin bazıları mecmualara kapak yapılıyor ve diğerleri de iç sayfalara birer "hatırlatıcı" olarak konuluyor.

Sonra hem adlarını zikrettiğimiz dergilerin hem de sayıları her gün artan Hira ve Fountain gibi kardeşlerinin yetkilileri Hocaefendi'nin duasını almak ve fikirlerinden istifade edebilmek için neşredilebilecek çalışmaların listesini, kapak alternatiflerini ve resim değerlendirmelerini arz ediyorlar.

Muhterem Hocamız içinde yaşadığımız buhranlı dönemin sıkıntılarına rağmen yapageldiği çalışmalarını ihmal etmedi. Dergiler için de bir hafta boyunca her gün zaman ayırdı ve gelecek sayıların sayfalamaları bugün tamamlandı.

(Muhterem Hocaefendi, Sızıntı, Yeni Ümit ve Yağmur mecmuaları için kapak seçerken...)

(Muhterem Hocaefendi, Sızıntı, Yeni Ümit ve Yağmur mecmualarına konabilecek yazıların özetlerini okurken...)

Yolsuzluk ve Muhâvele

———— ❧❦❧ ————

Yolsuzluk soruşturmasının başlaması ve fezlekelerin orta-
ya saçılması üzerine adeta devlet fili, millet zücaciye dük-
kânına girdi. Esirmiş bir canavarın pençeleriyle sağa sola
fırlayan eşya gibi, kovuşturmada vazife gören emniyet ve ad-
liye memurları hükûmetin üst üste darbeleriyle dört bir yana
dağılıverdi.

Muktedirler, operasyonun hükûmete darbe teşebbüsü ol-
duğunu ve arkasında Camia'nın bulunduğunu iddia ederek
Hizmet gönüllülerine karşı saldırıya geçtiler. Duygu, düşünce
ve beyanları kapkara adamlar, dillerinden dökülen gayz ve
nefret ifadeleriyle gazete, dergi, internet sayfaları ve televiz-
yon ekranlarına zift pompaladılar.

Haramîliği Allah Biliyor

Muhterem Hocaefendi, o bir haftalık süre zarfında iki defa
sohbet etti; suçlamalara ve hakaretlere de imada bulunarak
gündemi değerlendirdi.

Hiddet, şiddet ve huşunetle hiçbir problemin çözüleme-
yeceğini, bunların muvakkat birer cinnet olduğunu; mecnun-
ların insanları tedavi edemeyeceklerini; dertlerimizin devası-
nın şefkat, re'fet ve mülayemette bulunabileceğini anlattı.
Kim nasıl davranırsa davransın, başkalarının muamelesi,
dünya görüşü, hayat felsefesi ve konumu ne şekilde olursa

olsun, mü'minlere Kur'ânî ölçülere bağlı kalmak, Sahih Sünnet çizgisinde hareket etmek ve Raşid Halifelerin yolundan ayrılmamak düştüğünü bir kere daha vurguladı. "*Yakışıksız, münasebetsiz şeylere aynıyla mukabelede bulunmamalıdır. Mü'mine 'alçak' dememelidir. Bir gün Allah (celle celaluhu) böyle diyeni, gerçekten alçaltır da tarihe öyle alçalmış olarak kaydedilir. Gelecek nesiller de onu alçalmış bir insan olarak yâd ederler.*" dedi.

Suçluluk psikolojisiyle hareket edildiğini, kırk harâmîliğin gizlenmek istendiğini, gündem değiştirme gayesi güdüldüğünü ve halkın dikkat nazarını başkalarının üzerine çevirmek suretiyle mesâvîden sıyrılmaya çalışıldığını fakat bunların dinin temel disiplinlerine karşı diyalektik ve demagoji sayılacağını, günahı ikileştirmeden başka işe yaramayacağını, aynı zamanda toplum moleküllerinin birbirinden kopup uzaklaşmasına sebep olacağını belirtti.

"*Önemli olan arınmadır. İçindeki o pislikleri atarak, 'Ak idim, ak olmaya çalışıyorum, inşaallah hep ak kalacağım!' mülahazasına bağlı daha farklı stratejilerle, daha insancıl tavır ve davranışlarla, daha şefkatli bir muameleyle temizlenmektir. Başkalarını boy hedefi göstermek, bir kısım karanlık kalemlerle onları karalamak ve böylece biraz teselli olmak, bu dünyada bir işe yarasa da öbür tarafta hiçbir fayda sağlamaz. Çünkü mesâvîyi Allah biliyor, harâmîliği Allah biliyor, hırsızlığı Allah biliyor, rüşveti Allah biliyor. Öbür tarafta, tek arpadan hesap sorma esprisine bağlı olarak, hepsinin hesabını teker teker Allah sorar.*" diyen Hocaefendi, "çete, örgüt ve in" hakaretleri karşısındaki üzüntüsünü de dile getirdi ve sözlerini şöyle sürdürdü:

"*Kimin 'in'de olduğunu Allah görüyor. Hazreti Ruh-u Seyyidu'l-Enâm ve Mele-i A'lânın sakinleri de şahittir. Müslümana 'çete', 'şebeke', 'eşkıya' deme ve onları inlere sığınmış goriller, maymunlar gibi görme, partallaşmış düşüncelerin sözlere, ifa-delere aksedişinden başka bir şey değildir ve bunlarla hiçbir eğri düzeltilemez. İnsanlığın beklediği o hakikatler hiçbir za-man bunlar sayesinde kazanılamaz. Emekler durur insanlık ve sürekli hayallerinin yıkılmasıyla bir kere daha asâ gibi bükü-lür, iki büklüm olur. Bir kere daha inler, bir kere daha inkisâr yaşar. Bir kere daha ateş böceklerini Sirüs yıldızı gibi alkışla-mış olmanın aldanmışlığı içinde hicap duyar, başını önüne eğer, 'Affet beni Allahım!' der."*

Hocamız, "*Girmeden tefrika bir millete düşman giremez / Toplu vurdukça yürekler, onu top sindiremez.*" (M. Akif) beyti-ni hatırlatarak, millet ruhunda vahdeti temin etmek, vifak ve ittifak yollarını araştırmak gerektiğini; mâşerî vicdanın mü-levves kabul ettiği bazı durumlar olmuşsa, onu bunu tecrim edip kendini temize çıkarmaya çalışma yerine, kursak ve ko-lonlardaki kirleri atmak suretiyle aklanmak lazım geldiğini ifade etti.

Yeminleşelim mi?

Hocaefendi'nin merakla beklenen değerlendirmeleri arasın-da çok önemli hususlar vardı fakat özellikle bir paragraf, diğer müthiş cümleleri gölgede bırakmıştı. Bütün Türkiye hıçkırık ve gözyaşları arasında seslendirilen yakarışa kilitlen-miş; herkes, sebeplerin tükendiğini düşünen bir insanın, hâli-ni Allah'a arz edişini, muhataplarını insafa davetini ve yargı-sız infaz yapanları "muhâvele"ye çağırışını hüzünle izlemişti.

Muhterem Hocamız, o sohbetten evvel birkaç kere, mübâ-hele ve mülâane ayetlerini hatırlatmıştı. Ardı arkası kesilme-yen itham ve iftiralar karşısında, bazen "*Allah'ı bütün dünya-ya anlatarak O'nun rızasını kazanma dışında bir gaye ve hede-fim yoktur; ulvî hedeflere ancak meşru yollarla gidileceğinden illegal bir hareketim de katiyen söz konusu değildir!*" diye yemin etmek ve suç isnadından vazgeçmeyen muhataplarına da yemin teklifinde bulunmak istediğini söylemişti. Çünkü mesnetsiz ve delilsiz bir sürü iddia öne sürülüyor; bunlar ispat edilemediği gibi aklî-mantıkî tashih ve izahlara da asla kulak verilmiyordu.

Neydi mübâhele, ne demekti mülâane?

Bilindiği üzere, Âl-i İmran Suresi'nin 61. ayet-i kerimesine "mübâhele ayeti" denir. Bu ilahi beyan mealen şöyledir:

"Artık sana bu ilim geldikten sonra kim seninle Hazreti Îsâ hakkında tartışmaya girerse, de ki: Haydi gelin oğullarımızı ve oğullarınızı, hanımlarımızı ve hanımlarınızı ve bizzat kendimizi ve kendinizi çağırıp, sonra da gönülden Allah'a yalvaralım da bu konuda kim yalancı ise Allah'ın lânetinin onların üzerine inmesini dileyelim."

Bu Hak kelamı zaviyesinden "mübâhele" birbirinin sözlerini doğru kabul etmeyen iki tarafın "hangisi yalancı ise Allah'ın ona lânet etmesini gönülden istemeleri" şeklindeki yeminleşme demektir.

Hicri 9. yılda Necran Hristiyanlarını temsil eden 70 kişilik heyet, başlarındaki liderleriyle beraber Medine'ye gelip Resûl-ü Ekrem Efendimiz'le kıyasıya tartışmış, hakikati kabule bir türlü yanaşmamış ve İnsanlığın İftihar Tablosunu'nu yalanlamışlardı. Bunun üzerine bu ayet nazil olunca, Hazreti Peygamber (sallallahu aleyhi ve sellem) ilahi emir gereği mübâheleyi teklif etmişti.

Necranlılar, hemen karar vermemiş, düşünmek için mühlet istemişlerdi. Bunu kendileri için tehlikeli bulup kabul etmediklerini bildirmek üzere Efendimiz'in yanına geldiklerinde bakmışlardı ki O (aleyhissalatü vesselam), Hazreti Hüseyin'i kucağına almış, Hazreti Hasan'ın elinden tutmuş, Fatıma annemiz ile Hazreti Ali'yi arkasına katarak *"Ben dua edince siz de 'âmin' dersiniz."* diyor. Heyecana kapılan heyet başkanı, hemen mübâheleyi istemediklerini bildirmiş, vatandaşlık vergisi vererek İslâm hâkimiyeti altında yaşamayı benimsediklerini söylemişti. Peygamber Efendimiz de onlara, kendilerine tanınan hakları ve yükümlülükleri bildiren bir emannâme vermişti.

Bir Çözüm Yolu Olarak Mülâane

Mülâane'ye gelince, o da karşılıklı lanetleşmek suretiyle yeminleşmek demektir. Bu kelime, uzaklaştırmak, kovmak, rahmetten mahrum bırakmak ve birbirine lânet etmek manalarına gelen "liân" yerine de kullanılmaktadır. Liân ya da mülâane, İslâm Hukuku'nda, karısını zina yapmakla suçlayan erkeğin, bunu dört şahitle ispatlayamadığı ve kadının da suçu inkâr ettiği takdirde, ikisinin hâkim önünde hususi bir şekilde ve karşılıklı olarak yemin etmelerine denir.

Bu yeminleşme, Kur'ân-ı Kerim'de şu şekilde anlatılmaktadır: *"Eşlerini zina etmekle suçlayıp da buna kendileri dışında şahit bulamayan kocalar, doğru söylediklerine dair ayrı ayrı dört kere Allah adına yemin vererek şahitlik ederler; beşinci kere ise, yalancı olması hâlinde, Allah'ın lânetinin muhakkak kendi üzerine gelmesini kabul ettiklerini söylerler. Hanımın da bu suçlamasında kocasının yalancı olduğuna dair ayrı ayrı dört kere Allah adına yemin ve şahitlik etmesi, beşincide ise kocası doğru söylemişse, Allah'ın gazabının kendi üzerine çökmesini kabul ettiğini belirtmesi, kendisinden cezayı kaldırır."* (Nur, 24/6-9)

Necranlılar'ın -hâşâ- Allah'a oğul isnat etmelerinde de erkeğin eşini zina ile suçlamasında da bir iftira söz konusudur. Müddei, iddiasını ispat edemediği gibi, davalının sözüne de bir türlü inanmamaktadır. Tarafların anlaşamamaları durumunda çok kötü hadiselerin olması kuvvetle muhtemeldir. İşte bu türlü hallerde, topluluklar arasındaki ihtilafın ta savaşa kadar varıp uzanacak fena sonuçlar vermemesi, aile içindeki anlaşmazlıkların da büyük kavgalara hatta cinayetlere yol açmaması için İslâm dini mübâhele ve mülâane usullerini meşru kılmıştır.

Hocaefendi bu iki meseleye birkaç defa temas etmiş, bununla alâkalı bir de hatıra anlatmıştı. Aklımda kaldığına göre dünya itibarıyla büyük bir adam dünden bugüne tekrarlanan iftiralara iştirak edince, ona gidip "Madem delil getiremiyorsun, bana da inanmıyorsun; var mısın, 'Kim yalancıysa, Allah'ın laneti onun üzerine olsun!' diye dua edelim." demiş. Adam irkilmiş, beti benzi atmış; hem öyle dua etmeye yanaşmamış hem de bir daha o iftiraları ağzına almamış.

Muhâvele Daveti

Muhterem Hocamız, günümüzdeki o inançsız adam ve Asr-ı Saadet'teki Hristiyan Necranlılar insafa geldiklerine göre müslümanların haydi haydi insaf edeceklerini düşünüyor; "Bari bu yola mı başvursak?" diye aklından geçtiğini yer yer dile getiriyordu. Şu kadar var ki dinî ıstılahta bu muamelenin adı "mübâhele" ve "mülâane" olsa da, müslümanlara karşı, içinde lanet manası geçen bir kelimeyi kullanmak istemiyordu. Onların yerine, talep etme, dileme, birbirini Allah'a havale etme ve aralarındaki davanın hükmünü Cenâb-ı Hakk'a ısmarlama manalarına gelen "muhâvele" sözcüğünü tercih ediyordu.

Hocaefendi, belki de bu mülahazaların sevk etmesiyle, sohbetinin sonunda ellerini açtı, bütün samimiyetiyle dua etti. Salondakiler önce bir şaşkınlık yaşadılar; daha sonra yüksek sesle "âmin" diyerek ve gözyaşı dökerek yapılan duaya katıldılar.

Evet, o ciğerleri kavuran yakarış bir iç dökme, bir arz-ı hâl, bir doğruluk yemini, bir insaf çağrısı ve musır müfteriler için bir muhâvele davetiydi.

Ne üzücüdür ki o çok hâlis sözler ve samimiyetin delili görüntüler, hemen kesilip biçildi ve çarpıtıldı. Hocaefendi'nin kollarını kaldırmış ağlayarak dua eden görüntüsü, televizyonlarda yüzlerce kez peşi peşine gösterildi, gazetelere boy boy basıldı ve sadece bir kısmı haberleştirilip "AKP'li müslümanlara beddua ediyor!" şeklinde yansıtıldı. Kara ruhlu, kara düşünceli, kara vicdanlı, kara kalemli, kapkara bir güruh internette, gazetelerde ve televizyonlarda meseleyi olduğundan çok farklı gösterme hıyanetini irtikâb etti.

Muhterem Hocamızın insaf çağrısına ve muhâvele teklifine cevab-ı sevab verilmedi ve "âmin" denilemedi. Hayrettir ki işin aslı onlarca defa izah edildiği ve sohbetin orijinali sitede mevcut olduğu hâlde, dillerine doladıkları "beddua" lafını seçim malzemesi yaptı; aynı çarpıtmayı meydan meydan tekrarladılar.

Hâsılı, ne muhâveleye evet denildi ne de lânetlik işlerden vazgeçildi. Girdili çıktılı aktarmalarla hakikati gizleme dalaletini sürdürdüler. Açıklamaları dinlemedi ve hakikatleri duymazdan geldiler. 28 Şubatçıların montajlayıp yaydığı önü arkası kesilmiş sözlere yenilerini ekleyip servis ettiler. Zira haramîliği örtbas için onlara gürültü lazımdı.

Mazlumun Âhı, Titretir Arşı

25 Aralık 2013

Birisi itibarınızı bitirmek ve sizi yokluğa mahkûm etmek için karar vermiş; sürekli hakkınızda komplo kuruyor, hiç durmadan gıybetinizi yapıyor, utanmadan size iftira atıyor. Siz mü'minsiniz; kötülüğe kötülükle karşılık vermek istemiyor ve yumuşak bir üslupla doğruları anlatıyorsunuz fakat sizi hasım belleyen kimse vazgeçmiyor, bühtanlarına devam ediyor. Olmadık suçlamalarda bulunuyor, "Yapmadım." diyorsunuz, "Yaptın." diye tutturuyor; "İşin aslı bu!" cevabını veriyorsunuz; "Hayır, şöyle..." diye inat ediyor. "Delil" istiyorsunuz, dedikodulardan dem vuruyor. Anlıyorsunuz ki yalın açıklama problemi çözmüyor. Bu defa yemin billah ediyorsunuz; Allah adı veriyorsunuz. Hayret, o da muhatabınızı yumuşatmıyor. Son çare diyor ve onu ahitleşmeye/yeminleşmeye çağırıyorsunuz; "İnsafı ve vicdanı olan artık saldırganlıktan uzaklaşır!" zannediyorsunuz. Ne tuhaf, bu defa da "Bana beddua ettin; lanette bulundun!" bağırtılarına maruz kalıyorsunuz.

İşte böyle bir çirkinlik yaşanıyor ülkemizde. Hayatını insanlığa adamış, dünya zevki namına hiçbir şey tatmamış ve insaniyet-i kübranın yücelmesinden gayrı muradı olmamış bir insan, işaret ettiğim tuhaflığın çok ötesinde bir zulümle karşı karşıya bulunuyor.

Hocaefendi'ye Şefkat Dersi mi?

Dinden diyanetten behresi olmayan bazı zavallı kimseler Fethullah Gülen Hocaefendi'ye ders vermeye, hem de şefkat öğretmeye kalkışıyorlar.

Resûl-ü Ekrem Efendimiz'in (sallallahu aleyhi ve sellem) beddua etmekten kaçındığını, kendisinin lanet edici değil rahmet vesilesi olarak gönderildiğine vurguda bulunduğunu; mübarek ayaklarını kanlar içerisinde bırakan, başını yaran, dişini kıran ve yüzünü yaralayan düşmanları için dahi lanet etmeyip *"Allah'ım, kavmimi hidayete erdir, çünkü onlar beni bilmiyorlar."* dediğini tekrar edip duruyorlar.

Amennâ ve saddaknâ! İnsanlığın İftihar Tablosu ne buyurmuş ve nasıl yaşamışsa başımızın tâcı! Fakat acaba mesele öyle günümüzün muterizlerinin dediği kadar basit mi?

Onların şefkat, rahmet ve mülâyemet dersleri bir ilk ya da ortaokul çocuğuna belki anlatılabilir ama hele Hocaefendi'ye hitaben bunlar ifade ediliyorsa, önce "Edep yahu!" demek ve müderrisleri insafa davet etmek gerekir. Zira Hocaefendi'nin şefkati, hoşgörüsü ve üslubu dünyaca malumdur; onun nasıl bir hilm u silm âbidesi olduğuna yetmiş küsur senelik hayatı şâhid-i sâdıktır.

Muhterem Hocaefendi, hiç kimse için kötü bir akıbet dilemeyen, kırk-elli sene aleyhinde yazı yazan birisi hakkında bile "cehennem" denilince, "Hayır ya Rabbi, ateşe atma; hidayet buyur, cennetine koy!" deyip gözyaşı döken ve bütün hayatını insanlığın ebedi saadeti yolunda ağlamakla geçiren bir insandır.

Kıymetli Hocamız her zaman *"Biz muhabbet fedaileriyiz; husumete vaktimiz yoktur bizim. Başkaları bin türlü husumet gösterseler ve husumetin bin türlüsünü bir anda çektirseler de düşmanca tavrın tekiyle bile olsa mukabelede bulunmayı düşünmeyiz. Geçeceğimiz yollara diken atan, önümüze çukurlar kazan insanlardan birini bir yerde kuyuya düşmüş görsek, yine ellerinden tutar, kaldırırız. Biz en zor günlerde, en amansız şekilde düşmanlık yapanlar hakkında bile tel'ine ve bedduaya 'âmin' demedik, kimseye lânet ve kahriye okumadık. Belki onlar hakkında en acı tercihimiz, onları Allah'a havale etme şeklinde oldu."* demiş ve hep bu çizgide hareket etmiştir.

Allah'a Havale Ederken Bile Şarta Bağlamalı

Hocaefendi, zalimleri Allah'a havale edişini bile hep belli şartlara bağlamış, onlara karşı ilahi korunma talep edeceği zaman dahi bu isteğini şartlı dile getirmiş; *"Allah'ım, rezil rüsva ve perişan olmamızı arzu edenleri, bu istikamette komplolar düzenleyenleri de ıslah eyle. Akıllarını ve kalblerini sıhhate kavuştur. Şayet muradın bu yönde değilse ve onlar bütün bütün nasipsiz kimselerse, hiç olmazsa bizi onların zulümlerinden muhafaza buyur; zalimleri gaye-i hayallerine ulaştırma ve onlara karşı bize yardımcı ol!"* muhtevasıyla Cenâb-ı Hakk'a yönelmiştir.

Öyleyse temel düşünce yapısı ve karakteri itibarıyla, şahsî haklarından hep fedakârlıkta bulunan, toplumu ilgilendiren meselelerde ise tel'ine ve bedduaya uzak durup Allah'a havale yolunu tercih eden Hocaefendi'nin yürekler yakan, tüyler ürperten ve içlere işleyen o duası, uzun uzun düşünmeyi, dikkatli tahlili ve derin muhasebeyi hak etmiyor mu?

Yolsuzluk Sohbetindeki Sözlerin Arka Planı

Herkul. org'da 20 Aralık 2013 tarihinde "Yolsuzluk" başlığıyla yayınlanan sohbetinde Hocaefendi, önce bir kere daha adanmış ruhlar için şefkatin önemini anlattı. Daha sonra hizmet gönüllülerinin maruz kaldığı saldırılara değindi; akabinde sözü güncel hadiselere getirdi.

Özellikle son iki ayda neler denmedi ve neler yazılıp çizilmedi ki?

En büyük sermayesi adanmışlığı ve beklentisizliği olan insanlar hakkında "iktidarı ele geçirme", "devlete sızma", "vesayet kurma", "paralel yapı oluşturma", "kirli ittifak", "oy pazarlığı" ve "uluslararası çirkin bir oyunda rol alma" gibi birbirinden iğrenç iftiralar atıldı. Dahası münafıkça bir yola süluk edilip "Hizmet içi cunta" yakıştırmasıyla ve tavan taban ayırımıyla Camia içinde iftirak çıkarmak için uğraşıldı. Bunlar sadece ahbab meclislerine münhasır da kalmadı, genel ve sosyal medya aracılığıyla yayıldı ha yayıldı. Mesele şahsî olsaydı, Hocaefendi yine sükût eder, en fazla Cenâb-ı Hakk'a havale ile yetinirdi. Nitekim "Gizli Kardinal Operasyonu" manşeti atıp alçakça imalarda bulunanlara biz "Dilin kopsun!" diyecek olduk ama o sadece acı acı gülümsemekle iktifa etti. Evet, hadise yalnızca şahsını alâkadar etseydi, o Hak dostu duygularını yine "sükûtun çığlığı"na bırakırdı fakat asimetrik saldırılarla umumun hukukuna tecavüz söz konusuydu, amme hakkı vardı işin içinde. İşte orada insafsız hücumlara göz yumulamaz ve sessiz kalınamazdı.

Meselenin o raddeye gelmemesi için çok çaba harcandı. Defalarca açıklama yapıldı, yazıldı çizildi; gizliden de söylendi, açıktan da ilan edildi. Gece de anlatıldı, gündüz aydınlığında da tavzih yapıldı fakat bazıları iftiralarından vazgeçmediler. Mektuplar yazıp sorular sordular; yemin ettik, "iftira" dedik. Heyhat inanmadılar. İsnat ve iddialarını kanıtlayan deliller ortaya koyamadılar ama "Mü'minin kasemi hüccettir!" hakikatiyle kanaat etmeye de yanaşmadılar. Hâsılı, muhterem Hocamıza ahitleşme/yeminleşme şıkkından başka tercih bırakmadılar.

İşte öyle bir atmosferde Hocaefendi son çare olarak dua üslubuyla bir çağrıda bulundu. Katiyen şahısları hedef almadı, şu taraf bu taraf da demedi, hele bir siyasi hareketin bütününü hiçbir zaman ama hiçbir zaman müfterilerle, komplocularla bir tutmadı. Dahası, beddua diye algılanan sözlerine kendisini işin içine katarak başladı ve şöyle dedi:

"Fakat eğer hakikaten bu olumsuz şeylerin üzerine giden arkadaşlar; kimse onlar tanımıyorum, binde birini bile tanımıyorum... Bu işin üzerine "Hukukun ve aynı zamanda sistemin, dinin ve aynı zamanda demokrasinin gerektirdiği şeyler bunlardır." deyip (arınma adına, yıkanma adına, temizlenme adına, kirlerin öbür tarafa kalmasına meydan vermeme adına) bir şey yaparken dinin ruhuna aykırı bir şey yapmışlarsa... Bize de nisbet ediyorlar, dolayısıyla ben bizi de onların içinde görerek diyorum. Dinin ruhuna aykırı bir şey yapmışlarsa, yaptıkları şey Kur'ân'ın temel disiplinlerine aykırıysa, Sünnet-i Sahiha'ya aykırıysa, İslâm'ın hukukuna aykırıysa, modern hukuka aykırıysa, günümüz demokratik telakkilere aykırıysa... Allah bizi de onları da yerlerin dibine batırsın, evlerine ateş salsın, yuvalarını başlarına yıksın. Ama öyle değilse, hırsızı görmeden hırsızı yakalayanın üzerine gidenler, cinayeti görmeyip de masum insanlara cürüm atmak suretiyle onları karalamaya çalışanlar... Allah onların evlerine ateşler salsın, yuvalarını yıksın, birliklerini bozsun, duygularını sinelerinde bıraksın, önlerini kessin, bir şey olmaya imkân vermesin."

Öncelikle, bu cümlelerdeki şu ifadelere dikkat etmek gerekir: *"...arınma adına, yıkanma adına, temizlenme adına, kirlerin öbür tarafa kalmasına meydan vermeme adına..."* Şefkat insanı, yine muhataplarının âhiretini düşünmektedir ve hadiselerin kötülüklerle öteye gidilmemesi noktasında değerlendirilmesini istemektedir.

Mülâane, Mübâhele ve Ahitleşmeden Maksat Nedir?

Saniyen, bu bir beddua değil olsa olsa bir mülâane, mübâhele, muhâvele ya da delilsiz itham edilen bir insanın ahitleşme/ yeminleşme davetidir. Nitekim bazı yazar ve mütefekkirler bu duayı "mülâane" veya "mübâhele" çerçevesinde ele alan yazılar yazdılar. Evet, zikredilen sözler, Hocafendi'nin, asılsız iddia ve isnatlarla sürekli saldıranları o türden bir ibtihâle (yalvarış ve yakarışa) çağırması olarak yorumlanabilir.

Bununla beraber, sanki ortada bir yanlış varmış da özür dilenmesi lazımmış gibi bir algı oluşturulması en hafif ifadesiyle insafsızlıktır. Açıklamaları dinlemeye ve hakikatleri öğrenmeye karşı isteksiz davranan, zira (iddia edilen) haramîliği kamuoyuna unutturmak için şamataya ihtiyaç duyan bazı kimselerin çarpıtmalarla hakikati gizleme derdinde oldukları hatırdan dûr edilmemelidir.

Nitekim hemen bir koro oluşturulduğu ve aynı manşetlerin, tıpatıp haberlerin yaptırıldığı âşikârdır. Dört bir yandan dinimizde beddua olmadığı, Peygamber Efendimiz'in hiç kimseyi lanetlemediği ve Hazreti Üstad gibi büyüklerin asla kahriye okumadıkları yazılıp çizilmekte, gürültüyle seslendirilmektedir. Hatta bu konuda Diyanet'in bir fetvasından bahsedilmekte ve maalesef o da sağından solundan kırpılıp neşredilmektedir.

Öyle mi gerçekten? Bunlar sadece birer ezberden ibaret olmasın?

Peygamber Efendimiz Hiç Beddua Etti mi?

Lanet, Allah'ın merhametinden uzak olmayı ifade eder; lanet okuma ahireti de kuşattığı için en şiddetli, bed (kötü) duadır. Doğru, Resûl-ü Ekrem Efendimiz, *"Ben lanet edici değil, rahmet peygamberi olarak gönderildim!"* buyurmuş ve en zor şartlarda dahi lanet etmemeyi yeğlemiştir.

Bununla beraber, Allah Resûlü'nün hiç lanet etmediği ve bedduada bulunmadığı bilgisi doğru değildir. İnsanlığın İftihar Tablosu, bazı çirkinliklerden sakınılması ve günahlara karşı daha dikkatli olunması için zaman zaman "lanet" ifadesini kullanmıştır. Sâdık u Masdûk Efendimiz'in Buhari, Müslim, Tirmizi, Müsned gibi en muteber hadis kitaplarında yer alan lal ü güher beyanlarına bakıldığında zecr (sakındırma) maksatlı pek çok sözü görülecektir:

"Allah'ın laneti hırsızın üzerindedir!"

"Allahın laneti rüşvet alan ve verenedir!"

"Faiz yiyen ve yedirene Allah lanet etsin!"

"Anne ve babasına söven kimse lanetlenmiştir!"

"Fitne uykudadır, onu uyandırana Allah lanet etsin!"

"Altın ve gümüşün kuluna, paraya tapana lanet olsun!"

"Halkın işlerini üstlenip de onlara güçlük çıkarana lanet olsun!"

"Zalim âmirlere, fâsıklara, sünnetimi yıkan bid'atçilere Allah lanet etsin!"

"Arazi işaretlerini bozana (sınır taşlarını kaldırıp daha fazla yer tutma peşinde olana) Allah lanet etsin!"

gibi hadîs-i şerifler bahsini ettiğim incilerden sadece birkaçıdır.

Ayrıca, Efendimiz (sallallahu aleyhi ve sellem) kendisine reva görülen pek çok haksızlık ve zulüm karşısında bedduaya tevessül etmediği hâlde, toplum yapısını tehdit eden cürümler karşısında lanet ifadesini bile kullanmıştır. Bi'r-i Maûne hâdisesi gibi masum insanların zulmen öldürüldüğü birkaç mevzuda bedduada bulunarak, başka hikmetlerinin yanı sıra, hayatını Kur'ân hizmetine verenlerin Allah indindeki ve Resûlü yanındaki kıymetini de göstermiştir.

Hamdi Yazır Hazretleri: "Zalim aleyhine bağıra bağıra beddua edilebilir!"

Diğer taraftan, Cenâb-ı Hak şöyle buyurmaktadır:

لاَ يُحِبُّ اللهُ الْجَهْرَ بِالسُّوءِ مِنَ الْقَوْلِ إِلاَّ مَنْ ظُلِمَ وَكَانَ اللهُ سَمِيعًا عَلِيمًا

"Allah, ağır ve inciten sözlerin açıktan söylenmesini hiç sevmez ancak söyleyen zulme uğramışsa o başka. Allah her şeyi hakkıyla işitir ve görür." (Nisâ, 4/148)

Bu ilahî beyan münasebetiyle merhum şehid Seyyid Kutup, tefsirinde şunları söylemektedir:

"Kuşkusuz İslâm, -zulmetmedikleri sürece- insanların namına ve şanına saygı gösterir ancak zulmettikleri zaman bu saygıyı hak etmezler. İşte o zaman zulme uğrayana, zulmedenin kötülüğünü açıklama izni verir. Dillerin kötü söz söylemesine ilişkin yasağın tek istisnası budur. Böylece İslâm'ın, zulme imkân tanımayan adaleti koruması için fert ya da toplumun utanma duygusunun yırtılmasına izin vermeyen ahlâkı koruması birbirine uygun düşmektedir."

Elmalılı Hamdi Yazır hazretlerinin aynı ayeti tefsir ederken dile getirdiği hususlar ise gerçekten çok dikkat çekicidir:

"Allah, kötü sözün açıklanmasını sevmez. Kötü fiil şöyle dursun, kötülüğün söz kabîlinden olarak bile meydana konulmasını istemez, buğzeder. Gerçi Allah, ne fiil olarak ne söz olarak ne gizli ne âşikâr kötülüğün hiçbirini sevmez fakat ister sözle olsun, ilan edildiği ve açıklandığı zamandır ki bilhassa gazab ve azab eder. Ve işte ilâhî azabın sır ve hikmeti bu noktada yani Allah'ın kötülüğü sevmemesindedir. Ancak mazlum (zulme uğrayan) bundan hariçtir. Zulmedilmiş, hakkına tecavüz olunmuş olan kimse feryad edebilir, zalim aleyhine bağıra bağıra beddua edebilir veyahut ondan yakınarak kötülüklerini

söyleyebilir hatta kötü sözlerine aynen karşılıkta bulunabilir.
Ve Allah zulme uğrayanın feryadını dinler, hâlini bilir."

Hele işlenen zulüm bütün Müslümanların bellerini büke-
cek ve yüzlerini kara edecek cinsten ise...

Diyanet'in Sitesinde Beddua Tarifi

Peki, Diyanet İşleri Başkanlığı ne diyor bu konuda?

Başkanlığın sitesinde "beddua"nın tarifi yapılıp sevimsiz-
liği anlatıldıktan sonra (maalesef bazı medya organlarının
kasden kırpıp yayınlamadıkları bölümde) şöyle deniliyor:

"... *(Hazreti Peygamber) ayrıca mü'minleri uyarmak ama-
cıyla, paraya taparcasına düşkün olanlara* (Buhârî, Cihad, 70;
Rikâk, 10); *ana-babaya karşı gelenlere* (Müslim, Birr, 8; Müsned,
II/346) *ve benzerlerine ad vermeksizin beddua etmiştir. Mazlu-
mun duasının mutlaka kabul olunacağını beyan etmiş* (Buhârî,
Mezalim, 9), *bizzat kendisi de mazlumun bedduasına uğramak-
tan Allah'a sığınmıştır* (İbn Mâce, Dua, 20; Müsned, V/82-83)."

Hak Dostları Beddua Etmiş mi?

Bütün anlatılanların yanı sıra bir de "Hak dostları beddua
etmezler!" diyen çokbilmişler var ki bu da sadece ezberden
ibaret yanlış bir bilgi kırıntısıdır.

Her biri bir şefkat âbidesi olan Hak dostları söz konusu
zulüm olduğunda bedduadan geri durmamışlar ve âciz/çare-
siz kaldıkları zamanlarda zalimleri Allah'a şikâyet etmişler-
dir. Selef-i salihînin hepsi inkârcılar aleyhine değişik niyazla-
rı seslendirmişlerdir ve onlar saded haricidir. Onlara ilave-
ten, evliyaullahın Müslüman olmakla beraber zulümden geri
durmayanlar hakkındaki duaları da az değildir. Nitekim sade-
ce merhum A. Ziyaeddin Gümüşhanevî hazretlerinin derledi-
ği üç ciltlik "Mecmûatü'l-Ahzâb" adıyla maruf dua külliyâtına

bakılırsa, bunun pek çok misalini bulmak mümkün olacaktır. Abdülkâdir Geylânî, Muhyiddîn İbn Arabî, Ebu'l-Hasan eş-Şâzilî, İmam Gazzâlî, Şihâbeddin es-Sühreverdî, Ahmed el-Bedevî, İbrahîm ed-Desûkî ve Ahmed er-Rifâî gibi Hak âşıklarının zulme maruz kaldıklarında nasıl tazarruda bulundukları görülecektir.

Mesela; *"Virdü Cemîi'l-evliyâ ve Cünnetühüm"* (Bütün Allah Dostlarının Virdi ve Sığınağı) başlıklı *"Evliyaların Kalkanı"* adıyla da meşhur dua meâlen şöyledir:

"Rabbimiz hep kötülük planlayıp tuzak peşinde koşan kendini bilmez nâdanlara fırsat verme. Sen onların birliklerini dağıt, cemiyetlerini darmadağın et, menfi emellerini uygulamak için kullanacakları her türlü malzemeyi asla kullanamayacakları bir hâle getir, plan ve projelerini boz, binalarını başlarına yık, hallerini değiştir, ecellerini yakınlaştır, hiç kimse hakkında hiçbir kötülük düşünmeye fırsat bulamamaları için onları kendi dertleriyle uğraştır ve nihayet onları, "Lâ ilâhe illallah Muhammedün Resûlüllah" ve "Bismillahirrahmanirrahîm" hakkı için güç ve kudretinin şanına yaraşır şekilde cezalandır!"

Zulüm karşısında çaresizliğin sesi soluğu olan bu duanın benzerini ya da daha şiddetlisini merak edenler, özellikle Muhyiddin İbn Arabî Hazretleri'nin *"Hizbü't-Tevhid"* başlıklı münacaatına, Abdülkadir Geylânî Hazretleri'nin *"Hizbü'n-Nasr"* isimli tazarruuna, İmam Şâzilî Hazretleri'nin *"Hizbü't-Tams"* ve *"Hizbü'l-Hıfz"* unvanlı yakarışlarına, Câfer-i Sâdık Hazretleri'nin istiâzelerine, İmam Gazzâlî Hazretleri'nin hizblerine, Şeyh Seyyid Buharî Hazretleri'nin *"Hizbu'l-Kahr"*ına ve Şihabuddin Ahmed İbn Musa el-Yemenî'nin *"Hizbü'l-Hucub"* namlı niyazına bakabilirler. Yalnızca bir atf-ı nazar dahi velilerin hep ıslah peşinde olduklarını, şahıslarla hiç uğraşmadıklarını fakat zulüm ve gadre uğradıklarında kötü fiil ve sıfatları nazar-ı itibara alarak bedduada ve hatta lanette bulunduklarını görmeye yeterli olacaktır.

Dahası Yezid (646-683) Emevilerin ikinci halifesidir. Halifeliğin onun şahsında saltanata dönüştüğü kabul edilir. Hazreti Hüseyin'in (radıyallahu anh) şehit edilmesi ve Kerbela faciasından sorumlu tutulduğu için Üstad'ın ifadesiyle, ilm-i kelamın büyük allamesi olan Sadeddin-i Taftazani, *"Yezid'e lanet caizdir."* demiştir. Evet, *"Lanet vaciptir ve sevabı vardır!"* dememiştir. Bununla beraber, bilhassa Ehl-i Beyt'in torunları aldıkları bu cevazla ona hep lanet ederler.

Neden Müslümanlara halifelik de yapmış olan Yezid'e lânet ederler? Çünkü o zalimdir. Âhir ömründe tevbe etmiş olması ihtimali, ihtiyatlı mü'minleri sükûta mecbur etse de ona lanet okuyanlara da kimse bir şey demez. Hâşâ ve kellâ! Kimseyi Yezid'e benzetmiyorum. Bizim şahıslarla işimiz olamaz. Atlanan bir hususu hatırlatmak için bu misali naklettim, hepsi o.

Bediüzzaman Hazretleri'nin Bedduası ve Yanan Bina

Bir mesele daha var ki o da bazı Nur talebelerinin de muhterem Hocaefendi'ye, Hazreti Üstad'ın şefkatini anlatmaya kalkışmaları. Bu insanların, "Risale'yi sadeleştirenlerin elleri kırılsın!" deyip beddua halkaları oluşturduklarını söyleyenler arasından çıkması da manidar. Evet, Üstad'ın şefkatini öğretmeye kalkıyorlar. Bir kere daha "Birazcık edep yahu!" diyeceğim. İnsan Allah'tan korkar. Bana, ona, öbürüne "merhamet" deyin ama "mücessem şefkat" hâline gelmiş bir insana karşı ukalalık yapmaya hiç kimsenin hakkı olmasa gerektir!

Hâlbuki Risale mektebinin ilkokul sırasındaki çocuklar bile duymuştur: Zamanının kudretli valilerinden biri, sürgün edilen Bediüzzaman hazretlerinin görüşme talebini kabul eder. Vali, Hazreti Üstad'a zorla sarığını çıkarttırıp şapka giydirmeye uğraşır. Üstad, "*Bu sarık ancak bu kelle ile beraber çıkar!*" der, gider; valilik binasını terk ederken de "*Başından bul!*" diyerek ona beddua eder. Üç yıl sonra, zulümlerle anılan ve bir cinayet hadisesine de adı karışan vali kafasına kurşun sıkarak intihar eder.

Hayır, Bediüzzaman Hazretleri'nden aktaracaklarım bu kadar değil. Bakınız bir mektubunda Hazreti Üstad ne diyor:

"*Ben şimdi hürriyetime çok muhtacım. Yirmi seneden beri lüzumsuz ve haksız ve faidesiz tarassutlar artık yeter. Benim sabrım tükendi. İhtiyarlık vaziyetinden, şimdiye kadar yapmadığım bedduayı yapmak ihtimali var. 'Mazlumun âhı tâ arşa kadar gider.' diye bir kuvvetli hakikattır.*"

Nitekim o sabır kahramanı kendi haklarından vazgeçse de hukukullah söz konusu olunca beddua da ettiğini yine kendisi anlatıyor:

"*Meşihat (İslâmın ilmî meseleleri ile uğraşan devlet dairesi, diyanet) ve adliyenin yanması münasebetiyle, bir sözüme yanlış mana verilmiş. Şöyle ki: Bundan on dokuz sene evvel, haksız bir surette İstanbul'a menfî (sürgün) olarak perişan bir surette gönderildiğim vakit, bir zaman Meşihat'taki Dârü'l-Hikmet'te bulunduğumdan, Meşihat'ı sordum: "Ne hâldedir?" Dediler: "Büyük kızların lisesi olmuş." Ben de hiddet ettim. Bir beddua ettim. Hem dedim: "Ya Rab! Meşihat'ı kurtar." O gece Meşihat kısmen yandı. Ben de o münasebetle dedim: "Bazen ateş temizlik yapar. Bu fakir millete beş milyon zarar veren adliyenin yanması da belki inşaallah bir temizliktir; o zarar telafi edilir!*"

Hazreti Üstad, bir başka risalesinde o bedduasını şöyle açıyor:

"*Ben menfî olarak İstanbul'a getirildiğim vakit bir zaman Meşihat-ı İslâmiye dairesinde bulunan Dârü'l-Hikmeti'l-İslâmiyedeki hizmet-i Kur'âniyeye çalıştığım için o alâkadarlık*" *cihetinde, 'Meşihat dairesi ne hâldedir?' diye sordum. Eyvah! Öyle bir cevap aldım ki ruhum, kalbim ve fikrim titrediler ve ağladılar. Sorduğum adam dedi ki: 'Yüzer sene envâr-ı şeriatın mazharı olmuş olan o daire, şimdi büyük kızların lisesi ve mel'abegâhıdır.' İşte o vakit öyle bir hâlet-i ruhiyeye giriftar oldum ki dünya başıma yıkılmış gibi oldu. Kuvvetim yok, kerametim yok; kemal-i me'yusiyetle âh vah diyerek dergâh-ı İlâhiyeye müteveccih oldum. Ve bizim gibi kalbleri yanan çok zatların hararetli âhları, benim âhıma iltihak ettiler. Hatırıma gelmiyor ki acaba Şeyh-i Geylânî'nin duasını ve himmetini, duamıza yardım için istedim mi istemedim mi? Bilmiyorum fakat her hâlde o eskiden beri nurlar yeri olmuş bir yeri zulmetten kurtarmak için bizim gibilerin âhlarını ateşlendiren onun duasıdır ve himmetidir. İşte o gece Meşihat kısmen yandı. Herkes 'Vâ esefâ' dedi; ben ve benim gibi yananlar, 'Elhamdülillâh' dedik. Zannederim ki bu fakir millete iki yüz milyon zarar veren Adliye dairesindeki yangında böyle bir mana var. İnşaallah bu da bir ikaz ve intibahı verecektir. Ateş bazen sudan ziyade temizlik yapar."*

Görüyorsunuz değil mi? Kendi şahsî haklarının hesabını hiç yapmayan mefkûre insanları söz konusu milletin hukuku olunca nasıl düşünüyor ve ne suretle davranıyorlar?

Arakan, Filistin, Mısır, Suriye ve Irak İçin Dua Edildi mi?

Konuyu çok uzattığımın farkındayım fakat bir husus daha kaldı: "Dünyada o kadar hadise oluyor, onlara niçin böyle dua etmediniz?" diyorlar.

Allah insaf ve izan versin! Hadi biz talebeleri saymayın ama acaba yeryüzünde muhterem Hocaefendi kadar dua eden kaç tane insan vardır? Acaba yeryüzünün kaç binasında sadece üç-beş yıl değil, senelerdir her gün en az kırk dakika ümmet-i Muhammed için toplu dua yapılıyordur? Kaç kişi her gece bir iki saatini ümmete, millete ve insanlığa duaya ayırmaktadır? Kaç babayiğit gecenin karanlıklarını iniltilerle, hıçkırıklarla hatta figanlarla yırtmaktadır? Müslümanların başına yağan bombalardan/kurşunlardan dolayı yatağa düşecek kadar üzülen, hatta kalb ritmi bozulup hastahaneye kaldırılan kaç dertli mü'min gösterilebilir? Arakan, Filistin, Mısır, Suriye, Irak... Nerede dert varsa kalbi orada olan Hocamızın safların en ardından bile duyulan iç çekişlerine Allah da şahittir buranın taşı toprağı da! Ahh o odanın duvarları, pencereleri, çatısı bir dile gelse... Bir dile gelse de hıçkırık nasıl olur; ümmet için nasıl ağlanır; millet için nasıl yakarılır bir anlatsa! Hamaset yapmıyorum; senelerdir o gözyaşlarının ve o hıçkırıkların şahidi olarak yazıyorum bunları.

Hâsılı, Hocamızın ifadesiyle, o kadar diş gösterildi, o kadar salya atıldı, o kadar kimse tahrik edildi, o kadar o "tweet"lerde o mel'un düşünceler bir yönüyle vizesiz rahat dolaştı ki o ibtihâl olmasa olmazdı. O mübâhele *"Bir savcı üç polisle hizmeti terör örgütü ve çete kapsamına sokarız, bitiririz!"* gibi karanlık niyetlileri, "Cemaat'e had bildirme" sevdalılarını ve oraya buraya nispet edilerek bir kısım vatan evladına kıyım yapanları insafa davet çağrısıydı. Şahıs olarak kimse hedeflenmemişti; sen, ben ve o... Hepimiz muhataptık o sözlere.

Yemin ederim ki Hocamızın o sözlerini duyduktan sonra belki yirmi dört saat titredim. Kendi muhasebemi yaptım. Zira Allah'ın gazabıyla oyun oynanmaz. Heyhat ki bazıları hâlâ meseleyi şaka zannediyor ve hatada diretiyorlar.

O sözler söylenmeliydi ve söylendi. Nasibi olan ibretini ve dersini alır. Nasipsize hiçbir beyan kâr etmez. Genel üslubumuz yine ıslah duasıdır; virdimiz, "Allahım, bizi de ıslah eyle, diğer inananları da ıslah eyle!" niyazıdır.

Şimdi de Pazarlık Mektubu!

4 Ocak 2014

Erdoğan ve has adamları Hizmet Hareketi'ne karşı her gün ağızlarına geleni söyleseler ve senelerdir lügatlere hapsedilmiş bütün hakaret cümlelerini milyonların önünde sayıp dökseler de kendi partililerini bile inandıramamışlardı. Onca gözdağı vermelerine ve kendileri gibi saldırıya geçmeyenleri bir kenara kaydettiklerini söylemelerine rağmen, parti tabanının belki de yüzde doksanı kavgaya (!) dâhil olmama taraftarı görünüyordu. Oligarşik yapının seçkinleri, bir yandan "Bazı arkadaşlarımız bizi yalnız bıraktı!" deyip sitemlerini dile getirirken, diğer taraftan tereddütte olanları saflarına çekebilmek için her yola başvuruyorlardı. Kendilerinin bir savaşta olduğuna inanıyor, mevcut şartlarda tüm hîle, ayak oyunu ve entrikayı caiz sayıyorlardı. Dolayısıyla her Allah'ın günü yeni birkaç iddia ortaya atıyor, "havuz medyası" aracılığıyla onları bangır bangır ilan ediyor ve algı yönetimi için gerekli gördükleri hiçbir çirkinlikten geri kalmıyorlardı.

Fethullah Gülen Hocaefendi, gün geçtikçe dozu artırılan nobranlık karşısında kendisi için sükûtu zaruri görmüştü; onca yalan ve iftira hayâsızca tekrar edilse de her sözünün çarpıtılıp aleyhte kullanıldığı bir ortamda hakka kulak tıkayan müfterilere cevap vermeyi tenezzül ve Hakk'a hürmetsizlik sayıyordu. Hizmet Hareketi için çok gerekli görülen açıklamalar sadece ilgilileri tarafından yapılıyor; saldırganlara mukabele etme yerine kanuni haklar çerçevesinde yasal işlemlerle meşgul olunuyordu.

Başta Gazeteciler ve Yazarlar Vakfı olmak üzere, Camia adına konuşanlar, hükûmetin elinde delil varsa, bir an önce yargıya teslim etmesi gerektiğini söylüyorlardı. Aksi hâlde, milyonlarca seveni ve gönüllüsü bulunan Hizmet'i soyut ve mesnetsiz ithamlarla karalamanın, "dış güçlerin maşası" ve "karanlık emelleri olan, elleri kırılası bir çete" şeklinde tasvir etmenin en hafif ifadeyle insafsızlık olduğunu dile getiriyorlardı. Askeri vesayetin en güçlü olduğu dönemde, aynı iddialarla suçlanan ve tam sekiz sene yargılanan Hocaefendi'nin, mahkûm edilmek için her yol denendiği hâlde, bu suçlamaların tamamından beraat ettiğini hatırlatıyor; buna rağmen, hâlihazırda 28 Şubatçıların yaptığının çok ötesinde bir zulümle karşı karşıya bulunduklarını belirtiyorlardı.

Gazete sayfalarının ve televizyon ekranlarının bühtan haberleriyle kapkara kesildiği böyle bir ortamda şimdi de bir mektup gündeme oturmuştu. Başbakan, Dolmabahçe'de bir kısım medya temsilcileri ve sivil toplum örgütleri ile yaptığı toplantıda Hocaefendi'nin bir mektubundan söz etmişti. Bazı gazeteciler de oldukça muğlak sözleri birtakım hatalı yorumlar eşliğinde hemen servise koymuş ve Hizmet'in "pazarlık" yapmak istediği şeklinde bir şayia yaymışlardı.

Gazeteciler ve Yazarlar Vakfı acilen yaptığı açıklamada Hocaefendi tarafından gönderilen mektubun Erdoğan'a hitaben yazılmadığını ve muhtevasında da hiçbir "pazarlık" söz konusu olmadığını duyurmuştu.

Yine aynı şey oluyordu; bir çarpıtma yapılmıştı ve "havuz

medyası"na malzeme çıkmıştı; tek bir cümle üzerine olmadık senaryolar yazmaya başlamışlardı.

Haberi öğrenir öğrenmez büyük bir üzüntüyle, Hazreti Üstad'ın bir sözünden hareketle, "Bir dane-i hakikat bir harman yalanı yakar. Bakalım mektup ve hikâyesi ortaya konunca 'pazarlık' iftiracıları ne yapacaklar?" mesajını yazmıştım.

Belki en güzeli bir an önce mektubun aslını kamuoyuna arz etmekti fakat o, Cumhurbaşkanı'na özel yazılmış bir metindi. Çankaya'nın haberi ve izni olmadan neşretmek nezakete sığmayacağı gibi etik de değildi.

Birkaç saat reis-i cumhura ulaşmaya ve ondan müsaade almaya çalıştık. Sonunda pazarlık söylentisinin hızla yayılması ve Hizmet'in zan altında kalması gerekçesiyle mektubun muhtevasını yayınladık.

Hocaefendi'nin Sükûtu ve O Mektup

Ne ithamları kabul ne özür ne de pazarlık...
İşin özü, huzur ve sükûnet arayışı!

Sayın Başbakanımızın Dolmabahçe'deki toplantıda "mektup"tan nasıl bahsettiğini bilmiyorum fakat bazı katılımcıların eksik ve yanlış bilgilendirmeleri neticesinde medyada çok hatalı yorumlar yapılmaya başlandığını esefle görmekteyim. Muhterem Hocaefendi'nin iki haftadır sükûtu tercih etmesini bile farklı yönlere çeken bazı kimselerin mektup hadisesini de bir "pazarlık" gibi değerlendirmeleri fazla şaşırtıcı değil ama gerçekten çok üzücü.

Peki, işin aslı nasıl gelişti? Sükûtun hikmeti neydi? Mektubun içeriği nasıl?

Dershane konusuyla başlayan tartışmaların büyümesi neticesinde, bazı duyarlı insanlar, mektuplar ve mesajlar gönderip muhterem Hocamızı ve sevenlerini sessizliğe davet ettiler. Problemin bir yangına dönüşmemesi için acil tedbirler alınması gerektiğini ve bunun ilk basamağını sağduyulu mesajların hatta bir süre sükûtun teşkil ettiğini söylediler. Bu arada bizzat gelip görüşme talebinde bulunanlar da oldu. Muhterem Hocamız, *"Zahmet buyurmayınız; sulhun yanında duracağımızdan ve elimizden geldiğince herkesi sükûnete çağıracağımızdan emin olunuz!"* manasına gelen cevaplar verdi. Gerçekten de o son sohbetinin akabinde hiç hasbihâlde bulunmadı ve her fırsatta çevresine *"Lütfen güncel olaylarla oyalanmayalım; imanda derinleşmeye ve hizmetlerimizi sürdürmeye bakalım!"* dedi.

Bu güzel niyetinin bir nişanesi olarak, buraya ziyarete gelen bir dost aracılığıyla Başbakan'a iki imzalı kitap da gönderdi ve iyi dileklerini ifade etti.

O günlerde Sayın Cumhurbaşkanımızın da tartışmaların büyümemesi ve milletimizin huzuru adına farklı kesimlerle görüşmeler yaptığı, binaenaleyh muhterem Hocamıza da bir elçi gönderip kendi düşüncelerini aktarmak ve buranın mülahazalarını öğrenmek istediği iletildi.

21 Aralık'ta gelip Hocaefendi'yle görüşen ve onun değerlendirmelerini not eden misafirimiz, yazılı bir metinle dönmenin çok daha faydalı olacağını söyleyince, muhterem Hocamız, medyada sözü edilen o mektubu yazıp verdi. Daha misafirin gelişi teklif edilirken "Bu ziyaretten mutlaka Başbakanımızın da haberi olsa!" dileğini ifade eden Hocaefendi, mektupta muhtevanın Başbakan'la paylaşılması arzusunu da dile getirdi. İhtimal bu iki hususla da gizli saklı bir iş yapılmadığı nazara veriliyordu.

Muhterem Hocaefendi'nin son iki haftadaki sükûneti ve aşağıdaki mektubun içeriği insafla okunursa görülecektir ki yakışıksız iddia ve ithamları kabul, buna bağlı bir özür ve hele bir "pazarlık" asla söz konusu değildir. Sürekli sözü edilen yangının büyümemesi, alevlerin bir an evvel söndürülmesi adına ortaya konan gayretlere aynı duyarlılık ve sorumlulukla mukabelede bulunma cehdi vardır ortada. Bunun dışındaki yorumların hakikati yansıtmadığı ve bir çarpıtmadan hatta iftiradan ibaret olduğu aşikârdır.

Gazeteciler ve Yazarlar Vakfı'nın bu konuda gerekli açıklamayı yapmış olmasına rağmen, Hocamızın cümlelerini bilgisayara aktarmış/metni daktilo etmiş ve öncesine sonrasına hasbelkader şahitlikte bulunmuş bir insan olarak mektubun muhtevasını özetlemeyi bir sorumluluk sayıyorum. Aracı olan misafirimizin ve Sayın Cumhurbaşkanımızın da iktiza ettiğinde hakikati dillendireceklerini umuyorum.

Ülkemizin huzurunu kaçıran her hadisenin kendisini de üzdüğünü dile getirerek sözlerine başlayan muhterem Hocamız o mektupta şu hususları vurguladı:

*Adanmış ruhların faaliyetlerini ve müesseselerini, -başkaları "Hizmet", "Hareket", "Cemaat" veya "Câmia" gibi farklı isimlendirmelerde bulunsalar da- her tür, her anlayış, her renk ve her desenden insanın (camide bir araya gelip beraberce saf tutan inananlar misillü) bir makuliyette ve bir mantıkiyette buluşmalarının neticesi olarak gördüğünü ve hedef alınması karşısında çok mahzun olduğunu;

*Daha dershaneler meselesinin konuşulduğu ilk günlerde ricâl-i devlete değişik vesilelerle milletimiz için faydalı gördüğümüz müesseselerin kapatılmamasını ve mevcut halleriyle misyonlarını ifa etmeyi sürdürmesini arzuladığımız hususunun iletildiğini;

*Hizmet gönüllülerinin genel ve sosyal medya aracılığıyla elden geldiğince nezaket çerçevesinde kendilerini ifade etmelerinin ortaya atılan itham ve iftiralar neticesinde başladığını ve bu hususta kanunlar çerçevesinde hukukun gereklerinin seslendirildiğini fakat zamanla içtimai hayat içinde birçok insanın hadiseye dâhil olması neticesinde maalesef yer yer nezaket ölçülerinin dışına çıkan bir üslup ile çok çirkin söz ve karşılıklı isnatların gündemde olduğunu;

*Kendisinin, devletin kanun çerçevesinde yürüyen

işleyişi hususunda emir verme, müdahale etme ya da memurları bir noktaya sevk etme konumunda asla bulunmadığını;

*Bununla birlikte, sohbetlerinde tansiyonun düşürülmesi adına dost, muhip ve sevenlerine itidal tavsiye edeceğini; özellikle bir kesim medya kuruluşlarında kara propaganda sayılabilecek yayınların sona ermesini arzuladığını; bu konuda kendisinin elinden geleni yapacağını; Cumhurbaşkanımızın da ciddi etkili adımlar atacağına ve samimi gayretlerle yeniden akl-ı selime dönüşün sağlanacağına inandığını;

*Kanunların belirlediği vazifeleri yine kanunlar çerçevesinde yerine getiren memurînin sırf belli bir yere nispet edilerek engellenmesini ve hatta süreçle hiçbir ilgisi olmadığı hâlde yine aynı nispete dayandırılarak tasfiyelerin (daha doğrusu kıyımların) yapılmasını üzüntüyle izlediğini;

*Devlet memurlarının üzerlerine gidip onları vazifelerini yapmaktan men etme ve masum vatan evladını sadece belli bir yere nispet ederek tasfiyeye/kıyıma tabi tutma konusunda kendisi ve sevenleri sussa bile maşeri vicdanın susmayacağını;

*Şimdiye kadar hayatın değişik alanlarında yalnızca "falan yere müntesip, falancı... Filancı..." görüldüğünden dolayı mağduriyete uğramış pek çok insanın gelip gözyaşı döktüğüne şahit olduğunu; fakat bunları hiç dillendirmediği gibi o insanlara da sabır ve vifak tavsiye ettiğini;

*Dünyanın dört bir tarafına dağılmış ve Allah'ın inayetiyle, kıymetli dostların himmet ve himayesiyle sürekli genişleyen Hizmet Hareketi'nin -maalesef- önünü kesmeye matuf gayretlerin aşikâr hâle geldiğini; bu yakışıksız engelleme faaliyetlerinin -önceden olmamakla birlikte- hareketin büyümesi ve genişlemesiyle eş zamanlı olarak arttığını;

*Ayrımcılık ve meşrepçilik gibi hatarlı düşünce ve çirkin işlerin önü alınmazsa yarın Aziz Mahmud Hüdai Hazretleri muhiblerinin, Süleyman Efendi'nin talebelerinin, İlim Yayma Cemiyeti'nin, Menzil mensuplarının ve diğer meşreplerin/ mesleklerin de aynı muameleye maruz kalacaklarını;

*Kendisinin ve sevenlerinin dün neredeyse şu yaklaşan seçim sürecinde de aynı yerde ve çizgide durduğunu;

*Hep sulh ve huzurun, ittihad ve ittifakın, uhuvvet ve hulletin yanında yer almaya, kendisine sevgi duyanları da bu yönde teşvik etmeye çalıştığını; gözünde ahiretin tüllenip durduğu şu yaşından sonra da başka bir sevda, düşünce ve emelinin olamayacağını;

*Bundan sonra da arkadaşlarına, dostlarına ve sevenlerine itidal tavsiye ederek huzurun temini adına elinden geleni yapmaya çalışacağını ve her zaman sulhun takipçisi/destekçisi olacağını ifade etti.

Evet, sükûtun ve mektubun aslı böyle ama maalesef ne çirkin senaryolar yazılıp seslendiriliyor!

Olsun!

Muhterem Hocamızın dediği üzere; biz yine senelerdir yaptığımız gibi, zaruri gördüğümüz açıklamaları üslubunca dile getirmeye çalışacak; onun haricinde, olup bitenleri kaderin mutlak adaletine bağlayarak, bir iki yutkunduktan sonra yeniden bütün duygularımızı her zaman muhabbetle çarpan kalblerimize emanet edecek; karakter, düşünce ve üslûbumuzun hatırına herkesin yalan-doğru sesini yükselttiği durumlarda bir "Lâ Havle" çekip "Buna da eyvallah" demekle yetineceğiz.

(Cumhurbaşkanımızdan izinsiz yayınlama nezaketsizliği yapmamak için özetiyle yetindiğim o mektubun tamamı iki gün sonra Yeni Şafak'ta neşredildi.)

Kulaklarımız Bunları da Duydu!

25 Ocak 2014

Erdoğan'ın uzun zamandan beri Hizmet Hareketi'ne karşı kullandığı ağır, keskin, kırıcı dil yolsuzluk ve rüşvet operasyonlarının ardından, insaf ve ahlâk ölçülerini de aşmaya başladı.

Başbakan, tekrar etmek ya da burada anmak istemediğim onlarca hakarete her gün bir yenisini ekledi; sonunda Camia'yı tarihteki ilk terör örgütü "Haşhaşiler"e benzeterek sözlerini iftira boyutuna taşıdı; partisinin grup toplantısında Hizmet gönüllülerine "haşhaşi" deme ve bunu daha sonra dilinden düşürmeme nezaketsizliğini gösterdi.

İnsaf Sınırını Aşan Hakaretler

Keşke bari bu kadarla kalsaydı. İstanbul Haliç Kongre Merkezi'nde Diyanet İşleri Başkanlığı'nca düzenlenen "Yüzyılın İslâm Kültür Hizmeti Onur ve Hizmet Ödülleri" törenindeki üslupsuzluğu ve çirkin ifadeleriyle bühtan sınırını yerle bir etti.

Orada yaptığı konuşmada doğrudan muhterem Fethullah Gülen Hocaefendi'yi hedef alarak, "*Yaşadığımız fetret gelip geçer, maruz kaldığımız ihanetler hiç şüpheniz olmasın milletin engin ferâseti karşısında eriyip yok olup gider. Bu medeniyet öyle bir medeniyettir ki yalancı peygamberleri, sahte*

velileri, içi boş, kalbi boş, zihni boş âlim müsveddelerini bünye-
nin virüsü reddettiği gibi reddetmiş ve tarihin çöplüğüne
mahkûm etmiştir." deme talihsizliğinde bulundu.

Yalancı peygamber, sahte veli ve âlim müsveddesi haka-
retleri karşısında artık gözlerimizdeki yaş da kurudu; hepi-
mizin nutku tutuldu.

Nasıl bir adam vardı karşımızda? Öfke ve haset bir insanı
bu kadar saldırgan ve müfteri yapabilir miydi?

Hazreti Üstad, *"Bir zaman, bu garazkârâne tarafgirlik ne-*
ticesi olarak gördüm ki mütedeyyin bir ehl-i ilim, fikr-i siyasîsi-
ne muhalif bir âlim-i salihi, tekfir derecesinde tezyif etti ve ken-
di fikrinde olan bir münafığı, hürmetkârâne medhetti. İşte, si-
yasetin bu fena neticelerinden ürktüm, 'Euzu billahi mineşşey-
tani vessiyaseti' dedim, o zamandan beri hayat-ı siyasiyeden
çekildim." der. Garazkârâne, nefis hesabına olan tarafgirliğin,
haksızlara melce olduğunu ve onlara nokta-i istinad teşkil et-
tiğini belirtir. Çünkü garazkârâne tarafgirlik eden bir adamın,
kendi fikrine yardım edip taraftarlık gösteren şeytan bile ol-
sa, ona rahmet okuyacağını; mukâbil tarafta melek gibi bir in-
san bulunsa, onu da lanetleyecek derecede bir haksızlık gös-
tereceğini vurgular.

Acaba şahit olduğumuz çirkinliğin arkasında da bu taraf-
girlik marazı mı vardı? Siyaset, insanı bu kadar alçaltır ve kör
eder miydi?

Bir mü'mine yalancı peygamber demenin dindeki karşılı-
ğının ne olduğu bilinmiyor muydu?

Hele hayatını Resûl-ü Ekrem'i anlatıp tanıtmaya vakfe-
den, kendisini Peygamberin kıtmiri bile görmeyen, O'nun
ayakları arasında dolaştığını hayal edip kabul buyurulursa
bunu en büyük şeref sayacak olan bir insan hakkında o söz
suretindeki pespaye lafları sarf edebilen biri vicdan taşıyor
olabilir miydi?

Şayet bir insan kan ağlayacaksa, işte bizim için öyle figan edilecek bir gündü. Bu sefihane iftirayı hazmetmek için insanlıktan çıkmak lazımdı. Hazmedemedik; Hocamızı haberdar edip üzmemek için gizli gizli ağladık fakat biz saklasak da kendisi bir gazetede görmüştü müstekreh ifadeleri.

Büyük bir kederle oturmuştuk karşısına. Uzun süre ağızlarımızı bıçak açmamıştı. Derse başlayacaktık ama hiçbirimizde mecal kalmamıştı. Hocaefendi, atmosferin bunalttığı anlarda yaptığı gibi, Kur'ân-ı Kerim'i istedi; gözlerini yumup dua etti ve tevafuken bir sayfa açtı. Yaptığı tefeülde şu ayet çıktı:

وَلَقَدْ نَعْلَمُ أَنَّكَ يَضِيقُ صَدْرُكَ بِمَا يَقُولُونَ فَسَبِّحْ بِحَمْدِ رَبِّكَ وَكُنْ مِنَ السَّاجِدِينَ وَاعْبُدْ رَبَّكَ حَتَّى يَأْتِيَكَ الْيَقِينُ

"*Onların asılsız iddialarından, çirkin laflarından dolayı, senin göğsünün daraldığını şüphesiz iyi biliyoruz fakat her şeye rağmen sen, Rabbini hamd ile tesbih et ve hep secde edenlerden ol. Ve (sakın istikâmetten ayrılma) sana ölüm gelip çatıncaya (hak-bâtıl ayan oluncaya) kadar da Rabbine kulluğun hakkını ver.*" (Hicr, 15/97-99)

O gün bu ayet, kurumuş yüreklerimize kevser olup akmıştı. Yol belliydi; sabredecek, namazla Allah'tan yardım dileyecek, şu üç günlük dünyaya aldanmama gayretiyle istikametimizi korumaya çalışacaktık.

Hizmet'e Karşı Linç Kalkışması

Tabii ki bu öyle kolay olmayacaktı. Erdoğan'ın hak hukuk tanımayışı, hempalarını da cüretlendirmişti. Klavyenin başına geçen, mikrofonu eline alan tahkirle başlayıp tezyifle bitiriyordu. Devlet terbiyesinden habersiz ve zarafetten nasipsiz biri, işgal ettiği bakanlık kalkanına sığınarak, kulak tırmalayan hırçınlığıyla, "*Kimsin sen! Kimsin! Senin ağababalarını yenmişiz biz!*" diye höykürüyordu. Koltuk sevdalısı bir başkası, hem de daha birkaç ay önce ta Pennsylvania'ya gelip Hocaefendi'nin elini tutarken haşyet titremeleri geçirdiği ve bir fotoğraf karesinde beraberce yer almak için can attığı hâlde, şimdi muhterem Hocamıza -hâşâ- "*ABD'nin yetiştirdiği bir Lawrence'tır. İhanetin başıdır.*" deme terbiyesizliği sergiliyordu. Artık nefret dili, sadece bir tarz olmaktan çıkmış, nefret suçuna dönüşmüştü; vicdanları her an biraz daha örseleyip tahrip ediyordu.

Hadise sadece üslupsuzluk ve kavlî saldırıdan ibaret de değildi. Kefen giyen yığınlar "Öl de, ölelim!" diye slogan atmaya; resmi sıfata sahip bazı kimseler "ürpertici devlet geleneklerinden" ve "devlet için evlatların feda edilmesinden" bahsetmeye başlamıştı. Demokrasi ve hukuk devleti açısından çok kaygı verici gelişmeler yaşanıyordu. İfade özgürlüğünün sınırlandırılması, teşebbüs hürriyetinin engellenmesi ve özel hayatın dokunulmazlığının ihlal edilmesi söz konusuydu. Ezcümle yasa dışı dinlemeler, anayasal suç olan fişlemeler, yargısız infaz niteliğindeki kitlesel tasfiyeler, gazetecilere yapılan baskılar, internete getirilmek istenen yasaklar, akademisyenleri memurlaştırma gayretleri, ilim adamlarını ve kanaat önderlerini devletleştirme çabaları, iş adamlarına yapılan tacizler, artan tehdit dili ve etrafı velveleye boğan vatan haini söylemleri ülkenin çehresini tanınmaz hâle getiriyordu. Toplumun farklı kesimleri ötekileştirilmekte, düşmanlaştırılmaktaydı ve bütün bunlardan dolayı vatanın huzuru, istikrarı ve ekonomisi de büyük risk altındaydı.

Dikkatleri başka yana çekmeyi ve yolsuzlukları unutturmayı da hedefleyen bu tür şeytanlaştırma, kışkırtma ve linçlerle gerginlik kasden arttırılıyor ve aynı zamanda sanki toplumsal tahriklere de zemin hazırlanıyordu. Bu provokasyonlar neticesinde, birilerinin tepki vermesi sağlanarak,

Camia'nın terör örgütü kapsamına alınması için şartların olgunlaştırılmak istendiği anlaşılıyordu. Hizmet gönüllülerinden böyle bir tepki gelmeyeceğine göre suni eylemlerin organize edilmesinden endişe duyuluyordu.

Allah'la Pazarlık Yapacak Değiliz!

Maalesef her gün gerilimi biraz daha artırarak ve sürekli hakaret yağdırarak bizi tahrik etmeye çalışıyorlar. Güya çizgimizi yitirecek, seviyesizce hareket edecek ve onları haklı gösteren davranışlar sergileyeceğiz.

Hayır, bu çirkin beklentiler de boşa çıkacak. Biz üslubumuzdan da hakkın müdafaasından da ödün vermeyeceğiz.

İnanıyoruz ki mefkûre insanının hiçbir zaman kaybı olmaz.

Biz dün Allah yolunda insanlığa hizmet niyetiyle koşturuyorduk; bundan sonra da bu niyetle hareket ederiz. Şimdiye kadar yapıp ettiklerimizde sadece Hakk'ın hoşnutluğunu aradığımız gibi bundan sonra da bu biricik gayeden asla ayrılmayız.

Bu arada Mevlâ-yı Müteâl ile pazarlık yapma (!) saygısızlığına da hep uzak kalırız. Kuldan gayret, Hak'tan inâyet. Biz Peygamber yolunda kendi vazifelerimizi yerine getirmeye çalışır, neticeyi o yolun asıl Sahibi'ne bırakırız. Allah "bu kadar" derse, ona da bin can ile razı olur; sadece O'nun rızasını dilediğimizi bir kere daha ortaya koyarız.

Hakikat, Asâ-yı Mûsâ'dır!

16 Şubat 2014

Hakikat, asâ-yı Mûsâ'dır; o ortaya çıkınca sihirbazların oyunları bozulur; bütün yaldızlı yalanlar yok olur. Hocaları, abileri ve ablalarıyla Hakk'a adanmış ruhlar, bir gün maşeri vicdanın da hakikatin sesini duyacaklarından emindirler.

Bilirler ki: *"Yalan ve gösteriş gürültülü, hakikat ve samimiyet sessizdir. Yıldırım gök gürültüsünden evvel hedefine varır."*

Bununla beraber, Hazreti İmam Şafi *"Kendini hak ile meşgul etmezsen bâtıl seni işgal eder."* der.

Bu itibarla da Hak âşıkları sabr-ı cemili "çok buutlu sabır" ufkuna taşırlar; hizmetlerini katlamaya yoğunlaşır, ubudiyette derinleşmeye bakarlar.

Bu inançla normal hayatımıza devam ediyoruz; sohbet-i Canan'la oturup kalkma, hep O'ndan bahis açma gayretindeyiz.

Hocaefendi'nin Ders Halkası

Muhterem Hocaefendi'nin elli-altmış senedir devam eden rahle-i tedrisinde dönem dönem farklı sahalarda eserler okundu ve zaman zaman değişik okuma usulleri takip edildi.

Bu cümleden olarak, 31 Mart 2010 tarihinde müzâkereli tefsir ve fıkıh okumaya başladık.

Her günkü dersin ilk bölümünde (ikinci bölüm aynı metotla fıkıh dersine ya da kitap özetlerine ayrılıyor) önce tefsirleri müzakere edilecek olan ayetleri okuyoruz; sonra o ilahî beyanların meallerini çeşitli kitaplardan karşılaştırıp Hocamızın tercihlerini kaydediyoruz. Akabinde merhum Elmalılı Hamdi Yazır'ın "Hak Dini Kur'ân Dili" adlı eserinden ilgili yerleri kelime kelime okuyoruz. Onu müteakiben her arkadaşımız kendi elinde tuttuğu tefsir kitabından farklı hususları, açıklamaları, nükteleri dile getiriyor. Nihayet, muhterem Hocamız hem aralarda açıklamalar yapıyor hem de arz edilen tevcihler arasında en uygun olanlarına işaretlerde bulunuyor.

Müzakere için her bir arkadaşımızın mesul olduğu eserlerden bazıları şunlar:

İmam Mâturîdî "Te'vilâtü'l-Kur'ân"; Zemahşerî "Keşşâf"; Fahreddin Râzî "Mefâtîhu'l-Gayb"; Beyzâvî "Envârü't-Tenzîl ve Esrârü't-Te'vîl"; Ebu Hayyân "Bahru'l-Muhît"; Ebu's-Suûd "İrşâdu Akli's-Selîm ilâ Mezâyâ-i Kitâbi'l-Kerim"; Tantavî Cevherî "el-Cevâhir fî Tefsîri'l-Kur'âni'l-Kerim"; Seyyid Kutup "Fî Zilâli'l-Kur'ân"; Molla Bedreddin Sancar "Ebdau'l-Beyân"; Kurtubî "el-Câmiu li Ahkâmi'l-Kur'ân"; Şihâbuddin Âlûsî "Rûhu'l-Meânî"; İmam Suyûtî "Durru'l-Mensûr"; İsmail Hakkı Bursevî "Rûhu'l-Beyân"; Ebu Hasan Burhâneddin Bikâî "Nazmu'd-Dürer fî Tenâsubi'l-Âyâti ve's-Suver"; Muhammed Cerîr et-Taberî "Câmiu'l-Beyân"; Diyanet Tefsiri "Kur'ân Yolu"; Molla Halil Es-Si'ırdî "Basîratu'l-Kulûb fî Kelâmi Allâmi'l-Ğuyûb"; Vehbi Efendi "Hulâsâtu'l-Beyân"; Vahîduddin Han "Tezkîru'l-Kur'ân"; Muhammed ibni Ali Eş-Şevkânî "Fethu'l-Kadîr"; Said Havva "el-Esas fi't-Tefsîr"; Zağlul en-Neccâr "Tefsiru'l-Âyâti'l-Kevniyye"; Aliyyu'l-Kârî "Envaru'l-Kur'ân ve Esraru'l-Furkan"; İbn Kesîr "Tefsiru'l-Kur'âni'l-Azîm" ve Bediüzzaman Said Nursî "Risale-i Nur Külliyatı"

Bu sabah da dersimizin tefsir faslında Hadîd Suresi'ne, fıkıh bölümünde de "hibe" bahsine devam ettik fakat maalesef bu hafta yine Bamteli'nden mahrum kaldık zira muhterem Hocamız sohbet konusunda hâlâ sükûtu tercih ediyor.

"Rabbimiz, bizi de o yiğitlerden eylesin!"

Fâik Ali'nin şu sözü adeta Hocaefendi'nin hâlini resmediyor: *"Henüz bitmemiş terennümler var / Ki sükûtunda intizar inler."*

Aslında, mü'min her şeyden evvel bir denge insanıdır; o, ne yapıp ettiğinin, neler söylemesi gerektiğinin ya da ne zaman susması lazım geldiğinin şuurunda bir temkin kahramanıdır.

O, fırsatını bulduğunda evrensel insanî değerleri dillendirir; sükûtu icap eden yerde de ciddi bir metazifik gerilimle beraber büyük bir sorumluluk şuuruyla konumunun gereğini yerine getirir.

Mü'min, hiçbir zaman kadere küsmez, başına gelenler karşısında ye'se düşmez, Cenâb-ı Hakk'ı şikâyet ediyormuşçasına insanlara dert yanmaz.

...Ve iftiralar, saldırılar, tehditler onu ubudiyet ve hizmete ait vazifelerinden asla alıkoyamaz.

Bu hususları hatırladım çünkü muhterem Hocamızın bugünkü tefeülünde de şu ayet çıktı:

رِجَالٌ لَا تُلْهِيهِمْ تِجَارَةٌ وَلَا بَيْعٌ عَنْ ذِكْرِ اللهِ وَإِقَامِ الصَّلَاةِ وَإِيتَاءِ الزَّكَاةِ يَخَافُونَ يَوْمًا تَتَقَلَّبُ فِيهِ الْقُلُوبُ وَالْأَبْصَارُ

"Öyle yiğitler vardır ki geçimleri adına sürekli icra ettikleri ticaret de (günlük) alım-satım işleri de onları Allah'ı zikirden

(her zaman O'nu yâd etmekle beraber, zikir ve ders halkaların-
da sohbet-i Canan'dan, Kur'ân kıraati ve tefekkürle Hakk'ı an-
maktan), namazı bütün şartlarına riayet ederek, vaktinde, ak-
satmadan edadan ve zekâtı tastamam ödemekten alıkoymaz.
Onlar kalblerin hâlden hâle girip altüst olacağı, gözlerin deh-
şetten donakalacağı bir günden korkarlar." (Nur, 24/37)

Mevlâ-yı Müteal, bizleri de o talihli kullarına dahil eyle-
sin!..

(Muhterem Fethullah Gülen Hocaefendi, 1980 ihtilalinde arandığı altı
senelik dönemde bile oradan oraya arabayla giderken tek kişiye olsun
ders anlatmaktan dur olmadı. Halkasındaki talebe sayısı bazen üç
bazen beş, kimi zaman elli kimi zaman yüz oldu. O, altmış yıldır talim
ve tedrisle meşgul bulunduğu ve bunu çok önemli bir vazife saydığı
gibi, bugün de her türlü probleme rağmen bize ders veriyor.)

"Trol"ler ve Üç Türlü Cevap

22 Şubat 2014

Son günlerde en çok duyduğumuz tabirlerden biri de "trol" oldu. Sözlüklerde, aslının İngilizce'deki "troll"den geldiği söylenen bu kelimenin pek çok manasından bahsediliyor; olta, olta yemi, yüksek sesle şarkı söylemek, oltayla balık tutmak, oyuncak bebek ve cüce ya da dev ama mutlaka çirkin garip yaratıklar için bu ismin/sıfatın kullanıldığı belirtiliyor. Son senelerde bilhassa internet ortamında başkalarına zarf/yem atan, karşısındaki insanları kızdırarak dengesizliğe sevk etmek için her yola başvuran; bir ferdi veya şahs-ı manevîyi hedef alıp çirkin mesajlarla hakaretler yağdıran kimselere de "trol" deniyor.

Hiçbir ahlâkî sınır ve kaygı taşımayan, hemen her konuda tutarlı-tutarsız fikir beyan ederek bilgiçlik taslayan, hiç bilmediği mevzularda bile rahatlıkla atıp tutan; makul ve mantıkî cevaplar karşısında hakperestlikle kabul yolunu seçeceğine hemen konuyu değiştirmeye ya da muhatabına yakın saydığı üçüncü şahısların kendince yanlış gördüğü söz ve fiillerine geçiş yapmaya çalışan bu zavallıların Türkiye'de de artık bir sektör gibi hareket etmeye başladığı görülüyor.

Hasım belledikleri gruplar ve o çizgide gördükleri şahıslar hakkındaki en küçük müspet yoruma katlanamayan;

kendi fikirlerine muhalif her düşünceyi hemen gürültüyle boğmaya çalışan ve hatta bir mesajın altına anında yüzlerce yalan ve küfür yazarak onun sahibini korkutmaya, susturmaya yeltenecek kadar ahlâksız davranan hazımsızların sayıları her geçen gün artıyor.

Zannediyorum, özellikle şu günlerde bu sosyal medya saldırganlarının taciz ateşlerine maruz kalmayan neredeyse hiç yoktur. Öyleyse trollere karşı ne yapmalı, onların hücumlarına mukabil nasıl davranmalı?

Risâle okumalarım sırasında Bediüzzaman hazretlerinin üç türlü suale mukabil üç şekilde cevap verdiğini gördüm. Belki çok daha hassas sınıflandırmalarla başka hususlar da nazara verilebilir ama şahsen troller karşısındaki tavrımı o üç üsluba göre belirliyorum:

Hakikat Âşıklarının Soruları

Mübarek talebeleri, dostları ve tanıdıkları bazen bizzat kimi zaman da mektup yoluyla Hazreti Üstad'a pek çok sorular sormuşlar. Bediüzzaman hazretleri, gerçekten öğrenme maksadıyla veya muğlak bir meselenin tavzihi arzusuyla yöneltilen o samimi suallere uzun ya da kısa ama mutlaka muknî cevaplar vermiş. Üstadımızın o enfes cevapları hem bir ilim kaynağı hem de Lahikalar'daki gibi aynı zamanda bir hizmet metodu olarak insanlığın ufkunu aydınlatmış/aydınlatıyor.

Binaenaleyh mektup, e-mail ve twitter üzerinden yüzlerce soru alıyorum. Edep ve nezaket dairesinde yazılan her mesajı (muhalif fikirler de dâhil) okumaya ve şayet biliyorsam uygun şekilde cevabını yazmaya çalışıyorum. Bilemediğim konuları ve uzun tavzihler isteyen hususları not edip uygun bir zamanda muhterem Hocamıza sormaya, Kırık Testi veya Bamteli mevzuu yapmaya gayret ediyorum.

Trollerin Ahmaklarının Lafları

Bazı kimseler, özellikle troller soru sorarken doğruyu ve hakikati öğrenme derdinde değillerdir. Maksatları tacizdir. Dolayısıyla da onlar aynı soruyu defalarca tekrarlar; verilen cevabın özüne değil bir cümle ya da kelimesine takılıp başka sualler üretir hatta çoğu zaman mukabil ifadeleri dinlemez ve sürekli bir şeyler iddia ederler. Asla ikna olmaz ve hakkı kabule yanaşmazlar çünkü onların misyonu (!) soru uydurmak, kafa bulandırmak, kuşkular hâsıl etmek ve en kötüsü gerçekleri gürültüyle gizlemektir.

Bediüzzaman hazretleri bu tür insanların sorularına da maruz kalmış ve onlara karşı en güzel mukabelenin sükût olduğunu belirtmiştir. Mesela, "Biz Allah Allah diye diye geri kaldık. Avrupa top tüfek diye diye ileri gitti." iddiasındaki birisine mukabil "Böylelere karşı cevap sükûttur." demiş ve hadis imamlarından İbn-i Hibban hazretlerine isnad edilen "*Cevabü'l-ahmak es-sükût.*" kaidesini hatırlatmıştır. Evet, "Ahmak birine verilecek cevap, sükût olmalıdır."

Nitekim Hazreti İsa'nın (alâ seyyidina ve aleyhisselam) dahi şöyle dediği rivayet edilir: "*Allah'ın izniyle deri hastalıklarını iyileştirdim, anadan doğma körlerin gözünü açtım hatta ölüleri dirilttim fakat ahmakları ikna edemedim!*"

İşte bu sebeple trollerin ahmakları ne yazarlarsa yazsınlar, onları asla kâle almamak, muhatap saymamak ve güft u gûlarına hiç karşılık vermemek gerektiğine inanıyorum.

Hayır, ikna edemezsiniz onları. Çok makul bile olsa ifade ettikleriniz, dinlemezler söylediklerinizi; cevap verdiğiniz an onlar zafer kazanmış gibi hissederler kendilerini. Çünkü onların en büyük hazları varlıklarını hissettirebilmeleridir.

Lejyoner Trollerin Saldırıları

Özellikle sosyal medyada bir kısım kimseler de vardır ki

bunlar paralı asker gibidir. Kuvvet ve menfaat kimin yanındaysa hemen orada cepheye dâhil olurlar; ganimetten emindirler; dolayısıyla kelimeleri kurşun yerine kullanırlar. Onlar tarafından hedefe konmanız için illa haksız olmanız gerekmez. Şayet kendi saflarında değilseniz, düşmansınızdır ve her an atış hattında bulunuyorsunuz demektir. İşte böylelerine karşı da özel bir cevap gereklidir.

Bilirsiniz; İstanbul'u işgal edenler, İslâm ümmetini hafife almak ve mü'minlerle istihza etmek için sordukları altı soruya altı yüz kelime ile cevap verilmesini teklif ederler. O dönemde Üstad Hazretleri de Meşihat'ta (İslâm'ın ilmî meseleleri ile uğraşan devlet dairesi, diyanet) bulunması dolayısıyla beklenen cevabın onun tarafından verilmesi istenir. Bediüzzaman Hazretleri bu tahkir edici ve onur kırıcı tavır karşısında *"Altı yüz kelime ile değil, altı kelime ile değil hatta bir kelime ile de değil, belki bir tükürük ile cevap veriyorum."* der. Zâlimlerin, ayaklarını boğazımıza bastığı dakikada, mağrurane sual sormalarına karşı yüzlerine tükürmek lazım geldiğini söyler ve ekler, *"Tükürün ehl-i zulmün o merhametsiz yüzüne!"* Şu kadar var ki İslâm ümmetinin izzet ve haysiyetini ortaya koyduktan sonra mütereddit mü'minler ya da şüphe içindeki kimseler için kısa bir cevap verir.

İşte lejyoner trollere karşı da bu hadiseyi esas alıyorum. İstedikleri kadar hakaret yağdırsın veya tehdit etsinler, bir kelime ile bile cevap vermiyorum onlara. Üstad'ın tükürüğü niyetine "block" ya da "spam" tuşuna basıp engellemekle yetiniyorum. Daha sonra da kendi dost ve arkadaşlarıma, öz değerlerimizle ve hizmete ait meselelerle alâkalı ne yazmam, neleri paylaşmam gerekiyorsa ona yoğunlaşıyorum.

Burada şu soru akla gelebilir: Troller sadece sosyal medyada mı bulunuyor?

Tabii ki hayır. Bugün yazılı, sesli ve görseliyle genel medyada da bir sürü trol görmek mümkün. Şu farkla ki renk renk, grup grup onlar. Kimisi bir köşe kapar kapmaz kendisini aydın zanneden güruhtan. Kimisi sadece tarafgirlik hisleriyle yazıp çizen zümreden. Kimisi de eline tutuşturulanı yazmaz veya konuşmazsa aç kalacağından korkan bölükten. Bunlara da hakikatleri duyurmanız ve doğruları kabul ettirmeniz mümkün değil. Dolayısıyla hak ettikleri en güzel tavır, sükût.

"Nasıl yapabildiniz bunu?"

Bir dönemde bazı yazı ve konuşmalarından istifade ettiğim için diğerleriyle aynı kategoride değerlendirmek istemediğim ama değinmeden de edemeyeceğim iki insan geliyor aklıma: "Nasıl yapabildiniz bunu?" derken bile hakikatleri alt üst eden, "Sayın Gülen" mi yoksa "Hocaefendi" mi diyeceğine karar verme arefesini yaşayan ve haklarında "Kahhariye" okunan on kişiden bahsedip bir bakanın da onlar arasında bulunduğunu yazabilen bir insana hangi cevap kâr eder ki? Bu türlü karalamalardan medet umanlar, ister "Sayın Gülen" desin ister "Muhterem Hocaefendi" ne kıymeti var ki?

Sahiden nasıl yazabildiler bunca bühtanı! Azılı düşmanları hakkında dahi kahriye değil ıslah duası yapan bir topluluk hakkında nasıl bu kadar rahat iftira edebiliyorlar? Sonra da çaresiz insanların mülâane teklifinden rahatsızlık duyup onu da dile doluyorlar!

Ya "*...bu 'şebeke' çökertilemezse, sadece Türkiye'yi değil, bütün bir İslâm dünyasını kapkaranlık bir geleceğin beklediğini*" yazabilen filozof mütefekkir görünümlü şahsa cevap vermeye değer mi?

Dedikoduları gerçek gibi anlatmaya hiç mi utanmaz bu kimseler? Muhataplarının mü'min olduğunu hiç mi akıllarına getirmez?

Suret-i haktan görünen ve hakperest olduğunu iddia eden bu insanların sözlerinin değer kazanması için her şeyden önce "yalancı peygamber, sahte veli, içi boş âlim müsveddesi" iftiralarına itiraz etmeleri gerekmez mi? Böyle bir bühtan karşısında susacaksınız sonra tarafsızlık ve hakkaniyetten dem vuracaksınız? Kim inanır size! Allah insaf ve iz'an versin.

Cevabı Melekler Versin

Neyse, tekrar asıl konuya döneyim:

Aslında, ne derlerse desin ve hangi hakareti yaparlarsa yapsınlar, trollere cevap vermemenin derin bir manası daha var. Onlara tahammül gösterip sükût yolunu tutmak, meseleyi Allah'a ve mele-i a'lânın sâkinlerine havale etmek demektir. Siz sabr-ı cemîle yapışırsanız, sizin yerinize melekler konuşmaya başlayacaktır:

Rivayet edildiğine göre bir gün birisi, Hazreti Ebû Bekir'e (radıyallahu anh) hoş olmayan sözler söyler. O ne derse desin, Hazreti Ebû Bekir cevap vermez, münakaşadan kaçınmaya çalışır. Resûl-i Ekrem Efendimiz (sallallahu aleyhi ve sellem) bu manzarayı tebessümle seyreder. Nihayet Ebû Bekir hazretleri dayanamayıp sert bir karşılık verince, Peygamber Efendimiz'in çehresinde memnuniyetsizlik emareleri belirir. Allah Resûlü oradan uzaklaşırken Hazreti Ebû Bekir peşinden koşar ve bu nebevî tavrın sebebini sorar. Hazreti Sâdık u Masdûk Efendimiz buyurur ki: *"Sen sükût ettiğin sürece, bir melek senin yerine cevap veriyordu fakat sen ağzını açınca yanına şeytan geldi. Ben şeytanın olduğu yerde bulunmam!"*

Demek ki tavzihlere (açıklamalara), tashihlere (düzeltmelere) ve doğru bildiklerimizi üslubunca seslendirmeye "evet" fakat trollere cevap yetiştirmek, polemiklere girmek ve hakaretlere aynıyla mukabele etmek mü'minlere yakışmaz. İnanan insanlar, *"Sen af ve müsamaha yolunu tut, iyiliği emret, cahillere aldırış etme."* (A'raf, 7/199) ikazına göre davranmalı ve cehalet ehliyle tartışmaktan sakınmalıdır. Seviyesizlere cevap ancak onların seviyelerine/derekelerine inmekle mümkün olabilir; öyle bir seviyesizliğe düşmek ise adanmış ruhlar için zülldür.

Muhterem Hocaefendi'nin geçen günkü bir sözüyle noktalayalım:

"Biz onlara karşı konuştuğumuz nispette konuşması bir şey ifade eden/ler/in konuşması gecikecektir."

"Ağlayın, su yükselsin!"

23 Şubat 2014

Necip Fazıl ne hoş söyler "dua"sında:
"Bıçak soksan gölgeme / Sıcacık kanım damlar / Gir de bir bak ülkeme / Başsız başsız adamlar...

Ağlayın, su yükselsin! / Belki kurtulur gemi / Anne, seccaden gelsin / Bize dua et, e mi!"

Dün ikindi namazından sonra kısacık hasbihal eden muhterem Hocaefendi'yi dinlerken önce "Bari annemi arayayım; ölü kalbime bedel ondan gözyaşı dileneyim: Seccadeni hiç kaldırma anacığım!" diyeyim düşüncesi doldu zihnime.

Keşke kalbi hüşyâr, gözü yaşlı bir insan olabilseydim! Keşke hıçkırıklarla ağlayabilse ve suyun yükselmesine katkıda bulunabilseydim!

Neden mi? Hem sebebini hem de dünkü hasbihâlden bazı paragrafları aktaracağım fakat evvela Twitter üzerinden paylaştığım bugünkü mesajları tavzih edeyim:

Kahriye Halkaları mı?

Önce tekye adabıyla müeddep zannettiğimiz bir bakan "Üç yıldır Erdoğan'ın ölmesi için beddua ediliyor!" dedikodusunu seslendirdi. Sonra havuz medyası (!) hep bir ağızdan kahriye haberleri yapmaya ve bunu sahte ihbarlarla şişirmeye başladı. Akabinde "sayın" ile "muhterem" berzahında yaşayan bir yazar on kişiye kahhariye okunduğunu yazdı. Dahası -aslını hiç araştırmadan- Dışişleri Bakanı'nın da, hakkında kahriye okunan kimseler arasında bulunduğunu yaydı.

Nihayet öfke patlamasına şahit olunan miting meydanlarında, varlığı şüpheli birkaç talebenin iftiraları dile getirildi. Yozgat'ta bazı kız öğrencilerin gece zorla kaldırılıp Başbakan'a beddua ettirildiği üst perdeden seslendirildi.

Camia içerisinde biraz bulunmuş insanlar bu iddiaların hiçbirinin gerçeği yansıtmadığını ve birer iftiradan ibaret olduğunu bilirler. Belli ki bu iftiraları seslendirenler ve yayanlar ya kasden hilaf-ı vaki beyanda bulunuyor ya da güft u gûlarla aldatılıyorlar. Belki de sinsice araya sızmış/sızdırılmış kullanışlı kimselere önce o çirkin şeyleri yaptırıp sonra da camiayı karalıyorlar.

İddia sahipleri isim versinler, hep beraber onları kınayalım ve gereği ne ise yapılmasına çalışalım yoksa bu iftiraları seslendirmek Allah'tan korkmazlığın ifadesidir.

Bu camiada Kur'ân talebeleri, Efendimiz'in (sallallahu aleyhi ve sellem) önemli bir sünnetini ihya etmek için sadece iki ay ya da üç yıl değil onlarca seneden beri hemen her gece teheccüde kalkarlar. Katiyen hiç kimseyi hatta evliler kendi eşlerini ve çocuklarını bile zorla uyandırmaz, sadece sohbetler esnasında teheccüde teşvik ederler.

Çünkü teheccüd, ötelerin karanlığına karşı bir meşale, berzah azabından koruyan bir zırh ve ahiret için mühim bir azıktır. Hak erleri gecelerin zülüflerinde seccadelerine koşar; iki, dört ya da sekiz rekât namaz kılar sonra da Mevlâ-yı Müteâl'e yakarırlar. El-Kulûbü'd-Dâria, Cevşen-i Kebir, Bir Kırık Dilekçe gibi mecmualardan bazı bölümler okur; bütün insanlığa, özellikle ümmet-i Muhammed'e ve umum hizmet erlerine dua ederler.

Bizim meşrebimizde kahriye okumak yoktur ve hiç olmamıştır. Çaresiz kaldığımız zamanlarda bile zalimleri Allah'a havale etmekle yetiniriz. Onu da "şartlı havale" şeklinde yapar, önce ıslah ve hidayet diler, "Murad-ı ilahî bu değilse, Rabbimiz, Sen bilirsin!" deriz.

Ayrıca adanmış ruhlar hiçbir zaman şahısları hedef almazlar, onların problemi kötü "sıfatlar"ladır.

Katiyen beddua ve kahriye olmayan şartlı havalelerimizin konusu zulümdür; sadece kendimize değil kim olursa olsun mü'minlere yapılan zulüm.

Bu itibarla da haramîliğini mü'minlere gadrederek gizlemeye çalışanlar ve diğer zalimler dışında kimsenin teheccüd dualarından rahatsız olmaması gerekir.

Yolsuz, yalancı ve zalim değilseniz, hiç korkmayın, hiçbir "havale" de size dokunmaz; aksi hâlde bir de iftiralara dil oluyorsanız, titreyin!

Bu zaruri açıklamayı tekrarladıktan sonra şimdi başlangıçtaki hissiyata geçiyorum:

Elhamdulillah muhterem Hocamızın sağlık ve sıhhati her zamanki gibi. Sabahları tefsir ve fıkıh derslerimizde inkıta yok fakat Hocaefendi, sohbetler konusundaki sükût tercihini devam ettiriyor. Bazen namazları müteakip çok kısa hasbihallerde bulunuyor. Dün de beş on dakika kadar böyle bir hasbihal oldu. Girişte de dediğim gibi kalbimin katılığını ve gözlerimdeki yaşın azlığını sadece anneciğimle tamamlamaya ve aldığım notları arşive kaldırmaya niyetlenmiştim. Zira hemen her sözümüzün sağa sola çekilmesi âdetten oldu fakat sonra "Kim ne derse desin, hiç olmazsa dostlarım, arkadaşlarım, kardeşlerim nasiplensin!" mülahazasıyla bazı paragrafları paylaşmaya karar verdim:

İşte dünkü kısa sohbetten insanın yüreğini kavuran o cümleler:

Hocaefendi'nin Son Hasbihâlinden Notlar

Dünya alevler içinde kıvranırken, etrafımız ateş çemberine dönmüşken, Türkiye bir belalar ve musibetler sarmalı içindeyken ve hasımların hâkim olduğu dönemde bile görülmemiş kötülükler planlanırken, insanın meşru ve tabii ihtiyaçlarıyla ilgili dahi olsa şahsıyla meşguliyeti bana fazla geliyor. Böyle bir dönemde burada oturup yemek yeme -ki ne kadar yediğimi de arkadaşlar biliyorlar- esnasında, "Bunu yemeye, bu çayı içmeye hakkım var mı benim?" diye düşünmeden edemiyorum. Belki bütün rahat yaşayanlara da "Etrafta yangın almış gidiyorken, be utanmaz adam, yemek yiyecek zaman mı, çay içecek zaman mı?" demek iktiza ediyor.

Meselenin ciddiyetine ne kadar inanıyoruz? Hepimiz ölüp gitsek ne çıkar? Hiç önemli değil fakat senelerden beri taşınagelen bir emanet var üzerimizde. El değiştire değiştire bu günlere kadar gelmiş bir emanet. Şimdi dört bir yandan böyle tecavüzler ve saldırılar oluyor. Böyle bir dönemde, bence yemeyi içmeyi bile sorgulamak icap ediyorsa, oturduğumuz yerde boşuna oturma, orada eğlenceye dalma, konuşma, gülme, insanları eğlendirme, bu türlü şeyleri zaman ve konjonktür açısından haram saymak lazım.

İmkân varsa, mesela oturduk bir yerde, karşılıklı laf edeceğimize Cevşen'i bölüştürelim. On insan varsa orada, on faslın her bir faslını bir arkadaş okusun, orada bir Cevşen tamamlanmış olsun. Daha fazla zamanımız varsa, Evrâd-ı Kudsiye'yi de okusun arkadaşlar. Kendi aralarında Salât-ı Tefrîciye'yi taksim etsinler. Bulundukları yerde o taksime tâbi olacak arkadaşlar varsa, her gün her bir ferde 40-50-60 adet/sayfa/bölüm ne düşüyorsa pay etsinler. Gezerken, otururken hatta abdeste hazırlanırken, yemek yerken, dişlerini fırçalarken, ellerini yıkarken en azından mülahazalarla Allah'a yönelsinler. Hiçbir zaman aralığını boşa geçirmesin, her ânı Cenâb-ı Hakk'a tazarrû ve niyazla değerlendirsinler.

Başımıza gelen musibetlerden murâd-ı ilâhî bizim kendisine yürekten dönmemiz ise döneceğimiz âna kadar o musibetler gırtlağımızı sıkar ve devam eder. Kendisine dönmemiz için o musibetleri salması bile bir yönüyle rahmetin ayrı bir tecellî dalga boyudur. Kullarını Kendisine döndürmenin bir vesilesi onları ızdırar içinde bırakmak ve bütün sebepleri ellerinden almaktır; ta ki nur-u tevhîd içinde sırr-ı ehadiyeti duysun, görsün ve hissetsinler. Yunus ibni Mettâ (alâ seyyidinâ ve aleyhisselam) gibi "Lâ ilâhe illâ ente subhâneke innî küntü mine'z-zâlimîn" desinler. Geceleri yataklarından fırladıklarında abdest alsın, başlarını yere koysunlar. Gözleri yaşarmıyorsa, kendilerini levmetsinler; "Yuf bana, bu kadar da katı kalblilik olur mu?" desinler. Gözlerinin yaşlarını salabiliyorlarsa, o esnada ellerini Allah'a açsınlar; "Allah'ım! Bütün ümmet-i Muhammed'den belaları musibetleri def eyle, hususiyle memleketimizde bozulan vifak ve ittifakı temin buyur çünkü o, Senin tevfîkinin en büyük vesilesidir." desinler.

Kendimiz için yaşamamamız lazım. İmkân varsa, evi barkı olan arkadaşlar bile, buralarda kanepelerde mürgülemeyle (kuş uykusuyla) yetinin, bir iki saat uykuyla iktifa edin, kalkın 50 rekât namaz kılın sonra da başınızı yere koyun ağlayın, hıçkıra hıçkıra ağlayın. Cenâb-ı Hak, emanet olarak yüklediği bu mefkûreyi -ki başkalarının da hukuku işin içine girmiştir- bizimle zayi etmesin.

Bütün dünya bu ızdırabı duymayabilir. Türkiye'de mütecâvizlerin zaten öyle bir derdi yok, inananıyla inanmayanıyla. İnanan nasıl böyle bir zulmü yapar, onu Allah'a bırakmak lazım. O mevzuda bir şey demeyelim. Mürüvvetimizin, insan olmamızın gereği "Allah hepimizin kalbini, kafasını, efkârını, ukûlünü ıslah eylesin!" demekle iktifa edelim.

Böylesine iç içe asimetrik saldırılar karşısında bence itikâf yapıyor gibi bir yerlerde –bağışlayın- mürgülesin arkadaşlar. Kalksınlar, soldan sağa, sağdan sola dönüşlerinde "Allah'ım! Bizi ıslah eyle, bela ve musibetleri sav üzerimizden; kusurlarımızdan dolayı gelmişse, bizi bağışla; bizi imtihan ediyorsan, o mevzuda bize mukavemet, sabır, azm-ı ikdam lütfeyle!" desinler, yalvarıp yakarsınlar.

Bir dakikayı boş geçirmeyin. "abdeste hazırlık" dedim, o anı bile boş geçirmemeli. O esnada bazı duaları dilinizle söylemeyi saygıya aykırı buluyorsanız, içinizden söyleyin onu, niyet edin, kelam-ı nefsî ile mırıldanın.

"Ağlamazsan, bari gülmekten utan!"

Bilemediğimiz bir cendereden, bir preslenmeden geçiyoruz. Dünyadaki bütün insanlık da geçiyor. Suriye'de olup biten şeylere içimizde acı hissetmiyorsak, insanlığımızı yitirmişiz demektir. Somali'de olup biten şeylere içimizde bir ızdırap duymuyorsak, insanlığa ait çok şeyleri yitirmişiz demektir. Sahipsiz, himayesiz, inayetsiz, riayetsiz, dünyanın bakıp da bir şey yapmadığı Myanmar'da, o saf inanan insanlara yapılan mezâlim karşısında yüreğimiz titremiyorsa şayet vicdanımızı yitirmişiz demektir. Kalbimiz yok demektir. Ya kendi ülkemiz!

Bir de yapılan hizmetler var. Kadınıyla erkeğiyle fedakâr arkadaşlar 160 ülkeye gitmişler. Şimdi, bağışlayın, hayâsızca, edepsizce, saygısızca onlara da saldırılıyor. Allah, bu hayâsızlığın cezasını verir mi? Biz bunu istemiyoruz, "Allah ıslah etsin!" diyoruz fakat öyle bir edepsizlik müsellemdir, muhakkaktır.

Şimdilik bize düşen Allah'a tevekkül etmek, sa'ye sarılıp hiç boş durmamak; biri bin etmeye bakmak ve hikmete râm olmaktır: *"Allah'a güven, sa'ye sarıl, hikmete râm ol / Yol varsa budur, bilmiyorum başka çıkar yol!"* (M. Akif)

Şu anda öyle bir ruh haleti içerisindeyim ki annemi babamı çok severdim. Ahirete yürüyeli biri 40 sene oldu, biri de aşağı yukarı 20 seneyi geçti. Hâlâ aklıma geldiklerinde burnumun kemikleri sızlıyor fakat şimdi onlar olsalardı, ev başlarına yıkılsaydı ve cayır cayır yansalardı, Allah uzun ömür versin, kardeşlerim de cayır cayır yansalardı, ben bu kadar üzülmezdim. Ülkeye, millete, dine, davaya ve hizmete gelen zarar karşısında şu anda üzüldüğüm kadar üzüntü duymazdım. Hem de sizinle beraber secde eden insanlar tarafından, din düşmanlarının dahi yapmadığı şekilde bir saldırı yapılması karşısında ondan çok daha derin bir üzüntü duyuyorum. O ölçüde üzüntü duymayanlara gönlümün kırıldığını da burada söyleyeceğim, söylemeliyim. "Bunlar hiç bu meseleleri anlamıyorlar mı? Hadiseyi ferdî ya da sadece bir şahs-ı maneviye ait mi görüyorlar? Bu mevzuda insanî değerlere bu kadar yabancılaşma mı olmuş?" diyorum.

Tebessümle dudağı geri giden de dâhil gülen, eğlenen, rahat yaşayan herkese, "Mevsim o mevsim değil arkadaş!" demeli. *"Irzımızdır çiğnenen, evladımızdır doğranan / Hey sıkılmaz, ağlamazsan, bari gülmekten utan!"* (M. Akif)

Çalmadık, çırpmadık, rüşvet almadık, irtikâba/ihtilâsa girmedik, kimsenin hukukuna tecavüz etmedik, bazen hakkımız gibi görünen şeylerden bile fedâkârlıkta bulunduk fakat suçlu gibi müebbet mahpuslar misillü, cefâ görüyoruz.

Bu öyle bir bela ve öyle bir musibettir ki şayet bu durumda bulunan insanlar Allah karşısında bu hâlin gerektirdiği şeyleri yerine getirmez, O'na daha derinden yönelmez ve feci manzaranın ızdırabını yüreklerinde hissetmezlerse, Allah hesabını sorar.

Mafya Kanunu ve Türk Okulları

Y üzlerdeki maskeler inmiş, hayâ perdesi yırtılmıştı bir kere. Sanki öfke ve nefret bir tsunamiye dönüşmüştü; her gün daha bir kabaran tahrip gücüyle, önüne gelen her değeri yıkıp geçiyordu.

Bilhassa Erdoğan, kini simasına akseden ve husumeti dizginlenemeyen bir raddeye varmıştı. Sürekli savuracağı birbirinden şiddetli hakaretleri kurgulayan ve düşman bildiklerine daha fazla acı çektirecek hamleler arayan hırçın mı hırçın bir kabadayı hâlini almıştı.

Yalnızca yurt içindeki tahribatla hasımlarına yeterli darbeyi vuramadığını düşünmüş olacak ki Büyükelçiler Konferansı'nda yaptığı konuşmada *"Bu örgütü muhataplarınıza iyi anlatın!"* demiş; Camia'nın yabancı ülkelerde bir örgüt olarak tanıtılması talimatını vermiş ve böylece fedakâr Anadolu insanının dişinden tırnağından artırdığı himmetlerle kurulan 160 ülkedeki Türk Okulları'nın kapatılması planını devreye sokmuştu.

Çok geçmeden, 2003'te dönemin Dışişleri Bakanı Abdullah Gül tarafından yayınlanan Türk okullarının desteklenmesiyle ilgili genelge, halefi Ahmet Davutoğlu'nun imzasıyla iptal edilmişti. Davutoğlu, bununla da kalmamış; bütün dünyada göğsümüzü kabartan bu eğitim müesseselerinin kapatılması için Türk büyükelçilikleri ile temsilciliklerine "girişimde bulunulması" talimatı vermişti. Bugün gazetesinin ilgili haberini güya yalanlarken de eğitim gönüllülerine çirkin suçlamalar yöneltmişti.

İktidar çevresi, bu akıldan, mantıktan ve vicdandan uzak tutuma gerekçe göstermekte zorlanıyor; Hizmet gönüllülerinin 17 Aralık Operasyonu'ndan sonra hükûmeti dışarda kötüledikleri argümanına sığınıyordu. Hâlbuki mesele katiyen yeni değildi ve tahrip düşüncesi 17 Aralık'la başlamamıştı. Bunun pek çok kanıtı vardı; aylar öncesinde ABD'ye sunulan dosya da delil olarak tek başına yeterliydi.

Asıl Kumpası Kim Kurdu?

Başbakan, 2013 Mayıs ayında Amerika seyahatine çıkarken, Hocaefendi ile görüşüp görüşmeyeceğinin sorulması üzerine *"Resmi programda yok ama gökten ne yağar ki yer kabul etmez!"* demişti. Kendisi Washington'daki yoğun randevu trafiğinden dolayı Pennsylvania'ya gelememiş, Hocaefendi de rahatsızlıkları sebebiyle oraya gidemeyeceğini bildirmişti. Bunun üzerine Başbakan, yardımcısı Bülent Arınç'ı vekâleten göndermiş, "Emriniz var mı?" diye sordurmuştu.

Evet, Beyaz Saray'da Başbakan, MİT Müsteşarı ve Davutoğlu, Obama ile görüşürlerken Bülent Arınç da Hocaefendi'nin yanındaydı ve sözde saygılarını arz ediyordu. Hükûmetin dili dudağı gazetelerden Takvim, işte o toplantıda Başbakan Erdoğan ve MİT Müsteşarı Hakan Fidan'ın Obama'ya hizmeti bitirmek adına dosya sunduğunu yazdı.

Düşünebiliyor musunuz, Başbakan, bir taraftan selam gönderip emir ve tavsiye sorduruyor; diğer yandan hem de aynı anda, hazırlattığı dosyayı verip Amerika yönetimine Hizmet Hareketi'ni şikâyet ediyor.

Maalesef bu haber tekzip edilmediği gibi Hocaefendi'nin Türkiye'ye iadesinin istenmesine kadar bir dizi talebin iletildiği ortaya çıktı. Zaten ondan sonra da Başbakan, husumetini açığa vurdu ve gizli saklı değil alenen Türk Okulları'nın kapatılması için çırpınıp durdu.

Erdoğan artık yabancı devlet adamlarından kimle görüşürse görüşsün, ruznamesine Türk Okulları'nın kapattırılması maddesini de ekliyordu. Hariciye, Hizmet'i kötüleme ve faaliyetlerine son verdirme misyonunu layıkıyla eda etmenin derdindeydi.

İftira dosyaları Türk okulu bulunan bütün devletlere gönderilmişti. Her yere oranın hassasiyetleri gözetilerek evrak hazırlanıyordu. Mesela, Rusya'ya "Bunlar Amerika adına çalışıyor!" denilirken, Amerika'ya "Bunlar, radikal dinci; idareyi ele geçirip şeriat devleti kurmak istiyorlar!" teması işleniyordu.

Ne var ki hükûmet istediği cevabı alamamış, beklediği mukabeleyi görememişti çünkü eğitim gönüllüleri, gittikleri yerlerde, ilk günkü saffet, duruluk, beklentisizlik ve hizmet mülahazalarını devam ettiriyorlardı. Onlarca sene onları gözlemleyen ve onların hep aynı çizgide olduklarını gören o ülkelerin yetkilileri, endişe etmek bir yana, onların müdafii olmuşlar; kafalarını karıştırmak isteyenlere, "Biz yirmi senedir bu insanların nabızlarını dinliyoruz. Sizin dediklerinizin hiçbirisi doğru değil." demişlerdi. Her şeyden şüphe duyulan, paranoyanın hükümferma olduğu ülkelerde dahi, muhatapları onları deneyip test etmiş, neticede uzun süre aynı karakteri temsil ettiklerini görmüş ve gönül kapılarını sonuna kadar açmışlardı. Nitekim 160 ülkenin tamamı okulların/kursların devamından yana tavır almıştı. Medyaya da yansıdığı üzere, ilk kuvvetli itirazlar Pakistan, Azerbaycan, Irak, Fas ve Kenya'dan gelmişti.

Bir Ülkenin Başbakanı, O Ülkenin Okullarını Kapattırmak İçin Pazarlık Yapıyor!

Ne kadar acıdır ki, ikna çalışmaları neticesiz kalan muktedirler, bu defa baskı ve pazarlık yoluna girişmişlerdi. Bazı küçük ülkeler kredilerinin kesilmesiyle tehdit ediliyor; kimi yabancı şirketler ihalelerinin iptal edilmesiyle karşı karşıya bırakılıp korkutuluyor; bir kısım kimselere de vaadler yapılıyor ve bu pazarlıklarda terazinin diğer kefesine Hizmet faaliyetlerinin durdurulması konuluyordu.

Mesela 18 Nisan 2014 tarihinde Karşı Gazetesi internet sayfasında yer alan habere göre Erdoğan, Kenya Cumhurbaşkanı Uhuru Kenyatta ile görüşmüş, ona Türk Okulları'nı kapatma karşılığında Kenya devlet okullarını tabletlerle donatma teklifi sunmuştu ancak Kenyatta bu tuhaf ve utanç verici teklifi kabul etmemiş; Türk Okulları'nı kapatmak şöyle dursun, onları daha candan desteklemeye ve programlarına katılmaya devam etmişti.

Fakat herkes Başkan Uhuru kadar müstağni ve cesur değildi. Başı tutanlar, koparılmış kelle bekliyor; uşaklar, emri ilk yerine getiren olmak için gayret ediyorlardı. Ne yapıp edip okulların kapısına kilit vuracak bir ülke bulmalıydılar. Sonunda Afrika'da küçücük bir devlet olan Gambiya akıllarına gelivermişti. Adanmış ruhlar, nüfusu iki milyondan az olan Gambiya'da da Yavuz Selim adında bir Türk okulu açmışlardı. Nihayet yüksek bir kredi vaadiyle onun kapatılmasının sağlandığı medyaya yansıdı. O küçük ülkede Batılı misyonerlerin açtığı yüz altmış okul faaliyetteydi ama biricik Türk koleji talihsiz Türk yetkililerin yerli mevkidaşlarına baskıları ve vaatleri neticesinde eğitime -geçici olarak- son vermek zorunda kalmıştı.

Başbakan Erdoğan'ın, Şubat 2014'te Soçi Kış Olimpiyatları'nın açılışı sırasında, Rusya Devlet Başkanı Vladimir Putin ve Azerbaycan Cumhurbaşkanı Aliyev ile yaptığı görüşmede de aynı konuyu gündeme getirdiği; Türk Okulları'nın kapatılması için talepte bulunduğu ve buna ilişkin birer dosya sunduğu yazılıp söylenmişti.

Azeri Yeni Musavaat gazetesinde yer alan habere göre Erdoğan, İlham Aliyev'den kesin adım atmasını istemiş; *"Biz Türkiye olarak Karabağ meselesine desteğimizi devam ettirmek istiyoruz. Siz de Azerbaycan'daki Nurcuları temizleyin!"* talebinde bulunmuştu. Verilen bilgiye göre sadece Hizmet Hareketi değil, Risale-i Nura bağlı diğer gruplar da hedef gösterilmişti.

Daha sonra da bunu teyid eden haberler neşredilmiş ve bazı hadiseler meydana gelmişti. Azeri tarafıyla yapılan görüşmelerde sürekli eğitim müesseseleri masaya sürülmüş; Azerbaycan'daki Türk Okulları kapatılmazsa, Ermenistan'ın isteği üzerine Alican Sınır Kapısı'nın açılabileceği ve Azerbaycan'ın Türkiye'deki yatırımlarının da AKP Hükûmeti tarafından engellenebileceği ifade edilmişti. Nitekim bu şayiaların üzerinden çok geçmeden Azerbaycan'daki okulların kapatılması kararı alındı.

Ahh Azerbaycan!

Bu karar başta Hocaefendi olmak üzere Hizmet gönüllüleri için çok büyük bir keder ve elem sebebi oldu. Çünkü muhterem Hocamız daha küçük yaşlarından itibaren Azerbaycan'ı öz toprağından hiç ayırmamıştı. Esaret altında olduğu yıllarda hayaliyle uzaktan seyretmiş, kurtuluşu için Allah'a yalvarmıştı. Demir Perde yırtılır yırtılmaz da kendisini sevenlere *"Koşun, kucaklaşın Azeri kardeşlerinizle, asırlık hasrete son verin!"* deyip ağlamıştı.

Azerbaycan'ın işgal edildiği haberini aldığında yıkılıp kalmış, yerinden doğrulamamış ve günlerce ızdırapla kıvranmıştı. Vaaz kürsüsünde işgali anlatıp Azeri kardeşlerimize yardım çağrısı yaparken öyle hislenmişti ki konuşmaya devam edememiş ve bayılmıştı. O dönemde Azerbaycan'da bulunan bazı ağabeylerimiz telefon edip "Ne yapsak?" diye sorduklarında, *"Ölseniz bile Azerî kardeşlerimizi terk etmeyin şayet onlar sizin yerinizde olsalardı, mutlaka canları pahasına yanınızda bulunurlardı."* demişti.

Rahmetli Haydar Bey, ismiyle müsemma bir yiğitti ve bu mertliğini her zaman ortaya koymuştu. Türkiye'den giden eğitim gönüllüsü kardeşlerine belki de hiçbir devlet başkanının yapmadığı kadar sahip çıkmış; onlara tam bir hâmî olmuştu. Ömrü boyunca, okulları, Azerbaycan ve Türkiye halkları arasındaki kardeşliğin ve vefa duygusunun bir nişanesi olarak görmüş, devletlerarası münasebetler ve sair siyasi mülahazalardan tamamen bağımsız tutmaya özen göstermişti.

Hocaefendi, İlham Aliyev'i bir idareciden önce babasının yadigârı güzide bir emanet olarak görmüştü. Onun riyaseti altında Azerbaycan'ın gerçekleştirdiği büyük atılımlardan memnuniyet duymuş; ülkesindeki misafir eğitim gönüllülerine verdiği desteği her zaman takdirle yâd etmişti. İlham Bey ise *"Ben bu okulları çok beğeniyor ve destekliyorum. Büyük işler görüyorlar."* diyerek takdirlerini dile getiriyor, sayılarının arttırılması yönünde arzu izhar ediyor; Hocaefendi'ye gönderdiği mektubunda da okullara ve öğretmenlere sahip çıkıp destekleyeceğini vaat ediyordu.

Türk okulları, kendilerini iyi ve ahlâklı insan yetiştirmeye vakfetmiş kadrolarca yönetiliyor; yirmi üç senedir geleceğin Azerbaycan'ına hizmet edecek çalışkan öğrenciler yetiştiriyordu. Şayet gizli bir niyet ve yanlış bir faaliyet olsaydı, çeyrek asırlık zaman diliminde bu katiyen gizlenemez ve mutlaka açığa çıkardı. Tarih şahitti ki bu zaman zarfında bu müesseseler kaliteli-seviyeli eğitim vermenin ve münevver insan yetiştirmenin dışında bir iş yapmamıştı.

Bundan dolayı da bu müesseseler, her kademedeki devlet yöneticileri, sivil toplum liderleri, sanatkârlar, ilim adamları ve genel anlamda Azerbaycan halkından hep vefa ve destek görmüşlerdi.

Bu dönem zarfında başta cumhurbaşkanlarımız merhum Turgut Özal, Süleyman Demirel ve Abdullah Gül beyefendiler olmak üzere, on iki hükûmet, neredeyse bütün rical-i devlet ve Türk halkı bu eğitim kurumlarının başarılarını takdir etmişler; faaliyet alanlarının genişletilmesi için müşevvik olmuşlardı.

Maalesef Türkiye'nin son dokuz aylık dönemindeki şantaj, gammazlama, iftira ve cadı avından dolayı bu okullar da zararla karşı karşıya kaldılar. Şimdi bunca yıllık emek ve bu okulları hayata kazandıran sayısız Azeri ve Türk vatandaşının gayretleri, fedakârlıkları hiç yokmuş gibi davranılıyor. Her yıl binlerce öğrencinin girebilmek için gayret ettiği, yüzde yüze yakın eğitim başarısı yakalamış, Azerbaycan'ı uluslararası bilim olimpiyatlarında en ileri seviyede temsil etmiş, yüzlerce madalya kazanmış ve öğrencisiyle, öğretmeniyle, Azerbaycan devletine ve milli değerlerine sadakatle bağlı bu okullar, birtakım siyasi mülahazalarla kapatılıyor.

Ne maksada hizmet ettikleri belli olmayan bazı kimselerin, mesnetsiz iddiaları, yalan beyanları ve ahlâksız tehditleriyle bu okullar kapatılırsa, bu büyük bir yanlış, azim bir vebal ve çok büyük yazık olmaz mı?

Kim Kötü Bir Yol Açarsa...

Sesimi duyurabilseydim, Hocaefendi'nin birkaç gün önce konu açılınca dile getirdiği bu hususları, henüz iş işten geçmeden, İlham Aliyev Beyefendi'ye ve bütün Azeri kardeşlerimize ulaştırmak isterdim.

Allah Resûlü (sallallahu aleyhi ve sellem) bir hadis-i şeriflerinde -mealen- şöyle buyururlar: *"Kim, güzel bir çığır açarsa, daha sonra o yolda gidenlerin bütün sevabı onun defterine de yazılır. Kim de kötü bir yol açarsa, daha sonra onu takip edenlerin vebali topyekûn onun sırtına da yüklenir."* Merhum Haydar

Aliyev okullara ilk sahip çıkanlar arasındaydı; ihtimal ahirette, Azerbaycan'da yetişen öğrencilerden olduğu gibi, dünyanın dört bir yanındaki okulların meyvelerinden de nasiptar olacaktır. Hâl böyleyken, oğlunun, o okulların kapatılması yolunu açan kimse olmaya zorlanması ne acı!

Bilindiği üzere İslâm Tarihi'nde Habeşistan hükümdarı Necaşi'nin çok farklı bir yeri vardır. İlk muhacirler oraya gidince, hemen arkalarından Mekkeliler elçi gönderir ve bir sürü iddiada bulunarak Necaşi'nin onları ülkesinden kovmasını isterler. Bu taleplerini dile getirirken de sandık sandık hediyelerini kralın önüne yığarlar fakat Necaşi vicdanlı bir insandır, önyargılı değildir; müslümanları da dinler. Hazreti Ali efendimizin büyük kardeşi Hazreti Cafer, niyetlerini ve hâllerini anlatınca, Necaşi, gözyaşları içinde elçiye döner; *"Vallahi dünyaları bile verseniz, bu insanları benden alamazsınız."* der. Sonra müslümanlara şöyle seslenir: *"Ülkemde istediğiniz kadar kalabilir ve istediğinizi yapabilirsiniz!"*

Evet, tarih boyunca nice melikler, krallar, padişahlar, şehinşahlar geçmiş fakat pek çoğu unutulup gitmiş, bazıları tamamıyla nisyan deryasına gömülmüşlerdir ancak Necaşi hazretleri hâlâ bir buçuk milyar müslüman tarafından hayırla yâd edilmektedir; ihtimal ahirette de başlara taç yapılacaktır.

Demem o ki şu son dönemde biz imtihan olduğumuz gibi, başkaları da bizimle imtihana tabi tutuluyor. Bu imtihanın sonunda Necâşi misillü yâd edilmek ve ötede onunla omuz omuza haşrolmak da var, hem burada hem ötede unutulmak da.

Aslında diğer ülkelerdeki okulların başarıları, onlara verilen emek ve yerli halkın gönülden sahip çıkışı Azerbaycan'dakinden farklı değil. Bu hususta daha fazla söz söylemek ve farklı misaller vermek de mümkün. Ne var ki bu satırları yazarken, yeni bir haber düştü ajanslara. AKP Genel Merkezi'ndeki 7. Geleneksel Büyükelçiler İftarı'nda konuşan

Erdoğan, Hizmet ile ilgili yine delilsiz, mesnetsiz suçlamalarda bulunmuş. Camia'yı, yabancı ülkelerin büyükelçilerine tehlikeli bir örgüt olarak anlatmış ve bu ülkelerin de kendisi gibi Hizmet'e savaş açmalarını istemiş.

Bakar mısınız şu hâle? Irak'ta terör kol geziyor, din adına kan dökülüp İslâm'ın çehresi karartılıyor. Musul'daki konsolosumuz ve çalışanlar dâhil 49 vatandaşımız haftalardır rehin olarak tutuluyor. Kerkük'te yürekler ağızlarda. Suriye'de kan gövdeyi götürüyor. Vatanından göç etmek zorunda kalıp çarnaçar Türkiye'nin her yerine dağılmış yüz binlerce Suriyelinin hâli içler acısı. Mısır'dan Arakan'a kadar müslümanların yaşadığı hemen her coğrafyada gözyaşları sel olmuş. Gazze bomba yağmuru altında inim inim inliyor. Türkiye ise dâhilî olduğu gibi haricî problemler sarmalında kıvranıp duruyor fakat bu koca koca meseleler dururken, Başbakan'ın gündeminde Hizmet Hareketi var. Tam da adanmış ruhların yeryüzünün belki bin yerinde iftar çadırları/sofraları hazırlayıp öz değerlerimizi tanıtma heyecanı yaşadığı aynı dakikalarda, mübarek Ramazan ayının bir iftar vaktinde, Erdoğan, o masum Müslümanları sadece kendisine değil de Camia'ya gönül verdiler diye hem de ecnebilere şikâyet ediyor.

Allah'ım, bu nasıl bir kin?

Müslüman, düşmanlık yaparken bile belli esaslara uymak zorundadır; İslâm, müntesiplerini harp hâlinde dahi bazı kurallarla kayıt altına almıştır.

Ya husumetin böylesi; hangi inançtan kaynaklanmakta, hangi kitaba dayanmaktadır?

Mafya Kanunu

Farz edelim ki "paralel devlet" ve "hükûmete komplo" diyerek uydurulan senaryoların hepsi doğru. Böyle bir durumda ne yapılmalıdır? Hukuk ve insanlık neyi gerektirir?

Suçlu kimse, tespit edilir, deliller ortaya konulur ve mücrimler cezalandırılır.

Zaten Hizmet gönüllüleri de haftalardır bunu istemiyorlar mı? Bir kumpas söz konusuysa, suçlular bulunsun ve cezaları derhal verilsin, demiyorlar mı?

Fakat iddiaların üzerinden aylar geçmiş olmasına rağmen tek bir delil ortaya konulamamış; tek bir kişinin cürmü kanıtlanamamış; hiçbir mahkeme açılmamış ve bir hüküm verilmemiş. Hükûmetin özel delil üretme timleri kurduğu sır olmaktan çıkmış ama yine de makul bir belge gösterilememiş. Şu hâlde bir tek ferdi tecrim ve tecziye etmek dahi kanunsuzluk ve vicdansızlık olduğu hâlde, koca bir Camia'yı hatta sırf ona dilbeste olduğu için dünyanın en ücra köşesindeki insanı yargısız infaz etmek hangi insaf ölçülerine sığar?

Suç kesinleşmediği sürece kimsenin hükümlü sıfatıyla değerlendirilemeyeceğini ifade eden "masumiyet karinesi", en temel hukuk öğretisi olan "suçsuzluk ilkesi" sadece yolsuzluk iddialarıyla karşı karşıya bulunan Başbakan ve şürekâsı için mi geçerlidir?

Allah aşkına, hem İslâm'da hem de diğer dinlerde suç ve cezanın şahsîliği esas değil midir? Cenâb-ı Hak, "*Herkes ne kötülük işlerse kendi aleyhine işler; insanların işlediği kötü fiiller yalnızca kendilerini ilgilendirir. Hiçbir günahkâr, başkasının günahını yüklenmez.*" (En'am, 6/164) buyurmuyor mu?

İnsan Hakları Beyannamesi'nde "*Kendisine bir suç yüklenen herkes, savunması için gerekli olan tüm güvencelerin tanındığı açık bir yargılama sonunda, yasaya göre suçlu olduğu saptanmadıkça, suçsuz sayılır.*" denmiyor mu?

Türk Ceza Kanunu'nda "*Ceza sorumluluğu şahsîdir. Kimse başkasının fiilinden dolayı sorumlu tutulamaz.*" ilkesi bulunmuyor mu?

Diğer taraftan, akıl, vicdan, insaf ve ahlâk düsturları bir

şahsın günahından dolayı onun ailesinin, yakınlarının ve sevdiklerinin cezalandırılmalarına müsaade eder mi?

Öyleyse bir "paralel devlet" düzmecesiyle Türkiye'de Hizmet hâdimleri hemen suçlu ilan edildiği gibi, şimdi bir de yurt dışındaki fedakâr öğretmenlerin -hem de yabancı misyon şeflerine- mücadele edilmesi gereken düşmanlar olarak anlatılması hangi kurala binaendir.

Bugün biz demesek de yarınki nesiller ve ötede Allah soracaktır zalimlere; "Siz hangi kitaba inanıyordunuz? Bu yaptıklarınız hangi hukuk sistemine dayanıyordu?" diye.

Kutsal metinlerin ışığından mahrum kalmış ya da onları yanlış yorumlamış bazı kimseler tarih boyunca bir kısım vahşetler sergilemişlerdir. Düşman belledikleri erkeği öldürmekle kalmayıp eşini, çocuklarını hatta ahırdaki atını, ineğini, kedisini ve köpeğini de katletmişlerdir fakat bu davranış, ima ettiğimiz üzere, kendi seçkinliğinden başka hiçbir mukaddes değer tanımadığı gibi insanlığını da büsbütün yitirmiş canavarların şe'nidir.

Bir de mafya kanunundan bahsedilir. Yasa dışı işlerle uğraşanların çoğu aslında oldukça korkaktır. İşledikleri suçların bir gün başka kalıplarda geri dönüp boğazlarına sarılmasından endişe duyar ve hep kaygı içinde yaşarlar. Bundan dolayı da bir cinayet işledikleri zaman arkada öç alabilecek hiç kimsenin kalmamasına dikkat ederler; sadece anne babayı değil beşiktekini bile öldürme töresidir onlarınki.

Şu anda Hizmet Hareketine karşı yapılanları başka türlü izah etmek mümkün değil. Bu ya bir cinnet eseri ya da kendi ağababalarının verdikleri misyonun gereği!

Şayet mesele intikam alınabileceği korkusuyla vahşileşmekten ibaretse, böyle bir paranoya çok manasız.

Korkmasınlar, hizmet erleri, muhabbet fedaileridir; onların meşrebinde öç almak yoktur.

Bari Hülyalarımızı Çalmayın!

Son günlerde hemen her haber bülteninde Urla ismi de duyuluyor; hak ve hukuk ayaklar altına alınarak bazı kaçak villaların yapıldığı anlatılıyor.

Her ne kadar bu iddialar insanın yüreğini burksa ve ruhunu sıksa da Urla ismi bana "Mustafa Amca" gibi ümmet dertlilerini, "Çetin Abi" misillü hizmet delilerini ve bir de mefkûre muhacirlerini hatırlatıyor.

İşte o zaman içimden bir feryat kopuyor: Allah aşkına, bütün villalar sizin olsun ama "yeni bir dünya" hülyalarımızı çalmayın!

İğde Kokulu Urla ve Yiğitler

İzmir İlahiyat Fakültesi'nde öğrenci olduğum yıllarda haftalık sohbetler için Urla'ya da gidip gelirdim. Allah Teâlâ, zamanla o şirin beldede bir "ışık ev" lütfedince, bir sene orada kalmak da nasip olmuştu.

İnsan idraki açısından, sahiden Cennet'in yeryüzüne yansımış bir köşesi gibiydi Urla. Çam ormanları, yemyeşil zeytin ağaçları ve bol oksijenli tertemiz havasıyla "Ege'nin akciğeri" unvanını hak ediyordu. Tarih kokan çehresi, masmavi denizi, meyve bahçeleri, çiçek seraları, iğde râyihalı âsude sokakları ve sımsıcak insanlarıyla "tam yaşanacak yer" dedirtiyordu.

Yiğitler tanımıştım orada... Sohbet-i Cânân meclisinde pişen yiğitler... Her zaman hakikatin sesi olmuş bir mürşidin *"Dünya sizi bekliyor!"* işaretini almış/anlamış yiğitler... Gönlüne hizmet ve hicret arzusu düşmüş yiğitler...

Erkan, Gürkan, Tarık, Mesut, Emrullah, Nurullah ve Bilal aklıma ilk gelenler fakat sayıları bu kadar değil. *"Ancak Hizmet varsa yaşamaya değer!"* diyen yanık yürekler.

O güzelim Cennet köşesini bırakıp hicret ettiler. İkisi Amerika'ya, biri Kazakistan'a, diğeri Kanada'ya, öbürü Arnavutluk'a gittiler.

O can kardeşlerim içinde bir de Ali Rıza vardı. Gençlik ve rahat onun başını döndürememişti. Hâlbuki şeytanî ve nefsanî tuzaklara açık bir çevredeydi. Tatil beldesinde bir ev, bakmaya doyamayacağınız bir çiçek serası, güzel kazanç, dünyevî imkânlar, itibar ve eş-dost.

Her şeye rağmen onun gönlüne de düşmüştü hicret ateşi. O da gitmeliydi... Gitmeli ve bir köşede bir mum da o tutuşturmalıydı. Gitmeli ve bir çölde de Efendimiz'in adını o dalgalandırmalıydı.

Duramadı Ali Rıza... Urla villaları onu bağlayamadı. İğde kokulu sokaklar onu alıkoyamadı hatta sitemli aile de onu durduramadı.

Nerede ihtiyaç varsa, oraya koştu; çok yer dolaştı...

Eskimoların Ülkesinde Işık Ev

Bir gün *"Kıbrıs'tayım."* diye aradı; bir zaman Mozambik'ten selam yolladı. Bir dönemde Afrika'nın değişik ülkelerinde çiçek derdi; bir süre sonra Amerika'da ansızın önüme çıkıp *"merhaba"* dedi. *"Kanada'ya adanmış ruh lazım!"* sözünü işitince, bu defa da oraya yöneldi.

Seneler seneleri kovaladı ama o hep hicretteydi. Ailesi Urla cennetine çağırıyordu fakat o, davası uğruna mahrumiyetleri tercih ediyordu.

Yıllar sonra bir e-mail aldım Ali Rıza'dan; şöyle diyordu:

"Ağabey! Geçtiğimiz aylarda muhterem Hocamızın 'Nam-ı Celil-i Muhammedî' sohbetini bir kere daha dinledik. Allah Resûlü'nün 'Benim adım cihanın dört bir yanında bayrak açacak!' müjdesinin aynı zamanda 'Namımı güneşin doğup battığı her yana götürün!' şeklinde bir emir ve bir hedef olduğunu anladık. Elhamdulillah, pek çok yerde kardeşimiz var fakat hâlâ kutuplara gidilmemiş. Üç arkadaş gönüllü karar verdik ve buraya geldik. Şimdi size Alaska'nın kuzeyinden, kutba en yakın Eskimolar ülkesinden yazıyorum. Burada en az altı ay yerin üstüne çıkılmıyor; dışarı sürekli buz kestiğinden yerin altına evler, mağazalar, sokaklar yapılmış. Allah'a şükürler olsun, biz de kulübe gibi bir yer bulduk ve buradaki ilk "ışık ev"i açacağız. Artık Efendimiz'in adı burada da anılacak. Ağabey, acaba Hocaefendi lütfedip bu küçük dershanemize bir isim verebilir mi?"

Ellerini öpeceğim kardeşim işte bu müjdeye samimi hissiyatını da ekleyip, özetlediğim cümlelerle bir mektup göndermişti. Gözyaşları içinde okumuş ve Hocamıza arz etmiştim. O mübarek ocağın adı *"Vuslat"* olmuştu. Zira mefkûre muhacirleri, dünyanın en ücra bucağına; o bâkir diyarlar da Allah Resûlü'nün mübarek namına kavuşmuştu.

Evet, Urla villaları gösteriliyor haberlerde. Arazinin baş döndüren güzelliğinden dem vuruluyor. İnşaat izni için yapıldığı iddia edilen kanunsuzluklar sıralanıyor. Senede birkaç hafta ancak kalınabilecek bir yer için ayaklar altına alınan hukukun ardından ağıtlar yakılıyor.

Fakat benim zihnim o rüya beldeyi kendi arzusuyla ve sadece ilahî rıza umuduyla arkada bırakıp en yaşanmaz zeminlere âb-ı hayat olan kardeşlerimde.

Meşaleleriniz Sönmesin!

Seneler önce Sibirya taraflarına yolum düşmüştü. Cenâb-ı Hak bir haftalık okuma programında yüz kadar öğretmen arkadaşımla aynı havayı soluma nimeti lütfetmişti. Programdan sonra birkaç mefkûre muhacirinin saadethanelerini de ziyaret etmiştim.

Uğruna kurban olacağım bir bacım perdenin arkasından demişti ki: "*Hocam, burada ayaz paşa sürekli kol geziyor; yeni doğan yavruma aldığım sütü buz olarak, kalıp hâlinde alıyor ancak eritip ısıttıktan sonra içirebiliyorum. Öyle soğuk ki buralar, hemen hepimiz bir şekilde hasta olduk. Her şeye rağmen işittik ki 'Kardeşim, battaniyeleri kesin, iç çamaşırı olarak kullanın! Fakat ne olur, tutuşturduğunuz meşaleyi söndürmeyin!' deniyor. Donarak ölsek de bu meşaleler sönmeyecek Allah'ın izniyle!*"

İşte kadını erkeğiyle bu kahramanlar Sibirya'da donayazdı, Afrika'nın sıcağında yandılar ama damarlardaki kanı donduran soğuğa da ciğerleri kavuran sıcağa da boyun eğmediler. Bazıları öldürücü hastalıklara ve bunaltan mahrumiyetlere katlandılar; diğerleri ise yeni kıtaların şeytanî câzibelerine ve maddî güzelliklerine karşı sabrettiler; gayelerini hiç unutmadı, çizgilerini değiştirmedi, başkalaşıp dönüşmedi ve hep bembeyaz, tertemiz kaldılar.

Bunların yalısı, yazlığı, villası değil küçük bir evi bile olmadı. Dünyalarını birkaç valize sığdırdılar. Bazen bir misafirhanede, kimi zaman üç beş aile bir yerde yaşadılar. Daha bavulunu açmadan başka bir mehcereye koşanlar oldu. Başlarını sokmak için dört başı mamur bir bina ya da azıcık istirahat edecekleri rahat bir döşek aramadılar. Çok zaman havaalanında, otogarda, tren istasyonunda, bir bankın ya da bir çantanın üzerinde veya bir arabanın içinde sabahladılar akşamladılar çünkü onlar hep yolcuydular.

Onun içindir ki eşini ve oğlunu hizmet yolunda ahirete

uğurlayan, kendisi ve diğer çocuklarını da hak yola adayan Sevgi Abla'nın geçen gün Samanyolu Televizyonu'nda dile getirdiği duyguyu en güzel onlar anlarlar. Oğlu öteye yürürken demiş ki, "*Anneciğim, Cennet'te bize de ev verilecek mi?*" Eminim o kıymetli ablacığım kaçamak bir cevapla geçiştirmiştir bu soruyu. Zira dava erleri Cennet'teki köşke dahi talip değillerdir. "Dâr" (ev) denildiğinde onlar hep "Câr" (komşu) diye inleyecek, sadece Allah'ın cemâlini ve hoşnutluğunu dileyeceklerdir.

Söz Verdik Allah'a!

Kur'ân-ı Kerim, Enes ibni Nadr'ın (radıyallahu anh) şahsında şehitleri nazara verirken, henüz kendisine şehadet nasip olmamış ama onu dört gözle bekleyen başyüceleri de destanlaştırır. Zannediyorum bu ayet, uzak yakın diyarlara hicret edenlerin yanı sıra bir yürek yangınıyla muhacir olmayı bekleyen kutlulara da bakmaktadır:

"*Mü'minlerden öyle yiğitler vardır ki Allah'a verdikleri sözü yerine getirip sadakatlerini ispat ettiler. Onlardan kimi adağını ödedi, canını verdi, kimi de şehitliği gözlemektedir. Onlar verdikleri sözü asla değiştirmediler.*" (Ahzâb, 33/23)

Biz de değiştirmedik ya Rabbena! Sen de biliyorsun ki sözümüzü değiştirmedik!

Söz verdik, dünya ayağımıza pranga olmayacak ve asla kendimiz için yaşamayacağız.

Söz verdik, hiçbir yerde şahsımız için durmayacak ve nerede ihtiyaç varsa oraya koşacağız.

Söz verdik, ferdî yatırımları rüyalarımıza bile sokmayacak ve sadece mefkûremiz için var olacağız.

Söz verdik, bu mübarek yolda asla dünya devşirme sevdasına kapılmayacak ve birer garip fakir olarak ahirete uğurlanacağız.

Söz verdik ve vadimizi değiştirmedik ya Rabbena!

Doğru, çok zorlandığımız zamanlar oldu. Hele vatan hasreti en zoruydu.

Bir hizmete giderken aşılması gereken üç-beş saatlik yolun bir faslında mutlaka sıla özlemi, anne-baba yâdı, dostların ve arkadaşların zihindeki resimleri ve hele Türkiye hayali baskın gelir ve bizi alır uzaklara götürürdü. Söyleyeninden ve bazı sözlerinden hazzetmesek de *"Salkım salkım tan yelleri estiğinde / Mavi patiskaları yırtan gemilerinle / Uzaktan seni düşünür düşünürüm / İstanbul..."* dendiğini duyar duymaz döktüğümüz gözyaşlarına Avrupa'nın, Afrika'nın hatta Amerika'nın yolları ve köprüleri şahittir! Evet, zordur gurbet ve hasret. Daüssılaya düşen, duyduğu sese ve söze değil, onun hatırlattığı vatana takılır kalır. Vatan... Ne aşkın bir sözcüktür, özünde ne de çok mana barındırır.

Aslında biliyoruz ki ülkemiz, ilimiz, köyümüz ve ortak şehrimiz İstanbul sadece hayallerimizde kalacak. Hasretimiz, belki birkaç senede bir, kısa izinlerle muvakkaten azalacak ama daüssıla yüreğimizde her dâim var olacak.

Zira biz "adanmışlık", "fedakârlık" ve "mutlak hicret" deyip çıktık yola. Vatanımıza karşı delice aşkımız ve sıla-yı rahim vazifemiz olmasa, o birkaç günlük avdetleri bile düşünmezdik.

Paralel Devlet mi? Yapmayın Allah Aşkına!

Muhterem Hocamız defaatle, *"Allah aşkına, gitmediğiniz yer kalmasın! Her yana açılın ve müsait her zemine tohum saçın fakat hasat etme peşine düşmeyin. Tomurcuklar çiçek açtığı zaman, çantanızı toplayın ve çiçek yetiştirebileceğiniz bir başka bahçe arayın. Şayet gittiğiniz yerlerde, bir köy muhtarlığı ölçüsünde idarecilik talebine düşerseniz, 'Demek ki hedefleri buymuş!' dedirtir ve davaya ihanet etmiş olursunuz. Hayır, siz tohum atıp gidin, kim hasat ederse etsin!"* ikazını kulağımıza küpe edinmiştik. Her yörede hakka tercüman olmak ve güzellikler tomurcuğa durunca başka bir beldeye yönelmekti hedefimiz. Zira ne dünyevî nimetler ne de başkalarına hükmetmekti derdimiz. Vallahi billahi tallahi idareyi ve imâreti aklımızdan bile geçirmedik, devlete hükmetmenin ne kendisini ne de paralelini rüyalarımıza bile misafir etmedik/etmeyeceğiz.

Bizim bir hülyamız vardı: İmanımızdan ve öz değerlerimizden aldığımız şevkle her tarafa âb-ı hayat taşıyıp insanî değerler âbidesini ikame etmeye çalışacak, herkese gönül hikâyeleri anlatacak, çölleşmiş kalbleri Cennet bahçelerine çevirmeye gayret edecek ve tanıştığımız insanlarla bir değerler teâtisi (alış verişi) gerçekleştirip hep beraber el ele kemâle yürüyecektik. Bu sayede -Allah'ın izni ve inayetiyle- siyah beyazla el ele verecek, esmer sarıyla sarmaş dolaş hâle gelecek ve öldürücü silahların kararttığı istikbal bir nebze de olsa ışık görecekti. Elimizdeki maya bütün dünyaya yeter miydi, Allah bilir! Şu kadar var ki pek çok yerde sulh adacıklarının oluşacağı muhakkaktı. Muhataplarımızdan bazıları düşmanlık duygularından kurtulacak, kimileri bir adım daha atıp Türkiye dostu olacak, belki bir kısmı da en büyük hakikati kabul ederek insaniyet-i kübra ile huzur bulacaktı.

Bir hülyamız vardı bizim ve bu hülya insî-cinnî şeytanlardan başkasını rahatsız etmeyecek kadar saf, berrak ve duruydu.

Daha düne kadar, bizimle aynı duygu ve düşünceleri paylaşmayan kimseler dahi bu hülyamızın gerçekleşebilirliğine ve değerine inandılar. Hayatın her sahasından çok değişik insanlar bu yüce gayeyi benimseyip desteklediler. Rical-i devlet, sevgi okullarını bizzat ziyaret ederek ve diğer ülkelerin yetkililerine mektuplar göndererek takdirlerini ifade ettiler.

Heyhat! Şimdi bazı ufuksuz insanlar bunun tam tersini yapmaya, deryadan damla sunarak misalini verdiğim muhacirleri yabancılara gammazlamaya, oraya buraya telefonlar açarak veya heyetler göndererek iftiralar atmaya başladılar. Bir kısım haramîler hem de sadece kendi yolsuzluklarını örtbas etmek için o tatlı hülyamıza da kara çalmak istiyorlar.

Maalesef sözden anlayacak bir hâlleri de görünmüyor. Azıcık tedebbür edeceklerini bilseydim, onlara şöyle seslenecektim:

Tahribat kolaydır; belki siz bizim dünyamızı ve hülyalarımızı kısmen berbat edebilirsiniz fakat unutmayın ki bu zulümlerinizle kendi âhiretinizi de bütünüyle mahvediyorsunuz.

Yolsuzluk, rüşvet, hırsızlık günahtır ama tevbesi vardır. Pişman olup samimi bir şekilde ıslah-ı hâl edenleri Allah da bağışlar, millet de affeder.

Yanlıştan dönmek yerine hatanızda ısrar ederseniz; mevcut vazifesini yapmakla beraber hicret sırası bekleyen ensârın, her yanda bir ocak tüttürme idealiyle koşturan o mübarek muhacirlerin ve dört bir tarafta ışığa uyanan masum öğrencilerin "yeni bir dünya" hayallerini de çalarsanız, vallahi o günahın altında kalır boğulursunuz.

İnancımız odur ki Mevlâ-yı Müteâl, gözyaşlarıyla sulanan gül bahçelerini, bin bir ızdırabın semeresi ümit tomurcuklarını zalimlerin insafsızlığına terk etmeyecektir.

Fakat niyet ve teşebbüs planında da olsa, yapmayın... Bari hülyalarımızı çalmayın!

Felaket Zamanı, Hâcet Namazı ve Kunut Duası

3 Mart 2014

Değerli dostlar

Öyle zor günler yaşıyor ve öyle zulümlere tanık oluyoruz ki Rabbimizin dergâhına yönelmekten başka çare bulamıyoruz.

Teheccüd, Duhâ ve Evvâbîn namazlarını bile Hâcet niyazına dönüştürdük; hep duadayız.

Fethullah Gülen Hocaefendi, şahsî küçük ihtiyaçlarda bile hemen hâcet namazına yönelen mü'minlerin, İslâm âleminin başındaki bunca musibet karşısında, ızdırapla inim inim inlemeleri ve kendilerinden ziyade bütün inananların ve topyekûn insanların ihtiyaçlarını Cenâb-ı Hak'tan dilemeleri gerektiğini belirtmişti. Onun bu tavsiyeleri neticesinde, uzun zamandan beri hâcet namazına daha bir ehemmiyet veriyorduk.

Kunut Duası

Muhterem Hocamız, son günlerde hâzır zamanı tam bir felaket asrı olarak niteliyor ve hâcet namazını ısrarla nazara verdiği gibi, artık sabah ve akşam namazlarında kunut duası da okuyor.

Bildiğiniz üzere, "kunut" Allah karşısında boyun eğme, haddini bilip iki büklüm olma, acz u fakr içinde ona yönelme ve tevazuyla hâlini arz etme gibi manalara geliyor; vitir ve sabah namazlarında ayakta yapılan bu muhtevadaki duaya da genel olarak "kunut" adı veriliyor.

Resûl-ü Ekrem Efendimiz'in değişik zamanlarda ve namazlarda farklı farklı kunut duaları okuduğuna dair hadisler vardır. İmam Şafiî ve İmam Mâlik'e göre kunut duası, sabah namazının farzında son rükû ile secde arasında kıyam hâlinde okunur. Fakat Ebu Hanîfe hazretleri, kunut duasının farz namazlarda geçici bir süre için okunduğu ve daha sonra nesholunduğu kanaatindedir. Hazret, vitirden başka namazlarda kunut okunmayacağına kâildir ancak bir fitne, belâ ve musibet vuku bulduğu zamanlarda sabah namazının farzında da kunut okunabileceğini belirtmektedir.

Hocaefendi, çok eskiden beri kunut okur; Resûl-ü Ekrem Efendimiz'in nâzileler (şiddetli belalar) esnasında böyle yaptığını söylermiş. Cezayir, Afganistan, Mısır, Irak, Bosna, Filistin ve Arakan gibi ülkelerin hangisinde bir felaket yaşanıyorsa, kendi hattıyla yazdığı duaya oranın ismini de hususiyle kaydeder; talebelerine verip onların da okumalarını ister ve namazdaki kunutunda da orası için niyetlenerek ferec ve mahreç dilermiş.

Birkaç aydan beri yine aynı şekilde davranan muhterem Hocamız, içinde bulunduğumuz hâlle ilgili olması açısından, kunut duası ile alâkalı şöyle bir hatırasını anlatır:

"Bir gün merhum Osman Demirci Hoca'nın da aralarında bulunduğu bazı dostlarımızı misafir etmiştik. Fakir, o dönemde hiç aksatmadığım için sabah namazında yine kunut okumuştum. İçlerinden birisi, 'Siz Hanefîsiniz, niçin öyle yaptınız ki?' diye sorunca, 'Malumunuz, Hanefi mezhebince belâ ve musîbet zamanında kunut okunur.' cevabını verdim.

Misafirimiz biraz durakladı, şaşkın şaşkın etrafına bakındı, hâl ve hareketleriyle 'Hangi felaket?' der gibi yaptı. O sırada rahmetlik Osman Hoca hüzünlü bir sedayla gürledi, 'Din-i mübînin günümüzdeki gibi ayaklar altında bulunmasından ve müslümanların mevcut zulümlere maruz kalmalarından daha büyük bir felaket mi olur? Vallahi, bugün ümmet-i Muhammed koca koca musibetler altındadır!' dedi."

Evet, günümüzde yeryüzünün çoğu bölgelerinde İslâm ve inananlar pek ciddi belalarla karşı karşıyadır; ülkemizde ise Hizmet gönüllüleri bir linç kampanyasına maruzdur. Böyle bir dönemde gecenin koylarında kalkıp ihtiyaç lisanıyla tazarruda bulunmak, her fırsatta hâcet namazı kılarak Allah'tan kurtuluş dilemek ve kunut duası gibi yakarışlarla O'na yönelmek her mü'minin boynunun borcudur.

Vitir namazlarında okuduğumuz kunut duaları zaten malum. Şimdilerde, akşam ve sabah namazlarının farzlarını kılarken, son rek'atta rükûdan doğrulup secdeye gitmeden önce şu duayı yapıyoruz:

اَللّٰهُمَّ اهْدِنَا فِيمَنْ هَدَيْتَ، وَعَافِنَا فِيمَنْ عَافَيْتَ، وَتَوَلَّنَا فِيمَنْ تَوَلَّيْتَ، وَبَارِكْ لَنَا فِيمَا أَعْطَيْتَ، وَقِنَا شَرَّ مَا قَضَيْتَ، فَإِنَّكَ تَقْضِي وَلاَ يُقْضَى عَلَيْكَ، وَإِنَّهُ لاَ يَذِلُّ مَنْ وَالَيْتَ وَلاَ يَعِزُّ مَنْ عَادَيْتَ، وَلَكَ الْحَمْدُ عَلَى مَا قَضَيْتَ، تَبَارَكْتَ اللّٰهُمَّ رَبَّنَا وَتَعَالَيْتَ، نَسْتَغْفِرُكَ وَنَتُوبُ إِلَيْكَ، وَصَلَّى اللهُ عَلَى سَيِّدِنَا مُحَمَّدٍ وَعَلَى اۤلِهِ وَصَحْبِهِ وَسَلَّمَ

"Allah'ım! Hakkı hak, bâtılı da bâtıl olarak görüp doğru yola girmeyi nasip buyurarak bizi hidâyete eriştirdiklerinden eyle. Afiyete mazhar kıldıkların arasında bize de afiyet bahşeyle. Bizi de dost edindiklerinin arasına kat. Bize lütfettiğin nimetleri bereketli kıl. Olmasını takdir buyurduğun hadiselerin şerrinden bizi koru. Şüphesiz Sen hükmedersin ve kimse Senin

hükmüne karşı gelemez, hükmünün üzerine hüküm olmaz. Senin dost edindiğin talihliler asla zillete düşmez; düşman olduğun kimseler de asla izzete eremez. Verdiğin hükümlere karşı hamd sadece Sana'dır. Rabbimiz, Sen çok mukaddes ve çok yücesin. İstiğfarla Sen'den bağışlanma diler ve Sana tevbe ederiz. Sen Efendimiz Hazreti Muhammed'e, ehline ve ashabına salat ü selam ettiğin gibi, biz de onları selam ve dualarla yâd ederiz. Onlar hürmetine dualarımızı kabul buyur Rabbimiz!"

Söz Sultanı'nın İfadeleriyle Arz-ı Hâl

İçinde bulunduğumuz bu bulanık atmosferde sabah-akşam kunut okuma, nafile namazları "hâcet" olarak eda etme ve her fırsatta Cevşen, el-Kulûbü'd-Dâria, Bir Kırık Dilekçe, Salât-ı Tefriciye paylaşma haricinde, Resûl-ü Ekrem Efendimiz'in aşağıdaki ifadeleriyle Allah'a teveccühte bulunma da çok önemlidir.

Malumunuz, İnsanlığın İftihar Tablosu (aleyhi ekmelüttehâyâ) bilhassa Mekke döneminde çok büyük musîbetlerle karşı karşıya kalmıştır; kavmi tarafından yalanlanmış, işkencelere maruz bırakılmış, ölümle tehdit edilmiş ve hatta kendisine komplolar kurulmuştur. Diğer taraftan, kendisinin, ailesinin güzîde fertlerinin ve Ashâb-ı Kirâm'ın esaretten işkenceye, hastalıktan ölüme kadar pek çok imtihanına şahit olmuştur fakat Rehber-i Ekmel Efendimiz, hiçbir zaman kaderi tenkit manasına gelebilecek bir şikâyette bulunmamış; belki çok incindiği anlarda Mevlâ-yı Müteâl'e hâlini arz ederek O'nun rahmetine sığınmıştır. Ezcümle bir ümitle gittiği Tâif'ten taşlanarak kovulunca, o müsamahasız atmosferden sıyrılıp bir ağacın altına iltica eder etmez, vücudundan akan kana, yarılan başına ve yaralanan ayaklarına aldırmadan Cenâb-ı Hakk'a el açarak söylediği sözler hem pek hazîn hem de kulluk âdâbı adına çok ibretâmizdir:

اَللّٰهُمَّ إِلَيْكَ أَشْكُو ضَعْفَ قُوَّتِي، وَقِلَّةَ حِيلَتِي، وَهَوَانِي عَلَى النَّاسِ، يَا أَرْحَمَ الرَّاحِمِينَ، أَنْتَ رَبُّ الْمُسْتَضْعَفِينَ، وَأَنْتَ رَبِّي، إِلَى مَنْ تَكِلُنِي؟ إِلَى بَعِيدٍ يَتَجَهَّمُنِي أَمْ إِلَى عَدُوٍّ مَلَّكْتَهُ أَمْرِي؟ إِنْ لَمْ يَكُنْ بِكَ عَلَيَّ غَضَبٌ فَلاَ أُبَالِي، وَلَكِنَّ عَافِيَتَكَ هِيَ أَوْسَعُ لِي. أَعُوذُ بِنُورِ وَجْهِكَ الَّذِي أَشْرَقَتْ لَهُ الظُّلُمَاتُ وَصَلُحَ عَلَيْهِ أَمْرُ الدُّنْيَا وَالْآخِرَةِ مِنْ أَنْ تُنْزِلَ بِي غَضَبَكَ، أَوْ يَحِلَّ عَلَيَّ سَخَطُكَ. لَكَ الْعُتْبَى حَتَّى تَرْضَى وَلاَ حَوْلَ وَلاَ قُوَّةَ إِلاَّ بِكَ

"Allah'ım! Güçsüzlüğümü, zaafımı ve insanlar nazarında hakir görülmemi Sana şikâyet ediyorum. Ya Erhamerrahimîn! Sen hor ve hakir görülen biçarelerin Rabbisin; benim de Rabbimsin. Beni kime bırakıyorsun? Kötü sözlü, kötü yüzlü, uzak kimselere mi yoksa işime müdahil düşmana mı? Eğer bana karşı gazabın yoksa Sen benden razıysan, çektiğim belâ ve mihnetlere hiç aldırmam. Üzerime çöken bu musîbet ve eziyet, şayet Senin gazabından ileri gelmiyorsa, buna gönülden tahammül ederim. Ancak afiyetin arzu edilecek şekilde daha ferah-feza ve daha geniştir. İlâhî, gazabına giriftar yahut hoşnutsuzluğuna duçar olmaktan, Senin o zulmetleri parıl parıl parlatan dünya ve ahiret işlerinin medâr-ı salâhı Nûr-u Vechine sığınırım; Sen razı olasıya kadar affını muntazırım! İlâhî, bütün havl ve kuvvet sadece Sen'dedir."

Bu duayı tavsiye etmedeki muradımız, kimseyi Tâiflilere benzetme ya da düşman yerine koyma değildir. Peygamber Efendimiz'in tevazu, mahviyet, kulluk edebine riayet ve kadere rıza ile seslendirdiği mezkûr niyaz, ezbere bilenlerin nafile namazlarda da okuyabilecekleri, çok kuşatıcı bir yakarıştır. Özellikle bu dönemde, yetersizlik ve çaresizliğimizin de ifadesi olarak, Cenâb-ı Hakk'ın inayet, vekâlet ve kilâetine sığınma maksadıyla sürekli tekrar etmemiz gereken bir münacaattır.

Bu mekanda on senedir her gün kırk dakika ümmet-i Muhammed'in selameti ve insanlığın hidayeti için toplu dua yapılıyor.
Muhterem Hocamız el-Kulûbu'd-Dâria Okurken...)

Altıncı Bölüm

İMTİHAN...
KİMİNE VESİLE-İ İZZET,
KİMİNE SEBEB-İ ZİLLET

İmtihan, Kimini Rezil Eder Kimini de Vezir

İmtihan, hem bir vesile-i izzet, hem de bir sebeb-i zillettir. Allah Teâlâ, ilahî âdeti gereğince, insanları çeşit çeşit imtihanlara tâbi tutar. Böylece elmasın kömürden, altının taştan ayrılması gibi, imtihan potasında eritilmek suretiyle insanların da elmas ruhlularıyla kömür tabiatlıları tefrik edilir. İmtihan sırrını anlayarak dişini sıkıp sabredenler değer kazanır, azizleşir; en küçük sıkıntı karşısında pes edip yan çizenler kıymetten düşer, zelilleşir. Cenâb-ı Hak, imtihan etmese de kullarının keyfiyetini ve derecesini bilir; ne ki imtihan, insana kendi çapını gösterme ameliyesi ve beşer için çevresindeki kimselerin kalibresini anlama tecrübesidir.

Son yaşadığımız hadiselerin ve halen şahit olduğumuz olayların mutlaka pek çok hikmetleri vardır. Zaman müfessiri ve tefekkür merceği sayesinde bu hikmetler birer birer gün yüzüne çıkacak ve belirginleşecek; gönüller anbean itminanla dolup daha bir derinden "Allah'ım! Sen Hakîm'sin." diyecektir.

Bununla beraber daha şimdiden zâhirdir ki imtihan, bize kendi zaaflarımızla beraber dostu düşmanı, riyakârı samimiyi, münafığı hâlis mü'mini, ödleği yiğidi göstermiş; akı karadan, hakkı batıldan, doğruyu yalandan ayırmamızı sağlamıştır.

Öylesi de var böylesi de!

Artık çok açık ve net görüyoruz:

Bir tarafta, havaların azıcık kararmasıyla endişeye kapılıp cepheyi terk edenler; diğer yanda, "Seleflerimiz bu musibetlerin haberini vermişti; davaya imanım arttı. Bu can bu tende oldukça çizgimi değiştirmeyeceğim!" düşüncesiyle metafizik gerilime geçenler...

Bir tarafta senelerdir kendisini Hizmet'e taşıttığından onunla beraber düşme telaşı yaşayıp sıvışanlar; diğer yanda, "Hizmet yoksa, hayatın manası da yok!" mülahazasıyla onu daha bir heyecanla omuzlayıp taşıyanlar...

Bir tarafta, ihaleleri kaçırma derdine düşüp yirmi yıllık dostlarına küs muamelesi çekenler; diğer yanda "Ballar balını buldum, servetim yağma olsun!" şuuruyla yerinde dimdik durarak zirveleşenler...

Bir tarafta, "Peygamberin etrafındakilere infak etmeyin; ta ki dağılıp gitsinler." diyen baş münafık Abdullah ibni Übeyy gibi himmetlerin önünü kesme gayretine girişenler; diğer yanda sadece bir tebessüme bütün varlığını feda edenler...

Bir tarafta, milletin bankasını batırma komplosuna ortak olup yaklaşık 300 milyon liralık mevduatı ansızın ve zararına bozduranlar, diğer yanda, "Aman hiçbir kurum garazlara kurban olmasın!" deyip elindeki üç beş lirayı yatırmak için sabahın ilk ışıklarıyla işlem sırasında yerini alanlar...

Bir tarafta, "Bunların gazetelerini almayın!" talimatlarını meydanlara taşıyıp "Tirajları hâlâ elli bine düşmedi mi?" diye her gün hınçla soranlar; diğer yanda, bir abone için sabahtan akşama dolaşıp "Doğruların ve hissiyatımın nâşiri, bir milyon sınırına demirledi!" sevinciyle şükür secdesi yapanlar...

Bir tarafta, bir üst konuma atlamak için itirafçı (daha

doğrusu iftiracı) olmak isteyenler; diğer yanda sadakat ve hakperestlik gerektirdiğinde makamı elinin tersiyle itenler...

Bir tarafta, mazlumen sürülenlerden boşalacak yerleri kapma helecanıyla ellerini ovuşturanlar; diğer yanda, görev mahalli bir ayda dört defa değiştirildiği hâlde bunu dert etmeyen, her seferinde "Şükür, bir hicret sevabı daha aldık!" demesini bilenler...

Bir yanda, iki daireye, bir ikramiyeye tav olup davasını satanlar, belediye konferanslarında aldığı hakk-ı huzur dolarlarının kesilmesinden endişe edip dilsizleşenler; diğer yanda, teklif edilen transfer ücretini elinin tersiyle iten, hücum oklarına maruz kalacağını bile bile hakkı müdafaa eden garipler...

Bir tarafta "Yanlışlıkla bizi de içeri almasınlar!" tasasıyla güya yerini belli etmek için Hizmet erlerine ağız dolusu hakaret edenler; diğer yanda tutuklama listesinde isminin çıkmamasını kendi adına züll sayıp valizi hazır kapısının vurulmasını bekleyenler...

Bir tarafta, onca sene nifakla beslenip şimdi de keyif çatmak için "havuz"a koşan paragözler; diğer yanda, hiç mutadı olmadığı hâlde çalıştığı gazeteye varıp yayın toplantısına katılan, sebebi sorulunca da "Duydum ki, bazılarınızı tutuklayacaklarmış; yanınızda olmak ve gerekirse sizinle beraber tutuklanmak istedim!" diyen babayiğitler;

Bir tarafta, "Çocuklarınızı bunların okullarına göndermeyin!" höykürmesinden ürküp oğlunu kızını kapıp kaçıranlar; diğer yanda, "Yavrum, bu yoldan ayrılırsan sana sütümü helal etmem zira ahiretinin kurtuluşunu orada görüyorum!" deyip evladını Hizmet'e uğurlayanlar...

Bir tarafta "dünyaları kararır" korkusuyla eşini, oğlunu, kızını haftalık derslerden bile uzaklaştıranlar; diğer yanda, kopup gidenleri görünce "Meğer insan ne de kolay kayıyormuş!" hayretiyle ahiretini aydınlatacak beslenme kaynaklarına daha bir sarılanlar...

Bir tarafta "Yesinler birbirlerini!" istihzai gülüşleri atanlar, dahası kalkıp böyleleriyle el ele tutanlar; diğer yanda dostun düşmanla omuz omuza verdiğini görse de hiç sarsılmayıp Allah'a dayananlar...

Bir tarafta, "Bunlar nasıl olsa bitecek!" deyip kendini güvenli sahile atma tasasına boğulanlar; diğer yanda "Bitecek-sek beraber biteriz; değil mi ki ahiret var!" mülahazasıyla işe dört elle sarılanlar...

Bir tarafta hırsızı salıp polisin peşine düşen yolsuzlar; diğer yanda "Çok şükür haram lokma yemedim!" deyip zalim karşısında dik duran bahadırlar, "Oğlum, hiç canını sıkma, hırsızlar utansın!" sözleriyle yavrusunu medrese-yi Yusufiye-ye uğurlayan analar...

Bir tarafta, sadece Hücumât-ı Sitte değil şeytanın belki altmış, belki altı yüz tuzağından birine takılıp yolda kalanlar, iradesine kement vuranlar, kazanma kuşağında kayıp yaşayanlar; diğer yanda "hubb-u cah, korku, tamah, ırkçılık, enaniyet ve tenperverlik" gibi şeytanî saldırılara karşı Kur'ân kalesine sığınanlar, nefsani gemlerden sıyrılanlar, zararın kaçınılmaz olduğu şartlarda bile zafer yudumlayanlar...

Hâsılı, bir tarafta, dünya devşirmeyi akıllılık zannedenler, diğer yanda dinlerinden ve ahiret yörüngeli hayatlarından dolayı kendisine "deli" denilenler.

Evet, imtihan, ortaya çıkardı bütün bunları; kimilerini insanlık semasına burç yaptı, kimilerini Lut Gölü'ne attı. Menfi ya da müspet ne veya kim varsa, gösterdi birer birer, gözlerimizi açtı.

Bilmek bazen acı verir. Öğrendikçe, yüreğimizde sızı duyduk derinden. Hele birazcık ilim ve irfanla meşgul olmuşların cahilane halleri, vurdu bizi can evimizden.

Kâbil'in Torunları ve Muasır Bel'amlar

Bir zamanlar Ali Şeriatî'nin Hacc kitabında okuyup üzerine denemeler yaptığım bir husus vardı. Kâbil için en kıymetli torunların Firavun, Karun ve Bel'am olduğunu söylüyordu o velud dimağ.

Malum Kâbil, Âdemoğullarının ilk yüzkarası... Öfke ve hasetin birinci kölesi... Kan dökücülerin öncüsü... Pek şefkatli ve munîs kardeşine kıyacak kadar gözü dönmüş bir cani... Kendisi kargaların üstatlığına muhtaç zavallı bir düşünce fakiri olsa da bütün mezar kazıcıların piri...

Tabii, o artık sadece bir şahıs değil, her devirde temsilcisi olan bir prototip.

Kâbil'in vârisleri dedelerine yakışır nesiller yetiştirmek için çocuklarını sürekli üç beşikte salladı: Siyaset, iktisat ve diyanet. Onları iktidar, servet ve inanç ninnilerinin nifak versiyonuyla uyuttu; zulüm, sömürü ve suiistimâl gıdalarının en hormonlularıyla büyüttü.

Hayır, gerçekten belli fertlerden bahsetmiyorum; bir anlayışı nazara vermek istiyorum.

Firavun despotizm ve baskının, Karun servete tapıcılık ve dünyaya düşkünlüğün, Bel'am da ilahi beyanı tahrif ve şeytanî yoruma kaçışın sembolüdür. Bunlar sömürge düzeninin üç sacayağıdır; Firavun, Karun, Bel'am; siyaset ve iktidar, iktisat ve servet, muharref diyanet ve iblisâne te'vil.

Hepsi birbirini destekler ve tamamlar. Karun'un soygunlarını Firavun yasallaştırır; Bel'am ise dinen meşrulaştırır. Kaba kuvvetiyle arka çıkan Firavun ve servetiyle destekleyen Karun, Bel'am'ın mabedine dünyalık taşır.

Tehlikelerini anlatmak için bunların her birine bir kitap yazılsa değer; ama o ehlinin işi. Burada sadece günümüzde mü'minleri "can evinden vuran" Bel'amlara işaret etmek istiyorum.

Bel'am'ın, Allah'ın dinini öğrenmiş, ilim ve irfandan nasiplenmiş, İsm-i Azam'ı bilen ve dualarına hemen icabet edilen bir kimse olduğu fakat daha sonra nefsine takılıp yolda kaldığı rivayet edilmektedir.

Bel'am, en az Firavun ya da Karun kadar tehlikeli ve hatta onlardan daha zararlıdır çünkü insanları kandırırken Allah'ın adını kullanmakta, arzularını gerçekleştirmek için dinin temellerini aşındırmaktadır. Bel'am, belki de gövdenin içindeki en iri kurttur.

Bel'am bir dünyazededir. Kendisine bahşedilen ilim nimetiyle yücelmek fırsatını yakalamışken hevâ ve hevese, şan u şöhrete ve mal ü menâle meyletmiş, dinden sıyrılıp çıkmış, alçaldıkça alçalmış, düşüşten bir türlü kurtulamamış ve insanlıktan da uzaklaşmıştır.

O zavallı, Hak beyanına ve Nebi anlayışına test ettirmediği indî yorumlarının kurbanı olmuştur.

Dün olduğu gibi bugün de batıla kayışın ve sorumluluktan kaçışın en güzîde vesilesi "ustaca yorum"dur. Nasıl olmasın ki! Hak sana haramilikten uzak kalmanı, dünya tutkusunu ve ten sevdasını kalbinden çıkarmanı, sadece yaşatmak için yaşamanı söylesin; nefsin ise sürekli "Al, tut, tat, yaşa, sakla, koru" deyip dursun. Bir tarafta fedakârlık, çile, ızdırap ve mücahede; diğer yanda rahat, lezzet, zevk ve eğlence ve ikisi arasında seçim yapması gereken bir beşer.

Nefse mağlup insana göre öyle bir yol tutmalı ki hem menfaat ve çıkarları korumalı hem de başkalarının suçlandığı şekilde hakkı inkârla, Allah'a isyanla, halka ihanetle ve sorumsuzlukla suçlanmamalı... Hem dünyadan kâm almalı hem de muzdariplerin gam yüküyle iki büklüm olarak tanınmalı...

Öyleyse te'vil ve yorumlara sığınmalı yani batıla hak kisvesi giydirmeli; müsemmayı aynı bırakıp ismi değiştirmekle yetinmeli. Mesela, rüşvete "bağış" ya da "cebrî hayır" demeli!

Adını istediğiniz gibi koyabilirsiniz: Fıkhî, şerî, örfî, ahlâkî, ilmî, içtimaî, psikolojik, sosyolojik, diyalektik, entellektüel... Bir yorum. Vicdanı bastıracak, içteki serzenişi susturacak, mesuliyet duygusundan kurtaracak... Dini, dünya ile uzlaştıracak bir yorum.

Parti Müftüleri ve Ergonomik Tipler

Maalesef böyle yorumlar sebebiyledir ki ülkemizde rüşvet, zimmet, suiistimal ve yolsuzluk kapıları sonuna kadar açıldı; suizan, gıybet, yalan ve iftira çok normal sayıldı; en çirkin komplolara meşruiyet kazandırıldı.

Muktedirler, değişik vehim ve ihtimallerle zihinlerinde mahkûm ettikleri ve hasım saydıkları kimseleri hem kendilerinin hem bütün insanlığın düşmanı gibi göstermeye çalıştılar. Çığırtkanlık yaptı, bin türlü iftiraya başvurdu, yargısız infazlarda bulundu ve ne yapıp edip Hizmet erlerinin hakkından gelmeye koyuldular. Havuz medyasını kullanarak evham ve paranoyalarla, daha doğrusu yalan ve iftiralarla kamuoyunu aylarca meşgul ettiler. Ne acıdır ki bunu yaparken de yine inancı, dinî terimleri, dindarlığı, ahlâkî normları ve hümanist yaklaşımları kullandılar.

Düşünebiliyor musunuz; iktidarın talebi üzerine, bir profesör, sahte delillerle hareket etmek istemeyen emniyet amirlerine gidiyor, sanki meşru bir savaş ortamı varmış gibi harp hukuku anlatıyor ve Cemaat'e yönelik operasyon için hile fetvası veriyor. Yanlış yorumladığı *"El-harbu hud'atün"* hadisini İslâmiyet'e, insanlığa ve ahlâka sığmayacak davranışlara mesnet yapıyor.

Ne kadar üzücüdür ki değişik konularda bu fetvanın farklı versiyonları dile getirildi. Dün hayır işleri bahanesi ile kamu kaynaklarının ve devlet rantının suiistimaline cevaz verenler, bugün de "devletin bekası"ndan dem vurdular ve kendi saltanatlarının devamı için her türlü zulmü meşru saydılar. Dahası *"Zarar-ı âmmı def' içün zarar-ı hâss ihtiyar olunur."* düsturuna bile birkaç takla attırdılar; Türkiye'nin ve ümmetin varlığını bir partiye bağlayıp yolsuzluk da yapılmış olsa üzerine gidilmemesi, aksine AKP iktidarının devamı için Cemaat'in feda edilmesi gerektiğini ima etti hatta sarih söylediler. Hâlbuki mezkûr Mecelle kaidesi, fıkhî bir mevzuyla alâkalıydı; "Milletin selâmeti için cüz'î hukuklara bakılmaz!" düşüncesi ise Bediüzzaman Hazretleri'nin ifadesiyle, gaddar medeniyetin zâlimane düsturuydu ve ilk çağlardaki vahşetleri aratmayan zulümler için bir bahaneydi. Semavî kanun ve hakikî adalete göre hak haktı, onun küçüğüne, büyüğüne, azına, çoğuna bakılmazdı.

Mümtaz'er Türköne Bey, bu fetvacılardan biri hakkında "Parti Müftüsü" diyerek şu satırları yazdı: *"Neticede hükûmet ona çok şey borçlu. Başbakan siyasetin dar ve karanlık labirentlerinde iktidarını pekiştirirken hâliyle fikir ile zikir, inanç ile fiil arasında bocalıyor. Hoca hemen imdada yetişiyor, fetvayı yapıştırıyor. Zulmederken adil, şirk koşarken muvahhid, yalan söylerken mazur olduğunuza inanmak iktidardan bile daha cazip ne müthiş bir ayrıcalık! Öyle değil mi?"*

Aldıkları savaş hukukuna dair fetvalar Havuz medyasını iyice cesaretlendirmiş olacak ki bir süre sonra Hizmet Hareketi'ni karalamak için gayr-i memnun ve kullanışlı tipler aradılar hatta sosyal medya üzerinden itirafçılara (iftiracılara) büyük vaatlerde bulundular ve nihayet üç beş nasipsize kanca taktılar.

Sahiden bunlardan ikisi üçü senelerce Hizmet'in her safhasında bulunmuş; büyük hayırlar yapma imkânına kavuşmuşlardı. Nimetlerin hakkını verebilselerdi, çok büyük talihliler arasında haşredilirlerdi.

Ne zaman, kazanma kuşağında kayıp giden bu türlü

insanları düşünsem, İmam Gazali hazretlerinin hadis diye naklettiği bir kutlu beyanı hatırlarım. Cenâb-ı Hak, haccı lütfettiğinde Mescid-i Nebevî'deki kütüphaneden aldığım bir kitabı açıp tefeül yapmış; bana kulağımın çekildiği hissini veren mübarek bir sözle karşılaşmış ve onu Yeşil Kubbe'nin hediyesi olarak sürekli kalbimde/zihnimde muhafaza etmeye karar vermiştim. Şöyle buyuruluyordu: *"Yapıp ettikleri karşısında Allah'ın rızasından başka beklentilere girenlere Cenâb-ı Hak üç şey verir, onları üç şeyden de mahrum bırakır. O insanlar, sürekli Hak dostlarıyla karşılaşır, daima sâlih kimselerle beraber bulunurlar fakat o hayırlı kullardan hiç istifade edemezler. Salih amellere, hayırlı işlere muvaffak olurlar ama ihlastan nasipsizdirler. El attıkları her işte zahiren bir hikmet görünür; ne var ki Allah onları 'sıdk'tan yoksun kılar."*

Gerçekten, bazıları çiğ taneleriyle bile gönül kâselerini doldurabilirken, kimileri de sağanak sağanak yağan rahmet yağmurları altında dahi kuraklık yaşarlar. Bazıları bir kediden dahi ibret alıp onun vesilesiyle hidayeti bulurken, kimileri de Nebi rahlesinde bile nasipsiz kalırlar... Kalırlar da Esved el-Ansî olur, Müseyleme olur, Tuleyha olurlar. Zira birinciler, Allah rızasından başka derdi olmayan beklentisizlerdir... İkinciler ise sürekli şahsî hayatı adına yatırım peşinde olan nefiszedeler... İlkler, nefsini kusurlu ve aldatıcı gören, kendini hep muhtaç bilen, düşüp yolda kalmamak için inâyet-i ilâhiyeye sığınan müttakilerdir; sonrakiler ise nefs-i emmârenin tutsağı, şan-şöhret müptelası, en önde olma sevdalısı kibirliler...

Yolda Kalanlar da Var!.

Ne büyük lütuflara mazhardılar hâlbuki.

Heyhat! Kimisi kontrolsüz güçten dolayı yozlaştı; 15-20 yıl sonrası hakkında planları vardı, gittiği yerlerde hep kendi istikbaline yatırım yaptı; elinde vehmettiği gücü bırakmamak için tayin ve tensiplerden sıyrılma bahaneleri aradı. Sonunda meramını daha fazla saklayamadı, onunla bununla kavga edip ayrıldı. Nurcuları tek çatı altında toplamak ve siyasilere bağlamak misyonu için tam aranan adamdı ve ağa takıldı.

Kimisi, onca sene rahle-yi tedriste oturdu ama sürekli "ben" mülâhazalarıyla soluklandı; her zaman tafralarla köpürüp durdu; başkasına ait düşüncelere iltifat etmedi; kardeşlerinin başarılarını hiç görmedi. Güya o kalb adamıydı ve Hizmet'in, mana denizinde de bir kılavuza ihtiyacı vardı; adanmış ruhlar gönül rotalarını ona göre ayarlamalıydı. Çevresindekileri hep horlayıp hafife aldı; umulmadık beklentilere girdi ve beklediklerini bulamayınca da herkesi kırdı geçirdi. Hocaefendi, tahammül gösterdi, tam kırk sene şefkatle baktı, gördü, gözetti. Maalesef, ikazlar bir işe yaramadığı gibi ihsanlar da bütünüyle kopuşu önleyemedi.

Kimisi, her şeyi kendini beğenmeye bina etmişti. Hareketlerinde ucub edalı ve davranışlarında hep çalımlıydı. Sürekli fâikiyet mülâhazalarıyla oturur-kalkardı. Sonunda zavallı bir fantezi tutsağı hâline gelmişti. Gururunu okşayan şeylere ulaşma uğrunda ölüp ölüp dirilebilirdi hatta bir basamak üste sıçrayabilmek için Kur'ân ayetlerinin yanlış sıralandığını dahi söyleyebilmişti. Görünme, bilinme, söze-sohbete konu olma, öldüren bir hırs ölçüsünde onun en büyük arzusuydu. Konuşmaların dönüp dolaşıp kendisine dayanmasını ister, hep takdir beklerdi; bulamayınca da çevresini vefasızlıkla suçlar, öfkeyle dolardı. Bu yüzden kaç defa kavga etmiş, kaç defa kaçıp gitmiş, kaç defa bir şefkatlinin ricasıyla geri gelmişti. Hatta böyle git-gellerin arasında (Ocak-1984'te) muhterem Hocamız bizzat ona hitap ederek şu "İnkisâr" şiirini yazmıştı:

Söyle ey dost! Sitemkâr hâlin nedir?
Her biri şikâyet makâlin nedir?
Küskünsün, bilmem ki melâlin nedir?
Bilinmez o gizli âmâlin nedir?

Söylediğin Hak için söylemiştin;
Neyledinse O'nunçün eylemiştin;
Ruhun ile Cennet'i peylemiştin;
Şimdiki öfke ne, celâlin nedir?

Hizmet deyip, hak deyip koştu isen,
Kanlı dere, sarp yokuş aştı isen,
Önce ham idin şimdi pişti isen,
Söyle bugünkü kîl u kâlin nedir?

Düşüncen milletse, nazlanmak kimden?
Hasbîlik der isen şikâyet neden?
Beklediğini beklerlerse senden,
Verebilir misin, mecâlin nedir?

Bu gayr-i memnunlar, halkaya sığamamış ve kendilerini daire dışına atmışlardı; beş on senedir yalnız başlarınaydı. Yüzlerine bakan, sözlerine kıymet veren yoktu; yine Hocaefendi'nin şefkat, mülayemet ve vefası zaman zaman aranıp sorulmalarına vesile oluyordu. Bundan dolayıdır ki daha birkaç ay önce mektup yazmışlardı; şimdi en feci hakaretlerden çekinmeyen birisi, pişmanlığını ve Hocamıza hayranlığını anlatıyordu; diğeri, başına gelen onulmaz hastalığı Hizmet erlerine yaptığı haksızlıklara verip af diliyordu; üçüncüsü, selam gönderiyor, huzura çıkmak için izin istiyor, hasretle kavrulduğunu belirtiyordu. Doğrusu, bu mektupları deşifre etmeyi ve "Bu ne perhiz bu ne lahana turşusu!" demeyi çok istedim ama yine Hocamızın "Biz mü'mince muameleden ayrılamayız!" sözü bariyer oldu.

Ahh insanlık! Bir müşavirlik, bir milletvekilliği vaadi ve bir rektörlük sözü nasıl da indirdi yüzlerdeki maskeleri.

Bütün çirkinlikleriyle ortaya çıktılar. Bir anda yandaş medya dört elle sarıldı bunlara. Onlarca senenin kompleks, eziklik, hırs ve hıncıyla her gün kanal kanal dolaştılar; biri bir televizyon ya da gazetede, diğeri öbüründe iftiralar attılar. Aylarca bir sürü senaryo uydurup anlattılar. Bir doğrularına on yalan kattılar ve ev ahâlisinden göründükleri için halkı nispeten aldattılar. Tekzip edilmelerini hiç kale almadı, gayrivaki beyanlardan usanmadılar.

İnanın, o günlerde olduğu gibi şu satırları yazarken de onları kınamıyorum. Çok kızıyorum, belki adları anılınca öfkeleniyorum ama aynı zamanda çok acıyorum. Bir de korkuyorum. Bir "imtihan" dedik ya başta; onların içler acısı hâlleri hepimiz için ibret vesikası. Cenâb-ı Hak, sanki onları göstererek bize, "Hiçbiriniz ahireti garantilemiş değilsiniz, akıbetinizden emin olamazsınız. Öyleyse havf ve reca dengesini unutmayın; nimetler yüzünden şımarıklığa düşmeyin; haddinizi zinhar aşmayın; ne olduğunuzu değil ne olabileceğinizi düşünüp yakaza ve temkin üzere yaşayın!" buyuruyor. Ne diyeyim, Allah yolda kalanları ıslah etsin, bizi öyle bir hüsrandan muhafaza eylesin!

Birkaç Yiğitçe Seda

İster iktidar temsilcilerinin isterse de parti müftüleri ve ergonomik tiplerin Hizmet aleyhine bangır bangır bağırdığı günlerde acı bir tablo da dinî rehberlik etme konumunda bulunan insanların sessizliğiydi. Oysa konuşulması gereken yerde sükût etmek, söylenilenleri kabul manasına gelirdi. Konuşamadılar, onca haksızlığa fısıltıyla olsun itiraz edemediler. Dahası Camia'ya yakın medya organları tamamen dini konularda görüş almak için gittiklerinde, birçokları "Bu dönemde kusuruma bakmasanız, bir müddet sizin ekranda görünmesem iyi olacak!" diyebildiler. Bazıları ise hükûmetin hazırladığı bildirgelere attıkları imzalarla Cemaat'i mücrim gösterme gayretlerine alet edildiler.

Gerçi ilahiyat, kültür, spor, sanat, iş ve medya sahalarında yiğitçe konuşan insanlar da yok değildi ama onlar bir elin parmaklarını bile geçmeyecek, biraz düşünmekle isim isim sayılabilecek kadar azdı. Kâhir ekseriyeti vehim ve suizanna dayalı onca saldırı karşısında en yakın dostların dahi sükûta bürünüşünü elemle seyrettiğimiz ve sözlerindeki samimiyetle hakikatlere tercüman olacak münevverlere hasret kaldığımız bir zaman diliminde ancak birkaç babayiğit gürül gürül konuşmuştu.

Mesela, hocalar hocası olarak bilinen Yahya Alkın Bey, hem televizyon mülakatında hem de gazetede neşredilen makalesinde şöyle demişti: *"Hocaefendi'ye yapılan hakaret üzerinde biraz daha duralım: 'Sahte peygamber!' Bu ağır hakaret, ilim ehli arasında ve bütün dünyanın gözü önünde yapılmıştır. İslâmî ölçülere göre durum nedir? Bir Müslüman'a 'sahte peygamber' demek; 'Sen sahtekâr bir kâfirsin.' demekten farksızdır. Resûl-i Ekrem* (sallallahu aleyhi ve sellem) *buyururlar ki: 'Bir Müslümana sen kâfirsin dersen, o da kâfir değilse o söz sana döner.' Ciddi bir tevbeyi gerektirir. Allah aşkına elimizi imanlı vicdanımıza koyalım ve hükmümüzü verelim; 60 yıldan beri konuşan, altmıştan fazla kitap yazan, binlerce talebe yetiştiren bu büyük zat, hangi konuşmasında, hangi kitabında dolaylı veya açıktan peygamberlik iddiasında bulunmuştur. Okuttuğu binlerce talebesinden hangisine peygamber olduğunu söylemiştir?"*

Ezcümle, Türk okullarının önemini ve Hizmet faaliyetlerinin değerini kendi intiba ve hatıralarıyla anlatan mütefekkir Yavuz Bülent Bakiler Bey, Hocaefendi'den rahatsız olanların aslında İslâmiyet'ten rahatsız olduklarını belirttikten sonra şunu söylemişti: *"Dünya milletleri önünde yüzümüzü ağartan, koltuklarımızı kabartan, marşımızı söyleten, bayrağımızı dalgalandıran bu kültür kuruluşları devletin yapamadığını yapmıştır. Başkalarının adını dahi bilmediği ülkelerde bayrağımızı dalgalandırmış, dilimizi öğretmişlerdir. Bu hareketin mimarı muhterem Fethullah Gülen Hocaefendi tam anlamıyla bir vatanseverdir."*

AKP zulmüne daha fazla tahammül edemeyip manifesto mahiyetindeki istifa açıklamalarıyla partilerinden ayrılan Hakan Şükür ve Muhammed Çetin gibi siyasetçiler; hükûmetin vaat ya da vaîd türlü baskıları karşısında boyun eğmeyip doğruları en yüksek perdeden seslendirmeye devam eden Ali Bulaç, Ahmet Turan Alkan, Mümtaz'er Türköne, Şahin Alpay, Nazlı Ilıcak, Burhan Özfatura misillü gazeteciler; iktidarın hışmını üzerine çekme ve bütün kazanımlarını tehlikeye atma pahasına Hizmet gönüllülerini destekleyen Akın İpek, Hacı Boydak ve Rıza Nur Meral benzeri iş adamları da asla unutulamayacak ölçüde takdire şayan bir duruş sergilediler. Zaman ve Bugün gazetelerinin çoğu yazarları, özellikle Samanyolu medya grubunun ve Koza Holding'e bağlı kuruluşların çalışanları hücumları en önde göğüslediler.

Erdoğan ve çekirdek kadrosunun, onlarca sesli/görüntülü yayın kanalı ve onlarca yazılı basın organını kullanarak Hizmet'e kurşun yağdırdığı ve psikolojik harp taktiği kabîlinden her gün türlü türlü iftiralar attığı bir dönemde susmak ehl-i vicdana yakışmazdı. Eli kalem tutan, dilini şöyle böyle kullanan herkes gücünün yettiği ölçüde hakikatlere tercüman olmalıydı.

Konuşmanın da susmanın da fitne ateşini alevlendirebildiği ve bazen zalimleri bazen mazlumları cesaretlendirdiği o günlerde en çok tekrar ettiğim dualardan biri şuydu: *"Allah'ım! Sonucu ölüm bile olsa, konuşmam gerektiğinde bir kelime eksik söyletme; susmam lazım geldiğinde ise tek sözcük telaffuz ettirme!"* Çünkü yalan ve bühtanlara dil kesilenlerin yanı sıra onlar karşısında dilsizleşenlerin de ötede çok utana-caklarına inanıyordum. Önyargıları ya da tanımaması sebe-biyle tenkit edenlere bir şey diyemiyor; Rabbimizin hepimize doğruları göstermesini, hidayet eylemesini diliyordum fakat sadece dünyevî beklenti ve hesapları yüzünden Hocaefen-di'ye ve Hizmet erlerine saldıranları Allah'a havale ediyor-dum. Hele düne kadar dost geçinenlerin muhterem Hocamıza reva görülen çirkin muamele karşısında menfaat kaygısıyla sessiz durmalarından utanıyordum.

İşte bu hissiyattan dolayı Herkul internet sitesinde yaz-dıklarım ve sosyal medyadaki mesajlarım haricinde ilk defa bir televizyon programına da "evet" dedim. Hocamızın halka-sından mezun seleflerim, medyada hizmet veren büyüklerim, dertli esnaf ağabeylerim, mefkûre muhaciri arkadaşlarım ve hizmet sevdalısı ablalarımın "İş başa düştü." deyip kamera karşısına geçtiği o buhranlı günlerde, ben de Samanyolu Ha-ber Televizyonu'nun Özel Gündem programında Şemseddin Efe Bey'in sorularını cevapladım. Fikir mimarları, kalem er-babı ve samimiyet abidelerinin söyleyip yazdıkları yanında benim anlatacaklarımın bir kıymeti ve hükmü olmayabilirdi lakin bu, hakka karşı bir vazifeydi ve Hazreti İbrahim'i yak-mak maksadıyla Nemrud'un tutuşturduğu ateşi söndürmek için ağzında su taşıyan karınca niyetinin gereğiydi.

Özel Gündem

—⟡—

İştirak ettiğim "Özel Gündem" programı, Samanyolu Haber Televizyonu'nda 11 Mart 2013 tarihinde yayınlandı. Hem o günlerde zihinleri meşgul eden hadiseler hem de kendi duygu ve düşüncelerimiz hakkında bir fikir vermesi için soru ve cevapların bir kısmını kaydetmenin faydalı olacağı kanaatindeyim.

Hocaefendi'nin Sükûtu

Soru: Fethullah Gülen Hocaefendi, kendisine yönelik itham ve hakaretler karşısında nasıl bir duruş sergiliyor? Neden suskunluğu tercih ediyor?

Muhterem Hocamızın sükûtu tercih edişi birkaç sebebe bağlanabilir:

Birincisi; öyle hakaretler ediliyor ve öyle yakışıksız sözler söyleniyor ki onlara cevap verebilmek için aynı seviyesizliğe düşmek gerekir; Hocaefendi'nin edebi ve üslubu o pespayelikten uzaktır.

İkincisi; maalesef iktidar çevresi, özellikle bazı ihaleler karşılığında işadamlarından toplanan paralarla satın alındığı için kamuoyunda "havuz medyası" olarak bilinen gazete ve televizyonlar, yalan haberde sınır bırakmadı. Orada yazıp çizenlerin ve konuşanların, hakikati dinlemeye tahammülleri olmadığı gibi doğruları seslendirmeye niyetleri de yok;

onlara sadece gürültü lazım. Dolayısıyla da her cümleyi çarpı-tıyorlar. Yapılan açıklamalar, bir yanlışı düzeltmeye ve bir gerçeği ortaya koymaya hizmet etmekten daha çok garaza ki-litlenmiş o kimselere malzeme teşkil ediyor.

Üçüncüsü; toplumdaki bu gerginliğin sebebi iktidardaki çekirdek kadro ve havuz medyasıdır; partililerin yüzde dok-sanı mevcut atmosferden rahatsızdır. Ortada AKP'ye oy ver-miş olsa da yapılan zulümleri tasvip etmeyen masum bir kitle vardır. İnancımız o ki bir gün onlar ve milletin diğer kesimle-ri kimin doğru kimin yanlış olduğunu anlayacak. Belki çok kimseler utanıp özür dileyecek. Şu hâlde, elden geldiğince masumları rencide edebilecek söz ve tavırlardan kaçınmak; onlara, mahcubiyet yaşamadan bir kere daha bir araya gele-bilme kapılarını açık bırakmak iktiza ediyor.

Şayet, biz de mukabele-i bilmisil yapar ve hakaretleri ay-nıyla cevaplarsak ülkeye ve millete yazık olur, gerilim iyice artar. Oysa biz sulhun yanındayız, huzur talibiyiz.

Hocamız hep bir misal verir: Ters istikamete giden iki arabadan biri yerinde durursa, aradaki mesafe o ölçüde az olur. O da aynı hızla uzaklaşırsa, mesafeler kapanmamak üzere açılır. Camia elden geldiğince yerinde durmaya çalışı-yor; pişman olarak dönüp gelenler, bizi eski yerimizde bula-caklar.

Tarihi tekerrürler devr-i daimi içinde hep olageldi bu türlü saldırılar. Hususiyle yakın zamanda, herkesi vesayetleri altına almak isteyen askerî ya da sivil kimselerin hücumları esnasında da çok edep dışı beyanlarda bulunanlar oldu fakat gerçekler gün yüzüne çıkınca, belki yüz tane insan, mektup ve e-mail yoluyla hatta bazıları bizzat gelerek "Ne olur hakkınızı helal edin, size karşı kötülük yaptık!" dediler. Yarın yine nâ-dim olup ağlayanlar çıkacak, sözlerini tashih etmeye çalışa-caklar; onların dönüş köprülerini bütünüyle yıkmamak lazım.

Muhterem Hocaefendi'ye günlük haberler ya da köşe yazıları okunacağı zaman belki elli defa şu sözü duymuşumdur: *"Hüsnüzan ettiğim kimselerin çirkin sözleri varsa, lütfen onları bütünüyle okumayın; kalbimde bir iz kalmasını istemiyorum; dostları hep güzellikleriyle hatırlamayı diliyorum."*

Böyle söyleyen ve suizanna, hele gıybete asla geçit vermemeye gayret gösteren Hocamız, şayet adanmış ruhların genelini alâkadar eden bir mesele ya da tashih/tavzih gerektirecek bir husus yoksa okunmaya başlanan haberi ya da yazıyı yarıda kestirir, dinlemez; *"Suizanna düşmeyelim, zihnimizi kirletmeyelim!"* der ve sözü bağlar.

Hocamızın sükûtu tercihinde derin bir mana daha var ki o da Hazreti Sâdık u Masdûk Efendimiz'in, Ebu Bekir hazretlerine: *"Sen sükût ettiğin sürece, bir melek senin yerine cevap veriyordu fakat sen ağzını açınca yanına şeytan geldi. Ben şeytanın olduğu yerde bulunmam!"* deyişiyle alâkalıdır.

Dostların Sessizliği

Soru: Özellikle bunca yıldır Hocaefendi'yi tanıyan bilen insanların bu bühtanlar karşısında sessiz kalmalarına nasıl yaklaşıyorsunuz?

Bir insanın kendisine yönelik hakaretlere tahammül göstermesi mürüvvet ve fazilettir fakat bir başka ferdi ya da şahs-ı maneviyi hedef alan iftiralara karşı sükût durması vefasızlık ve hatta ihanettir. Hocaefendi, sükût ediyor şayet hakaretler sadece kendi şahsımıza yönelikse biz de susabilir ve Allah'a havale edebiliriz. Ne var ki bir dostun hedefe konulması insanın yüreğini sızlatmalı ve ona en azından bir iki kelam ettirmelidir.

Bu açıdan, Hizmet camiasının milyonlarca gönüllüsüne ve Fethullah Gülen Hocaefendi'ye karşı bir "itibar suikastı" yapılırken, akla hayale gelmez iftira ve bühtanlar atılırken, bir kısım ilim ve din erbabının adeta dilsiz ve hissiz kesilmiş olması çok acıdır. Onların bu tarafsızlık görünümlü suskunluklarını büyük bir hayal kırıklığı ile izliyor ve kabullenmekte zorlanıyorum.

Şunu ifade etmeden geçemeyeceğim; Diyanet İşleri Başkanlığı'nca hazırlanan malum törende Hocaefendi'ye -hâşâ, yüz bin kere hâşâ ve kellâ- "yalancı peygamber, sahte veli, içi boş âlim müsveddesi" dendiği an, o salonda en az yüz tane, Hocaefendi'nin sofrasında yemek yemiş, onunla dostluk etmiş ve hatta rahle-yi tedrisine oturmuş insan vardı. O çirkin sözlere tepki göstermemelerini hem kınıyorum hem de bunun onlar için kara bir leke olarak kalacağına inanıyorum.

O toplantıda yakışıksız sözleri duyunca Hayrettin Karaman hocanın bir iki cümleyle de olsa mutlaka itiraz edeceğini zannettim zira Hocaefendi kendisine sorulan fetvaları bile ona yönlendirir, hep kendisini nazara verirdi. Tayyar Altıkulaç hocamızın sessiz kalacağına asla ihtimal vermezdim çünkü Hocaefendi'yi en iyi tanıyanlardan biri oydu ve Hocamız, Tayyar beyi her zaman hayırla anardı hatta bir namazdaki hıçkırıklarını samimiyet misali olarak anlatırdı. En azından Ali Bardakoğlu ve Mehmet Görmez hocalarımızın birer cümle etmelerini beklerdim zira Hocaefendi onları da sürekli nazara verir, ufuklu insanlar olduklarını söyler; kendileriyle, mektup veya aracı vasıtasıyla, ülkemizin meseleleriyle ilgili fikir teatisinde bulunurdu. Bu hocalarımızın ve benzerlerinin o çirkin sözlere iştirak edebileceklerini zannetmiyorum ama sessizliklerine de bir anlam veremiyorum. Münevver bir âlim, bir entelektüel olmanın şartlarından biri de her ortamda doğruyu seslendirebilme cesareti değil midir?

Biz böyle düşünsek de Hocaefendi meseleye daha mülayim yaklaşıyor. Kendisini çok iyi tanıdıkları hâlde iftiralara sessiz kalan ya da onca senelik dostluktan sonra acımasızca tenkit edenler kervanına katılan kimseler hakkında beklenti içinde olmamak gerektiğini, farklı sâiklerin bulunabileceğini söylüyor. Mesela diyor ki: *"Hazreti Üstad'ın talebeleri olan ağabeylerimize tek kelime ile kötü söylemeyin. Size hain bile deseler, siz kötü cevap vermeyin ve onlar hakkındaki saygınızı yitirmeyin. Kimsenin olmadığı dönemlerdeki hizmetlerini hiç akıldan çıkarmayın!"*

Protokolle İrtibat ve Verilen Talimat

Soru: İllegal telefon dinlemeleri montajlanarak haberleştiriliyor ve Hocaefendi'nin Türkiye'deki bütün protokolle birebir irtibatı varmış, sürekli etrafa talimatlar yağdırıyormuş gibi bir algı oluşturulmaya çalışılıyor. En yakınındaki isimlerden biri olarak anlatabilir misiniz, Hocaefendi'nin günü nasıl geçiyor? Bu meselelerle ne kadar alâkadar oluyor?

Protokolle birebir irtibat söz konusu değil. Hele talimat vermek, Hocaefendi'nin üslubuyla asla bağdaşmaz. Hocamızın protokolden tek bir insana, tek bir devlet memuruna ya da herhangi bir işadamına tek kelimelik dahi talimat vermediğini rahatlıkla söyleyebilirim.

Nasıl bu kadar emin olduğumu sorarsanız, Hocaefendi'nin edep ve nezaketi, cevabımdır. Hocamız, kendisinden elli altmış yaş küçük bir talebeden bir suyu bile isteyemez; "Şunu getirin." diyemez. Öyle nezaket abidesidir ki pencerenin açılmasını diliyorsa, o yöne bir atf-ı nazar eder, onu anlayan anlar; anlaşılmamışsa o küçük talimattan bile kaçınır. "Misafirlere ikramda bulunun!" demeyi kaba bulur; bir imayla bu niyetini açığa vurur; mesela "Arkadaşlar derste ikram da ediyorlardı ama..." der.

Biliyorsunuz Resûl-i Ekrem Efendimiz Medine'yi teşrif buyurunca Hazreti Enes'in annesi Ümmü Süleym (radıyallahu anhâ) Resûlullah'a bir hediye vermek istemişti: Oğlunun Allah

Resûlü'ne hizmet etmesini kendi yanında kalmasına tercih ediyordu. Böylece Enes'in Resûlullah'ın terbiyesinde yetişmesini de arzuluyordu. O sırada 10 yaşında bulunan oğlunun elinden tuttu, Peygamberimize götürdü; "Yâ Resûlallah! Ensar'ın erkek ve kadınlarından din yolunda hediye vermeyen kalmadı. Ben de hediye olarak bu oğlumu size takdim ediyorum! Hizmetinizde bulunsun." dedi. Enes (radıyallahu anh) o günden Peygamberimizin (aleyhissalatü vesselam) ruhunun ufkuna yürüyeceği ana kadar O'nun mukaddes hizmetinde bulundu; ilim ve feyzinden istifade etti. O büyük sahabi, Enes ibni Mâlik (radıyallahu anh) der ki: "*Hazreti Peygamber'e* (sallallahu aleyhi ve sellem) *on sene hizmet ettim; yapmadığım bir şeyden ötürü 'Niçin yapmadın?', yaptığım bir işten dolayı da 'Neden yaptın?' dediğini hatırlamıyorum. Bana hiç itapta bulunmadı.*"

İşte Allah Resûlü'nün o mülayemet, hoşgörü, nezaket ve güzel ahlâkı, O'nun vârisleri olan bütün âlimlere aksettiği gibi, muhterem Hocamızın hayatına da yansımıştır. Allah nasip etti, O'nun lütfu, 17-18 senedir Hocaefendi'nin yanında kalıyorum. O kadar zaman içinde bir kere bile "Neden böyle yaptınız ya da yapmadınız?" dediğine şahit olmadım. Memnuniyetsizliği varsa, küçük bakışlarıyla anlarsınız ama onun kimseyi bir işe zorladığını veya bir işten dolayı azarladığını göremezsiniz.

Hocaefendi, kendisini arayanlar olursa ve bir fikir sorarlarsa, düşüncelerini paylaşır. Ülkemiz için çok önemli gördüğü hususlarda, ilgililere istişare mahiyetinde notlar yazıp gönderdiği olur.

Zannediyorum dikkatli insanlar ortaya çıkan tapelerde bir hususu hemen fark etmişlerdir. Başkalarına ait ses kayıtlarında sürekli bir dikte ve talimat, öfke ve hakaret göze çarpıyor. Hocaefendi'ye gelince, çoğunlukla arayan kendisi değil ve konuşmaları tamamen istişare üslubuyla; karşısındaki bir şey soruyorsa, o da kanaatini söylüyor.

Şahsen onca senedir şunu gördüm. Siz Hocaefendi'ye gönülden bir şey danışır ve menfi-müspet söyleyeceğine rıza ile sorarsanız, fikrini açıkça söyler fakat sadece sormuş olmak için sorarsanız, "Siz bilirsiniz!" demekle yetinir. Talimat meselesine gelince, o asla söz konusu değildir.

Hocaefendi'nin günü hep "taallüm ile tekemmül" ve "dua ile ubudiyet" esprisine bağlı geçiyor. Yani ilme, irfana ve ubudiyete doymama; sürekli öğrenerek daha bir kemale yürüme; hep "Daha yok mu?" ufkunu kollama, dolayısıyla bitevî okuma, okutma, ibadet ve dua.

Hocamız, her gün öğleye kadar iki saat tefsir ve fıkıh okutuyor. Bir-iki vakit namazının arkasından sohbet ediyor. Sair zamanlarda da ne zaman konuşacak olsa sohbet-i Cânân'da bulunuyor çünkü ona göre söz, yörüngesini sohbet-i Cânân'la bulur; Allah ve Resûlü'nün konuşulmadığı meclisler ebterdir, oradan semere çıkmaz. Kitaplaşacak yazılarının tashihlerine zaman ayırıyor; bazen yeni makaleler yazıyor. Günün belli saatlerinde misafirlerimizle ilgileniyor. Dışarı aylarca çıkmıyor, adeta hayatı itikâfta geçiyor.

Birkaç Hatıra

Soru: Hocaefendi'nin nezaketi dediniz? Gündemle ilgili sorulara kısa bir ara verip biraz bu konuda konuşsak. Hocaefendi'nin nezaketine dair aklınıza gelen bir iki hatırayı anlatır mısınız?

Hocaefendi ile birkaç saat/dakika beraber bulunanlar bile ondaki hâl diline, mahviyete ve nezakete vurulurlar. O kısa sürede gördüklerini, anlata anlata bitiremezler. İşin doğrusu, ben de yüzlerce hatıra anlatabilirim ama sorunuza hazırlıksız yakalandım. Tedai ettiren bir mesele olmadan da anılar akla gelmiyor.

Herhâlde, çok cereyan etmiş olduğu içindir, asker ziyaretleri düştü zihnime. Hocaefendi, arkadaşlarına verdiği kıymeti göstermek, onların gönlünü almak ve belki zor zamanlarda cesaretlendirmek için Türkiye'yi karış karış dolaşmış. Askere giden bütün ağabeyleri her birini birkaç kere ziyaret etmiş; sevindirmiş. Ben yurtdışında çalıştığım için askerliğimi Burdur'da bedelli olarak yaptım. Topu topu 21 gün orada kaldım. İlk hafta sonu izne çıkmış, birkaç öğrenci yurduna sohbetlere gitmiştim. Bir ara çay içiyorduk ki, "Telefon var." dediler. Hâl hatır sorduktan ve bir miktar konuştuktan sonra Hocaefendi dedi ki, "Özlettiniz kendinizi; bilmenizi isterim, şafağınızı ben sayıyorum!" Daha sonra ne dediğini hatırlamıyorum çünkü gözyaşlarıma hâkim olamamıştım.

Şunu hemen ifade edeyim: Bu sözün benim liyakatimle uzaktan yakından alâkası yoktur ve o sadece bana söylenmiş bir söz de değildir. Hocaefendi, herkese gönlünde bir yer verir; kendi ifadesiyle, onun kalbinde herkesin oturabileceği bir sandalye vardır. Hocamız, kırk sene önce ağaçları altında çay içtiği bir bahçeyi bile gözyaşlarıyla yâd eden ve eşyaya dahi vefa gösteren bir insandır. Onun için anlattıklarımın şahsî algılanmamasını dilerim.

Hocaefendi'nin pek çok rahatsızlığı var, malumunuz. Her gün bir sürü ilaç alır. Hastaneye gitmesi gerektiği zamanlar olur. Hoca-talebe münasebetinden kaynaklanan bir çekingenlikten mi yoksa büyüğümüzün mehabetinin hâsıl ettiği havadan mı bilemeyeceğim, çok defa biz "Nasılsınız?" bile diyemeyiz fakat kendisi bütün arkadaşların her hâlleriyle meşgul olur, hepsini arar sorar. Başımız ağrısa ilaç verir, yatağa düşsek ziyarete gelir.

Hasta olduğum bir zaman, birkaç gün evde yatmak zorunda kalmıştım. Üç gün ders ve sohbetlere gidemeyince, kapımız çalınıverdi. Gelen, Hocaefendi idi. Koltuğunun altına bir kutu bal sıkıştırmış, içeri girdi. "Bu Yeni Zelanda'dan geldi; Allah'ın izniyle şifalı olduğu söyleniyor. İnşaallah sizin için de şifaya vesile olur!" dedi.

Amerika'ya geldikten sonra vize probleminden dolayı birkaç sene Türkiye'ye gidip gelemedim. Bir gün Hocamız, "Valideyniniz sizi çok özlemişlerdir. Madem siz gidemiyorsunuz, söyleseniz de vize alsalar, biz onları burada ağırlasak!" dedi. Anne-babam, hemen vizeye başvurdular ama maalesef müspet cevap alamadılar. Aradan bir iki hafta geçmemişti ki Hocaefendi çağırdı; geçmiş gün, hilaf-ı vaki beyan olmasın, şu minvalde bir şey söyledi: "Peder ve valideniz çok üzülmüşlerdir; gönülleri kırılmıştır; içime dert oldu. Bak, aklıma ne geldi. Sen onları hacca gönder. Şimdi onları ancak mukaddes toprakların heyecanı teselli eder." Sonra bir zarfta hazırladığı hac masraflarını elime tutuşturup ekledi: "Bu kendi param, kitap teliflerinden gelmişti. Gönlünüz rahat olsun." dedi.

Bilmeyen bilmez; Allah görmeyenlerin gözlerini açsın. Bütün samimiyetimle söyleyebilirim ki Hocaefendi kendisi için yaşamayan bir insandır. Her hâliyle bir nezaket timsalidir. Arkadaşlarıma da sorulsa böyle yüzlerce vaka çıkar ortaya. Her birinin anlatabileceği onlarca tatlı anı vardır. Mutfakta çalışanından temizlik işleriyle uğraşanına kadar burada bulunan kime mikrofon uzatsanız, mutlaka o incelikten kendisinin de nasiplendiğini dile getirecektir.

Başbakan'ı Tehdit ve Bülent Arınç

Soru: Geçtiğimiz gün Bülent Arınç Hizmet Hareketi imasıyla Başbakan'ın tehdit edildiğini söyledi. Böyle bir ihtimal söz konusu olabilir mi?

Bülent Arınç beyin bu ifadesi yine oy ütmeye matuf olsa gerek. (Arınç, o günlerde bir soru üzerine, "Siyasetçi ütmekle meşgul olur, kaybetmekle değil." demişti.) Bazı şeylerin üzerinin örtülebilmesi için muhayyel bir düşman ihtiyacı, o sözü söyletmiş olabilir.

Böyle bir iddianın doğru olması mümkün değildir ve bu bir bühtandır. Bu kabul edilemez iddianın sahibi, iddiasını ispatla mükelleftir; aksi hâlde müfteridir.

Hiç kimse, hele hele Erdoğan gibi bir Başbakanı tehdide cesaret edemez. Etmişse, hemen o anda neden ellerine kelepçeleri vurmadılar; niçin tehdit edenlerin isimlerini veremiyorlar? Bu, çirkin bir isnattır fakat bundan daha acı olanı, bunun Bülent Bey tarafından gündeme getirilmesidir.

Sayın Arınç'ı çok severdik, güvenirdik, biz onu partinin vicdanı bilirdik. Maalesef son birkaç ayda öyle olmadığını gördük.

Mü'min vefalı olmalıdır. Onun Türkçe Olimpiyatları'ndaki himmet konuşmasına benzer coşkulu ifadeleri hep hayalimde; dolayısıyla hâlâ kendimi hüsnüzan etmeye zorluyorum fakat insan bir kere ütülür; hele mü'min bir şekilde ancak bir kere kandırılabilir.

Aslında biz yokken Sayın Arınç vardı. O Hocaefendi'yi hepimizden önce tanımış, eski vaazlarını bile dinlemişti. Buraya da iki defa geldi fakat Hocaefendi'ye ve bir zamanlar haklarında destan kestiği Hizmet gönüllülerine hakaretler edilirken sadece sustu. Hele "yalancı peygamber, sahte veli, içi boş âlim müsveddesi" iftiralarına sessiz kalması hemen her şeyin laftan ibaret olduğunu ortaya koydu. Hâlbuki o sözlere itiraz, bir samimiyet testiydi. Bu itibarla da o iftiraya sessiz kalan insandan her türlü iddia beklenir.

Yaklaşık 50 yıldır, öncelikle milletimizin ve dahi dünya kamuoyunun güven imtihanından defalarca alnının akıyla çıkmış olan Hizmet Camiası'nın bu güveni zedeleyecek ne insanî ne İslâmî ne de hukukî açıdan hiçbir suiistimali olmamıştır. Siyaset meydanlarında insafsızca tekrar edilen; "şantaj, tehdit, komplo ve kumpas" iftiraları kesinlikle kabul edilemez.

Üst Akıl ve İşbirlikçilik

Soru: Yine farklı ancak bildik bir iddiayı sormak istiyorum. Hocaefendi'nin de üstünde bir aklın bulunduğu, Hocaefendi ve Hareket'in kullanıldığı söyleniyor? Gerçekten bir üst akıl var mı?

Evet, bir açıdan aklın üstünde bir akıl vardır; İmam Muhasibî hazretlerinin, "Kur'ân aklîliği" dediği Kur'ân, sünnet, icma-i ümmet ve kıyas-ı fukaha'ya dayanan akıl, normal aklın üstündedir ve işte Hocaefendi, her zaman bu temel kaynaklara ve usulüddîne bağlı yaşamaktadır.

Ayrıca onca ilmine ve tecrübesine rağmen hiçbir zaman sadece kendi reyi ile amel etmemekte, bazen en küçük talebesiyle bile meşverette bulunmakta ve istişareye çok önem vermektedir. Ona göre her aklın üstünde "ortak akıl" vardır.

Fakat şayet "üst akıl" denilerek hükûmeti yıkmak için dış güçlerle, bilhassa da İsrail ve Amerika ile işbirliği yapıldığı, komplo kurulduğu iddiası seslendiriliyorsa, bu tamamen bir iftiradır.

Bu şayia yeni olmamakla birlikte şimdilerde dozajı iyice arttı. Az önce de ima ettiğim gibi, herhâlde yolsuzluk, usulsüzlük ve birtakım antidemokratik uygulamaların getirdiği handikaplardan dış güçlerle işbirliği yapmış muhayyel bir düşman üreterek sıyrılabileceklerini düşündüler. Üslubun çirkinleşmesinin yanında yargı, emniyet, maliye ve eğitimdeki kıyımlarla devleti işlemez hâle getirdiler.

Hayır, Hizmet Hareketi'nin, ülkemiz veya hükûmetimiz aleyhine sadece Amerika ve İsrail değil dünyanın hiçbir devleti, kurumu ve şahsı ile sözlü veya yazılı hiçbir anlaşması söz konusu değildir ve olamaz. Camia tamamen öz kaynaklarıyla ve müntesiplerinin ortak aklıyla ayakta durmaktadır, zaten hedef hâline getirilmesinin başlıca sebeplerinden biri de bu bağımsızlığıdır.

Şu husus unutulmamalıdır ki tüm dünyada dostu, taraftarı, destekçisi olan böyle bir hareketin, hizmet ettiği ülkelerle ve yönetimleriyle kavga etmesi, onlara düşman olması düşünülemez. Sevgi, kardeşlik, insanlık, diyalog gibi evrensel değerlerle yola çıkmış bir Camia, pek tabii ki kişiler, kurumlar ve devletlerle dostane münasebet kurmanın yollarını arar.

Kurulan dostane münasebetleri ajanlık, işbirlikçilik gibi iftiralarla yaftalamak insaf ve vicdanla telif edilemez. Evrensel değerler çerçevesinde bütün yeryüzünde hizmeti esas almış bir Camia, hükûmetin yan organı gibi hareket ederek "Düşman ol!" denildiğinde düşman, "Dost ol!" denildiğinde de dost olamaz. Şayet insanlığın huzur ve mutluluğunu diliyor, cehalet ve fakirlikle mücadele etmek istiyorsanız, herkesle kavgaya tutuşarak ve herkesi düşman görerek bu ulvi gayeye hizmet edemezsiniz. Barış köprüleri ve sulh adacıkları ancak milletlerarası dostluklarla kurulabilir, düşmanlıklarla değil. Bu itibarla, böyle bir diyalog gayretinin başka türlü yorumlanması büyük bir zulümdür.

Mesnetsiz isnat ve iftiraların doğru olmadığını nasıl ispat edebiliriz? Yokun ispatı nasıl delillendirilir?

Hiçbir delile dayanmayan bu güft u gûlar karşısında, muhterem Hocamızın maalesef çarpıtılan ama aynıyla hakikat olan sözlerini tekrarlamaktan başka çaremiz yok. Bu sebeple, Hocaefendi'nin muhâvelesine benzer şekilde şöyle diyeceğim:

Hizmet'in başlangıcından bugüne kadar, milletimiz ve vatanımız aleyhinde, Amerika ve İsrail de dâhil bütün dünyada, herhangi bir şahıs, kurum ve devlet ile gizli veya açık, sözlü veya yazılı herhangi bir anlaşmaya "evet" dedi, imza attı ve ihanet içine girdi isek, Allah'ın binlerce laneti bunu yapanların üzerine olsun. Böyle bir iş yaptıysak, Allah bizi yerin dibine batırsın, dünyada ve ahirette rezil rüsva eylesin. Şayet böyle değil de birileri kendi suiistimallerini örtmeye matuf olarak çıkar, kin, haset ve nefretlerinden ötürü iftira atıyor, karalıyor; fütursuzca ajanlık, işbirlikçilik, çetecilik ve hainlikle suçluyorlarsa, onları Allah'a havale ediyoruz. Allah bildiği gibi yapsın.

Fedakâr Bir Dershane Öğretmeni: Turan Hoca

Soru: Dershanelerin kapatılmasıyla ilgili yasa hazırlıkları aşamasında yazdığınız Twitter mesajları ve yazılar büyük ses getirmişti. Hükûmetin feci bir yanlış yaptığını anlattınız. Dershane deyince siz neleri hatırlıyorsunuz? Kapatılmasına neden karşısınız?

Benim nazarımda Başbakan silüetinin ilk kırıldığı an, onun dershane emekçilerine rantçı dediği gün olmuştur. Zira ister milli eğitime ister özel teşebbüse bağlı okulların öğretmenleri arasında da pek özverili, sadece talebeleri için yaşayan muallimler çoktur. Bununla beraber, dershane denince benim aklıma hemen fedakârlık ve adanmışlık gelir çünkü daha lise yıllarımdan itibaren biliyorum ki dershane öğretmenlerinin büyük çoğunluğu, mesleklerini para kazanmak için değil nesillere faydalı olmak için icra ederler ve oldukça zor şartlar altında çalışırlar.

Liseyi Ankara'da o zamanki adıyla Merkez İmam Hatip Lisesi'nde okudum. Emin olun, merkezi bir yerde yaşadığım hâlde, dershane öğretmenleri elimden tutana kadar, üniversiteye hazırlanmak bir yana, üniversitenin ne olduğunu ve oraya nasıl girildiğini dahi bilmiyordum.

Kalabalık bir aileydik ve belediye işçisi olan babam tek başına evin iaşesini karşılıyordu. Sekiz kardeşin türlü türlü ihtiyaçları oluyordu. Dolayısıyla babamın beni üniversiteye hazırlık kursuna göndermesi mümkün değildi. Maltepe Dershanesi'ndeki fedakâr öğretmenlerim önce neredeyse yarı yarıya indirim yapmışlar; ücreti o zamanın parasıyla bir milyon dört yüz bin liraya kadar düşürmüşlerdi. Babam yine "Ödeyemem." deyince, "Yeter ki çocuk zayi olmasın; sen aylık yüz bin lira ver; geri kalan yüzü de her ay biz aramızda halletmeye çalışalım." demişlerdi.

Orada bir sene üniversiteye, daha doğrusu hayata hazırlandım. Allah nasip etti, Dokuz Eylül Üniversitesi İlahiyat Fakültesi'ni kazandım.

Ankara'dan ayrılacağım zaman dershanede hem felsefe dersleri veren hem de rehber öğretmenimiz olan Turan Hoca ben de dâhil on talebeyi evine davet etti. Mütevazı sofrasında bir yemek yedirdi, çay içirdi. Sonra bir bohçaya sarılı, kâğıtları oldukça yıpranmış ve sararmış bir Kur'ân getirdi. "Arkadaşlar, bu Kur'ân'ın hatırasını anlatıp size bir şey söyleyeceğim." dedi ve devam etti:

"Dedem köyde imammış. Ezanı aslına uygun okumanın ve Kur'ân öğretmenin yasaklandığı yıllarda, bizim köyün tepelerine nöbetçi diker, askerler falan gelip hapse atabilirler kaygısıyla etrafı kolaçan ettirirmiş. Böylece tedbirini alıp köyün çocuklarına gizli gizli Kur'ân öğretirmiş. Bir gün nöbetçi çocuklar uyuyakalmışlar ve askerleri ancak köye girerken fark etmişler. Dedem, jandarmaların kendi evine doğru geldiklerini görünce biraz telaşlanmış. Köyde bulunan tek Kur'ân-ı Kerim'i anneme uzatmış, 'Kızım çabuk sakla bunu!' demiş.

Annem daha on üç yaşında; çok korkmuş; dedemi götürüp hapse atacaklar endişesiyle tir tir titremiş. Kur'ân'ı nereye saklayacağını bilememiş. Bir naylona sarmış, 'Bunlar sadece tuvaleti aramazlar, Kur'ân-ı Kerim'i oraya koymayacağımızı bilirler!' demiş. Çocuk aklıyla, o günlerdeki köylere has tuvaletin bir kenarına Mushaf'ı asıvermiş.

Askerler iki üç gün kalmışlar köyde. Onlar gidince dedem 'Kızım getir bakalım Kur'ânımızı!' demiş. İşte o an annem uykudan uyanır gibi olmuş, dizlerine vurmuş, telaşla koşarak Mushaf'ı kapıp getirmiş. Bir de bakmışlar ki Mushaf'ın her tarafı lekelenmiş, sağına soluna pislik bulaşmış.

Dedem 'Ne yaptın kızım sen, Kur'ân oraya konulur mu?' dese de annemden önce kendisi ağlamaya başlamış, Mushaf'ı gözyaşlarıyla ve gül suyuyla temizlemiş.

Dedem vefat etmek üzereyken beni çağırdı, ellerimi tuttu. 'Turan'ım, ben Kur'ân'ı gözyaşlarımla ve gülsuyuyla yıkadım ama ona gereken saygıyı gösteremediğimi, bana emanet Mushaf'ı temiz tutamadığımı düşünüyorum. Kur'ân'a saygı ona göre yaşamakla olur. Mushaf'ı temiz tutmak onu okuyup anlamaktan geçer. Ben bunları tam yapamadım ama senin başaracağına inanıyorum. Turan'ım, Kur'ân sana emanet, ona sahip çık!' dedi."

Turan Hoca bunları anlatırken ağlıyordu; artık son cümlelerde ağlaması hıçkırığa dönüşmüştü. Başını kaldırıp bize döndü: "Kardeşlerim, belki sizinle bir daha görüşemeyeceğiz. Ben de bu Kur'ân'ı size emanet ediyorum. Lütfen emanete sahip çıkın! Nerede okursanız okuyun, nerede olursanız olun ama kurban olayım, Kur'ân'ı duvara asılı bırakmayın!"

İşte Başbakan, dershaneciler için rantçı deyince, bana imam hatip hocalarım kadar tesir eden Turan öğretmen beliriverdi hayalimde. Hayır, benim tanıdığım dershane öğretmenleri dünyanın en fedakâr insanlarıydı. Onlar kadını erkeğiyle hiç kendileri için yaşamadılar. Emsaline nazaran iki kat mesai yaptı ve öğrencilerini geleceğe hazırladılar. Üniversiteye gitmesi hayal binlerce Anadolu gencinin ellerinden tuttu, ufkunu açtı ve yitikleri hayata kazandırdılar. Onlar misyonerlik yapmadılar; aidiyet mülahazasıyla hiç kimseyi belli bir kimliği kabul etmeye de zorlamadılar. Hâlleriyle, güzel ahlâka hüsnü misal oldular. Bütün öğrencilerine insanî değerler ve fazilet alt yapısı sundular. Hele mevcut eğitim sisteminde yeri doldurulamaz vazifeler gördüler, görüyorlar.

Bundan dolayı dershane ve okuma salonu gibi müesseseleri doğru, faydalı ve elzem görüyorum. Onların tek bir şubesinin tek bir taşına dokundurulmaması gerektiğine, bunun tahakkuku için elden gelen her meşru vesileyi değerlendirmek lazım geldiğine inanıyorum. İlla bunlardan biri ya da birkaçı kapatılacak olursa, bütün hukuki yollara başvurmak icap edeceğini düşünüyorum. Nihaî hesabın ahirette mahkeme-i kübrada görüleceği de aşikâr.

Darbeciye Okul, Erdoğan'a Öfke mi?

Soru: O günlerde muhterem Hocaefendi'nin dershaneleri hükûmete devretmeyi teklif ettiği yazılıp çizildi. Sizin mesajlarınız da kaynak gösterildi. O meselenin aslı nedir?

Dershane tartışmalarının ilk günlerinde maalesef bir gazete "Darbeciye Okul Erdoğan'a Öfke" manşetiyle çok büyük bir haksızlık yaptı. Hâlbuki o günlerde Twitter üzerinden duyurduğum gibi, Hocaefendi Çevik Bir'e yaptığının çok ötesinde örnek bir davranışı hâl-i hazırdaki devlet büyüklerimize de sergilemişti. Geçen sene Sayın Cumhurbaşkanımıza ve onunla diğer büyüklerimize mesaj göndermişti. "Bu müesseseler milletin eseri; yeter ki millete hizmet etsin ama kapanmasın, heder olmasın." demişti.

Hocamızın bu teklifini şöyle değerlendiriyorum: Bilirsiniz; Hazreti Süleyman'ın menkıbeleri arasında zikredilir. Yanlarında bir de çocuk bulunan iki kadın gelir; her biri o çocuğun kendisine ait olduğunu iddia etmektedir. Süleyman Aleyhisselam, "Bana bir bıçak getirin." der ve ekler "Bu çocuğu ikiye böleyim, size birer parça vereyim." Bıçak getirilir. Kadınların biri, Süleyman peygamberin sözlerini pek anlamamış gibi şaşkın şaşkın etrafına bakar. Diğer kadın ise birden telaşlanır, yüreği çatlayacak hâle gelir; derhâl ileri atılır ve Süleyman Nebi'ye yalvarır: "Ne olur, böyle yapmayın! Tamam, bu çocuğun gerçek annesi o kadındır." der. Hazreti Süleyman, kadının bu canhıraş tepkisini görünce, onun gerçek anne olduğuna karar verir. İşte Hocaefendi'nin teklifi de bir anne refleksi gibidir: Yeter ki ölmesin, başkasının eli altında da olsa yaşasın.

Kahriye ve Beddua Halkaları

Soru: Camia müesseselerinde kahhariye halkaları yapıldığı, Erdoğan'a beddua ettirildiği ve bazı bakanlara kahriye okunduğu söylendi. Genel manada Camia'nın, özel planda da Hocaefendi'nin ve yanındakilerin dua hayatını anlatır mısınız?

Camia içerisinde biraz bulunmuş insanlar bu iddiaların hiçbirinin gerçeği yansıtmadığını ve birer bühtandan ibaret olduğunu bilirler. Belli ki bu iftiraları seslendirenler ve yayanlar ya kasden hilaf-ı vaki beyanda bulunuyor ya da güft u gûlarla aldatılıyorlar. Belki de sinsice araya sızmış/sızdırılmış kullanışlı kimselere önce o çirkin şeyleri yaptırıp sonra da camiayı karalıyorlar.

Geçen gün "İddia sahipleri isim versinler, hep beraber onları kınayalım; yetkililer de gerekeni yapsınlar yoksa bu iftiraları seslendirmek Allah'tan korkmazlığın ifadesidir." diye yazdım fakat ne iftiraları bıraktılar ne de isim verebildiler; nitekim Erdoğan'ın bahsettiği kız öğrenciler, AKP'nin gençlik kolları arasından çıktı.

İşin aslına gelince; bu camiada Kur'ân talebeleri, Efendimiz'in (sallallahu aleyhi ve sellem) önemli bir sünnetini ihya etmek için senelerden beri hemen her gece teheccüde kalkarlar.

Berzah azabından koruyan bir zırh olarak gördükleri teheccüde herkesi teşvik ederler. Başka vesilelerle bu konu anlatıldığı için üzerinde fazla durmayacağım ama bir hususu vurgulamak istiyorum:

Bazı insanlar, "Siz hiç ümmetin dertleri için dua ettiniz mi?" deyip suizanlarını seslendiriyorlar.

Hocaefendi, duaya çok önem veren ve her gün üç-dört saat dua ile meşgul olan bir insandır. Hocamız değişik dönemlerde birkaç kişi ile paylaşıp üzerine aldığı virdlerini hep devam ettiriyor. Otuz kırk sene önce bazı dostlarıyla taksim ettikleri evrâd u ezkârı bugün de aksatmadan okuyor. Bir grupla el-Kulûbu'd-Dâria, bir diğeriyle Cevşen, bir heyetle Nasr Suresi ve bir başkasıyla salât-ı tefrîciye taksiminde kendisine düşen bölümleri mutlaka her gün tamamlıyor. Tabii böyle bir itiyad günlük birkaç saati dolduruyor.

Hocaefendi, ferdî okumaların yanı sıra, ümmet-i Muhammed (sallallahu aleyhi ve sellem) ve insanlık için toplu dua yapılmasına da önem veriyor. İkâmet ettiği mekânda herkesin bir araya gelip küllî yakarışta bulunması için belli bir zaman tahsis ediyor. Mescidimizde on seneyi aşkın zamandır hiç aksatılmayan toplu dua saatine başlanırken, Hocamız, hemen her gün özellikle iki uyarıda bulunuyor:

1. Her kelimeye vicdanın ve kalbin vizesini sorarak, münacatı gönülden yapmak gerektiğini anlatıyor.

2. Önce ülkemiz ve milletimizin selameti sonra Suriye, Myanmar, Somali, Irak, Filistin ve Mısır'daki gibi mağdur ve mazlum müslümanların bütününün kurtuluşu ve nihayet topyekûn insanlığın hidayeti ve huzuru için niyet etmek lazım geldiğini belirtiyor.

Bakın, hatırıma gelen bir hâli anlatayım: Türkiye'de çıkarılmak istenen kargaşanın, Suriye'de sergilenen vahşetin, Arakan'da artan şiddetin ve Mısır'da akıtılan kanın/gözyaşlarının hep beraber hücum ettiği bir gün, muhterem Hocamız yine çok muzdaripti. Üst üste vicdana çöken bu dertler sebebiyle yağmur bulutları gibi yüklü bir hâli vardı. Aramızda daha fazla duramadı ve ızdırapla odasına girdi. Kapı daha yeni kapanmıştı ki belki bir iki defa duyduğumuz tonda bir ses yükseldi içeriden. Muhterem Hocamız, Alvarlı Efe Hazretleri'nin şu mısralarını sürekli tekrar ediyor ve ağlıyordu:

"Sefînem gark oldu derd deryasına / Sahrâ-yı sinemi sel aldı gitti."

Duyduğumuz hüzün terennümleri dakikalarca tekrarlanıyor; bir yerden sonra gözyaşlarına ve hıçkırıklara emanet ediliyordu.

Büyük zatların kerametleri çok merak edilir. Çoğu zaman karşılaştığımız insanlar, bize de Hocaefendi'nin kerametlerini sorarlar. Şahsen, Hocamıza dair o türden de pek çok örnek anlatabileceğimiz hâlde, başka keramet aramaya gerek olmadığını zannediyorum. Onun, senelerdir dost olduğu hastalıklarına rağmen, ortaya koyduğu kulluktan büyük keramet mi olur! Önce Müslümanların ve sonra topyekûn insanlığın problemleri karşısındaki ızdırabı, gece boyunca odasından gelen Kur'ân ve dua sesi, her ânını Allah'ı (celle celâluhû) görüyor ya da O'nun tarafından görülüyor olma şuuruyla yaşaması ve bu şuurun onun bütün hareketlerine yansıması, engin tevazuu ve mahviyeti en büyük kerametttir.

Şunu da ilave edeyim:

Geçen gün haberleri dinlerken yine iftiralardan bahsediliyordu. Hocamız, gözleri yaşlı "Ah bir bilseler. Bu iftiraların cehennem zebanileri elinde birer tokmağa dönüşüp başlarına inip kalkacağını bir bilseler!" dedi ve ağladı. Sonra ilave etti. "Hayır ya Rabbi! Yanmasınlar, Cehennem'le tazip olunmasınlar. Islah eyle, bari ahiretlerini kurtarsınlar. Biz Müslümanız ve kimsenin Cehennem'e gitmesinden hoşnut olamayız."

Herkul'dan Her Kula

Soru: *On üç senedir Herkul İnternet Sitesi'nin genel yayın yönetmenliğini de yapıyorsunuz. Herkul isminin kaynağı nedir? Bu ad etrafında da pek çok manipülasyon yapılıyor. Niçin sitenin ismi Herkul?*

Amerika'ya geldikten sonra Hocaefendi'nin dünyanın dört bir tarafındaki milyonlarca dostu, arkadaşı, seveni, sempatizanı kısacası onun sevgi ve hoşgörü deryasından bir avuç su içip de ona aşina olanlar ondan herhangi bir haber alamaz olmuştu. Herkes bu sevgi insanının sıhhati hakkında ciddi endişeler taşıyor; günlerini nasıl geçirdiğini, sohbetleri olup olmadığını, şayet oluyorsa neler konuştuğunu, hatta bir kısım aktüel hadiseler hakkında neler düşündüğünü merak ediyordu.

Bu durum yaklaşık iki sene böyle devam etti. İki sene, dile kolay... Sürekli halkın içinde bulunmuş, cami kürsülerinde, kahvehane köşelerinde, konferans salonlarında, okul bahçelerinde insanlarla oturup kalkmış, halka ulaşmak için her vesileyi değerlendirmiş bir gönül adamı ve onu sevip-sayan, düşünce ve tavsiyelerine değer veren vefakâr arkadaşları için bu çok uzun bir süreydi. Bu süre zarfında Hocaefendi, vatanından çok uzaklarda bir taraftan hastalıklarla uğraşırken, diğer taraftan da yanına uğrayan bir-iki misafirle, onların getirdiği bir kucak dolusu selam ve bir avuç vatan toprağıyla müteselli olmaya çalışıyordu. Sevenleri ise bir haber alamamanın hicranıyla bütün bütün hasret yaşıyorlardı.

İşte birkaç arkadaş, mübarek bir çeşmeye yakın olma nimetinin şükrünü, bu hasreti kısmen de olsa sona erdirerek edâ edeceğimize inandık. Bu inançla, Allah'ın bize nasip ettiği güzellikleri yeryüzünün her köşesine ulaştırarak o çeşmenin suyunu mümkün olduğu kadar çok insanla paylaşmaya karar verdik. Muhterem Hocaefendi'nin haftanın bir-iki gününde yanına gelip-giden birkaç kişiyle yaptığı sohbetleri, kalbine akan çağlayanlardan taşarak bir namaz sonrası yağmur damlaları gibi fem-i mübarekinden dışarıya sızan gönül nağmelerini, ondan istifade etmeye çalışan birkaç arkadaşının tasavvufî (kalb ve ruh hayatını inkişaf ettirmeye matuf), itikâdî (inanç esaslarına dair), fıkhî (ibadetlerin işleniş keyfiyetleriyle alâkalı), tarihî, ender-i nâdirattan olmak üzere de siyasî ve aktüel sorularına verdiği cevapları not defterimize kaydetmeye başladık. Önceleri hatırlamamıza yardımcı küçük notlar tutuyorduk fakat bu şekilde pek çok nükteyi de kaçırmış oluyorduk. Daha sonra anlatılanları eksiksiz ve hiç değiştirmeden aktarmak için ses kayıt cihazı kullanmaya başladık. Kaydettiklerimizi tebyiz, kompoze ve tashih ettikten sonra ortaya çıkan metinleri meraklılarına sunmak için internette www.herkul.org adresinden ulaşılabilen Herkul adlı bir elektronik dergi açtık.

İnternet sayfamızı açarken öncelikle bizi bilip tanıyan birkaç yüz kişiye not göndermek ve onlar vasıtasıyla sohbet halkalarına malzeme sunmaktı muradımız. Şayet bunu becerebilirsek, ikinci planda ve daha sonra dine çok uzak durmayan, bazı şartlanmışlıkları bulunsa bile hakikat anlatılınca insaflı davranabilecek olan herkese hitap etmek istiyorduk. Ayrıca bulunduğu yer ve konum itibariyle temel kaynaklara ulaşmakta güçlük çekenlere yardım etmeyi diliyorduk. Niyetimiz, dinî eserleri hemen her yerden ve rahatlıkla bulanlara değil de, biraz daha zor mekânlarda bulunan, dinî emirleri uygulamada güçlükler yaşayan ve beslenme kaynaklarıyla buluşamayan insanlara ulaşmaktı.

Bu niyetimizi kendisine anlattığımız bir büyüğümüz "Sayfanızın adı HERKUL olsun; dine yakınlar bu sitenin herkese ve "her kul"a ait olduğunu bilsinler. Biraz uzakta duranlar da 'Herkül' diye okusun ve daha isme bakar bakmaz siteyi kapatmasınlar. Zaten önemli olan zarf değil, mazruftur.

Muhtevanız iyi olursa, "Herkül" olarak da okunan isimle daha farklı kimselere ulaşabilirsiniz." demişti. Dendiği gibi yapmış; o kesime ve o mekânlara uygun olur düşüncesiyle "Herkül" isminde karar kılmıştık.

Yolsuzluk Operasyonu'ndan sonra Hizmet'in diğer müesseseleriyle beraber internet sitemiz de saldırıların hedefi oldu. Akla ziyan senaryolar yazıldı, trajikomik yorumlar yapıldı. Herkül'ün Yunan mitolojisinde tanrılar tanrısı kabul edilen Zeus'un oğlu olduğunu ve kuvvet tanrısı sayıldığını belirterek sözlerine başlayan bazı karanlık adamlar, efsanede anlatılan çirkin hadiseler ile sitemiz arasında irtibatlar uydurdular. Ona itibar edilmeyince, "Herkül, CIA'nın özel operasyonlarda kullandığı uçağın adıdır." deyip arada bir ilişki ima ederek kafaları bozmaya uğraştılar.

Aslında, "Herkül" sadece sözde Yunan tanrısının adı değildir; Türkçe'de bu kelime, "güçlü ve kuvvetli kimse" mânâsında kullanılmaktadır. Aynı zamanda bir takımyıldızının adıdır. Dahası tasavvufta, manevi bakımdan insanın çıkabileceği yükseklikler için de bu unvan kullanılmıştır. Mesela, Merhum Necip Fazıl, şöyle demiştir:

"Allah, Resûl aşkıyla yandım, bittim, kül oldum! / Öyle zayıfladım ki sonunda herkül oldum."

İsmi teklif eden büyüğümüz "güçlü ve kuvvetli" manasını da düşünmüş olabilir fakat işin doğrusu bizim "fincancı katırlarını ürkütmeden" hizmet etmek haricinde bir mülahazamız yoktu.

Bununla beraber, bizi herkesin anlamasını beklemiyoruz zira bu konudaki kastımızın anlaşılabilmesi için siteyi ilk kurduğumuz tarihi, o zamanın Türkiye'sindeki darbe ortamını, sitemizin bir resmi dairede de açılıp takip edilebilmesi için olmazsa olmaz şartları hatta televizyon ekranlarında bir at resmi göstermenin bile bazı kesimlerce cihad ilanı sayılıp mahkemeye konu edildiği günleri, günden daha öte o şartları bilmek gerekiyor.

O dönemde sadece devlet dairelerinde değil özel teşebbüste bile dinî bir siteyi açıp takip etmek fişlenme sebebiydi. Ayrıca muhterem Hocaefendi'nin mahkemesi devam ediyordu; ilgili savcılar delil avcılığı yapıyor ve habbeyi kubbe etmeye yatkın görünüyorlardı. Bir de bazı ülkelerde yeniydik, arkadaşlarımızı test ediyorlardı. Özellikle 11 Eylül hadiselerinden sonra dinî içerikli hemen her yayın tereddütle karşılanıyordu. Kendimizi ifade edip tanıtacağımız zamana kadar, Kur'ânî bir esas olan "telattuf" yani başkalarını endişeye sevk etmeden, zihinlerde tereddüt oluşturmadan, tedbirli hizmet etme düşüncesindeydik. Hem Hocamızın sesi soluğu her yana ulaşmalı hem de kötü niyetliler rahatsız edilmemeliydi. Hâliyle yazıp çizdiklerimizle Hocamıza ve Camia'ya zarar vermekten korkuyor; olabildiğine hassas davranmaya çalışıyorduk. Öyle ki bir sayfalık metni üç dört kişi birkaç defa okuyor; en ufak bir tereddüde mahal kalmamasına özen gösteriyorduk hatta bir iki sene Üstad Hazretleri'nin ve Hocaefendi'nin isimlerini bile metinlerde hiç zikretmemiştik.

İlk dönemde sadece yazı neşrettikten sonra özellikle Hocamızın sesli sohbetlerini de yayınlamaya başlayınca, Cenâb-ı Allah muhatap kitlemizi büyüttü. Herkül, bir anda Türkiye'de en çok sözü edilen sitelerden biri hâline geldi. Biz de artık iyice yaygınlaşan şekliyle sayfamızın anılmasına razı olduk; isim değiştirmeyi zaruri görmedik.

Bütün bunlarla beraber, artık iyice bilinir olan sitemizin isminden dolayı hassas mü'minleri suizanna ve günaha sokmamak için peyderpey "ü"leri "u" yapıyoruz. Bir manada Herkül'ün dişlerini söküyor; onun da Rabbülâlemin karşısında secdeye varan kullardan bir kul olduğunu ve ubudiyette derinleşme adına her kula mesajlar sunduğunu ilan edercesine sayfamıza Herkul diyoruz.

Yalnızca suizanları önlemeye matuf olarak bir iki hususu daha açıklamak istiyorum:

Herkul.org bir gönüllüler mahsulüdür. Senelerdir tek bir paralı çalışanı olmamıştır. Para almak bir yana ilk birkaç sene gücümüzün yettiği kadar servis ücretini kendi bursumuzdan ödedik. Yayın sahamız genişleyip de masrafların altından kalkamaz olunca da yine başkasının değil Hocamızın kapısını çaldık ve birkaç senedir servis ücretini kitap telifinden gelenlerle karşılıyoruz.

Herkul çalışmalarına maddi menfaat bulaştırmama konusunda hassas davrandık. Öyle ki kendi yayınevimize ait kitaplar ve hatta Hocamızın eserleri de dâhil hiçbir ürün için ücretli tanıtım yoluna gitmedik; on üç senedir hiçbir reklam almadık. Oysa tek bir reklam teklifi, 10 kişiyi geçindirecek bir meblağ ediyordu fakat bu işe para karışsın istemedik.

Dahası bazı siteler, videoları için Youtube üzerinden köprü yapıyorlar, masraflarını yarıya indirmiş oluyorlar. Ne var ki orayı ziyaret edenlerin gözlerine kötü suretler de bulaşabiliyor. Biz Herkul sitesinden hiçbir harama yol çıkmasın diyerek o kolaylığı bile kullanmadık; takipçilerimizin kalb ve zihinlerinin selameti için fazla ücret ödemeye razı olduk.

Genel İslâmî bilgiler vermenin yanı sıra, birileri tarafından sürekli pompalanan suizan duygularını kısmen de olsa kırabilme ümidiyle, Hocaefendi'nin duruşunu, kulluğunu, günlük hayatını ve ibadetlerdeki hassasiyetlerini anlatmak için bazen hususi bir cümle, kimi zaman özel bir paragraf ve ara sıra da bir kare fotoğraf yayınladık. Buradaki arkadaşlarımızın her biri bir işin ucundan tuttular ve birer muhabir gibi çalıştılar. Dostlarımıza aşk ve şevk kaynağı olacak bir resim, bir not ya da bir ses kaydedebilmek için adeta çırpındılar hatta doktor ağabeylerimiz ve müracaatta nöbet tutan arkadaşlarımız bile gördüğü bir güzelliği hemen kayıt altına alıp bize ulaştırdılar. Herkes emek ve dua katkısında bulundu zira ortak derdimiz, dinimizi anlatmakla beraber, cihanın dört bir yanında hizmet eden arkadaşlarımıza küçük de olsa inşirah vesileleri sunmaktı.

Seçim, Pazarlık ve Oylar

Soru: Seçimler hakkında ne düşünüyorsunuz? Hizmetin bazı partilerle pazarlık yaptığı iddiaları var. Siz oyunuzu kime vereceksiniz?

Öncelikle şunu diyeyim: Gazeteciler ve Yazarlar Vakfı'nın son açıklamasında da ifade edildiği gibi, farklı siyasi düşüncelerden milyonlarca gönüllü destekçiye sahip olan Câmia'nın, son günlerde sıklıkla dile getirilen ve asılsız bir iddia olan bir partiyle ittifakı kesinlikle söz konusu değildir. Bu iddia da büyük bir yalandır.

Geçtiğimiz haftalarda bir gazeteci bana mektup yazdı. Bir partiyle anlaştığımıza dair haberlerden bahsetti. Ben ona cevap yazmadan önce düşüncelerimi Hocamıza açtım. Muhterem Hocaefendi aynen şunu ifade ettiler: "Biz dün neredeysek bugün de orada duruyoruz; değişip uzaklaşanlar biz değiliz. Şayet herhangi bir yerle anlaşma/gizli ahid yapmışsak Allah canımızı alsın fakat böyle bir iftirayı atanlara ne diyeyim bilemiyorum!"

Evet, şu anda Hizmet'e gönül vermiş insanlarda çok ciddi bir kırgınlık var; kendilerini adeta sırtlarından hançerlenmiş gibi hissediyorlar ve bunu yapanın kardeş, ağabey, baba bildikleri tarafından olmasını sindiremiyorlar. Şayet sandıkta bazıları için sağ, sol ya da ortaya doğru bir yönelme olursa, bunda bazı Şiîlere ait "Lâ lihubbi Aliyyin velakin libu'di

Omer" (Ali sevgisi değil, Ömer'e karşı buğz) hissiyatına benzer bir duygunun çok rolü olacaktır.

Ayrıca AKP verdiği sözlerde durmadı. Halkın anayasa oylamasıyla hayata geçirdiği HSYK'daki demokratik yapı, bütün eleştirilere rağmen değiştirildi ve adalet yürütmeye bağlandı. Kamu vicdanı yerle bir edile edile yolsuzluk soruşturmaları engellendi. İnternet ve çıkarılması düşünülen MİT kanunuyla 12 Eylül Anayasası'ndaki hakları bile aratacak uygulama hazırlıkları kotarıldı. Söz verildiği ve seçim vaadi yapıldığı hâlde yeni Anayasa adeta kasden kadük bırakıldı; meclis ve halk oylandı. Başbakan, kitleleri haksız ve mesnetsiz suçlamalarla ötekileştirdi; halkımızı parça parça etti.

Dahası kendi tabanı sayılabilecek insanlara gadretti. Ben geçen seçimler için ta buradan Türkiye'ye gidip oy kullanmış, beş ayrı ilde binlerce insanın toplandığı salonlarda miting gibi konuşmalar yapmıştım fakat hayatımda bir sigara içmemiş, içkiyi elime değdirmemiş olsam da şimdi hükûmetin gözünde bir haşhaşîyim. Hepsinden öte on sekiz senemi yanında geçirme nimetine şükürden aciz kaldığım ve bunca sene hemen her hâlini bildiğim Hocaefendi'nin tam bir Hak dostu olduğuna bin ruhumla şahitlik ettiğim hâlde, ona hakaret eden bir insan ve tayfasıyla karşı karşıyayım. Allah aşkına bırakın artık oy için Türkiye'ye gitmeyi, sandık önüme bile getirilse, ben kapkara olmuş bir partiye nasıl oy verebilirim?

Bu camia hiçbir zaman bir partiye mutlak şekilde destek vermedi. Bir siyasi parti ya da aday ile asla ittifak kurmadı. Hizmet'in desteği ya da eleştirileri hep değerler etrafında oldu. Demokrasi, evrensel insan hakları, özgürlüklerin genişletilmesi, hükûmetin şeffaf ve hesap sorulabilir olması bu değerler arasında yer aldı. Hangi aday bu değerlere saygı gösteriyorsa, o tercih edildi. Düne kadar AKP onlara sahip çıkıyor göründü ama artık aynı şeyi söylemek saflık olur.

Biz halkın basiret ve firasetine güveniyor; vatandaşlarımızın partiler üstü düşüneceklerini, herhangi bir partiden ziyade millet ve memleket menfaatlerini öne çıkaracaklarını ümit ediyoruz. Sağduyulu milletimiz bugüne kadar doğrunun nerede olduğunu bilmiş ve tercihini de o yönde kullanmıştır. Kimsenin kimseden akıl almaya ihtiyacı yoktur.

Ölüm, Yolda Bulunmuş İnci

Soru: Camia hakkında bir dava açılacağı, çok kişinin tutuklanacağı yazılıp çiziliyor. Bu konuda endişeleriniz var mı?

Bizim biricik endişemiz var: Acaba hizmet etmeye çalışırken ihlasımız tam mı; acaba iman selametiyle öteye yürüyebilir miyiz?

Bunun dışındaki meseleler tasalanmaya değmez. Zira hâlis mefkûre insanının hiçbir zaman kaybı olmaz.

İnanıyoruz ki bu dava bizimle başlamadığı gibi, bizimle de sona ermeyecektir. Biz kendi üzerimize düşeni yapar, mefkûre emanetini taşıyabildiğimiz kadar taşır sonra da onu gelecek nesillere teslim ederiz. Hep Hakk'ın hoşnutluğunu aradık; bundan sonra da bu yegâne gayeden asla ayrılmayız. Rabbimizden sürekli hayır dileriz; sebepleri yerine getiririz fakat neticeye de katiyen karışmayız.

Üstad Hazretleri, Celâleddin-i Harzemşah'ın bir mülâhazasını nakleder: Meşhurdur ki bir zaman, İslâm kahramanlarından olan ve Cengiz'in ordusunu müteaddit defa mağlûp eden Celâleddin-i Harzemşah harbe giderken, vüzerâsı ve etbâı ona demişler: "Sen muzaffer olacaksın. Cenâb-ı Hak seni galip edecek." O demiş: *"Ben Allah'ın emriyle, cihad yolunda hareket etmeye vazifedarım. Cenâb-ı Hakk'ın vazifesine karışmam. Muzaffer etmek veya mağlûp etmek O'nun vazifesidir."* (Hazreti Üstad burada "vazife" kelimesini edebiyattaki mukabele sanatı açısından kullanmıştır şayet Cenâb-ı Hakk için "vazife" ifadesini uygun görmezseniz, onun yerine "şe'n-i ru-bubiyetin gereği" diyebilirsiniz.)

Bizim için de esas, kuldan gayret, Hak'tan inâyettir. Kendi vazifemizi eksiksiz yapmaya çalışır, gerisine karışmayız; Rabbimiz "Sizinki buraya kadardı!" derse, ona da bin can ile razı olur; sadece O'nun rızasını dilediğimizi bir kere daha ortaya koyarız. Aksi hâlde, Allah Teâlâ ile pazarlık yapma (!) saygısızlığına düşmüş oluruz.

Bu esası vurguladıktan sonra Zübeyr Gündüzalp Ağabey'in Afyon Müdafaasındaki ifadelerini bize ve günümüze uyarlayarak sözlerime devam etmek istiyorum:

Kâinatın bütün kuvveti toplansa bizi muhterem Hocamıza muhabbetten, Hizmet'e sadakatten ve birbirimize vefadan ayıramaz.

Onlarca seneden beri milyonlarla insana din, iman, İslâmiyet, fazilet dersi veren ve onları dalaletten muhafaza eden muhterem Hocaefendi ve Hizmet uğrunda değil tutuklanmak ve hapse atılmak, idam edilsem, sehpaya koşarak gideceğim.

Sadece yaşatmak için yaşayan ve dünya zevk ü lezzeti tanımayan Hocaefendi ve Hizmet gönüllüleri uğrunda kurşunla öldürüleceksem, o kurşunlara çekinmeden göğsümü gereceğim; hançerlerle parçalanırsam etrafa sıçrayacak kanlarımın "Davam! Davam!" yazmasını Rabbimden niyaz ediyorum.

Biz Kur'ân talebeleri, iman ve İslâmiyet hizmeti uğrunda zâlimlerin zulmüne maruz kaldığımız vakit, hapishane köşelerinde veya darağaçlarında ölmeyi, istirahat döşeğindeki mevte tercih ederiz; hizmet-i Kur'âniyemizden dolayı zulmen atıldığımız hapishanede şehit olmayı büyük bir lûtf-u İlâhî biliriz.

Rabbim taşıyamayacağımız yükler yüklemesin ve boyumuzdan büyük laflar ettirmesin. Ancak televizyonunuz aracılığıyla buradan söz veriyorum: Ben sıradan bir talebeyim, adım o listede yer alır mı bilemem fakat şayet bu hükûmet öyle bir ihanetin içerisine de girer, sırf Hizmet'i bitirme kastıyla bir dava ve tutuklama süreci başlatır ve Camia'ya irtibatı dolayısıyla tutuklanacak talihliler listesinde ismim de olursa, kendi isteğimle Türkiye'ye döneceğim. Hocaefendi'ye bağlılığım ve Hizmet'e intisabım dolayısıyla başıma gelebilecek her türlü musibeti şeref bilecek ve Cennet vizesi sayacağım.

Bu Hizmet gönüllülerinin hiçbirinin de benden farklı düşündüğünü zannetmiyorum. Zalimler sadece dünyamıza tesir edebilirler, biz ahirete ve rızaya talibiz. Ahirette hesabını veremeyeceğimiz hiçbir işin içinde olmadık ve olmamaya azimliyiz. Şu hâlde neden endişe duyalım?

Hallâc'ın Kaderi

Soru: Son bir mesajınız var mı?

İşin doğrusu bu programda sadece Hocaefendi'nin şefkat, merhamet, tevazu, civanmertlik, istişareye verdiği önem ve ibadet hayatı gibi yanlarını anlatmak isterdim. Onun, insanı her gün biraz daha kendisine bağlayan nezaket ve zarafetine dair misaller serdetmek arzu ederdim. Heyhat! Bir fitne döneminde yaşıyoruz. Biz de ister istemez gündeme ait mevzular üzerinde durmak zorunda kaldık.

Fethullah Gülen Hocaefendi, milyonların taşlaşmış kalbine, meflûç ruhuna, ölü vicdanına ve kararan ufkuna aşk üfledi, sevgi üfledi, iman ve ümit üfledi. Dünya muvazenesinde Türkiye'den bahsedilmemesine, bizim insanımızın cehaletle, iftirakla ve fakr u zaruretle kıvrandırılmasına ağladı ve alternatif çareler teklif etti. Kendisi için hiç yaşamadı. On bir yaşında bir çocukken bile Erzurum Kurşunlu Cami Medresesi'nde koridorları hicranla adımlıyor ve milletinin muasır medeniyetler seviyesinde tekrar hak ettiği yeri alacağı günlerin hülyalarıyla gözyaşı döküyordu.

Muhterem Hocamız, bir davaya omuz verirken başına neler gelebileceğinin farkındaydı ve çocukluk yıllarından itibaren derdini derman görme şuuruyla yaşamıştı. Daha 60'lı yıllarda, yirmili yaşlarda yazdığı *"Hasret"* başlıklı şiirinde şöyle demişti:

Âh eyleyip durdum, hasret ne yaman,
Gözlerine bir hâl olmuş dediler.
Yemedim-içmedim bir hayli zaman,
Lalelerin renk renk solmuş dediler.

Ağladım inlettim dağ ile taşı,
Dertlilere sorun siz bu savaşı,
Her bucağa katre katre gözyaşı,
Derman olur bu hicrana dediler.

Eridim kar gibi dönüştüm suya,
Yusuf misal düştüm kör bir kuyuya,
Karışmıştım biraz yaşa kuruya,
Mansur gibi asılmalı dediler.

Hallâc-ı Mansur'u anlamadılar da işkenceyle katlettiler. Bir açıdan, onun kâtilleri belki mazur görülebilirler zira o sekr insanıydı; aşk şarabıyla sermest olup kendinden geçmiş bir hâldeydi; muhatapları onun muğlak sözlerinden farklı manalar çıkarmış ve ifadelerini ehl-i sünnet çizgisinde bir yere oturtamamış olabilirler. Ne var ki Hocaefendi her zaman sahv ufkunda dolaştı, his ve şuur âleminde yaşadı, şathiyattan hep uzak kalıp istikamet çizgisini takip etti. Yazık ki onu da anlamadılar; kibir ve haset, iman ve idrakin önünü tıkadı; şimdi Hallâc'ın kaderine mahkûm etmeye çalışıyorlar.

Unuttukları bir husus var: Zalim nihayet cana kastedebilir; oysa ölüm, Hak dostları için yolda bulunmuş incidir.

Erdoğan'ın Pennsylvania Ziyareti ve 2006'daki Mektup

14 Mart 2014

Muhterem Fethullah Gülen Hocaefendi dost canlısı, diyalog aşığı, kapısı herkese açık ve tanışıp kaynaşmaya taraf bir insandır. Senelerdir her renk, her desen ve her meşrepten insan onu ziyaret eder; yemeğini yer, çayını içer. Hayatın her kesiminden çok çeşitli ziyaretçiler gibi herhangi bir partiye mensup kişiler de rahatlıkla onun kapısını çalıp misafiri olurlar. Kim hangi niyetle gelirse gelsin, Hocaefendi misafirlerini dinler, onların düşüncelerine değer verir; fırsatını bulursa, kendi mülahazalarını da seslendirir.

2000'li yılların başında AKP'nin kuruluş aşamasında, Recep Tayyip Erdoğan da Pennsylvania'ya gelmiş; yaşadığımız yeri görmüş; kahvemizi içmişti. Hatta o gün musluklarımız bozuktu; bizimle beraber bahçedeki hortumdan abdest almıştı.

Yine aynı dönemde Abdullah Gül de teşrif etmiş; hâlâ bizi bağrına basan evimizde, yaşantımıza şahit olmuş ve bizimle aynı safta namaza durmuştu. Dahası Sayın Gül'ün geleceği gün muhterem Hocamız şöyle buyurmuştu: "Abdullah Bey dostumuzdur. Dosta karşı tekellüf saygısızlık olur. Anadolu insanı farklı muameleden rahatsızlık duyar. Yemeği ortak soframızda ikram edelim, sohbetimizi aynı salonda sürdürelim!"

Devlet, Servet ve Şehvet

Kıymetli Hocamız o zaman ve daha sonra imkân nispetinde misafirlerimize yeni teşebbüslerinde muvaffak olabilmeleri için mutlaka birleştirici bir söylem ve aksiyona sarılmaları, halkın genelini kucaklamaları, merkezi tutan bir anlayışa bağlı kalmaları ve nefret ettirici değil hep sevdirici bir üslup takip etmeleri gerektiğini anlatmıştı. Ülkemizin ikbal ve istikbali için manevi buutlu demokrasi, içe kapanma yerine dünyaya açık olma, yüzünü Batı'ya dönmekle beraber müslümanların çoğunlukla yaşadıkları coğrafyalarla da sıkı münasebette bulunma; şeffaf ve hesap verebilir bir devlet anlayışı tutturma ve insan haklarına sonuna kadar saygılı bir anayasa yapma gibi hususların lüzumunu vurgulamıştı.

AKP, ilk seçimlere girerken, işaret edilen bu hususlara sahip çıkacağını vaat etmiş; özellikle yasaklar, yolsuzluk ve yoksullukla mücadele edeceği ve darbecilerden hesap soracağı sözünü vermişti. Seçim sonrasında alnı secdeli bildiğimiz onca insanı mecliste bir arada görünce inşiraha ermiş; verilen sözlerin yerine getirileceğine ve ülkemizin devletler muvazenesinde hak ettiği yere yürüyeceğine dair ümide kapılmıştık. Nitekim AKP iktidarının ilk yıllarında söz konusu vaatlere uygun hareket edildiğini görmüş ve heyecanlanmıştık.

Ne var ki çok geçmeden garip haberler dolaşmaya başlamıştı kulaktan kulağa:

Atmosferine uğrayan yiğitleri kılıbıklaştıran "devlet, servet ve şehvet" pek çok AKP'liyi de sarartıp soldurmuştu. Bu öldürücü hastalıklar, siyasete hizmet için girdiğini söyleyen nice mert görünümlü insanı da hazan yemiş yapraklar gibi döküp yere sermişti.

Güç ve iktidar adeta başları döndürmüş, bakışları bulandırmıştı. Güce mağlûbiyet veya kuvvetin cazibesi "bizimkiler"e de başka insanların tepelerine binme, onları ezme, sindirme ve seslerini kesme hislerini pompalamıştı. Zamanla siyasi iktidar artık toplumun başka kesimlerine karşı içine kapanmış ve dediğim dedik düşüncesiyle hareket eder olmuştu.

Servetlerine servet katma, yeni iş ihaleleri ve ticaret vesileleri yakalama hırsındaki kimseler bir hürriyet âşığı edasıyla en şeni' zulümleri bile alkışlamaya durmuş ve birer goygoycu edasına bürünmüştü. Dahası idarecilerin etrafı danışmanlar, özel kalemler, yakın çevrelerce kuşatılmış veya idareciler böylelerle kendilerini dar bir oligarşinin içine hapsetmiş ve halkın sesinin asıl merciye ulaşmasının önü kesilmişti. Böylece daha dün herkesin elini öpen kimseler, biraz güçlenince sadece "biz" der olmuş ve devlete hizmet aşkının yerine şahsi yatırım açgözlülüğü oturmuştu.

Üstad hazretleri, *"Gaye-i hayal olmazsa veyahut nisyan veya tenasi edilse, ezhan enelere dönüp etrafında gezerler."* der. Mefkûresiz insanların -hele bir de masa ve kasa sahibi olmuşlarsa- Kur'ânî tabirle, kadın, evlât, yığın yığın para, araba, eşya, mevki, makam, kazanç şehvetlerine esir düşmeleri kaçınılmazdır. Nitekim *"Nice servi revan canlar / Nice gül yüzlü sultanlar / Nice cihangirler, nice hanlar"* gibi pek çok "ak" siyasî de aynı marazdan dolayı kararmıştı.

Hele bir de humus, takıyye ve muta ağları bir kısım yabancı güçler tarafından ülkemizin üzerine atılınca en sarsılmaz zannedilen kimseler bile avlanmış ve elleri kolları bağlanmıştı.

Camia'yı Bitirme Planı

İşte günümüze kadar katlanarak yaygınlaşan bu çürümenin

ilk neticesi 2004-MGK'da "Türkiye'de Nurculuk ve Fethullah Gülen'i Bitirme Eylem Planı"nın imzalanması olmuştu.

Daha o günlerde Camia'yı bitirme planlarının devreye sokulduğu bir fısıltı hâlinde konuşuluyordu fakat biz her şeye rağmen hüsnüzannımızı korumuş; bunu hükûmetin bir taktiği olarak kabul etmeye çalışmıştık zira AKP'ye böyle kara bir lekeyi yakıştıramıyorduk.

Bir sene sonra Adalet Bakanlığı'nın aniden "bireysel terör" ve "silahsız terör örgütü" gibi maddeler içeren bir taslak çalışmasına başladığını duyunca şoke olmuştuk. Hazırlanan taslak büyük tuzaklar içeriyordu. Zaman Gazetesi 8 Eylül 2005 tarihinde "TMK taslağında yer alan tedbirler sıkıyönetim dönemini hatırlatıyor!" manşetiyle çıkmıştı; birkaç gün boyunca, bu taslağa göre terör tanımının genişletileceği, herhangi bir şiddet eylemine başvurmayanların bile potansiyel suçlu hâline geleceği, düşüncenin tekrar suç kapsamına alınacağı, 141, 142 ve 163 gibi maddelerin hortlatılacağı vurgulanmıştı. Zaman'ın haberleri üzerine sivil toplum örgütleri harekete geçmişti; yoğun kamuoyu baskısı akabinde AKP iktidarı hem kendini hem tabanını hem de ülkeyi yakacak tasarıyı geri çekmişti. Geri çekmişti ama bu "operasyon" hüsnüzan duygularının üzerine bir balyoz daha indirmişti. (İşin ciddiyetini merak edenler o günkü gazeteleri ve o tarihlerde sitemizde yayınladığımız Kırık Testi'leri okuyabilirler.)

Aynı günlerde rüşvet, ihalede usulsüzlük ve her türlü yolsuzluk haberleri de fısıltı gazetesinde ilk sıralarda yer almaya başlamıştı ve bunları en evvel hatta daha 2003 Temmuzunda gündeme getiren de Ahmet Taşgetiren olmuştu. Hortumların vanası bir aralık kısılmış gibi gözükmüş fakat heyhat daha sonra o hortumların sadece yönlerinin değiştirildiği anlaşılmıştı. Öyle ki merhum Muhsin Yazıcıoğlu 2007 senesindeki konuşmasında -ki sosyal medyada çok meşhur oldu, hatırlarsınız- ta o zaman AKP'li yöneticilere "*Millet sizi haramzadelerden hesap sorun diye gönderdi. Şimdi sizin altınızdan pis kokular geliyor. Sütten çıkmış ak kaşık olduklarını iddia edenlerin temizlik edebiyatına artık kimse inanmıyor.*" demişti. Yine şimdi AKP cenahında yer alan Numan Kurtulmuş, "*Harun gibi geldiler, Karun gibi oldular.*" derken, AK trollere her türlü yalan ve iftiralarında öncülük yapan Süleyman Soylu da AKP'nin bulaştığı kirleri en yüksek perdeden dile getiriyordu. Fehmi Koru ise "*Obama gibi geldiler, Bush gibi oldular.*" diyordu.

İşte bir taraftan AKP'nin çizgi kaybı yaşaması bir taraftan da dindarları bitirmeye yönelik plan ve teşebbüslerin dilden dile dolaşmaya başlaması üzerine muhterem Hocaefendi bir gün "Acaba sayın Başbakan'a bir mektup yazsak, nasıl karşılar?" dedi. Bir iki gün böyle bir niyeti birkaç defa telaffuz etti; nihayet 2 Mayıs 2006 tarihinde gece yarısı mektubu yazdırdı, sabah namazında bir kere daha okuttu. Hocamızın o esnada iki büklüm oluşu, yanaklarından yaşların süzülüşü ve ellerini dua eder gibi açıp "*Sen de biliyorsun Allah'ım! Sadece bir mü'min olarak ikaz vazifemi yapıyorum. Senin rızandan başka maksadım yoktur. Ahirette 'Neden uyarmadın?' sualiyle karşılaşmaktan korkuyorum!*" deyişi hâlâ gözlerimin önündedir.

2006 Senesinde Erdoğan'a Yazılan Mektup

Hocaefendi, mektubunda yukarıda sözü edilen bir kanun ve eylem planına hükûmetçe imza atılmasının sinelere zağlı hançer gibi saplandığını, o yetmezmiş gibi bir zamanlar Müslümanların başında Demokles'in kılıcı misillü duran ve onları tehdit eden 163. maddenin benzeri bir terör yasasının imzalanmak üzere olduğunu üzüntüyle karşıladığını dillendirmiş ve şöyle demişti:

"*Esefle belirtmeliyim ki belli bir eylem planına hükûmetçe imza atılması Müslümanların sinelerinde ciddi bir yara*

açmıştır. Bazı salim düşünceler, salim hissiyatlar ve salim gö-
nüller, bunu sizin meziyetlerinize bağlayarak bir kor gibi sine-
lerine basıp bastırsalar da sizi seven her kesim için aynı şeyin
söz konusu olmadığı da bir gerçektir. Beni de isterseniz, tasvip
edilmesi mümkün olmayan o işi zıpkın gibi sinesinde hissetse
de bela-yı dertten âh eylemeyenler arasında düşünebilirsiniz.
Şayet bir zamanlar Müslümanların başında Demokles'in kılıcı
gibi duran ve onları tehdit eden lastikli 163'ün benzeri terör
yasası mevcut hâliyle çıkarsa, onun da bu kronik yaraya elîm
bir neşter vurma mesabesinde olacağı âşikardır.

Dahası Türkiye'nin diğer derin bir yarası hâline gelen ba-
şörtüsü meselesinde elinizin kolunuzun bağlanması ve İmam
Hatiplerin kapısındaki zincirlerin hâlâ kırılamamış olması da
bu problemleri çözeceğiniz hususunda size itimat edenleri in-
kisâr-ı hayale uğratmaktadır. Bu konudaki ümitler de sönmek
üzeredir; ihtimal millet bunu büyük bir başarısızlık olarak gö-
recek ve -hasımlarınızın da propagandasıyla- çözümsüzlüğü
size fatura edecektir."

Hocaefendi ayrıca iktidarın bazı derin çevrelerle mutaba-
kata varıp dindarları ezme kararı aldığına dair şayianın dil-
den dile dolaştığını ve bunun kendi kredilerine ve itibarlarına
dokunacağını anlattıktan sonra şu cümleleri eklemişti:

"Böyle bir durumdan sıyrılmanıza şartlar ve konjonktür
müsaade eder mi bilemeyeceğim ancak sıyrılıp rahmetli Necip
Fazıl'ın merhum Menderes'e ifadeleri çerçevesinde "Ya ol, ya öl
ama mutlaka itibarlı kal!" düşüncesi istikametinde -böyle bir
istikametten sizi alıkoyan Çankaya hatta dünya devlet başkan-
lığı bile olsa- kendiniz olarak kalmanızın hem zât-ı âliniz hem
de milletimiz için hayati önem taşıdığını söyleyebilirim."

Kıymetli Hocamız, mektubunun sonunda bir ehl-i Hakk'ın
yakaza çerçevesindeki bir müşahedesini de aktararak

Başbakanın bu sözlerden gücenmemesini, yazılanları bir dost hasbihâli olarak görmesini istirham ediyor ve diyordu ki:

"Yüksek bir binaya dünyaca büyük bazı insanlar giriyorlar. Onların hepsinin suratları insandan başka değişik suratlara benziyor. Siz de onların arkasından o binaya dâhil oluyorsunuz fakat o esnada sizin simanız bildiğimiz sima ve çehreniz gayet gökçek. Bir müddet sonra herkes dışarı çıkıyor ve en arkadan da siz o siması değişmişlerin en başındakiyle el ele tutuşmuş olarak binadan ayrılıyorsunuz; maalesef simanız oldukça değişmiş ve önceki hâlinden çok farklı bir hâl almış.

Tevil-i ehâdîse vakıf olduğumu söyleyemem ancak böyle bir müşahedenin şirin görünmediği de muhakkak. Allah sizi kalbî ve ruhî hayatınız itibarıyla öyle bir su-i akıbetten muhafaza buyursun sonra da doğru yolda muîniniz olsun."

(Hayrettir ki muhterem Hocamız o müşahedeyi kapalı aktarmış, nezaketen bina dediği o şeyin aslında bir "in", değişik suratların da goril ve maymuna benzer varlıklar olduğunu söylememişti fakat o gün mektubu yazdırırken anlattığı için işin aslını biliyordum. Bundan dolayı Erdoğan'ın ilk kez "İninize gireceğiz ininize." diye bağırdığını duyduğumda herkes gibi ben de üzülmüş ama acı acı gülmekten de kendimi alamamıştım. Çünkü bu söz, ikazlara rağmen o ine başka türlü girildiğinin emaresiydi.)

Üslup, İffet ve Ortak Akıl

Muhterem Hocaefendi, daha o günlerde şimdiki tenkil gayretlerinin ucunu görmüştü fakat inkisârlarını ve hüzünlerini senelerce kimseye sezdirmedi; en yakınlarına dahi hükûmet ve çevresiyle alâkalı söz ettirmedi. Vifak, ittifak ve uhuvveti korumaya gayret gösterdi. Bazen aracılar vasıtasıyla, kimi zaman mektup ve hediyelerle, çoğunlukla haftalık sohbetlerinde sürekli bazı mevzulara değindi, ikazlarda bulundu.

(Lütfen, son üç beş senelik Bamteli ve Kırık Testi paylaşımlarını bu gözle bir kere daha inceleyin.)

Aziz Hocamız, Camia mevzubahis olunca, demokratik bir ülkede tanınması gereken haklar nelerse sadece onları dile getirdi. Hizmet şahs-ı manevîsi ya da hâdimleri için imtiyaz ifade eden hiçbir talepte bulunmadı. Her zaman ülkemizin ikbali ve milletimizin saadeti için lazım gelen hususları vurguladı. Özellikle "üslup, (kadın, mal, mevki gibi tuzaklar karşısında) iffet ve ortak akıl" esaslarına dikkat çekti; *"Ne olur, kırıcı ve bölücü bir dil kullanmayın; toplumun bazı kesimlerini hasım yerine koymayın; fertler arasına öfke ve ayrılık tohumları saçmayın!"* dedi. *"Allah aşkına, hizmetleriniz karşılığında maddî-manevî beklentiye girmeyin; kamu malına el uzatmayın, yolsuzluklara asla bulaşmayın, ihalelere fesat karıştırmayın; iffet ve istikâmetinizi muhafaza edin!"* diye inledi. *"Lütfen, dediğim dedik yanlışlığına düşmeyin; etrafınızdaki şakşakçıların sizi aldatmasına fırsat vermeyin; herkesin fikrine saygı gösterin, 'istişare' müessesesini çok iyi işletin ve her zaman ortak akla önem verin!"* ikazlarını serdetti.

Hemen her sohbetinde bir vesileyle bu hususlara değindiği gibi zaman zaman gönderdiği mektuplarda da aynı mevzuları nazara verdi. Maalesef tekke adabını, ulemanın nazik üslubunu ve İslâm edebini anlamadılar; "sıddık kardeşim" deniyorsa, bu ifadenin "Ben seni özü ve sözüyle doğru bir adam bildim; hüsnüzannımı kırma ve öyle ol!" manasına geldiğini kavrayamadılar; kavrayamadı ve güzel hitapları, hak ettikleri iltifatlar saydılar.

Allah şahittir; Hocaefendi bağırarak da anlattı sükûtla da. Gece de söyledi gündüz de. Mülayemetle de dile getirdi sert bir üslupla da. Her yolu denedi. Heyhat! Bir kere devlet, servet ve şehvet ağlarına kaptırmışlardı kendilerini, onun pençelerinden kurtulamadılar.

Dünyanın Tayyip Ağabeyi Olmak Varken...

Son iki ayda şahitlik ettiğimiz hadiseler ve ortaya saçılan fezlekeler/tapeler de gösteriyor ki o mektupta dikkat çekilen tehlikeler bir bir gerçekleşti. Maalesef zaman gösterdi ki Başbakan ne 'ol'mayı başarabildi ne de milleti, ülküsü için ölmeden önce ölebilmeyi. Vâ esefâ! Olamadı ve soldu Başbakan. Simasındaki gökçekliği kaybetti. Belli ki şahsî hesapları ağır bastı ve maalesef kendisine güvenenlere büyük bir inkisâr yaşattı.

Meydanlarda "Kefenle dolaşıyorum." diyerek nutuklar atmak kolaydır. Hamaset tatlıdır. Yiğitlik kapının bu tarafında olduğu gibi arkasında da veya tribünün önünde de berisinde de aynı mertliği sergileyebilmektir.

Dik duramadı Erdoğan!

Duvarların ötesinde, Ergenekon, Balyoz ve benzeri davaların hükümlülerine "Sizi cemaat hapse attırdı, hepinizi Camia bitirdi!" dedi fakat kendi yandaşlarına "Hepsini nasıl da dize getirdik; karşımızda hazır ola geçirdik!" sözleriyle kahramanlık tablosu çizdi.

Kameralar karşısında "one minute" diye gürledi, bir anda cesur yürek kesildi lakin hemen sonra "Benim sözüm moderatöreydi!" sokağına sapıp yan çizdi. Dahası bir taraftan Filistin'in yegâne hâmisiymiş gibi arz-ı endam ederken, diğer yandan kendi gözetimindeki "gemicik"ler İsrail'le yapılan ticaret için sürekli gitti geldi, gitti geldi.

Futbol takımlarını bile bizzat dizayn etmeye kalkıştı sonra yine kapılar arkasında "Cemaat sizi ele geçirmek istiyor; başkanınızı içeri Camia tıktırdı!" iftirasını yaydı.

Zira kendisini dünya lideri olarak takdim ediyorlardı; halife-yi ruy-i zemin olduğunu söylüyorlardı. Demek o da inanmıştı ki kimseye boyun eğmemiş olan Cemaat'e de biat ettirmeyi en öncelikli işler arasına koymuştu. Sadece kendi hırsı mıydı yoksa birilerine verilen söz mü vardı? Malum ve meşhud olan husus, Camia'ya "had bildirme" teşebbüsüydü.

Biat alamayınca, önce cemaati bölme gayretine girişmişti. Bir avuç gayr-i memnun arasından devşirdiği pişkin, kesif ve keleş kimseleri danışman olarak kullandı; denemediği yol kalmadı ama Camia menfaat etrafında toplanmış bir heyet değildi ve içinde satılık insan yoktu; bölüp parçalamayı beceremedi.

Daha sonra haksız tayin, sürgün ve kıyım yoluna gitti. Nitekim Hocaefendi, Cumhurbaşkanı'na yazdığı meşhur mektubun satır aralarında buna işarette bulunmuş; "Hizmet hareketinin önünü kesmeye matuf gayretlerin aşikâr hâle geldiğini; bu yakışıksız engelleme faaliyetlerinin hareketin büyümesi ve genişlemesiyle eş zamanlı olarak arttığını; hayatın değişik alanlarında yalnızca 'falan yere müntesip, falancı... Filancı...' görüldüğünden dolayı mağduriyete uğramış pek çok insanın gelip gözyaşı döktüğüne şahit olduğunu fakat bunları hiç dillendirmediği gibi o insanlara da sabır ve vifak tavsiye ettiğini" belirtmişti.

Akabinde Başbakan dershaneleri kapatma meftunu oldu. Zamanla "eğitim reformu" sözünün sadece bir kılıf olduğu anlaşıldı. Bir konuşmasında belki de bilmeden telaffuz ettiği üzere, sırf bu gayeye matuf dört tane bakan değiştirdi.

Nihayet Erdoğan bütün bütün tanınmaz hâle geldi. Saldırılar, iftiralar, hakaretler... Meydanlardaki seviyesizliğe aynıyla karşılık verilmeyince iyice hırslandı. Hücumlarını her gün biraz daha şiddetlendirdi. Sonunda bir cinayete daha imza attı: Bir kısım Ergenekoncular haricinde bütün Türkiye vatandaşlarının ve aklıselim sahibi dünya insanlarının çok değerli bulduğu Türk okullarını kapattırmak için büyükelçilere talimat verdi, ülke liderlerine telefonlar etti ve hatta -son günlerde ortaya çıktığı üzere- Hocaefendi'yi Türkiye'ye davet ettiği esnada bile gammazlama evrakı hazırlattı; Pennsylvania'ya elçi gönderdiği aynı anda Obama'ya şikâyet dosyası sundu.

Esefle bir kere daha ifade etmeliyim ki Erdoğan, olmayı değil solmayı seçti ve mü'minlere inkisâr yaşattı. Bütün mefkûre muhacirlerinin ve onların 160 ülkedeki çiçeklerinin "Tayyip Ağabey"i olmak, samimi dualarını almak ve hep hayırla anılmak varken, ne yazık ki o ümitleri boşa çıkardı ve hafızalarda bir yitik olarak kaldı.

Hâlbuki kimseye recasında inkisâr yaşatmamak Müslüman ahlâkıdır. Zira İslâm'da, değil yalnız insanların, hayvanların beklentilerini bile boşa çıkartmak faziletsizlik sayılmıştır. Rivayete göre Ahmed ibni Hanbel, Mâverâünnehir'de bir âlimin üç kuşakta Efendimiz'e (aleyhissalatü vesselam) ulaşan (sülâsiyyât) hadisler bildiğini duyar. Hazret, hemen o zâtın bulunduğu yere rıhlet eder; varır o âlimi bulur; hürmetle selam verir, iltifat bekler. Âlim zat o esnada bir köpeği doyurmakla meşguldür; Hazret'in selamını aceleyle alıp köpekle ilgilenmeye koyulur. Hayvanı doyurup işini bitiren âlim, Ahmed ibni Hanbel'e döner ve şöyle der: "Sana iltifat etmeyip köpeği beslemeye yönelmem gücüne gitti, biraz alındın sanırım fakat bana Ebu'z-Zinâd'dan, ona A'rec'den, ona da Ebu Hüreyre'den ulaştığına göre Allah Resûlü (sallallahu aleyhi ve sellem) şöyle buyurur: *"Kim kendisine ümit bağlayanı inkisâra uğratırsa, Allah kıyamet gününde onun beklentilerini karşılıksız bırakır."* Bizim memlekette böyle kelbler yoktur; bu köpek bende yiyecek bulma beklentisiyle peşime takıldı. Onun beklentisini boşa çıkartırsam, öte recası kesik olanlar arasında bulunurum diye korktum." Bu söz üzerine İmam Ahmed ibni Hanbel, "Bu hadis bana yeter!" der ve köyüne döner. Demem o ki İlahî rahmetten recası bulunan mü'minlere, bari dostlarını inkisâr-ı hayale uğratmamaları yaraşırdı.

Acı Gerçekle Yüzleşiyoruz!

Heyhat! Erdoğan ve hükûmeti öyle davranmadı. Dershane sürecinde ve özellikle 17 Aralık Operasyonu sonrasında o güne kadar kısmen gizlediği yüzünü de açık etti.

Medyadan takip edebildiğim kadarıyla inancım odur ki yolsuzluk operasyonu, bütünüyle kanunlar çerçevesinde ve tamamıyla devletin yargı-polis mensuplarının eşgüdümlü çalışmalarıyla gerçekleştirilmiştir fakat AKP yıllardır emir verdiği ve her türlü işinde kullandığı polisin kendisine yönelik bir soruşturmada yer almasını hazmedememiştir. Bir de yolsuzlukların üzerini örtmek için muhayyel bir düşman ihtiyacı hissedince, operasyonu Cemaat ile ilişkilendirerek binlerce polisi, savcıyı, hâkimi kış ortasında haksız ve kanunsuz yere sürgün etmiştir. Hakkındaki yolsuzluk, rüşvet, kara para aklama, zimmet ve ihtikâr operasyonunu, 8 yıl önce yukarıda anlatılan rüya veya müşahedede görüldüğü gibi bazı güçlerle el ele tutup onlara verdiği sözü yerine getirme adına, Cemaat'i "bitirmek" için bir fırsat olarak da kullanma yoluna sapmıştır. Kıyıma uğrayan o memurların çok büyük bölümünün Camia ile alâkasının olduğunu da zannetmiyorum. Ülkücü veya sosyal demokrat ya da herhangi bir tarikate/meşrebe bağlı pek çok kimsenin de gadre uğratıldığını düşünüyorum. Bunula beraber inanıyorum ki büyük bir cürüm işlemiş gibi yerlerinden edilen, karda buzda çoluk çocuklarıyla göçe zorlanan, taşınma telaşı yaşayan o insanlar mazlumdur ve başlarına gelecekleri bile bile hukukun yanında yer aldıkları için birer kahramandır.

Hâsılı, aslında bugün şahit olduğumuz hadiseler, ateşböceklerini yıldızlaştırdığımız, sinekleri kartallaştırdığımız ve bülbül yuvalarını saksağanlara teslim ettiğimiz acı gerçeğiyle yüzleşmemizden ibarettir.

***

Not: Erdoğan'ın mektuplar karşısında tuhaf bir duruşu var. Önce bazı gazetecilere, Hocaefendi'nin Cumhurbaşkanı'na yazdığı mektubu kendisine gönderilmiş bir pazarlık metni gibi anlattı sonra meydanlarda "Daha düne kadar bana methiyeler dolu mektuplar gönderiyordunuz; 17 Aralık'ta birden bire ne oldu?" türünden sorularla kamuoyunu yanıltmaya çalıştı. Hem meselenin dershane ve 17 Aralık'tan ibaret olmadığını hem de kendisine sadece methiyeler düzülmediğini anlatabilmek için 2006'daki o mektubun muhtevasını kamuoyuyla paylaşmayı yararlı buldum.

O gün medyada geniş yer tutan "Erdoğan'ın Pennsylvania Ziyareti ve 2006'daki Mektup" yazısını Bugün gazetesi de sürmanşetten vermiş ve tam sayfa ayırarak haberleştirmişti.

GÜLEN, BAŞBAKAN'I 2006'DA DA UYARMIŞ

Herkul.org sitesinin editörü Şimşek, AK Parti kurulmadan önce Erdoğan ve Gül'ün Pennsylvania'da ağırlandığını belirtti. Zaman içerisinde partinin çizgi kaybı yaşaması, dindarları bitirmeye yönelik planların dillendirilmesi üzerine Fethullah Gülen'in 2006'da yazdığı mektupla Erdoğan'ı ikaz ettiğini açıkladı

Fethullah Gülen Hocaefendi'nin, AK Parti'nin demokratikleşme ve reformcu kimliğinden sapma, dindarları bitirmeye yönelik plan ve teşebbüsler nedeniyle 2 Mayıs 2006'da yazdığı bir mektup ile Başbakan Erdoğan'ı 8 yıl önce de uyardığı ortaya çıktı.

"PARTİ KURULMADAN BİZZAT PENNSYLVANIA'DA AĞIRLADIK"

Gülen'in bugüne kadar kamuoyunda bilinmeyen mektubunu ve içeriğini, sohbetlerinin de yayınlandığı herkul.org sitesinin editörü Osman Şimşek duyurdu. Mektupta, Gülen'in Erdoğan'a o dönem Meclis gündeminde olan TMK taslağında, "bireysel terör" ve "silahsız terör örgütü" gibi ifadelerle 141, 142 ve 163 gibi geçmişte çok sayıda insanın mağdur edildiği kanun maddelerinin yeniden hortlatılmasını eleştirdiği, başörtüsü ve irtica konusundaki gibi sorunları ile ilgili atılması gereken demokratikleşme adımlarına ilişkin ümitlerin de söneceğini belirtiyor. Şimşek, herkul.org sitesinde de yayınların geniş analizinde, Başbakan Erdoğan ve Cumhurbaşkanı Gül'ün AK Parti kurulmadan önce bizzat Pennsylvania'da ağırlandıklarını da belirtiyor. Gülen'in yayınlanan 2006 tarihli mektubunun içeriğinde "bir ehl-i Hakk'ın müşahedesine de yer verilerek," "Allah sizi kalbi ve ruhi hayatınız itibarıyla öyle bir su-i akıbetten muhafaza buyursun, sonra da doğru yolda muininiz olsun" temenniside bulunuluyor.

"ACABA BİR MEKTUP YAZSAK NASIL KARŞILAR"

İşte mektubun yazılma süreci ve mektubun içeriğine dair herkul.org sitesinde yer alan satırlar:

"İşte, bir taraftan AKP'nin çizgi kaybı yaşaması bir taraftan da dindarları bitirmeye yönelik plan ve teşebbüslerin dilden dile dolaşmaya başlaması üzerine muhterem Hocaefendi bir gün 'Acaba Sayın Başbakan'a bir mektup yazsak, nasıl karşılar' dedi. Bir iki gün böyle bir niyeti birkaç defa telaffuz etti; nihayet 2 Mayıs 2006 tarihinde gece yarısı mektubu yazdırdı, sabah namazında bir kere daha okuttu. Hocamızın o esnada iki büklüm oluşu, yanaklarından yaşların süzülüşü ve ellerini dua eder gibi açıp 'Sen de biliyorsun Allah'ım! Sadece bir mü'min olarak ikaz vazifemi yapıyorum. Senin rızandan başka maksadım yoktur. Ahirette 'Neden uyarmadın' sualiyle karşılaşmaktan korkuyorum!..' deyişi hâlâ gözlerimin önünde gibidir.

"MÜSLÜMANLAR'IN SİNESİNDE CİDDİ YARA AÇTI"

Hocaefendi, mektubunda yukarıda sözü edilen bir kanun ve eylem planına hükümetçe imza atılmasının sinelerde jaja hançer gibi saplandığını, o yetmezmiş gibi bir zamanlar

Müslümanlar'ın başında Demokles'in kılıcı misullu duran ve onları tehdit eden 163. maddenin benzeri bir terör yasasının imzalanmak üzere olduğunu üzüntüyle karşıladığını dillendirmesi ve şöyle demesi:

"Eserle belirtmeliyim ki, belli bir eylem planına hükümetçe imza atılması Müslümanlar'ın sinelerinde ciddi bir yara açmıştır. Bazı salim düşünceler, salim hisleri ve salim gönüller, bunu sizin meziyetlerinize bağlayarak bir kor gibi sinelerine basıp bastırsalar da, sizi seven her kesim için aynı şeyin söz konusu olmadığı da bir gerçektir. Beni de isterseniz, tasvip edilmesi mümkün olmayan o isi zıpkın gibi sinesinde hissetse de belayı dertten âh eylemeyenler arasında düşünebilirsiniz. Şayet, bir zamanlar Müslümanlar'ın başında Demokles'in kılıcı gibi duran ve onları tehdit eden tashih 163'un benzeri terör yasası mevcut haliyle çıkarsa, onun da bu kronik yaraya elim bir neşter vurma meselesinde olacağı aşikardır.

Dahası, Türkiye'nin diğer derin bir yarası haline gelen başörtüsü meselesinde elinizin kolunuzun bağlanması ve imam hatiplerin kapanması zincirlerin hâlâ kırılmamış olması da bu problemleri çözeceğiniz hususunda size itimat edilen inkisar-ı hayale uğratmaktadır. Bu konudaki ümitler de sönmek üzeredir. İhtimal, millet bunu büyük bir başarısızlık olarak görecek ve -hasımlarınızın da propagandasıyla- çözümsüzlüğü size fatura edecektir."

"KENDİNİZ OLARAK KALMANIZ HAYATİ ÖNEM TAŞIYOR"

Hocaefendi, ayrıca iktidarın bazı derin çevrelerle mutabakata varıp dindarları ezme kararı aldığına dair sayıların dilden dile dolaştığını ve bunun kendi kredilerine ve liberallerini dokunacağını anlattıktan sonra şu cümleleri eklemişti:

"Böyle bir durumdan sıyrılmanıza şartlar ve konjonktür müsaade eder mi bilemeyeceğim; ancak, sıyrılıp rahmetli Necip Fazıl'ın merhum Menderes'e ifadeleri çerçevesinde 'Ya ol, ya öl; ama mutlaka itibarlı kal!' düşüncesi istikametinde -böyle bir istikametten sizi alıkoyan Çankaya, hatta dünya devlet başkanlığı bile olsa-kendiniz olarak kalmanızın hem Zât-ı âliniz hem de milletimiz için hayati önem taşıdığını söyleyebilirim."

Bir ehl-i Hakk'ın acı müşahadesi

Kıymetli Hocamız, mektubunun sonunda bir ehl-i Hakk'ın yakaza çerçevesindeki bir müşahedesini de aktararak Başbakan'ın bu sözlerden güçenmemesini, yazılanları bir dost hasbihali olarak görmesini istirham ediyor ve diyordu ki:

"SİMANIZ OLDUKÇA DEĞİŞMİŞ"

"Yüksek bir binaya dünyaca büyük bazı insanlar giriyorlar. Onların hepsinin suratları insandan başka değişik suratlara benziyor. Siz de onların arasından o binaya dâhil oluyorsunuz; fakat o esnada sizin simanız bildiğimiz sima ve çehreniz gayet gökçek. Bir müddet sonra herkes dışarı çıkıyor ve en arkadan da siz o sima değişmişlerin en başındakiyle el ele tutuşmuş olarak binadan ayrılıyorsunuz; maalesef simanız oldukça değişmiş ve önceki halinden çok farklı bir hal almış. Tevil-i ehadise vakıf olduğumu söyleyemem, ancak böyle bir müşahedenin şirin görünmediği de muhakkak. Siz de onların arasından o binaya dâhil ve ruhi hayatınız itibarıyla öyle bir su-i akıbetten muhafaza buyursun, sonra da doğru yolda muininiz olsun."

"Fertler arasına öfke ve ayrılık tohumları saçmayın!"

Osman Şimşek, mektup sonrasında yaşananları da yazında şöyle anlatıyor:

"Muhterem Hocaefendi, daha o günlerde şimdiki tenkil gayretlerinin ucunu görmüştü. Fakat, inkisartam ve hüzünlerini senelerce kimseye sezdirmedi en yakınlarına dahi hükümet ve çevresiyle alakalı sözler ettirmedi. Vitak, ittifak ve uhuvveti korumaya gayret gösterdi. Bazen aralar vasıtasıyla, kimi zaman mektup ve hediyelerle, çoğu kalpta huzzak sohbetlerinde sürekli bazı mevzulara değindi, kazlarda bulundu. (Lütfen, son üç beş senelik Bamteli ve Kırık Testi paylaşımlarını bu gözle bir kere daha inceleyin.)

DEMOKRATİK HAKLAR VURGUSU

Aziz Hocamız, Camia mevzubahis olunca, demokratik bir ülkede tanınması gereken haklar nelerse sadece onları dile getirdi. Hizmet şahsi-manevisi ya da hademleri için imtiyaz ifade eden hiçbir talepte bulunmadı. Her zaman ülkemizin ikbali ve milletimizin saadeti için lazım gelen hususları vurguladı. Özellikle 'Üslup, fikrin, mal, mevki gibi tuzaklar kazanıldığı) istiğna ve ortak akıl' esasına dikkat çekti; 'Ne olur, kino ve bölücü bir dil kullanmayın; toplumun bazı kesimlerini hasım yerine koymayın; fertler arasına öfke ve ayrılık tohumları

saçmayın!' dedi. 'Allah aşkına, hizmetleriniz karşılığında maddi-manevi beklentiye girmeyin; kamu malına el uzatmayın, yolsuzluklara asla bulaşmayın, ihalelere fesat karıştırmayın; iffet ve istikametinizi muhafaza edin!' diye inledi. 'Lütfen, dediğim dedik yanlışlığına düşmeyin; etrafınızdaki sıkışıkçılarn sizi aldatmasına fırsat vermeyin; herkesin fikrine saygı gösterin, 'istişare' müessesesini çok iyi işletin ve her zaman ortak aklı önem verin!' dedi.

'İSLAM EDEBİNİ ANLAMADILAR'

Hemen her sohbetinde bir vesileyle bu hususlara değindiği gibi zaman zaman gönderdiği mektuplarda da aynı mevzuları nazara verdi. Maalesef, tekke adabını, ulemanın nazik üslubunu ve İslam edebini anlamadılar; 'sıddık kardeşleri' derniyorsa, bu fiadenin 'Ben sıra özü ve sözüyle doğru bir adam bildim; hüsn-ü zannım kırma ve öyle ol!' manasına geldiğini kavrayamadılar; kavrayamadı ve güzel hitapları, hak ettikleri itibarı saydılar.

Allah şahittir; Hocaefendi bağırarak da anlattı sükutla da... Gece de söyledi gündüz de... Mülayemetle de geldiği sert bir üslupla da. Her yolu denedi. Heyhat! Bir kere devlet, servet ve şehvet ağlarına kaptırmalarda kendilerini, onun pençelerinden kurtulamadılar."

Röportajlar ve Mâlikâne

Başbakan'ın Hizmet Hareketi'ni "örgüt" olarak tarif edip Büyükelçilere "Bu örgütü yurt dışında anlatın, deşifre edin!" şeklinde skandal talimat vermesinden sonra Fethullah Gülen Hocaefendi, bazı röportaj tekliflerini kabul etti.

Hocaefendi, olup bitenleri ve Camia'nın duruşunu dünya kamuoyuna anlatabilmek için 21 Ocak 2014'te The Wall Street Journal'a konuştu. 27 Ocak'ta ise yıllar sonra bir televizyon mülakatına "evet" dedi ve BBC'nin sorularını cevapladı. 10 Mart'ta Britanya'nın önemli gazetelerinden Financial Times'a bir makale yazdı. 24 Mart'ta Şarkul Avsat gazetesinde ve 28 Mart'ta İtalyan La Repubblica gazetesinde röportajları yayınlandı.

Muhterem Hocamız daha çok dış dünyaya hitap eden bu mülakatların akabinde Ekrem Dumanlı Beyin suallerini yanıtladı ve verdiği cevaplar Zaman gazetesinde 5 gün boyunca bir dizi hâlinde neşredildi.

Hocaefendi'nin hemen her röportajından sonra bir kısım çevreler kasıtlı olarak bina, ev içi ayakkabısı, seccade, rahle, tablo, ceket gibi bazı objeleri devreye sokup tartışma konusu yapmaya çalıştılar ve Hocamızın çok önemli açıklamalarından ziyade o hususların gündemi işgal etmesi için adeta çırpındılar.

O türlü kötü niyetlilere cevap vermek bir açıdan tuzaklarına düşmek manasına geliyordu. Bu itibarla da elden geldiğince röportajın içeriğini gündemde tutmak ve çarpıtılıp dile dolanan mevzulara hiç girmemek gerektiği inancıyla hareket ettik.

Bununla beraber, aldığımız yoğun mesajlara ve hiçbir kötü niyeti olmadan sadece işin aslını merak edenlere hürmeten bazı tavzihlerde bulunduk. Bu açıklamalardan Hocaefendi'nin ikamet ettiği ev ve oda ile ilgili olanını bu kitaba da almanın yararlı olacağını zannediyorum:

Fethullah Gülen Hocaefendi'nin Kaldığı Ev ve Oda

BBC adına röportajı yapan Tim Franks, Pennsylvania'daki yerleşkeyi gezdiğini anlatırken *"Rezidansın büyüklüğü göz önünde tutulursa, Fethullah Gülen'in ufacık yatak odası, sürpriz oluşturuyor."* demişti. *"Sayın Gülen, fotoğraflarda sık sık gösterilen büyük binalarda değil, yanındaki daha küçük binada yaşıyor."* sözünü eklemişti. Hocaefendi'nin odasındaki sadeliği ve tevazuu görünce şaşırdığını dile getirmişti.

Ne gariptir ki havuz medyası ona da bir yorum buldu; "Şoförün ya da kapıcının kaldığı yeri Hoca'nın odası diye göstermişler!" şeklinde haber yaptı. Hâlbuki kendi patronları ve üst düzey yöneticileri de buraya gelip, Hocaefendi'nin mütevazı hayatını bizzat müşahede etmişlerdi.

Garaz bataklığında çırpınıp duran bazı kimseler, herkesi kendi dünya tutkuları ve yaşama arzuları zaviyesinden değerlendirerek çiftliklerden, villalardan, lüks hayattan ve şatafattan bahsedip dursalar da Hocaefendi tam 15 senedir şu hasır döşeli tek odacıkta sabahlıyor akşamlıyor.

Hocaefendi'nin odası bir paravanla ayrılmış iki bölmeden oluşuyor. Birinci kısım ilk resimde gördüğünüz çalışma masasının ve kitaplarının da yer aldığı bölüm. İkinci kısım ise, yatak, teheccüd mushafı ve ekseriyetle kullandığı seccadesinin olduğu kısım. (Maalesef bazıları yatağın ayak yönündeki tabloları bile (istirahat ederken ayete karşı ayak uzattığını söyleyerek) karalamak için kullandılar. Keşke haram hatta mekruh bile olmayan, sadece edepten sayılan bir konuya gösterilen hassasiyet (!) yalan, gıybet, iftira, yolsuzluk, hırsızlık ve her türlü haramîliğe karşı da ortaya konsaydı. Kaldı ki -resimde de göreceğiniz üzere- Hocaefendi'nin ayakucunda bir ağaç işleme bulunmaktadır; hem o hem de ayak hizasının sağında kalan "Vemâ tevfîkî illâ billah" ayeti aynı hassasiyetle insan boyundan yükseğe yerleştirilmiştir.)

Fethullah Gülen Hocaefendi, kendi odasının ve dersler/ sohbetler için kullandığı salonun kira bedeliyle beraber diğer masraflarına karşılık her ay düzenli olarak vakfa bağışta bulunmaktadır. Kira yerine bazen bağış denmesi sadece ıstılaha riayetten kaynaklanmaktadır zira Hocaefendi, bir odanın kirasından çok daha fazla bir bedel vermektedir.

Dahası bu oda, Türkiye'de olsa yirmi-otuz kişinin kalacağı bir öğrenci yurdu bile yapılamayacak kadar namüsait bir binada yer almaktadır.

Sen bilinmedik ne insiyaklarla kuruldun,
Gelip geçen binlerce yârâna uğrak oldun;
Dilerim için de göründüğün gibi olsun,
Ufkunda her dem rûhanî nağmeler duyulsun...

* * *

Yukarıda gördüğünüz bina -14 yıl boyunca- geçen seneye kadar bu hâldeydi. Genel itibarıyla, bulunduğu yerin imar planına göre sadece sekiz-on insanı bağrında barındırabilecek şekilde inşa edilen ahşap bina, kaderin cilvesiyle gelip kanatları altına sığınan misafirlerini kaldırabilecek özelliklere sahip bulunmuyordu. Öyle ki onun uzun süreli bazı mihmanları ancak çatı katında, tavan arasında minik barınaklar kurmak zorunda kalıyorlardı. Ne namaz kılınan salon ne de yemekhane, konuklarına rahat nefes aldırıyordu. Kimi zaman mahcup bir talebenin "Lütfen secdeye giderken dizlerinizi hızlı vurmayın; yoksa..." sözü duyuluyor; müttaki evimizin de haşyetle secdeye gitmesinden korkuluyordu. Evet, bu binada ne ses ne de ısı yalıtımından bahsetmek mümkün oluyordu. Odalar arasına çoğu sonradan çekilen duvarcıklar ne mahremiyeti mümkün kılıyor ne de sıcaklık ayarına imkân tanıyordu. Bundan dolayı geçen sene evimizde birkaç ay tadilat yapıldı; istinat direkleri güçlendirildi, yemekhane biraz büyütüldü ve bina şu hâli aldı.

Muhterem Hocamız yukarıdaki resimlerde gördüğünüz binadan ve asıl odasından yalnızca birkaç ay tadilat ve tamirat sebebiyle ayrı kaldı. O süre içinde ve son iki Ramazan ayı itikâfında diğer binadaki şu odada ikamet etti.

Muvakkaten misafir olduğu o odada ilk göze çarpan eşya: Çalışma masasının tam ortasında ezan okuyan bir saat, o an üzerinde çalışılan dosyalar, tefarik şişeleri (farklı güzel kokuların belli ölçülerde karıştırıldığı küçük kaplar), diğer tarafta öğrenci evlerinde kullanılan türden yatak, teheccüd mushafı, seccade, acil durumlar için ilaç, pervane ve yelpaze.

Son bir husus: Bazı art niyetli gazete ve İnternet sitelerinin sürekli "malikâne" olarak gösterdiği aşağıdaki bina, Golden Generation Worship & Retreat Center'a ait ibadet, sosyal aktivite ve inziva merkezidir. Büyük mescid de bu binada olduğu için Cuma namazları, Bamteli sohbetleri ve Ramazan itikâfları burada yapılmaktadır.

Başta da ifade ettiğim gibi önyargılı ve suizanna kilitli insanların bu açıklamalarla ikna olmayacakları ve belki bunları da başka çarpıtmalara vasıta kılacakları muhtemeldir.

Dost ve arkadaşlarımı muhatap aldığımı ve ehl-i insafın hakikati vicdan süzgecinde değerlendireceğine inandığımı da belirtmeliyim.

Siyasal İslâm, Büyük Turp
ve Ak Kaşık

3 Nisan 2014

O nlarca seneden beri hakkında yazılıp çizildiği hâlde hâlâ üzerinde mutabakata varılamamış pek çok kavram vardır. İnsanların bakış açılarına ve müktesebatına göre farklı şekillerde içleri doldurulan bu kavramlar, şayet genellemeci bir üslupla ele alınır ve değerlendirilirse, fikir kaymaları yaşamak ve yanlış anlamalara yol açmak kaçınılmaz olur.

Mesela "demokrasi" mefhumu çeşitli toplumlar tarafından farklı şekillerde yorumlanmış ve değişik tarzlarda uygulanmıştır. Tarifi ve esasları üzerinde hâlâ tam bir anlaşma sağlanamadığı için demokrasi, çoğu zaman yanına başka bir tabir ilave edilerek "sosyal", "çoğulcu", "liberal", "muhafazakâr", "katılımcı"... gibi sıfatlarla anılır olmuştur. Dolayısıyla birinin demokrasi dediğine bir başkasının farklı bir adlandırmada bulunması da söz konusudur.

Mü'minler için daha sıcak bir tabir olan "Kur'ân Müslümanlığı" ifadesi de kavramların içlerinin farklı şekillerde dolduruluşuna bir başka misal olarak kaydedilebilir. Kur'ân, inananların şahsî, ailevî, içtimaî, iktisadî, siyasî ve idarî hayatını tanzim eden bir kanunlar mecmuasıdır; aynı zamanda başta

Sünnet olmak üzere diğer şer'î delillerin temel kaynağıdır. Bu zaviyeden, her mü'min bir Kur'ân müslümanıdır. Ne var ki son senelerde "Kur'ân Müslümanlığı" sözüyle, özellikle Sünnet'i ve diğer edille-i şer'iyeyi dışlayarak İslâm'ı yalnızca Kur'ân'a göre yorumlama iddiasındaki bir anlayış nazara verilmektedir. Böylece özünde hoş ve şirin bu kavram hiç de masum olmayan bir kısım telakkilere alet edilmektedir.

Bu itibarla belli bir kavram üzerinden konuşan insanların ve muhataplarının o mefhuma yüklenen manaları çok iyi belirlemeleri ve değerlendirmelerinde genelleyici ifadelerden elden geldiğince uzak durmaları lazımdır ki hem düşünce inhirafı yaşanmasın hem de hakikatler yanlış anlamalara kurban edilmesin.

Hizmet ve Siyasal İslâm

Maalesef bu hususlara dikkat edilmediğinden olsa gerek, "Siyasal İslâm" kavramıyla ilgili yazı ve söylemlerde de çoğunlukla uç yorumlar nazara çarpıyor. Din ve siyaset ilişkileri incelenirken ifrat veya tefritlere giriliyor:

Bazıları dinin siyasetle hiç alâkası olmadığını söylerken, kimileri de din sistemini tamamen siyaset gibi gösteriyor, onu dünyevî bir ideoloji şeklinde takdim ediyorlar.

Bir kısım insanlar, Siyasal İslâm'ın çerçevesini alabildiğine genişletip siyasetle de dine hizmet edilebileceği inancındaki herkesin üzerini çiziyor ve bir tür aşırılık sergiliyorlar. Bazıları ise Kur'ân'a daha çok siyaset nazariyeleri zaviyesinden yaklaşıyor; ona bakarken hep değişik devlet modelleri arıyor ve onu siyasî söylemlere malzeme görerek başka bir aşırılığa yuvarlanıyorlar.

Bazı kimseler fert, aile ve cemiyetin ahengi konusunda idare ve hükûmetin tesirini bütün bütün görmezden gelirken; diğer bazıları idarî, iktisadî ve siyasî meseleleri "ümmühât"ın yerine koyup iman, İslâm ve ihsan konularını tali derecede mütalaa edebiliyorlar.

Dahası bu ifrat ve tefritler gidip Hizmet Hareketi'ni Siyasal İslâm'ın rakibiymiş gibi görüp gösterme yanlışlığına kadar uzanıyor.

Hâlbuki Hizmet Hareketi'nde esas olan, Hazreti Bediüzzaman'ın ifadesiyle, "kendi mesleğinin muhabbetiyle hareket etmek"tir. İnsanın, kendi mesleğinin muhabbetiyle hareket etmesi, başka yol, yöntem ve ekollere rakip olmasını, husumet duymasını ve başkalarını eksik görüp hafife almasını gerektirmez.

Herkes gibi Camia'ya gönül veren insanlar da -yine Hazreti Üstad'ın ifadesiyle- "Mesleğim haktır." yahut "Daha güzeldir." diyebilirler fakat başkasının mesleğinin haksızlığını veya çirkinliğini ima eder şekilde "Hak yalnız benim mesleğimdir." veyahut "Güzel benim meşrebimdir." demek insaf düsturuyla bağdaşmaz.

Bu itibarla, siyasete meyilli farklı yol ve yöntemlerle dine hizmet etmeye çalışan çok samimi müslümanların bulunduğu da görmezlikten gelinmemeli ve o insanlar sırf siyasî tercihlerinden dolayı ademe mahkûm edilmemelidir.

Mısır ve Tunus gibi ülkelerdeki bazı İslâmî hareketler "Siyasal İslâm" başlığı altında değerlendirmeye tabi tutulurken ve bir kısım eksikler/hatalar dile getirilirken de onlar içinde hâlisane dine hizmet sevdalısı pek çok insanın mevcudiyeti her zaman göz önünde bulundurulmalıdır.

Bütün bu hususlarla beraber bilinmelidir ki "müsbet hareket"i esas edinen Camia'nın ister dar ister geniş manasıyla Siyasal İslâm'la ya da gerek siyaset yolunu tercih eden fertler gerek AKP gibi partilerle hiçbir alıp veremediği yoktur.

Hizmet Hareketi'nin yurt içinde ve yurt dışında Siyasal İslâm'la ilgili bir gündemi ya da Siyasal İslâm'ı bitirme gibi tuhaf bir hedefi asla söz konusu değildir.

Büyük Turp Operasyonu

Geçtiğimiz aylarda özellikle sosyal medyada, bir kısım ses kayıtlarının yayımlanacağından bahsedilmiş sonra bir İnternet habercisi, deşifre edilmesi beklenen kasetlerin içeriğine dair bir yazı yazmıştı. Nihayet hemen herkeste 25 Mart'ta ortaya çıkıp halkı dehşete düşürecek bir "büyük turp" beklentisi oluşmuştu.

O günlerde, ortaya çıkması muhtemel kasetleri anlatan bir köşe yazısını muhterem Fethullah Gülen Hocaefendi'ye birkaç cümleyle özetlemiştik. Hocamız anında "İnşaallah doğru değildir!" deyip iki büklüm olmuş; hemen gözleri yaşlarla dolmuş ve nefis mahkûmları için ağlamıştı. Sonra da ellerini kaldırıp "Rezil rüsva etme Allah'ım; onlardan dolayı inananları da daha fazla yere baktırma Rabbim!" duasını yapmış ve Mevlâ-yı Müteâl'e sığınmıştı.

Şimdilerde anlaşılıyor ki o şayia maksatlı şekilde ortaya atılmış; böylelikle birkaç hedef gözetilerek bir operasyon yapılmış ve bu arada yine Camia zan altında bırakılmaya çalışılmış.

Aslında bu türlü oyunlar ve tuzaklar sadece geçtiğimiz aylara mahsus değil. Son senelerde ortaya saçılan kaset haberleriyle öğrendik ki ağını kurmuş avını gözleyen bir kısım yaratıklar, gizli kameraların, dinleme cihazlarının başında senelerce her an hazır beklemişler; bitirmeyi planladıkları kimselerin hata yapmalarını, sürçüp düşmelerini ve bataklığa sürüklenmelerini intizar etmişler. Sonra elde ettikleri malzemelerle (!) toplum mühendisliğine girişmişler. Dahası yapıp ettikleri bütün çirkeflikleri bir kısım masum insanların üzerine atarak bir taşla iki kuş vurma hedefi gütmüşler.

Hâlbuki bir mü'minin o türlü çirkinlikleri onaylaması ve hele öyle komploların içinde yer alması asla düşünülemez. İslâm, nefis, aile ve özel hayat açısından insanlara teminat vermiş; şahısların dokunulmazlığını çiğnemeyi ve aile mahremiyetlerini ortadan kaldırıcı davranışlarda bulunmayı yasaklamıştır. İnsanların noksanlarının araştırılmasını, hatalarının ortaya dökülmesini, günahlarının fâş edilmesini ve şahsî hayata dair sırlarının açığa vurulmasını ahlâksızlık saymıştır.

Tarikat-ı Muhammediye üzerine yazılan şerhlerden biri olan Berika'nın müellifi İmam Hâdimî der ki: "Bir mü'mini zina hâlinde bile görsen, hemen onun hakkında hükmünü verme. Gözlerini sil, 'Allah Allah, bu insan böyle çirkin bir işi yapmaz!' de; dön bir kere daha 'O mu?' diye kontrol et. O ise 'İhtimal yine yanlış gördüm.' de; bir kere daha gözlerini yalanla ve onları silip tekrar bak. Eğer hâlâ o insanı o kötü iş üzerinde görüyorsan, 'Ya Rabbi! Onu bu çirkin hâlden kurtar, beni de böyle bir günaha düşürme!' deyip çek git."

Muhterem Hocamız, bu hadiseyi defalarca nakletmiş ve her defasında şu hissini dile getirmiştir: "Hazreti İmam'ı pek severim, ona karşı çok hürmetim vardır ama bu sözlerini fazla bulurum. Bence, görsen ki bir mü'min bir yerde böyle kötü bir hâldedir; gözüne iliştiği ilk anda, meseleyi tecessüs etmeden, tam teşhis ve tesbit peşine düşmeden, o sevimsiz fotoğraflar gözünden gönlüne akarak fuad kazanında eriyip bir hüküm kalıbına girmeden, 'Allah'ım! Günahkâr kullarını hidayete erdir, beni de affet!' demeli, sırtını dönüp oradan uzaklaşmalı ve gördüğünü de unutmalısın."

Camia'ya gönül veren insanlar, işaret ettiğim İslâmî esaslara ve muhterem Hocamızın bu hissine hep bağlı kalmışlar; başkalarının günah avcılığına katiyen kalkışmamışlar ve sözü edilen kasetlerin çekimini de neşrini de şiddetle kınamışlardır fakat maalesef, onların bu hassasiyetine rağmen, bir kısım şer şebekeleri ve müfteriler de hedef şaşırtarak hemen her hadise sonrasında Camia'yı işaretlemekten ve her kötülüğü Cemaat'e mal etmekten geri durmamışlardır.

İşin doğrusu "pornocu abiler" diyen edepsizlere karşı söylenecek çok söz var! Ne ki namus bildiğimiz üslubumuz onların seviyesizliğine düşmemize mani oluyor. Müfteriler hiç utanmadan iftiralarına devam etseler de biz bir kere daha şu hususu ikrarla yetinelim:

Hizmet gönüllüleri her iffetli mü'min gibi "porno" sözünü bir cümlede görünce ya da duyunca dahi kulaklarına kadar kızaran insanlardır. Başbakan, meydanlarda *"Kendisinden önceki (Baykal'ı kastediyor) beline hâkim olamadı. Hâlâ bu medya, bu siyasiler 'İnsanın özeline karışıyor.' diyorlar. Yahu kendi eşiyle mi bir şey oluyor da özel oluyor. Bu özel değil, bu genel genel. Bu genel bir ahlâksızlıktır..."* demişti. Kur'ân talebelerinin "genel, genel..." denilen kasetlerle de özel kabul edilen görüntülerle de hiçbir zaman işleri ve alâkaları olmamıştır/ olmayacaktır.

Öyle inanıyorum ki her kaset haberi yeni bir operasyonun işaret fişeğidir; ekseriyetle hedeflerden biri de Camia'dır ve o çirkinlikleri Hizmet gönüllülerine isnad edenler büyük ihtimalle o operasyonun birer parçasıdır.

Nitekim Deniz Baykal kaseti ile ilgili olarak ortaya çıkan ses kayıtları ve Kemal Kılıçdaroğlu'nun *"Ben izledim. Başbakan Erdoğan'a o görüntüyü izletenler Erdoğan'ı da görüntüye alıyorlar. O konuşmalar internete düşen konuşmalardır. Haberi olmadan o bilgisayarın kamerasından da görüntüleniyor. Ben bu kadar aşağılıkça yalan söyleyen adam görmedim. Sayın Baykal da bu durumu biliyor ve bu nedenle Erdoğan'ı mahkemeye veriyor."* şeklindeki beyanatı da ortaya koymuştur ki bazı ahlâksız ve karanlık kimseler gizli çekimler yapmış, elde edilen görüntüler muktedirlerce her tarafa yayılmış, böylece bir parti dizayn edilmiş ve nihayet bütün suç pek çok hadisede olduğu gibi Camia'nın üzerine atılmış.

Yazıklar olsun komploculara! Yazıklar olsun müfterilere!

Camia, Sütten Çıkmış Ak Kaşık mı?

Camia'yla gönül bağı bulunan insanlar aylardır hemen her yazı ya da konuşmalarında "gayr-i vaki beyan", "yalan" ve "iftira" gibi kelimeleri kullanmak zorunda kalıyor; çirkin isnatları tekzip etmekle uğraşıyorlar.

Peki, Hizmet gönüllüleri kendilerini hatasız ve günahsız mı görüyorlar?

Tabii ki hayır!

Adanmış ruhlar, olup biten hadiseler karşısında mutlaka muhasebe yapıyor, hatalarına istiğfar ediyor ve kendilerince bir yol haritası belirliyorlar.

Zannediyorum bu yüce mefkûreye dilbeste olmuş insanların tamamı günde en az birkaç defa kendilerini sorguluyor ve vicdanlarına şu soruları soruyorlar:

Acaba azami zühd, azami takva ve azami ihlas istendiği hâlde ben bunlarda kusur mu ettim?

Yoksa hizmeti anlatırken kendi nefsimi mi nazara verdim?

Kim bilir, belki de Allah'ın lütfettiği başarıları kendimden bildim?

Bazı makam, mevki ve imkânlara ulaşınca rekabete girme ve kendi kardeşini bile çekemez olma hastalığına mı yenildim?

Herhâlde lütf-u ilahî olan hizmet imkânlarını gereğince değerlendiremedim?

Evet, günde beş on defa ben de bu soruları kendi nefsime yöneltiyorsam, hiçbirini kendimden dûn görmediğim Hizmet erleri mutlaka çok daha derin muhasebelerle nefis sorgulaması yapıyorlardır.

İmada bulunduğum hataların bir kısmı, benzerleri ve belki hepsi bazılarımıza şefkat tokatı olarak geri dönmüş olabilir.

Belki de Câmia olarak hüsnüzanda aşırı gitmiş ve zıp orada zıp burada duranlara karşı adem-i itimadı göz ardı etmişizdir.

Bütün bu kusurlardan dolayı yapılabilecek tenkit ve ikazlara hazır olmamız da yine imanımızın gereğidir.

Ne var ki hiçbir zaman kendi devletimize, iktidara ya da belli şahıslara meydan okumayı aklımızdan geçirmedik.

Damarına basılmış çok az sayıdaki acul fıtratlılar ve ham ruhların bir iki fevrî tavrı istisna edilecek olursa, maruz kaldığımız algı operasyonuna, nefret suçuna, tahrik edici dile ve provokatif söylemlere rağmen üslubumuzu asla bozmadık.

Bazıları inanmamakta ısrar etse de Camia'nın herhangi bir partiyle ittifakı kesinlikle söz konusu olmadı. Nitekim değişik bölgelerde, liyakatli aday tercihi neticesinde, hemen her partiye oy vermiş Hizmet gönüllüleriyle karşılaşmak mümkündür.

Hâsılı, Camia, iktidar çevresi ve havuz medyası tarafından öfkeli itham, hakaret ve iftiralarla yürütülen bir linç girişimine maruz kalmış ve bunun sonucunda bitirilmek istenen her fert, kurum ya da topluluğun hukuk çerçevesinde yapacaklarını yapmıştır. Hizmet gönüllüleri, dün olduğu gibi bugün de dine, millete ve insanlığa hizmet etme derdinde ve sadece kanunî/demokratik haklarının peşindedir.

Habeşistan'dan Etiyopya'ya
"Birleşen Gönüller"

31 Mayıs 2014

Mekke'deki müşriklerin işkenceleri, Medineli mü'minlerin "Bize gelin" davetleri ve bir de Kur'ân mesajını âleme duyurma gayretleri gibi sâiklerle hicret etmişti Sahabe.

Mefkûre muhaciriydi onların her biri... Yolculuklarının farklı sebepleri olsa da Efendimiz'in yâdını bayraklaştırmaktı asıl dertleri.

Evvela, "Size su bile yok!" diyen zâlimlerin günden güne artan eza ve cefâları karşısında bir ses duyulmuştu mükerrem beldenin ışık evlerinde:

"O hâlde yeryüzüne dağılın; Allah Teâlâ sizi yine bir araya getirir!" sözü kevser olmuştu susamış gönüllere.

Sahabîler'in "Nereye gidelim?" sorusu üzerine, "Yanında hiç kimsenin zulme uğramadığı bir idareci"nin hayali gelmişti Resûl'ün zihnine.

Söz Sultanı'nın "doğruluk yurdu" dediği belde-yi Necâşî kucak açmıştı o ilk muhacirlere ve daha sonra hicret erleri de yurtları da çoğalmıştı peşi peşine.

Aslında hicret diyarları da muhtaçtı Hazreti Osman'a, Hazreti Zübeyr'e, Hazreti Cafer'e... Müştaktı Hazreti Rukiyye'ye, Ümmü Seleme'ye ve Hazreti Sehle'ye.

Zalimler zulmetse de kader beraber su serpmekteydi muhacirlerin yollarına ve ayyüzlü bahçıvanlara hasret topraklara...

O gün öyleydi ama sonra da ne hicret bitti, ne mefkûre yolcuları eksildi ve ne de muhacirlere kucak açacak beldeler/ âdil liderler tükendi.

Şu kadar var ki tarihî hâdiseler aynıyla değil, misliyle cereyan eder.

Ashâb-ı Kirâm'ın hicreti de özdeki benzerliğe rağmen hemen her dönemde farklı şekilde yaşanmıştır/yaşanacaktır.

Bazen inançsızlar arasından çıkmıştır zalimler, kimi zaman da mü'minlerin içinden.

Fakat hemen her asırda bir kere daha duyulmuştur "Size su bile yok!" tehditleri.

Tehditlere boyun eğecek değildir hizmet erleri fakat, kavga ve inatlaşmaktan da uzaktır seciyeleri. "Bunda da vardır Allah'ın bir hikmeti!" deyip yola devam etmektir düşünceleri.

İşte bugünkü haber: "12. Türkçe Olimpiyatları Etiyopya'nın başkenti Addis Ababa'daki programla başladı."

Hakk'a adanmış ruhlar öz yurtlarında garip, öz vatanlarında parya muamelesi görseler de onlara gönüllerini açtı bütün dünya insanlığı.

"Ülkemde istediğiniz kadar kalabilir ve istediğinizi yapabilirsiniz!" dedi dün Habeş Kralı, bugün Etiyopya Cumhurbaşkanı.

Asya'dan Avrupa'ya Amerika'dan Avustralya'ya kadar pek çok ülke yeryüzünün sevgi çiçeklerine sundu bütün salonlarını.

"Dünyanın renkleri" el ele verdi; bir basamak daha yukarı taşıyarak "Uluslararası Dil ve Kültür Festivali"ne dönüştürdü Türkçe Olimpiyatları'nı.

Hayır hayır maksadım katiyen o değil! Herhangi bir mü'mini Mekke müşriklerine benzetmekten veya günümüz hizmet gönüllülerini Sahabe'ye eş tutmaktan Allah'a sığınırım. "Habeşistan yorumları"nın organizasyon sorumlularını rahatsız ettiğinden de haberdârım.

Mevlâ'ya dayananların hiç durmadan yürüyeceklerini, gönül kapılarının onlara musahhar kılınacağını ve kendi dindaşını en tabii vatandaşlık haklarından mahrum edenlerin burada olmazsa ötede hicapla ağlayacaklarını hatırlatmaktır muradım.

Türkçe Olimpiyatları Sürgünde

21 Haziran 2014

Yerel seçim mitinglerini de Fethullah Gülen Hocaefendi'ye ve Hizmet Camia'sına karşı husumet üzerine bina eden AKP Genel Başkanı ve Başbakan Erdoğan, her gün yeni birkaç hezeyanla taraftarlarının karşısına çıkıyordu.

Bir gün "Bunların gazetelerini almayın!" diye bağırıyor; ertesinde "Çocuklarınızı onların okullarına katiyen gönder-meyin!" şeklinde milleti azarlıyordu. 21 Mart'taki Erzurum konuşmasında bu kez de Türkçe Olimpiyatları'nı hedef almışt-tı. Dudaklarından taşan öfke ve nefret, fırsat kollayan yaran-larını da heyecana getirmişti. Hizmet'in aktivitelerine kesin-likle müsaade edilmeyecek, hiçbir programlarına imkân ta-nınmayacaktı. Camia'nın Peygamber Efendimiz'le alâkalı top-lantıları dahi engellenmeye çalışılacak; o günlerde devam eden Kutlu Doğum (Herkes O'nu Okuyor) ödül törenleri için kira sözleşmesi tamamlanmış olan yerlerin anlaşmaları birer birer iptal edilecekti.

Evvel de dediğimiz gibi biat ettirmeyi denemişti; olmadı. Alternatif kurmaya çabalamıştı, yapamadı. Şimdi de tenkîli hedefliyor, Hizmet'in hiçbir faaliyetine tahammül gösteremi-yordu fakat nafileydi. Haset, sadece sahibini yer bitirir; sevgi insanları vazifelerini devam ettirmenin bir yolunu bulurlardı.

Kuvvetin Çıldırtıcılığı ve Hırçınlığın Böylesi!

Erdoğan'ın, *"Bundan sonra Türkçe Olimpiyatları yapamazlar. Artık bitti o iş. Bizden salon alacaklar. Geç o işleri geç. Kapandı o defter kapandı."* sözü, yardakçıları tarafından bir talimat olarak kabul edilmiş; engelleme tavrı adeta valilik ve belediyelerce bir kampanyaya çevrilmişti. Ya Rabbi, ne kadar da çok kralcı vardı!

Olimpiyatları düzenleyen Türkçe-Der, illerden stat ve salon taleplerinde bulunmuş ancak AKP'li belediyeler ile valilikler, farklı bahaneler ileri sürerek istekleri geri çevirmişti; kimisi tadilat, kimisi güvenlik ve kimisi de yoğunluk gibi hiçbir gerçekliği olmayan sebeplerle statları ve salonları verememişti. Türkiye genelinde 40'tan fazla şehirde, 28 Mayıs-8 Haziran tarihleri arasında yapılan yer müracaatlarının tamamı reddedilmişti. Ayrıca önceki senelerde gösterilere sponsor olan firmalar bizzat hükûmet üyeleri tarafından aranmış ve bütün desteklerin geri çekilmesi sağlanmıştı.

Merkezi hükûmet, valilikler ve belediyeler eliyle külli bir engelleme karşısında Hizmet erleri Allah'a tevekkül etmiş; "Biz programlarımızı evlerimizin önünde, bahçemizde, tarlalarımızda yine yaparız!" demişlerdi hatta duyarlı vatandaşlarımızdan "Benim şu kadar dönümlük bir arazim var; onu size tahsis etmek istiyorum!" teklifleriyle karşılaşmışlardı. Bununla beraber, atmosferin daha fazla gerilmesini istemiyor ve işi inada bindirmekten imtina ediyorlardı. Sonunda "Bunda da vardır bir hayır!" diyerek olimpiyatları yurt dışında yapmaya karar vermişlerdi.

Adeta kendi vatanından sürgün edilen Türkçe Olimpiyatları, yüz kırk beş ülkedeki eleme ve gösterilerden sonra 31 Mayıs'ta Etiyopya'da başladı. 15 Haziran'da Romanya'da devam etti. Nihayet 21 Haziran'da Almanya'da görkemli bir kapanış töreniyle sona erdi. Bu ülkelerde gerçekleşen şölenlere yerli üst düzey yöneticiler de katıldı. Canlı bağlantılarla oradaki coşku yine bütün dünyaya yayıldı.

Dostun Varsa, Hiçbir Yol Uzun Sayılmaz

Önceki senelerde yapmamış olmasına rağmen Fethullah Gülen Hocaefendi, Türkçe Olimpiyatları'nın Almanya'daki finaline yazılı bir mesaj gönderdi.

"Yeryüzünün farklı coğrafyalarında öfke, nefret ve savaşın hüküm sürdüğü bir zaman diliminde bazı kimseler hilm, sevgi ve barışa giden yolu çok uzak ve uzun görüyorlar. Hâlbuki bir Japon atasözünde şöyle denilir: 'Yanında iyi bir dostun varsa, sana hiçbir yol uzun değildir.' Dünyanın 145 ülkesini temsil eden binlerce dostun, bugün Almanya'da bir araya gelip şu güzel tabloyu sergilemesi saygı, anlayış, sevgi ve barışın hâkim olacağı 'yeni bir dünya' hedefine giden yolun sanıldığı kadar uzak ve uzun olmadığını gösteriyor." diyerek sözlerine başladı.

Hocaefendi, mesajını şöyle tamamladı: *"Şimdi o salonu dolduran ve şu anda dünyanın farklı yerlerinde olmalarına rağmen kalbini oraya bağlayan bütün muhabbet erlerine selamlarımı yolluyorum. Ve siz... Ey dünyanın renkleri... Birleşen gönüller... Sevgi okullarının öğrencileri! Hiç durmayın, yürüyün; Almanya'daki şu tarifsiz güzelliğiniz yayılsın bütün dünyaya! Yağmur yüklü bulutlar gibi sevinç olup, neşe olup, ümit olup, sevgi olup şakır şakır yağın her yana! Yağın ki muhabbet, hoşgörü, dostluk ve barışa susamış kupkuru gönüller dönüversin Cennet bağlarına."*

Kanaatimizce, program esnasında dünyanın dört bir yanındaki arkadaşlarımız Hocamızın hissiyatını merak ediyorlardı. Biz de birkaç mesaj ve fotoğrafla gönlümüzün onlarla beraber bulunduğunu ifade etmek için can atıyorduk. Sırf sevgi okullarının, fedakâr öğretmenlerinin, ümit vesilesi öğrencilerinin ve bütün emeği geçenlerin hatırına bir kere daha ekran başındaydık.

Muhterem Hocamız, programın kazasız belasız tamamlanması için sürekli dua ediyor; sahneye çıkan öğrencilerin hidayetini diliyor; çocukların Türkçe'ye hâkimiyeti karşısında memnuniyetini dile getiriyor ve kendi mesajı okununca salonda kopan alkış fırtınasına "selam"la cevap veriyordu. Gözleri çoğu zaman ekrandan ziyade uzaklardaydı. O salonda yer alan herkese, özellikle "havf" engeline takılmayıp oraya koşmuş "bilinirler"e rahmet/bereket duası gönderiyordu.

O anda Hocamızın yanında bulunan birkaç kişi, bir taraftan ekrana yansıyan Yusuf yüzlüleri, diğer yandan onları okyanus ötesinde şefkatle izleyen yaşlı gözleri seyrediyorduk. Kaş ile göz arasında yazmaya çalıştığımız Twitter mesajlarıyla bu sevgi ve şefkat teatisinden bütün dostlarımızı haberdar etmeye çabalıyorduk.

Hocaefendi, ömür boyu hep mahzun yaşamıştı, bu dönemde de çok hüzünlüydü; şükürler olsun, Türkçe Olimpiyatları vesilesiyle gülümseyen birkaç kare yakalamak mümkün olmuştu.

(Muhterem Fethullah Gülen Hocaefendi, dualar eşliğinde dünyanın sevgi çiçeklerini seyrederken.)

(Türkiye'nin kabusa benzeyen hâlinden dolayı kederlenen muhterem Hocamızın yüzü, aylar sonra Türkçe Olimpiyatları vesilesiyle biraz güldü.)

AKP Zulmünden Bir Kesit

A slında dünyanın 160 ülkesindeki Türk okullarının dil ve kültür şöleni olan ve her yanda adından söz ettirip bir marka hâlini alan olimpiyatların, bu sene Türkiye'de yaptırılmaması zulüm deryasından sadece bir damlaydı.

Maalesef AKP, özellikle son bir senede Gezi olayları, yolsuzluk soruşturmaları ve seçim süreci boyunca toplumun her kesimine yönelik ayrımcılık, nefret söylemi, baskı ve kanunsuzluğun kaynağı oldu. Türkiye, Avrupa Birliği'ne katılım müzakereleri yürüten bir ülke olarak özgürlükleri geliştirecek ve ileri demokrasiyi temin edecek adımlar atması gerekirken, kendi vatandaşına gadreden bir memlekete dönüştü.

Hele son yerel seçimlerde, bir miktar oy kaybetmiş olmasına rağmen, AKP yine birinci parti çıkınca, muktedirler bunu zulmün vizesi saydılar ve adeta çıldırdılar. Bu cümleden olarak, Hizmet Hareketi'ni hükûmeti devirmeye çalışan silahlı bir terör örgütü şeklinde göstermek için her yola başvurdular ve bu gayeyle eşi benzeri görülmemiş bir cadı avı başlattılar.

"Türkiye, baskı ve yasaklar ülkesi oldu!" başlığıyla Zaman gazetesinde yayınlanan haberden de istifade ederek, bu dönemin bazı hukuksuzluklarını nazara vermekte fayda mülahaza ediyorum.

Fişleme ve Kıyım

Taraf Gazetesi'nin 17 Ocak 2014'te manşetten yayımladığı bir belge ile mütedeyyin kesimleri hedef alan yeni bir izleme ve fişleme skandalı ortaya çıktı. Habere ve yayınlanan belgeye göre MİT, Başbakanlık talimatı ile harekete geçirilmiş; teşkilat elemanlarına, PDY olarak kısaltılan Paralel Devlet Yapılanması adı altında tüm dini grupların sıkı takip edilmesi emri verilmişti. Bu utanç verici fişlemeler esas alınarak, 17 ve 25 Aralık operasyonlarını yürüten emniyet ve yargı kadrosu başta olmak üzere, on binlerce polis sürgün edildi; savcı ve hâkimden mahkeme kalem ve mübaşirlerine kadar binlerce yargı mensubunun yerleri değiştirildi. Haklarında idari hiçbir soruşturma açılmayan, tayin ya da yer değişikliği talebi olmayan hatta şark görevlerini bile tamamlamış bulunan binlerce memur ve amir görevden alındı; çokları kendi uzmanlık alanlarının dışında pasif işlere atandı.

Bu cadı avı sürecinde THY'de çalışan, AKP İl Başkanı Aziz Babuşcu'nun yeğeni Kemal Babuşcu'nun 'paralelci iddiası' ile işten atılması, fişleme tarihine geçti. THY'de 40'tan fazla birim amiri Fatih Üniversitesi mezunu olduğu gerekçesi ile görevden alınmıştı. Babuşcu, Facebook'ta şu mesajları yazdı: "Değerli arkadaşlarıma duyurulur: Paralellik iddiası ile THY'den atıldık. Fitnenin boyutlarını görün. Size de yakında gelebilir. Allah sonumuzu hayır eylesin."

Dinî cemaatlerin devlet eliyle takip edilerek fişlendiği ortaya çıktıktan sonra toplumun büyük bir kesimi iktidarın acımasız yüzü ile karşı karşıya kaldı. Kendisine muhalif bütün cemaatleri hasım belleyen iktidar, onların faaliyet ve kurumlarına adeta savaş açtı.

Yasaklar ve Medyaya Baskı

17 ve 25 Aralık soruşturmalarından sonraki yasakçı tavır

sosyal medya platformlarını da vurdu. Yolsuzluklara ilişkin ses kaydı, fotoğraf ve belgelerin yayımlanmasına aracı oldukları gerekçesiyle YouTube ve Twitter kapatıldı. Anayasa Mahkemesi başta olmak üzere mahkemelerin yasağı kaldırma kararları haftalarca uygulanmadı.

Medya kurumlarına ve gazetecilere karşı önce akreditasyon hortladı sonra kurumların reklamlarına müdahale edildi; RTÜK eliyle yayın durdurma ve ağır para cezaları uygulandı. Özellikle muhalif görülen Samanyolu, Bugün ve Kanaltürk'ten başlanarak Halk TV, Ulusal Kanal ve Cem TV de dâhil pek çok yayın kuruluşuna trilyonlarca lira ceza kesildi. Yayın durdurma kararları alındı; bu kanallar belediye ve sitelerde yasaklandı. Gazeteciler, yazarlar ve muhabirler işlerinden edildi.

Kozmik Çalışma Grubu ve İşadamlarına İstibdat

Yolsuzluk ve rüşvet soruşturmalarından sonra TUSKON, TÜSİAD, TOBB üyesi iş çevreleri muhalif olmaları ya da Hizmet Hareketi'ne yakınlıkları sebebiyle hedefe konuldu.

Bank Asya'nın batırılması için iğrenç yollara başvuruldu; hatta rical-i devlet tarafından Bank Asya'nın operasyonlar öncesinde 2 milyar dolar kazanç sağladığı iftirası bile seslendirildi ve itibarsızlaştırma kampanyası başlatıldı; suç olduğu biline biline iş dünyası ve kamu kurumlarına bankadan paralarını çekmeleri için baskı yapıldı.

Bugün Gazetesi, Bugün TV, Kanaltürk gibi yayın kurumlarını bünyesinde barındıran İpek Holding'in İzmir ve Gümüşhane'de bulunan iki altın madeni haksız gerekçelerle durduruldu. Boydak Grubu'na yapılan Maliye denetimleri, şirketler üzerindeki baskıları gözler önüne serdi.

Hizmet Hareketi'ne yakın kurumların üzerine yerli yersiz müfettişler salındı. En son Emniyet, Maliye ve Ankara'daki bazı savcılar eliyle yapılan 'darbe toplantılarında' 100 bin işyeri ve işadamının fişlendiği meydana çıktı. Emniyette kurulan Kozmik Çalışma Grubu'nun fişleme ve suç üretme faaliyeti yaptığı ileri sürüldü.

Risalelere Bandrol Şartı ve Hortlayan İkna Odaları

Bu hukuksuzluklar, Risalelere kadar varıp uzandı. Kültür ve Turizm Bakanlığı tarafından sürdürülen 'Kanuni vâris olmadıkları' gerekçesiyle bandrol vermeme engeli, Risalelerin dünden bugüne karşılaştığı en büyük zulme dönüştü. Hükûmet yasal olarak hiçbir temele dayandıramadığı skandal denetim pulu uygulamasını kanunlaştırma yoluna giderek Risale-i Nurların basımını devletleştirdi. Plan ve Bütçe Komisyonu'na verilen madde değişikliği teklifiyle Risale-i Nurlar tamamen devlet tekeline geçmiş olacak.

28 Şubat'ta üniversitelerde kurulan ikna odalarının bir benzeri Milli Eğitim Bakanlığı tarafından Hizmet Hareketi'ne ait okullarda da uygulandı. "Siyasi propaganda yapılıyor!" iftirası ile okullara müfettiş baskınları gerçekleştirildi, 10-11 yaşındaki çocuklar sorguya çekildi. "Öğretmenleriniz devlet büyükleri hakkında konuşuyor mu?" "Atatürk'ü mü seviyorsun, Erdoğan'ı mı?" gibi sorular soruldu; veli ve öğretmenler tazyik altına alındı.

Hizmet Binalarının Gaspı ve Hocaefendi'nin İadesi

Erdoğan, 11 Haziran 2014'te belediye başkanlarına talimat verip, Hizmet'in belediyelerden satın aldığı veya kiraladığı bütün gayrimenkul ve arsaların geri alınması çağrısı yaptı. Bunun üzerine, Ankara, İstanbul, Antalya ve Bolu'nun başı çektiği illerde camiaya yakın eğitim kurumlarına satılan arsalar hiçbir gerekçe belirtilmeden, yeşil saha veya itfaiye alanı gösterilerek geri alınmak istendi veya üzerine hiçbir şey yaptırılmamaya başlandı.

Hizmet Hareketi'ne yakınlığı ile bilinen kolej, okul ve yurt gibi eğitim kurumlarının her icraatı mercek altına kondu. Milli Eğitim, Maliye ve belediye müfettişleri ile denetim birimleri ellerini bu okulların yakasına sabitlediler.

Fakat zulüm, sadece Camia ile sınırlı da kalmadı, muhalif olduğu düşünülen bütün hizmet gruplarına ve dini yapılara yöneldi. Antalya'da Belediye Meclisi, Hizmet'e ait Toros Koleji'yle beraber Süleyman Hilmi Tunahan Hazretleri'nin talebelerine ait yurda yönelik imar iptali kararını AKP'nin oyçokluğuyla verdi. Fatih Koleji'ne ait Bolu'daki okullar mühürlendi.

Hakkında hiçbir suç isnadı yokken ve herhangi bir soruşturma mevcut değilken, Fethullah Gülen Hocaefendi'nin Amerika'dan iadesi istendi. Başbakan konu ile alâkalı Amerika Başkanı Obama ile görüştüğünü söyledi ve "Ülkemin iç güvenliğini tehdit eden adam sizde, Pensilvanya'da dedim." şeklinde konuştu.

Dershane Tabelalarına Kadar Uzanan Zorbalık

Dershaneler, etüt merkezleri ve bazı kursların kapatılmasını öngören yasa değişikliği bütün itirazlara rağmen hayata geçirilince, Doğu ve Güneydoğu'daki öğrenciler ile dar gelirlilerin eğitim için umut kapısı kapatılırken, 60 bin dershane öğretmeni de işini kaybetmeyle karşı karşıya kaldı. Kanuna eklenen MEB kadrolarıyla ilgili madde ile 100 bin okul müdür ve yöneticisi görevlerinden el çektirildi. 3 Mart'ta kabul edilen yasa, bu satırlar yazılırken, hâlâ Anayasa Mahkemesi'nde görüşülmek üzere sıra bekliyordu.

Erdoğan'ın, gittiği her yerde "Bırakın bunların dershanelerini, 'Bize devletin okulları yeter!' deyin." sözlerini nefret vaizi edasıyla tekrar edip durması neticesinde dershanelerde yapılan MEB müfettiş incelemeleri 28 Şubat sürecindekilere rahmet okutacak bir kerteye ulaştı. Hatta bu konuda o kadar ileri gidildi ki İstanbul Büyükşehir Belediyesi önce Mecidiyeköy'deki FEM Dershaneleri'nin tabelasını, ardından Anadolu yakasındaki bütün tabelaları zorbalıkla kanunsuz şekilde indirdi. Kolejlerin reklam mecralarına dahi hazımsızlık gösterildi ve müdahale edildi.

Hizmeti Bitirme Planı

Bütün bunların ötesinde, İçişleri Eski Bakanı İdris Naim Şahin'in TBMM'ye verdiği soru önergesiyle, "Hizmet'i bitirme planı" kumpası deşifre oldu. Şahin, soru önergesinde Ergenekon ve Balyozcuların Hizmet Hareketi ile ilgili olarak tasarladıkları her şeyin iktidar tarafından da planlandığını söyledi. Daha sonra ortaya çıkan bir belge ile vahim iddia doğrulandı.

Önce Anayasal Suçlar Bürosu Savcısı Serdar Coşkun'un skandal yazısı sonra Emniyet Terörle Mücadele Daire Başkanı Turgut Aslan'ın otuz şehire gönderdiği talimatlar ortaya çıktı. Zaten Başbakan Erdoğan da bunu "Bir proje geliştiriyoruz, binlerce dava açılacak." diyerek itiraf etmişti. Savcı Coşkun'un, Emniyet'e verdiği talimatnamede yer alan taleplerle Camia'yı terör örgütü kapsamına sokma girişimi ayan oldu. Skandal talimatta, Danıştay saldırısı, Hrant Dink'in katli, Rahip Santoro suikasti ve Garih'in öldürülmesi gibi failleri belli yakın tarih cinayetlerinin bile Camia'ya yıkılmak istendiği ortaya çıktı.

Hayır, ne acı ki bu yazılanlar hikâye değil!

Erdoğan ve kılcallardaki adamları, ellerine çakı bile almamış, bir karınca incitmemiş, yeryüzünü karış karış dolaşmış ama bir çiçek çiğnememiş Hizmet gönüllülerini eli kanlı teröristler olarak göstermek için her günahı işlemeye hazır görünüyorlardı. Camia'ya rehberlik eden insanları hapse tıkamadan yürekleri soğumayacakmış gibi bir hâlleri vardı.

Özellikle iki senedir toplumun değişik kesimlerine karşı hakaretlerini olabildiğine artıran Erdoğan, sadece Hizmet Hareketi ve Fethullah Gülen Hocaefendi'ye yönelik üç yüzün üzerinde farklı hakaret cümlesini meydanlarda ve TV ekranlarında defalarca telaffuz etti. Cumhurbaşkanlığı yarışı dolayısıyla bir kere daha kalabalıkların karşısına geçince, nefret söylemini, ayrılıkçı tarzını ve hakaret dilini mübarek Ramazan ayında bile sürdürdü. Onca gayr-i vaki söz, onur kırıcı beyan ve yaralayıcı tezvirata rağmen, Hocaefendi yalnızca "Yakıştıramadım!" demekle yetindi.

"Eyyâm-ı Nahisât" ve Hocaefendi'nin Hissiyatı

∙———❦———∙

Fethullah Gülen Hocaefendi, gençlik yıllarından itibaren çile ve ızdırap içinde yaşamıştı. Dindarlara karşı düşmanlık edenlerin yanı sıra mü'min kardeşlerini çekemeyen haset ehlinin tazyikleri hiç eksik olmamıştı. Takip edilmeler, tutuklanmalar, mahkemeler, hapishaneler, sürgünler ve karalamalar yakasını hiç bırakmamıştı. 1980 ihtilalinden sonra köy köy, kasaba kasaba dolaşmış; girdiği her mekânda en fazla birkaç gece kalabilmiş; dışarıdan fark edilmeme gayretiyle aylarca sadece mum ışığında oturmuş, okumuş, ders anlatmış; darbecilerin hışmına uğramamak için tam altı sene sürekli yer değiştirmek zorunda kalmıştı. Senelerce ne âşık olduğu ilimle meşguliyetine fırsat verilmişti ne birinci vazife bildiği i'lâ-yı kelimetullah yolundaki faaliyetlerine müsaade edilmişti ne de vatanının havasını rahatça teneffüs etmesine müsamaha gösterilmişti.

Aslında dert, keder ve hüzünle arkadaştı. Problemler onu sarsmaz, bilakis hizmete iştiyakını ve Allah'a itimadını artırırdı.

Bu Zulüm Başka!

Fakat bu defaki musibet öncekilere hiç benzemiyordu. Küfür, nifak ve haset el ele vermiş; bir kökten kazıma planı uygulamaya konmuştu. Sanki bütün insanî, ahlâkî ve hukukî ölçüler bir kalemde silinmiş; ülke hiçbir mukaddes değer taşımayan derebeylerinin hâkimiyetine geçmişti. Darbeciler dahi şimdiki zalimler kadar sert, kaba, haşin, acımasız ve hoyrat davranmamışlardı.

Hadise, yalnızca basit bir saldırıdan ibaret değildi; asimetrik hücumlar söz konusuydu ve daha acısı, mütecavizlerin çoğu İslâm kisvesine bürünmüş kimselerdi. Hedef sadece Hizmet olamazdı; bazı mütefekkirlerin de ifade ettikleri gibi, 80-100 senelik kazanımların heder edilmesi tehlikesi vardı.

Dolu mekânlara ve donanımlı insanlara hırsızlar, kapkaççılar musallat olur. Cenâb-ı Hak, bazı kimselere güzel işler yaptırmıştı. Başka hiçbir icraatları olmasaydı, ihtimal müfredata koydukları "seçmeli Kur'ân dersi" bile onlara yeter, Cennet'e uçmalarına kifayet ederdi. Kapkaççıların başı şeytan, onları hiç rahat bırakır mıydı? İblis, onların kalblerine de üflemiş; kıskançlık, hazımsızlık, haksızlık hislerini tutuşturmuş; Müslümanlara zulmetmeleri için yüreklerine kötülük düşünceleri ekmişti; ta ki hayırlı faaliyetleri de kirlensin ve sevapları bir hırsızlığa kurban gitsin.

Yalnızca ehl-i nifakın şiarı olabilecek taarruzlar her gün üçer beşer cereyan ediyor; üst üste gelen hadiseler adeta selim aklın nöronlarını şaşkına çeviriyordu.

Özellikle son sekiz dokuz ayda "İğneli fıçıda gibiyim!" sözünü ne de çok duyduk Hocamızdan. Geceler boyunca kıvranıp duruyor, bir saat bile uyuyamıyordu. Kesintisiz altmış dakikalık istirahati arar olmuştu.

Onu dünyaya bağlayan bir sebep ya da zihnini gönlünü meşgul edecek baba, anne, eş, evlat yoktu. Dolayısıyla da iman hizmeti onun biricik sevdasıydı ve daima onu düşünüyordu. Kilitlendiği davasına gelebilecek en küçük zarar ihtimali uykularını alıp götürüyor; yatağından heyecanla kalkıyor ya bir inşirah vesilesi diye Kur'ân'a sarılıyor ya da az önce bıraktığı dua kitabını yeniden eline alıyordu.

Artık ne zamandır içine akıttığı gözyaşları da sinesine sığmamaya, namazlardaki hıçkırıkları bütün saflardan duyulmaya başlamıştı. Birkaç defa söylediği "Bütün ailem birden ölse bu kadar üzülmezdim!" sözü, gönlündeki ızdırabın anlaşılması için yeterliydi ama herhâlde mahzun hâli o türlü beyanların çok ötesinde manalar ifade ediyordu. Zaten çok gülmezdi, gayrı tebessümünü yakalamak da zorlardan zordu.

Olup bitenler karşısında üzülmemeyi vurdumduymazlık ve gaflet olarak görüyordu. Ne var ki hassasiyet, insanı dengesizliğe sürüklememeliydi. Elem ve keder, ümitsizliğe itmemeli; aklî ve mantıkî hareket etmeye de mani olmamalıydı.

Hocaefendi, sözden anlayan ve zamanı okuyabilen kimselerin doğrulara tercüman olmasını hasretle intizar ediyordu. Bazen "Bir iki yiğit çıksa da yeter artık dese!" düşüncesini seslendiriyordu fakat kendini ikbale, ücrete, yata-gemiye, menfaate bağlamış insanların konuşmalarını ummanın da abes olduğunu söylüyordu.

Her sabah "Bari bir tane müjdeli haber!" der gibi yüzlerimize bakıyordu ama gün günden karanlık geçiyordu. Yine kapkara bültenlerden haberdar olunca, *"Ya Allah'a yürekten teveccüh edemiyoruz ya da bir miadı var. Birisi duayla gürlemeyi, diğeri de sabırla beklemeyi gerektiriyor."* diyordu.

Teselli Noktaları

Bazen "hüzün senesi" üzerinde duruyor; aynı yıl Hazreti Hatice ve Ebû Talip'in ahirete yürümelerindeki derin manaları anlatıyordu. Cenâb-ı Hak, Resûl-ü Ekrem Efendimizin elinden esbabı almış; onu bütünüyle kendisine yönlendirmişti; nur-u tevhid içinde sırr-ı ehadiyet ortaya çıkmıştı. Sağda solda

Hizmet'e yapılanlar da cebr-i lütfî olarak bir "yalnızlaştırma" ve böylece bir "Kendine yönlendirme" şeklinde değerlendirilebilirdi. Demek ki biz O'na iradî olarak tam teveccüh edemeyince, O yine merhamet buyurmuş ve bizi kendisine cebren çekmişti. Bu açıdan da dua dua yalvarmak, O'nun takdirinden razı olduğumuzu ortaya koymak ve işi tamamen Sahibine bırakmak gerekiyordu.

Her gün birkaç defa teselli noktalarına başvuruyordu. Neydi teselli noktası? İnsanlığın en hayırlıları oldukları hâlde, seleflerimizin maruz kaldığı işkenceleri hatırlamaktı.

Peygamberlere neler denmemiş ve hangi işkenceler yapılmamıştı ki? "Kâhin" ve "sihirbaz" iftiralarını duymayan kaç tane nebi vardı? Küstahlık ve küstahlar hangi Resûlün peşini bırakmıştı? Yalanlanma, hakarete uğrama, işkence görme, sürgüne gönderilme, hicrete zorlanma hatta şehit edilme hemen bütün Hak dostlarının kaderi değil miydi? Dahası beşer Allah'a karşı dahi bühtanda bulunmamış, O'na çocuk isnat etmemişler miydi? Kur'ân *"Bundan dolayı neredeyse gökler paramparça olup dağılacak, yer parça parça yarılacak ve dağlar da yıkılıp çökecekti!"* (Meryem, 19/90) demiyor muydu? Öyleyse bize atılan çamurların sözü mü olurdu?

Bu mülahazalar, muvakkaten nefes aldırıyordu lakin biz insandık ve yara çok büyüktü; sorun, Türkiye'de birilerinin didişmesinden ibaret de değildi, müslümanların yaşadığı bütün coğrafya problemler sarmalında kan ağlıyordu. Zaten Hocaefendi, hiçbir zaman şahsî meseleler için gam çekmemişti; onun derdi, öncelikle dava erlerini sonra bütün müslümanları ve nihayet topyekûn insanları ilgilendiren mevzulardı.

Bu "eyyâm-ı nahisât" (Fussilet sûresinin 16. ayetindeki ifadeyle, fırtınalara, kasırgalara gebe uğursuz günler) devam ederken, Pennsylvania'daki atmosferin nasıl olduğu daha önce de değişik vesilelerle anlatılmıştı. Onun için bu konuda daha fazla söze hâcet olmasa gerek. Şu kadar var ki muhterem Hocaefendi o dönemde çok değerli bir insandan tesellibahş bir mektup almış; bilmukabele yazdığı cevapta o zamanki hissiyatını çok güzel yansıtmıştı; onun birkaç paragrafını aktarmakta fayda mülahaza ediyorum:

Bir Mektubun Cevabına Yansıyan Izdırap

"Maalesef son birkaç aydır, şimdiye kadar yapılan onca güzel iş ve gayretin baltalanmasını, ihlâsla vatana millete hizmet eden samimî insanların birer şaki muamelesi görmesini ve onca olumlu gelişmenin tahrip edilmesini hayret, dehşet ve elemle seyrediyorum. Kalbimde aritmi hâsıl eden, tansiyonumu yükselten ve çeşitli hastalıklara taarruz gedikleri açan öldürücü söz, yazı ve haberlerden ne kadar uzak durmaya çalışsam da duyduğum her isnat ve iftira birer zehirli ok gibi kalbime saplanıyor. Hüzünle inliyor, kıvranıyor ve kim bilir günde kaç defa Cenâb-ı Hakk'a el açıyor, hâlimi O'na arz ediyorum.

Rabbim şahit ki benim şimdiye kadar bütün dua ve ızdırabım, insanların Allah'ı (celle celâluhû) bulması, O'na inanması ve milletimizin devletler dengesinde hak ettiği yere ulaşması yolunda oldu. İmanın ne olduğunu bilmeyen, onun hâsıl ettiği zevk-i ruhanîyi tatmayan, Cennet'in lezzetini, Cehennem'in işkencelerini ruhunda hissetmeyen, insanlığın ızdırabını bir defa olsun vicdanında duymamış olan ve şahsî hazlarından önce ülkemizin meselelerini düşünme sorumluluğundan habersiz bulunan bir kısım kimseler kalkıyor, sizin ızdırabınızı, derdinizi, çabanızı başka mecralarda görmek istiyorlar. Devletmiş, hükûmetmiş, siyasetmiş, paralel yapıymış... Maksatları bunlar olup bütün hayatlarını bu yolla elde edecekleri menfaate bağlamış bulunanlar, iman, Kur'ân, vatan ve insanlık adına çekilen ızdırapları da aynı kategoride değerlendiriyorlar."

Hocaefendi, onca tahkire niçin ve nasıl katlandığını şu cümlelerle anlatıyordu:

"İşin doğrusu, zillete, hakarete, kötü söze asla tahammülüm yoktur. Çocukluğumda bile -değil son aylarda hem de rical-i devlet tarafından maruz kaldığım yalan, tezvir, itham ve iftiralara- en küçük bir hakarete dahi tahammül edemezdim; yine de edemem. Hiç çekinmeden kalkar, bütün dünyanın duyacağı şekilde şahsıma ve Hizmet erlerine yapılan hakaretleri, yapanların yüzlerine vurabilirim. Ne var ki bugün yapılması gereken bu değil. Herkesin kavgaya kilitlendiği, ülkemizin ve dünyanın her zamankinden daha çok sulha, sükûna, iç huzura, devlet-millet kaynaşmasına muhtaç olduğu bir zamanda, nefsimize yapılanlar ne olursa olsun, katlanmak mecburiyetinde olduğumuz kanaatindeyim. Bir reh-i sevdaya girmişiz ve 'Bize ar-namus lazım değil.' demişiz, milletimizin bugününü de geleceğini de düşünmek mecburiyetindeyiz."

Muhterem Hocamız, kendisine ağır gelen hususun nefsiyle alâkalı olmadığını bir kere daha dile getiriyordu:

"Diğer taraftan üzüntü ve serzenişim katiyen kendi nefsimle alâkalı da değil. Ben, kendilerine hizmet madalyası verilmesi gerekirken bir cânî muamelesi gören adanmış ruhlar ve vatandan uzakta milletinin kültür elçiliğini yapan fedakâr öğretmenler adına üzülüyorum. Sadece bir müşevvik olmama rağmen şahsıma nispet edilen o insanların ve hayırlı hizmetlerinin ademe mahkûm edilmesinden dolayı ızdırap duyuyorum. Sizin de mektubunuzda vurguladığınız üzere, Türk Okulları'nın diğer ülkelerin yetkililerine şikâyet edilmesini, iftiralarla dolu dosyalar hazırlanıp gönderilmesini ve büyükelçilere aleyhte icraat emri verilmesini hiç anlayamıyor, devlet aklı bir yana selim mantık ve vicdanla da telif edemiyorum."

Hocaefendi, satırları arasında, zıp oraya zıp buraya koşan

menfaatperest kimselere de işaret ediyor, imtihan hakikatine dikkat çekiyordu.

"Mektuplarınızda bazılarını takdir bazılarını da esefle andığınız bir kısım isimlerden bahsetmişsiniz. Bir Arap atasözünde -mealen- 'İmtihan... İnsanı yüceltir de alçaltır da!' denilir. Öyle bir imtihan dönemi yaşıyoruz; hemen herkesin karakteri ve kıymeti ortaya çıkıyor. Ben de kimi zaman dik duruşlu samimi insanları okuyor/seyrediyor seviniyorum, bazen de sadece belli menfaatlerden dolayı yüzergezer bir hâl sergileyenlere üzülüyor, haklarında ıslah-ı hâl duası yapıyorum."

Köprüler Sağlam Kalsın

Kıymetli Hocamız, Gazeteciler ve Yazarlar Vakfı'nın iftarına gönderdiği mesajda da aylardır her biri bir zıpkın gibi sinesine saplanan onca yalan, onca tezvir, onca iftira ve onca şeytanî plân karşısında sükûtu tercih edişinin sebebini dile getirmişti. *"Gürül gürül konuşmak icap eden anlarda bile sadece yutkunmakla iktifa edişim bozulan köprülerin bütün bütün yıkılmasının önünün alınabileceğine ve yeniden mürüvvet ufkuna ulaşılabileceğine olan inancımdandır."* demişti.

Vicdan genişliğine sahip fazilet kahramanlarının mütemadi gayretleriyle bir kere daha insanların özlerindeki ünsiyete yöneleceği, böylece sevgi ve diyalog çağlayanının eskisinden gür akacağı kanaatini taşıdığını belirtmişti. Bir zamanlar çokça gördüğümüz nazlı nazlı bir araya gelişlerin ve o birbirini yürekten selâmlayışların canlanıp devam edeceğine; yeniden her yörede o heyecanlı muhabbet nağmelerinin ve birbirinin meziyetini mırıldanan dillerin duyulacağına; o mütekabil hürmet ve muhabbet teâtîlerinin artarak içtimaî atmosferi bütünüyle saracağına inandığını ifade etmişti.

Hocaefendi, bu inancını hususi sohbetlerinde de

defalarca dillendirmiş ve çok önemli bir hususu nazara ver-
mişti. İnsanların çeşitli zaafları olabileceğine ve herkesten
aynı kıvamı beklememenin lüzumuna değinmişti. Değişik
saiklerle kötülük yapan kimselerin hezeyanlarına bile bir
kısım mâkul sebepler, uygun mazeretler bulmak lazım gel-
diğini anlatmıştı. Yakın gelecekte hak ve hakikatlerin gün
yüzüne çıkacağını, kimin haklı ve kimin haksız olduğunun
anlaşılacağını; çoğu kişilerin ciddi nedamet duyacaklarını,
pişmanlıkla özür dileyeceklerini ve bağışlanmak isteyecek-
lerini söylemişti. Bu itibarla da yarın öbür gün insanların
hicabın esiri olmamaları ve yeniden bir araya gelme konu-
sunda tereddüt göstermemeleri için şimdiden açık kapılar
bırakmak icap ettiğini işaretlemişti. *"Doğruları anladıkları
zaman sizin yanınıza koşabilmeleri için köprüleri yıkmayın.
Şu anda takınacağınız tavırlarla onları suçluluk psikolojisin-
den kurtarmaya çalışın. Böylece kaybetme kuşağında kazan-
maya bakın."* demişti.

Hâsılı, Hocamızın ifadesiyle, şu son dönemde zaman bi-
zim için hep muharrem, zemin Kerbela oldu. Sinemiz, Hüse-
yin'in âh u efgânıyla inledi; gözlerimiz kararan ufuklarda, hi-
lal arar gibi bir ışık gözledi. Hocaefendi, kalbinin ritmini bo-
zan ve birkaç defa hastaneye gitmeye mecbur bırakan hadise-
ler karşısında bile her şeye rağmen sabra sarılmak gerektiği-
ni ifade etti; *"Sabır, sabırdan daha ağırına katlanacağımı an-
layıncaya kadar sabredeceğim."* dedi. Yaklaşık bir sene bahçe-
ye bile çıkmadı; kendisini Hakk'a teveccühe ve münacata ver-
di; dostlarını küllî duaya çağırdı, belalar için paratoner olan
sadakaya teşvik etti. Sabırda tavsiyeleşmek, zorlukları yen-
mek için yardımlaşmak ve mü'mine yakışan üslubu mutlaka
korumak gerektiğini vurguladı.

(Hayatı inziva ve itikâfta geçen muhterem Hocamız, aylar sonra bahçeye çıkıp biraz yürüdü, kameriyede kısacık hasbihal etti.)

Ramazan Ayının Bereketi ve Hocaefendi'nin Sürprizi

3 Temmuz 2014

Fethullah Gülen Hocaefendi, Ramazan ayını anlatırken *"Ramazan senenin en nurlu, en içli, en tesirli, en lezzetli günleri ve ledünnî hayatımızın da en önemli bir iç dinamizmi olarak bütün benliğimize siner ve bize en uhrevî hazlar yaşatır."* der.

Bu Ramazan, nuru, bereketi ve uhrevi lezzetinin yanı sıra bizim için bir de sürprizle geldi. Yaklaşık sekiz ay boyunca sükût eden, ısrarlarımıza rağmen Bamteli çekimlerine ara veren ve konuşmasını gerektirecek onca esbap varken uzun bir süre sessizliği faydalı bulan muhterem Hocamız, ilk teravihten birkaç saat önce otuz dakika kadar sohbet yaptı ve kayda alıp yayınlamamıza müsaade etti.

Hocaefendi, vurguladığı mühim ölçülerin yanı sıra, sadece sohbete o gün başlamış olmasıyla bile çok önemli bir mesaj verdi: Saldıran ve hakaret yağdıranlar ufkunuzu karartmasın; boş verin siz onları. Yüz çevirin gadredenlerden, Hakk'a yönelin ve Allah'la münasebetlerinizi derinleştirmeye bakın. Derin çevrelerin ve onlarla omuz omuza verenlerin tuzaklarını ancak derin mü'min olmakla aşabilirsiniz. İşte Ramazan, bir fırsat; O'na teveccüh edin.

Tevazu ve mahviyet konusuna birkaç cümleyle değinen Hocaefendi, daha sonra İslâm âleminin ve müslümanların içinde bulundukları acı tabloya dikkat çekip mevcut atmosferden sıyrılmak ve Allah'a yaklaşmak için Ramazan ayının çok önemli bir vesile olduğunu anlattı.

Kurbet Vesilesi Ramazan ve Gerçek Oruç

Ramazan-ı Şerif'ten beklenen neticeyi elde edebilmesi için insanın, yeme-içmeden kendisini alıkoyduğu gibi, faydasız işlerden, kötü sözlerden ve çirkin düşüncelerden de uzak tutması lazım geldiğini; bu suretle ağzına ve batnına oruç tutturduğu gibi, –tabiri diğerle– yeme-içmeden kendisini kestiği gibi, her zaman mahzurlu olan şeylere karşı da kapanması hatta mahzuru olmasa bile yararsız şeylere yanaşmaması; böylece, eskilerin tabiriyle, bütün âzâ u cevârihine oruç tutturması ve havâss-ı zahire ve bâtınasına oruç lezzetini tattırması gerektiğini vurguladı. Aksi hâlde, insanın, şu mealdeki hadis-i şerifin tehdit sınırlarına girmesinin söz konusu olacağını belirtti: "*Nice oruç tutanlar vardır ki yemeden içmeden kesilmeleri onların yanına açlık ve susuzluktan başka kâr bırakmaz.*"

Muhterem Hocaefendi, orucun en güzelinin, mideyle beraber bütün duygulara; göz, kulak, kalb, hayal ve fikre yani bütün cihazât-ı insaniyeye oruç tutturmak suretiyle eda edileni olduğunu söyledi. Hak dostlarının orucu üçe ayırdıklarına; avâm, havâss ve ehassu'l-havâssa ait olan orucun özelliklerine değindi.

Oruç tutma bakımından, aralarındaki farkı şu şekilde ortaya koydu: Avâm, gün boyu aç susuz kalan ve belli yasaklara uyan normal mü'minlerdir. Havâss, midesiyle beraber el, dil, göz ve kulak gibi azalarına da Ramazan ayının bereket ve feyzini tattıran seçkin kullardır. Ehassu'l-havâss ise, kalb, hayal ve fikirlerini dahi dergâh-ı ilahiyede güzel görülmeyen şeylerden koruyarak seçkinler arasında da hususi bir yere sahip olan müttakîlerdir.

Allah Resûlü'nün (sallallahu aleyhi ve sellem) *"Oruçlu bir kimse yalan ve yalancılıkla iş yapmayı terk etmezse, yeme-içmeyi bırakıp aç durmasına Allah'ın ihtiyacı ve o orucun da Allah nezdinde kıymeti yoktur."* hadis-i şerifine işarette bulunan Hocaefendi, başkaları ne yaparsa yapsın ve nasıl davranırsa davransın, Kur'ân talebelerinin ve Hizmet gönüllülerinin Ramazan ayını tam bir kurbet vesilesi olarak değerlendirmeleri gerektiğini ifade etti. Bunun için de sevenlerini gıybet, yalan ve iftira gibi günahlara katiyen bulaşmamaya; aktüalitenin boğuculuğundan sıyrılmaya, sürüp giden tezvirata kulak tıkamaya, ilahi feyizlerle yunup yıkanmaya, kendileriyle beraber bütün mü'minlerin ıslahı ve hidayeti için bol bol duaya çağırdı.

Hocamızın bu çağrısına icabet edip hiç olmazsa bu mübarek ay boyunca geneliyle sosyaliyle medyadan uzak durmaya kararlıydım. Göz ucuyla bile bakınca onca yalan ve iftira görmenin kaçınılmaz olduğu günümüzde kalbi ve zihni temiz tutmanın başka yolu yoktu.

Sanki bazılarına Ramazan hiç uğramıyor; bir kısım mahfillerde bühtan ve saldırılar hiç hız kesmiyordu. Her şeye rağmen, hadisin ifadesiyle "Oruçluyuz." deyip geçmek ve çirkinliğe ortak olmamak gerekiyordu.

Bu düşünceyle bayrama kadar sükût murakabesini ve Ramazan'dan istifadeyi hedeflesem de sabahki tefsir dersi bu satırları karalamaya adeta mecbur etti.

Namazdan hemen sonra derse başlayacağımız sırada muhterem Hocamız gözlerinin karardığını ve başının döndüğünü söyledi. Sebebi aşikârdı, şeker düşmesi. Kan şekeri, belli bir seviyenin altında olursa, mutlaka hemen şırınga gerekecekti.

Hocaefendi, ders boyunca tam dört defa ayrı ayrı parmağını deldi, azıcık kanla şeker testi yaptı ve müzakereye devam etti.

Bu manzara iki hususu hücum ettirdi zihnime: Bir tarafta o yaşına ve rahatsızlıklarına rağmen orucunu tutmanın ve Kur'ân dersini aksatmamanın derdindeki bir insan. Diğer yanda, hiçbir vicdan sahibinin kabul etmeyeceği isnatlarla en mübarek gün ve gecelerde dahi ona hücum edenler.

Bir arkadaşıma o anı fotoğraflaması için işaret ettim. Yarım saat aralıklarla dört defa aynı ameliye tekrar edilince bir fırsatını bulduk ve birkaç kare çekebildik. Bu vesileyle, hem Hocaefendi'nin Ramazanına dair bazı hususları hem de bir iki fotoğrafı arz etmek istiyorum.

Oruç Tutmazsam Zaten Ölürüm!

Bir insanın marifet ve muhabbeti derinleştikçe ibadet iştiyakı da artar. Onun içindir ki gerçek bir Hak yolcusu, seyr u sülûk-i ruhânîde terakki ettikçe, ibadet ü tâata karşı şehvet ölçüsünde bir düşkünlük göstermeye başlar. Böyle bir kul, her meselede "azîmet"lere sarılır; nefse zor gelse de Allah'ın emirlerini en mükemmel şekilde yapmaya ve ibadetlerini kılı kırk yararcasına, eksiksiz eda etmeye çalışır. Bir özre ya da zarurete binaen meşru kılınan ve "ruhsat" olarak adlandırılan kolaylıklardan dahi uzak durur. Bir hâdisede, azîmet ile ruhsat arasında seçme durumunda kalınca, o daima azîmet yoluna yönelir. Başka insanlara fetva vermesi ve yol göstermesi söz konusu olunca, "*Kolaylaştırın, zorlaştırmayın; sevdirin, nefret ettirmeyin!*" beyan-ı nebevîsine uygun olarak hep kolaylık tavsiye eder, dinin genişliğinden istifadeyi salıklar fakat kendi nefsiyle baş başa kaldığında zora talip olur ve azamî takvaya tutunur.

Muhterem Hocaefendi'de her zaman olduğu gibi Ramazan ayında da böyle bir ibadet iştiyakına ve kulluk anlayışına şahit oluruz: Kur'ân ayı şafakta tüllenmeye durduğu günlerden itibaren doktorlar, "Efendim, oruç tutmanız tehlikeli olabilir; Allah korusun, şeker krizi ve kanın pıhtılaşmasına bağlı damar tıkanıklığı ihtimali var." derler fakat böyle bir ikaz karşısında, ibadet âşığı Hocamız, bir kere daha tabiatını seslendirir: *"Doktor bey, oruç tutmazsam o zaman zaten ölürüm!"* Aslında ona, ağır bir hastalığa yakalanan, iyileşme umudu olmayan hastaların ve oruç tutmaya gücü yetmeyen yaşlıların durumunu sorsanız, mutlaka onların izinli olduklarını ve tutamadıkları "her bir oruç için bir fakiri doyuracak" kadar "fidye" vererek bu vazifelerini yerine getirmiş sayılacaklarını söyler. Ne var ki kendisi hakkındaki hükmü farklıdır; o, dinin belirlediği azîmet çerçevesine sadık kalmak suretiyle mutlaka orucunu tutar ve "Rabbimin huzuruna sözümde durmuş olarak çıkayım; Efendimin (aleyhissalatü vesselam) yanına kulluk vaadimi korumuş olarak varayım!" der. Hâlini latifeyle karışık şöyle anlatır: *"Bir oruç tutan insanlar vardır, bir de orucun tuttuğu insanlar vardır. Herhâlde ben ikinci gruba giriyorum."*

Hocaefendi, hemen her sahurda gün boyu şeker ve tansiyonunu dengede tutabilmenin yollarını araştırır. Akşama kadar meydana gelebilecek hipoglisemiye (hâlsizliğe, aşırı terlemeye ve hafif baygınlığa yol açacak şekilde kanda normalden daha az şeker bulunması hâline) mani olmak için her gün ince ince hesaplar yapar; iftarda ve sahurda ani şeker yükselmesini engellemek maksadıyla insülin iğnesi kullanır. Şeker düzensizliğinden ve susuzluktan dolayı kanın pıhtılaşma eğilimi artması sebebiyle damar problemleri yaşamamak için içtiği suyun miktarına bile çok dikkat eder. Ani şeker düşmesi ihtimaline binaen, tehlike anında hemen alabileceği konsantre şekerini de yanından ayırmaz ama ağız yoluyla bir şey alıp orucunu kati bozma yerine, -bazı âlimlere göre orucu bozmayan- şırınga yapma (sonra da her şeye rağmen o günü kaza etme) yolunu ihtiyata daha uygun bularak glucagon iğnesini de bütün ay boyunca masasında hazır bekletir. Düşünebiliyor musunuz, biz elimizde hurma iftar etmeyi beklerken, o -hele bazı günler- glucagonla ezan vaktini intizar etmektedir.

Hocamız kalbine stent takılmadan evvel daha çok zorlanıyor, bilhassa ikindiden sonra artık halsiz kalıyor, iftarı zor ediyordu. Evvelki sene -elhamdulillah- akşam namazını kıldırdığı çok oldu, iftar öncesi yaptığımız derslerde uzun uzun açıklamalarda bulunacak kadar sağlığı yerindeydi. Bütün Ramazan boyu tefsir ile meşgul olduğumuz için o hâlini "Kur'ân'ın kerameti" sözüyle ifadelendirmişti. Bu sene bir öncekine nispetle daha zor geçtiğinden ikindi dersi yapmıyoruz.

Bu arada, şunu da ilave etmeliyim: Hocaefendi kendisi için orucun zorluğuna işaret ettiği hemen her zaman, maden ocaklarında alın teri döken işçilerden tarlada güneşin alnında kavrulan çiftçilere, ateş karşısında ocaktaki ekmekle beraber pişen fırıncılardan ekmek parası kazanmak için akşama değin çalışıp didinen insanlara kadar çok zor şartlarda da olsa oruç ibadetini eda edenleri anıyor, asıl sevabı onların kazandığına vurguda bulunup onlara dua ediyor.

Kur'ân Ayında Onu Anlama Gayreti

Hocamız, önceki senelerde Ramazan'ın vazgeçilmez bir esası olan mukabele sünnetine de mutlaka riayet ederdi. Sabah namazından sonra etrafında hâlelenen insanlara bir cüz okutur ve gözleri kapalı, huşu ile onları dinlerdi. Kendisi zaten Kur'ân hafızıdır ve hıfzı çok kuvvetlidir; Kur'ân'ın her harfinin hakkının verilmesini ister, yanlış okuyanı hemen kısık bir sesle uyarır ve hatasını düzeltirdi. Bilhassa uzun kış gecelerinde iftardan sonra biraz güç ve tâkat bulunca yine en az bir saat ders okuturdu. Mesela Seyyid Bey'in Medhal'i ve Abdulhakim Arvasî hazretlerinin er-Riyadü't-Tasavvufiyye'si gibi eserler farklı yıllarda bu kutlu ay boyunca okunan kitaplardan sadece ikisi.

Muhterem Hocamız son yıllarda mukabele ile beraber Kur'ân-ı Kerim'i anlama ve en azından muhtevasına vakıf olma gayretiyle meal ve tefsire ağırlık veriyor. Önce bir Ramazan meal okundu. Dört senedir de sabah namazlarından sonra bir gün Elmalılı Hamdi Yazır'ın eserini satır satır okuyup takip ediyor; diğer gün de okunan ayetlerle alâkalı yaklaşık yirmi tefsir kitabında geçen farklı yorumları özetliyoruz; her bir arkadaşımız bir tefsirden çalışıp özet hazırlıyor ve beş on dakikada onu arz ediyor.

Muhterem Hocamız hem okunan hem de hulasa edilen meal, tefsir, yorum ve şerhleri pür dikkat dinliyor; anında müdahalelerle, iştirak ettiği noktalara ya da katılmadığı hususlara işarette bulunuyor ve ilave açıklamalar yapıyor. Selef-i sâlihînin dini doğru anlama ve aktarma yolundaki meşkûr gayretlerine dikkat çekip onları hayırla yâd ediyor ve dünün anlayışını günümüzün idrakiyle mezcedip hâl-i hâzırın meselelerine ışık tutuyor.

Hocamız yaklaşık iki saat süren dersten sonra biraz istirahat etmek için odasına çekiliyor. Ramazan boyunca aktüalite ile ilgilenmiyor hatta gazetelere bile zaruret çerçevesinde bakıyor. İstirahat haricinde evrâd ü ezkârla ya da yeni bir kitabın tashihleri ile meşgul oluyor.

Genellikle gün ikindiye kayarken rahatsızlıkları -özellikle de şeker hastalığı- tesirlerini bütünüyle göstermeye başlıyor, vakit ilerledikçe ayakta kalacak derman bulamıyor. Çoğu zaman namazı en arka safta, zorlukla tamamlıyor. Ender de olsa bazen nafileleri oturarak kılıyor.

Âh o iftar vakitleri... Âh o hüzün ile hayranlığın iç içe girdiği dua anları... Gün guruba kayınca, artık kafasını taşıyacak kadar bile mecali kalmıyor Hocamızın. Koltuğa yaslanıyor, başı bir tarafa düşmüş vaziyette durup ezanı bekliyor fakat o anda bile dudakları kıpır kıpır; vücudu yorgun olsa da gönlü dipdiri Allah'a yöneliyor, derdini O'na döküyor, istek ve ihtiyaçlarını bir bir O'na arz ediyor... Kalan bütün takati ve mecali ile yeryüzünde gözyaşlarının dinmesi, aç ve hastalara acilen yardım ulaşması, mazlumların kurtulması, bilhassa halkı müslüman olan ülkelerde umumî bir sulhun daim olması için dua ettiğini tahmin etmek zor değil. Çünkü söz açıldığında konuyu mutlaka bu noktaya getiriyor. İftarı onunla beraber dualarla intizar edenlerin ve onu o hâlde görenlerin kimileri, derin bir nefis muhasebesi ve "Ben de oruç mu tutuyorum ki?" şeklindeki iç hesaplaşmasıyla, onun dualarına "âmin" diyor; kimileri de aynı istek ve talepleri yanaklarından süzülen gözyaşlarına yükleyerek hâl diliyle terennüm ediyorlar. Kalbler ortak hislerle atıyor; o an tek bir duygu benliklerini sarıyor: "Ne olur Allah'ım, sadece Senin rızanı arayan ve ona ulaşmak için bunca sıkıntıyı rıza ile göğüsleyen şu kulunun dualarını kabul eyle!"

İ'tikâf, İftar ve Teravih

Hocamızın ihya edilmesini gerekli gördüğü sünnetlerden biri de i'tikâftır. Malumunuz olduğu üzere, i'tikâf; cemaatle namaz kılınan bir mescid veya o hükümde bir yerde, ibadet niyetiyle durmak ve ikâmet etmek demektir. Gerçi mü'minler arasında i'tikâf bilinir ve dünyanın pek çok yerinde yapılır ama günümüzde bu ibadete de gerektiği kadar değer verildiği söylenemez. Oysa Resûl-i Ekrem Efendimiz (sallallahu aleyhi ve sellem) Medine'ye hicretinden sonra ruhunun ufkuna yürüyeceği âna kadar her Ramazan'ın son on gününü i'tikâf ile değerlendirmişlerdi. Hocamız da yıllardır, sünnete ittiba ederek bayrama on gün kala mutlaka i'tikâfa girer hatta bu sene olduğu gibi bazen bütün ayı i'tikâfta geçirir.

Önceki senelerde iftar vesilesiyle evlerimizi teşrif eden muhterem Hocaefendi artık Ramazan boyunca inziva ve i'tikâfta olduğu için davetlere icabet etmiyor, kendisini aktüaliteye çekebilecek misafirler ağırlamıyor. Vakit girince hurma ve su ile orucunu açıp önce akşam namazını cemaatle kılıyor, sonra iftarını yalnız yapıyor. O esnada bazen Samanyolu ana haber bülteninin bir bölümünü seyrediyor. İftardan sonra gücü yettiği kadar, az sayıdaki misafirlerle ve herhangi bir meselesini istişare etmeyi bekleyenlerle görüşüyor; dert dinliyor, çareler söylüyor.

Her gece yine vakit girer girmez cemaatle yatsı namazını kılıyoruz. Biz misafirlerle beraber büyük mescidde teravihimizi hatimle edâ ediyoruz. Hocaefendi de teravih namazını hatimle ama özene bezene ikâme ediyor. Biz yirmi rekâtı bitirince Hocamız ancak namazın yarısını tamamlamış oluyor. Salona çıkıp biraz dinlendikten ve şekerini dengelemek için bir iki lokma atıştırdıktan sonra diğer on rekâtı tamamlıyor. Oldukça uzun süren kıraatini gücü yettiği kadar ayakta yapıyor; çok rahatsız olduğu zamanlarda nadiren oturarak kıldığı da oluyor ama yine de hatimle namazını aksatmıyor; dahası bazen bir hatimle de yetinmiyor. Kendi ifadesiyle, "Hadi, şu ikiyi de ayakta kıl, diğerinde oturarak eda edersin!" diye diye "nefsini kandırıyor" ve çoğunlukla namazı ayakta ikâme ederek tamamlıyor.

Gece boyunca çok az istirahat ediyor; özellikle son on gece hemen hemen hiç uyumuyor; Kur'ân ve dua ile meşgul oluyor. Yanında kalan insanları da hususiyle son on gün yataktan uzak kalmaya ve o bereketli anları azamî surette değerlendirmeye teşvik ediyor.

Ramazan İhsanları

Diğer taraftan, Ramazan ayında cömertliği kat kat artan Resûl-ü Ekrem (sallallahu aleyhi ve sellem) ve selef-i salihîn efendilerimiz gibi kıymetli Hocamız da uzak yakın çevresini değişik ihsanlarla sevindiriyor.

Hemen her sene etrafındaki insanların listesini yapıyor; kitaplarının teliflerinden elde ettiği gelirle, bazen birer gömlek, kimi zaman birer ayakkabı, belki birer takım elbise hediye ediyor.

Bu Ramazanın başında, dersten sonra "Odaya bazı şeyler hazırlamıştım; herkes birer parça alsa, Ramazan hediyesi." dedi. İçeri girdiğimizde kalem, defter, çorap, takke, cübbe ve tesbih gibi eşyanın ortaya yığıldığını gördük. Belki elli-altmış kişiydik; hepimiz kendi nasibimizi aldık.

Geçtiğimiz yıllarda bir gün, "Hocaefendi seni çağırıyor." demişlerdi. Hemen koştum, salona girdim. İnsana dertlerini unutturacak bir tebessümle, "Siz fıtır sadakanızı (fitrenizi) vermiş miydiniz? Bizde âdettir; fitreyi evin büyüğü verir. Yaş itibariyle büyük olduğum için o benim vazifem. Siz de ailenin bir ferdi olduğunuza göre fitrenizi ben vereceğim!" demişti. Elhamdülillah, eşim ve kendim için fıtır sadakası verebilecek kadar imkânımız vardı; otuz kırk lira büyük bir meblağ değildi fakat Hocaefendi'nin nezaketi dünyalardan daha değerliydi.

Malının bir kısmını gece bir kısmını gündüz, birazını gizli birazını da açıktan veren Hazreti Ebu Bekir ve Hazreti Ali efendilerimize ittibâen, Hocamız, özellikle Ramazan'da cömertlerden cömert oluyor. Bazen başkalarını da hayra teşvik için ikram u ihsanlarının duyulmasına ses çıkarmıyor fakat çoğu zaman, muhtaç olduğunu zannettiği birine kimsenin görmeyeceği anları kollayarak yardım ediyor hatta bir başkasının eliyle onun ihtiyaçlarını gidererek kendisi işin içinde hiç yokmuş gibi davranıyor. Hocaefendi, bu mekânın mutfağında çalışanından ilimle meşgul olanına kadar herkesin hâl ve hatırını soruyor, dertlerine ortak oluyor, gizli-açık ihsanlarından onları da nasiplendiriyor ve bize bu hâliyle de hüsn-ü misal teşkil ediyor.

(Muhterem Hocamız sahur ve sabah namazını müteakip tefsir dersinde bir konuyu açıklarken...)

(Bütün rahatsızlıklarına rağmen tedbire riayet ederek oruç tutan muhterem Hocamız, parmağından kan alıp şeker testi yaparken...)

Hizmet Arkadaşlarıma

***

❝ *Musibet şerr-i mahz olmadığı için bazen saadette felâket olduğu gibi felâketten dahi saadet çıkar."* der Hazreti Bediüzzaman. Nasıl ki Allah'tan uzaklaştıran nimet, lütuf görünümlü bir nıkmettir (bela, felaket sebebi ve cezadır); tevbeye yönlendiren, Cenâb-ı Hakk'a teveccüh ettiren, günahları temizleyen ve terakkiye vesile olan bir musibet de nıkmet perdeli bir nimettir.

Kâinatta cereyan eden hadiselerin bir kısmı bizzat, diğer kısmı ise sonuçları itibarıyla güzeldir. Dış görünüşleriyle çok çirkin olan öyle eşya ve vakıa vardır ki onlar aslında nice iyi ve hoş neticeleri bağrında taşır.

Cinayetin Neticesi, Mükâfatın Mukaddimesi

Üstad Hazretleri, âlem-i misalde selef-i sâlihînin ve her asrın temsilcilerinin oluşturduğu âlî bir mecliste *"Musibet, cinayetin neticesi, mükâfatın mukaddemesidir. Hangi fiilinizle kadere fetva verdirdiniz ki, şu musibetle hükmetti?"* sorusuna muhatap olduğunu anlatır.

Demek ki musibetler, bir kısım hata ve günahların sonucu olsa da aynı zamanda başarıya ve ödüle giden yolun başlangıcıdır.

Bu açıdan, Allah'ın rahmetine iman ve itimatla rahatlıkla söyleyebiliriz ki yaşadığımız sıkıntıların verasında büyük hikmetler vardır; maruz kaldığımız zulüm ve haksızlıklar sürpriz ilahi ihsanlara gebedir.

Bununla beraber, *"Hangi fiilinizle kadere fetva verdirdiniz ki şu musibetle hükmetti?"* sorusu bizim de mutlaka cevaplamamız, üzerinde kafa yormamız ve muhasebe konusu yapmamız gereken bir sualdir.

İnsanın, başına gelen gâileleri kendi nefsinden bilmesi, imanının kemalinden kaynaklanır. Cenâb-ı Hak, Kur'ân-ı Kerim'de, *"Sana gelen her iyilik Allah'tandır. Başına gelen her fenalık ise nefsindendir."* (Nisa, 4/79); *"Başınıza ne musibet geldi ise o, ellerinizin kazancı iledir; kaldı ki Allah çoğunu da affediyor."* (Şûra, 42/30) buyurmuştur. Bu ve benzeri ayet-i kerimeler ışığında varlık âleminde meydana gelen olaylar süzülüp incelendiğinde hâdiseleri rastlantıya vermenin ve onların başıboş olduğunu düşünmenin imkânsızlığı görülecektir.

Kaderi Taşlamama ve Başkasını Suçlamamanın Yolu

Her gün nefsiyle yaka paça olduğunu ve sürekli istiğfarda bulunduğunu yakından gördüğüm Fethullah Gülen Hocaefendi'nin şöyle dediğini çok duymuşumdur:

"Kendi kendime insülin iğnesi vururken mahfazasını düşürsem ya da bir sinire, kılcala rastlasa veya kan çıkmasına sebebiyet verse de abdest ihtiyacı hâsıl olsa, onu bir kusuruma bağlıyor, mesela 'Herhâlde besmele çekmediğimden oldu!' diyorum."

İnsan, problemleri kendisine ait kusurlara bağlarsa ne kadere taş atar ne dışarıda bir mücrim arar ve ne de başkalarını suçlar. Her olumsuzluk karşısında, önce kendisiyle hesaplaşır ve nefsinin yakasına yapışır. Böyle bir hesaplaşma da onun içinde istiğfar hislerini tetikler ve onu tevbeye sevk eder.

Ezcümle, Orta Asya'da ilk hayal kırıklığı yaşadığımız yer Özbekistan olmuştu. Hâlbuki en iyi yerlerden birisi orasıydı. Devlet başkanı, Hocamıza mektup yazmış; Emir Timur ve Uluğ Bey'in resimleriyle nakışlı altın kartlar hediye göndermişti fakat daha sonra Türkiye ile Özbekistan arasındaki münasebetlerin bozulması Hizmet müesseselerini de vurmuştu; eğitim gönüllüleri bu ülkeden ayrılmak zorunda kalmışlardı. Hocaefendi, oradaki sıkıntıdan dolayı aylarca ızdırap duymuş ve derin bir muhasebeyle iki büklüm olmuştu. Kaç defa hissiyatını şöyle dile getirmişti:

"Şu anda aklımda değil, kim bilir belki aklımın köşesinden geçti, belki mel'un bir rüyada gördüm; belki hayalimi kirlettim; belki enâniyet itibarıyla, ya da aidiyet mülahazasıyla, 'Yahu meğer neymiş bu arkadaşlar, Allah'ın izniyle girdikleri yeri nura gark ediyorlar!' dedim. Allah da suratıma çarptı; 'Al ağzının payını, senin enâniyetine, aidiyet mülahazana düşen şey budur!' Bu kaygılarla belki elli defa ağladım; 'Ya Rabbi, böyle bir şey düşündüm ve dedimse, ben hata ettim; bağışla beni!' diye yalvardım."

Hocaefendi'nin bu duygu ve düşüncesi sadece bir hadiseye mahsus değildir; adeta bir hayat felsefesidir. Ona göre salih mü'minler, evvela Hakk'ın yoluna hizmet için alternatif planlar hazırlamalı; saniyen, kalblerinin Allah'la sağlam bir irtibat içinde bulunmasını sağlamalı; salisen, hep mü'mince düşünmeli davranmalı ve rabian, bir arıza meydana geldiği zaman kusurlarını itiraf edecek kadar da faziletli ve civanmert olmalıdırlar.

Nefsi Sorgulama ve İstiğfar

İstiğfar; insanın içine düştüğü bir hatanın pişmanlığıyla kıvranarak Cenâb-ı Hak'tan kusurlarının affedilmesini ve günahlarının bağışlanmasını istemesi, af ve mağfiret dilemesi demektir; tevbe, inâbe ve evbe şahikalarının ilk merhalesidir.

Hocaefendi, başkasının hata saymayacağı çok küçük meseleler karşısında bile nefsini sorguya çekmekte ve Peygamber Efendimiz'in sünneti üzere, günde belki yüzlerce defa istiğfar sözleriyle nefeslenmektedir. Onun en çok tekrar ettiği cümle:

$$\text{رَبِّ اغْفِرْ وَارْحَمْ وَأَنْتَ خَيْرُ الرَّاحِمِينَ}$$

"*Bağışla Rabbim ve merhamet buyur; buyur ki Sen merhameti en hayırlı olansın, yegâne merhamet sahibisin.*" (Mü'minûn, 23/118) ayetidir. Mü'minin şiarı sayılan bu dua, onun dilinden hiç eksik olmamaktadır.

Hocamıza göre özellikle her Hizmet eri, "Bir eksik, bir gedik, bir sürçme ve bir tökezleme varsa, o mutlaka bana ait bir kusurdandır." düşüncesini taşımalıdır. Hatta kişi, nefis muhasebesini biraz da başında bulunduğu işle doğru orantılı olarak ele almalıdır. İnsanın kendi haddini, konumunu, sorumluluklarını ve hangi dairelerin kendisiyle doğrudan alâkalı olduğunu belirlemesi, o dairelerdeki terslikleri şahsî hatalarına bağlayarak içinde Cenâb-ı Hakk'a sığınma duygusunu tetiklemesi ve kusurlarını giderme maksadıyla heyecanlarını tahrik etmesi zımnî bir istiğfar ve bir tevbedir.

Şu kadar var ki eserlerde de üzerinde çokça durulduğu üzere, "*Musibet-i âmme ekseriyetin hatâsına terettüp eder.*" Bu açıdan da şayet toplum çapında bir halâs isteniyorsa, o toplumu meydana getiren bütün fertler hep beraber tevbe etmeli ve kendi günahlarından arınmanın yollarını aramalıdırlar. Zira ferdî bir suçun nedameti ferdî, ailevî bir masiyetin istiğfarı ailevî ve millî bir günahın tevbesi de millî olmalıdır; toplumun salâhı için topyekûn şahısların isyan kirlerinden temizlenmeleri lazımdır. Tabii kimse kimsenin ihlas zabıtası olmamalı; her nefis atf-ı cürümlere girmeden kendi muhasebesini yapmalıdır.

Bu ölçüler, Hizmet Hareketi'nin bitirilmek istendiği şu günlerde mutlaka hatırda tutulması gereken hususlardır.

Adanmış ruhlar, birer rıza insanı olarak "Cenâb-ı Hakk'ın takdiri; demek bir günahımız vardı ki Allah camiaya bazı güveleri musallat etti; bir kısım haset ve kıskançlık duyguları depreşti. Bu, muhakkak bizim kabahatimizin neticesi fakat gadredenler, asıl günahımızı bilemediklerinden dolayı bizim sevabımıza iliştiler. Bize, 'Siz bu işin ehli değilsiniz; bırakın da onu liyakatli insanlar götürsün!' deselerdi, hakları vardı fakat hizmetin ruhuna dokunuyor; bizim hiç yapmadığımız yapamayacağımız, düşünmediğimiz düşünemeyeceğimiz şeylerden dolayı bize hücum ediyorlar." demelidirler. Sonra da istiğfara sarılmalı, tevbe kurnasına koşmalı, inâbe ve evbe zirvelerini zorlamalı; hatalarını belirleyip onları telafi etmeye koyulmalıdırlar.

Büyüklerimi tenzih ederim; onların istiğfar beyanlarını mukarrebîn ufku zaviyesinden değerlendiririm. Salih insanların başına gelen musibetleri, bir günahın sonucu olarak görme suizannından Allah'a sığınırım; Hak katındaki makbuliyetlerine ve sürekli terakki ettiklerine delil sayarım. Onların maruz kaldıklarını *"Belânın en şiddetlisi Peygamberlere sonra Hakk'ın makbulü velîlere ve derecesine göre diğer mü'minlere gelir."* hadis-i şerifi ve *"Ârifin gönlün Hudâ gam-gîn eder, şâd eylemez / Bende-i makbûlünü mevlâsı âzâd eylemez."* (Nâbî) hakikati zaviyesinden değerlendiririm. Bu itibarla da Kur'ân ve Sünnet prensipleriyle adım adım test edilen Hizmet çizgisinin hiç sapmadığına ve Camia'nın genel duruşunun çok isabetli olduğuna yürekten inanırım.

Bununla beraber, mademki insanın her türlü olumsuzluğu kendi hatalarına bağlaması, böylece her belayı bir arınma vasıtası olarak değerlendirmesi en güzel yoldur. Öyleyse bu kervanda kendim gibi ham ruhların da bulunduğu gerçeğinden hareketle, nefsim dâhil bir kısım fertlerin bazı hatalar yapmış olabileceğini de düşünürüm. Zamanla büyüyen ve geniş alanlı bir hâle bürünen bu hatalardan dolayı kaderin mevcut musibetlere fetva vermiş olabileceği fikrini taşırım.

Hep Hatırda Tutulası "Hey Gidi Günler"

Diğer taraftan, ne zaman ümitsizlik tayfları yüreğime çarpacak olsa imdadıma yetişen bir ayet vardır. Allah Teâlâ, şöyle buyurmaktadır:

وَاذْكُرُوا إِذْ أَنْتُمْ قَلِيلٌ مُسْتَضْعَفُونَ فِي الْأَرْضِ تَخَافُونَ أَنْ يَتَخَطَّفَكُمُ النَّاسُ فَآوَاكُمْ وَأَيَّدَكُمْ بِنَصْرِهِ وَرَزَقَكُمْ مِنَ الطَّيِّبَاتِ لَعَلَّكُمْ تَشْكُرُونَ

"Hani hatırlayın, bir zamanlar siz üç beş kişiden ibaret az bir gruptunuz. Yeryüzünde hor hakir görülüyor, itilip kakılıyor, işkencelere maruz bırakılıyordunuz. Öyle ki her an insanların sizi çarpıvermelerinden, kapıp götürmelerinden endişe duyuyordunuz. Bu hâlde iken, Allah yer yurt nasip edip sizi barındırdı, yardımıyla destekledi; temiz ve helâl şeylerle rızıklandırdı tâ ki şükredesiniz." (Enfâl, 8/26)

Bu ayet-i kerime, mü'minleri tahdis-i nimete sevketmek için onlara önceki hâllerini hatırlatıyor ve adeta şöyle diyor: Mekke'de iken müşriklerin ayakları altında hemen ezilebilecek zayıf bir azınlıktınız. Ya da bir zamanlar Farslar ve Bizanslılar tarafından önemsiz görülen, küçümsenen ve onların idareleri altında tahkir edilen bir topluluktunuz. Zorbaların, hayat hakkı tanımayarak sizi çiğneyip geçivermelerinden korkuyordunuz. Çevredeki insanlar size öldüresiye bir kin ve öfkeyle bakıyorlardı; siz de onlardan kendinizi koruyacak durumda değildiniz; başınızı sokabileceğiniz güvenli bir sığınaktan da mahrumdunuz.

Hatırlayın "Ehad, Ehad" çığlıklarını... Dövülen şehit edilen ilk ashabı... Mü'minlere savrulan tükürükleri, atılan taşları... Hatırlayın kapkaranlık boykot yıllarını... Sürgünleri, hicretleri... Bütün hiziplerin bir araya gelerek müslümanları bitirmek için hücumlarını...

Hatırlayın hani bir keresinde müşrikler Rehber-i Ekmel'in (sallallahu aleyhi ve sellem) üzerine yürümüş ve O'na eziyet etmeye başlamışlardı. Bunu duyan Hazreti Sıddık, hemen koşup Resûl-i Ekrem'in önünde kollarını germiş ve Firavun'un huzurunda hakikatı haykıran Mü'min-i Âl-i Firavn gibi müşriklerin yüzlerine haksızlıklarını çarpmış, *"Yazıklar olsun size! 'Rabbim Allah' dediği için bu masum insanın canına mı kıyacaksınız? Hâlbuki O, size Rabbinden apaçık delillerle gelmiştir!"* demişti. Müşrikler Hazreti Ebu Bekir'in bu coşkun çıkışı üzerine Peygamber Efendimiz'i bırakıp ona yönelmiş ve onu uzun süre öldüresiye dövmüşlerdi. Büyük sahabî, saatlerce baygın yattıktan sonra ayılır ayılmaz "Mâ fuile bi Resûlillah?" demiş; *"Resûl-ü Ekrem'e ne oldu, Efendim nasıl şu anda?"* diye sormuştu. Etraftakiler, Enbiyalar Serveri'nin iyi olduğunu söyleseler de Ebu Bekir (radıyallahu anh) tatmin olmamış, "Beni O'na götürün." demişti. Aile fertleri bir-iki lokma yemek yemesini, biraz su içip az dinlenmesini söylemişlerdi; ama o "Beni Efendime götürün." diyerek ısrar etmiş ve Hepimizin Efendisi'ni görmeden de huzur bulamamış, yiyip içememişti.

Hatırlayın o yalnız ve ızdıraplı günlerin arkasından Allah size nasıl sahip çıktı. Medine'ye hicret ettirip yerleştirdi, yurt yuva sahibi yaptı, emniyet ve asayiş lütfetti. Sizi görünür görünmez yardımlarıyla güçlendirdi; Ensar'ı size yardımcı yaptı, melekler ile imdat eyledi; kâfirlere karşı sizi destekledi. Dahası helâl ve güzel nimetlerden rızıklar ihsan etti. Hâsılı o ezilmişlik ve aşağılanmışlıktan kurtarıp, şanlı ve şerefli bir hayata erdirdi. Erdirdi ki şükredesiniz; bu nimetleri hatırlayıp şükürle ubudiyette bulunasınız.

Bediüzzaman Devri ve Yine Bir Sıddık

Zikrettiğimiz ilâhî beyan, o ilk saftaki Müslümanları Allah'ın nimetlerini görmeye ve şükürle mukabele etmeye çağırdığı gibi, günümüzün inananlarını da dün ile bugün mukayesesi yapmaya, hangi badireleri aştıklarını hatırlamaya ve minnet duygularıyla Cenâb-ı Hakk'a teveccühte bulunmaya davet etmektedir.

Bu cümleden olarak, hemen her mevsimde bazı kesimlerce hedef tahtasına konulan ve üzerine yürünen Hizmet gönüllüleri de kendi "Hey Gidi Günler"ini yâd etmelidirler.

Meseleyi detaylandırmak başlı başına bir kitap hacmi ister ama sadece bir kaç tabloyu arz etmeden de geçemeyeceğim.

Belki nakledeceğim ilk hadisenin farklı versiyonları da yaşanmış ve anlatılmıştır fakat ben büyüklerimden şöyle dinlemiştim:

Hazreti Üstad, Barla'ya sürgün gidince yerli halk onun yanına varmaya bile korkarlar. Sürekli takip edildiğinden dolayı, hâl hatır soracak olsalar askerlerce sorgulanmaktan endişe duyarlar. Uzaktan hayranlıkla seyreder ama huzuruna yanaşamazlar.

Hazreti Bediüzzaman, yalnız başına dağ, dere, ova, oba dolaşır; tefekkür, dua ve ibadet âşığıdır. Bazen Çam dağında kırk gün tek başına kalır.

Yağmurlu bir sonbahar günü, Barla'ya inmektedir. Dışarısı oldukça soğuktur. Halk, kahvehanedeki sobanın etrafında toplanmış, sıcak çaylarını yudumlamaktadır. Aralarında Sıddık Süleyman namlı yiğit de vardır.

Süleyman, bir ara tepedeki karaltıyı fark eder. "Bu ne ki?" deyip dikkat kesilir. Üstad olduğunu anlayınca, kendi kendine söylenmeye başlar. "Süleyman, sen de Müslümansın, bu adam da! Rahat içinde yaşayan sen de Cennet'i arzuluyorsun, hep işkence gören bu âlim zat da Cennet'i istiyor. Nasıl olacak bu iş?" der.

O, bu düşüncelerde yoğunlaşırken Üstad'ın iyice yaklaştığını görür; bakar ki bu fedakâr dava adamı yağmurdan sırılsıklam olmuş, ayağındaki çarıklar da yırtık. Yüreği yanar bu manzara karşısında. Birkaç defa onun yanına gitmek, elini öpmek istemiştir ama cesaret edememiştir, ailesine de bir zarar gelmesinden korkmuştur. Aslında şimdi çıksa, "Gel Üstadım!" deyip elinden tutsa, bir bardak sıcak çay içirse, ne güzel olacaktır. Bu hayali kurarken, köyün hafiyesi bekçiyle göz göze gelir, boynunu eğer ama nazarları hâlâ dışarıdadır.

O sırada Üstad, kahvehane hizasına kadar varmıştır. Önünde bir su birikintisi vardır, atlayıp onu aşacaktır. Olacak ya Hazret'in ayağı kayar ve çamurun içine yığılıverir. İşte bu tablo bam telini titretir, Sıddık Süleyman'ı bitirir. Hemen dışarı fırlar, koşup Üstad'ın elinden tutar; onu ayağa kaldırıp üstünü başını silkeler. Sonra da elini göğsüne vurup, "Üstadım, kabul buyur, artık ben senin Sıddık'ın olayım. Başıma ne gelecekse gelsin, gayrı senden ayrılmam!" der.

Hatırlayın Bediüzzaman'ın tek yâran bulamadığı günleri, yalnızlıklarını... Hatırlayın ona reva görülen işkenceleri, mahkûmiyetleri, sürgünleri ve hatırlayın hiç yoktan Nur mesleğini var eden Allah'ın Nur talebelerine çok kısa sürede lütfettiği nimetleri...

Son Devrin Yiğitleri

Hatırlayın muhterem Hocaefendi 12 Mart Muhtırası'nın ardından, güya irticâî faaliyet yapma suçundan 3 Mayıs 1971'de tutuklanmış, altı ay hapishanede kaldıktan sonra tahliye edilmişti. Hapishaneden çıktığı dönemde, iyi bir mü'min olarak tanıdığı ve vefa beklediği bazı kimselerin bile "Artık bu işlere beni karıştırma!" dediğine şahit olmuş ve çok kırılmıştı. Din ve vatan uğrunda başladığı hizmetlerin anlaşılamamış olmasından dolayı pek kederlenmiş ve davaya müteallik işlerin yarım kalacağından endişe etmişti. Hatta o hüzünle otobüse atlamak ve Erzurum'a gitmek istemişti; mukarrebîne has derin muhasebeyle, "Fetih, insanların gönlüne girip onlara dava şuurunu aşılayamadın; bari köyüne gidip köylünün sürüsüne çoban ol!" demiş kendini levmetmişti.

Bir iki dertli, otogarda bacaklarına sarılmış ve onu geri çevirmişlerdi sonra da küçük bir odada toplantı yapmışlardı. Aziz Hocamız, orada hislerini aktarmış ve inkisârını dile getirmişti. Bazı insanların davayı suçlamaları ve küçük bir tazyikten dolayı geri çekilmeleri dolayısıyla ne kadar ızdırap duyduğunu anlatmıştı. Bir aralık, gözyaşları içinde "Boyunduruğu yere mi koyacaksınız? Bu işi yarım mı bırakacaksınız?" deyince, devrin Yusuf yüzlü sıddığı ayağa fırlamış, yumruğunu göğsüne vurmuş ve "Hocam, yoluna canım kurban!" deyip gürlemişti. Diğerleri de onu takip etmişlerdi; başkaları kendi köşelerine çekilseler de bu vefalı dostlar o günkü ahitlerine hep sâdık kalmışlardı.

Yoklukta Varlık Cilvesi

Kıymetli arkadaşım,

Hangi birini anlatayım? Allah, yokluklar arenasında var etti bu Hizmet'i. O günlerde bir öğretmen, bir kurs, bir okul, bir gazete yoktu. Bugün zarara uğramasından korktuğumuz hiçbir müessese o devirde mevcut değildi. Kurumlar iyi kötü kurulur; ne ki o gün adanmış ruh bulmak imkânsızdı. Çünkü öz değerlerimiz adına gurbet seneleri yaşanıyordu.

Muhterem Hocaefendi askerlik öncesi bir gün radyodan gelen mehter marşını duyunca, öz değerlerimize dair bir sesi devlet radyosundan işitmenin heyecanıyla hıçkırıklara boğulduğunu ve ayaklarının bağının çözülüp oracığa yıkılıverdiğini anlatır. Daha sonraki yıllarda bir televizyon programında Yavuz Bülent Bakiler Bey'in kendi kültürümüze ait bazı mevzuları anlatışını dinleyince bu defa da yatağına yığılıp kalıverdiğinden, "Bugünleri de görecek miydik?" deyip şükür duygusuyla dolduğundan bahseder. Zira o, hakikatin sesinin soluğunun kesildiği, şerrin çığlık çığlık etrafı velveleye verdiği ve çeşit çeşit şirretliklerin hayır düşüncesine galip geldiği yokluklar dönemini binbir elemle idrak etmiştir.

Vekil, vali, kaymakam, müdür değil, derslere tek bir üniversite talebesi gelince, bayram ettiklerini; mesela o genç daha tıp fakültesi birinci sınıfta okuyorsa, sonradan gelen herkese "Bu kardeşimiz doktor çıkacak!" deyip iftiharla tanıttıklarını anlatır.

Büyüklerimizin araba bulamayıp kamyonların, motoguzzilerin sırtında irşada gidişleri, daha otuz beş kırk sene öncedir. Yirmi yirmi beş yıl evvel, koca Ankara'da vaaz seyrettirmek için kullanılabilecek topu topu üç-dört video cihazından birini birkaç saat alabilmenin yolu haftalar evvelinden sıraya girmektir. Risale okunan yerler basıldığı için derslerin üç beş kişilik gruplar hâlinde en ücra bir köşede onca tedbirle yapıldığı; istişare ve himmetlerin mevlit okunuyormuş gibi bir süs verilerek gerçekleştirildiği günler çok eski değildir.

Adanmış ruhlar, Allah'ın izni ve inayetiyle, onlarca ölüm koridorunu geçerek, sıra sıra yoklukları aşarak, imkânsızlıkların abûs çehrelerini görerek, yığın yığın sıkıntıya katlanarak ve dizi dizi mahrumiyetlerin üstesinden gelerek bu Hizmet binasını ikâme etmişlerdir.

Kurban olduğumuz Rabbimiz, çok kısa bir sürede hangi nimetleri vermedi ki?

Mevlâ, ışık evler, yurtlar, kurslar, dershaneler, okullar, üniversiteler lütfetti. Yardım kuruluşlarıyla başkalarının imdadına koşma imkânı verdi. Mefkûremizi rahatça anlatabileceğimiz kitaplar, dergiler, gazeteler, radyolar, televizyonlar,

İnternet siteleri ihsan etti. Saymakla bitiremeyeceğimiz hoş, latif, göz alıcı rızıklar bahşeyledi.

Hepsinden öte Allah, bu millete ve topyekûn beşere mefkûre insanları bağışladı. Zannediyorum Cenâb-ı Hakk'ın yeryüzüne en büyük armağanlarından biri dava düşüncesine kilitli insanların yetişmesiydi.

Allah aşkına, manen bataklığa dönmüş bir dünyada çevrenize bir bakınız. Yaşlısı genci, kadını erkeği, esnafı iş adamı, işçisi memuru, hocası talebesi, ağabeyi ablasıyla hizmet erlerine bir göz atınız. Bakışlarınızı biraz daha ötelere teksif edip yerkürenin dört bir yanında ışığa uyanan öğrencileri, onların velilerini ve diyaloğun meyvelerini seyrediniz. Ne olur, hayal pencerenizden göz ucuyla kırk sene evvelini de görmeye çalışarak, yeni bir dünya peteğini örmek için nefes nefese oradan oraya uçuşan talihlilere dikkat kesiliniz. Şayet insaf nazarıyla etrafı süzerseniz, "Bataklıkta güller yetiştiren Rabbim, Sana sonsuz şükürler olsun!" demekten kendinizi alamayacaksınız.

Kardeşim! Azdınız, orada burada gizli saklıydınız, horlanıyor, eziliyor, tahkir ediliyordunuz; tutuklanmaktan, hapse atılmaktan, sürgüne yollanmaktan, kartal pençelerinden keskin eller tarafından kapılıp götürülmekten endişe duyuyordunuz.

Fakat teşbihte hata olmasın, bir annenin yavrusunu bağrına basması gibi, ilahî rahmet tarafından sımsıkı kuşatıldınız. Allah, size sahip çıktı, sayınızı çoğalttı, en uzak diyarları bile kendi vatanınızmış gibi yaşanılır kıldı, yurt yuva lütfedip sizi barındırdı, onun bunun desteğine muhtaç bırakmadı. Mevlâ, size kendi nusretini yâr etti, her işinizi rabbani yardımıyla teyid eyledi ve en temizinden, en helalinden, en güzelinden maddi manevi rızıklar verdi.

Yıllarca önce, muzdarip bir gönülden arşa yükselen şu duayı duymuştuk: *"Allah'ım! Senden iman davasına meftun deliler istiyorum; İnsanlığın İftihar Tablosu'nun beyanı içinde, din ve diyanetinden dolayı kendisine 'mecnun' denilecek dostlar ver bana. Kendi çıkarlarını hiç düşünmeyen, makam-mansıp, mal-mülk, şan-şöhret ve servet ü saman sevdasına düşmeyen beş-on yârân ver. Ne olur Rabbim! Senin hazinelerin geniştir; dilersen isteyene istediğini verirsin; bana da dininin delisi beş-on insan ver!"*

Haddimi aşma korkusu taşısam da söylemeden edemeyeceğim. Son sekiz dokuz aydır maruz kaldığımız saldırılar karşısında Hizmet erlerinin vakur ve sabit duruşları gösteriyor ki Mevlâ-yı Müteâl, bu içli duayı kabul buyurmuş. Belki büyüklerimizin istediği kıvam için daha hayli mesafe var. Bununla beraber, çoğunlukla gayrimeşru yollarla varlıklı hâle gelen, haram yiyici tufeylîler olarak ömür süren ve öldükten sonraki hayatı hiç düşünmeyen kimselerin kendilerini akıllı saydıkları ve nazarlarını âhirete kilitlemiş insanları mecnun yerine koydukları günümüzde, davasının karasevdalısı pek çok insan müşahede ediyoruz. Karşıya karşıya bulunduğumuz imtihan sayesinde, kömür tıynetli kimseleri fark ettiğimiz gibi, elmas ruhlu insanları da yakından tanıyoruz; taşın toprağın arasında nice altın bulunduğunu açıkça görüyoruz.

Bazılarımıza Ait Hatalarımız

İşte, bu nimetlere şükürle mukabele edilmeliydi. Her nimetin şükrü kendi cinsinden olmalıydı. Şükür, bir kulluk borcu olduğu gibi lütufların devam etmesinin de garantisiydi.

İhtimal biz bu şükür vazifesini tam eda edemedik. Şimdi sarsılmamızın arkasında bu konudaki hatalarımız var olsa gerek.

İlahî inayetin devam etmesi ve hizmetleri muvaffak kılması için -şart-ı adi planında- adanmışlık, samimiyet, vefa, sadâkat ve beklentisizlik lazımdı; belki bu hususlarda kusur ettik.

Mahviyet ve tevazu, olgun mü'minlerin devamlı hâliydi; belki bazılarımız konumun getirdiği izafi payelere takıldık; enaniyete aldandık.

Gönül huzuru, istiğnâ ve kanaatteydi ama bazılarımız hizmetlerimizi başkalarının teveccühüne bağladık ve çevreden iltifat beklemeye başladık.

Kendimizi sıfır görecek ve hep bir "hiç" olduğumuz inancıyla yaşayacaktık; herhâlde bazılarımız olağanüstü yeteneklere sahip bulunduğumuzu vehmettik, günbegün çalımla oturup kalkanlara benzedik.

Hizmette hep önlerde koşmak, mükâfat zamanı ise arkaların arkasına saklanmaktı mesleğimizin şiarı fakat bazılarımız bir yapmışsak on gösterdik; başarılı sayılmayı ve kalıcılığı çizelgelerdeki mübalağalara bağladık. Sonunda bir "çetele şakirtliği" türedi; keyfiyet kemmiyete kurban edildi; o, işin bereketini de aldı götürdü. Hâlbuki raporlar, listeler, çeteleler otokontrol ve hayra teşvik için kullanılmalıydı; şişirme rakamlar muvaffakiyet belgesi sayılmamalıydı.

Gaye ve vesileleri birbirine karıştırmayacaktık; Hak rızası gaye, Allah'a ulaştıran yoldaki engelleri kaldırmak gaye ölçüsünde bir vesile, bu uğurda kullanılan argümanlar ise sadece birer vasıtaydı. Hocalık, gazetecilik, televizyonculuk, okulculuk, dershanecilik... Burs, himmet, kurban, abone... Bunların hepsi birer vesileydi. Bazılarımızın kalbini ve zihnini gayeden çok vesileler meşgul ettiği andan itibaren kayıplar yaşadık.

Mü'min için en önemli iş irşat olmalıyken, bazılarımız yetki tutkusuna yakalandık; sırf irşat erliğini kızağa çekilme saydık. Dün dava arkadaşı bildiklerimizi, bir süre sonra vasıfsız "eleman" belleme gafletine kapıldık.

İnsana insan olarak değer verecek ve büyüklüğü takvada görecektik; ne yazık ki bazılarımız muhataplarımızı verdikleri burs ve himmetlerle değerlendirdik; bu mübarek kervanı destekleyenlerin namaz, Kur'ân, ibadet hayatlarına gereken alâkayı gösteremedik.

Işık evler, yeryüzünün en masum ve bereketli ocaklarıydı; sayıları mutlaka katlanmalıydı. Maalesef bazılarımız ikiye üçe katlamayı sadece nicelik açısından ele aldık; altı kişiyi ikiye ayırıp ev sayısını bir artırdık ama böylece bir kısım mübarek mekânların bekâr evlerine dönüşmesine sebebiyet verdik.

Siyasete karşı mesafeli olmalıydık; ne ki kimimiz yakın dostlarımızın o sahadaki şaşaalı hayatlarına özendik; lüks yerlerde toplantılar, özel uçaklarda seyahatler, rical-i devletle münasebetler, büyük adamlarla (!) haşir neşir olmalar cazip geldi bazılarımıza. Belki mesafeyi koruyamadık; Hizmet çizgisi sabit kalsa da bir kısım fertler olarak siyasallaştık.

Hazreti Üstad, "*Gayrimeşru bir muhabbetin neticesi, merhametsiz azap çekmektir!*" demiş; bizi sevgide dengeye davet etmişti lakin biz dindar gördüğümüz siyasilere karşı aşırı alâka gösterdik ve bu konudaki dengeyi yitirdik. Hatta belki hizmetlerimizin gelişmesi ve genişlemesi hususunda bir miktar onlara güvendik, Müsebbibü'l-Esbaba karşı saygısızlık ettik. Bazı kimseleri değerlerinin üzerinde yücelttik, göklere çıkarttık. Hâlbuki onların nezd-i ulûhiyette o alâkaya liyakatleri yoktu. Cenâb-ı Hak, bu hatalarımızı onlardan gelen ve içinde hiç merhamet bulunmayan nikmet tokatlarıyla, kahır şamarlarıyla, hiddet silleleriyle cezalandırdı.

Hocaefendi, büyüklerimizi yüksek payelerle anmak yerine onlara ve davalarına karşı fevkalade sadakat göstermemiz gerektiğini sürekli tembihlemişti. Maalesef bazılarımız büyüklerimizin kıymetini ve onlara karşı sevgimizi ifade ederken maksadı aşan cümleler kullandık; hiç farkına varmadan başkalarını tahrik ettik. Hatta sadece din düşmanlarını kışkırtmakla da kalmadık; abartılı söz, tavır ve davranışlarımız yüzünden bir kısım ehl-i imanı da rekabete sevk ettik ve belki de hasede sürükledik.

Bazen his ve heveslerin fikir suretine girdiğini ve insanın yanılarak mefsedeti maslahat zannettiğini biliyorduk. Bu sebeple, hiçbir zaman sadece kendi içtihat ve istinbatımızla "Şu işte maslahat var." demeyecektik; kendi hissiyatımıza bağlı karar vermekten ve dolayısıyla yanlış hükme varmaktan korkacak, her meseleyi mutlaka işin ehliyle istişare edecektik. Acıdır ki bazılarımız bu esasa riayet etmedik. Bazen başlangıçtaki çok küçük bir değişimin, ileride pek büyük başkalaşmalara sebebiyet verebileceğini görmezden geldik. Belki de hevâmıza tabi yorumlarla "ruhsat" sınırını yıktık, teşebbüh ve iltihaka varıp dayanan bir patikaya girdik.

Can arkadaşım,

Bir kere daha ifade edeyim ki Hizmet ilk günkü saffetiyle yoluna devam ediyor fakat her Hizmet hâdiminin aynı duruluğu koruduğunu söylemek mübalağa olur. Tabii bir kısmını saydığım hataların bütün Camia'ya fatura edilmesi de zulümdür.

Bu zelleleri sıralamam her ne kadar bir tenkit ifadesi ve ümitsizlik eseri olmasa da işin doğrusu, zalimlerin adeta üzerimizde tepindiği bir dönemde mezkûr hataları söz konusu etmek çirkindir.

Ne var ki Nur ile Topuz hikâyesinin sonu, adanmış ruhların nefis muhasebesi yapmaları, kusurlarına istiğfar etmeleri ve yenilenmeleriyle doğru orantılı şekillenecektir.

Sözün özü; şayet musibetler partallaşmamızın cezasıysa, inşirahın anahtarı yenilenme cehdidir.

Partili Kardeşime

━━━━━━◦⟡◦━━━━━━

Sen şu son dönemin en büyük mağduru sayılırsın; en müthiş kayıpla karşı karşıyasın...

Mazlumlar geçici bir süre acı çeker, belki bir kısım dünyevî imkânlardan mahrum kalır fakat sonunda Cennet nimetlerini, Hak rızasını ve Rıdvan'ı kazanırlar.

Zalimler, zaten adım adım kötü sonlarına yürüyorlardı. Öteleri hesaba katmıyor, çalıp çırpıyor, haramîlik yapıyorlardı. Ahirete yürekten inansalardı, bari onca zulmün vebalini yüklenmezlerdi. Onların hayatında büyük bir değişiklik olmadı; belki iç yüzlerini açık edip çirkefleştiler ama aslında dün olduğu gibi bugün de feci akıbetlerini hazırlamakla meşguller.

Sen Bu Değilsin!

Seni o talihsiz gürûhla aynı teraziye koyamam, bütünüyle onlarla bir sayamam.

Onlar, güç, kuvvet ve iktidarı her şey gören oligarşik bir kadro, tiran bozması müstebitlerin izinde giden acımasız bir grup, birbirini gayrimeşru bataklığına sürüklemiş bahtsız bir ekip.

Fakat seni tanırım; aynı safta kıldığımız namazlardan, beraber oturduğumuz okul sıralarından, ortak acılar için döktüğümüz gözyaşlarından tanırım.

Teşkilatın yüzde doksanını sen oluşturuyorsun. Gayen,

inancın ve ahiret hesabına beklentilerinle yüzde onluk o nasipsizlerden ayrılıyorsun.

Allah aşkına kardeşim, sen ne yapıyorsun?

Hizmet'i ve gönüllülerini sevmiyor olabilirsin lakin sen sırf bir taraftarlık sevkiyle zulme destek veriyor, zalime yahşi çekiyorsun.

Dün duasını almak için can attığın Fethullah Gülen Hocaefendi, İslâm'a "paralel bir din" kurmakla suçlanıyor, hakkında "yalancı peygamber, sahte veli, âlim müsveddesi" deniyor; sen bunları gülerek dinliyor, belki tasdik ediyorsun.

Camia'ya "haşhaşi, ajan, sülük" türünden hakaretlerin onlarcası reva görülüyor; sen alkışlıyorsun.

Neyi ve niçin alkışladığını bilmeden; o el çırpmanın ne manaya geldiğini düşünmeden ve bu fiilinin yarın başına neler açacağını hesaba katmadan alkışlıyorsun.

Mevlâ hatırına söyle bana; dün güzel bir mü'min idin, sen hâlâ ahirete inanıyor musun?

Kızma lütfen, mademki imanına söz ettirmiyorsun; yalan ve iftiralara nasıl ortak oluyorsun?

Suizan, gıybet, kezib, bühtan ve hele tekfir günahlarının cezalarını bilmiyor musun?

Bu süreç mazlumu arındırıyor, zalimin sonunu hızlandırıyor ama seni bambaşka bir kulvara atıyor, anlamıyor musun?

Yapma kardeşim, niçin göz göre göre ateşe koşuyorsun!

Zalimlere Tezahüratın Akıbeti

Cenâb-ı Hak, istikâmeti emrettikten sonra buyuruyor ki:

$$ وَلاَ تَرْكَنُوا إِلَى الَّذِينَ ظَلَمُوا فَتَمَسَّكُمُ النَّارُ وَمَا لَكُمْ مِنْ دُونِ اللّٰهِ مِنْ أَوْلِيَاءَ ثُمَّ لاَ تُنْصَرُونَ $$

"Sakın zulmedenlere eğilim göstermeyin, sempati duymayın. Yoksa size ateş dokunur. Aslında sizin Allah'tan başka yardımcınız yoktur. Sonra O'ndan da yardım görmezsiniz." (Hûd, 11/113)

Haramlara el uzatmak zulümdür.

Fuhşa girmek, münkerâta açık durmak, mut'a gibi çeşitli perdelerin gölgesinde bohemce yaşamak zulümdür.

Halkın hukukuna tecavüz etmek, milletin malını hortumlamak ve haram-helâl tanımamak zulümdür.

Fesada sebebiyet vermek, fitne çıkarmak, iftira, gıybet ve tezvirde bulunmak zulümdür.

Dine hizmet edenlere karşı tavır almak, düşmanlık veya çekememezlik mülâhazasıyla onlarla uğraşmak zulümdür.

Hasetle oturup kalkmak, yalan söylemek, sözünden dönmek ve emanete hıyanet etmek zulümdür.

Hakikatleri görmezden gelmek, adil görünüp adaletsiz davranmak, haktan söz edip haksızlık yapmak ve idareyi insanların sırtından geçinmeye vesile kılmak zulümdür.

Dini ve diyaneti şahsî, siyasî çıkarlara vasıta yapmak; mukaddesatı dünyevî hedeflere ulaşma yolunda kullanmak ve dinî değerlerle dünyevîlik arkasında koşmak zulümdür.

Yolsuzlukları örtmek için masum insanları karalamak; Ramazan, sahur, Kadir gecesi demeden evleri basıp suçsuz mü'minleri tutuklamak; sahte belge ve düzmece mahkemelerle cürümler uydurmak katmerli zulümdür.

Allah Teâlâ, zulmü yasakladığı gibi, zalime meyletmeyi de yasaklamış; bunları, Cehennem ateşine sürükleyen sebepler olarak anlatmıştır.

Bediüzzaman Hazretleri'nin yaklaşımıyla, zikrettiğim ayet-i kerime, zulme değil yalnız âlet ve taraftar olanı, belki ona ednâ bir meyil göstereni dahi dehşetle ve şiddetle tehdit etmektedir. Çünkü küfre rıza göstermek küfür olduğu gibi, zulme rıza da zulümdür.

Şu hâlde, bütün bu cinayetleri işleyen şakileri nasıl alkışlayabiliyorsun? O el çırpmalarınla onların kötülüklerini onayladığının ve cürümlerine ortak olduğunun farkında değil misin?

Yarıp Kalblerimize mi Baktın?

Kardeşim,

Politikacı değilim ki bu sözlerimle oy üteyim!

Hizmet'in sahibi Allah'tır, O hem Ganî hem de Mugnî'dir; arz-ı hâcetimiz O'nadır.

Şu hâlde burs, himmet, kurban, abone de talep etmiyorum senden.

Bir mü'min olarak vazife addediyor ve sana bir hususu hatırlatmak istiyorum.

Biricik sermayem imanımdır. Şeytanın oyununa gelip onu zedelenmekten ya da iblise çaldırmaktan ödüm kopar.

Allah'tan her zaman af ve afiyet dilerim fakat şayet Rabbim bir kısım nimetlerini alacaksa, bütün varlığımı vermeye amade bulunsam da imansızlığa razı olamam. Ona zarar dokundurmaktan çok korkar; ahirete imansız gitmekten endişe duyarım. Bu havf ile imanımı hep Allah'a emanet eder, "Rabbim bunu ben koruyamayabilirim, onun hâmî ve hafîzi Sen ol!" derim.

Biliyorsun; inananlar olarak hayat boyu dikkat etmemiz gereken itikadî ve amelî birtakım hükümler vardır; bunların bazıları müslümanı mürted ve kâfir kılacak mahiyettedir. Bu hükümler eserlerde detaylıca anlatılmış; kişiyi küfre düşüren ve onun dinden çıkmasına sebep teşkil eden sözlere "elfâz-ı küfür", aynı akıbeti netice veren fiillere de "ef'âl-i küfür" denmiştir.

Bak, bu cümleden olarak, Allah Resûlü (sallallahu aleyhi ve sellem) ne buyuruyor: *"Kim kardeşine kâfir derse, ikisinden biri mutlaka kâfir olmuştur. Eğer itham edilen kâfir değilse, küfür itham edene döner."* (Buhârî, Edeb, 73; Müslim, Îmân, 26)

Bu hadis, imanın vaat ettiklerini ve imansız gitmenin ne demek olduğu bilen bir insanı, titretmeli değil mi?

Üsame ibni Zeyd Hazretleri, cihad meydanında düşmanıyla mücadele ederken tam öldüreceği esnada hasmı kelime-i şehadeti söyler. Hazreti Üsame, adamın içinden gelerek değil de kılıç korkusuyla şehadet getirdiğini düşünerek onu öldürür. Hadiseden haberdar olan Rehber-i Ekmel (sallallahu aleyhi ve sellem) Efendimiz, Hazreti Üsame'yi huzuruna çağırır; defalarca "Yarıp kalbine mi baktın?" der. Hazreti Üsame, öyle itap görür ki "Keşke şu ana dek Müslüman olmasaydım." diyecek kadar üzülür yani "Keşke bu hâdiseden sonra Müslüman olsaydım da Efendimin bu itabına maruz kalmasaydım." diye düşünür.

Bu ibretlik vakıa, sana, bana, bütün mü'minlere bir tenbih sayılmaz mı?

O gün din yeni teşekkül ediyor ve sahabe henüz yetişiyordu; Hazreti Üsame'nin bazı esaslardan haberdar olmaması ve meselenin temel esprisini bilememesi normaldi fakat artık din tamamlanmış ve kemale erdirilmiş, her hüküm eksiksiz bildirilmiştir. Bilmemek bir mazeret olmaktan çıkmıştır.

Emin ol, imanıma zarar dokundurma korkusundan dolayı, ben bir insanın açık küfrünü görsem ona yine "kâfir" diyemem, dilim dönmez, söyleyemem. "Belki yanlış görmüş, yanlış duymuş, yanlış anlamışımdır!" düşüncesiyle kendi gözümü, kulağımı ve idrakimi yalanlarım ama kimseyi tekfir edemem.

Gel, müflislerden olma!

Kardeşim,

Dile getirdiğim bu hassasiyet bir fazilet değildir; Müslümanlığın asgari gereğidir.

Hâl böyleyken, "sahte peygamber" iftiralarını alkışlaman hangi cesaretledir?

Bilmez misin, nebi olmayan birinin peygamberlik iddiasında bulunduğunu söylemek onu tekfir etmeye eştir!

Ya milyonlarca gönüllüsü bulunan bir Camia hakkındaki en çirkin sözleri tempo tutarak tasdiklemen nasıl bir cürettir?

Haberin yok mu; gıybet, iftira, bühtan, töhmet ve benzeri cürümler, bir şahıs değil de bir cemaat hakkında işlenirse, söz konusu cemaatin tek tek bütün fertlerinden helallik alınmadıkça bu günahlar affedilmez ve böyle bir günahı işleyen insan, hepsinin vebalini ödemeden Cennet yüzü göremez!

Rica ederim, sen Hocaefendi'nin genellemeci bir üslupla konuştuğunu hiç duydun mu?

Lütfen, bir kerecik olsun, algı operasyonunu bir kenara bırak; istediğin herhangi bir sohbeti başkalarının yorumlarıyla değil, kendi akıl, mantık ve vicdanınla bizzat değerlendir. Siyasî sahadakilerin toptan ademe mahkûm edilmediklerini görecek, yalnızca haramîlik yapanların -şahıslarının da değil çirkin söz ve fiillerinin- tenkit edildiğine şahit olacaksın.

Erdoğan, o sivri diliyle "ablalar, ablalar" deyip durdu miting meydanlarında fakat Camia, partinin diğer birimlerindeki dostlara saygılı davrandığı gibi kadın kollarındaki insanları da hep aziz bildi ve hiçbirine leke kondurmadı.

Bunlar senin için bir mana ifade etmiyor mu?

Muradımın seni eleştirmek olmadığını ve suçlama kasdı taşımadığımı daha evvel ifade ettim. Sana üzülüyorum kardeşim. Bir feyiz ve bereket kaynağından koparılmana üzülüyorum. Körü körüne bir tarafgirlik yüzünden ötede müflislerden olacağına dair kaygılanıyor ve hüzünleniyorum.

Malumundur; Allah Resûlü (aleyhissalâtü vesselam) ashabına "Müflis kimdir?" diye sorar. Ashâb-ı Kirâm, müflisin bilinen manasını söyler; "Sermayesini kaybetmiş, varını yoğunu yitirmiş, maddi imkânları elinden gitmiş kişidir." derler. Resûlullah Efendimiz, asıl iflasın ne olduğuna işaret buyurarak hakiki müflisi anlatır: "Bir insan namaz, oruç, zekât ve hac gibi ibadetlerden elde ettiği sevaplarla hesap meydanına getirilir. Hatırı sayılır hasenatı vardır ama onların yanı sıra birine bağırmış, öbürüne küfretmiş, diğerine vurmuş, berikinin malını yemiş, başkasına iftira atmıştır. Günahına girdiği kimselerin haklarını ödemek için kendi namazının, orucunun, zekâtının, haccının sevabından hepsine taksim edilir. Bu suretle borçlarını ödemeye çalışır fakat amel defterindeki hasenatı biter de borcu bitmez. Bu sefer, hakkına girdiği kimselerin veballerini üzerine alır ve tepe taklak Cehennem'e yuvarlanır!" Efendimiz, böyle anlatıp "İşte, gerçek müflis budur!" buyurur.

Ya Dediğin Gibi Değilse!

Görüyorsun değil mi sayıp sövmenin, suizan ve gıybetin, yalan ve iftiranın encamını?

Zulme tarafgirliğinle bize zararın bir ise kendine ziyanın bindir idrak edemiyor musun?

Bir yönüyle bizim ahiret selametimiz için çalışıyorsun; sürekli günahımızı alıyor ve vebal yükümüzü azaltıyorsun lakin kendini telafisi olmayan bir iflasa sürüklüyorsun.

Hamd olsun, Müslümanız; "Lâ ilâhe illallah Muhammedün Resûlullah" işte ikrarımız!

Yemin olsun, ülkemiz ve milletimizin aleyhine tek bir işin içinde yer almadık; vatanımıza sadığız.

Allah şahit olsun, Hocaefendi'nin Hak rızasından başka bir gayesi bulunmadı; Hizmet erleri i'lâ-yı kelimetullah haricinde bir sevdaya tutulmadı; davamıza bağlıyız.

Biliyorum, bu yazdıklarımın ve şu son ikrarımın önyargılı insanlar katında zerre kadar kıymeti olmayacak fakat zaten ben sana sesleniyorum kardeşim. Hâlâ vicdan ve insaf taşıdığın inancıyla sana hitap ediyorum.

Son olarak şunu hatırlamanı diliyorum:

Hazreti Ali (bazı kaynaklara göre İmam-ı Azam Ebu Hanife Hazretleri) her şeyin zamanla olup bittiğini iddia eden, âlemin ezelî ve ebedî olduğunu söyleyen ve âhirete inanmayan "Dehriyyûn" isimli münkir fırkaya karşı şöyle der:

"Siz diyorsunuz ki Cennet yok, öbür âlem yok, ebedî saadet yok; ben de diyorum ki bu inkâr ettiklerinizin hepsi var. Şimdi iş benim dediğim gibi ise siz ne kaybettiğinizin farkında mısınız? Farz edelim ki sizin dediğiniz doğru olsun. Ben ne kaybederim ki? Sadece hayatımı disiplin içinde geçirmiş olurum."

Haydar-ı Kerrâr'ın üslubuyla, bir kere daha soruyorum:

Hocaefendi ve Hizmet gönüllüleri senin dediğin gibi değilse -ki bütün ruhumla Hocamızın ve adanmışların Allah rızasından başka bir maksat gözetmediklerine şahitlik ederim- zalime meylederek, zulme ortak olarak, gıybet, hakaret ve iftirada bulunarak ahiretini nasıl kararttığının farkında mısın?

Bu Hazin Hikâyenin Sonu

―――――◆◇◆―――――

" *Menfaat üzerine dönen siyaset, canavardır."*
Şayet özellikle şu son bir senede cereyan eden hadiseleri görmeseydik, herhâlde Hazreti Bediüzzaman'ın bu tespitini gereğince anlayamayacaktık. Kısa bir süre insanî ve medenî görünen siyaset, maalesef menfaatperestlerin güdümüne girince, her geçen gün biraz daha vahşileşti ve saldırganlaştı. Bu aç canavara karşı gösterilen sevgi ve yapılan iyilikler de onu insafa getiremedi, merhamete yönlendiremedi, aksine iştihasını açtı, daha çok şımarttı ve acımasızlaştırdı.

Anlatılır ya; kurbağa dostluk ve yardımlaşma teklif edip bir sürü vaatte bulunan akrebi derenin diğer kenarına geçirmek üzere sırtına almış. Karşı kıyıya vardıkları sırada o âna kadar uslu duran akrep kurbağayı sokmuş. Acıyla kıvranan kurbağa "Hani arkadaş olmuştuk, niçin yaptın bunu?" diye sorunca akrep şöyle demiş: "Ne yapayım, tabiatım bu benim, karakterim depreşti!"

Mesele Camia'dan İbaret Değil, Asırlık İslâmî Birikim Tehlikede

Keşke mesele sadece politikanın yeniden kötü ruhuna bürünmesi olsaydı. Görünen o ki doyma bilmeyen arzu ve hırslar, bazı kimseleri daha büyük cinayetlere itti, daha zalim canilerle bir araya getirdi.

Meydana gelen üzücü olayları, Türkiye ve Ortadoğu'da "içeriden destekli uluslararası bir operasyon"a bağlayan sosyolog mütefekkir Ali Bulaç Bey'e göre bu operasyon İslâm'ın varlığının kamusal alandan uzaklaştırılıp zecri yollarla özel, marjinal ve izafi sahaya çekilmesini hedeflemektedir. AKP'de "küçük bir klik" partinin kumanda merkezinde etkin roller kapmış; o meşum planı Hizmet'ten başlamak suretiyle uygulamaya koymuştur. Aslında diğer cemaatler, dinî gruplar ve AKP'nin kendisi de söz konusu hain tasarının kapsamı içindedir. Önce Camia'ya bir darbe indirmek sonra AKP'yi güçten düşürmek, nihayet diğer cemaatlerin hakkından gelmek istenmektedir. Hadise sarısı, beyazı ve siyahıyla üç inek meselesidir; "Sarı inek ölürse ölsün, bize dokunmuyorlar ya!" diyenlere de sıra gelecektir. Kısacası "Ilımlı İslâm"dan vazgeçen uluslararası güçler tarafından ulusal devletler eliyle dindarlara karşı darbe operasyonları yürütülmektedir. Körfez'den Mısır'a, oradan Türkiye'ye kadar Müslümanların yaşadığı coğrafyada genel bir süreç işlemektedir ve AKP de buna alet edilmektedir.

Bu kanaatini pek çok platformda dile getiren Bulaç, felaketin dehşetini şu sözlerle ifade etmektedir: *"100 yıllık bir İslâmi birikim heba olacak; oluyor da. 10 yıllık ve 20 yıllık değil. Çok acı bir durum. İttihat ve Terakki'den beri Müslümanların iğne ile kazdıkları kuyular şu anda bataklığa dönüştürülüyor, emekler heba oluyor. Hem de Ortadoğu'da şansımızı, itibarımızı kaybediyoruz. Belki 20, belki 50 senede zor toparlarız."*

Doğrusu, Hizmet Hareketi senelerdir muktedirlerin hücumuna maruzdu. Son on beş yirmi sene içerisinde önce 28 Şubatçılar, sonra Ergenekoncular, bu arada farklı derin yapılar ve akabinde sözde İslâmcılar, sürekli Camia ile uğraşıyor ve Hizmet erlerine birer terörist muamelesi yapıyorlardı. Âhir dönemde bu cephelerin hemen hepsi el ele verdi ve hep beraber saldırıya geçtiler. Bir yönüyle çeyrek asırdır devam eden kara propagandalarını artırıp hızlandırdılar; Cemaat'i toplum nazarında itibarsızlaştırmak ve cezalandırılması gereken bir örgüt gibi göstermek için her yola başvurdular.

Eğer bugün Hizmet Hareketi hâlâ ayaktaysa ve akl-ı selim sahipleri onu bir ümit kaynağı olarak görüyorlarsa, bu sadece Allah'ın lütf u ihsanıdır. Onca taarruz karşısında dimdik durabilmek ilahi inayet olmadan mümkün değildir.

Emniyetçiler İçeri, Hırsızlar Dışarı

Camia'nın tecziye edilmesi gerektiğine halkı inandırmak için özel misyon yüklenmiş görünenler, aylar süren tecrim ve tahkirlerinden sonra yıldırma hareketine geçtiler. Tayin, sürgün, açığa alma ve meslekten ihraç yoluyla emniyet ve yargı mensuplarını darmadağın ettiler. Bizzat Başbakan yargıda bir proje hazırlandığını ve kanun onaylandıktan sonra binlerce dava açılacağını her fırsatta söyledi. Havuzdan beslenen gazeteciler yaklaşan davalardan dem vurdular, tutuklama listeleri yayınladılar ve güya hem Hizmet'e gözdağı verdiler hem hükûmete "Daha ne duruyorsunuz?" baskısı yaptılar. Ardından bir kısım yasaları değiştirdi ve kurumların yapılarıyla oynadılar. Buna rağmen MİT'e ait tırlarla ve Başbakan'ın ofisine konan böcekle ilgili soruşturmalarda istediklerini alamadılar. Bu defa çaresizlikle Sulh Ceza Hâkimlikleri kurulmasını kararlaştırdılar. Ayarlanmış hâkimlerin atandığı 'proje' mahkemeler, kurulduktan 4 gün sonra ilk iş gününde de düğmeye bastılar. Özel tayin edilmiş hâkim ve savcıların marifetiyle 100'ü aşkın emniyet mensubunu gözaltına aldılar.

Yolsuzluk, KCK/PKK ve Selam Tevhid Terör Örgütü soruşturmalarına bakan ve daha birçok başarılı soruşturmaya imza atan polisleri 22 Temmuz 2014'te illegal biçimde sahur sofralarından toplayıp nezarete attılar. O gün, bir emniyetçinin, *"Poyrazköy cephaneliğini ortaya çıkaran Ömer Köse, KCK-Balyoz soruşturmalarını yürüten Yurt Atayün gözaltında. Anladınız mı kimin intikamı bu?"* ifadeleri, dünün dostlarının müzmin düşmanlarla nasıl omuz omuza verdiğini anlatmaya yetmişti. Erdoğan ailesinin ve bakanların da adlarının karıştığı kovuşturmalarda vazife yapan polislere özellikle kelepçe takılması ve psikolojik işkence yapılması gönülleri çok yaralamıştı. Hele bir sürü düzenlemeden sonra yolsuzluk yaptığı iddia edilenlerin tamamının serbest bırakılması ve hemen ardından polislerin kollarına kelepçe vurulması, vicdanlara kıymık gibi batmıştı. Bununla beraber, "Haram lokma yemedim!", "Polisim ben polis, hırsız terörist gördüm mü bulur yakalarım!" ve "Yaşasın zalimler için Cehennem!" diyerek metanet gösteren ve zulme boyun eğmeyen emniyetçiler, herkesin takdirini kazanmıştı. Bir de onları desteklemek için adliye önüne koşan ailelerin vakur duruşları ve "Hiç canını sıkma, hırsızlar utansın!" sözleriyle oğlunu uğurlayan anne gibi mazlumların onurlu hâlleri gözleri yaşartmıştı. Gözaltındaki polisler, göz göre göre yapılan pek çok hukuksuzlukla ifadeleri alınıp savcılıklara, ardından sulh ceza hâkimliklerine çıkarıldı. Bazı polis memurları ve amirleri tutuklanıp hapse atıldı; diğerleri tutuksuz yargılanmak üzere serbest bırakıldı.

Bu sadece ilk perdeydi. Öyle görünüyor ki Erdoğan'ın da tehditler savurarak ifade ettiği gibi, bunun devamı gelecek. Özel dizayn edilmiş mahkemeler, sudan bahanelerle tutuklamalar, sahte delil üretmeler ve yolsuzlukları kapatmaya yarayacak her türlü gayrimeşru faaliyetler bundan sonra da belli bir süre birbirini takip edecek.

Son Sözü Kim Söyleyecek?

Peki, bu acıklı hikâye nasıl bitecek?

Hikâyenin sonunu Erdoğan ve şürekâsı değil, adanmış ruhlar belirleyecek.

Küfür sürüp gitse de zulüm devam etmez. Hazreti Ali'nin dediği gibi, *"Zâlimin ömrünün gölgesi, bu dünyada kısadır."* Zulüm ile âbâd olmaya çalışanların âhirleri mutlaka berbat olacaktır.

Hizmet erleri ise muhasebe, istiğfar, tevbe, yenilenme ve birbirine kenetlenme gibi dinamiklerle "ıslah ediciler" vasfını kemale erdirirlerse, muvakkat bir zaman diliminde küçük bir kısım mağduriyetlere maruz kalsalar bile, Allah'ın izni ve inâyetiyle, onun hemen ardından çok büyük muvaffakiyetlere mazhar kılınacaklardır. Hem politikacılarla kol kola olma imajından kurtulacak hem de güçlünün değil hep hak ve hakikatin yanında yer aldıklarını ispat etmiş bulunacaklardır. Siyaset topuzu şerirlerin başına inecek ve nur daha parlak bir hâlde yoluna devam edecektir.

Cenâb-ı Hak, *"Allah bir beldeyi, o belde ahâlisi ıslahçı oldukları müddetçe helâk edecek değildir."* (Hud, 11/117) buyurur. Kur'ân talebesi, ayetin işaretiyle, "muslihûn" zümresinden olmaya bakmalıdır. Arapça dil yapısı da göz önünde bulundurularak bir mana verilecek olursa, "muslihûn" kendisini ıslaha adayan bahtiyarlar demektir. Sürekli "İfsat içinde boğulan şu insanlığın hâli ne olacak?" diye düşünen; yer içerken, yatar kalkarken hep beşerin insanlık zirvelerine çıkmasını planlayan; bu hususta projeler üreten ve onları tatbik sahasına koyan; âdeta bunun haricinde hiçbir derdi ve davası olmayan gariplerdir onlar. Allah Teâlâ, böylesi ıslahçıları içinde barındıran bir toplumu helâke uğratmayacağını vaat etmiştir. Bu itibarla dava insanları, zalimleri Allah'a havale edip kendi keyfiyetlerinin kemaline çalışmalıdırlar.

Necmeddin-i Kübrâ hazretleri, kendi dönemindeki belaların sebepleri sorulunca, *"Onlara sebebiyet veren bizim çizgi kaybımızdır, biz çizgimizi koruyamadık. Biz birbirimize ve dünya derdine düşünce Allah da zalimleri bize musallat etti. Biz cezamızı çektikten sonra Allah zalimin de hakkından gelecektir."* demiştir.

Kocaman bir Camia'yı itham etmekten Allah'a sığınırım; Hizmet'in genel çizgisindeki istikameti ikrar etmezsem haksızlık yapmış olurum. Ne var ki nefsim gibi bazı toy kimselerin küçük inhiraflar yaşamış olabileceğini kabullenmek de hakperestliğin gereğidir. Bu hususları da nazar-ı itibara alarak diyebilirim ki biz muhasebemizi yapar, şahit olduğumuz hadiselerden ibret alır ve yenilenmesini bilirsek, Allah önümüzü açacak; zalimleri bertaraf edecektir.

Unutulmamalıdır ki *"Bir toplum iç dünyası itibarıyla kendini değiştirmedikçe, ruh ve manada deformasyona uğramadıkça, Allah bahşettiği lütufları geri alarak o toplumun iyi hâlini tağyir etmez."* (Ra'd, 13/11)

Madem hakikat böyledir; dört bir yanda düşmanlık duyguları körüklense, dost gönüller bile vefasızlık edip hasımları sevindirse ve varlığını nefrete bağlamış ruhlar diş gıcırdatıp hiddetle üzerimize gelse de ne yeis ne sarsıntı yaşanır bizim iklimimizde.

Allah korusun, bir gün her şey altüst olsa ve her yan karanlıklara gömülse, yine de panikleme görülmez bizim semtimizde.

Karşımıza çıkan engeller, terakkimize vesile birer köprüdür gözümüzde.

Musibetler rahmet vesilesi, sıkıntılar arınma kurnası ve tazyikler de birer yükselme rampasıdır meşrebimizde.

Hâsılı; Allah'a ve ahirete imanımız sayesinde, Nefî'nin şu sözünün muhtevası nakışlıdır benliğimizde:

"Ne dünyadan safa bulduk ne ehlinden recâmız var

Ne dergâh-ı Huda'dan maada bir ilticamız var."